José Maria Eça de Queiroz
Das berühmte Haus Ramires

Serie Piper
Band 1140

Zu diesem Buch

Den Plan zu diesem Ramires-Roman hatte Eça seit dem Ende der 80er Jahre, doch erst in den Jahren 1897 bis 1899 veröffentlichte er in der von ihm gegründeten *Revista Moderna* die ersten zehn Kapitel in Fortsetzungen. Postum (1900) erschien der vollständige Roman, dessen letzte Seiten von Freunden des Autors durchgesehen wurden.

Eça de Queiroz erzählt die Geschichte des Fidalgo Gonçalo Ramires, der die ruhmvolle Vergangenheit seiner ritterlichen Vorfahren in einer historischen Novelle aufschreibt. Gonçalo, der selbst ein liebenswerter Hasenfuß ist, denkt wehmütig an die heroischen Tugenden seiner Ahnen und schafft ihnen eine Welt, die alles hat, was ihm und seiner Zeit fehlt.

In einer Mischung aus Komik und Melancholie, Zynismus und Mitgefühl wird hier mit Blick auf Vergangenes die Frage nach einer Gegenwart gestellt, in der Wünsche Wirklichkeit werden sollen.

José Maria Eça de Queiroz, geboren 1845 in Póvoa de Varzim, gestorben 1900 in Paris. Jurastudium in Coimbra, Rechtsanwalt in Lissabon, Mitarbeiter und Begründer mehrerer Zeitschriften; portugiesischer Konsul in Havanna, London und Paris; schrieb zahlreiche Romane.

José Maria Eça de Queiroz

Das berühmte Haus Ramires

Roman

Aus dem Portugiesischen
von Rudolf Krügel

Mit einem Nachwort
von Peter Demetz

Piper
München Zürich

Die Originalausgabe erschien 1900 unter dem Titel
»A ilustre Casa de Ramires« in Porto.

Von Eça de Queiroz liegen
in der Serie Piper bereits vor:
Die Maias (587)
Die Reliquie (787)
Alves & Co. (961)
Vetter Basilio (1079)
Weitere Werke sind in Vorbereitung.

ISBN 3-492-11140-8
März 1990
R. Piper GmbH & Co. KG München 1990

Umschlag: Federico Luci,
unter Verwendung des Gemäldes »Galante Szene«
(1908) von Charles Guérin
Satz: VEB Landesdruckerei Sachsen, Dresden
Druck und Bindung: Clausen & Bosse, Leck
Printed in Germany

I

An einem heißen, stillen Junisonntag saß der Fidalgo Gonçalo Mendes Ramires seit vier Uhr nachmittags emsig bei der Arbeit. Er war in Filzpantoffeln und trug eine lange leinene Hausjacke über dem rosa Kattunhemd. Gonçalo (in diesem seinem alten Dorf Santa Ireneia und dem Nachbarort, dem sauberen, schmucken Vila Clara, ja selbst in der Stadt, in Oliveira, allgemein als der „Fidalgo da Torre“ bekannt) schrieb an einer historischen Novelle: „Der Turm des Dom Ramires“. Sie war für die erste Nummer der „Literarischen und Historischen Annalen“ bestimmt, einer Zeitschrift, die sein alter Studienkollege José Lúcio Castanheiro, mit dem er früher in Coimbra im „Cenáculo Patriótico“ bei den Severinas verkehrte, soeben gegründet hatte.

Die beiden Fenster der hellen, großen, mit blauem Stuckwerk verzierten Bibliothek, in deren schweren Regalen aus dunklem Brasilholz dicke alte Foliobände geistlichen und weltlichen Inhalts in gewichtigen schafledernen Buchrücken verstaubten, gingen nach dem Obstgarten. Brüstung und Tritt des einen waren mit Samt bespannt, durch das andere, türhohe, das auf einen schmalen Balkon führte, flutete der erfrischende Duft des Geißblatts herein, das sich draußen am Gitter des Balkons entlangrankte. Vor diesem Fenster stand im hellen Licht der Tisch – ein riesiger Tisch mit gewundenen Füßen und einer verschossenen roten Damastdecke. An diesem Nachmittag war er völlig unter den Wälzern der „História Genealógica“, dem gesamten „Vocabulário“ von Bluteau, einzelnen Bänden des „Panorama“ und den Werken

Walter Scotts begraben – die letzteren lagen am Rand des Tisches übereinandergestapelt, mit einem Glas voll gelber Nelken obenauf. Und hier, von seinem lederbezogenen Stuhl aus, hatte Gonçalo Mendes Ramires, der nachdenklich vor seinem Bogen Kanzleipapier saß und sich mit dem Flaum der Entenfeder über die Stirn fuhr, stets den Inspirator seiner Novelle im Blickfeld: den Turm, den uralten Turm, der sich nun massig und schwarz über die Zitronenbäume des Obstgartens erhob. Da stand er mit Ausguck und Zinnen als wuchtige Silhouette im blauen Junihimmel, die schmalen, tiefen Fenster mit Eisen vergittert, dünne Efeuranken am verwitterten Mauerrand – ein historisches Relikt des mit Befestigungswerken umgebenen Schlosses auf der berühmten Honra von Santa Ireneia, dem Stammsitz der Familie Mendes Ramires seit der Mitte des zehnten Jahrhunderts.

Gonçalo Mendes Ramires war (wie der Majoratsherr von Cidadelhe, dieser seriöse Ahnenforscher, versicherte) gewiß der echteste und älteste Fidalgo ganz Portugals. Selbst von den ebenso alten Familien konnten nur wenige in männlicher und stets reinblütiger Linie ihre Abkunft von den Grundherren nachweisen, die schon auf ihren Schlössern und befestigten Latifundien zwischen Douro und Minho gesessen hatten, bevor die fränkischen Barone im Heer des Burgunders dort mit Standarte und Kochkessel eingefallen waren. Die Ramires aber vermochten ihr Geschlecht in reinblütiger und stets männlicher Linie bis zum Sohn des Grafen Nuno Mendes zurückzuverfolgen, jenem Titanen Ordonho Mendes, Herrn von Treixedo und Santa Ireneia, der sich im Jahre 967 mit Dona Elduara, Gräfin von Carrión, vermählt hatte, der Tochter Bermudos des Gichtbrüchigen, des Königs von León.

Älter als die Grafschaft Portugal, war das Stammschloß Santa Ireneia wie diese gewachsen und berühmt geworden – und hatte wie diese dem Schicksal und der Zeit getrotzt. So tat sich bei jedem bedeutsamen Ereignis der portugiesischen Geschichte stets ein Mendes Ramires durch seinen Heldenmut, seine Treue und seine edle Gesinnung glorreich hervor.

Einer der Tapfersten der ganzen Sippe, Lourenço, mit dem Beinamen „der Schlächter“, der Milchbruder von Affonso Henriques – mit dem er in der Kathedrale von Zamora die gleiche Nacht bei den Waffen gewacht hatte, um den Ritterschlag zu erhalten –, taucht in der Schlacht von Ourique auf, wo er über zarten goldenen Wolken den an ein zehn Ellen langes Kreuz genagelten Christus erblickt. Bei der Belagerung von Tavira zerschmettert Martim Ramires, Ritter des Ordens von Santiago, mit der Axt eine Tür in der Außenmauer, stürzt sich mitten zwischen die Türkensäbel, die ihm beide Hände abhauen, und steht schließlich mit bluttriefenden Armstümpfen vor dem Bergfried, um dem Großmeister seines Ordens frohgemut zuzurufen: „Dom Paio Peres, Tavira ist unser! Es lebe der König! Es lebe Portugal!“ Der alte Egas Ramires verschanzt sich in seinem Turm, läßt die Zugbrücke hochziehen, die Außenwerke des Kastells mit Bogenschützen besetzen und verweigert König Dom Fernando und Leonor Teles, die auf ausgelassener Jagd durch den Norden des Landes zogen, das Quartier, auf daß die Gegenwart der „Ehebrecherin“ nicht die Reinheit seines edlen Stammes beflecke. In Aljubarrota schlägt der „Troubadour“ Diogo Ramires einen Haufen Armbrustschützen zusammen und tötet den Generalgouverneur von Galicien, und er und kein anderer reißt die Königsstandarte Kastiliens herunter, die sich am Ende des Kampfes sein Waffenbruder Dom Antão de Almada um den Leib wickelt und singend und tanzend dem Großmeister von Aviz überbringt. Vor den Mauern von Arzila kämpfen glorreich zwei Ramires, der hochbetagte Soeiro und sein Enkel Fernão, und angesichts des von vier Wurfspießen durchbohrten Leichnams des Greises, der auf dem Innenhof der Zitadelle lang hingestreckt neben der Leiche des Grafen von Marialva liegt, schlägt Affonso V. seinen Sohn, den Prinzen, und Fernão Ramires gemeinsam zu Rittern, wobei er unter Tränen murmelt: „Möge euch Gott so brave Männer werden lassen wie diese hier! . . .“ Aber nun wird Portugal eine Seemacht, und es sind nur wenige Kriegszüge und Schlachten im Orient, bei denen nicht ein Ramires sein Bestes gab. So ist Baltasar Ramires in die tragische Geschichte der Seefahrt eingegangen, jener edelmütige Kapitän vom Persischen Golf, der beim Schiffbruch der „Santa Bárbara" seine schwere Rüstung anlegt, sich im Vorderkastell ehern auf sein großes Schwert stützt und stumm mit der Karavelle versinkt. In El-Kasr el-Kebir, wo zwei Ramires nicht von der Seite des Königs weichen und ein würdiges Ende finden, greift sich der Fähnrich Paulo Ramires, der jüngere von beiden, der selber weder verletzt noch verwundet worden war, aber nach dem Tode des Königs auch nicht mehr weiterleben wollte, einen spanischen Vollbluthengst, packt eine Streitaxt, stürzt sich mit dem Ruf: „Hinweg mit dir, du zaudernde Seele, so folge deinem Herrn!" in die Scharen der Mauren und bleibt für immer verschwunden. Unter den Philipps grollen die Ramires, ergeben sich dem Trunk und veranstalten Jagden in ihren Ländereien. Zugleich mit den Braganças erscheint wieder ein Ramires – Vicente Ramires, von Dom João IV. zum General für das Gebiet zwischen Douro und Minho gemacht, fällt in Kastilien ein, zersprengt die spanischen Truppen des Grafen von Venavente und nimmt Fuenteguinaldo, dessen wilder Plünderung er zusieht, während er auf der Veranda eines Franziskanerklosters in Hemdsärmeln Wassermelonen vertilgt. Doch schon setzt mit dem Verfall der Nation auch der des Adels ein: Álvaro Ramires, Günstling Dom Pedros II. und unverbesserlicher Raufbold, hält Lissabon durch seine Streiche in Atem, raubt die Frau eines Gutsverwalters, den er von Schwarzen mit Stöcken hatte zu Tode prügeln lassen, zündet in Sevilla eine Spielbank an, nachdem er darin hundert Dublonen verloren hat, und wird schließlich Kapitän eines Piratenhukers in der Flotte Murads des Zerlumpten. Unter König Dom João V. spielt Nuno Ramires bei Hofe eine glänzende Rolle, läßt seinen Maulesel mit silbernen Hufeisen beschlagen und richtet seine Familie durch prunkvolle religiöse Feste zugrunde, bei denen er, in das Gewand eines Bruders des Dritten Ordens der Franziskaner gehüllt, im Chor mitsingt. Ein anderer Ramires, Cristóvão, Präsident der Mesa de Consciência e Ordens, verkuppelt die Tochter des Priors von Sacavém an König Dom José I. Pedro Ramires, Provedor und Chef der Zollverwaltung, gelangt im ganzen Königreich durch seinen Fettwanst, seine Spottlust und seine enormen Leistungen als Vielfraß im Palast Bemposta, zusammen mit dem Erzbischof von Saloniki, zu großem Ruhm. Inácio Ramires begleitet João VI. als Oberhaushofmeister nach Brasilien, handelt mit Negersklaven, kehrt mit einem schweren Koffer voller Goldstücke zurück, der ihm von einem Gutsverwalter – einem ehemaligen Kapuzinermönch – gestohlen wird, und stirbt auf seinem Stammschloß an den Folgen eines Stoßes, den ihm ein Ochse mit dem Horn versetzte. Der Großvater Gonçalos, Damião, ein liberal gesinnter Doktor und Freund der Musen, geht mit Dom Pedro in Mindelo an Land, verfaßt die bombastischen Proklamationen der Liberalen Partei, gründet eine Zeitung, den „Antifrade“, und lebt nach den Bürgerkriegswirren, von ständigem Rheumatismus gequält, auf Santa Ireneia, in seinen alten Militärmantel gewickelt und damit beschäftigt, unter Zuhilfenahme eines Wörterbuches und einer großen Packung Schnupftabak die Werke von Valerius Flaccus in gutes Portugiesisch zu übersetzen. Gonçalos Vater, der bald „Regenerador“, bald „Histórico“ war, lebte im Hotel Universal in Lissabon, wo er sich auf den Treppenfluchten der Hypothekenbank und den Steinfliesen der Arcada die Schuhsohlen ablief, bis ihn ein Innenminister, dessen Konkubine, einer Chorsängerin vom São Carlos, er schöne Augen machte, zum Regierungspräsidenten von Oliveira ernannte, um ihn aus der Hauptstadt fortzubekommen. Gonçalo selber hatte sein Studium beendet und war „Wirklicher Bakkalaureus“ geworden – in der Prüfung nach dem dritten Studienjahr war er allerdings durchgefallen.

In jenem Jahr versuchte sich Gonçalo Mendes Ramires erstmalig auf dem Gebiet der Literatur. Einer seiner Hausgenossen, José Lúcio Castanheiro, ein bleicher, magerer Bursche aus dem Algarve mit einer riesigen blauen Brille, den Simão Craveiro den „vaterländischen Castanheiro“ nannte, hatte die Wochenschrift „Pátria“ gegründet, „in der edlen Absicht“ (wie im Werbeprospekt hochtönend behauptet wurde), „nicht nur in der akademischen Jugend, sondern im ganzen Lande, vom Kap Silleiro bis zum Kap Santa Maria, die so schnöde erkaltete Liebe zu der Schönheit, der Größe und dem Ruhme Portugals wiederzuerwecken“. Von dieser Idee, seiner „großen Idee“, besessen, die er als eine Berufung, ja beinahe als eine Mission ansah, propagierte Castanheiro unermüdlich und mit dem eigensinnigen Eifer eines Apostels überall, in den Cafés der Sophia, auf den Gängen der Universität und in den von Zigarettenqualm erfüllten Zimmern seiner Freunde „die Notwendigkeit, zum Donnerwetter, wieder an die alten Traditionen anzuknüpfen und Portugal, verdammt noch mal, aus dem Morast der Überfremdung herauszuziehen“. Da die Wochenschrift an drei aufeinanderfolgenden Sonntagen pünktlich erschien und tatsächlich Beiträge veröffentlichte, die von tiefsinnigen Anspielungen auf die „Kirchen von Batalha“, die „Einnahme von Ormuz“ und den „Besuch Tristãos da Cunha“ wimmelten, wurde sie sogleich als zwar noch schwaches, doch untrügliches Morgenrot der nationalen Wiedergeburt gewertet. Und einige kluge Köpfe der Studentenschaft, vor allem die drei von Castanheiros Hausgenossen, die sich ernstlich mit Wissenschaft und Bildung befaßten (denn von den drei anderen war einer ein Schlagetot, der andere spielte am liebsten Gitarre, und der dritte war ein Streber), machten sich, von solch patriotischem Feuer mitgerissen, hurtig daran, in der Bibliothek in den dicken, noch nie zuvor von jemand angerührten Bänden eines Fernão Lopes, Rui de Pina und Azurara nach Heldentaten und Legenden herumzustöbern, die „echt portugiesisch und nur bei uns möglich sind“ (wie sich Castanheiro mit Inbrunst ereiferte), „auf daß sie der heruntergekommenen Nation das Bewußtsein ihrer heroischen Vergangenheit wiedergeben mögen!“ So erhielt das „Cenáculo Patriótico“, das im Hause der Severinas tagte, neuen

Zulauf. Da geschah es, daß Gonçalo Mendes Ramires, ein sehr anziehender, hochgewachsener blonder Jüngling mit milchweißer Haut und verschmitzten Augen, welche unversehens einen Ausdruck der Rührung anzunehmen vermochten, der stets geschniegelt und gebügelt in sauberer Soutane und blanken Lackschuhen einherging, eines Sonntags nach dem Frühstück Castanheiro elf Bogen beschriebenen Papiers überreichte. Sie enthielten die uralte Geschichte der Burggräfin Dona Guiomar, die, während der bärtige und in Eisen geharnischte Burggraf an den Kreuzzügen teilnimmt und sich mit der Streitaxt auf die Tore Jerusalems stürzt, in einer Mondnacht im Mai in ihrer Kammer mit offenen Armen den lockigen Pagen empfängt ... Dann braust der Winter übers Land, und mit einem Pilgerstab und noch bärtiger als zuvor kehrt der Graf zurück. Durch den Burgvogt, einen wachsamen Mann mit boshaftem Lächeln, erfährt er von dem Schimpf, den man seinem hehren, im ganzen spanischen Reich geachteten Namen zugefügt hat. Wehe dem Pagen, wehe der Herrin! Bald läuten die Totenglocken. Im hinteren Hof der Burg wartet schon der Henker in scharlachroter Kapuze, auf sein Beil gestützt, zwischen zwei mit Trauerfloren verhüllten Richtblöcken. Und am rührenden Schluß der Erzählung wuchsen – wie in all diesen Geschichten à la Liebesromanceiro – an den beiden in einer Einöde ausgehobenen Gräbern zwei weiße Rosensträucher, deren Rosen und Düfte sich miteinander vermählten. So daß (wie José Lúcio Castanheiro, sich nachdenklich am Kinn kratzend, bemerkte) in dieser „Dona Guiomar" eigentlich nichts in die Augen springe, das „echt portugiesisch und nur bei uns möglich" sei und „seine Wurzeln ausschließlich im Boden und im Volke Portugals" habe. Aber die fatale Liebschaft trüge sich immerhin auf einem Herrensitz in Ribacoa zu, die Namen der Ritter – Remarigues, Ordonho, Froylas, Gutierres – hätten etwas entzückend Gotisches; auf jeder Seite ertönten markige Ausrufe wie „Meiner Treu!", „Daß du an deiner Lüge ersticken mögest!", „Page, meinen Rappen gesattelt!", und durch diese ganz urwüchsig portugiesische Szenerie geistere ein Schwarm von Stallmeistern in langen weißen Reitröcken, Bettelmönchen in tiefschwarzen Kutten, Furieren mit prall gefüllten ledernen Satteltaschen in den Händen und Küchenmeistern, die fettglänzende Schweinelenden in Scheiben schneiden. Diese Novelle zeige also eine begrüßenswerte Wiederbelebung des Nationalgefühls an.

„Und außerdem“ (fuhr Castanheiro fort) „schreibt unser Tausendsassa Gonçalo einen flüssigen, männlichen, jenen Zeiten wohlangemessenen Stil . . . Einen ganz ausgezeichneten Stil! Dabei muß man doch gleich an den ‚Hofnarr‘ und den ‚Zisterziensermönch‘ denken! . . . Diese Guiomar ist zwar wirklich nur irgend so eine Burgherrin aus Aquitanien oder der Bretagne, aber im Burgvogt, ja sogar im Grafen selber schimmert bereits das Portugiesische durch, bei ihnen denkt man an waschechte Portugiesen aus Entre Douro und Cávado . . . Ganz gewiß! Und wenn sich unser lieber Gonçalo noch gründlicher mit unseren Chroniken und unserer Vergangenheit befaßt, haben wir endlich einen Mann in unserer Literatur, der den Geist von Land und Leuten wahrhaft zu erfassen vermag.“

Die „Dona Guiomar“ füllte drei Seiten der Zeitschrift „Pátria“. Um sein literarisches Debüt gebührend zu feiern, gab Gonçalo Mendes Ramires den Kollegen vom „Cenáculo“ und anderen Freunden ein Essen, bei dem er gleich nach dem Hähnchen mit Erbsen, während die jungen Leute vom Camolino bereits über den zweiten Schub Collares-Flaschen herfielen, als „unser Walter Scott“ gefeiert wurde. Übrigens hatte er leichtsinnigerweise bereits einen zweibändigen Roman angekündigt, dessen Stoff er den Annalen seiner Familie entnehmen wollte und in dem eine stolze Mannestat geschildert werden sollte, vollbracht von Tructesindo Mendes Ramires, dem Freund und Oberfähnrich des Königs Dom Sancho I. Durch sein Temperament, durch die eingehende Kenntnis der Kleidung und des Mobiliars jener Zeit, die er mit der „Dona Guiomar“ bewiesen hatte, ja allein durch die Länge seiner

Ahnenreihe schien Gonçalo geradezu prädestiniert, in Portugal den historischen Roman zu neuem Leben zu erwecken. Er hatte jetzt eine Mission – und sogleich begann er, die Studentenmütze tief ins Gesicht gezogen, auf der Hauptstraße hin und her zu wandern wie jemand, der im Begriff ist, die ganze Welt umzukrempeln. Bei der Abschlußprüfung dieses Jahres fiel er durch.

Als Gonçalo zu Beginn des vierten Studienjahres aus den Ferien zurückkam, war es mit den heißen Diskussionen des „Cenáculo Patriótico" in der Rua da Matemática vorbei. Castanheiro, der promoviert hatte, vegetierte in Vila Real de Santo António dahin. Mit ihm war auch die „Pátria" von der Bildfläche verschwunden, und die ehrgeizigen Jünglinge, die in der Bibliothek die Chroniken von Fernão Lopes und Azurara durchschmökerten, sahen sich nun von dem Apostel verlassen, der ihren Geist beflügelt hatte. Sie verfielen wieder den Romanen von Georges Ohnet und frönten abends in der Sophia wie früher dem Billardspiel. Auch Gonçalo kehrte als ein anderer zurück, erfüllt von Trauer um seinen im August verstorbenen Vater und mit dichterem Bart. Zwar war er freundlich und umgänglich wie immer, jedoch ernster als vorher und abendlichen Gelagen und durchbummelten Nächten abhold. Er nahm sich ein Zimmer im Hotel Mondego und ließ sich dort von Bento betreuen, einem alten Diener aus Santa Ireneia, der stets eine weiße Krawatte trug. Gonçalos liebsten Umgang bildeten drei oder vier junge Leute, die sich auf eine politische Karriere vorbereiteten, aufmerksam im „Diário das Cámaras" blätterten, von einigen Intrigen bei Hofe wußten, die Notwendigkeit einer „positiven Orientierung" und der „großzügigen Förderung der Landwirtschaft" proklamierten, die Ehrfurchtslosigkeit der akademischen Jugend gegenüber kirchlichen Dogmen als gehässige und jakobinerhafte Arroganz verurteilten und selbst noch bei ihren Mondscheinspaziergängen im Choupal oder auf dem Sehnsuchtsfelsen hitzig über die beiden Parteichefs diskutierten – den Brás Vitorino, den neuen Mann der „Regeneradores", und den alten Baron von São Fulgêncio, der seit undenklichen Zeiten das Oberhaupt der „Históricos" war. Mehr den „Regeneradores" zugeneigt, weil ihm diese Richtung die traditionellen Ideen des Konservativismus, echte Vornehmheit und Großzügigkeit zu verkörpern schien, suchte Gonçalo nunmehr öfter deren Stammlokal in der Couraça auf, wo spätabends schwarzer Tee getrunken und über „die Stärkung der Autorität der Krone" und „eine energische koloniale Expansion" diskutiert wurde. Doch schon im folgenden Frühjahr warf er die ernste Politik fröhlich über Bord und verbrachte ganze Nächte bei festlichen Stockfischessen und schrillen Gitarrenklängen in der Kneipe des Camolino. Über seinen „großen Roman in zwei Bänden" ließ er kein Wort mehr verlauten; von seiner „hohen Mission als Historiker" wollte er entweder nichts mehr wissen oder hatte sie vergessen. In der Tat griff er erst während der Osterfeiertage seines fünften Studienjahres wieder zur Feder – aber nur, um in der „Gazeta do Porto" gegen seinen Landsmann Dr. André Cavaleiro, den das Kabinett des São Fulgêncio zum Regierungspräsidenten des Distrikts Oliveira ernannt hatte, zwei geharnischte Artikel loszulassen, zwei Kommentare voller persönlicher Gehässigkeiten, in denen er sich unter anderem über den „grimmigen schwarzen Bürstenschnauzbart Seiner Exzellenz" lustig machte. Er zeichnete diese Artikel mit „Juvenal", wie einstmals sein Vater, der in der gleichen „Gazeta do Porto", dem befreundeten Blatt, dessen „Auslandsrundschau" sein entfernter Verwandter Vilar Mendes redigierte, politische Lokalberichte aus Oliveira veröffentlicht hatte. Den Freunden im Treffpunkt der „Regeneradores" las er das Geschriebene vor; es war darin von „ein paar Lanzenstößen" die Rede, „die genügen würden, um den Senhor Cavaleiro aus dem Sattel zu werfen". Einer der anwesenden würdigen jungen Leute, der Neffe des Bischofs von Oliveira, vermochte sein Erstaunen nicht zu verbergen: „Aber Gonçalo, da habe ich nun immer gedacht, daß Sie und Cavaleiro die besten Freunde sind! Wenn ich mich recht entsinne, haben Sie doch bei ihm in der Rua de São João gewohnt, als Sie zu den Vorstudien nach Coimbra kamen ... Besteht denn nicht zwischen den Familien Ramires und Cavaleiro eine traditionelle, ja eine beinahe historische Freundschaft? Ich kenne Oliveira wenig und bin niemals in Ihre Gegend gekommen; aber ich glaube, daß Corinde, das Landgut von Cavaleiro, sogar an Santa Ireneia grenzt!"

Gonçalo verzog sein ebenmäßiges und sonst so freundliches Gesicht und erklärte frostig, daß Corinde nicht an Santa Ireneia grenze, sondern daß aus gutem Grunde zwischen den beiden Terrains ein Bach verlaufe, der Couce; und daß das Cavalo, das Pferd, im allgemeinen und der Senhor André Cavaleiro im besonderen ein verabscheuungswürdiges Tier sei, das auf dem anderen Ufer weide. Der Neffe des Bischofs machte eine leichte Verbeugung und rief: „Ausgezeichnet, mein Herr; ein guter Witz!"

Ein Jahr nach seiner Promotion fuhr Gonçalo nach Lissabon, und zwar wegen einer Hypothek auf sein Landgut Praga in der Nähe von Lamego, deren Gewährung sich bei den Sitzungen des Bankdirektoriums fatalerweise immer wieder ein gewisser Jahreszins von zehn Reis und einer halben Henne, abzuführen an den Abt von Praga, in den Weg stellte. Außerdem wollte er seinen Parteichef Brás Vitorino näher kennenlernen, ihn seiner Ergebenheit und Loyalität versichern und bei dieser Gelegenheit vielleicht die eine oder andere politische Verhaltensmaßregel einholen. Eines späten Abends nun, als er bei der alten Marquise von Louredo, der „Tante Louredo", in Santa Clara diniert hatte und heimgehen wollte, prallte er auf dem Rocio mit José Lúcio Castanheiro zusammen, der damals im Finanzministerium in der Abteilung für die Verwaltung der Krondomänen angestellt war. Castanheiro sah noch vergeistigter und noch magerer als früher aus, trug eine noch größere und noch dunklere Brille und verzehrte sich genau wie in Coimbra im Feuer seiner Idee – der „Wiedererweckung des portugiesischen Nationalgefühls". Und jetzt, da er das seinerzeit in der

„Pátria" propagierte Programm so zu erweitern gedachte, wie es den Proportionen der Hauptstadt entsprach, bemühte er sich verzweifelt um das Zustandekommen einer siebzigseitigen Halbmonatsschrift in blauem Umschlag, der „Literarischen und Historischen Annalen".

Es war eine milde, warme Mainacht. Als sie beide um die wasserlosen Brunnen des Rocio spazierten, erinnerte Castanheiro, der eine Papierrolle und einen dicken, in Rindsleder gebundenen Folianten unterm Arm trug, an die anregenden Unterhaltungen in der Rua da Misericórdia und verwünschte das Fehlen jeder intellektuellen Atmosphäre in Vila Real de Santo António. Schließlich kam er begeistert auf seine „große Idee" zu sprechen und beschwor Gonçalo Mendes Ramires, ihm doch zum Zwecke der Veröffentlichung in den „Annalen" den Roman zu überlassen, von dem er damals in Coimbra gesprochen hatte, den Roman über seinen Urahn Tructesindo Ramires, den Oberfähnrich König Sanchos I.

Gonçalo gestand ihm lachend, daß er dieses große Werk überhaupt noch nicht begonnen habe.

„Ach!" murmelte Castanheiro, verlangsamte seinen Schritt und richtete die schwarzen Augen streng und traurig auf ihn. „Da sind Sie also unserer großen Idee nicht treu geblieben?" Und resigniert zuckte er die Achseln, denn im Laufe der Zeit, in der er seine Mission ausübte, hatte er sich bereits an ein derartiges Nachlassen der Vaterlandsliebe gewöhnt. Er winkte auch sofort ab, als Gonçalo, den Castanheiros unverändert reine, aufopferungsfreudige Prinzipientreue peinlich berührte, gleichsam zur Entschuldigung auf die mühselige Anfertigung des Nachlaßverzeichnisses verweisen wollte, die nach dem Tode seines Vaters erforderlich geworden sei ...

„Schon gut, erledigt. Procrastinare lusitanum est. Machen Sie sich in diesem Sommer an die Arbeit ... Für die Portugiesen, mein Freund, ist der Sommer die Zeit der glücklichen Fügungen und großen Taten. Im Sommer wurde Nuno Álvares in Bomjardim geboren! Im Sommer haben wir in

Aljubarrota gesiegt! Im Sommer erreichte Vasco da Gama Indien!... Und im Sommer wird unser Gonçalo eine ausgezeichnete Novelle schreiben!... Übrigens kommen die ‚Annalen' erst im Dezember heraus, genauer gesagt am ersten Dezember. Auf Ehre, Gonçalo Mendes! Und es ist eine Pflicht, eine heilige Pflicht, ganz besonders für die jungen Leute, an den ‚Annalen' mitzuarbeiten. Portugal stirbt, weil es kein Nationalgefühl besitzt! Weil wir keine richtigen Portugiesen sind, gehen wir mit der Zeit schmählich zugrunde, mein Lieber!"

Er blieb stehen und ließ seinen dürren Arm wie den Lederriemen einer Peitsche auf und nieder sausen, als wolle er den Rocio, Lissabon, ja die ganze Nation züchtigen. Kenne sein lieber Freund Gonçalo denn überhaupt die geheime Ursache dieses traurigen Katzenjammers? Er rühre daher, daß die schlechtesten Portugiesen ihr Vaterland verachten und daß die besten Portugiesen ihr Vaterland gar nicht kennen! Wie dem abzuhelfen sei? „Man muß Portugal bekanntmachen, man muß es popularisieren. Jawohl, mein Lieber! Man muß die Propaganda für Portugal so organisieren, daß alle davon erfaßt werden – daß alle Portugal zumindest zur Kenntnis nehmen, wie man die Existenz eines Hustensirups Marke ‚James' zur Kenntnis nimmt, finden Sie nicht auch? Und damit alle Portugal als ihr Anliegen betrachten – wenigstens so, wie sie es mit der Kongo-Seife tun, nicht wahr? Und wenn Portugal erst einmal zur Kenntnis genommen und estimiert wird, müssen es schließlich alle lieben – in seinen Helden, in seinen großen Taten, selbst in seinen Unzulänglichkeiten – in allen seinen Erscheinungsformen, bis in die steinerne Wirklichkeit seiner Straßenpflaster!" Für die Erreichung dieses Zieles, des größten, das man sich in diesem lustlosen Jahrhundert unserer Geschichte stellen könne, habe er die „Annalen" gegründet. Alarm wolle er schlagen! Ganz Portugal wolle er wachrütteln, die unerwartete Kunde von seiner Größe über alle Dächer schreien! Und den Nachkommen derer, die einstmals das Königreich schmiedeten, obliege mehr als allen anderen die heilige Pflicht, es neu zu festigen. Auf welche Weise? Durch die Erneuerung der Tradition, zum Donnerwetter!

„Jawohl, mein Herr! Denn die Geschichte Portugals war und Sie selber sind eine lange Reihe von Ramires-Leuten in voller Lebensgröße! Auch der Obertribunalrat, der da bei einem Weihnachtsessen zwei Spanferkel vertilgt hat, gehört dazu! Er war zwar ein Fettwanst, aber was für einer! In dem steckte eine heroische Kraft, die von Rasse zeugt, die Kraft eines Geschlechts, das mehr als Menschenstärke besitzt, wie es bei Camões heißt. Zwei Spanferkel, Donnerwetter! Da ist man doch sprachlos! ... Und die anderen Ramires, der von Silves, der von Aljubarrota, die von Arzila und die in Indien waren! Und die fünf Recken, von denen Sie vielleicht nicht einmal wissen, die im Salado umgekommen sind! Wenn wir alle diese Helden wiederauferstehen lassen und ihren unerhörten Mut vor Augen führen, ihren eisernen Willen, den nichts zu beugen vermochte, so wird das eine glänzende Lektion für die Jugend ... Das gibt Mark, Donnerwetter! Durch das wiedererweckte Bewußtsein dieser erhabenen vergangenen Größe wird endlich der faule Gleichmut erschüttert, der sich schon damit abgefunden hat, daß wir so klein geblieben sind! Eben das verstehe ich unter Erneuerung der Tradition ... Und dann auch noch von Ihnen zuwege gebracht, Ramires, wie großartig! Sie sind ein Fidalgo, der größte Fidalgo Portugals, der, um die heroische Vergangenheit seines Vaterlandes zu beweisen, nicht einmal einen Schritt aus seinem Stammschloß tun muß, sondern nur sein Familienarchiv aufzuschließen braucht, das Archiv eines Geschlechts, das mehr als tausend Jahre alt ist. So etwas schlägt doch ein wie eine Bombe! ... Dabei muß es gar kein dicker Roman werden. Ein zu sehr in die Breite gehender Roman paßt ja auch nicht zum kämpferischen Charakter der Zeitschrift. Es genügt eine Erzählung von zwanzig oder dreißig Seiten ... Natürlich können die ‚Annalen' dafür im Augenblick kein Honorar zahlen. Darauf sind Sie ja auch wohl nicht angewiesen! Zum Teufel noch mal, es handelt sich hier nicht um Geld, sondern um eine grandiose völkische Erneuerung... Und außerdem – in Portugal verhilft die Literatur zu allem, mein Lieber. Ich weiß doch, daß unser Gonçalo in Coimbra zuletzt im Stammlokal der Regeneradores verkehrt hat. Nun, mein Freund, jedes Feuilleton, das man schreibt, bringt einen São Bento näher! Wie einst das Schwert, so macht heutzutage die Feder Königreiche... Vergessen Sie das nicht! Und jetzt adieu, denn ich muß heute noch in Schönschrift diese Studie von Henriques über Ceylon abschreiben... Sie kennen Henriques nicht? Tatsächlich? Niemand kennt ihn! Wenn aber irgendwo in Europa, bei den großen Akademien Europas, irgendeine Unklarheit über die singhalesische Geschichte oder Literatur auftaucht, dann schreien alle nach Henriques!"

Er eilte davon, die Papierrolle und seinen Wälzer an sich gepreßt – und Gonçalo konnte noch beobachten, wie er im Lichtschein des Eingangs zur Tabakhandlung Nunes seinen dürren Apostelarm vor einem feisten Mann in einer prallen weißen Weste hin und her schwang, so daß der Dicke, der sich im beschaulichen Genuß seiner starken Zigarre und der warmen Mainacht gestört sah, erschrocken zurückwich.

Der Fidalgo da Torre kehrte ins „Bragança" zurück und überdachte dabei noch einmal den Vorschlag des Patrioten Castanheiro, der seinen Eindruck auf ihn nicht verfehlt hatte. Ein wahrhaft verlockendes Angebot, und gerade das Richtige für ihn: Mitarbeit an einer seriösen Zeitschrift von siebzig Seiten, in der ehrenvollen Gesellschaft bedeutender Schriftsteller, Hochschulprofessoren, ehemaliger Minister, ja sogar Staatsräte! Die große Vergangenheit seines Geschlechts, das älter war als das Königreich, verherrlicht in einem Roman, einem Hohelied der Tapferkeit und Seelenstärke vieler Ramires-Generationen! Und obendrein würden seine solide akademische Bildung und seine rühmliche Vorliebe für wissenschaftliche Forschung gerade in dem Moment bekannt werden, da er sich einer politisch-parlamentarischen Laufbahn zuzuwenden gedachte! ... Vor der Arbeit, dem Aufzeigen der moralischen Qualitäten seiner Vorväter, der historischen Rekonstruktion des Lebens zu Zeiten Affonso Henriques', den hundert Bogen Kanzleipapier, die mit kraftvoller Prosa zu füllen waren, war ihm nicht bange, denn glücklicherweise besaß er ja bereits sein „Werk“, sauber geschnitten und mit festem Faden geheftet. Sein Onkel Duarte, der Bruder seiner Mutter (einer Dame aus der Familie Balsa in Guimarães), war von 1845 bis 1850, in den Jahren phantasiebeflügelten Müßiggangs nach seinem Diplom als Bakkalaureus und vor seinem königlichen Patent als Abgeordneter, Dichter gewesen und hatte im „Bardo“, einer in Guimarães erscheinenden Wochenschrift, unter dem Titel „Die Burg von Santa Ireneia“ ein Epos in freien Rhythmen veröffentlicht, das er mit den Initialen „D. B.“ gezeichnet hatte. Diese „Burg von Santa Ireneia“ war die seine, das uralte Schloß, dessen düsterer Turm noch zwischen den Zitronenbäumen des Gemüsegartens stand. Onkel Duartes Gedicht besang mit romantischer Anmut eine Episode feudaler Größe, in der Tructesindo Ramires, der Oberfähnrich König Sanchos I., während der Händel Affonsos II. mit den Infantinnen von sich reden gemacht hatte. Der in Saffianleder gebundene und mit dem Wappen der Ramires, einem schwarzen Habicht in rotem Feld, geschmückte Band des „Bardo“ stellte im Familienarchiv seit jeher so etwas wie ein Kapitel aus der Heldenchronik der Ramires vor, und als kleiner Junge mußte Gonçalo sehr oft die ersten Verse des Gedichts aufsagen, die ihm seine Mutter beigebracht hatte und die so angenehm melancholisch klangen:

„Im blassen Blau des Abends, zwischen Blättern,
Die sacht im Herbst vergilben ...“

Als ihn damals in Coimbra seine Kollegen von der „Pátria“, mit denen er gemeinsam zu Abend aß, begeistert ihren Walter Scott nannten, hatte ihn dieses Ereignis aus grauen Zeiten dazu angeregt, einen modernen Roman zu verfassen, geschrieben in realistischer Prosa und mit epischer Breite, einen Roman in zwei handfesten Bänden, eine farbenprächtige Studie des portugiesischen Mittelalters. Und jetzt kam ihm Onkel Duartes Gedicht vorzüglich für eine kurze, anspruchslose Novelle von etwa dreißig Seiten zustatten, wie sie in die „Annalen“ paßte.

Er öffnete das Verandafenster seines Zimmers im „Bragança“ und beugte sich hinaus. Der Fluß, über dem der Mond stand, lag in majestätischem Schweigen. In der Stille der milden Mainacht rauchte er seine Zigarre zu Ende und frohlockte insgeheim, daß ihm das mühselige Durchstöbern alter Chroniken und langweiliger Folianten erspart bleiben würde, denn die genaue historische Rekonstruktion jener Begebenheit hatte bereits sein Onkel Duarte mit gründlicher Sachkenntnis besorgt. Das befestigte Schloß von Santa Ireneia, umzogen von tiefen Gräben, mit dem Bergfried, der Zitadelle, dem Verlies, dem Leuchtfeuer und der Fahne; der herkulische Tructesindo, dem seine altväterischen Haar- und Bartsträhnen wirr übers Panzerhemd hingen; die maurischen Sklaven mit ihren ledernen Brotsäcken, die im Gemüsegarten Wasserrinnen graben mußten; die Laienbrüder am Herdfeuer, die ihre „Heiligenleben“ heruntermurmelten; die Pagen, die sich beim Tavolado tummelten – das alles erwachte in dem Gedicht seines Onkels Duarte zu neuem Leben! Gonçalo erinnerte sich sogar noch an bestimmte Einzelheiten: den Spaßmacher, der ausgepeitscht wurde, das große Gelage, die Furiere, die ihre Zapfen in die Bierfässer schmetterten, und an die Tagereise Violante Ramires' zum Kloster von Lorvão:

„Am Maurenbrunnen, unter alten Ulmen,
Hält Rast die Kavalkade ...“

Diese ganze Episode voller Leidenschaft und barbarischer Größe, die erbitterten Gefechte, in denen Familienfehden mit dem Dolch ausgetragen wurden, und die mannhaften Worte aus ehernem Munde – das alles fand man ja schon in Onkel Duartes wohlklingenden und wohlabgewogenen Versen:

„So höre, Mönch! Das Schloß des Dom Ramires,
Es würde Stein für Stein zusammenbrechen,
Wenn je ein Bastard frech mit schnödem Fuße
Die reinen Fliesen zu betreten wagte!"

Er brauchte also weiter nichts zu tun, als die wäßrigen Tiraden der Romantiker von 1846 in seine eigene „klare und männliche Prosa" (wie Castanheiro anerkennend gesagt hatte) zu übertragen, kunstvoll archaisch gefärbt, ganz nach Art des „Hofnarren". War das etwa literarischer Diebstahl? Nein! Wem stand denn ein größeres Recht auf das Vermächtnis der historischen Ramires zu als ihm, der doch selber ein Ramires war! Die Wiedererweckung des alten Portugal, wie sie so vortrefflich in der „Burg von Santa Ireneia" besorgt wurde, war ja nicht die individuelle Leistung seines Onkels Duarte, sondern die eines Herculano, eines Rebelo, der Akademien und weitester Gelehrtenkreise. Und wer kannte denn dieses Gedichtchen heute noch, ja wer kannte überhaupt den „Bardo", dieses dürftige Wochenblättchen, das vor fünfzig Jahren in einem Provinznest erschienen und nach fünf Monaten wieder eingegangen war? ... Genießerisch trank er langsam ein Glas Sodawasser. Er vermochte der Verlockung nicht länger zu widerstehen, und noch während er sich auskleidete, zimmerte er bereits die erste Zeile seiner Erzählung zusammen, im lapidaren Stil der „Salammbô": „Es geschah auf der Burg von Santa Ireneia, in einer Winternacht, im großen Saal der Zitadelle ..."

Nach einer Konferenz bei der Hypothekenbank suchte er am nächsten Tag im Amt für die Krondomänen José Lúcio Castanheiro auf, und zwar in ziemlicher Eile, weil er den Basen Chelas versprochen hatte, sie in eine Ausstellung von Stickereien in der Buchhandlung Gomes zu begleiten. Gonçalo verkündete dem großen Patrioten, er könne ganz sicher sein, daß er für die erste Nummer der „Annalen" seine Novelle bekomme. Den Titel habe er schon: „Der Turm des Dom Ramires".

„Was halten Sie davon?"

In dem schmalen Korridor, in dem er seine Besucher empfing, streckte José Castanheiro entzückt die spindeldürren Arme mit den Ärmelschonern empor: „Großartig! ‚Der Turm des Dom Ramires!' Das Bravourstück eines Tructesindo Mendes Ramires, erzählt von Gonçalo Mendes Ramires! ... Und alles in dem gleichen Turm! Dort vollbrachte der alte Tructesindo seine große Tat, und siebenhundert Jahre später berichtet sie unser Gonçalo aus dem selben Turm. Großartig, lieber Freund! Das nenne ich die Tradition fortführen!"

Zwei Wochen später, als Gonçalo wieder nach Santa Ireneia zurückgekehrt war, schickte er einen Knecht seines Landguts mit einer Kutsche zu seiner Schwester Gracinha Ramires und seinem Schwager José Barrolo nach Oliveira, um sich aus der reichhaltigen Bibliothek, die Barrolo von Onkel Dão da Sé geerbt hatte, alle Bände der „História Genealógica" „und" (so fügte er in seinem Begleitbrief hinzu) „alle Schinken mit dem Titel ‚Chronik des Königs Soundso', die Du finden kannst" bringen zu lassen. Danach fischte er aus dem Staub seiner eigenen Bücherregale die Werke Walter Scotts, einzelne Bände des „Panorama", die „Geschichte Portugals" von Herculano, den „Hofnarr" und den „Zisterziensermönch" heraus. Und so gerüstet, ein reichliches Ries Kanzleipapier vor sich auf dem Schreibpult, begann er, Onkel Duartes kleines Poem noch einmal durchzugehen. Er spielte mit dem Gedanken, die prächtige Kavalkade von Damen, Mönchen und Reisigen, die Onkel Duarte aufgestellt hatte, lieber in die Kälte eines Dezembermorgens zu verlegen, was ihm besser zu der feudalen Rauheit seiner Vorväter zu passen schien als jene sanfte melancholische Herbststimmung über den Fluren des Mondego-Tales:

„Im blassen Blau des Abends, zwischen Blättern,
Die sacht im Herbst vergilben ..."

Doch da gerade Juni und zunehmender Mond war, beschloß Gonçalo schließlich, aus der Hitze, den Hainen und dem Mondschein Nutzen zu ziehen, die ihn hier in seinem Dorf umgaben, und ließ sogleich am Anfang der Novelle den gewaltigen düsteren Bau von Santa Ireneia im schimmernden Licht des Vollmonds seine Mauern in das Schweigen einer Augustnacht erheben.

Schon hatte er ohne Stocken und mit dem literarischen Beistand des „Bardo“ zwei weiße Bogen vollgeschrieben, als plötzlich neuer Ärger mit seinem Verwalter Manuel Relho, der das Landgut gegen eine Pachtsumme von achthundert Milreis bewirtschaftete, den stolzen Flug seiner Gedanken unterbrach. Zu Weihnachten hatte Relho, nachdem er lange Jahre ein ordentliches Leben geführt und sich lediglich sonntags in heiterer Gelassenheit betrunken hatte, damit angefangen, drei- und viermal in der Woche abscheulichen, ja skandalösen Saufereien zu frönen. Er verprügelte seine Frau, ließ das ganze Gut von seinem Gebrüll erbeben und stürzte mit wirrer Mähne und einem Knüttel auf die Straße, um das friedliche Dorf unsicher zu machen. Und just an diesem Abend, als Gonçalo nach dem Tee an seinem Schreibpult emsig mit dem Ausheben der Festungsgräben für die Burg von Santa Ireneia beschäftigt war, brach Rosa, die Köchin, auf einmal in lautes Geschrei aus: „Zu Hilfe, der Relho!“ Da donnerte durch ihr Gezeter und das Kläffen der Hunde auch schon ein Stein in die ehrwürdige Veranda der Bibliothek, dem sogleich ein zweiter folgte. Gonçalo Mendes Ramires erblaßte und dachte an seinen Revolver. Doch ausgerechnet an diesem Nachmittag hatte sein Diener Bento diese seine alte und einzige Waffe mit in die Küche hinuntergenommen, um sie gründlich vom Rost zu reinigen. So lief er entsetzt in sein Zimmer, drehte den Schlüssel im Schloß um und schob vor lauter Angst die Kommode gegen die Tür, und zwar derart heftig, daß ein paar Kristallflaschen und ein Schildpattkästchen, ja sogar ein Kruzifix herunterfielen und zerbrachen. Das Gebrüll im Hof verstummte wieder, doch Gonçalo wich in dieser Nacht nicht mehr aus seinem wohlverbarrikadierten Versteck. Er rauchte Zigaretten und empfand tiefen Groll gegen Relho, dem er so oft etwas nachgesehen hatte, zu dem er stets so freundlich gewesen war und der ihm jetzt mit Steinen die Fensterscheiben zerschmetterte.

Früh am nächsten Morgen ließ er Relho rufen; Rosa, immer noch wie Espenlaub zitternd, zeigte die blauen Flecken vor, die Relhos Finger auf ihrem Arm hinterlassen hatten, und der Verwalter, dessen Pachtzeit erst im Oktober ablief, wurde samt Frau, Truhe und Feldbett vom Gut verwiesen. Sogleich erschien ein Bauer aus Bravais, der im ganzen Sprengel wegen seiner Rechtschaffenheit und erstaunlichen Energie hochangesehene José Casco, und erbot sich, das Gut Santa Ireneia zu pachten. Gonçalo aber hatte bereits nach dem Tode seines Vaters insgeheim beschlossen, die Pacht auf neunhundertfünfzig Milreis zu erhöhen, und so mußte Casco mit hängendem Kopf abziehen. Tags darauf kam er wieder, besah sich das ganze Landgut noch einmal genau, prüfte die Erde mit den Fingern, schnüffelte in den Ställen und im Weinkeller herum und zählte die Olivenbäume und Rebstöcke; dann holte er tief Luft und bot mit geschwellter Brust neunhundertzehn Milreis. Gonçalo war von der Billigkeit der geforderten neunhundertfünfzig Milreis überzeugt und ging nicht herunter. José Casco erschien noch einmal, und zwar in Begleitung seiner Frau, und am Sonntag darauf mit seiner Frau und einem guten Bekannten. Da wurde nun bedächtig das glattrasierte Kinn gekratzt, Tenne und Gemüsebeete ein paarmal argwöhnisch umkreist und einige Male im Olivenschuppen haltgemacht, was dem Fidalgo, der im Garten unter einer Mimose auf einer Steinbank saß und die „Gazeta do Porto" las, den Junimorgen unerträglich lang werden ließ. Als Casco ihm mit blassem Gesicht endlich neunhundertdreißig Milreis anbot, warf Gonçalo die Zeitung fort und erklärte, daß er den Boden in Zukunft auf eigene Rechnung bestellen und schon zeigen werde, was gutes Land hergäbe, das nach den Erkenntnissen der modernen Wissenschaft mit Phosphaten gedüngt und mit Maschinen bearbeitet würde. Da seufzte der Bauer aus

Bravais tief auf und akzeptierte den Preis von neunhundertfünfzig Milreis. Nach alter Sitte drückte der Fidalgo Casco die Hand, und der ging spornstreichs in die Küche, um dort ein großes Glas Wein hinunterzugießen, wobei er sich den Schweiß der Erregung von der Stirn und dem Hals mit den stark hervortretenden Adern wischte.

Doch alle diese Abhaltungen brachten Gonçalos einst so reichlich fließenden literarischen Quell zum Versiegen – es blieb nur ein winziges trübes Rinnsal übrig. Als er es sich nachmittags am Schreibpult bequem machte, um eine Mondnacht im Waffensaal der Burg Santa Ireneia zu schildern, gelang es ihm lediglich, die platten Verse Onkel Duartes Wort für Wort in dünne Prosa zu verwandeln – ihm fehlte die Inspiration, die nötig war, diese Verse neu zu beleben, den mächtigen Wänden, über die das Mondlicht flutete, das auf den Spitzen der hohen Lanzen und Pickelhauben Funken sprühen ließ, erhabene Würde oder düstere Schönheit zu verleihen. Seit vier Uhr quälte er sich nun schon in der Hitze des stillen Junisonntags mit seiner Arbeit ab und umklammerte die Feder, als presse er mühsam einen Pflug in steinigen Ackerboden. Mehr als einmal strich er grimmig die soeben hingeschriebene Zeile wieder durch, weil sie ihm plump und farblos erschien. Bald schüttelte er mißmutig unter dem Tisch die saffianledernen Pantoffeln von den Füßen, bald schlüpfte er wieder in sie hinein, bald überließ er sich widerstandlos der geistigen Lethargie, die sich seiner bemächtigte – die Augen gedankenverloren auf seinen Turm gerichtet, diesen vertrackten Turm, der da schwarz zwischen den Zitronenbäumen in den blauen Himmel ragte und um den beständig zwitschernde Schwalben flatterten.

Schließlich warf er entmutigt die Feder fort, die ihn so störrisch im Stich ließ, knallte die Schublade mit dem kostbaren Band des „Bardo“ zu und knirschte: „Zum Kuckuck, ich bin ja völlig ausgequetscht! Das macht bloß diese Hitze! Und dann auch noch der Casco, dieses Rindvieh! Den ganzen Vormittag lang! ...“

Er kratzte sich mißmutig im Nacken und überlas noch einmal die letzte nachlässig hingekritzelte Zeile: „Im stolzen, breiten Saale, wo die breiten und bleichen Strahlen des Mondlichts . . .“ ‚Breiten, breiten! Und die bleichen Strahlen, immer wieder die bleichen Strahlen! Überhaupt diese ganze verwünschte Burg, die mir derart zu schaffen macht! . . . Und dieser Dom Tructesindo, mit dem ich nie und nimmer zu Rande komme, so uralt ist er! Einfach zum Davonlaufen!‘

Er stieß den lederbezogenen Stuhl zurück, steckte sich wütend eine Zigarre zwischen die Zähne und verließ die Bibliothek, verzweifelt die Tür zuschlagend und zutiefst angewidert vom Resultat seiner literarischen Anstrengungen, von fragwürdigen Burgen wie Santa Ireneia und von seinen Vorfahren, außergewöhnlichen Leuten, die Furore machten, Eisenpanzer trugen und dennoch substanzloser blieben als Rauch.

II

Den ganzen Tag hatte Gonçalo auf seinem mit blauem Damast bezogenen Diwan herumgefaulenzt, weil er ein sonderbares Stechen im Kreuz verspürte. Während er gähnend die Schnüre seiner weiten seidenen Hose zusammenband, die ihm von der Taille rutschte, schlich er müde zur Korridortür und spähte nach der mit Chinalack überzogenen Wanduhr. Halb sechs! Um sich etwas Zerstreuung zu verschaffen, gedachte er einen Spaziergang auf der neuen Landstraße nach Bravais zu machen. Dann erwog er einen (schon seit Ostern fälligen) Besuch bei dem alten Sanches Lucena, der im April bei den allgemeinen Wahlen im Kreis Vila Clara als Abgeordneter wiedergewählt worden war. Doch für den Weg zur Feitosa, wie Sanches Lucenas Gut hieß, brauchte man zu Pferd eine Stunde, und das war ihm bei diesen hartnäckigen Kreuzschmerzen, die ihn gestern abend nach dem Tee im Klubhaus befallen hatten, einfach nicht zuzumuten. Unentschlossen schlurfte er den Korridor entlang, um nach Bento oder Rosa zu rufen, die ihm eine Limonade heraufbringen sollten. Da dröhnte durch die offenen Verandafenster ein regelrechtes Posaunenorgan über den Hof, so kraftvoll wie ein niedersausender Dreschflegel, und wurde noch lauter, denn der Rufer wollte sich einen Jux machen: „He, Senhor Gonçalo! Hallo, lieber Gonçalo! So hören Sie doch, hochverehrtester Gonçalo Mendes Ramires!“

Das konnte nur „Tító“ sein, António Villalobos, Gonçalos entfernter Verwandter und Zechkumpan aus Vila Clara. Dort hatte sich dieser hervorragende Mann, der einem alten Geschlecht aus dem Alemtejo entstammte, rein aus bukolischer Begeisterung niedergelassen. Schon elf Jahre beglückte er das Städtchen mit seinen gewaltigen Gliedmaßen, seiner dröhnenden Stentorstimme und seinem offenkundigen Müßiggang: Er lungerte auf den Bänken, an den Ecken, zwischen den Türpfosten der Läden, an den Theken der Kneipen und in den Sakristeien herum, wo er mit den Patern spitzfindige Gespräche führte, ja selbst auf dem Friedhof, um mit dem Totengräber zu philosophieren. „Tító“ war ein Bruder des alten Majoratsherrn von Cidadelhe (des verdienten Ahnenforschers), der ihm eine monatliche Rente von acht Moedas ausgesetzt hatte, um ihn von Cidadelhe fernzuhalten – und damit von seinem schmutzigen Harem junger Landmädchen und dem unheimlichen literarischen Projekt, das ihn jetzt so intensiv beschäftigte: den „Wahrheitsliebenden Nachforschungen“, einer Studie über die unehelichen Geburten, Verbrechen und unrechtmäßigen Titel der Adelsfamilien Portugals. Seit seiner Studienzeit mochte Gonçalo den sanftmütigen Herkules Tító gut leiden; er schätzte ihn wegen seiner erstaunlichen Körperkräfte und des unvergleichlichen Talents, ein ganzes Fäßchen auf einmal auszutrinken und ein ganzes Lamm auf einmal zu verspeisen. Vor allem jedoch imponierte ihm Títós vollkommene Unabhängigkeit, denn mit seinem enormen, Angst einflößenden Spazierstock in der Hand und seinen acht Moedas in der Tasche fürchtete oder begehrte Tító nichts auf Erden und nichts im Himmel.

Gonçalo beugte sich sogleich über die Brüstung des Verandafensters und rief: „He, Titó, komm nur rauf! Inzwischen zieh ich mich an. Du trinkst bei mir ein Gläschen Wacholderschnaps, und dann machen wir einen Spaziergang nach Bravais ..."

Titó saß auf dem Rand des leeren, runden Wasserbassins, das den Hof schmückte; er hob sein offenes, breites, sonnenverbranntes, von einem rotblonden Bart umrahmtes Gesicht zu Gonçalos Fenster empor und bewegte seinen alten Strohhut langsam wie einen Fächer hin und her.

„Das geht nicht! Hör mal, willst du heute abend mit mir und João Gouveia beim Gago essen? Der Videirinha mit seiner Bratsche ist auch mit von der Partie. Da gibt es eine ganz vorzügliche gebratene Quappe, ein Prachtexemplar, die habe ich heute morgen für fünf Testonen einer Frau von der Küste abgekauft. Gebraten vom Gago! ... Einverstanden, was? Der Gago steckt ein neues Fäßchen Wein an, den vom Abt Chandim. Ich kenne den Wein. Er ist aus dieser Gegend, ein herrlicher Tropfen." Und Titó spielte dabei mit zwei Fingern angelegentlich an seinem Ohrläppchen.

Gonçalo zog sich die Hosen fester und sagte unschlüssig: „Mann, ich habe den Magen bis obenhin voll ... Und seit gestern abend Schmerzen in den Nieren, oder in der Leber, oder in der Milz, ich weiß nicht recht, irgendwo da in den Eingeweiden! Heute habe ich zu Mittag nur Hühnersuppe und gekochtes Huhn gegessen ... Also gut, einverstanden! Aber sag dem Gago vorsichtshalber, er soll für mich ein knuspriges Brathähnchen bereithalten ... Wo treffen wir uns denn? Im Klub?"

Titó erhob sich von der Brüstung des Wasserbassins, auf der er gesessen hatte, und schob sich den Strohhut in den Nacken. „Heute gehe ich nicht erst zum Klub. Ich habe ein Rendezvous. Also zwischen zehn und halb elf, am Springbrunnen ... Videirinha mit der Bratsche kommt auch. Vivat! Zwischen zehn und halb elf! Es bleibt dabei ... Und für Eure Exzellenz natürlich Brathähnchen, wegen der Nieren!"

Mit der Gemächlichkeit eines Bullen trottete er quer über den Hof und hielt am Tor vor einem Rosenstock inne, um eine Rose abzubrechen und seine olivgrüne Samtweste damit zu schmücken.

Gonçalo beschloß, jetzt nicht zu Abend zu essen, weil er von der wohltätigen Wirkung des Fastens bis zehn Uhr und eines Spaziergangs nach Bravais und durch das Riosa-Tal überzeugt war. Bevor er in sein Zimmer ging, um sich anzukleiden, stieß er die Glastür nach der dunklen Treppe zur Küche auf und rief nach Rosa, der Köchin. Doch weder die brave Alte noch Bento, nach dem er gleichfalls wütend brüllte, antworteten ihm. Die breiten Steinfliesen und die hohen, düsteren Gewölbe, die von dem alten Schloß übriggeblieben waren, das Vicente Ramires nach seinem Feldzug in Kastilien restaurieren ließ und das zu Zeiten König Dom Josés I. abgebrannt war, lagen in tiefem Schweigen und schienen wie ausgestorben. Da stieg Gonçalo ein paar ausgetretene Steinstufen hinab und gab noch einen der langgezogenen Schreie von sich, mit denen er – an Stelle der verrosteten Glocken – sein Schloß erzittern zu lassen pflegte. Auf halbem Wege zur Küche, wo er nach dem Rechten sehen wollte, kam ihm Rosa entgegengelaufen. Sie sei mit der Tochter der Crispola hinten im Gemüsegarten gewesen und habe den Herrn Doktor gar nicht gehört, beteuerte sie.

„Ich rufe ja schon seit einer Stunde! Und weder Sie noch Bento lassen sich blicken! ... Ich brauche nämlich heute kein Abendbrot. Ich werde mit meinen Freunden in Vila Clara essen."

Rosa war untröstlich, und der Korridor hallte von ihren Protesten wider. Die Tochter des einstigen Schloßgärtners war im Hause aufgewachsen und hier schon Köchin gewesen, als Gonçalo zur Welt kam; stets hatte sie ihn mit „mein Kleiner" und sogar mit „mein Herzchen" angeredet, bis er nach Coimbra ging und für sie und Bento der „Herr Doktor" wurde. Da gedenke der Herr Doktor also bis in die Nacht hinein zu fasten? Aber der Herr Doktor müsse doch zumindest die gute Hühnersuppe probieren, die sie seit Mittag hätte einkochen lassen und die so himmlisch dufte!

Gonçalo, der Bento oder Rosa niemals zu widersprechen wagte, willigte ein. Er war bereits im Begriff, wieder nach oben zu gehen, als er plötzlich Rosa noch einmal zurückrief und sich nach dem Befinden der Crispola erkundigte, einer schwergeprüften Witwe, die eine Schar hungriger Kinder zu ernähren hatte und zu Ostern an einem bösartigen Fieber erkrankt war.

„Der Crispola geht es jetzt besser, Herr Doktor. Sie steht schon wieder auf; ihre Kleine sagt, daß sie schon wieder aufsteht ... Aber sicher fühlt sie sich noch recht schwach ..."

Gonçalo ging noch eine Treppenstufe weiter hinunter und streckte den Kopf vor, um innigere Anteilnahme am Los der Kranken zu bekunden.

„Hören Sie mal, Rosa: Wenn die Kleine gerade da ist, das arme Wurm, dann soll sie doch ihrer Mutter das Huhn nach Hause mitnehmen, das für mich zum Abendessen vorgesehen war. Und die Suppe. Gleich den ganzen Topf! Mir genügt eine Tasse Tee mit Zwieback. Und hören Sie, schicken Sie der Crispola auch zehn Testonen mit ... Nein, besser zwei Milreis. Aber daß Sie ihr das Huhn und das Geld nicht einfach nur so lieblos hinschicken! Lassen Sie ausrichten, daß ich mich über die eingetretene Besserung freue und selber mal vorbeikommen werde, um mich nach ihrem Befinden zu erkundigen. Und der Bento, dieser Schafskopf, soll mir warmes Wasser heraufbringen!"

In seinem Zimmer stand er dann in Hemdsärmeln vor dem Spiegel, einem zwischen zwei vergoldeten Pfeilern drehbaren Monstrum, und besah zunächst seine Zunge, die ihm belegt zu sein schien, danach das Weiße seiner Augen, in dem er schon die gelbe Färbung gelöster Galle wahrzunehmen glaubte, und schließlich betrachtete er eingehend sein verändertes Äußeres. Er hatte sich in Lissabon den Bart abrasiert und nur das kühn gebogene kastanienbraune Schnurrbärtchen stehenlassen, dazu ein etwas zu langes Stutzbärtchen am

Kinn, wodurch sein stets milchweißes, intelligentes Adlergesicht noch schmaler wirkte. Sein großer Kummer war das zwar hübsch gewellte, doch schüttere und dünne Haar; trotz Anwendung aller möglichen Haarwässer und Pomaden mußte er es jetzt schon höher scheiteln, beinahe in der Mitte der kahlen Stirn.

‚Das geht mit dem Teufel zu! Mit dreißig Jahren habe ich bestimmt eine Glatze...'

Und dennoch kam er vor lauter Selbstgefälligkeit nicht vom Spiegel los, zumal er sich eines wohlwollenden Hinweises der Tante Louredo in Lissabon entsann: „Ach, mein lieber Neffe, ein so ansehnlicher, fescher junger Mann braucht sich doch nicht in der Provinz zu verstecken! Lissabon hat keine jungen Männer. Wir brauchen einen richtigen Ramires hier!" – Nein, er würde sich nicht in der Provinz vergraben und Schimmel ansetzen wie sein efeuumwucherter Turm... Aber wie sollte er inmitten seiner hochadligen Verwandtschaft bei einem Conto achthundert Milreis Vermögen, die ihm nach Bezahlung der Schulden des Herrn Papa noch geblieben waren, in Lissabon ein standesgemäßes Leben führen? Außerdem erschien ihm Lissabon nur dann begehrenswert, wenn er dort auch in der Politik eine Rolle spielen konnte, mit Sitz und Stimme in São Bento, Einfluß auf seine Partei und stetigem, sicherem Aufstieg zur Macht. Und dieses Leben, von dem er in den unbeschwerten Plauderstündchen im „Hotel Mondego" zu Coimbra so süß geträumt hatte, rückte für ihn in weite Ferne und lag jenseits einer hohen, steilen Mauer, in der es weder eine Tür noch einen Spalt zum Durchschlüpfen gab. Abgeordneter werden – aber wie? Nun, da dieser abscheuliche São Fulgêncio und die Históricos schon drei volle Jahre lang im Kabinett saßen, würden keine allgemeinen Wahlen mehr stattfinden. Und welche Möglichkeiten boten sich ihm selbst bei einer Ergänzungswahl, ihm, der sich von Coimbra an, vom Glanz der Tradition geblendet, ziemlich unbedacht bei jeder Gelegenheit als Regenerador zu erkennen gegeben hatte – im

„Treffpunkt" in der Couraça, in den Beiträgen für die „Gazeta do Porto", in seinen leidenschaftlichen Anklagen gegen das Oberhaupt des Distrikts, diesen ekelhaften Cavaleiro?

Jetzt blieb ihm weiter nichts übrig, als abzuwarten. Abzuwarten und zu arbeiten; sich eine Stellung in der Gesellschaft zu schaffen; mit Hilfe seines historischen Namens geschickt ein bescheidenes politisches Renommee zu erwerben; sorgsam das kostbare Netz der durch gleiche Parteimitgliedschaft sich ergebenden freundschaftlichen Beziehungen zu knüpfen und von Santa Ireneia bis zum Terreiro do Paço zu spannen ... Gewiß eine ausgezeichnete Theorie – aber wie gelangte man nur zu einer starken Ausgangsposition, wie erwarb man sich einen guten Ruf und politisches Ansehen? „Werden Sie Rechtsanwalt und schreiben Sie in den Zeitungen!" hatte ihm sein Parteichef Brás Vitorino herablassend geraten und dabei gelächelt. Aber in Oliveira als Rechtsanwalt praktizieren, oder gar in Lissabon? Dazu war er mit seinem natürlichen, beinahe angeborenen Abscheu gegen Akten und juristischen Papierwust einfach nicht imstande. Sollte er in Lissabon eine Zeitung gründen wie Ernesto Rangel, sein Kumpan aus dem Hotel „Mondego" in Coimbra? Für den verwöhnten Enkel der Senhora Dona Joaquina Rangel, die in den Schuppen von Gaia zehntausend Pipas Wein zu lagern hatte, war das ein Kinderspiel. Oder sollte er sich in den Spalten eines bereits bestehenden Lissabonner Blattes herumschlagen? In den Wochen, die er in der Hauptstadt verbrachte und in denen er ständig mit der Hypothekenbank und seinen „Kusinen" beschäftigt war, hatte er nicht einmal dauerhafte und vielleicht später einmal nützliche Verbindungen zu den beiden großen Tageszeitungen der Regeneradores, der „Manhã" und der „Verdade", anzubahnen vermocht. Nein, in dieser dicken Mauer, die ihn vom Erfolg trennte, sah er nur ein einziges kleines, enges, doch durchaus dienliches Löchelchen – die „Literarischen und Historischen Annalen", an denen Professoren und Politiker, ja sogar ein Minister und ein Admiral, der Senhor Guerreiro Araújo, dieser donnernde Jupiter, mitarbeiteten.

Er würde in den „Annalen" mit seinem „Turm" herauskommen und durch diese Veröffentlichung seine Phantasie und sein reiches Wissen offenbaren. Danach wollte er von der bloßen Dichtung zum respektableren Gebiet der Wissenschaft übergehen und (das war ihm bei seiner Rückkehr aus Lissabon noch im Eisenbahnzug eingefallen!) eine gelehrte Studie veröffentlichen: „Der westgotische Ursprung des Staatsrechts in Portugal". Selbstredend wußte er weder etwas über diesen Ursprung noch über die Westgoten, doch mit Hilfe der vortrefflichen „História da Administração Pública em Portugal", die ihm Castanheiro geliehen hatte, würde er ohne weiteres imstande sein, ein elegantes Resümee zu verfassen. Und wenn man dann zu Sozialwissenschaften und Pädagogik hinüberwechselte, warum sollte man da nicht in zwei ausführlichen Artikeln die Grundzüge einer „Reform der juristischen Bildung in Portugal" darlegen können, wie sie eines richtigen Staatsmannes würdig war. Auf solche Weise käme er, wenn er erst einmal bei den Regeneradores Anschluß gefunden hätte, gut mit dem Aufbau und Ausbau seiner literarischen Plattform voran, bis die Regeneradores wieder ein Kabinett bilden konnten und sich das begehrte Tor des Triumphes in besagter Mauer weit auftat. – Gonçalo Mendes Ramires stand in der Mitte seines Zimmers, in Unterhosen, die Hände in die Hüften gestemmt, und stellte fest, daß er sich mit seiner Novelle beeilen müsse.

‚Aber wann werde ich denn mit diesem »Turm« fertig werden – unter solchen Schwierigkeiten, ohne gute literarische Einfälle und bei angegriffener Leber?' fragte er sich.

Bento, ein alter Mann mit glattrasiertem, dunkelbraunem Gesicht und schönem krausem weißem Haar, der in seiner Jacke aus Baumwollköper sehr adrett aussah, trat leise ins Zimmer, einen Topf mit heißem Wasser in den Händen.

„He, Bento, hör mal! Hast du vielleicht in dem Koffer, den ich aus Lissabon mitgebracht habe, oder in der großen Kiste eine Glasflascne mit einem weißen Pulver gefunden? Das ist eine englische Arznei, die mir der Doktor Matos gegeben hat ... Sie hat ein englisches Etikett, mit einem englischen Namen drauf, genau weiß ich ihn auch nicht mehr; ich glaube: ‚fruit salt'... Das heißt ‚Fruchtsalz'..."

Bento starrte zuerst auf den Fußboden und dachte dann mit geschlossenen Augen angestrengt nach. Richtig, in der Toilette hatte auf dem großen roten Koffer eine Flasche mit einem Pulver gelegen, die in einen Bogen altes Pergament wie das im Archiv eingewickelt war.

„Das ist sie!" rief Gonçalo. „Ich brauchte doch für Lissabon ein paar Dokumente wegen diesem verwünschten Pachtzins von Praga. Und in dem ganzen Trubel habe ich aus Versehen ein völlig wertloses Pergament von hier mitgenommen! Hol das Päckchen mal her ... Aber sei vorsichtig mit der Flasche!"

Der pflichtbewußte und immer etwas langsame Bento steckte noch die Achatknöpfe in die Hemdmanschetten des Herrn Doktor und legte die Jacke und die sorgfältig gebügelten Hosen aus leichtem Cheviot ausgebreitet aufs Bett. Gonçalo, den bereits wieder seine Beiträge für die „Annalen" beschäftigten, blätterte am Fenster in der „História da Administração Pública em Portugal", als Bento mit einer Pergamentrolle wiederkam, aus der an zerfransten Bändern eine bleierne Plombe hing.

„Das ist sie!" jubilierte der Fidalgo und warf seinen Wälzer auf den Fenstertritt. „Eben diese Flasche da habe ich in Pergament gewickelt, damit sie nicht zerbricht. Pack sie aus und leg sie auf die Kommode ... Doktor Matos hat mir geraten, die Medizin in lauem Wasser einzunehmen, auf nüchternen Magen. Sie scheint zu brennen, aber sie reinigt das Blut und macht einen klaren Kopf ... Ich habe es nämlich sehr nötig, einen klaren Kopf zu behalten! ... Nimm du auch davon, Bento. Und sag der Rosa, sie soll auch davon nehmen. Alle nehmen jetzt Medizin ein, sogar der Papst!"

Sorgsam wickelte Bento die Flasche aus und breitete das

steife Pergament über die Marmorplatte der Kommode, auf der die vergilbte, verblichene Handschrift aus dem sechzehnten Jahrhundert Falten schlug. Gonçalo knöpfte sich den Kragen fest und sagte: „Das ist also die Kostbarkeit, die ich mitgenommen habe, um die Sache mit dem Pachtzins von Praga zu klären! Ein Pergament aus der Zeit Dom Sebastiãos ... Und ich kann gerade noch das Datum entziffern, vierzehnhundert ... nein, fünfzehnhundertsiebenundsiebzig. Kurz vor dem Afrikafeldzug ... Wie dem auch sei, zum Einwickeln der Flasche war es ausgezeichnet."

Bento nahm eine weiße Weste aus der großen Schublade und warf dabei einen Seitenblick auf das ehrwürdige Pergament. „Natürlich ein Brief, den König Sebastião an irgendeinen seligen Vorfahren des Herrn Doktor schrieb ..."

„Natürlich", murmelte Gonçalo vor dem Spiegel. „Und er schrieb, um ihm irgend etwas Gutes, eine fette Pfründe zu vermachen ... Früher brachte es etwas ein, einen König zu haben. Heutzutage ... Zieh diese Schnalle nicht so fest zu, Mann! Ich habe seit ein paar Tagen so ein Drücken im Magen ... Wirklich, heutzutage hat sich die Institution des Königtums sehr stark abgenutzt, Bento!"

„Es scheint so", erwiderte Bento ernst. „Das ‚Século' versichert ja auch, daß es mit den Königen zu Ende geht, und das alle paar Tage, erst gestern wieder. Und das ‚Século' ist immer bestens informiert. In der heutigen Nummer – ich weiß nicht, ob der Herr Doktor sie schon gelesen hat – wird über die großartige Geburtstagsfeier des Senhor Sanches Lucena berichtet und über das Feuerwerk und das Festessen, das auf der Feitosa gegeben wurde ..."

Gonçalo ließ sich in die Polster seines Damastsofas sinken und streckte Bento die Füße hin, um sich von ihm die weißen Stiefel zuschnüren zu lassen.

„Dieser Sanches Lucena ist doch ein Idiot! Was macht es ihm mit seinen sechzig Jahren für Umstände, Abgeordneter zu spielen! Er muß sein schönes Landgut verlassen, kann sich nicht mehr selber um seine Besitzungen kümmern und muß ganze Monate in Lissabon im ‚Francfort' verbringen ... Und wozu das alles? Um von Zeit zu Zeit ein ‚Bewilligt' zu brummen! Da sollte er doch lieber mir seinen Parlamentssitz abtreten, mir, der ich wendiger bin, keine großen Ländereien besitze und recht gern im ‚Hotel Bragança' Quartier nehme. Apropos Sanches Lucena ... Joaquim soll morgen um diese Zeit meine Stute bereithalten – ich will zur Feitosa reiten und ihn besuchen, diesen Trottel ... Und da ziehe ich den neuen Reitanzug an, den ich aus Lissabon mitgebracht habe, und die hohen Gamaschen ... Es ist schon länger als zwei Jahre her, seit ich Dona Ana Lucena zuletzt gesehen habe. Eine hübsche Frau!"

„Als der Herr Doktor in Lissabon waren, kamen sie hier vorbei, in der Kalesche. Sie hielten sogar an, und der Senhor Sanches Lucena wies mit dem Finger auf den Turm, um ihn der Senhora zu zeigen ... Ein Bild von einer Frau. Sie hatte eine große Lorgnette mit einem großen Griff und trug eine große Kette, alles aus Gold ..."

„Großartig! Tränke dieses Taschentuch gut mit Kölnischwasser, mir tut der Kopf so weh ... War diese Dona Ana nicht eine Tagelöhnerin, ein Bauernmädchen aus Corinde?"

Bento hielt erschrocken inne, die Flasche mit Kölnischwasser in der Hand.

„Nein, Senhor! Aber die Senhora Dona Ana stammt tatsächlich aus sehr niedrigen Kreisen: Sie ist die Tochter eines Fleischers in Ovar. Und ihr Bruder ging in die Berge, weil er den Hufschmied von Ílhavo umgebracht hatte."

„Also", faßte Gonçalo zusammen, „Fleischerstochter, ihr Bruder auf und davon, eine schöne Frau, goldene Lorgnette ... Da muß ich schon einen neuen Anzug anziehen, wenn ich dort wieder einen Besuch mache!"

Auf einer der Steinbänke unter den Judasbäumen am Springbrunnen in Vila Clara saßen um zehn Uhr abends Titó und sein Freund João Gouveia, der Landrat, und warteten. Beide fächelten sich mit dem Hut Luft zu und genossen schweigend den frischen Hauch des im Schatten dahinplätschernden Wassers. Die Rathausuhr schlug gerade halb elf, als Gonçalo endlich erschien. Er hatte sich im Klub bei einer Partie Lomber verspätet, bei der es um einen größeren Geldbetrag gegangen war, und verkündete, er habe entsetzlichen Hunger, „den historischen Hunger der Ramires". Jetzt konnte er gar nicht schnell genug zum Gago kommen und wollte nicht einmal zulassen, daß Titó zur Tabakhandlung Brito hinunterging, um sich eine Flasche Madeira-Zuckerrohrschnaps zu holen, „einen alten, ganz ausgezeichneten Schnaps".

„Dazu ist jetzt keine Zeit! Los, auf zum Gago! Sonst verschlinge ich mit meinem Ramiresschen Heißhunger noch einen von euch!"

Doch kaum waren sie auf der stillen Hauptstraße, da blieb Gonçalo stehen, verschränkte die Arme und stellte den Herrn Landrat scherzhaft wegen der erstaunlichen Tat „seiner" Regierung zur Rede: „Seine" Regierung, „seine" Freunde, die Históricos, „sein" höchst ehrenwerter São Fulgêncio hatten António Moreno zum Regierungspräsidenten von Monforte ernannt! Ausgerechnet António Moreno, der in Coimbra so treffend „die kleine Mohrin Antónia" genannt wurde! Nein, das war tatsächlich die tiefste Stufe des Verfalls, auf die ein Land überhaupt herabsinken konnte. Jetzt blieb nur noch *eine* Ernennung übrig, um die vollkommene Harmonie aller öffentlichen Dienste zu gewährleisten – die der Pökelfleisch-Joana zur Generalstaatsanwältin!

João Gouveia, ein kleiner, unscheinbarer, sehr magerer Mann mit einem Schnurrbart härter als Besenborsten, in einen kurzen Gehrock gezwängt, die Melone auf dem Ohr, gab Gonçalo nicht einmal unrecht. Als unparteiischer Beamter, der den Históricos diente, wie er den Regeneradores gedient hatte, nahm er die Nominierung junger Bakkalaurea für fette Verwaltungsposten – mochten sie nun den Históricos oder den Regeneradores angehören – stets mit unparteiischer Ironie auf. Aber in diesem Fall hätte er wahrhaftig beinahe ausgespien! António Moreno Regierungspräsident von Monforte, dieser Moreno, den er in Coimbra so oft in seinem Zimmer in Frauenkleidern angetroffen hatte, im offenen Schlafrock, das hübsche Gesicht mit Reispuder bedeckt! ... Gouveia griff nach Gonçalos Arm und erinnerte ihn an die Nacht, in der der stark angetrunkene José Gorjão im Zylinder mit gezogenem Revolver hitzig von dem gleichfalls betrunkenen Pater Justino verlangt hatte, er solle ihn vor dem Bildnis Unserer Lieben Frau vom Guten Tode, das in einer Mauernische aufgestellt war, mit dem schönen António trauen! Doch Titó, der gelangweilt seinen massigen Spazierstock schwang, erklärte den Herrschaften, daß, wenn sie genug Zeit hätten, derartig auf der Straße herumzutrödeln und sich über Politik und unanständige Dinge zu unterhalten, er prompt zum Brito umkehren und sich sein Fläschchen Schnaps holen würde ... Sogleich schüttelte der stets zu Scherzen aufgelegte Fidalgo den Arm des Landrats ab und sprang mit einem Katzbuckel die Straße entlang, wobei er so tat, als halte er die Zügel eines störrischen Gauls in den Händen.

Das Nachtmahl im Obergeschoß von Gagos Schenke, zu dem eine schmale und steile Treppe hinaufführte, verlief sehr vergnüglich und ausgelassen. Sie saßen an einem Ende der langen Tafel, beim Licht zweier Petroleumlampen. Gonçalo, der behauptete, er sei durch seinen Spaziergang nach Bravais und die Aufregungen des Lomberspiels, bei dem er dem Manuel Duarte neunzehn Testonen abgeknöpft hatte, auf wunderbare Weise von seinen Beschwerden kuriert worden, verschlang eine volle Schüssel Eier mit Wurst und eine halbe Quappe, fiel über sein „Hähnchen für einen Kranken" her, aß den Teller mit dem Gurkensalat leer und vertilgte zum Schluß noch einen ganzen Berg Quittengelee-Täfelchen. Während dieser noblen Beschäftigung leerte er, ohne rot zu werden, einen kleinen glasierten Krug mit Alvaralhão, denn den Heurigen des Abts hatte er – sehr zu Titós Verdruß – gleich beim ersten Schluck verwünscht. Zum Nachtisch erschien Videirinha, Videirinha mit der Bratsche, der berühmte Musikus von Vila Clara, Apothekergehilfe und Dichter erotischer und patriotischer Verse, die bereits im „Unabhängigen von Oliveira“ abgedruckt worden waren. An diesem Abend hatte er beim Komtur Barros, der den Jahrestag seiner Ernennung feierte, aufgespielt und gut gegessen und genehmigte jetzt nur ein Glas Alvaralhão, worin er ein Täfelchen Quittengelee zerstieß, „um die Stimme süß und klar zu machen“. Gegen Mitternacht nötigte Gonçalo den Wirt, noch einmal im Herd nachzulegen und einen Kaffee zu kochen, „einen ganz starken, einen Mordskaffee, mein lieber Gago ... einen Kaffee, der aus dem Herrn Komtur Barros ein Genie macht!“ Nun kam die göttliche Stunde der Bratsche und des lieblichen Fados: Videirinha, im Schatten auf dem Rand einer Bank hockend, räusperte sich und stimmte bereits melancholisch die Saiten seines Instruments.

„Sing die ‚Einsamkeit‘, Videirinha!“ bat Titó und drehte sich gedankenvoll eine dicke Zigarette.

Mit schluchzenden Tönen begleitete Videirinha auf seiner Bratsche die „Einsamkeit“:

„Ruhst du erst im kühlen Grabe,
Ach, wie wirst du einsam sein! ...“

Kaum hatte er unter dem lauten Beifall seiner Zuhörer geendet und war mit dem Nachspannen der Saiten beschäftigt, da begannen der Fidalgo und João Gouveia mit aufgestützten Ellbogen, die qualmenden Zigarren zwischen den Fingern, auch schon den Verkauf von Lourenço Marques an die Engländer zu diskutieren, der (wie die Blätter der Opposition schaudernd vor Entsetzen anprangerten) im stillen von der Regierung São Fulgêncio vorbereitet würde. Gonçalo schauderte es ebenfalls. Nicht etwa, weil die Kolonie verschachert werden sollte, sondern vielmehr wegen der Unverschämtheit des São Fulgêncio. Daß dieser feiste Glatzkopf, der ruchlose Sohn eines Mönchs, der sich später als Kolonialwarenhändler in Cabecelhos niedergelassen hatte, ein Stück von Portugal, ein Stück des gleichen erhabenen Bodens, über den einst trutzig ein Gama, ein Ataíde, ein Castro, ja seine eigenen Ahnen geschritten waren, nun in klingende Münze einwechseln wollte, bloß um noch zwei Jahre länger an der Macht zu bleiben – das erschien ihm als ein Frevel, der jede Gewaltanwendung rechtfertigte, selbst eine Revolte, die das Herrscherhaus von Bragança tief in den Schlamm des Tejo stieße! João Gouveia fuhr fort, gebrannte Mandeln zu zerbeißen, und meinte: „Seien wir gerecht, Gonçalo Mendes! Bedenken Sie, daß auch die Regeneradores ..."

Der Fidalgo lächelte überlegen: Ja, wenn die *Regeneradores* diesen grandiosen Plan verwirklichen würden, dann gut! Erstens würden sie niemals die Gemeinheit begehen, portugiesischen Boden an Engländer zu verkaufen! Sie würden mit Franzosen oder Italienern, also mit romanischen Völkern, mit Brudernationen unterhandeln ... Und außerdem würden diese Millionen Libras dann zum Wohle Portugals verwendet werden, mit Weisheit, Redlichkeit und Erfahrung. Aber was dieser abscheuliche Glatzkopf São Fulgêncio da trieb ... Gonçalo schluckte seinen Zorn hinunter und schrie nach Wacholderschnaps, weil der Kognak des Gago wirklich bloß ein fades Gesöff sei.

Titó zuckte teilnahmslos die Achseln. „Mich hast du mein Fläschchen Branntwein nicht holen lassen, nun sieh nur gleichfalls zu, wie du's aushältst ... Übrigens schmeckt der Wacholderschnaps noch fader. Den würden nicht einmal die Neger in diesem Lourenço Marques saufen, das du da verkaufen willst ... Schlechte Portugiesen sind das, die Portugal verkaufen möchten! Eigentlich müßte der Herr Landrat derartige Gespräche verbieten!"

Der Herr Landrat hingegen versicherte, daß er sie großzügig gestatte. Denn auch *er* würde, wenn er an der Regierung wäre, Lourenço Marques und überhaupt gleich die ganze Costa Oriental verkaufen. Stückweise! Wie auf einer Auktion! Ganz Portugiesisch-Afrika müßte zur Versteigerung freigegeben und auf dem Terreiro do Paço öffentlich feilgeboten werden. Und wüßten seine Freunde auch, warum?

Wegen des gesunden Prinzips der straffen Verwaltung! (Er war halb von der Bank aufgestanden und streckte den Arm empor, als spräche er in einer Parlamentssitzung.) Wegen des gesunden Prinzips, daß jeder Eigentümer ferner Ländereien, der sie aus Mangel an Geld oder Leuten nicht nutzen könne, diese Ländereien zu verkaufen habe, um bei sich zu Hause das Ziegeldach ausbessern, seinen Garten düngen, seinen Stall füllen und alles für den guten Boden verwenden zu können, auf dem er mit seinen Füßen stehe... Nichtsdestoweniger sei Portugal ja noch eine ganz schwerreiche Provinz verblieben, die es zu kultivieren, zu bewässern, zu pflügen und zu besäen gelte – das Alemtejo!

Titó überschrie ihn und schmähte das Alemtejo als einen dürftigen Landstrich mit schlechtem Boden, der abgesehen von einigen Leguas Feld um die Städte Beja und Serpa herum für ein Samenkorn nur zwei hergebe und, kaum daß man dort die Erde aufkratze, auch schon Granit sehen lasse. „Unser lieber João hat dort ein großes Erbgut, ein riesengroßes sogar, das ihm ganze dreihundert Milreis einbringt!" behauptete er.

Der Landrat João Gouveia, der in Mértola als Rechtsanwalt tätig gewesen war, protestierte entrüstet. Das Alemtejo! Eine vernachlässigte Provinz, das wohl! Seit Jahrhunderten sträflich vernachlässigt! Aber eine überaus reiche und ergiebige Provinz!

„Denn damals die Araber, das waren Kerle! Erst vor ein paar Tagen hat mir Freitas Galvão erzählt, wie..."

Doch Gonçalo Mendes, der nach dem Kognak auch den Wacholderschnaps mit einer Grimasse wieder ausgespien hatte, unterbrach ihn sogleich mit einem vernichtenden Kommentar: Er erklärte das ganze Alemtejo für eine unglückliche Illusion!

Der Landrat beugte sich weit über den Tisch zu Gonçalo hinüber und brüllte: „Waren Sie denn schon mal im Alemtejo?"

„Ich war auch noch nicht in China, und..."

„Dann reden Sie doch nicht! Allein der wunderbare Weinberg, den João Maria dort angelegt hat ..."

„Was Sie nicht sagen! Die hundert Pipas verdorbenes Gesöff! Aber auf anderen Besitzungen findet man meilenweit kein ..."

„Nicht eine Scheune!"

„Nicht einmal ein bißchen Heideland!"

Videirinha, in wehmutsvolle Erinnerungen an irgendeine betörende dunkle Schönheit versunken, spielte voller Hingabe auf seiner Bratsche und schluchzte, von seinen Fadoseufzern mitgerissen, mitten hinein in diese Auseinandersetzung:

„Ach, aus deinen schwarzen Augen
Seh ich mein Verderben nahn ..."

Das Petroleum in den beiden Lampen ging zur Neige. Man rief nach Gago, der in Hemdsärmeln hinter einem Kattunvorhang erschien, und verlangte Kerzenleuchter. Gago jedoch machte die Herrschaften mit unterwürfigem Lächeln darauf aufmerksam, daß es schon ein Stündchen nach Mitternacht sei. Landrat Gouveia, der nächtlichen Gelagen abhold war, weil sie seinem Hals und seinen so überaus empfindlichen Mandeln schadeten, zog entsetzt die Taschenuhr. Rasch knöpfte er sich wieder in seinen Gehrock, stülpte die Melone schief aufs Ohr und trieb den schwerfälligen Titó zur Eile an. Sie wohnten beide im oberen Teil des Städtchens: er selber gegenüber vom Postamt, Titó im Theresengäßchen, in jenem Haus, wo einstmals der alte Scharfrichter von Porto gewohnt hatte, der eines Tages erdolcht aufgefunden worden war.

Titó hatte es aber gar nicht eilig. Seinen riesigen Spazierstock unter den Arm geklemmt, winkte er erst noch Gago beiseite und tuschelte in einer finsteren Ecke mit ihm wegen eines verwickelten Waffengeschäfts: Er wollte nämlich die prächtige Winchesterflinte kaufen, die der Sohn des Notars Guedes aus Oliveira dem Gastwirt als Pfand für eine nicht bezahlte Zeche überlassen hatte. Als er endlich die Treppe hinunterstieg, fand er unten am Eingang im Mondlicht, das die friedlich daliegende Straße übergoß, den Fidalgo und João Gouveia bei ihrem üblichen heftigen Wortgefecht – es ging um André Cavaleiro, den Regierungspräsidenten von Oliveira.

Dieser Streit war stets der gleiche: persönlich, erbittert und völlig fruchtlos. Gonçalo verwahrte sich bei den fünf Wundmalen Christi dagegen, daß man in seiner Anwesenheit diesen Banditen auch nur erwähne, diesen Senhor Cavaleiro oder, besser gesagt, Cavalo, diesen lächerlichen Despoten, der den ganzen Distrikt auf den Kopf stellte! Und João Gouveia, die Melone noch schiefer überm Ohr, stand beleidigt vor ihm und rühmte die unvergleichliche Intelligenz des Cavaleiro, der gleich einem Herkules die Ställe von Oliveira ausgemistet habe. Gonçalo kochte vor Wut, und Videirinha, der seine Bratsche vorsichtshalber auf dem Rücken hielt, bat die beiden flehentlich, doch wenigstens wieder in die Schenke zurückzukehren, um nicht die ganze Straße aus dem Schlaf zu schrecken.

„Um so mehr, als die Schwiegermutter vom Doktor Venâncio, die gegenüber wohnt, die Ärmste, seit gestern an einer Neuralgie leidet!"

„Jedenfalls soll man mir nicht mit solchen empörenden Albernheiten kommen!" brüllte Gonçalo. „Wie können Sie sagen, Gouveia, daß Oliveira noch nie einen Regierungspräsidenten wie Cavaleiro hatte! Cavaleiro ist doch überhaupt kein Ersatz für meinen Vater! Drei Jahre ist der nun schon tot! Zugegeben, daß er keine große Autorität gehabt hat! Er war krank und gebrechlich ... Doch dann bekamen wir den Vicomte von Freixomil. Wir bekamen den Bernardino. Sie waren ja Ihre Vorgesetzten. Das waren noch Männer! ... Aber dieses Roß Cavaleiro! Die erste Voraussetzung für die oberste Respektsperson eines Distriktes ist nun einmal, nicht lächerlich zu wirken. Und Cavaleiro ist ein Hanswurst! Diese Troubadourmähne, dieser scheußliche schwarze Schnauzbart, der schmachtende Blick, der Spitzbauch, und sein ‚Pfui-Pfui-Pfuiii!' Eine Possenfigur! Und dumm, von einer Dummheit, die von den Plattfüßen an aufwärts immer größer wird. Oh, Herrschaften, was für ein Rindvieh! Ganz davon zu schweigen, daß er ein Gauner ist!"

Der Landrat stand unbeweglich im Schatten des Hünen Titó, wie ein Pfahl neben einem Turm, und kaute an seiner Zigarre. Dann hob er den Zeigefinger und sagte mit sarkastischer Gelassenheit: „Sind Sie fertig? Nun hören Sie mal, mein lieber Gonçalo! Im ganzen Distrikt Oliveira – wohlgemerkt, im ganzen Distrikt! – gibt es niemanden, absolut niemanden, der sich, was Intelligenz, Charakter, Manieren, Wissen und politischen Scharfsinn anbelangt, auch nur im geringsten mit Cavaleiro messen könnte!"

Dem Fidalgo blieb die Sprache weg. Er fuchtelte mit dem Arm in der Luft herum und erwiderte schließlich barsch und voll tiefster Verachtung: „Das sind die Ansichten eines Untergebenen!"

„Und das ist der Ton eines Flegels!" schrie der andere mit sich überschlagender Stimme und weit aufgerissenen, blitzenden Augen.

Sogleich schob sich der balkendicke Arm des Titó, der einen langen Schatten auf das Steinpflaster warf, zwischen die beiden. „Nanu! Aber Leute, was hat denn das zu bedeuten? Seid ihr etwa betrunken? Na, hör mal, Gonçalo . . ."

Doch in einer seiner bezwingenden Anwandlungen von Großmut und Liebenswürdigkeit gab Gonçalo bereits nach und bekannte sich zerknirscht der Grobheit schuldig: „Verzeihen Sie, João Gouveia! Ich bin mir völlig darüber im klaren, daß Sie Cavaleiro aus Freundschaft in Schutz nehmen und nicht, weil Sie von ihm abhängig sind. Aber was soll ich denn machen, Menschenskind! Wenn mir jemand mit diesem Cavalo kommt . . . Ich weiß auch nicht, dieses Tier bringt mich eben auf, und da blähe ich die Nüstern und schlage aus!"

Gouveia, sofort versöhnt und ohne jeden Groll (denn im Grunde war er dem Fidalgo recht gewogen), zog mit einem Ruck seinen Gehrock straff und bemerkte lediglich, daß „der gute Gonçalo eine Blume, aber eine mit Dornen" sei. Gonçalos versöhnliche Haltung ausnutzend, begann er noch einmal Cavaleiro zu loben, nur tat er es jetzt vorsichtiger. Er gebe ja zu, daß Cavaleiro einige Fehler habe. Gewiß, er sei ein wenig arrogant ... Doch was für ein Herz er habe! Und der gute Gonçalo solle doch bedenken, daß ...

Der Fidalgo regte sich von neuem auf, trat einen Schritt zurück und preßte wie beschwörend die Hände gegeneinander. „Aber hören Sie mich doch an, João Gouveia! Warum haben Sie eigentlich beim Abendbrot den Gurkensalat nicht gegessen? Er war großartig, sogar Videirinha wollte davon haben. Ich habe mir noch eine Schüssel davon bringen lassen und sie leergegessen ... Und warum wollten *Sie* keinen Gurkensalat? Weil Sie eine angeborene Abneigung gegen Gurke haben. Ihre Natur und die Gurke sind etwas miteinander Unvereinbares. Keine Vernunftgründe, keine Argumente können Sie bewegen, Gurke zu essen. Sie bezweifeln nicht, daß Gurke etwas Vortreffliches ist, da so viele angesehene Leute sie zu schätzen wissen, aber *Sie* vermögen das eben nicht ... Und mir geht es nun mit dem Cavaleiro wie Ihnen mit der Gurke. Ich kann einfach nicht! Weder schöne Worte noch irgendwelche Argumente können daran etwas ändern. Für mich bleibt er ein Ekel. Nichts zu machen. Er reizt mich zum Brechen! Hören Sie doch bloß, was ..."

Jetzt mischte sich, des Streites überdrüssig, gähnend Titó ein: „Schön! Mir scheint, daß wir heute unsere Dosis Cavaleiro weg haben, und zwar eine recht kräftige! Wir sind alle sehr ehrenwerte Leute und sollten endlich nach Hause gehen. Erst die Senhora, dann die Quappe – jedenfalls bin ich total fertig. Und bald graut der Morgen, o welche Schande!"

Der Landrat zuckte zusammen. Großer Gott! Für neun Uhr morgens hatte sich eine Revisionskommission bei ihm angemeldet. Um seine Versöhnung mit Gonçalo zu besiegeln, schloß er ihn kräftig in die Arme. Und während der Fidalgo mit Videirinha in Richtung auf den Springbrunnen weiterging (Videirinha pflegte ihn nach solchen durchzechten Nächten in

Vila Clara stets bis zum Portal seines Schlosses zu begleiten), machte João Gouveia, der am Arm des Hünen Titó einherschritt, mitten auf der stillen Straße noch einmal kehrt, um ihn an die Lebensregel von „ich weiß nicht welchem Philosophen" zu erinnern: „Es lohnt nicht, sich wegen schlechter Politik ein gutes Abendbrot zu verderben ... Ich glaube, das ist von Aristoteles!"

Selbst Videirinha, der von neuem seine Bratsche stimmte und letzte Vorbereitungen für ein gefühlvolles Nachtkonzert traf, murmelte respektvoll zwischen gedämpften Arpeggios: „Es lohnt nicht, Herr Doktor ... Es lohnt wirklich nicht, denn in der Politik gilt heute weiß, morgen schwarz, und später, schwupp, ist alles nichts gewesen!"

Gonçalo zuckte die Achseln. Die Politik! Als ob er an die Obrigkeit, an den Herrn Regierungspräsidenten von Oliveira gedacht hätte, als er den Senhor André Cavaleiro von Corinde beschimpfte! Keineswegs; was er verabscheute, war der *Mann* – dieser falsche Kerl mit den Schmachtaugen! Denn zwischen ihnen herrschte eine jener erbitterten Fehden, die einstmals – zu Zeiten eines Tructesindo Ramires – beide hätten zu den Waffen greifen lassen, um sich im harten Aufeinanderprallen der Lanzen zu messen, wie es zwei Rittern geziemte ... Und während der Mond hoch über den Hügeln von Valverde stand und Videirinhas Bratsche den Fado vom Vimioso schluchzte, ging Gonçalo stumm neben ihm auf der Landstraße und rief sich Abschnitt für Abschnitt jene Geschichte ins Gedächtnis zurück, die seine müßige Seele einmal so sehr beschäftigt hatte.

Die Ramires und die Cavaleiros waren Nachbarn: Die einen besaßen das alte Schloß von Santa Ireneia, das älter war als das Königreich Portugal, die anderen ein gut verwaltetes und einträgliches Landgut in Corinde. Als Gonçalo mit achtzehn Jahren widerwillig sein letztes Jahr im Gymnasium absaß, behandelte ihn André Cavaleiro, damals Student im dritten Studienjahr, bereits wie einen richtigen Freund. Da seine Mutter ihm ein Pferd geschenkt hatte, erschien er in den Ferien jeden Nachmittag auf Santa Ireneia, und während gemeinsamer Spaziergänge in den Hainen des Landguts oder durch die Umgebung von Bravais und Valverde sprach er mit ihm wie mit einem Erwachsenen über seine politischen Ambitionen und seine Vorstellungen von seinem künftigen Leben, das ernst und würdig verlaufen und ganz dem Staatsdienst gewidmet sein sollte. Gonçalos Schwester, die kleine Graça Ramires, blühte in der Anmut ihrer sechzehn Lenze, und bis nach Oliveira hinein hieß sie nur „die Blume vom Schloß". Damals lebte noch die englische Gouvernante der kleinen Graça, die gute Miss Rhodes – die, wie übrigens alle Leute auf Santa Ireneia, für André Cavaleiro schwärmte: wegen seiner Liebenswürdigkeit, seines wallenden romantischen Haarschopfes, des sanften Blickes seiner großen Augen und der Inbrunst, mit der er Victor Hugo und João de Deus rezitierte. Diese Schwäche, die angesichts der Macht der Liebe sowohl ihre Seele als auch ihre Prinzipien erweichen mußte, bewirkte, daß sie langen Unterhaltungen zwischen André und Graça unter den Judasbäumen auf einem Hügel, der einen malerischen Rundblick bot, und sogar dem Austauschen von Briefchen in der Abenddämmerung, über die niedrige Mauer des Wasserbassins hinweg, Vorschub leistete. Alle Sonntage aß Cavaleiro im Schloß zu Mittag, und der alte Prokurator Rebelo hatte schon murrend ein Conto Reis für die Aussteuer der „Kleinen" zusammengekratzt und beiseite gelegt. Gonçalos Vater, als Regierungspräsident des Distrikts Oliveira stets mit Arbeit überhäuft und mit der Politik und seinen Schulden beschäftigt, ließ sich nur sonntags auf Santa Ireneia sehen und billigte alle diese Vorkehrungen, zumal die zarte und romantisch veranlagte kleine Graça ja keine Mutter mehr besaß, die sie in ihre Obhut hätte nehmen können, und sie bei seinem ohnehin schwierigen Leben nur ein lästiges Anhängsel und eine zusätzliche Sorge darstellte.

Obwohl André Cavaleiro nicht wie Gonçalo einer Familie mit großer Vergangenheit entstammte, die älter als das

Königreich Portugal war und in deren Adern das beste Blut gotischer Könige floß, war er dennoch ein junger Mann von guter Abkunft, Sohn eines Generals, Enkel eines Obertribunalrats, mit einem legitimen Wappen an seinem kleinen Palais in Corinde und fruchtbarem Land ringsum, mit guter Saat bestellt und hypothekenfrei ... Da er der Neffe des Reis Gomes war, einer der führenden Persönlichkeiten der Históricos, und seit seinem zweiten Studienjahr an der Universität Mitglied dieser Partei, war seine glänzende Karriere in Politik und Verwaltung bereits vorgezeichnet. Und zudem war Graça hingerissen von den bartwichseglänzenden Schnurrbartspitzen und den breiten Schultern dieses wohlerzogenen Herkules, seiner ganzen stolzen, imponierenden Haltung, die seine Hemdbrust in einen Küraß verwandelte. Sie hingegen war klein und zierlich, hatte scheue, grünliche Augen, die feucht wurden und einen schmachtenden Ausdruck annahmen, wenn sie lächelte, und eine Haut so durchsichtig wie feines Porzellan. Ihr prachtvolles Haar, glänzender und schwärzer als der Schweif eines Schlachtrosses, reichte ihr bis zu den Füßen und vermochte sie völlig einzuhüllen. Wenn die beiden die Pappelalleen des Gutes entlanggingen, mußte Miss Rhodes (die ihr Vater, ein Professor für griechische Literatur in Manchester, mit Mythologie vollgepfropft hatte) immer an den „kraftstrotzenden Mars, der die anmutsvolle Psyche liebt“ denken. Und selbst die Dienerschaft auf Santa Ireneia bewunderte das „schöne Paar“.

Einzig Senhora Dona Joaquina Cavaleiro, Andrés Mutter, eine mürrische, sehr beleibte Dame, mißbilligte den amourösen Eifer, den ihr Sohn im benachbarten Schloß entfaltete. Das tat sie jedoch ohne gewichtige Gründe und nur, weil sie „der Kleinen“ nicht recht traute und sich eine anspruchslosere Schwiegertochter wünschte. Um die Zeit, da André Cavaleiro sich an der Universität für das fünfte Studienjahr einschreiben ließ, starb glücklicherweise die unsympathische Matrone an Wassersucht. Gonçales Vater bekam den Sargschlüssel, die kleine Graça zog Trauerkleider an, und Gonçalo, der in der Rua São João in Coimbra Cavaleiros Hausgenosse war, legte einen Trauerflor um den Ärmel seiner Soutane. Sogleich vermutete man auf Santa Ireneia, daß der schöne André, nunmehr von der hartnäckigen Opposition der Frau Mama befreit, gleich nach seiner Doktorprüfung um die Hand der „Blume vom Schloß“ anhalten würde. Doch nachdem die ersehnte Promotion stattgefunden hatte, eilte Cavaleiro nicht nach Santa Ireneia, sondern nach Lissabon – weil für den Oktober Wahlen vorbereitet wurden und ihm sein Onkel Reis Gomes, damals Justizminister, einen Abgeordnetensitz für Bragança versprochen hatte.

So verlebte er den ganzen Sommer in der Hauptstadt. Anschließend ging er nach Cintra, wo er mit dem feuchten Glanz seiner schwarzen Schmachtaugen so manches Herz zum Schmelzen brachte. Dann folgte ein geradezu triumphaler Einzug in Bragança, mit Feuerwerk und Hochrufen „auf den Neffen des Herrn Staatsrats Reis Gomes!“ Im Oktober „betraute die Stadt Bragança den Herrn Doktor André Cavaleiro“ (wie das „Eco de Traz-os-Montes“ schrieb) „mit der ehrenvollen Aufgabe, sie mit seinen brillanten literarischen Kenntnissen und seinem bewundernswerten Redetalent in den Cortes zu vertreten“. Nunmehr zog er sich nach Corinde zurück; doch bei seinen gelegentlichen Besuchen auf Santa Ireneia, wo sich Gonçalos Vater von einem Magenkatarrh, der Folge seiner alten Zuckerkrankheit, erholte, verschwand er nicht mehr wie früher mit der kleinen Graça in den stillen, schattigen Winkeln des Landgutes, sondern verweilte mit Vorliebe im Blauen Salon, wo er mit dem an seinen Großvaterstuhl gefesselten und in eine Decke gewickelten greisen Vicente Ramires über Politik diskutierte. Und in den Briefen, die die kleine Graça an Gonçalo nach Coimbra schrieb, beklagte sie sich bereits, daß Andrés Besuche im Schloß nicht mehr so harmonisch und auch nicht mehr so intim wie früher verliefen, denn er sei jetzt vollkommen damit beschäftigt, seine Rolle als Parlamentsabgeordneter einzustudieren. Nach Weihnachten kehrte Cavaleiro zur Eröffnung der Cortes nach

Lissabon zurück, mit großem Gepäck, seinem Diener Mateus, einer hübschen Stute, die er in Vila Clara dem Manuel Duarte abgekauft hatte, und zwei riesigen Bücherkisten. Und die gute Miss Rhodes war überzeugt, daß dieser „Mars", wie es einem richtigen Helden geziemte, erst nach einer edlen Tat, etwa seinem Debüt im Parlament „mit einer schwungvollen, stilistisch meisterhaften Rede", Anspruch auf seine „Psyche" erheben würde.

Als Gonçalo in den Osterferien nach Santa Ireneia kam, traf er die kleine Graça recht blaß und unruhig an. Die Briefe ihres André, der nun sein Debüt gegeben hatte, und zwar „mit einer schwungvollen, stilistisch meisterhaften Rede", wurden von Woche zu Woche kühler und kürzer. Und der letzte (den sie ihm heimlich zeigte) war im Parlament datiert und meldete in drei nachlässig hingeworfenen Zeilen, daß er viel in den Kommissionen hätte arbeiten müssen, daß das Wetter schön geworden sei, daß heute abend der Ball der Grafen von Vilaverde stattfinde und daß er auch weiterhin in herzlicher Verbundenheit ihr treuer André bleibe... Gonçalo Mendes Ramires machte seinem Unmut über Cavaleiros Verhalten noch am gleichen Nachmittag in einer Aussprache mit seinem Vater Luft.

„Ich finde, daß André recht übel mit unserer kleinen Graça umspringt... Meinst du nicht auch, Papa?"

Vicente Ramires, der in seinem Lehnstuhl dahinsiechte, antwortete lediglich mit einer resignierenden Geste seiner fleischlosen Hand, von der ihm jeden Moment der Siegelring heruntergitt.

Im Mai fand endlich die letzte Sitzung der Kammern statt, jene Sitzung, die die kleine Graça so brennend interessierte, weil sie es kaum erwarten konnte, daß die Abgeordneten endlich mit dem Diskutieren Schluß machten und in die Ferien gingen. Doch durch die Zeitungen erfuhren Graça in Santa Ireneia und Gonçalo in Coimbra fast gleichzeitig, daß „der hochtalentierte Abgeordnete André Cavaleiro eine längere Erholungs- und Studienreise nach Italien und Frankreich angetreten" habe. Und auch nicht eine Zeile an seine Auserwählte, ja gewissermaßen schon seine Verlobte! Eine Beleidigung, eine unerhörte Beleidigung, die einst im zwölften Jahrhundert sofort das gesamte Geschlecht der Ramires mit allen Mannen zu Pferde und zu Fuß auf den Plan gerufen hätte, um über die Stammburg der Cavaleiros herzufallen, bis jeder Balken von den Flammen des Brandes geschwärzt war und jeder Leibeigene an einem Hanfstrick baumelte! Jetzt jedoch vermochte der hinfällige und sterbenskranke Vicente Ramires weiter nichts zu tun, als „so ein Schurke!" zu murmeln. Gonçalo in Coimbra knirschte mit den Zähnen und schwor, es dem Ehrlosen eines Tages mit Ohrfeigen heimzuzahlen. Die gute Miss Rhodes holte ihre alte Harfe hervor, um sich zu trösten, und erfüllte Santa Ireneia mit herzzerreißenden Saitenklängen. Das Ganze endete schließlich mit den Tränen der kleinen Graça, die so vom Leben enttäuscht war, daß sie sich nicht einmal mehr die Haare kämmte und ganze Wochen lang heimlich unter den Judasbäumen auf dem Hügel weinte, wo sie einst mit André gesessen hatte.

Und noch jetzt, nach so vielen Jahren, überkam Gonçalo bei der Erinnerung an die Tränen seiner Schwester ein so tiefer Groll, daß er, während er mit Videirinha am Wassergraben entlangging, mit dem Spazierstock wütend auf die Hecke einhieb, als sei sie der Rücken des Cavaleiro.

Sie kamen nun an der Portela-Brücke vorüber, wo sich weite Felder erstreckten und man von der Landstraße nach Vila Clara hinunterblickte. Der Mond tauchte das Städtchen in sein bleiches Licht, vom Kloster Santa Teresa am Springbrunnen bis zu den zarten Zypressen hoch oben hinter der neuen Friedhofsmauer. Unten im Tal, das ebenfalls vom Mondschein erhellt wurde, lag Santa Maria de Craquede, das Kirchlein von Craquede, der Rest des ehemaligen Klosters, wo in Grüften aus grobem Granit die erhabenen Gebeine der Ramires aus der Zeit König Affonsos ruhten. Im Schatten des Brückenbogens zog über Kieselsteine hinweg leise rauschend ein Flüßchen dahin. Und Videirinha, entzückt von der Stille und der sanften Anmut der Landschaft, ließ die Saiten seiner Bratsche seufzen und sang:

„Vergeblich bleiben deine Klagen,
Umsonst ist all dein schmachtend Flehn –
Als wär ich tot, mußt du's ertragen,
Nie mehr wirst du mich wiedersehn!"

Gonçalo hing weiter seinen Erinnerungen nach. Er dachte an die Trübsal, die dann über Santa Ireneia hereingebrochen war: Vicente Ramires verschied an einem Nachmittag im August ohne jeden Todeskampf, auf der Veranda in seinen Lehnstuhl hingestreckt, die Augen starr auf den alten Turm gerichtet. Bevor er starb, sagte er noch leise zu Pater Soeiro: „Wie viele Ramires wird er wohl noch zu sehen bekommen in diesem Hause und in seinem Schatten?" – Die ganzen nächsten Semesterferien verbrachte Gonçalo damit, im dunklen Schloßarchiv Papiere durchzustöbern – ohne jede Hilfe, weil Gott auch den Prokurator, den guten Rebelo, abberufen hatte – und die genauen Einkünfte seiner Familie festzustellen. Sie beschränkten sich auf die zwei Contos und dreihundert Milreis, die die Verpachtung von Craquede, das Erbgut Praga und die beiden historischen Güter Treixedo und Santa Ireneia einbrachten. Als er nach Coimbra zurückkehren mußte, brachte er die kleine Graça nach Oliveira, zu seiner Tante Dona Arminda Nunes Viegas, einer sehr wohlhabenden und überaus gutmütigen Dame. Sie besaß am Terreiro da Louça eine riesige Villa voller Ahnenbilder und eingerahmter Stammbäume. In schwarzen Samtkleidern thronte sie auf einem damastbezogenen Kanapee und las inmitten spinnender Zofen immer wieder ihre Ritterbücher von der ersten bis zur letzten Seite: den „Amadis", den „Schönen Leandro", „Tristan und Blancaflor" und die „Chroniken des Kaisers Clarimundo".

In dieser Villa nun begegnete José Barrolo (ein junger Mann aus einer der reichsten Familien von Amarante) der kleinen Graça Ramires und verliebte sich mit tiefer, beinahe religiöser Leidenschaft in sie. Und das wollte schon etwas heißen bei diesem trägen, dicklichen Burschen mit den apfelroten Pausbacken, der von der Natur so spärlich mit Intelligenz bedacht worden war, daß ihn seine Freunde insgeheim den „Trottel José“ nannten. Der gute Barrolo hatte immer bei seiner Mutter in Amarante gewohnt und wußte nichts von jener Romanze verschmähter Liebe im Leben der „Blume vom Schloß“, die das Geheimnis der dichten Haine des Landgutes blieb. Dank der Protektion Dona Armindas wurden mit sanftem Druck innerhalb von drei Monaten Verlobung und Heirat unter Dach und Fach gebracht, und Barrolo schwor in einem Brief an Gonçalo, daß die reine Liebe, die er für Graça, ihre Tugenden und ihre anderen bewunderungswürdigen Eigenschaften empfinde, so groß sei, daß nicht einmal das Wörterbuch passende Worte dafür habe. Man feierte eine glanzvolle Hochzeit, und die Neuvermählten fuhren anschließend (auf Wunsch der kleinen Graça, die sich nicht zu weit von ihrem geliebten Schloß entfernen wollte) nach einem Höflichkeitsbesuch in Amarante nach Oliveira, um dort „ihr Nest zu bauen“, in einem kleinen Palais an der Ecke des Königsplatzes und der Rua das Tecedeiras, das „Trottel José“ zusammen mit großen Ländereien von seinem Onkel Melchior Deão da Sé geerbt hatte.

Zwei Jahre gingen ins Land, friedlich und ohne besondere Vorkommnisse. Als Gonçalo Mendes Ramires seine letzten Osterferien in Oliveira verbrachte, trat André Cavaleiro, der zum Regierungspräsidenten des Städtchens ernannt worden war, gerade sein Amt an, mit großem Trubel, Feuerwerk und Musikkapellen. Das Regierungsgebäude und der Bischofspalast wurden illuminiert, und das Wappen der Cavaleiros prangte auf Transparenten, im Café und am Finanzamt. Barrolo kannte Cavaleiro recht gut; er bewunderte sein Talent, seine Eleganz und seine glänzende politische Karriere. Doch Gonçalo, der den braven „Trottel José“ souverän zu dirigieren verstand, legte ihm sogleich nahe, den Herrn Regierungspräsidenten nicht zu besuchen, ja ihn nicht einmal auf der Straße zu grüßen und so aus purer Bündnistreue an der Fehde zwischen den Familien Cavaleiro und Ramires teilzunehmen. José Barrolo wunderte sich zwar, gab aber klein bei, ohne das Ganze zu begreifen. Als er eines Abends in seinem Zimmer in die Pantoffeln schlüpfte, erzählte er der kleinen Graça von Gonçalos „Spleen". „Und ohne jeden Grund, ohne daß er irgendwie von ihm beleidigt worden wäre, nur wegen der Politik! . . . Stell dir das mal vor! Wo Cavaleiro doch so ein Prachtkerl ist, und wo wir allesamt in schönster Harmonie leben könnten! . . ."

Ein weiteres ruhiges Jahr verstrich. Doch in diesem Frühjahr, als Gonçalo in Oliveira an der Feier von Barrolos Geburtstag teilnahm, schöpfte er auf einmal Verdacht, ging den Dingen nach und entdeckte eine schier unglaubliche Schurkerei: Der Cavaleiro, dieser Geck mit dem schwarzen Schnurrbart, hatte bar jeden Schamgefühls angefangen, der kleinen Graça Ramires wieder den Hof zu machen; er warf ihr stumm von weitem aufdringliche Blicke voller Sehnsucht und Begierde zu und versuchte so, diese Frau aus ältestem Adelsgeschlecht als Geliebte zu gewinnen – die gleiche Ramires, die er einst als Gattin verschmäht hatte!

Gonçalo war so in seine trübsinnigen Gedanken versunken, daß er auf der einsamen Landstraße dahinschritt, ohne das Portal seines Schlosses oder das grüne Pförtchen an der Ecke zu bemerken, zu dem drei Stufen emporführten. Als er längs der Gartenmauer weiterlief, blieb Videirinha plötzlich stehen, ließ die Saiten seiner Bratsche verstummen und rief ihm lachend nach: „Nanu, Herr Doktor, Sie wollen also wirklich zu dieser Stunde schnell noch nach Bravais?"

Gonçalo schrak zusammen, wandte sich um und suchte in seiner Hosentasche zwischen klimpernden Münzen nach dem Schlüssel.

„Das habe ich gar nicht gemerkt . . . Wie schön Sie gespielt haben, Videirinha! Bei Mondschein, nach dem Abendessen, gibt es keinen poetischeren Gefährten als Sie ... Sie sind wahrhaftig der letzte Troubadour Portugals!"

Für den Apothekergehilfen Videirinha, den Sohn eines Bäckers in Oliveira, bedeutete der vertrauliche Umgang mit diesem großen Herrn, der ihm in der Apotheke vor den Augen des Apothekers Pires und in Oliveira vor denen der dortigen Honoratioren die Hand schüttelte, eine Ehre, ja beinahe eine Huldigung, die er immer wieder neu und schmeichelhaft fand. Deshalb rührte er jetzt sogleich kräftig die Saiten und sagte: „Und nun zum Schluß der Große Sang, Herr Doktor!"

Das war sein Preislied, der „Fado der Familie Ramires", ein Rosenkranz markiger Vierzeiler, die die legendären Taten des berühmten Hauses feierten und deren Überarbeitung und Vervollständigung ihn schon monatelang beschäftigten. Bei dieser mühevollen Tätigkeit kam ihm übrigens das Wissen des alten Paters Soeiro, des Kaplans und Archivars von Santa Ireneia, sehr zustatten.

Der Fidalgo stieß die kleine grüne Tür auf. Als er den Korridor betrat, knisterte gleich neben dem silbernen Leuchter ein Nachtlämpchen, das kein Öl mehr hatte und dessen Flamme am Erlöschen war. Videirinha postierte sich mit einem hellen Akkord seiner Saiten auf der Mitte der Straße und blickte zum Turm empor, der hoch über die Dächer des ganzen Gebäudekomplexes ragte und seine düsteren Zinnen in den stillen, sternenklaren Sommerhimmel tauchte. Und dann sang er diesem Turm und dem Mond das Lied auf Gonçalos Heldenahnen, wobei er sich der klagenden Melodie eines Fados aus Coimbra bediente:

„Oh, wer sieht wohl ohne Beben
Santa Ireneias Mauern
Schwarz und schweigend sich erheben
In der Vollmondnächte Schauern?
  Oh, wie trist und stumm sie trauern,
  Santa Ireneias Mauern!"

Er hielt einen Augenblick inne, um dem Fidalgo für die Einladung zu danken, zu ihm heraufzukommen und ein Gläschen belebenden Wacholderschnaps mit ihm zu trinken, und fuhr dann, wie immer vom Wohlklang seiner Verse und vom Zauber der Legende hingerissen, mit seinem Ständchen fort. Gonçalo entschuldigte sich lächelnd, daß er das Burgpförtchen verschließen müsse, und verschwand vom Fenster. Und Videirinha sang:

„Stolze Zinnen, die, der Zeit zum Hohne,
Ihrer Herren Taten überdauern –
Älter als die Königskrone
Sind Sankt Ireneias Mauern!"

Eben hatte er den Vierzeiler auf Múncio Ramires, genannt „Wolfszahn", begonnen, als sich oben das in die kühle Nacht geöffnete Fenster eines Saales erhellte und sich der Fidalgo mit brennender Zigarre hinausbeugte, um diese Serenade zu genießen. Noch inbrünstiger, fast schluchzend klang Videirinhas Lied durch die Nacht. Jetzt kam der Vierzeiler über Gutierres Ramires in Palästina an die Reihe, der auf dem Ölberg vor dem Eingang seines Zeltes steht und die Herzogswürde für Galiläa samt der Lehnsherrschaft über die Ländereien jenseits des Jordans ausschlägt, die seine ihm mit blankem Degen huldigenden Barone ihm antragen. Er könne kein Land annehmen, sagte er, nicht einmal heiliges Land, nicht einmal das von Galiläa:

„Hatte er in Portugal
Doch schon Santa Ireneia!"

„Ein guter Witz!" murmelte Gonçalo.

Videirinha war ganz in seinem Element. Er gab jetzt einen neuen Vers zum besten, den er diese Woche gedichtet hatte – vom Leichenbegängnis der Aldonça Ramires, der heiligen Aldonça, die vom Kloster Arouca nach der Stammburg Treixedo übergeführt wurde, auf dem Strohsack, auf dem sie gestorben war, auf der Schulter getragen von vier Königen.

„Bravo!“ rief der Fidalgo und lehnte sich weit aus dem Fenster. „Diese Strophe ist großartig, mein lieber Videirinha! Aber es sind zu viele Könige drin ... Gleich vier!“

Der Apothekergehilfe hob begeistert den Hals seiner Bratsche und stimmte nun eine andere, schon sehr alte Strophe an – die vom schrecklichen Lopo Ramires, der als Toter aus seiner Gruft im Kloster von Craquede steigt, sich auf einen toten Rassehengst schwingt und die ganze Nacht quer durch Spanien galoppiert, um sich in die Schlacht von Navas de Tolosa zu stürzen. Nach einem Räuspern setzte Videirinha mit noch klagenderer Stimme zu der Strophe über den „Geköpften“ an:

„Schaurig huscht ein schwarzer Mantel ...“

Doch Gonçalo haßte diese Sage und die enthauptete Gestalt, die in den Winternächten stumm, ihren Kopf in den Händen tragend, zwischen den Zinnen des Turmes umherirrt – er trat vom Fenster zurück und machte der schauerlichen Chronik ein Ende: „Es wird Zeit, schlafen zu gehen, mein lieber Videirinha, nicht? Es ist ja schon drei Uhr vorbei, wie entsetzlich! Hören Sie, Titó und Gouveia essen am Sonntag hier zu Mittag. Kommen Sie auch her und bringen Sie Ihre Bratsche und ein neues Lied mit, aber nicht so ein unheimliches wie heute... Buona Sera! Welch schöne Nacht!“

Er warf die Zigarre fort und schloß das Fenster – das Fenster des „Alten Saales“, dessen Wände mit den schwärzlichen, melancholisch dreinschauenden Porträts aller Mitglieder des Hauses Ramires bedeckt waren, die er von Kind an nur „die Fratzen der Opas“ nannte. Und als er den Korridor langging, hörte er in der Ferne im Schweigen der vom Mondlicht überfluteten Felder die gereimten Heldentaten der Seinen verklingen:

„König Dom Sebastians Krieger
Zogen in die große Schlacht,
Die der jüngere Ramires
Hat als Fähnrich mitgemacht ...“

Nachdem er sich entkleidet, die Kerze ausgeblasen und rasch das Zeichen des Kreuzes geschlagen hatte, schlief der Fidalgo ein. Doch sein Zimmer füllte sich mit sonderbaren Schatten, und eine unruhige und entsetzliche Nacht brach für ihn an. Durch die geborstene Wand glotzten plötzlich zwei abscheuliche gebratene Quappen, auf denen, in Panzerhemden gekleidet, André Cavaleiro und João Gouveia ritten. Beide kniffen boshaft die Augen zusammen und bearbeiteten in aller Ruhe seinen armen Magen mit Lanzenstößen, so daß er sich stöhnend in seinem Brasilholzbett hin und her wälzte. Dann sah er sich unvermittelt auf der Hauptstraße von Vila Clara, wo ihm das unter der Rüstung klappernde Gerippe jenes gräßlichen toten Ramires und König Dom Affonso II. entgegenkamen, die grimmig ihre scharfen Wolfszähne fletschten und ihn ohne Erbarmen zur Schlacht nach Navas de Tolosa zerrten. Er setzte sich verzweifelt zur Wehr, krallte sich an den Pflastersteinen fest und schrie unaufhörlich nach Rosa, der kleinen Graça und Titó – doch schon verpaßte ihm Dom Affonso mit dem eisernen Handschuh einen derart kräftigen Schlag ins Kreuz, daß er vom Wirtshaus des Gago geradewegs bis zur Sierra Morena flog, mitten auf das von Bannern leuchtende und von Waffenlärm widerhallende Schlachtfeld. Und sogleich beugte sich sein spanischer Vetter Gomes Ramires, Großmeister von Calatrava, von seinem schwarzen spanischen Rassehengst und riß ihm die letzten Haare aus – unter dem schallenden Gelächter des ganzen Sarazenenheeres und den Tränen der Tante Louredo, die wie ein Prozessionsgerüst von vier Königen auf der Schulter getragen wurde ...

Als bereits die Dämmerung des neuen Tages durch die Ritzen der Fensterläden schimmerte und die Schwalben in der Dachrinne zwitscherten, schlug Gonçalo, der sich völlig zerschlagen fühlte und keinen erquickenden Schlaf gefunden hatte, mit der Faust auf das Laken, sprang aus dem Bett und riß das Fenster auf. Tief sog er die köstliche Stille, die Morgenfrische, das Grün der Gärten und den wohltuenden

Frieden des Landguts in sich ein. Was für einen Durst er hatte! Einen schier höllischen Durst, der ihm die Lippen vertrocknen ließ! Er entsann sich des famosen „Fruit Salt", das ihm Doktor Matos empfohlen hatte, ergriff hastig die Flasche und rannte im Hemd ins Speisezimmer. Keuchend tat er zwei reichliche Löffel voll in ein Glas mit Bica-Velha-Wasser, das er vor lauter Gier in einem einzigen Zuge leerte.

„Ach! Welche Wohltat, welche Wohltat!" seufzte er.

Immer noch ganz kreuzlahm, kroch er in sein Bett zurück und schlief auch sofort wieder ein. Er träumte, im tiefen Gras einer Wiese zu schlummern, im fernen Afrika, umgeben vom würzigen Duft prächtiger Blumen, die zwischen goldenem Felsgestein hervorsprossen. Aus dieser höchsten Seligkeit riß ihn um die Mittagszeit Bento, der wegen der „Verspätung des Herrn Doktor" schon beunruhigt war.

„Ich habe eine fürchterliche Nacht hinter mir, Bento! Alpdrücken, Angstzustände, Raufereien, Totengerippe ... Das liegt nur an den verfluchten Eiern mit Wurst und an der Gurke ... Vor allem an der Gurke! Eine fixe Idee vom Titó, diesem Rindvieh ... Aber am frühen Morgen habe ich dann von diesem ‚Fruit Salt' eingenommen, und nun fühle ich mich bestens! Ausgezeichnet fühle ich mich! Ich bin sogar wieder arbeitsfähig. Stell mir eine Tasse schwarzen Tee in die Bibliothek, ganz starken ... Und bringe auch geröstete Brotschnitten herauf."

Einige Augenblicke später saß Gonçalo, der einen Hausrock aus Flanell über sein Nachthemd gezogen hatte, am Verandafenster der Bibliothek und schlürfte gemächlich seinen Tee. Dabei überdachte er noch einmal die letzte Zeile seiner Novelle, die er kaum leserlich hingekritzelt hatte und in der „die breiten Strahlen des Mondlichts sich über den breiten Waffensaal ergossen ...". In einer plötzlichen Erleuchtung fielen ihm weitere markante Details für jene Sommernacht auf der Burg von Santa Ireneia ein: die Lanzenspitzen der Nachtwachen, die über den Zinnen der Außenmauer funkelten, und das melancholische Quaken der Frösche an den morastigen Ufern der Festungsgräben.

„Ausgezeichnetes Kolorit!"

Er rückte den Stuhl näher heran und konsultierte das Gedicht seines Onkels Duarte in dem bewußten Band des „Bardo". Und als er die Bilder und Worte wie Blasen in angestautem Wasser in sich aufsteigen fühlte, nahm er unverdrossen jene Stelle aus dem ersten Kapitel in Angriff, wo der alte Tructesindo Ramires im Waffensaal von Santa Ireneia mit seinem Sohn Lourenço und seinem Vetter Dom Garcia Viegas, genannt „der Weise", Vorbereitungen für einen Kriegszug berät. Krieg! Und warum? Strichen etwa maurische Reiterbanden in den Hainen der benachbarten Hügel umher, ohne daß ihnen jemand Einhalt gebot? Nein! Doch unglücklicherweise „sollten auf diesem längst zurückeroberten christlichen Boden bald edle portugiesische Lanzen sich im Kampfe kreuzen ..."

Gott sei Dank, seine Feder zeigte sich jetzt nicht mehr so störrisch! Und unter gewissenhafter Berücksichtigung der in einem Band von Herculanos „Geschichte Portugals" eigens angestrichenen Stellen begann er mit der Darstellung der Epoche, in der seine Novelle spielte. Sie wurde eingeleitet durch die Zwistigkeiten zwischen Áffonso II. und seinen Geschwistern wegen des Testaments des Königs Dom Sancho I., ihres Vaters.

Am Anfang des Kapitels ziehen bereits die vertriebenen Infanten Dom Fernando und Dom Pedro nach Frankreich und León. Mit ihnen hatte auch der mächtige Vetter des Hauses Ramires, Gonçalo Mendes de Sousa, ruhmreiches Oberhaupt der Familie Sousa, das Königreich Portugal verlassen. Als die Infantinnen Dona Teresa und Dona Sancha auf ihren Schlössern Montemor und Esgueira belagert wurden, sprachen sie ihrem Bruder Dom Affonso die Lehenshoheit über die Städte, Festungen, Erbgüter und Klöster ab, die ihnen ihr königlicher Vater Dom Sancho einst so großmütig überlassen hatte. Dieser hatte vor seinem Tode in der Zitadelle von Coimbra seinem Milchbruder und Oberfähnrich Tructesindo Mendes Ramires, der von ihm in Lorvão zum Ritter geschlagen worden war, beschworen, ihm noch über das Grab hinaus treu zu dienen und seine Lieblingstochter, die Infantin Dona Sancha, Herrin von Aveiras, zu beschützen. Und so hatte es der treue Grande an dem Bett gelobt, in dem der Sieger von Silves, jetzt wie ein Büßer in grobe Sackleinwand gekleidet, in den Armen des Bischofs von Coimbra und des Priors des Hospitals im Schein einer Öllampe sein Leben aushauchte...

Nun beginnt erst der eigentliche grimmige Zwist zwischen dem eifersüchtig auf seine Autorität bedachten König Affonso II. und den stolzen Infantinnen, die von den Tempelrittern und Prälaten, denen Dom Sancho so große Gebiete des Königreiches vermachte hatte, zum Widerstand angestachelt wurden. Alemquer und die Umgebung anderer Schlösser werden von dem aus Navas de Tolosa zurückkehrenden königlichen Heer verwüstet. Da rufen Dona Sancha und Dona Teresa den König von León um Hilfe an, der zusammen mit seinem Sohn Dom Fernando in die portugiesischen Länder einfällt, um den bedrängten Damen zu Hilfe zu kommen. – Und in dieser verzwickten Situation stellt Onkel Duarte in seinem Gedicht dem braven Oberfähnrich Sanchos I. die folgende Gewissensfrage:

„Was wirst du tun, betagter Dom Ramires?
Fügst du zum Banner von León das deine,
Übst du Verrat an deinem Herrn und König;
Doch eilst du seinen Schwestern nicht zu Hilfe,
Übst du Verrat an ihrem toten Vater!“

Solche Skrupel hatten jedoch die Seele des rauhen, wackeren Tructesindo, den Gonçalo so imponierend wiedererstehen ließ, keineswegs geplagt. Kaum hatte er in jener Nacht durch den als Bettelmönch verkleideten Bruder des Burgvogts von Aveiras böse Nachricht von Senhora Dona Sancha erhalten, befahl er seinem Sohn Lourenço, beim ersten Morgengrauen mit fünfzehn Lanzenreitern, fünfzig Mann Fußvolk und vierzig Armbrustschützen nach Montemor auszurücken. Er selbst würde inzwischen sein Kriegsvolk alarmieren und binnen zwei Tagen mit den streitbaren Mannen seiner Burg und einem noch stärkeren Trupp berittener Lehnsmänner und Bogenschützen in den Kampf ziehen, um sich seinem Vetter, dem großen Sousa, anzuschließen, der mit der Vorhut der Leonesen aus der Richtung von Alva do Douro herunterkam.

Noch im Morgengrauen war das Banner der Ramires, der schwarze Habicht auf rotem Feld, vor den verrammelten Toren aufgepflanzt worden, und daneben leuchtete das mit einem Lederriemen an eine in den Boden gerammte Hellebarde gebundene alte herrschaftliche Emblem, der tiefe, blinkende Kochkessel. Überall in der Burg tummelten sich die Knechte, nahmen die Kopfharnische vom Nagel und zerrten schwere, klirrende Kettenpanzer über die Steinfliesen der Korridore. Auf den Innenhöfen schärften die Waffenschmiede kleine Wurfspieße und stopften emsig Werg in die harten Beinharnische und Schenkelschienen. Schon lagen in der Vorratskammer die vom Furier zurechtgemachten Verpflegungsrationen für die beiden heißen Kampftage bereit. Und dann hallten die maurischen Trommeln durch den milden Abend und riefen von den Hügeln mit lautem Rattata! Rattata! oder in den Wäldern mit gedämpftem Rattaplang! Rattaplang! die Lehensmänner des Hauses Ramires und das Fußvolk des Ramiresschen Kriegshaufens zusammen.

Unterdessen machte sich der als Bettelmönch verkleidete Bruder des Alkalden mit der frohen Kunde, daß Beistand nahe sei, auf den Rückweg zum Schloß von Aveiras und passierte hurtig die Zugbrücke.

Um die düstere Stimmung, wie sie nun einmal am Vorabend einer Schlacht herrscht, etwas aufzuhellen, hatte Onkel Duarte an dieser Stelle eine galante Episode in sein Gedicht eingefügt:

„Dem Mädchen, das den Krug füllt an der Quelle,
Raubt einen Kuß der Mönch und sagt: ‚Es sei!'"

Doch Gonçalo fragte sich, ob nicht ein Klerikerkuß dem grandiosen Schauspiel des Aufbruchs in Waffen Abbruch tun würde. Nachdenklich saß er in seiner Bibliothek und kaute am Flaum seiner Entenfeder herum – da knarrte die Tür.

„Die Post!"

Es war Bento mit den Zeitungen und zwei Briefen. Gonçalo öffnete lediglich den einen, der in Siegellack das riesige Wappen der Barrolos trug, und schob unwillig den anderen zurück, auf dem er die verhaßte Handschrift seines Lissabonner Schneiders wiedererkannte. Mit der flachen Hand schlug er auf die Tischplatte und seufzte: „Großer Gott! Den wievielten des Monats haben wir heute eigentlich? Doch wohl schon den Vierzehnten?"

Bento wartete an der Tür, die Hand auf der Klinke.

„Es ist nämlich nicht mehr lange bis zum Geburtstag von Schwesterchen Graça! Den habe ich ganz vergessen – jedesmal vergesse ich ihn! Und dabei habe ich nicht mal ein passendes Geschenk für sie ... Ist das nicht zu dumm?"

Aber hatte nicht Manuel Duarte gestern abend im Klub beim Lomber verlauten lassen, daß er auf drei Tage nach Lissabon fahren wolle, um wegen der Anstellung seines Neffen im Ministerium Öffentliche Arbeiten zu verhandeln? Da würde er jetzt rasch nach Vila Clara fahren und den Senhor Manuel Duarte bitten, ihm doch aus Lissabon einen hübschen, weißen, mit Spitzen besetzten Sonnenschirm mitzubringen!

„Der Senhor Manuel Duarte hat Geschmack, einen sehr guten Geschmack sogar! Joaquim soll die Stute nicht satteln: Ich reite nicht mehr zum Sanches Lucena. Herrschaften, wann werde ich bloß diesen verwünschten Besuch erwidern? Drei Monate ist das nun schon her! ... Na, wenn ich zwei Tage später komme, wird die schöne Dona Ana bis dahin ja nicht gleich alt werden und der alte Lucena auch nicht gleich sterben."

Und Gonçalo, der sich entschlossen hatte, nun doch den Schäkerkuß in seiner Novelle zu riskieren, griff wieder zur Feder und beschloß das Kapitel mit folgendem artigem Idyll:

„Das Mädchen schrie erbost: ‚Pfui! Pfui! Du Schurke!' Und der Bettelmönch pfiff sich eins und lenkte flugs den Schritt seiner Sandalen nach einem Hohlweg, wo er im Schatten der hohen Buchen verschwand, während durch das ganze kühle Tal bis nach Santa Maria de Craquede hinüber die maurischen Trommeln ‚Rattaplang! Rattaplang!' machten und sich im Frieden des Abends der Ramiressche Söldnerhaufen sammelte ..."

III

Die ganze Woche lang, in der größten Schwüle, mühte sich Gonçalo mit seiner Novelle ab, und nicht ohne Erfolg. Diesen Morgen hatte Bento, nachdem er vergebens die Glocke im Korridor geschellt hatte, bereits zweimal die Tür zur Bibliothek aufgestoßen und dem Herrn Doktor gesagt, daß das schöne Frühstück bestimmt kalt werde, wenn man es derartig warten lasse. Doch über seinen Bogen Kanzleipapier hinweg brummte der Fidalgo bloß: „Ich komme gleich!", ohne auch nur die Feder aus der Hand zu legen, die dahinglitt wie ein flottes Schiffchen durch stille Wasser, denn er brannte darauf, das erste Kapitel noch vor dem Frühstück zu beenden.

Ach, welche Anstrengungen hatte ihn dieses umfangreiche und schwierige Kapitel während all dieser Tage gekostet! Da war die ganze riesige Burg Santa Ireneia aus dem Boden zu stampfen, und ein ganzes längst entschwundenes Zeitalter, so, wie es die „Geschichte Portugals" ausführlich beschrieb, mußte in kräftigen Konturen wiedererstehen. Und dann noch der ganze Ramiressche Söldnerhaufen, bei dem auch nicht eine Tagesration Proviant im Schnappsack oder ein Armbrustspanner in den großen Kisten auf den Rücken der Maultiere fehlen durfte! Doch glücklicherweise hatte er die Abteilung des Lourenço Ramires, die Montemor zu Hilfe eilen sollte, schon tags zuvor aus der Burg hinausbugsiert, und zwar mit entrollter Fahne und prächtig blitzenden Helmen und Lanzen.

Und jetzt, auf dem Höhepunkt des Kapitels, war es Nacht, die Abendglocken waren verklungen, und auf dem Bergfried brannte bereits das Signalfeuer. Tructesindo Ramires hatte sich soeben ins Erdgeschoß hinunterbegeben, um im Saal sein Nachtmahl einzunehmen, als draußen vor dem Wassergraben hastig ins Horn gestoßen wurde, dreimal, zum Zeichen, daß eine Person von Adel Einlaß begehre. Ohne erst die Erlaubnis seines Herrn einzuholen, ließ der Burgvogt schleunigst das knarrende Fallbrett an den eisernen Ketten der Zugbrücke herunterrasseln und hohl auf den steinernen Widerlagern jenseits des Grabens aufschlagen. Der eilige Ankömmling war kein anderer als Mendo Pais, der Freund und Oberhaushofmeister Affonsos II., verheiratet mit Tructesindos ältester Tochter Dona Teresa – jener, welche von der ganzen Familie Ramires wegen ihres wohlgeformten schneeweißen Halses und ihres schwebenden Ganges, der eher dem Flug eines Vogels glich, der „Königsreiher" genannt wurde. Und der Hausherr von Santa Ireneia stürzte in den Hof, um den geliebten Schwiegersohn willkommen zu heißen und in die Arme zu schließen – „den stämmigen Ritter mit den fuchsroten Haaren und der hellen Haut der germanischen Westgoten". Hand in Hand betraten Tructesindo Mendes Ramires und Mendo Pais den Saal, dessen hohe Gewölbe der Schein der Fackeln erhellte, die an den Wänden von mächtigen Eisenringen gehalten wurden.

In der Mitte des Saales standen der lange, massive Tisch aus Eichenholz und zwei Reihen Schemel. Am Kopfende der Tafel, die mit einem Tischtuch aus grobem Leinen und mit zinnernen Schüsseln und funkelnden Weinkrügen bedeckt war, erhob sich der herrschaftliche Stuhl, dessen hohe Lehne ein geschnitzter riesiger Habicht zierte und an dem Tructesindos mit Silber eingelegter Waffengurt samt Schwert hing. Ganz hinten lag in tiefem Schatten der große, kalte, mit Kiefernästen vollgestopfte Herd. Dort befand sich auch das mit Muschelschalen besetzte und von Behältern mit Blutegeln flankierte Schüsselbrett, darüber zwei Bündel Palmzweige, die Gutierres Ramires, „der von Übersee", aus Palästina mitgebracht hatte. An einem Pfeiler des Kamins hockte verschlafen ein Falke mit dichtem Gefieder auf seiner Stange; auf den Fliesen daneben dösten mit hängenden Ohren zwei riesige Doggen auf ihrem Lager aus Binsen, die Schnauze zwischen den Pfoten. In einer Ecke stand auf Klötzen aus Kastanienholz ein Fäßchen Wein. Zwischen zwei schmalen eisenvergitterten Fenstern saß ein Mönch, dessen Gesicht eine Kapuze verhüllte, auf der Kante einer Truhe und las im Schein der über ihm qualmenden Lampe ein entrolltes Pergament ...

Solcherweise füllte Gonçalo den düsteren Raum aus der affonsischen Ära mit einem Zubehör, das er Onkel Duarte, Walter Scott und historischen Erzählungen im „Panorama" entlehnte. Aber welche Mühe das kostete! Kaum hatte er auf die Knie des Mönchs einen von Ulrich Zell in Mainz gedruckten Folioband gelegt, da schlug er auch schon mit der Faust auf den Tisch, weil ihm einfiel, daß ja zu Lebzeiten seines Ahns Tructesindo der Buchdruck noch gar nicht erfunden worden war und in die Hände jenes Mönchs somit lediglich „ein Pergament mit vergilbter Handschrift" gehörte. Also mußte er die ganze Zeile wieder durchstreichen.

Während er auf den hallenden Backsteinen vom Herd bis zu dem mit einem ledernen Vorhang verhängten Türbogen schritt, lauschte Tructesindo, dessen weißer Bart ihm über die verschränkten Arme wallte, den Worten Mendo Pais' an seiner Seite, der im Vertrauen auf verwandtschaftliche und freundschaftliche Bande ohne jedes Geleit angereist kam und über den Waffenrock aus aschgrauer Wolle lediglich ein kurzes Schwert und einen Sarazenendolch gegürtet hatte. Hals über Kopf und noch mit Staub bedeckt war er aus Coimbra herbeigeeilt, um seinen Schwiegervater im Namen des Königs und unter Berufung auf den geleisteten Treueid zu beschwören, sich nicht mit den Leonesen und den Infantinnen zu verbünden. Alle erdenklichen Argumente, die von den weisen Notaren der Kurie gegen sie ins Feld geführt wurden, breitete er vor dem Greise aus: die Beschlüsse des Konzils von Toledo, die Bulle Alexanders, des großen Apostels in Rom, die alten Rechtsbräuche der Westgoten... Und überhaupt, welches Unrecht sei denn den Infantinnen von ihrem königlichen Bruder angetan worden, daß sie nun gleich die Heere Leóns auf portugiesisches Gebiet riefen? Gar keines! Weder die Gerichtshoheit noch die Zinserträge der Schlösser und Städte aus der Schenkung ihres Vaters Dom Sancho verweigere ihnen Dom Affonso. Der König von Portugal begehrte lediglich, daß keine Handbreit portugiesischen Bodens, sei er nun Brachland oder mit Mauern umgeben, außerhalb seines Herrschaftsbereiches läge. War König Dom Affonso etwa knauserig oder habgierig? Hatte er nicht der Senhora Dona Sancha achttausend blanke goldene Morabitinos zukommen lassen? Zum Dank dafür überschritt der von ihr herbeigerufene Leonese nun die Grenzen und bezwang die prächtigen Kastelle von Ulgoso, Contrasta, Urros und Lanhoselo! Der Älteste der Familie Sousa, Gonçalo Mendes de Sousa, habe in der Schlacht bei Navas de Tolosa, als es gegen die Mauren ging, den Kreuzrittern nicht zur Seite gestanden, aber jetzt ziehe er im Auftrag der Infantinnen umher wie ein Maure und verwüste Portugal von Aguiar bis Miranda! Schon sei das Renegatenbanner mit den dreizehn Silberscheiben über den Hügeln jenseits des Douro aufgetaucht, und hinter ihm der wüste Haufen der Castros. Welch ernste Bedrohung des Reiches, und das durch christliche Waffen! Und zu einer Zeit, wo noch die Moabiter und Hagarener mit verhängtem Zügel über die Gefilde im Süden des Landes brausten!... Aber der ehrwürdige Herr von

Santa Ireneia, der so wacker am Aufbau des Königreiches mitgewirkt habe, dürfe es doch nicht wieder zerstören, indem er sich dazu hergäbe, für ein paar Mönche und rebellierende Infantinnen die besten Stücke davon herauszureißen! rief Mendo Pais voller Ungestüm. Er hatte sich derart in Hitze geredet, daß er zweimal einen hölzernen Napf mit Wein füllte und in einem Zuge austrank. Hinterher wischte er sich mit dem Rücken seiner zitternden Hand über den Mund und fuhr fort: „So eilet nur nach Montemor, Senhor Tructesindo Ramires! Jedoch in friedlicher Mission und mit Verstand, um Senhora Dona Sancha und alle Infantinnen zu bewegen, in Ehren zu dem zurückzukehren, der jetzt ihr Vater und König ist!"

Der Hüne von Santa Ireneia hielt im Gehen inne und ließ den harten Blick seiner Augen, deren borstige Brauen weiß glänzten wie ein Gebüsch an einem Rauhreifmorgen, lange auf seinem Schwiegersohn ruhen. „Ich *werde* nach Montemor eilen, Mendo Pais, aber um mein Blut und das der Meinen darzubringen, auf daß denjenigen Gerechtigkeit widerfahre, die im Rechte sind."

Solch eigensinniger Tatendrang verbitterte Mendo Pais, und er erwiderte: „Das wäre ein noch größerer Jammer! Das edle Blut von Granden würde dann für eine schlechte Sache vergossen werden ... So laßt Euch sagen, Senhor Tructesindo Ramires, daß Euch in Canta Pedra der Lopo von Baião, ‚der Bastardo' genannt, mit hundert Lanzenreitern erwartet, um Euch den Weg abzuschneiden!"

Tructesindo hob stolz sein Antlitz, mit einem so hellen, freimütigen Lachen, daß seine beiden Doggen bedrohlich knurrten und der aufgeschreckte Falke die Flügel zu spreizen begann, und sprach: „Frohe Kunde und gute Aussichten! Nun sagt einmal, Herr Oberhaushofmeister der königlichen Kurie, da überbringt Ihr mir also ganz offiziell und verbindlich diese Botschaft, die mir Angst machen soll?"

„Euch Angst machen? Nicht einmal der Erzengel Michael würde Euch Furcht einjagen, wenn er mit all seinen Heerscharen und seinem Feuerschwert vom Himmel herunterstiege! Das weiß ich längst zur Genüge, Senhor Tructesindo Ramires. Aber ich habe in Eure Familie eingeheiratet, und wenn ich Euch schon in diesem Kampf nicht beistehen kann, so möchte ich doch wenigstens, daß Ihr gut beraten seid."

Der alte Tructesindo rief mit einem Händeklatschen die Diener herbei: „Wohlan denn, laßt uns speisen! Zum Abendessen, Bruder Munio! . . . Und Ihr, Mendo Pais, möget ohne Sorge sein."

„Und ob! Hundert oder zweihundert Lanzenreiter, die Euch unterwegs auflauern, können Euch nichts anhaben. Da brauche ich mich nicht zu ängstigen."

Während der Mönch sein Pergament zusammenrollte und sich dem Tisch näherte, schnallte Mendo Pais umständlich sein Schwert ab und fuhr traurig fort: „Nur eine einzige Sorge bedrückt mich. Nämlich die, daß Ihr, mein Herr Schwiegervater, Euch durch diesen Feldzug schlecht mit dem Königreiche und mit dem König stellt."

„Mein Sohn und Freund! Schlecht werde ich mit dem Königreich und mit dem König stehen, aber gut mit der Ehre und mit mir!"

Dieser stolze Ausruf der Redlichkeit erklang in Onkel Duartes Gedicht wohlgemerkt nicht. Als dem Fidalgo dieser großartige Einfall kam, warf er die Feder fort, rieb sich die Hände und rief entzückt: „Donnerwetter! So eine Formulierung zeugt doch von Talent!"

Damit beendete Gonçalo das Kapitel. Er war völlig erschöpft, denn schon seit neun Uhr saß er mit nüchternem Magen am Schreibpult, um seine heldenhaften Ahnen mit ihren bewundernswerten Eigenschaften noch einmal zu glutvollem Leben zu erwecken! Nachdem er die Papierbogen numeriert hatte, schloß er den Band des „Bardo" wieder in die Schublade. Mit aufgeknöpfter Weste sprach er dann am Fenster nochmals den genialen Satz vor sich hin, heiser und mit feierlichem Pathos, so wie ihn Tructesindo gesprochen hätte: „. . . schlecht mit dem Königreich und mit dem König, aber gut mit der Ehre und mit mir!" Und er fühlte, daß darin wahrhaftig die ganze Seele eines Ramires aus dem zwölften Jahrhundert lag – eines Ramires von unerschütterlicher Treue, der fester an sein Wort gebunden war als ein Heiliger an sein Gelübde und bereit, freudig alles aufs Spiel zu setzen, um dieses Wort zu halten: Geld und Gut, Glück und Leben.

Da riß Bento, nachdem er, der Verzweiflung nahe, ein drittes Mal Sturm geläutet hatte, die Tür zur Bibliothek sperrangelweit auf.

„Der Pereira ... Der Pereira ist unten im Hof und möchte den Herrn Doktor sprechen."

Gonçalo Mendes sah sich jäh von den lichten Höhen heruntergezerrt, auf denen er den edlen Odem seiner Rasse zu atmen vermeinte, und runzelte unwillig die Stirn. „Zu blöd auch! Der Pereira ... Was denn für ein Pereira?"

„Na, der Pereira, der Manuel Pereira aus Riosa; der Pereira Brasileiro."

Das war ein Bauer, der in Riosa einen Meierhof bewirtschaftete und „der Brasileiro" genannt wurde, seit er von seinem Onkel, einem Krämer in Pará, zwanzig Contos geerbt hatte. Pereira hatte damals Land gekauft und später die Cortiga, die Besitzung der Grafen von Monte Agra, gepachtet. Alle Sonntage zog er seinen Gehrock aus feinem Tuch an; in der Gemeinde standen sechzig Wähler hinter ihm.

„Ach so, der! Sag dem Pereira, er soll heraufkommen, damit wir uns unterhalten können, während ich frühstücke ... Und leg gleich noch ein zweites Gedeck auf."

Im Speisezimmer des Schlosses, dessen drei Glastüren auf eine weite, hallenartige Veranda führten, hingen noch aus den Zeiten des Großvaters Damião (des Valerius-Flaccus-Übersetzers) zwei schöne Arras-Tapeten, auf denen der Feldzug der Argonauten abgebildet war. Ein riesiger Schrank aus Mahagoniholz enthielt einzelne Stücke kostbaren indischen und japanischen Tafelporzellans. Und auf den Marmorplatten der Büfetts funkelten die immer noch stattlichen Überbleibsel des berühmten Ramiresschen Silberzeugs, die Bento regelmäßig mit Sand abzureiben und liebevoll zu polieren pflegte. Doch im Sommer frühstückte und aß Gonçalo stets auf der hellen, kühlen Veranda. Sie war mit Matten ausgelegt, bis zur halben Wandhöhe geschmackvoll mit Fliesen aus dem achtzehnten Jahrhundert gekachelt, und in einer Ecke stand ein einladendes weiches Ruhesofa mit Damastkissen, auf dem man behaglich seine Zigarre rauchen konnte.

Als er dort eintrat, die noch ungelesenen Morgenzeitungen in der Hand, erwartete ihn bereits Pereira, auf einen gewaltigen Sonnenschirm aus rotem Kattun gestützt, und betrachtete nachdenklich das Gut, das sich bis zu den Pappeln am Ufer des Couce-Flusses und den sanften Hügeln von Valverde erstreckte. Er war ein magerer, sehniger Greis, nur Haut und Knochen, mit dunkelbrauner Haut, winzigen blauen Augen und einem spärlichen, schon weißen Bart zwischen zwei riesigen, von goldenen Knöpfen zusammengehaltenen Kragenspitzen. Als vermögender Mann, der an das Leben in der Stadt und den Umgang mit der Obrigkeit gewöhnt war, streckte er dem Fidalgo freimütig die Hand hin und nahm ohne jede Befangenheit auf dem Stuhl Platz, den ihm Gonçalo hingeschoben hatte. Auf dem Tisch, an dem sie saßen, prangten zwei prächtig geschliffene hohe Krüge aus altem Kristall, der eine mit weißen Lilien, der andere mit Heurigem gefüllt.

„Nun, welch guter Wind trägt Sie denn hierher zu mir, mein lieber Pereira? Seit April habe ich Sie nicht gesehen!"

„Wahrhaftig, Fidalgo, seit dem Sonnabend, an dem das große Gewitter niederging, am Tag vor den Wahlen!" bekräftigte Pereira und strich dabei sanft über den Griff seines Sonnenschirms, den er zwischen den Knien hielt.

Gonçalo hatte es jetzt mit dem Frühstück sehr eilig und schwang die silberne Handglocke. Dann sagte er lachend: „Und Ihre Stimmen sind natürlich wie immer prompt wieder dem Sanches Lucena zugeflossen, so wie die Flüsse dem Meer!"

Pereira lachte ebenfalls – ein selbstzufriedenes Lachen, bei dem er seine schlechten Zähne sehen ließ. Dieser Wahlkreis sei nun einmal die Domäne des Herrn Sanches Lucena! Ein Mann mit Vermögen, ein Ehrenmann, zuvorkommend und in allen Dingen beschlagen ... Und wenn er dann wie damals im April auch noch Unterstützung durch die Regierung erhalte, könne nicht einmal unser Herr Jesus Christus, wenn er auf die Erde zurückkommen und für Vila Clara kandidieren würde, den Besitzer der Feitosa aus dem Sattel heben!

Bento, der eine Jacke aus schwarzer, glänzender Seide über die strahlend weiße Schürze gezogen hatte, setzte endlich einen Teller mit Spiegeleiern auf den Tisch. Gonçalo knüllte empört die eben auseinandergefaltete Serviette zusammen und warf sie fort.

„Diese Serviette hat ausgedient! Ich habe es satt, hier herumzuschreien. Eine zerrissene oder gestopfte Serviette oder meinetwegen auch eine mit Flicken macht mir nichts aus – aber schön weiß und frisch muß sie sein, jeden Morgen, und nach Lavendel muß sie duften!"

Und mit einem Blick auf Pereira, der verlegen den Stuhl beiseite schob, sagte er: „Nanu, Sie wollen nicht frühstücken, Pereira?"

Nein, er danke vielmals, aber diesen Nachmittag sei er bei seinem Schwiegersohn in Bravais zum Essen eingeladen, weil der kleine Enkel Geburtstag habe.

„Bravo! Meinen Glückwunsch, lieber Pereira! Da geben Sie mal dem kleinen Enkelchen einen Kuß von mir ... Aber dann trinken Sie doch wenigstens ein Glas Heurigen."

„Lieber Fidalgo, zwischen den Mahlzeiten trinke ich weder Wasser noch Wein."

Gonçalo beschnupperte die Spiegeleier, schob sie zur Seite und bestellte sich sein „Familienessen", das auf Santa Ireneia immer sehr üppig und schmackhaft zubereitet wurde und mit Brotsuppe, Schinken und einem Gemüse begann, für das er von Kind an schwärmte und das er „Götterfraß" nannte. Er bestrich einen Zwieback mit Butter und meinte: „Aber offen gestanden, Pereira, Ihr Sanches Lucena macht dem Wahlkreis keine Ehre! Ein vortrefflicher Mann, gewiß, sehr angesehen, sehr zuvorkommend ... Aber stumm, Pereira, stumm wie ein Fisch!"

Der Bauer rollte sein rotes Taschentuch langsam zu einem Ball zusammen und wischte sich damit über die behaarten Nasenlöcher. „Er kennt sich aus, er hat auch ein sicheres Urteil ..."

„Gewiß! Aber dieses sichere Urteil behält er immer hübsch für sich! Und dann ist er doch auch schon sehr alt, Pereira! Wie alt ist er denn eigentlich? Sechzig?"

„Fünfundsechzig. Aber er stammt aus einer sehr rüstigen Familie, mein lieber Fidalgo. Sein Großvater hat es auf hundert Jahre gebracht. Ich habe ihn noch im Laden kennengelernt ..."

„Was, im Laden?"

Pereira drückte sein Taschentuch noch fester zusammen und äußerte seine Verwunderung darüber, daß der Fidalgo die Geschichte des Sanches Lucena noch nicht kannte. Sein Großvater, Manuel Sanches, war nämlich in Porto Flachshändler gewesen, in der Rua das Hortas, und mit einem recht ansehnlichen, drallen Mädel verheiratet ...

„Soso!" fiel ihm der Fidalgo ins Wort. „Das ist ja sehr schmeichelhaft für Sanches Lucena. Also Leute, die es zu etwas gebracht, die sich hochgearbeitet haben ... Und ich lasse durchaus gelten, Pereira, daß der Wahlkreis einen Mann nach Lissabon schicken muß, der hier Grund und Boden besitzt, mit dieser Gegend verwurzelt ist und hier Interessen und einen Namen hat, einen Mann wie Sanches Lucena ... Aber es muß auch ein Mann mit Talent und Elan sein! Ein Abgeordneter, der sich bei den großen entscheidenden Parlamentsdebatten von seinem Platz erhebt und das ganze Haus mitreißt ... Und dann, mein lieber Pereira, ist es in der Politik doch so, daß der, der am lautesten schreit, auch das meiste erreicht. Denken Sie bloß mal an die Landstraße nach Riosa!

Die steht immer noch auf dem Papier, mit Rotstift eingezeichnet... Wenn Sanches Lucena Manns genug wäre, in São Bento einmal kräftig loszudonnern, könnten Sie längst Ihre Wagen auf quietschenden Rädern darüber rollen lassen!"

Pereira wiegte bekümmert den Kopf hin und her. „Vielleicht haben Sie da recht, Fidalgo... Es hat sich noch niemand gefunden, der wegen dieser lächerlichen Landstraße nach Riosa Lärm geschlagen hätte. Da mögen Sie schon recht haben!"

Gonçalo schwieg, denn er war jetzt völlig von der neuen Schüssel mit der wohlriechenden Speise und den kleinen Minzenzweigen in Anspruch genommen. Pereira rückte seinen Stuhl näher heran, legte die von einem halben Jahrhundert Feldarbeit schwarz und hart wie Wurzeln gewordenen Hände auf der Tischkante übereinander und erklärte, er wage es, den Fidalgo ausgerechnet zur Frühstückszeit zu belästigen, weil diese Woche drüben in Sandim ein Holzeinschlag beginne und er – bevor vielleicht etwas anderes dazwischenkäme – mit Seiner Wohlgeboren wegen der Verpachtung von Santa Ireneia sprechen wolle...

Gonçalo, den Löffel in der Hand, hielt verblüfft im Essen inne. Er mußte lächeln. „Sie wollen Santa Ireneia pachten, Pereira?"

„Ich wollte gern mit Euer Wohlgeboren darüber sprechen. Wo doch der Relho nun entlassen ist..."

„Aber ich habe ja schon mit dem Casco, mit José Casco aus Bravais verhandelt! Wir sind uns schon halb einig, seit ein paar Tagen... Seit mehr als einer Woche!"

Pereira kratzte sich angelegentlich den dünnen Bart. Das wäre ja schade, sehr schade... Er habe erst am Sonnabend von der Kontroverse mit dem Relho erfahren. Aber – falls diese Frage erlaubt und das Ganze nicht ein Geheimnis sei – für wieviel habe er das Gut denn verpachtet?

„Aber keineswegs ist das ein Geheimnis, Mann! Für neunhundertundfünfzig Milreis."

Pereira zog eine Schildpattdose aus der Westentasche und

nahm eine ausgiebige Prise Schnupftabak, wobei er sein Gesicht weit über die Matte auf dem Fußboden beugte. Dann sei es doppelt schade, auch für den Fidalgo ... Doch da ja nun schon darüber gesprochen worden sei ... Aber es sei wirklich schade, weil ihm dieses Gut so sehr gefalle; schon zu Johannis habe er den Fidalgo deswegen angehen wollen ... Und obgleich die Zeiten nicht allzu rosig seien, wäre er durchaus bereit, eintausendundfünfzig zu bieten, ja sogar eintausendeinhundertundfünfzig!

Gonçalo vergaß völlig seine Suppe; bei dem Gedanken an eine derartige Zunahme seiner Pachteinkünfte schoß ihm das Blut in die Wangen. Und dazu die Qualitäten eines solchen Pächters, eines wohlhabenden Mannes mit Geld auf der Bank, des besten Ackerbauern der ganzen Umgegend!

„Ist das Ihr voller Ernst, Pereira?"

Der alte Landwirt legte die Schnupftabakdose aufs Tischtuch und sagte in entschiedenem Ton: „Lieber Fidalgo, ich bin nicht der Mann, der Ihr Schloß betritt, um sich mit Euer Wohlgeboren einen Scherz zu leisten! Ich wollte einen vernünftigen Vorschlag machen, einen Kontrakt abschließen ... Aber wenn über die Pacht bereits verhandelt worden ist ..."

Er nahm die Schnupftabakdose wieder an sich, stützte seine große Hand auf die Tischkante und wollte sich erheben, als Gonçalo nervös seinen Teller zurückstieß und rasch erwiderte: „Hören Sie, Mann! ... Ich habe Ihnen die Sache mit dem Casco ja noch nicht bis in alle Einzelheiten erzählt. Sie verstehen schon ... Sie wissen doch, wie das so geht ... Der Casco kam, und wir unterhielten uns; ich verlangte neunhundertfünfzig Milreis und ein Schwein zu Weihnachten. Zunächst war er einverstanden; kurz darauf hatte er es sich aber anders überlegt ... Er kam mit einem Freund wieder, später noch einmal mit seiner Frau und dem Freund, dem Patensohn und dem Hund! Und dann allein. Er lief kreuz und quer im Gut herum, maß das Gelände aus und beschnüffelte die Erde; ich glaube sogar, daß er sie abgeschmeckt hat. So kleinlich ist der Casco eben! ... Eines Nachmittags schließlich tat er einen tiefen Seufzer und akzeptierte die neunhundertfünfzig Milreis, *ohne* Schwein. Ich verzichtete auf das Schwein. Händedruck und ein Glas Wein. Er wollte noch einmal kommen, um den Vertrag aufzusetzen und zu unterschreiben. Und seit beinahe zwei Wochen hat er sich nicht wieder bei mir sehen lassen. Natürlich hat er alles schon wieder bereut und seine Meinung geändert ... Kurzum, es besteht zwischen dem Casco und mir keinerlei verbindliche Abmachung. Es war nichts weiter als eine Aussprache, in der wir lediglich die Pachtsumme von neunhundertundfünfzig als Verhandlungsbasis festgelegt haben. Und weil ich nicht für halbe Sachen bin, hatte ich bereits erwogen, mir einen besseren Partner zu suchen!"

Pereira kratzte sich argwöhnisch das Kinn. In geschäftlichen Dingen liebte er Offenheit. Mit dem Casco, einem recht gewalttätigen und jähzornigen Menschen, war er bislang immer gut ausgekommen. Auch nicht für eine Grafenkrone würde er sich in dessen Angelegenheiten einmischen. Also verlangte er Klarheit, um nicht große Unannehmlichkeiten gewärtigen zu müssen. Ein Vertrag war nicht ausgefertigt worden; schön! Aber was da zwischen dem Fidalgo und dem Casco abgesprochen wurde, galt das nun oder nicht?

Gonçalo, der hastig seinen Teller Suppe gegessen hatte und sich jetzt zur Beruhigung ein Glas Heurigen eingoß, blickte den Bauern streng an: „Menschenskind, so eine Frage! ... Wenn ich, Gonçalo Ramires, dem Casco endgültig mein Wort gegeben hätte, säße ich dann hier, um mit Ihnen, Pereira, über die Pacht zu verhandeln oder mich auch nur mit Ihnen darüber zu unterhalten?"

Pereira senkte den Kopf. Da hatte der Fidalgo auch wieder recht! Nun, in diesem Fall könnte er ja ganz offen sprechen. Und weil er Santa Ireneia gut kenne und seinen Plan wohl erwogen habe, biete er Gonçalo eintausendeinhundertundfünfzig Milreis. Aber ohne Schwein, und er würde für die Familie Ramires auch weder Milch noch Gemüse, noch Obst liefern. Der Fidalgo als Junggeselle hätte ja doch nur wenig davon. Sein altes Schloß dagegen wimmle seit jeher von allerlei Gelichter samt Anhang. Alle nutzten bloß die Gelegenheit und füllten sich die Taschen ... Kurzum, er halte sich an seine Prinzipien. Und im übrigen reiche für die Beköstigung des Fidalgos und selbst noch für die der Dienstboten der Obstgarten, und den Gemüsegarten schenke er ihm noch als Zugabe ... Gemüsegarten und Obstgarten bedürften übrigens sorgfältigerer Pflege; aus Wertschätzung für den Fidalgo und zum eigenen Vergnügen würde er beides betreuen, und alles könnte herrlich blühen und gedeihen. Was die übrigen Pachtbedingungen anbelangt, so erkenne er die bisherigen an. Der Kontrakt könne nächste Woche unterschrieben werden, am Sonnabend ... Abgemacht?

Gonçalo zuckte einen Moment nervös mit den Augenlidern, dann streckte er Pereira die Hand hin. „Schlagen Sie ein! In Ordnung! Auf mein Wort!"

„Und unser Herrgott schenke Ihnen Kraft", fügte Pereira hinzu und erhob sich, wobei er sich auf seinen riesigen Sonnenschirm stützte. „Dann auf Wiedersehen am Sonnabend in Oliveira, zum Vertragsabschluß ... Unterzeichnen Euer Wohlgeboren oder der Senhor Pater Soeiro?"

Der Fidalgo überlegte. „Nein, Mann, das geht nicht! Zwar bin ich am Sonnabend in Oliveira, doch da hat meine liebe Schwester Graça Geburtstag ..."

Pereira lächelte respektvoll und zeigte dabei noch einmal seine schlechten Zähne. „Ah! Wie geht es denn der Senhora Dona Graça? Es ist schon eine Ewigkeit her, daß ich sie nicht gesehen habe! Seit vorigem Jahr, seit der Osterprozession in Oliveira ... Eine sehr hübsche, sehr angenehme Dame! Und was macht der Senhor José Barrolo? Gleichfalls ein vortrefflicher, tüchtiger Mensch, der Senhor José Barrolo ... Und was für ein Fleckchen Land er hat, die Ribeira! Das beste Gut innerhalb zwanzig Meilen im Umkreis. Ein hübsches Gut! Das vom André Cavaleiro, das daran angrenzt, die Biskaya, ist damit gar nicht zu vergleichen – eine Distel neben einem Kohlkopf!"

Der Fidalgo schälte einen Pfirsich und meinte lächelnd: „Vom André Cavaleiro taugt überhaupt nichts, Pereira! Weder das Land noch der Kerl!“

Der Bauer zeigte sich recht betroffen. Er habe immer geglaubt, daß der Fidalgo und Cavaleiro nach wie vor gute Nachbarn und Freunde seien, sagte er. Nicht in der Politik! Aber privat, als Ehrenmänner ...

„*Was* sagen Sie da? Ich und der Cavaleiro? Weder als Ehrenmänner noch als Politiker. Er ist ja weder das eine noch das andere. Ein Cavalo ist er, ein Pferd, und ein störrisches obendrein, weiter nichts!“

Pereira schwieg und starrte aufs Tischtuch. Dann sagte er nur noch: „Es ist also alles klar. Am Sonnabend in der Stadt. Und wenn es dem Fidalgo keine Umstände macht, gehen wir beim Notar Guedes vorbei, und die Angelegenheit ist geregelt. Euer Wohlgeboren sind natürlich bei Ihrer Frau Schwester ...“

„Gewiß. Kommen Sie doch um drei Uhr hin. Da können wir uns auch mit dem Pater Soeiro unterhalten.“

„Den habe ich schon eine Ewigkeit nicht gesehen, den Pater Soeiro!“

„Ha! Dieser Undankbare läßt sich jetzt nur noch selten auf Santa Ireneia blicken. Er hockt beständig in Oliveira bei meiner lieben Schwester, in die er ganz vernarrt ist ... Wollen Sie wirklich nicht wenigstens ein Gläschen Porto trinken, Pereira? ... Gut, also bis Sonnabend. Vergessen Sie meinen Kuß für Ihren kleinen Enkel nicht.“

„Wie könnte ich, mein lieber Fidalgo ... Danke, bleiben Sie doch sitzen! Warum sollten sich Euer Wohlgeboren denn extra bemühen? Ich kenne die Treppe genau und gehe außerdem noch an der Küche vorbei, um Tante Rosa ein bißchen aufzuziehen. Ich kenne dieses Schloß schon seit den Zeiten des lieben Vaters Euer Wohlgeboren recht gut – Gott hab ihn selig! Und stets habe ich mir Hoffnungen gemacht, einmal auf diesem Gut ganz nach meinem Ermessen schalten und walten zu können!“

Während Gonçalo seinen Kaffee trank – die Zeitungen hatte er längst vergessen –, gab er sich der Freude über dieses ausgezeichnete Geschäft hin. Zweihundert Milreis mehr Pacht! Und Santa Ireneia in den Händen des Pereira, des Pereira mit seiner Liebe zur Scholle und seiner Erfahrung im Ackerbau, der einst das Ödland von Monte Agra in ein blühendes Wunder von Getreide, Wein und Gemüse verwandelt hatte! Außerdem war Pereira ein wohlhabender Mann und konnte ihm einen Vorschuß zahlen. Und die Hartnäckigkeit, mit der er sich bemühte, Pächter von Santa Ireneia zu werden, er, dieser Geizkragen und Pedant, war ein Beweis mehr für den Wert seines Gutes. Gonçalo bereute fast, ihm nicht eintausendzweihundert abgerungen zu haben. Immerhin, dieser Vormittag hatte etwas eingebracht! Dabei band ihn tatsächlich kein schriftlicher Vertrag an den Casco. Zwischen ihnen hatte ja lediglich ein zwangloses Gespräch über eine eventuelle Verpachtung Santa Ireneias stattgefunden, die später noch eingehend diskutiert werden sollte, und zwar auf der Basis von neunhundertundfünfzig Milreis ... Wie töricht wäre es da, wenn er aus irgendwelchen Skrupeln – bloß wegen jener unverbindlichen Plauderei – den Pereira abweisen und den Casco zu seinem Pächter machen würde, einen ganz gewöhnlichen Bauern, einen von denen, die den Boden abgrasen, um sich satt zu essen, und ihn von Jahr zu Jahr erschöpfter und ausgelaugter zurücklassen ...

„Bento, Zigarren her! Und Joaquim soll mir zwischen fünf und halb sechs die gesattelte Stute bereithalten. Ich will doch wenigstens einmal zur Feitosa ... Heute ist der richtige Tag dafür!"

Er zündete sich eine Zigarre an und ging wieder in die Bibliothek. Dort las er sogleich noch einmal seinen prächtigen Kapitelschluß: „Schlecht mit dem Königreich und mit dem König, aber gut mit der Ehre und mit mir!" Ah, wie doch dieser Schrei die rechtschaffene Seele des alten Portugiesen enthüllte, dem das gegebene Wort und die Ehre heilig waren! Seinen Bogen Kanzleipapier zwischen den Fingern, stand er am Verandafenster und betrachtete einen Augenblick lang nachdenklich den Turm, die staubigen, schmalen, mit eisernen Gittern versehenen Fensterhöhlen und die wuchtigen, noch unversehrten Zinnen, zwischen denen jetzt ein Schwarm Tauben umherflatterte. Wie viele Male mochte sich in den kühlen Stunden der Morgendämmerung der alte Tructesindo dort oben an jene einst noch neuen und weißen Zinnen gelehnt haben! Alles Land in der Runde, ob bebaut oder nicht, hatte damals diesem mächtigen Granden gehört, und ein Pereira, der zu jener Zeit Siedler oder Leibeigener war, wagte sich seinem Herrn nur zitternd und auf den Knien zu nahen! Allerdings zahlte er ihm auch keine eintausendeinhundertfünfzig Milreis in guter portugiesischer Währung! Aber zum Teufel noch mal, der brave Ahn Tructesindo *brauchte* das Geld ja gar nicht... Wenn die Beutel in den Truhen weniger wurden und das Kriegsvolk wegen des ausstehenden Soldes murrte, blieben dem wackeren Granden ja noch die Scheunen und Weinkeller der so gut wie wehrlosen Ortschaften, um sich zu versorgen – oder auch an einer Biegung der nächsten Landstraße ein Ovençal, der gerade vom Einkassieren der Reichssteuern zurückkam, oder ein genuesischer Händler mitsamt seinen aneinandergekoppelten, mit Warenballen beladenen Mauleseln. Und wie ihm der Herr Papa erzählt hatte, barg der Turm auch das unterirdische Gefängnis aus der Feudalzeit: mittlerweile halb verfallen, doch mit Resten der an die Pfeiler geschmiedeten Ketten und dem großen eisernen Ring an der Decke, von dem das Wippseil herunterhing, und mit Löchern in den Steinfliesen, in die der Folterbock eingerammt war. Und in diesem dumpfen, feuchten und kalten Keller brüllten einst der Ovençal, der genuesische Händler, Priester und selbst eigene Hintersassen unter der Geißel oder in der Daumenschraube, bis sie, dem Tode nahe, auch den letzten Morabitino herausgaben. Ach, wie viele Marterschreie hatte der romantische Turm, den Videirinha neulich so rührend im Mondschein besungen hatte, wohl schon mit seinen schweigenden Mauern erstickt...

Plötzlich schrie Gonçalo auf, langte sich einen Band Walter Scott vom Tisch und warf ihn ehrfurchtslos wie einen Stein nach dem Stamm einer Buche. Er hatte nämlich die Katze der Köchin Rosa ertappt, wie sie die Krallen in einen Ast schlug und schon den Rücken krümmte, um ein Amselnest zu plündern.

Als der Fidalgo in seinem eleganten neuen Reitanzug mit glanzledernen Gamaschen und Handschuhen aus weißem Sämischleder an diesem Abend seine Stute vor dem Portal der Feitosa zum Stehen brachte, erblickte er auf einer Steinbank einen völlig zerlumpten Greis, der Wurstscheiben aß und aus einer Kürbisflasche trank. Seine Mähne fiel ihm über die Schultern, und dichte Haarbüschel bedeckten seine Brust. Der Alte sprang auf und sagte ihm, daß der Senhor Sanches Lucena und die Senhora Dona Ana gerade eine Ausfahrt machten. Gonçalo bat ihn, doch einmal kräftig die Hausglocke zu ziehen. Dem jungen Burschen, der darauf das prächtige vergoldete Gitter mit der Grafenkrone über einem veschlungenen „S“ und „L“ einen Spalt breit öffnete, gab er seine Visitenkarte und fragte: „Der Senhor Sanches Lucena ist wohlauf?“

„Jetzt geht es dem Herrn Staatsrat wieder etwas besser.“

„Wieso denn? War er krank?“

„Der Herr Staatsrat – nun, jetzt ist es ja schon drei oder vier Wochen her – lag schwer darnieder ...“

„Oh! Das tut mir sehr leid ... Bitte bestellen Sie dem Herrn Staatsrat, daß es mir ganz außerordentlich leid tut!“

Er rief den Alten herbei, um ihn mit einer Testone für das Läuten zu belohnen. Und weil er sich für solche Graubärte und melodramatischen Bettelmähnen interessierte, fragte er ihn: „Sie sind wohl in dieser Gegend nach Almosen unterwegs?“

Der Greis hob seine schmutzverschmierten, vom Staub und von der Sonne geröteten, doch lachenden, ja beinahe zufrieden blickenden Augen zu ihm auf. „Nach Santa Ireneia komme ich auch noch, Fidalgo. Und dort, Gott sei's gedankt, meint man es immer recht gut mit mir."

„Wenn Sie wieder hingehen, dann sagen Sie dem Bento ... Sie kennen doch den Bento?"

„Und ob! Auch die Senhora Dona Rosa ..."

„Dann sagen Sie dem Bento, er soll Ihnen ein Paar Hosen geben, Mann! Mit den Hosen, die Sie da anhaben, laufen Sie ja geradezu unanständig herum."

Der Alte grinste breit mit zahnlosem Mund und sah belustigt an den schmutzigen Fetzen hinunter, die ihm gegen die Schienbeine klatschten. Sie waren noch schwärzer und brüchiger als Äste im Winter.

„Bloß ein bißchen zerrissen ... Der Herr Doktor Júlio sagt aber, daß sie mir ganz gut stehen. Wenn ich dort vorbeikomme, macht der Doktor Júlio immer eine Porträtaufnahme von mir. Erst vergangene Woche wieder ... Sogar mit einem Stück Kette, das mir vom Handgelenk herunterhängt, und mit einem Schwert, das ich in der erhobenen Faust halten muß ... Wahrscheinlich will er sie der Regierung schicken."

Gonçalo lachte und gab seiner Stute die Sporen. Er gedachte nunmehr, einen Abstecher nach Valverde zu machen. Danach wollte er nach Vila Clara zurückkehren und Gouveia überreden, im Schloß ein am Kirschholzspieß gebratenes Zicklein mit zu verspeisen, wozu er tags zuvor im Klub auch Manuel Duarte und Titó eingeladen hatte. Doch als er an dem Allerseelenkreuz vorüberkam, wo die malerische Landstraße nach Corinde mit ihren beiden Pappelreihen den Steilhang von Valverde überquert, hielt er an, denn weiter unten, nach Corinde zu, bemerkte er so etwas wie einen Auflauf: eine Fuhre Brennholz, einen Fleischerkarren, eine Frau mit rotem Kopftuch, die auf dem Packsattel eines Esels saß und heftig gestikulierte, und zwei Bauern mit geschulterten Spaten. Plötzlich kam wieder Bewegung in das Ganze: Die Frau trabte auf ihrem Eselchen die Straße weiter und verschwand bald im Wald; der Fleischerkarren rumpelte inmitten einer leichten Staubwolke davon; der Wagen mit dem

Holz bewegte sich langsam und quietschend auf das Allerseelenkreuz zu; die beiden Bauern stapften quer über heubedeckte Wiesen zu einem flachen Landstreifen hinunter ... Nur ein einzelner Mann, dem eine Joppe über der Schulter hing, blieb auf der Landstraße zurück. Er hinkte und schleppte sich mühsam vorwärts. Gonçalo ritt zu ihm hin und fragte neugierig: „Was ist denn passiert? Was fehlt Ihnen denn?"

Der Mann stand auf einem Bein, und sein runzliges, blasses Gesicht, das er zu Gonçalo emporhob, glänzte vor Schweiß.

„Unser Herrgott schenke Ihnen einen recht schönen Abend, Fidalgo! Was soll es schon sein! Ein Mißgeschick, wie es unsereinem eben zustößt!"

Und seufzend erzählte er seine Geschichte. Seit Monaten leide er an einer Wunde am Knöchel, die nicht heilen wollte. Weder Heftpflaster noch Myrtenbeerenpulver, noch Besprechen half ... Und nun sei er nur mal zur Fazenda des Herrn Doktor Júlio hinaufgegangen, um einem guten Freund, der an Wechselfieber erkrankt war, beim Ausbessern der Terrasse zu helfen. Und schwupp, löst sich da ein Steinbrocken, der ihm ausgerechnet auf diese Wunde fällt, das Fleisch wegreißt, den Knochen zersplittert und ihn in diesen erbarmungswürdigen Zustand versetzt! Er hätte sich gleich den Hemdzipfel abgerissen, um das Blut aufzusaugen, und dann sein Taschentuch darübergebunden.

„Aber in diesem Zustand können Sie doch nicht laufen, Menschenskind! Woher sind Sie denn?"

„Aus Corinde, Fidalgo. Mein Name ist Manuel Solha, von der Finta. Es bleibt mir ja weiter nichts übrig, als nach Hause zu hinken."

„Und von all den Leuten, die eben noch hier waren, konnte Ihnen niemand helfen? Da waren doch zwei baumlange Kerle und auch ein Karren ..."

Bei dem eigensinnigen Versuch, mit dem verletzten Bein aufzutreten, machte Solha eine ungeschickte Bewegung. Ein Schrei entfuhr ihm, aber hinterher lächelte er nur und atmete schwer. Was wolle der Fidalgo denn? Auf dieser Welt habe jeder mit sich selber zu tun. Schließlich habe das Mädel mit dem Esel schon versprochen, bei der Finta vorbeizureiten und dort Bescheid zu sagen. Und vielleicht würde bald einer seiner Jungen mit einer jungen Stute, die er um die Osterzeit gekauft hatte und die zum Unglück ebenfalls hinkte, auf der Landstraße auftauchen...

Der Fidalgo ließ sich aus dem Sattel gleiten. „Gut! Dann Stute gegen Stute, nehmen Sie gleich diese hier..."

Solha staunte mit offenem Mund. „Aber was soll denn das! Bei Gottes heiligem Namen! Soll ich denn zu Pferde weiterziehen und Euer Wohlgeboren zu Fuß?"

Gonçalo lachte. „Menschenskind, mit derartigen Faxen wie ‚ich zu Fuß' und ‚Sie zu Pferd' und ‚Bitte sehr' und ‚Nein, Senhor' verlieren wir bloß eine Menge kostbare Zeit. Steigen Sie auf, seien Sie friedlich und reiten Sie im Trab nach der Finta!"

Der andere machte große Augen, humpelte zum Straßenrand und schüttelte den Kopf, als schrecke er vor der Entweihung eines Heiligtums zurück.

„Das geht nicht, Herr, das geht einfach nicht! Eher lasse ich die Wunde vereitern und sterbe hier!"

Gonçalo stampfte mit dem Fuß auf. „Reiten Sie los, ich befehle es Ihnen! Sie sind Landarbeiter, ich bin ein in Coimbra promovierter Doktor; *ich* bin der, der weiß, und *ich* befehle!"

Solha, der sich angesichts solch überzeugender Demonstration höheren Wissens sogleich fügte, griff stumm in die Mähne der Stute und trat ehrfurchtsvoll in den Steigbügel. Gonçalo half ihm dabei und hielt ihm den umwickelten, blutbefleckten Fuß, ohne erst die weißen Handschuhe auszuziehen.

Als Solha fest im Sattel saß und ein befriedigtes „Ah!" von sich gab, fragte Gonçalo: „Nun, wie macht es sich?"

Der Angeredete murmelte nur den Namen des Herrn und war voller Dankbarkeit und Verwunderung ob solcher

Nächstenliebe: „Aber das ist ja geradezu verkehrte Welt ... Ich hier oben auf der Stute des Fidalgo, und der Fidalgo und Schloßherr Gonçalo Ramires geht zu Fuß die Landstraße lang!"

Gonçalo antwortete mit einem Witz. Und um sich während des Weges die Zeit zu vertreiben, erkundigte er sich nach dem Gut des Dr. Júlio, der dort jetzt emsig Instandsetzungsarbeiten durchführen ließ und Weinberge anlegte. Da Manuel Solha auch Pereira Brasileiro kannte (der sich einmal mit dem Plan getragen hatte, die Ländereien des Dr. Júlio zu pachten), unterhielten sie sich nun über diesen energischen Mann und die Vorzüge seines Gutes Cortiga. Längst hatte Solha jede Befangenheit verloren; er saß aufrecht im Sattel, und über seiner Freude an der Intimität mit dem Fidalgo von Santa Ireneia vergaß er ganz die Wunde und den Schmerz, der mittlerweile nachgelassen hatte. Gonçalo lief lächelnd mit weit ausgreifenden Schritten im weißen Staub der Landstraße neben ihm her, die Hand am Steigbügel.

So näherten sie sich Bica Santa, einem der vielbesungenen idyllischen Fleckchen der schönen Gegend. Dort erweitert sich die in den Berghang geschlagene Landstraße zu einer luftigen Terrasse, von der aus man das ganze Tal von Corinde mit seinen Bauernhäusern, Hainen, blühenden Feldern und Gewässern überschauen kann. Und hier entspringt auch zwischen Eichen und moosbewachsenen steilen Felsen jene berühmte Quelle, die schon zu Zeiten König Dom Joãos V. innere Krankheiten heilte. Dona Rosa Miranda Carneiro, eine fromme Dame aus Corinde, ließ sie in ein marmornes Becken leiten, wo das wohltätige Wasser jetzt unter dem Bilde und der Schirmherrschaft der heiligen Rosa von Lima aus einem Bronzerohr fließt. An beide Seiten des Bassins schmiegen sich zwei schmale Steinbänke, über die sich das weitläufige Zweigwerk der Eichen wölbt und Schatten und Kühle spendet. Es ist ein liebliches Plätzchen, wo man Veilchen pflücken oder sein Vesperbrot essen kann und wo sich am späten Sonntagnachmittag die Senhoras der

Umgegend versammeln, den Schwarzdrosseln lauschen und sich an der üppigen Pracht des grünen Tales zu ihren Füßen erfreuen.

Kurz vor Bica Santa, bei der Ortschaft Serdal, macht die Landstraße nach Corinde einen scharfen Knick. Und dort bäumte sich die Stute des Fidalgos plötzlich auf. Gonçalo, der Solha nicht sehr viel Geschicklichkeit zutraute, hielt sein Pferd am Zaumzeug fest. Die Ursache für das Scheuen der Stute war ein Wagen am Straßenrand – eine blau ausgeschlagene Kalesche, vor der zwei Pferde standen, beide zum Schutz gegen die Fliegen mit weißem Tüll bedeckt. Auf dem Bock hockte steif ein schnurrbärtiger Kutscher in einer Livree mit rotem Kragen und einem Hut mit rotem Band. Gonçalo hielt noch immer die Stute am Zaumzeug, wie ein dienstfertiger Maultiertreiber auf gefährlichem Pfad. Da erblickte er den alten Sanches Lucena, der auf einer der Steinbänke am Brunnenbassin saß, eine große Decke über den Knien. Neben ihm kauerte ein Lakai und säuberte mit einem Grasbüschel den Stiefel, den ihm die schöne Dona Ana hinstreckte, wobei sie ihr Kleid aus naturfarbenem Leinen raffte und die andere Hand in ihre vorgeneigte schlanke Taille stemmte.

Der groteske Anblick des Fidalgos da Torre, der seine Stute am Zaum hinter sich herzog, auf der mit weit gespreizten Beinen ein Landarbeiter in Hemdsärmeln thronte, versetzte den stillen, friedlichen Winkel in hellen Aufruhr. Sanches Lucena reckte den Hals und glotzte durch seine Brille. Vor lauter Neugier war er von der Bank gesprungen; seine Decke fiel ins Gras. Dona Ana zog jäh das Bein mit dem Stiefel zurück, gab sich sogleich wieder ganz als die unnahbare Herrin der Feitosa und faßte wie eine Insignie den goldenen Griff ihrer goldenen Lorgnette, die an einem goldenen Kettchen baumelte. Und sogar der Lakai mußte vor Verblüffung über das Bild lachen, das der Solha da bot.

Doch schon hatte Gonçalo mit der ihm eigenen Unbefangenheit Dona Ana begrüßt, herzhaft die unschlüssige

Hand Sanches Lucenas gedrückt und sich fröhlich zu diesem glücklichen Zusammentreffen gratuliert: Er käme nämlich gerade von der Feitosa! Und dort hätte er zu seinem Bedauern erfahren – von einem Gutsknecht, der gewiß übertrieben habe –, daß der Herr Staatsrat in den letzten Wochen krank gewesen sei. Wie gehe es ihm denn nun? Er sähe doch sehr gut aus!

„Habe ich nicht recht, Senhora Dona Ana? Sieht er nicht blendend aus?"

Mit einer koketten Kopfbewegung, die den weißen Federbusch auf ihrem roten Strohhut sanft erbeben ließ, erwiderte sie: „Sanches erfreut sich Gott sei Dank jetzt besserer Gesundheit ..."

Ihre gurrende, schleppende, dunkle Stimme ließ Gonçalo frösteln.

„Ja, es geht mir jetzt tatsächlich ein wenig besser; besten Dank, Senhor Gonçalo Ramires!" murmelte der magere, bucklige Sanches und zog seine Decke wieder über die Knie.

Hinter blitzenden Brillengläsern hefteten sich seine Augen voller brennender Neugier auf Gonçalo. Sein schmales, sonst wachskerzengelbes Gesicht war beinahe rosig, als er herausplatzte: „Aber Sie müssen schon entschuldigen! Wie kommt denn das, daß Sie sich hier herumtreiben, mitten auf der Landstraße nach Corinde, in diesem Aufzug, zu Fuß, und ein Pferd am Halfter mit einem Feldarbeiter darauf?"

Lachend und weniger zu Sanches Lucena als vielmehr zu Dona Ana hin gewandt, deren schöne, feucht schimmernde, pechschwarze Augen ihn ernst und zurückhaltend, aber dennoch erwartungsvoll ansahen, berichtete Gonçalo vom Mißgeschick des wackeren Mannes, den er da unterwegs getroffen habe, wie er sich stöhnend mit seinem verletzten Bein die Straße langschleppte ...

„Da habe ich ihm eben meine Stute überlassen. Und wenn Sie gestatten, gnädige Frau, so muß ich nun wohl auch den Rest des Weges mit ihm zusammen zurücklegen ..."

Rasch wandte er sich zu Solha um, der angesichts der Herrschaften von der Feitosa sehr verlegen war und den Hut abgenommen hatte, als wolle er die Wirkung seines Aufzugs wenigstens auf diese Weise etwas abschwächen. Er machte Anstalten, abzusitzen, doch Gonçalo befahl ihm, zur Finta weiterzureiten. Die Stute solle er von einem seiner Jungen hierher nach Bica Santa zurückbringen lassen, wo er inzwischen beim Herrn Staatsrat warten wollte.

Kaum hatte sich Solha, vom Fidalgo lachend zur Eile angetrieben, unter allerlei Verrenkungen und mit überschwenglichen Dankesworten verabschiedet und war davongeritten, da konnte Sanches Lucena nicht umhin, noch einmal seiner Verwunderung Ausdruck zu geben: „Wo hat man denn so etwas schon erlebt! Auf alles wäre ich gefaßt gewesen, aber nicht darauf, daß der Senhor Gonçalo Mendes Ramires einen Landarbeiter auf sein Pferd setzt und es am Zaumzeug die Landstraße nach Corinde entlangführt! Das ist ja geradezu die Wiederholung des barmherzigen Samariters aus der Bibel . . . nur daß dieser hier noch besser ist!"

Gonçalo setzte sich zu Sanches Lucena auf die Bank und meinte scherzend, der gute Samariter habe nicht bloß deshalb einen so würdigen Platz im Evangelium verdient, weil er einem kranken Leviten seinen Esel anbot, sondern der Samariter der Bibel habe gewiß noch edlere Eigenschaften aufzuweisen gehabt. Dabei lächelte er zu Dona Ana hinüber, die auf der anderen Seite von Sanches Lucena saß, mit majestätischer Langsamkeit ihre Lorgnette an die Augen hob und den Blick über Bäume und Quelle gleiten ließ, die ihr so vertraut waren, und fügte hinzu: „Es ist zwei Jahre her, gnädige Frau, seit ich die Ehre hatte . . ."

Doch da stieß Sanches Lucena einen Schrei aus: „Aber Senhor Gonçalo Ramires! Sie haben ja Blut an der Hand!"

Der Fidalgo erschrak: Auf dem weißen Wildlederhandschuh zeichneten sich deutlich zwei dunkelrote Flecken ab.

„Das Blut ist nicht von mir! Natürlich ist das herangekommen, als Solha aufstieg und ich seinen verletzten Fuß hielt ..."

Mit einem Ruck zog er den Handschuh aus und warf ihn ins hohe Gras hinter der Steinbank. Dann lächelte er wieder und fuhr fort: „Wahrhaftig, gnädige Frau, seit dem Ball beim Baron von Marges in Oliveira, dem berühmten Fastnachtsball, hatte ich nicht die Ehre, Ihnen wieder zu begegnen ... Das ist länger als zwei Jahre her; ich war damals noch Student. Ich entsinne mich noch: Sie gingen als Katharina von Rußland und sahen wundervoll aus ..."

Und während er sie anlächelte und sie mit seinen Blicken verschlang, dachte er: ‚Ein hübsches Geschöpf! Aber niedriger Herkunft! Und diese Stimme ...'

Dona Ana erinnerte sich gleichfalls an den Ball bei den Marges. „Da ist der Herr allerdings im Irrtum. Ich ging nicht als Russin, ich ging als Kaiserin ..."

„Gewiß, als Kaiserin von Rußland, als die große Katharina ... Ein entzückendes Kostüm! Und so kostbar!"

Sanches Lucena drehte sich langsam zu Gonçalo um, blitzte ihn durch die goldene Brille an und hob seinen dürren Zeigefinger. „Ich erinnere mich nun auch, daß Ihre Schwester Dona Graça, meine Tischdame, als Vianneser Bauernmädchen kostümiert war ... Ein wahrhaft glänzendes Fest, aber das nimmt nicht wunder, denn unser Marges ist immer erstklassig ... Und seit jenem Abend hatte ich noch nicht wieder das Vergnügen, Ihrer Schwester zu begegnen. Lediglich von weitem habe ich sie gesehen, in der Messe ..."

Übrigens sei er jetzt nur selten in Oliveira, obgleich der Haushalt samt Dienerschaft und Wagenpark dort weiterlaufe; er könne nicht sagen, ob es nun an der Luft oder am Wasser liege, aber in der Stadt fühle er sich nicht recht wohl.

Gonçalo bekundete erhöhte Teilnahme: „Aber was hat Ihnen denn nur gefehlt?"

Sanches Lucena lächelte bitter. Die Lissabonner Ärzte seien sich darüber auch nicht einig. Die einen gäben dem Magen, die anderen dem Herzen die Schuld. Ob nun dies oder das zutreffe, jedenfalls hätte irgendein wichtiges inneres Organ gelitten. Und so durchlebe er beständig ernste gesundheitliche Krisen ... Immerhin, mit Gottes Hilfe und mit Diät, Milch und Ruhe hoffe er schon noch ein paar Jahre durchzuhalten.

„Aber gewiß doch!" rief Gonçalo fröhlich. „Und Sie glauben nicht, daß Sie das Leben in Lissabon, die Parlamentssitzungen und die Politik, die entsetzliche Politik, nur ermüden und aufregen?"

Nein, im Gegenteil, er halte es in Lissabon schon ganz gut aus. Besser als auf der Feitosa! Schließlich habe er etwas Zerstreuung, wie sie ihm die Parlamentssitzungen böten, ganz gern. Und da er in der Hauptstadt Freunde habe, einen exklusiven, erlesenen Kreis ...

„Einen unserer vortrefflichen Freunde kennen Sie gewiß. Er ist ein Verwandter von Ihnen ... Ich meine Dom João da Pedrosa."

Gonçalo, der diesen Herrn nicht einmal dem Namen nach kannte, murmelte aus purer Höflichkeit: „Ja, Dom João, gewiß ..."

Sanches Lucena fuhr sich mit der spindeldürren, beinahe durchsichtigen Hand, an der ein riesiger Siegelring mit einem Saphir funkelte, über den weißen Backenbart. „Und nicht nur Dom João ... Ein anderer meiner Freunde ist ebenfalls ein Verwandter von Ihnen, und ein recht naher. Wir haben sehr oft von Ihnen und Ihrer Familie gesprochen. Er gehört nämlich auch zum ersten Adel ... Ich meine Arronches Manrique."

„Ein sehr umgänglicher, geselliger, vornehmer Herr!" ergänzte Dona Ana voller Überzeugung, wobei sich ihre straffen Brüste hoben, deren vollendete Form das enganliegende Mieder nachzeichnete.

Auch der klangvolle Name Arronches Manrique war Gonçalo niemals zu Ohren gekommen. Doch ohne Zaudern erwiderte er: „Gewiß, ganz recht, der Manrique ... Ich habe so viele Verwandte in Lissabon und komme so selten dorthin! Und Sie, Senhora Dona Ana ..."

Aber Sanches Lucena blieb hartnäckig bei seinem Thema, weil er an solchen Unterhaltungen über adlige Verwandtschaften besonderen Gefallen fand.

„Natürlich wohnen alle Ihre berühmten Verwandten in Lissabon. Ich glaube auch, daß Sie der Vetter des Herzogs von Lourençal sind ... Ja, von Duarte Lourençal! Er führt diesen Titel nicht, entweder aus Miguelismus oder vielleicht auch aus Gewohnheit; aber letztlich ist er doch der legitime Herzog von Lourençal und Repräsentant dieser Familie."

Gonçalo lächelte höflich und knöpfte sich den Reitrock auf, weil er sein altes ledernes Zigarrenetui suchte.

„Ja, gewiß, der Duarte! Wir sind Vettern ... Er sagt jedenfalls, daß wir Vettern sind. Und ich glaube es. Ich verstehe doch so wenig von Seitenlinien! Wahrhaftig, in Portugal sind die vornehmen Familien alle miteinander verschwägert, alle miteinander verwandt, nicht nur von Adam her, sondern auch durch die Goten ... Und Sie, Senhora Dona Ana, ziehen Sie den Aufenthalt in Lissabon vor?"

Da bemerkte er, daß er eine Zigarre in der Hand und vor lauter Zerstreutheit bereits die Spitze abgebissen hatte, und sagte: „O Verzeihung, gnädige Frau ... Ich wollte gerade zu rauchen anfangen und weiß doch gar nicht, ob Sie ..."

Sie senkte die langen Wimpern und winkte lächelnd ab: „Der Herr darf ruhig rauchen. Sanches raucht zwar nicht, aber ich mag den Geruch recht gern."

Gonçalo dankte. Insgeheim war er angewidert von dieser schleppenden, gurrenden Stimme und dem abscheulichen „Der Herr darf", „Der Herr"... Aber dann dachte er: ‚Was für zarte Haut sie hat! Ein schönes Geschöpf! ...'

Indessen spießte der unerbittliche Sanches Lucena schon wieder den Zeigefinger in die Luft und nahm sein Lieblingsthema wieder auf: „Ich kenne zwar den Senhor Dom Duarte Lourençal nicht, diese hohe Ehre habe ich vorerst noch nicht, doch ich kenne seinen Bruder sehr gut, den Senhor Dom Filipe. Ein höchst achtbarer, ritterlicher Mann, wie Sie ja sicher wissen... Und außerdem ist er ein Talent! Ein Koryphäe auf dem Waldhorn!"

„Ach!"

„Und ob! Haben Sie denn Ihren Vetter, den Senhor Dom Filipe Lourençal, noch nie auf dem Horn blasen hören?"

Und mit einem verführerischen Lächeln ihrer vollen, kirschroten Lippen, zwischen denen ihre kleinen Zähne blitzten, begann sich nun sogar die schöne Dona Ana zu ereifern: „Oh, er spielt einfach entzückend! Sanches hat Musik sehr gern, ich ebenfalls ... Doch wie der Herr verstehen werden, hier auf dem Lande, bei dem Mangel an Möglichkeiten ..."

Gonçalo hatte sich seine Zigarre angebrannt, warf das Zündholz fort und bekundete sogleich lebhaftes Interesse. „Nun, da sollten Sie nur mal einen meiner Freunde hören! Er ist ein wahres Genie auf der Bratsche, der Videirinha!"

Bei Sanches Lucena erweckte dieser Allerweltsname Befremden. Aber der Fidalgo sprach unbefangen weiter: „Das ist ein junger Mann aus Vila Clara, mit dem ich eng befreundet bin. José Videira, Apothekergehilfe ..."

Sanches Lucenas Augen weiteten sich in hellem Entsetzen. „Apothekergehilfe und Freund des Senhor Gonçalo Mendes Ramires?"

Gewiß. Sie kannten sich ja schon seit seiner Studienzeit, seit den Prüfungen am Gymnasium. Videirinha verbrachte sogar die Ferien auf dem Schloß, bei seiner Mutter, der alten Naherin der Familie Ramires. Ein prachtvoller, braver Bursche, und auf der Bratsche wirklich ein Genie!

„Jetzt bringt er ein wunderbares Lied, das er den ‚Fado des Hauses Ramires' betitelt hat. Die Melodie ist zwar die von einem Fado aus Coimbra, einem ganz bekannten, aber die Verse sind von ihm, ein paar hübsche Vierzeiler über Ereignisse aus der Geschichte meines Geschlechts, Legenden und dergleichen. Jedenfalls ist es ein Ohrenschmaus! Erst vor ein paar Tagen, als er bei mir auf Santa Ireneia war, zusammen mit dem Titó ..."

Diese naive, vertrauliche Bezeichnung entlockte Sanches Lucena einen weiteren Einwurf: „Mit dem *Titó?*"

Der Fidalgo lachte. „Das ist der Spitzname, den wir unserem alten Freund António Vilalobos gegeben haben."

Sanches Lucena streckte beide Arme in die Höhe, als wäre soeben irgendeine ihm sehr nahestehende Person auf der Straße erschienen. „António Vilalobos! Aber das ist doch einer unserer treuesten und besten Freunde! Ein höchst achtbarer Mann! Fast allwöchentlich erweist er uns die Ehre, zur Feitosa zu kommen ..."

Nun war die Reihe an Gonçalo, über diese enge Freundschaft zu staunen, zumal Titó ihm nie ein Sterbenswörtchen davon gesagt hatte, wenn beim Gago, auf dem Schloß oder bei politischen Debatten im Klub der Name Sanches Lucena gebrüllt wurde.

„Ach! Sie kennen also ..."

Doch Dona Ana, die sich unvermittelt von der Bank erhoben hatte und sich nun bückte, um Handschuhe und Sonnenschirm aufzunehmen, erinnerte jetzt ihren Gemahl an das langsame Nahen der Abendkühle und den dichten, feuchten Nebel, der um diese Zeit aus dem warmen Tal aufzusteigen pflegte: „Du weißt doch, daß dir das niemals gut bekommt... Und den beiden Pferden auch nicht, wo sie jetzt so lange Zeit gestanden haben."

Sogleich zog Sanches Lucena ängstlich ein dickes weißseidenes Tuch aus der Hosentasche, um damit seinen Hals einzumummen. Und weil er sich auch um das Wohl seiner Pferde sorgte, erhob er sich mühsam von der Steinbank und gab dem Lakai einen müden Wink, die Decke wieder zu verstauen und dem Kutscher Bescheid zu sagen. Schwer auf seinen Spazierstock gestützt, trat er noch einmal an die Brüstung der dem Steilhang zugekehrten Straßenseite: Dort bot sich dem Auge ein prachtvolles Panorama. Und freimütig bekannte er Gonçalo, daß dies sein liebstes Ausflugsziel in der Umgebung der Feitosa sei, nicht allein wegen der idyllischen Schönheit dieses „schon von unserem gefühlvollen

Cunha Torres besungenen Fleckchens", sondern auch weil er hier am Brunnen auf einer Bank sitzen und in aller Muße seine Ländereien überblicken konnte.

„Da sehen Sie ... Noch über dieses Gehölz hinaus, bis zur Ebene und dem Hügel mit der gelben Hütte, und noch hinter dem Pinienwald gehört alles mir ... Der Pinienwald ebenfalls ... Dort von der Reihe Pappeln hinter der saftigen Wiese an ist auch alles mein Besitz ... Das da, wo die kleine Kapelle steht, gehört zu Monte Agra ... Aber weiter drüben hinter dem Eichenwald und dann bergauf gehört wieder alles mir!"

Der bleiche Finger und der dürre Arm im schwarzen Kaschmirärmel deuteten über Brüstung und Tal. Da drüben die Weiden ... die Roggenfelder ... das daran anschließende Brachland ... alles gehörte ihm! Und hinter der gekrümmten, mageren Gestalt mit dem in den Nacken geschobenen Hut und dem seidenen Tuch, das bis zu den blutleeren, ein wenig abstehenden Ohren hochgezogen war, stand wie eine Säule aus hellem Marmor Dona Ana. Ein selbstvergessenes Lächeln auf den sinnlichen Lippen, den wohlgeformten Busen geschwellt, hielt sie ihre Lorgnette vor die Augen und heftete ihren Blick der Reihe nach auf Weiden, Pinienwälder und Roggenfelder. Sie wußte schon – *ihr* gehörte das alles!

„Und dort drüben, hinter dem Olivenhain", schloß Sanches Lucena mit einer höflichen Geste, „liegt Ihr Grund und Boden, Senhor Gonçalo Mendes Ramires."

„Meiner?"

„Ihrer oder, besser gesagt, der Ihrer Familie. Erkennen Sie denn gar nichts wieder? Da drüben, gleich hinter der Mühle, verläuft die Straße nach Santa Maria de Craquede. Dort sind die Grabstätten Ihrer Ahnen. Auch dahin unternehme ich zuweilen eine Spazierfahrt, und recht gern. Erst vor einem Monat haben wir die Ruinen eingehend besichtigt, und Sie dürfen versichert sein, daß ich tief bewegt war! Ein so altes Kloster, die großen steinernen Särge, das im Gewölbe festgeschmiedete Schwert über dem mittleren Grab ... Das ist doch ein erhabener Anblick! Und ich fand es sehr schön und sehr pietätvoll von Ihnen, daß Sie dort noch immer Tag und Nacht die Bronzelampe brennen lassen ..."

Gonçalo konnte ein Lächeln nicht unterdrücken, denn weder erinnerte er sich an das Schwert, noch hatte er sich jemals um die Lampe gekümmert.

Und nun erbat sich Sanches Lucena eine ganz besondere Gunst von ihm, nämlich die, daß Seine Wohlgeboren ihm die Ehre gäben, ihn im Wagen zu seinem Schloß zu bringen ...

Gonçalo Ramires wehrte erschrocken ab. Das ginge doch nicht! Er habe doch dem Mann mit dem verletzten Bein versprochen, hier am Brunnen auf seine Stute zu warten.

„Dann bleibt eben mein Lakai hier und bringt Ihnen Ihre Stute zum Schloß."

„Nein, nein; wenn Sie erlauben, so warte ich lieber selber ... Ich werde dann den Feldweg über Crassa benutzen, denn um acht kommt Titó zu mir zum Essen."

Dona Ana stand mitten auf der Straße und warnte ihren Gatten nochmals vor der heraufziehenden Kühle und der feuchten Nachtluft. Sanches Lucena aber, der schon im Begriff war, seine Kalesche zu besteigen, wandte sich noch einmal um, preßte die fleischlose Hand auf die hohle Brust und versicherte Gonçalo, daß er diesen Abend stets in bester Erinnerung behalten werde. „Weil ich da etwas sah, was wohl nur selten jemand zu sehen kriegt: einen Fidalgo aus dem ältesten Geschlecht Portugals zu Fuß auf der Landstraße nach Corinde, in der Hand die Zügel seines Pferdes, auf dem ein Tagelöhner sitzt!"

Mit Gonçalos Hilfe erklomm er endlich den Kutschentritt. Dona Ana hatte sich bereits in die Wagenpolster sinken lassen und hielt den funkelnden Griff der goldenen Lorgnette wie ein Zepter in ihrem Schoß. Der Lakai warf sich in Positur und verschränkte die Arme, und die pompöse Kalesche fuhr davon. Die Fliegendecken der Pferde, zwei weiße Farbtupfen, verloren sich im Halbschatten der von mächtigen Buchen überdachten Landstraße, und alles versank in Schweigen.

„Zu blöd, so etwas!“ entfuhr es Gonçalo, und er konnte sich gar nicht beruhigen über den wunderschönen Abend, den er vergeudet hatte. Einfach unausstehlich war dieser Sanches Lucena mit seinem Senhor Hinz und Senhor Kunz, seiner Manie für „exklusive Kreise“ und seinem „Das ist alles mein Besitz“ angesichts jeder Mulde und jedes Hügelchens. Seine Frau, gewiß, ein prachtvolles Stück Fleisch – sie war ja auch die Tochter eines Fleischers –, aber ohne ein Fünkchen Charme oder Geist. Und erst die Stimme, o Gott, was für eine Stimme! Eingebildete, aber recht ordinäre Leute... Jedenfalls wünschte er jetzt weiter nichts, als seine Stute wiederzubekommen. Dann könnte er wenigstens zu seinem Schloß galoppieren und bei Titó, einem Intimus der Feitosa, seinem Unmut über diese ganze Sancherei Luft machen.

Seine Stute blieb nicht lange aus, sie nahte in schnellem Trab, geritten vom Sohn des Solha. Als er den Fidalgo erkannte, sprang er ab und stammelte, den Hut in der Hand und mit hochrotem Kopf, daß sein Vater gut zu Hause angelangt sei und den Herrgott bitte, daß er dem Senhor diesen Liebesdienst lohnen möge...

„Schon gut! Einen schönen Gruß an deinen Vater, und ich wünsche ihm baldige Besserung. Ich werde mich nach seinem Befinden erkundigen.“

Mit einem Satz war Gonçalo aufgesessen und galoppierte den bequemen Feldweg nach Crassa entlang. Vor dem Portal seines Schlosses stieß er auf einen Knecht des Gago, der ihm ein Briefchen von Titó brachte. Darin hieß es, er könne nicht zum Abendessen nach Santa Ireneia kommen, weil er diese Woche nach Oliveira abreise.

„Zu dumm! Nach Oliveira reise ich zwar auch, aber ich esse trotzdem! Und dabei hatten wir sogar vereinbart, daß ich ihn im Wagen mitnehme... Was macht er denn noch in der Kneipe, der Senhor Dom António?“

Der Bursche kratzte sich bedächtig den Kopf. „Der Senhor

Dom António kam nur bei uns vorbei, um mir das Briefchen für Sie zu übergeben ... Ich glaube, er feiert ein Fest ... weil er nämlich gegenüber bei Onkel Cosme, dem Händler mit Feuerwerkskörpern, Knallfrösche gekauft hat ..."

Dieser erstaunliche Knallfroschkauf weckte sogleich in Gonçalo ungeheuren Neid.

„Und wo findet das Fest statt? Weißt du das?"

„Keine Ahnung, Fidalgo ... Aber es wird wohl eine große Sache sein, denn der Senhor João Gouveia hat bei meinem Herrn zwei große Teller mit Stockfischkuchen bestellt."

Stockfischkuchen! Wie gemein! Gonçalo fühlte sich beinahe als Opfer eines Verrats.

Und plötzlich hatte er eine Idee, wie er sich auf amüsante Art rächen könnte.

„Nun, wenn du heute den Senhor Dom António oder den Senhor João Gouveia triffst, so vergiß nicht, ihnen zu sagen, daß ich sehr bedaure ... daß ich heute abend im Schloß ebenfalls ein Fest gebe. Damen wären auch anwesend. Die Senhora Dona Ana Lucena käme ... Aber daß du es nicht vergißt, verstanden?"

Gonçalo sprang die Treppe hinauf und lachte über seinen guten Einfall. Am gleichen Abend gegen neun Uhr ging er nach einer üppigen Mahlzeit mit Manuel Duarte in den großen, nur von der vergoldeten Flurlaterne erhellten Bildersaal, um dort eine Kiste Zigarren zu holen. Dabei blickte er zufällig durchs offene Fenster und bemerkte unten im Schatten der Pappeln jemand, der dort herumspionierte. Der Fidalgo sah genauer hin; er glaubte die breiten Schultern und den Bullengang des Titó zu erkennen. Aber ja, ganz gewiß, das konnte nur Titó sein! Er trug eine Joppe und seine wollene Pudelmütze. Neugierig schlich sich Gonçalo in die Veranda, doch die Straße war leer und Titó bereits zwischen den Bäumen eines schmalen Weges verschwunden, der um den Meierhof des Miranda herum bis hinunter zur Portela-Brücke und den ersten Häusern von Vila Clara führte.

IV

Das Palais der Familie Barrolo (das seit Anfang des Jahrhunderts in Oliveira als „der Eckenbau" bekannt war) wandte seine hochherrschaftliche Fassade mit den zwölf kleinen Balkons dem Königsplatz zu. Es lag zwischen einem stillen Gäßchen, das zur Kaserne führte, und der Rua das Tecedeiras, einer alten, schmalen, schlecht gepflasterten und abschüssigen Straße. Auf deren anderer Seite, der langen Terrasse der Barrolos genau gegenüber, erhob sich die Parkmauer des einstigen Klosters der Mónicas. An diesem Morgen nun, gerade als Gonçalo in seiner von den Pferden des Torto gezogenen Kalesche auf den Königsplatz einbog, trabte von der Rua das Tecedeiras her auf einem schwarzen Hengst mit wehender Mähne, der stolz und hoheitsvoll das Steinpflaster stampfte, der Herr Regierungspräsident André Cavaleiro in weißer Weste und Strohhut um die Ecke. Gonçalo vermochte gerade noch zu erspähen, wie der andere aus langbewimperten schwarzen Augen zu den eisernen Balkons des Barroloschen Palais emporblickte. Mit einem Faustschlag aufs Knie schnellte er vom Polster hoch und knirschte: „Dieser Schuft!"

Er stieg vor einem niedrigen Portal aus, das aussah, als würde es von dem darüber befindlichen riesigen Wappen der Familie Sá zusammengequetscht. In seiner Empörung über das soeben Erlebte stürzte er an dem alten Pförtner Joaquim vorbei, ohne von dessen Wortschwall Notiz zu nehmen. Die Geschenke für seine Schwester Graça, die Schachtel mit dem Sonnenschirm und einen in Seidenpapier gehüllten Korb voller Blumen vom Schloß Santa Ireneia, hatte er vor Erregung in der Kalesche liegenlassen. Oben erwartete ihn bereits José Barrolo, der sein Gefährt über die Pflastersteine des Platzes hatte rattern hören. Gonçalo warf den Staubmantel in einen Klubsessel und platzte heraus: „Es ist einfach unglaublich! Daß ich auch nicht ein einziges Mal in die Stadt kommen kann, ohne diesem Kamel Cavaleiro zu begegnen! Und ausgerechnet immer hier auf dem Platz vor dem Haus!

Das ist doch wie verhext! Gibt es denn für diesen Schnurrbart keinen anderen Ort, wo er seine Schindmähre herumspringen lassen kann?"

José Barrolo, ein dicker junger Mann mit fuchsrotem Krauskopf, hellem Milchbart und einem Gesicht, das runder und röter als ein appetitlicher Apfel war, fiel ihm ahnungslos ins Wort: „Schindmähre? Aber Kleiner, er hat doch jetzt ein hübsches Pferd! Ein schönes Pferd, das er dem Marges abgekauft hat!"

„Mag sein! Dann ist er eben ein häßlicher Esel auf einem schönen Pferd. Sollen sie gefälligst beide in ihrem Stall bleiben! Oder meinetwegen zusammen am Mondego auf die Weide ziehen!"

Barrolo starrte ihn mit weit offenem Munde an, in dem prächtige Zähne blitzten. Und plötzlich stampfte er mit dem Fuß auf, beugte sich weit vor und brach in ein solches Gelächter aus, daß ihm der Atem stockte und die Adern schwollen.

„Großartiger Witz! Nein, wirklich, den muß ich im Klub erzählen ... ‚Ein häßlicher Esel auf einem schönen Pferd! Und beide auf der Weide! ...' Du bist köstlich, Junge! So etwas muß man gehört haben! Beide auf der Weide, mit den Mäulern im Gras, der Herr Regierungspräsident und sein Pferd ... Einfach großartig!"

Er tänzelte in bester Laune durch den Salon und schlug sich immer wieder mit der flachen Hand auf den feisten Schenkel. Gonçalo, besänftigt durch den Beifall, den man seinem Witz gespendet hatte, meinte: „Dann komm an meine Brust mit deinen Knochen, oder vielmehr mit deinem Fett. Was macht die Familie? Wie geht es der kleinen Graça? ... Oh! Es lebe unsere anmutige kleine Blume!"

Da kam sie, in einem spitzenbesetzten Frisiermantel, über den das prächtige lose Haar floß, und eilte freudig ihrem Bruder entgegen. Der schloß sie in die Arme und gab ihr zwei schallende Küsse. Dann trat er einen Schritt zurück und behauptete, sie sei hübscher und dicker geworden.

„Wahrhaftig, du *bist* dicker geworden, sogar größer... Bekomme ich etwa einen Neffen? ... Nein? Wirklich nicht?"

Gracinha wurde rot und lächelte verlegen. Ihre grünlichen Augen schimmerten noch feuchter und zärtlicher als sonst.

„Wenn sie nicht will, dann will sie eben nicht!" sagte José Barrolo laut, vergrub die Hände in die Jackentaschen und wiegte sich hin und her, so daß sich seine feisten Schenkel deutlich unter dem Stoff abzeichneten. „Am Herrn des Hauses liegt es nicht... Aber sie kann sich nicht dazu entschließen!"

Der Fidalgo sah seine Schwester tadelnd an. „Wir brauchen einen Jungen. Ich heirate doch nicht, ich habe kein Talent dazu. Und dann ist endgültig Schluß mit den Barrolos und Ramires! Das Aussterben der Familie Barrolo ist ein Akt der Bereinigung. Aber das Ende des Hauses Ramires wäre auch das Ende Portugals. Und deshalb, Senhora Dona Graça Ramires, ersuche ich Sie im Namen der Nation, uns schnell einen Stammhalter zu schenken! Einen kräftigen Stammhalter, der Tructesindo heißen soll!"

Barrolo war entsetzt. „Wie? Tructesindo? Nein! Dazu setze ich ihn nicht in die Welt!"

Doch Gracinha unterbrach diese Pikanterien; sie war begierig, Neuigkeiten vom Schloß zu hören, von Bento, von der Köchin Rosa, vom Gemüsegarten, von den Pfauen... Während sie plauderten, gingen sie ins Nebenzimmer hinüber, einem mit indischen Fächerschränken und schweren, vergoldeten, mit blauem Damast bezogenen Stühlen ausgestatteten Raum, dessen drei Balkone auf den Königsplatz sahen. Barrolo drehte sich eine Zigarette und wollte Genaueres über den Fall Relho und die damit verbundenen turbulenten Vorkommnisse erfahren. Auch er hatte einen Strauß auszufechten gehabt, und zwar mit dem Pächter der Ribeirinha, wegen des Holzeinschlages in einem Pinienwald. Die Sache mit dem Relho sei allerdings ein Skandal...

Gonçalo, tief in eine Ecke des blauen Damastsofas eingesunken, knöpfte langsam sein Jackett aus hellem Cheviotstoff auf. „Ach wo, nicht die Spur. Schon seit Monaten konnte der Relho das Trinken nicht mehr lassen ... Eines Abends brüllte er wie ein Wahnsinniger, belästigte die Rosa und eignete sich ein Jagdgewehr an. Ich ging hinunter, und im Augenblick war das Schloß von allen Relhos und allen Krawallen befreit."

„Aber der Bürgermeister kam und brachte Polizei mit!" fiel ihm Barrolo ins Wort.

Gonçalo zuckte unwillig die Achseln. „Der Bürgermeister? Der kam erst viel später! Da war Relho längst über alle Berge. Und da habe ich Santa Ireneia eben an den Pereira, den Pereira aus Riosa verpachtet ..."

Er berichtete nun von diesem ausgezeichneten Geschäft, das er beim Frühstück auf der Veranda ausgehandelt hatte, sozusagen zwischen zwei Gläsern Heurigem. Barrolo staunte über die Pachtsumme und lobte sich einen solchen Pächter. Gonçalo solle doch gleich noch einen zweiten Pereira entdecken, meinte er, einen für das Gut Treixedo, dessen ausgezeichneter Boden so schlecht bearbeitet würde.

Gracinha stand im Schmuck ihres üppigen, frisch gewaschenen und nach Rosmarin duftenden Haares am Sofa und betrachtete zärtlich ihren Bruder. „Was macht denn dein Magen, geht es dir besser? Ißt du noch öfter mit dem Titó zu Abend?"

„Ach, diese Kanaille!" rief Gonçalo. „Schon vor Tagen versprach er mir, zum Essen aufs Schloß zu kommen; die Rosa hatte sogar ein knuspriges Zicklein am Spieß gebraten ... Doch wer nicht kam, war Titó; ich glaube, er hat eine schändliche Orgie gefeiert, mit Feuerwerk und Knallfröschen. Diese Woche kommt er nach Oliveira ... Und ist so etwas zu glauben – wußtet ihr etwa, daß der Titó eng mit Sanches Lucena befreundet ist?"

Heiter und anschaulich, und nicht ohne dabei ein bißchen zu übertreiben, schilderte er seine Begegnung mit Sanches Lucena in Bica Santa, den Abscheu, den die schöne Dona Anạ in ihm erregt hatte, und die unerwartete Enthüllung von Titós Intimität mit den Herrschaften von der Feitosa.

Barrolo entsann sich, Titó eines Abends vor dem Johannistag am Tor der Feitosa gesehen zu haben, wie er ein weißes Schoßhündchen an der Leine führte.

„Was ich aber nicht begreife, Junge, ist dein Abscheu vor Dona Ana. Eine prachtvolle Frau! Diese Taille, diese Augen, und erst diese Brust..."

„Halt deinen unreinen Mund, du Wüstling!" schrie Gonçalo. „Ausgerechnet hier, in Gegenwart deiner Frau, der Zierde aller Graças, wagst du es, einen derartigen Fleischbrocken zu preisen!"

Die kleine Graça war nicht eifersüchtig; sie lachte und hatte für die Begeisterung ihres José volles Verständnis. Wirklich, Ana Lucena sei doch eine glänzende Erscheinung.

„Gewiß", räumte Gonçalo ein, „sie ist schön wie eine schöne Stute... Aber diese ölige, geschwollene Stimme, und die Lorgnette, und dann diese Umgangsformen... Und das ‚Der Herr darf ruhig rauchen', ‚Der Herr befinden sich im Irrtum...' Nein, Herrschaften, so was ist doch einfach entsetzlich!"

Die Hände in die Taschen seiner Joppe vergraben, wippte Barrolo mit beiden Beinen vor dem auf dem Sofa sitzenden Fidalgo hin und her. „Junger Wein, Senhor Dom Gonçalo, junger Wein!"

Der Fidalgo strafte seinen Schwager mit einem grimmigen Blick. „Nicht einmal, wenn sie sich mir im Hemd und auf den Knien anbieten würde, mit den zweihundert Contos ihres Sanches auf einem goldenen Tablett!"

Gracinha wurde rot wie eine Pfingstrose, lächelte und versetzte Gonçalo mit einem entrüsteten „Oh" einen Klaps auf die Schulter. Ihr Bruder zog sie übermütig an sich: „Her mit diesem Bäckchen und noch einen Kuß, dann ist alles wieder gut! Aber wirklich, man braucht an diese Dona Ana nur zu *denken,* und schon kommt man auf dumme Ideen... – Du sagtest da etwas von meinem Magen. Ja, Mädchen, mit dem ist etwas nicht in Ordnung. Und seit ein paar Tagen, nach dem Zicklein am Bratspieß und dem Gelage mit dem Manuel

Duarte, macht er mir noch mehr zu schaffen. Hast du Vidago-Wasser hier? Na, mein lieber Barrolo, dann gib mal deinem Herzen einen Stoß und laß mir eine Flasche davon holen, aber kalt muß sie sein! Und frag doch mal, ob ein Korb und eine Pappschachtel mit heraufgebracht worden sind. Beides habe ich in der Kalesche liegenlassen. Man soll alles in mein Zimmer legen. Aber daß du nichts auswickelst, denn es ist eine Überraschung für dich. Und hör mal, laß mir auch noch warmes Wasser hinaufbringen. Ich muß die Wäsche wechseln ... Bei dem Staub, in den ich unterwegs geraten bin!"

Barrolo pfiff sich eins und tänzelte davon. Gonçalo klatschte in die Hände und wandte sich wieder an seine Schwester: „Ihr beide seid doch wirklich Prachtexemplare! Ein Herz und eine Seele. Und du siehst jetzt wahrhaftig kräftiger und voller aus. Ich dachte schon, ich bekäme einen Neffen! Und Barrolo ist schlanker und mobiler als früher ..."

„Ja, José macht neuerdings Spaziergänge und reitet aus; er schläft auch nicht mehr so viel nach dem Essen ..."

„Und wie geht es der übrigen Familie? Tante Arminda, den ganzen Mendonças? Gut? Und Pater Soeiro – was ist aus diesem Heiligen geworden?"

„Der hat einen ganz leichten rheumatischen Anfall gehabt. Jetzt ist er wieder wohlauf und steckt dauernd im Bischofspalast, in der Bibliothek ... Anscheinend vertreibt er sich die Zeit damit, ein Buch über die Bischöfe zu schreiben."

„Ich weiß schon, die ‚Geschichte der Kathedrale von Oliveira'. Ich habe nämlich auch sehr viel gearbeitet, Gracinha! Ich bin dabei, einen Roman zu schreiben."

„Ach!"

„Einen kleinen Roman, eigentlich mehr eine Novelle, für die ‚Literarischen und Historischen Annalen', eine Zeitschrift, die ein Freund von mir gegründet hat, der Castanheiro ... Eine Novelle über ein Ereignis aus der Geschichte unseres Geschlechts ... Von einem unserer ältesten Ahnen, dem Tructesindo."

„Das ist gut! Was hat er denn angestellt?"

„Entsetzliches. Aber es ist romantisch ... Und dann der Palast von Santa Ireneia im zwölften Jahrhundert, in seinem ganzen Glanz! Kurzum, eine hübsche Rekonstruktion des alten Portugal und vor allem der alten Recken des Hauses Ramires. Wird dir bestimmt gefallen ... Liebschaften kommen nicht drin vor; da ist immer nur Krieg. Höchstens ganz am Rande kreuzt mal eine unserer Ahnfrauen auf, eine gewisse Dona Menda, von der ich aber nicht einmal weiß, ob sie wirklich gelebt hat. Das ist doch neckisch, nicht wahr? ... Du verstehst doch, ich will mich in der Politik versuchen, und da muß ich zuerst einmal dafür sorgen, daß mein Name bekannt wird ..."

Gracinha lächelte ihrem Bruder sanft und bewundernd zu. „Und jetzt hast du einen Plan? Tante Arminda hält immer noch daran fest, daß du Diplomat werden mußt. Neulich erst sagte sie: ‚Oh, unser lieber Gonçalo mit seiner Eleganz und seinem Namen gehört einzig in eine große Botschaft!'"

Der Fidalgo erhob sich langsam von dem breiten Sofa und knöpfte sein helles Cheviotjackett wieder zu. „Tatsächlich trage ich schon seit ein paar Tagen eine Idee mit mir herum ... Möglicherweise rührt sie von einem sehr interessanten englischen Roman her, den ich gelesen habe und dir wärmstens empfehle, einem Roman über die alten Bergwerke von Ophir, mit dem Titel ‚King Salomon's Mines' ... Ich trage mich mit dem Gedanken, nach Afrika zu gehen."

„Aber Gonçalo, was du nicht sagst! Nach Afrika?"

Der Diener hatte auf einem Tablett zwei entkorkte Flaschen Vidago-Wasser gebracht. Hastig, um den pikanten Geschmack auszukosten, goß sich Gonçalo ein riesiges, feingeschliffenes Kristallglas voll. Ah, welch köstlicher Genuß! Und als Barrolo wiederkam und verkündete, daß er „die Wünsche Seiner Wohlgeboren" erfüllt habe, erwiderte Gonçalo: „Gut, dann unterhalten wir uns gleich beim Frühstück weiter, Gracinha! Jetzt muß ich mich erst einmal waschen und die Wäsche wechseln, weil ich dieses scheußliche Jucken einfach nicht mehr aushalte ..."

Barrolo begleitete den Schwager auf sein Zimmer, eines der geräumigsten und schönsten des ganzen Hauses. Es war mit kanariengelbem Kretonne tapeziert, hatte einen Balkon nach dem Garten hin und zwei mit Geländern versehene mannshohe Fenster, durch die man auf die Rua das Tecedeiras und die alten Bäume hinter der Parkmauer des Mónica-Klosters sah. Gonçalo zog sogleich ungeduldig sein Jackett aus und warf auch die Weste in weitem Bogen von sich.

„Du machst dich jedenfalls glänzend, Barrolo! Drei oder vier Kilo hast du bestimmt schon abgenommen. Das sind natürlich die Kilos, die Gracinha zugenommen hat. Wenn ihr euch beide so das Gleichgewicht haltet, ist bei euch doch alles in bester Ordnung."

Barrolo stand vor dem Spiegel und strich mit entzücktem Lächeln über seine Taille. „Tatsächlich, ich komme mir schlanker vor! Ich merke es sogar an den Hosen . . ."

Gonçalo hatte die große Schublade der mit goldenen Beschlägen verzierten Kommode herausgezogen, wo er stets Wäsche – sogar zwei Fräcke – aufzubewahren pflegte, um sich das Hin- und Herschaffen von Koffern zwischen dem „Eckenbau" und seinem Schloß zu ersparen. Er lachte noch immer und riet dem guten Barrolo, zu Nutz und Frommen künftiger Geschlechter der Barrolos unermüdlich weiter „abzumagern", als plötzlich unten auf der stillen Rua das Tecedeiras die Hufe eines Reitpferdes in langsamem Trab das Steinpflaster schlugen.

Gonçalo eilte sogleich argwöhnisch ans Fenster, das Hemd noch in der Hand, das er soeben auseinandergefaltet hatte. *Er* war es, André Cavaleiro, schon wieder! Jetzt ritt er mit angezogenem Zügel die schlecht gepflasterte Straße hinunter und genoß den Lärm, den er auf diese Art vollführte. Mit vor Wut krebsrotem Gesicht wandte sich Gonçalo zu Barrolo um: „Das ist ja eine glatte Provokation! Wenn dieser verdammte Cavaleiro noch einmal auf seinem elenden Klepper unter meinen Fenstern herumtrabt, kriegt er einen Schmutzkübel auf den Kopf!"

Barrolo stutzte und sah hinaus. „Natürlich reitet er zu den Lousadas. Mit denen ist er jetzt sehr intim. Ich sehe ihn stets hier vorbeikommen, wenn er zu den Lousadas reitet."

„Meinetwegen mag er zur Hölle reiten! Gibt es denn in der ganzen Stadt keinen anderen Weg zu den Lousadas? Zweimal im Verlauf einer halben Stunde! Eine bodenlose Unverschämtheit! Der bekommt noch mal eine Dusche Seifenwasser über Mähne und Schnurrbart, so gewiß ich Ramires heiße und der Sohn meines Vaters Ramires bin!"

Barrolo kratzte sich verlegen am Hals. Er war über diese lärmende Kundgebung des Grolls, die seinen Frieden störte, recht bedrückt. Auf Veranlassung Gonçalos hatte er – wenn auch schweren Herzens – den Verkehr mit Cavaleiro abgebrochen, und nun glaubte er jedesmal gleich eine Auseinandersetzung oder einen Skandal gewärtigen zu müssen, der ihn mit Cavaleiros Freunden verfeinden, ihn aus dem Klub und den vergnüglichen Bummelrunden unter der Arcada ausschließen und ihm Oliveira mehr verleiden würde als seine Landgüter Ribeirinha oder Murtosa, diese traurigen Wüsteneien. Deshalb konnte er sich auch diesmal einen entsprechenden Einwand nicht verkneifen: „Aber mein lieber Gonçalo, dieses ganze Theater bloß wegen der Politik . . ."

Gonçalo zertrümmerte beinahe den Krug, so heftig stellte er ihn auf die marmorne Waschtischplatte.

„Politik! Jetzt kommst du mir auch noch mit der Politik! Wegen der Politik gießt man kein schmutziges Wasser auf Regierungspräsidenten. Er ist ja gar kein Politiker, sondern bloß ein Gauner! Und außerdem . . ."

Doch er zuckte die Achseln und verstummte, als er in das erstaunte Pausbackengesicht des armen „Trottels José" blickte, für den Cavaleiros Runden um dieses Haus nur „ein hübsches Pferd" oder „den kürzesten Weg zu den Lousadas" bedeuteten.

„Schön!" sagte er kurz. „Jetzt laß mich allein, ich will mich umziehen. Den Schnurrbart mit seinem Gaul werde ich mir schon noch vornehmen."

„Dann bis nachher! Aber wenn er wieder vorüberkommt, mach keinen Unfug, hörst du?“

„Ich übe bloß Gerechtigkeit, und zwar eimerweise!“

Mit diesen Worten schlug er die Tür hinter dem braven Barrolo zu, der seufzend den Korridor entlangtrottete und die hitzige Natur und die maßlosen Zornausbrüche des guten Gonçalo beklagte, zu denen er sich „durch die Politik“ hinreißen ließ.

Während sich Gonçalo mit Ungestüm einseifte und zähneknirschend umkleidete, überdachte er nochmals den unerhörten Vorfall. Das war doch wirklich wie verhext: Kaum setzte er den Fuß nach Oliveira, mußte er auch schon diesen Kerl mit dem üppigen Haarschopf erblicken, der sich da auf einer langmähnigen Mähre ausgerechnet unter den Fenstern des Palais seiner Schwester Graça tummelte! Und es würde ihn schier zur Verzweiflung bringen, wenn er im Herzen der kleinen Graça, diesem weichen, eigensinnigen Jungmädchenherzen, eine zärtliche Liebe für Cavaleiro entdecken müßte, die, obgleich wohlverborgen, doch lebendig und leicht wieder zu entflammen war ... Kein anderes, stärkeres Gefühl könnte sie in der Atmosphäre des Müßiggangs, wie sie in Oliveira herrschte, davor bewahren – weder die Vorzüge ihres Ehegemahls noch Mutterfreuden. Lediglich ihr Stolz, ein gewisser ehrfurchtsvoller Respekt vor dem Namen Ramires und die Angst vor diesem neugierigen, klatschsüchtigen Nest hielten sie zurück. Das beste für sie wäre, Oliveira zu verlassen und in aller Zurückgezogenheit auf einem von Barrolos Landgütern zu leben, auf der Ribeirinha oder besser noch auf der Murtosa mit dem schönen Wald, den moosbewachsenen Klostermauern und dem Dorf ringsum, dessen sie sich als wohltätige Schloßherrin annehmen könnte. Doch daran war ja gar nicht zu denken! Barrolo würde sich niemals damit abfinden, auf sein Lomberspiel im Klub, die Plauderstündchen im Tabakladen „Elegante“ und die guten Witze verzichten zu müssen, die der Major Ribas zu erzählen wußte.

Von äußerer Wärme und innerer Erregung gleichermaßen erhitzt, öffnete Gonçalo das Erkerfenster. Unten, auf der schmalen, fliesenbelegten und von Blumentöpfen eingefaßten Terrasse, an die sich der Garten anschloß, plauderte Gracinha im Frisiermantel und mit losem Haar mit einer spindeldürren Dame, die einen breitkrempigen, mit Mohnblumen verzierten Hut trug und einen großen Rosenstrauß in den Armen hielt.

Das war „Base" Maria Mendonça, die Tochter Dom Antónios, des Grundherrn (jetzt Vicomte) von Paços de Severim und die Frau von José Mendonça, Barrolos Mitschüler in Amarante und nunmehr Hauptmann des in Oliveira stationierten Kavallerieregiments. Sie hatte den lieben langen Tag nichts anderes als blaublütige Verwandtschaftsverhältnisse und hochadlige Ahnenreihen im Kopf und wußte den kaum bekannten Herrensitz von Severim stets auf irgendeine hintergründige Art mit sämtlichen erlauchten Häusern Portugals in Verbindung zu bringen. Das tat sie ganz besonders eifrig mit der großen Familie Ramires, und seit das Regiment in Oliveira Quartier bezogen hatte, redete sie die kleine Graça mit „du" und Gonçalo mit „mein lieber Vetter" an – mit jener selbstverständlichen Intimität, wie sie Leuten edelsten Geblüts wohl ansteht. Nichtsdestoweniger hielt sie dicke Freundschaft mit den Frauen der in Oliveira ansässigen reichen „Brasilianer" – sogar mit der Witwe Pinho, der Inhaberin des Tuchladens, die (wie gemunkelt wurde) ihre beiden kleinen Jungen mit Kniehosen und Jacken ausstaffiert hatte. Base Maria war auch mit Dona Ana Lucena ein Herz und eine Seele und besuchte sie bald in der Stadt, bald auf der Feitosa. Gonçalo mochte sie wegen ihres Humors, ihres Scharfsinns und ihrer boshaften Bemerkungen gut leiden, bei denen sie wie eine Knospe erbebte und ihre Wangen vor Übermut glühten. Als sie jetzt mit funkelnden Augen nach oben blickte, da der verklemmte Fensterrahmen geknarrt hatte, war die angenehme Überraschung beiderseitig.

„Ha, Base Maria! Welch glücklicher Zufall! Kaum bin ich hier angekommen und öffne das Fenster . . ."

„Und gerade zu mir hin, Vetter Gonçalo, wo ich Sie doch seit Ihrer Rückkehr aus Lissabon noch nicht wieder gesehen habe! Mit dem Schnurrbart sehen Sie übrigens viel netter aus ..."

„Man sagt, daß ich bildhübsch bin, absolut unwiderstehlich! Ich rate Ihnen sogar, mir nicht allzu nahe zu kommen, damit Sie nicht Feuer fangen."

Traurig ließ sie ihren großen Rosenstrauß sinken. „O Gott, dann bin ich ja verloren, denn soeben habe ich unserer Graça versprochen, heute zum Abendessen hierzubleiben! Gracinha, ich beschwöre dich, stell eine spanische Wand zwischen uns beide!"

Gonçalo beugte sich vor lauter Begeisterung über die Scherze der Base Maria weit über die Balkonbrüstung und rief: „Nein, ich stecke meinen Kopf unter einen Lampenschirm, um meinen Glanz zu dämpfen! ... Wie geht es denn dem Herrn Gemahl und den Kindern? Und was macht die noble Verwandtschaft?"

„Sie lebt, mit etwas Brot und Gottes großer Gnade ... Dann bis nachher, Vetter Gonçalo! Und lassen Sie Barmherzigkeit walten!"

Während er noch entzückt lachte, war Base Maria, nachdem sie Gracinha etwas zugeflüstert und ihr rasch zwei schallende Küsse auf die Wange gedrückt hatte, in ihrer hageren Eleganz bereits durch die Glastür in den Salon entwischt. Gracinha stieg langsam die drei marmornen Stufen zum Garten empor. Vom Balkon aus konnte Gonçalo durch das dünne Laubwerk beobachten, wie sich der weiße Frisiermantel und das üppig herabfallende Haar, das einer kohlrabenschwarzen Kaskade gleich in der Sonne funkelte, die Buchsbaumhecken entlangbewegten. Dann verschwanden der dunkle Glanz und die hellen Spitzen unter den Lorbeerbäumen des breiten Weges, der zum Aussichtsturm führte.

Gonçalo wich nicht mehr von den Fenstern der Straßenseite. Er reinigte sich in aller Muße die Fingernägel und spähte durch die Gardinen, aus Argwohn, ja beinahe aus

Angst, daß dieser Cavaleiro noch einmal auf seinem Klepper aufkreuzen könnte – gerade jetzt, da Gracinha zu dem schönen, im achtzehnten Jahrhundert im Stil eines kleinen Amor-Tempels erbauten Aussichtsturm gegangen war, der die lange Gartenallee abschloß und von dem aus man die ganze Rua das Tecedeiras übersah. Doch die gepflasterte Straße, über die sich die Schatten der Bäume von Palais und Kloster breiteten, lag immer noch in tiefem Schweigen. Endlich beschloß Gonçalo, hinunterzugehen, weil er sich seiner Aufpasserei schämte – und weil er gewiß war, daß sich seine Schwester im Frisiermantel und mit aufgelöstem Haar vor dem Cavaleiro nicht auf der kleinen Plattform des Aussichtsturms blicken lassen würde.

Als er aus seinem Zimmer trat, fand er sich plötzlich Brust an Brust mit Pater Soeiro, dessen Hände ihn zärtlich und respektvoll zugleich bei der Taille faßten.

„Oh, Pater Soeiro, Sie Treuloser!" rief Gonçalo und klopfte dem Kaplan gerührt auf den feisten Rücken. „Was sind denn das für Unarten? Sich länger als einen Monat nicht im Schloß blicken zu lassen! Jetzt existiert für den Senhor Pater Soeiro der liebe Gonçalo gar nicht mehr, sondern nur noch die kleine Graça ..."

Pater Soeiro schien eine Träne in den sanft blickenden Äuglein zu zerdrücken, die sich in der rosigen Frische seines dicklichen Gesichts mit dem baumwollweißen Haar darüber noch schwärzer ausnahmen. Er lächelte und faltete die Hände über der Brust; dabei guckte unter seiner alpakawollenen Soutane der Zipfel eines rotkarierten Taschentuchs hervor. Ganz gewiß habe er immer wieder nach Santa Ireneia kommen wollen, beteuerte er. Aber dieses hübsche Stück Arbeit in der Bibliothek des Bischofspalastes ... Und dann sein böser Rheumatismus ... Außerdem hätte die Senhora Dona Graça von einem Tag zum anderen auf den Besuch Seiner Wohlgeboren gehofft ...

„Schon gut!" unterbrach ihn Gonçalo. „Wenn nur das Herz den Turm von Santa Ireneia nicht vergißt!"

„Oh, wie könnte es!" murmelte Pater Soeiro ernst und bewegt.

Während sie den Korridor entlanggingen, an dessen blauen Wänden farbige Kupferstiche napoleonischer Schlachten hingen, berichtete Gonçalo kurz, was es auf Santa Ireneia an Neuigkeiten gab. „Wie Sie wissen, ist es da zu einem Skandal mit dem Relho gekommen . . . Doch alles zu meinem Glück, denn ich habe ein glänzendes Geschäft gemacht. Stellen Sie sich vor, ich habe das Gut vor ein paar Tagen an Pereira Brasileiro verpachtet, an den Pereira aus Riosa, für ein Conto einhundertundfünfzig Milreis!"

Der Kaplan, der gerade im Begriff war, seiner vergoldeten silbernen Tabakdose eine Prise Schnupftabak zu entnehmen, hielt inne und sah den Fidalgo erstaunt an. „Da sieht man wieder mal, was so alles zusammengeredet wird! Hier hat man nämlich erzählt, daß Euer Wohlgeboren mit José Casco verhandelt hätten, dem Casco aus Bravais. Am Sonntag hat die Senhora Dona Graça sogar beim Frühstück . . ."

„Gewiß", unterbrach ihn der Fidalgo und errötete leicht. „Der Casco war tatsächlich bei mir, und wir haben uns über die Verpachtung unterhalten. Erst wollte er, dann wollte er wieder nicht, wie eben der Casco so ist! Kurzum, es war ein Kreuz mit ihm . . . Ausgemacht wurde überhaupt nichts. Und als eines schönen Morgens Pereira mit seinem Angebot zu mir kam, habe ich, der ich ja in meinen Entschlüssen völlig frei war, zugesagt, und mit welchem Entzücken! . . . Stellen Sie sich das mal vor! Eine beträchtliche Erhöhung meiner Pachteinnahmen, dazu als Pächter den Pereira . . . Sie kennen den Pereira doch gut?"

„Ein Fachmann", pflichtete ihm der Kaplan bei und kratzte sich verlegen das Kinn. „Daran ist nicht zu zweifeln. Und ordentlich ist er auch . . . Und wenn Sie dem Casco noch nicht . . ."

„Pereira kommt nämlich diese Woche in die Stadt", schnitt ihm Gonçalo das Wort ab. „Sie können inzwischen schon den Notar Guedes informieren, und dann werden wir diesen prächtigen Vertrag unterschreiben. Die Bedingungen sind die üblichen. Wenn ich nicht irre, besteht wohl eine Klausel hinsichtlich des Gemüsegartens und des sonst üblichen Schweins ... Aber Sie werden ja sicher noch von Pereira Nachricht bekommen ...“

Gonçalo fuhr sich mit dem parfümierten Taschentuch über den Schnurrbart und begann noch auf der Treppe mit dem Kaplan ein Gespräch über den berühmten „Fado der Familie Ramires“, den dieser zusammen mit Videirinha verfaßt hatte. Oh, Pater Soeiro habe Videirinha ganz herrliche Sagen und Legenden dazu geliefert! Aber das mit der Santa Aldonça sei ein bißchen übertrieben ... Vier Könige, die die Heilige auf den Schultern tragen!

„Zu viele Könige, Pater Soeiro!“

Der gute Kaplan, den diese Verherrlichung des Hauses Ramires begeisterte, nahm die Sache ganz ernst und protestierte: „Was Sie nicht sagen! Mit Verlaub, Euer Wohlgeboren ... Diese Stelle entspricht vollkommen den Tatsachen. Genauso berichtet es Pater Guedes do Amaral in seinen ‚Hofdamen des Himmelreichs‘, einem vortrefflichen und obendrein außerordentlich seltenen Buch, das der Senhor José Barrolo in seiner Bibliothek hat. Die Könige werden dort zwar nicht näher bezeichnet, doch ist von vieren die Rede: ‚Auf den Schultern von vier Königen und unter dem Geleit vieler Grafen.‘ Unser José Videira hat nur erklärt, daß er in seinem Fado die Grafen nicht mit unterbringen konnte, von wegen des Reims.“

Der Fidalgo lachte und hängte seinen Strohhut am unteren Treppenabsatz auf einen Kleiderständer. „Nur wegen des Reims, die armen Grafen ... Aber der Fado ist jedenfalls hübsch. Ich habe eine Abschrift mitgebracht; nun kann ihn Gracinha zum Piano singen ... Und dann noch etwas, Pater Soeiro. Was redet man eigentlich hier über den Regierungspräsidenten, diesen Senhor André Cavaleiro?“

Der Kaplan zuckte die Achseln und faltete behutsam sein riesiges rotkariertes Taschentuch auseinander. „Wie Euer

Wohlgeboren wissen, verstehe ich nichts von Politik. Und dann komme ich auch nicht in die Cafés, also dorthin, wo über Politik diskutiert wird ... Er scheint aber recht beliebt zu sein."

Im Korridor läutete ein dicker Diener mit üppigem fuchsrotem Backenbart, den Gonçalo noch gar nicht kannte, die Frühstücksglocke. Der Fidalgo wunderte sich und sagte ihm, daß die Senhora Dona Maria da Graça hinten im Garten sei.

„Sie ist soeben wieder ins Haus gekommen, Senhor Dom Gonçalo!" erwiderte der Diener. „Und sie läßt fragen, ob Euer Wohlgeboren zum Frühstück Heurigen aus Amarante vom Gut Vidainhos wünschen."

Ja, gewiß, Wein aus Vidainhos wolle er haben. Und lächelnd wandte er sich an Pater Soeiro: „Ach, Hochwürden, sagen Sie doch dem Diener da, daß ich nicht den Titel ‚Dom' führe. Ich heiße einfach Gonçalo; Gott sei's gedankt!"

Der Kaplan brummte, daß nichtsdestoweniger in Urkunden der ersten Dynastie Angehörige des Geschlechts Ramires „Dom" genannt würden. Als Gonçalo vor der Portiere zum Speisezimmer stehenblieb, machte der brave Alte eine tiefe Verbeugung und wollte dem Fidalgo den Vortritt lassen.

„Aber, Pater Soeiro, ich bitte Sie!"

Doch der Pater erwiderte eigensinnig und respektvoll: „*Nach* Ihnen, gnädiger Herr ..."

Gonçalo zog die Portiere beiseite und schob den Kaplan sanft vor sich her. „Pater Soeiro, schon in den Dokumenten der ersten Dynastie ist festgelegt, daß die Heiligen niemals hinter den Sündern herlaufen!"

„Ganz wie Euer Wohlgeboren befehlen."

Am Nachmittag nach Gracinhas Geburtstag, es mochte gegen drei Uhr sein, vernahm Gonçalo, der gerade mit Pater Soeiro von der Bibliothek des Bischofspalastes zurückkehrte, schon im Vorzimmer des Blauen Salons den dumpfen Donner von Titós lautem Organ. Er riß die Portiere auf und ballte beim Anblick des Hünen, der da in einem der vergoldeten Sessel thronte und ein Paar neue Stiefel mit dicken blinkenden Zwecken über das Blumenmuster des Teppichs streckte, drohend die Faust.

„Schuft! Da werde ich also neulich einfach versetzt, ohne jeden Skrupel, obgleich ich für dich ein leckeres Zicklein am Kirschholzspieß gebraten hatte! Und weshalb? Wegen einer ganz gewöhnlichen Orgie mit ein paar Stockfischkuchen und Knallfröschen!"

Titó ließ sich nicht im mindesten aus der Ruhe bringen. „Es war mir einfach unmöglich, zu dir zu kommen. Ich traf abends beim Springbrunnen den João Gouveia, und erst dort fiel uns ein, daß Dona Casimira an dem Tag Geburtstag hatte. Ein Feiertag also!"

Die abendlichen Gelage in Vila Clara und die bei Bratschenmusik durchbummelten Nächte imponierten Barrolo, der da auch sehr gerne mitgehalten hätte. Von der Ecke des Tisches her, wo er behutsam einige Tabakpäckchen in eine Dose aus Japanporzellan entleerte, fragte er gespannt: „Wer ist denn diese Dona Casimira? Bei euch in Vila Clara kommen ja allerhand Typen zum Vorschein ... Erzähl doch mal!"

„Ein Ungetüm ist das!" erklärte Gonçalo. „Eine tolle Matrone, dick wie ein Weinfaß und mit einem häßlichen Bart auf dem Kinn. Sie wohnt neben dem Friedhof, in einer Bude, die nach Petroleum stinkt und in der die Ortsgewaltigen und dieser Senhor da ihr Lottospielchen machen und mit ein paar Kokotten in losen roten Jacken und mit zerzaustem Haar herumschäkern ... Nicht einmal in Gegenwart des Senhor Pater Soeiro kann man hier etwas Anständiges erzählen!"

Der Kaplan, der sich geräuschlos in einen stillen Winkel zwischen den Atlasfransen einer Gardine und einem schweren indischen Fächerschrank zurückgezogen hatte, zuckte lächelnd die Achseln, als seien ihm selbst die verdammungswürdigsten Sünden nicht fremd. Gelassen versuchte Titó, Gonçalos burleske Schilderung ein wenig zu korrigieren: „Die Dona Casimira ist fett, aber sehr kultiviert. Sie hat mich sogar gebeten, ihr heute in der Stadt eine neue Sitzbadewanne zu kaufen. Das Haus riecht auch nicht nach Petroleum; es liegt hinter dem Kloster Santa Teresa. Die ‚Kokotten' sind bloß ihre Nichten, zwei lustige Mädels, die gern lachen und ihren Mutwillen treiben ... Pater Soeiro braucht keine Angst zu haben, wenn er ..."

„Schon gut!" schnitt ihm Gonçalo das Wort ab. „Es sind entzückende Leute! Lassen wir also jetzt die Dona Casimira mit ihrer famosen neuen Sitzbadewanne und sprechen wir von einem anderen Schurkenstreich des Senhor António Vilalobos!"

Aber der neugierige Barrolo ließ nicht locker. „Nein, nicht doch, erzählen Sie erst mal weiter, Titó ... Dona Casimira hatte Geburtstag, und da gab es ein üppiges Festmahl, nicht wahr?"

„Ein gemütliches Abendessen", berichtete Titó mit dem Ernst, den die Feste seiner Freundinnen seiner Meinung nach verdienten. „Dona Casimira trug ein leckeres Hühnerragout mit Erbsen auf, und João Gouveia brachte vom Gago eine Schüssel Stockfischkuchen mit; die kamen wie gerufen ... Anschließend großes Feuerwerk im Garten. Videirinha hat gespielt, die Mädels haben gesungen ... Wir haben uns nicht schlecht unterhalten."

Gonçalo, den das Abendessen bei der Casimira nicht besonders interessierte, mußte sich ein wenig gedulden.

„Nun bist du doch wohl fertig? ... Und jetzt die andere, viel größere Niederträchtigkeit! Da ist doch der Senhor António Vilalobos dick mit dem Sanches Lucena befreundet, kommt jede Woche auf die Feitosa, verkonsumiert bei der schönen Dona Ana Tee und Röstschnitten und hält diese glorreichen Privilegien sorgfältig vor uns geheim!"

„Gar nicht davon zu reden", rief Barrolo, der sich köstlich amüsierte, „daß er ihre Schoßhündchen an der Leine spazierenführt!"

„Gar nicht davon zu reden, daß er ihre Schoßhündchen an der Leine spazierenführt!" echote Gonçalo mit Grabesstimme. „Nun steh Rede und Antwort, illustrer Freund!"

Titó rutschte mit seinem schweren Körper im Sessel hin und her, zog die Stiefel mit den blinkenden Zwecken vom Teppich zurück und strich sich langsam über die bärtigen, hochroten Wangen. Dann sah er Gonçalo lange ins Gesicht, wurde noch röter und sagte gezwungen: „Hast du mich etwa schon einmal gefragt, ob ich Sanches Lucena kenne? Nie hast du mich danach gefragt..."

Der Fidalgo protestierte. Das nicht! Aber stets, wenn im Klub oder beim Gago oder bei ihm im Schloß die Rede auf die Politik kam, konnten sie den Namen von Sanches Lucena gar nicht laut genug brüllen! Da wäre es doch für den Senhor Titó ganz natürlich, ja sogar sehr klug gewesen, auf seine dicke Freundschaft mit ihm hinzuweisen, schon um nicht anhören zu müssen, wie er, Gonçalo, oder einer seiner Freunde in Gegenwart des Senhor Titó, der ja Kostgänger der Feitosa sei, mit Sanches Lucena wie mit einem alten Fetzen umsprang!

Titó erhob sich schwerfällig von seinem Sessel, vergrub seine Hände in den Taschen der Alpaka-Jacke und zuckte gleichgültig die Achseln. „Über den Sanches hat eben jeder seine eigene Meinung... Ich kenne ihn zwar erst seit vier oder fünf Monaten, aber ich finde, daß er ernst zu nehmen ist und von den Dingen etwas versteht... Gerade jetzt, wo im Parlament..."

Gonçalo schrie entrüstet dazwischen, daß ja nicht die Verdienste des Senhor Sanches Lucena zur Debatte stünden, sondern die Heimlichkeiten des Senhor Titó Vilalobos! – Da steckte der neue Diener seinen fuchsroten Backenbart durch einen Spalt der Portiere und meldete, der Herr Landrat von Vila Clara wünsche die Herrschaften zu sprechen.

Barrolo ließ die Tabakdose los. „Der Senhor João Gouveia! Nur herein! Bravo! Nun haben wir die ganze Jugend von Vila Clara beisammen!"

Vom Fenster her, wohin er sich geflüchtet hatte, ließ Tito sein kräftiges Organ jetzt noch lauter als sonst ertönen, um so der unangenehmen Diskussion über Sanches Lucena und die Feitosa ein Ende zu machen: „Wir sind beide zu Dona Casimira gefahren! Übrigens in einem ganz abscheulichen Vehikel ... Einer der Klepper hat sogar die Hufeisen verloren, und wir mußten in der Schenke eine Rast einlegen. Es war aber keine verlorene Zeit, denn dort gibt es einen Weißwein, der einfach großartig schmeckt!"

Er schnippte sich am Ohr und beschwor Barrolo und Gonçalo mit dröhnender Stimme, doch einmal in die Schenke hinüberzugehen und diesen himmlischen Tropfen zu kosten.

„Sogar unser Pater Soeiro hier hat sich mit einer kräftigen Kanne von diesem Wein aufgewärmt, obwohl das eine Sünde ist!"

Doch da trat João Gouveia ein, in einem zugeknöpften schwarzen Gehrock, schwarzen Hosen und mit schwarzen Handschuhen. Er war erhitzt und mit Staub bedeckt, und sein Hut hatte bei der Hitze eine rote Furche in seine Stirn gegraben. Noch völlig außer Atem, drückte er stumm reihum die Hände, die sich ihm freundschaftlich entgegenstreckten. Dann sank er auf das Sofa und flehte den lieben Barrolo an, ihm um alles in der Welt doch etwas Kaltes zu trinken zu bringen.

„Ich wollte schon ins Café Mónaco gehen, doch da fiel mir ein, daß man in dem glorreichen Hause Barrolo etwas mehr Vertrauen zu den Getränken haben kann."

„Gottlob! Was möchten Sie denn haben? Mandelmilch? Sangria? Limonade?"

„Eine Sangria."

Er wischte sich den Schweiß von Hals und Stirn und verfluchte die unanständige Hitze in Oliveira.

„Aber es gibt Leute, denen gefällt das so! Mein Chef zum Beispiel, der Herr Regierungspräsident, pflegt stets zur Stunde der größten Mittagshitze spazierenzureiten. Erst heute wieder ... Bis Mittag sitzt er im Amt. Dann steht schon das

Pferd vor der Tür, und er prescht damit bis zur Landstraße nach Ramilde, daß es nur so eine Art hat ... Ich möchte nicht wissen, wie ihm dabei das Köpfchen kocht!"

„Ha!" fiel ihm Gonçalo ins Wort, „das ist doch bei dem kein Problem, da er ja gar keins hat!"

Der Landrat machte eine beschwörende Geste und erwiderte: „Ihre Sticheleien haben mir gerade noch gefehlt, Senhor Gonçalo Mendes Ramires! Fangen wir damit lieber gar nicht erst an. Ihr Schwager, lieber Barrolo, ist nämlich ein Biest. Immer muß er widersprechen!"

Barrolo stammelte kleinlaut, daß Gonçalo in der Politik nun einmal nicht ohne Witze auskäme.

„Dann hören Sie mal!" erklärte der Landrat und drohte Gonçalo mit dem Finger. „Dieser Senhor André Cavaleiro, der kein Köpfchen hat, wie Sie sagen, rühmte im Amt erst heute morgen wieder mit überschwenglichen Worten das Ihrige, Senhor Gonçalo Mendes Ramires!"

Gonçalo entgegnete sehr ernst: „Das fehlte mir gerade noch! Dieser übergeschnappte Regierungspräsident kann mich höchstens für einen Esel halten!"

„Moment mal", rief der Landrat, erhob sich und knöpfte seinen Gehrock auf, um sich auf eine eventuelle Auseinandersetzung einzurichten.

Erschrocken eilte Barrolo hinzu, faßte Gouveia bei den Schultern und drückte ihn beschwichtigend wieder aufs Sofa zurück. „Nein, liebe Freunde, nicht doch! Kein Wort mehr von Politik! Dieser Streit um den Cavaleiro ... Befassen wir uns lieber mit naheliegenderen Dingen. Sie essen doch bei uns, João Gouveia?"

„Nein, danke. Ich habe schon bei Cavaleiro zugesagt. Inácio Vilhena ist nämlich dort und will uns seinen Artikel für das ‚Boletim de Guimarães' vorlesen, über einige Methoden, Märtyrerknochen zu fabrizieren, die er in den Schriften des Klosters São Bento ausgeschnüffelt hat. Ich bin ja mächtig neugierig ... Und wie geht es der Senhora Dona Graça, ist sie wohlauf? Und unseren Pater Soeiro habe ich schon seit

Monaten nicht gesehen. Im Schloß läßt er sich überhaupt nicht mehr blicken! Aber er ist immer gesund und munter. Sagen Sie, Pater Soeiro, was ist eigentlich das Geheimnis Ihrer Jugendlichkeit?"

Der Kaplan saß in seiner Ecke und lächelte verlegen. Sein Geheimnis? Mit dem Leben schonend umgehen und es weder an ehrgeizige Pläne noch an irgendwelche Spekulationen verschwenden. Nun, Gott sei es gedankt, sein Leben verlaufe sehr einfach und sehr bescheiden. Abgesehen von seinem Rheumatismus ...

Er errötete vor Verlegenheit, als er nach einigen biblischen Sentenzen schüchtern hinzusetzte: „Doch selbst der Rheumatismus ist kein nutzloses Übel. Gott, der ihn schickt, weiß genau, warum er das tut. Leiden läutert. Der Umstand, daß wir leiden, läßt uns daran denken, daß auch andere leiden ..."

„Na hören Sie mal", meldete sich skeptisch und zugleich belustigt der Landrat wieder zu Wort, „wenn ich meine Hustenanfälle habe, denke ich nicht an die der anderen! Dann denke ich nur an meine, die mir ohnehin schon genug Sorgen machen. Und nun werde ich mir die Kehle mit dieser prächtigen Sangria anfeuchten ..."

Der Diener verbeugte sich; er brachte ein blitzendes silbernes Teebrett voller Gläser mit Sangria, auf denen dünne Zitronenscheiben schwammen. Und keiner konnte widerstehen, alle tranken. Sogar Pater Soeiro, weil er dem Senhor António Vilalobos beweisen wollte, daß er den Wein, diese liebenswürdige Gabe Gottes, nicht verachtete, denn – wie Tibullus sehr richtig lehrte, obgleich er ein Heide war – vinus facit dives animos, mollia corda dat, der Wein stärkt den Geist und besänftigt das Herz.

João Gouveia leerte sein Glas in einem Zuge, stellte es mit einem Seufzer der Erleichterung wieder auf das Tablett zurück und wandte sich unvermittelt an Gonçalo: „Sagen Sie mal, was war denn das neulich für eine phantastische Geschichte von einem Fest auf Ihrem Schloß, mit Damen, mit der Dona Ana Lucena? Ich habe es nicht geglaubt, als der Kleine vom Gago es mir ausrichtete. Und dann ..."

Doch da ließ Titó, der zwischen den Fenstervorhängen stand und dort seine Sangria trank, noch einmal seine Stentorstimme erschallen und fiel gleichfalls über den Fidalgo her: „Und was hat mir da neulich der Barrolo erzählt? Du trägst dich mit dem Gedanken, nach Afrika abzureisen, mein lieber Gonçalo?"

João Gouveia machte große Augen; sein Staunen war beinahe schon Entsetzen. Nach Afrika? ... Was hatte denn das zu bedeuten? Sollte er etwa in Afrika ein Amt antreten?

„I wo! Kokospalmen pflanzen! Kakao anbauen! Und Kaffee!" scherzte Barrolo und schlug sich vor Entzücken mit der flachen Hand auf den Schenkel.

Titó fand diese Idee jedoch recht gut. Wenn er genügend Kapital auftreiben könnte, zehn oder fünfzehn Contos, würde er sich in Afrika im Sklavenhandel versuchen ... Doch dazu müßte er kleiner und zäher sein. Männer von seiner Hünenstatur, die viel Fressalien und viel Wein brauchten, hielten es in Afrika gar nicht aus, die würden dort eingehen!

„Aber Gonçalo nicht! Der ist mager, der ist kräftig, der säuft keinen Branntwein, der gibt einen guten Afrikaner ab ... Und was ich dir schon immer gesagt habe: Das ist doch eine viel anständigere Laufbahn als die andere, auf die du so versessen bist, die eines Abgeordneten! Wozu sollst du denn Abgeordneter werden? Um dir unter der Arcada die Absätze schiefzulaufen und Senatoren um den Bart zu gehen?"

Barrolo pflichtete Titó begeistert bei. Er hätte auch kein Verständnis für Gonçalos Ehrgeiz, Abgeordneter zu werden! Was hätte er da nicht alles für Scherereien! Das wäre der Beginn für jede Art von Intrigen, Schmähartikeln in den Zeitungen und Verunglimpfungen. Und dann die Belästigungen durch die Wähler!

„Nicht einmal, wenn man mich zum Regierungspräsidenten

machen würde, mit einem Adelstitel und einem Großkreuz am Bandelier, wie den Vicomte von Freixomil, gäbe ich mich dafür her!"

Gonçalo hatte mit überlegenem Lächeln zugehört, sich dabei aus Barrolos Tabak langsam eine Zigarette gedreht und meinte nun: „Das verstehen Sie nicht. Sie kennen die innere Struktur Portugals nicht. Fragen Sie mal den Gouveia! Portugal ist eine Fazenda, eine schöne Fazenda, die sich im Besitz einer Genossenschaft befindet. Wie Sie wissen, gibt es Handelsgenossenschaften und Landwirtschaftsgenossenschaften. Die in Lissabon ist eine politische Genossenschaft, die das Erbgut Portugal regiert ... Wir Portugiesen gehören alle zu einer von zwei Klassen: zu den fünf oder sechs Millionen, die auf der Fazenda arbeiten oder da leben, um dort nach dem Rechten zu sehen, wie unser Barrolo, und die bezahlen; oder zu den dreißig Leuten über ihnen, die in Lissabon sitzen und eine Genossenschaft bilden, die das Geld einnehmen und die regieren. Ich jedenfalls möchte aus Neigung, aus innerem Bedürfnis und aus Familientradition auf dieser Fazenda *befehlen.* Um jedoch in die politische Genossenschaft aufgenommen zu werden, braucht der portugiesische Bürger eine Legitimation – nämlich die, Abgeordneter zu sein. Genauso wie er einer Legitimation bedarf, wenn er in die Justizlaufbahn eintreten möchte – er muß Bakkalaureus sein. Aus diesem Grunde will ich als Abgeordneter anfangen, um einmal als Teilhaber dieser politischen Genossenschaft aufhören und regieren zu können ... Habe ich da nicht recht, João Gouveia?"

Der Landrat hatte sich wieder dem Tablett mit den Sangrias zugewandt. Er trank – diesmal in aller Ruhe, Schluck für Schluck – noch ein Glas und sagte dann: „Gewiß, so ist die Karriere ... Kandidat, Abgeordneter, Politiker, Staatsrat, Minister, Mandarin. Jawohl, so ist die Karriere ... Und besser als die in Afrika. Schließlich gedeiht der Kakao auch unter der Arcada in Lissabon, und da ist immerhin mehr Schatten!"

Unterdessen hatte Barrolo die mächtige Schulter seines Gesinnungsfreundes Titó umfaßt und war mit ihm in der Fensternische verschwunden. Belustigt sagte er: „Zwar bin ich kein solcher Teilhaber, aber ich befehle ebenfalls, und zwar auf den Fleckchen Portugals, die mich am meisten interessieren, weil sie *mir* gehören! Und ich möchte bloß mal erleben, daß dieser São Fulgêncio oder dieser Brás Vitorino oder die Politiker vom Terreiro do Paço anfangen, meine Ländereien zu kommandieren, die Ribeirinha oder die Murtosa ... Über den Haufen schießen würde ich sie!"

Titó lehnte am Fenster und kratzte sich nachdenklich das Ohr. „Und ob, Barrolo! Aber Sie müssen für die Ribeirinha und für die Murtosa die Steuern zahlen, die *sie* Ihnen auferlegen. Und in diesen Gemeinden haben Sie sich mit den Lokalgewaltigen abzufinden, die von ihnen eingesetzt worden sind. Je nachdem, ob sie Ihnen Landstraßen gebaut haben, haben Sie welche oder nicht. Und Sie verkaufen den Karren Brot und das Faß Wein mit mehr oder weniger Gewinn, je nach den Gesetzen, die sie beschlossen haben ... Und so ist es mit allem. Gonçalo hat schon ganz recht. Eine vertrackte Geschichte! Wer an der Macht ist, der bringt auch sein Schäflein ins trockne ... Sehen Sie mal, mein Grundherr in Vila Clara, dieser Halunke, erhöht jetzt ab Michaelis die Pacht für das Haus, in dem ich wohne. Dabei ist das eine winzige Hütte, die sowieso niemand haben will, weil da drin der Scharfrichter ermordet wurde, der übrigens noch dort umgeht. Cavaleiro als Teilhaber der politischen Genossenschaft hingegen lebt gratis in diesem herrlichen Palast São Domingos, mit Wagenpark, Zier- und Gemüsegarten ..."

Barrolo hob die Hand und zischte Titó ein „Pst" zu, um dessen laute Stimme zu dämpfen; er hatte Angst, daß die soeben aufgezählten Privilegien des Cavaleiro Gonçalos Zorn von neuem entfachen könnten. Doch der Fidalgo hatte gar nichts bemerkt, weil er aufmerksam João Gouveia zuhörte. Der saß, nachdem er seine Sangria ausgetrunken hatte, behaglich in den Sofapolstern und schilderte noch einmal sein

Erstaunen über die Nachricht von dem „großen Fest auf dem Schloß", die ihm der junge Bursche des Gago am Springbrunnen in Vila Clara überbracht hatte.

„Und ich mußte annehmen, daß Sie wirklich ein Fest geben, denn es schlug neun und dann halb zehn, und Titó ließ sich noch immer nicht zum Abendessen bei Dona Casimira blicken. Schön, dachte ich, da hat er bestimmt auch eine Einladung vom Fidalgo bekommen und ist dorthin gegangen! Als er aber zu guter Letzt doch noch erschien, in Pudelmütze und Joppe, war mir klar, daß sich der Senhor Dom Gonçalo bloß einen Scherz geleistet hatte..."

Gonçalo stutzte. Er schöpfte einen sonderbaren Verdacht. „In Pudelmütze und Joppe? Titó hatte an jenem Abend eine Joppe an und eine Pudelmütze auf?"

Doch im selben Moment brüllte Barrolo, der mit Titó am Fenster stand, ins Zimmer hinein: „Herrgott im Himmel! Da kommen die Lousadas! Nun aber aufgepaßt, Leute!"

João Gouveia schnellte vom Sofa hoch, als befinde er sich in Lebensgefahr, und knöpfte hastig seinen Gehrock wieder zu; Gonçalo erschrak und prallte mit Titó und Barrolo zusammen, die sich eilig vom Fenster zurückzogen, weil sie fürchteten, durch die großen Glasscheiben gesehen zu werden; sogar Pater Soeiro, der noch die Brille auf der Nase trug, kam vorsichtig aus seiner Ecke hervor, wo er gerade in der „Gazeta do Porto" gelesen hatte. Wie Soldaten hinter der Schießscharte einer Zitadelle spähten alle durch den Gardinenspalt hinunter auf den Platz. Die Strahlen der Nachmittagssonne fielen über die bemoosten Dächer der Seilerei und übergossen ihn mit mattem Gold. Da, von der Rua das Pegas her, näherten sich tatsächlich die beiden Schwestern Lousada, spindeldürr und heftig gestikulierend, beide in kurzen schwarzseidenen, mit Glasperlen besetzten Mantillen, Sonnenschirme aus kleinkariertem Stoff in der Hand. Ihre hageren Gestalten warfen bizarre Schatten auf das Kopfsteinpflaster.

Die Schwestern Lousada! Dunkelhäutig, dürr und mitteilungsfreudig wie zirpende Grillen, spionierten sie schon seit langen Jahren jedermann in Oliveira hinterher und waren die Urheberinnen aller üblen Nachreden und Intrigen. In der schwergeprüften Stadt gab es keinen Makel, keinen Mißstand, keine gesprungene Teekanne, kein gebrochenes Herz, keine volle Tasche, kein angelehntes Fenster, kein Stäubchen in einem Winkel, keine dunkle Gestalt an einer Hausecke, keinen neuen Hut in der Messe, keinen bei den Matildes in Auftrag gegebenen Kuchen, kurzum überhaupt nichts, was ihre vier hämischen pechschwarzen Luchsäuglein nicht erspäht und was ihr fast zahnloses Mundwerk nicht mit ausgesuchter Bosheit kommentiert hätte. Alle anonymen Briefe, die den Distrikt in Aufregung versetzten, kamen von ihnen; ihre Besuche, bei denen sie stundenlang plapperten und mit den knochigen Armen in der Luft herumfuchtelten, wurden von allen rechtschaffenen Leuten als eine Strafe des Himmels empfunden; überall, wo sie auftauchten, verbreiteten sie eine Atmosphäre des Argwohns und der Furcht. Aber wer wollte es wagen, den beiden Lousadas Einhalt zu gebieten? Sie waren die Töchter des hochbetagten, ehrwürdigen Generals Lousada; sie waren mit dem Bischof verwandt; sie waren mächtig in der mächtigen Brüderschaft des Heilands unter dem Kreuz vom Penha-Berg. Und zudem waren sie von so strenger, so eisiger und von ihnen so über alle Maßen herausgestrichener Keuschheit, daß Marcelino vom „Independente“ sie mit dem Spitznamen „Die zweitausend Jungfrauen“ bedacht hatte.

„Sie kommen nicht hierher!“ brach Titós Stentorstimme das Schweigen, mit einem Unterton unendlicher Erleichterung.

Tatsächlich waren die beiden braven Schwestern an dem Gitter um die alte Sonnenuhr stehengeblieben. Sie reckten die häßlichen Köpfe und versuchten in die kleine Kirche São Mateus hinüberzuäugen, wo die Glocke soeben eine Taufe eingeläutet hatte.

„Teufel noch mal, die kommen ja doch hierher!“

Die Schwestern Lousada steuerten jetzt geradeswegs auf

das Portal des „Eckenbaus“ zu. Nun brach eine Panik aus: Der dickbeinige Barrolo wandte sich zu wilder Flucht und riß dabei fast die bauchigen indischen Töpfe von den Fächerschränken. Gonçalo schrie, sie sollten sich am besten im Obstgarten verstecken. Gouveia war völlig durcheinander und suchte verzweifelt nach seiner Melone. Nur Titó, der die beiden Lousadas tief verachtete und den diese den „Polyphem“ nannten, blieb gelassen und zog sich in aller Ruhe zurück, wobei er seinen starken Arm schützend um Pater Soeiro legte. Gerade als die ganze aufgeregte Gesellschaft zur Portiere stürzte, die die Tür verhüllte, erschien lächelnd in einem duftigen erdbeerfarbenen Seidenkleid Gracinha und musterte verblüfft das durcheinandergeratene Häuflein.

„Was ist denn? Was ist denn passiert?...“

Der zarten Dame klang ein unterdrückter Aufschrei entgegen: „Die Lousadas!“

„Oh!“

Titó und João Gouveia drückten ihr flüchtig die Hand, die sie ihnen teilnahmslos überließ. Schon wurde – entsetzlich! – die Torglocke geschellt! Und Kopf an Kopf entschlüpften sie hintereinander, Pater Soeiro als letzter, in die Bibliothek. Barrolo verriegelte die Tür von innen und rief Gracinha geistesgegenwärtig zu: „Versteck die Sangrias!“

Arme Gracinha! Verwirrt und ohne noch Zeit zu haben, den Diener zu rufen, stellte sie in verzweifelter Anstrengung das schwere Tablett auf einen Schemel im Korridor – weil die Lousadas, falls sie es entdeckten, sogleich in der ganzen Stadt eine endlose, greuliche Geschichte von „wüsten Zechgelagen“ erzählen würden. Vor dem Spiegel blieb sie keuchend stehen und warf rasch noch einen Blick auf ihre Frisur. Und kerzengerade, als stünde sie in einer Arena, erwartete sie mit der natürlichen, heiteren Gelassenheit ihrer Ahnen das Anrücken des gefürchteten Schwesternpaares.

Am folgenden Sonntag nach dem Frühstück begleitete Gonçalo Gracinha zu Tante Arminda Viegas, die sich tags zuvor bei ihrem allsonnabendlichen Fußbad verbrüht und vor lauter Schreck zu Bett gelegt hatte, nicht ohne sogleich ein Kollegium von fünf Ärzten aus Oliveira herbeizubeordern. Hinterher rauchte Gonçalo unter den Akazien des Terreiro da Louça seine Zigarre zu Ende und dachte an seine Novelle, die er während dieser Woche noch nicht wieder angerührt hatte, an die großartige Episode des zweiten Kapitels, die ihn zugleich reizte und bange machte – die Begegnung Lourenço Ramires' mit Lopo von Baião, dem Bastardo, im historischen Tal von Canta Pedra. Doch auf dem Rückweg zum „Eckenbau", wo ihn Barrolo erwartete, dem er einen Ausritt nach Pinhal de Estevinha versprochen hatte, um das angenehme Wetter zu nutzen, sah er auf der Rua das Velas den Herrn Notar Guedes mit einem dicken Paket Pasteten aus der Konditorei der Matildes kommen. Flink überquerte der Fidalgo die Straße, während Guedes am Bordstein des Bürgersteigs schmerbäuchig und plump auf den Lackspitzen seiner Schuhe stand, mit vollendeter Höflichkeit den Hut lüftete und seine Glatze präsentierte, deren Mitte jene graumelierte Locke zierte, die ihm einst den Spitznamen „Wiedehopf" eingetragen hatte.

„Aber ich bitte Sie, mein lieber Guedes, setzen Sie Ihren Hut nur wieder auf! Wie geht es Ihnen denn? Immer gesund und munter? Na Gott sei Dank! Haben Sie schon mit meinem Pater Soeiro gesprochen? Der Pereira aus Riosa kommt übrigens erst am Mittwoch in die Stadt . . ."

Gewiß! Gewiß! Der Senhor Pater Soeiro sei bereits in seiner Kanzlei gewesen und habe ihn informiert. Er spreche dem Fidalgo seinen Glückwunsch zu dem neuen Pächter aus . . .

„Ein äußerst fähiger Mann, der Pereira! Ich kenne ihn schon seit zwanzig Jahren . . . Sehen Sie sich bloß mal die Besitzung des Grafen von Monte Agra an! Ich entsinne mich ihrer noch von früher; damals war es Ödland. Und was hat Pereira daraus gemacht! Allein der Weingarten, den er angelegt hat. Er versteht sein Metier. Bleiben Euer Wohlgeboren denn länger hier?"

„Nur zwei, drei Tage ... Diese Hitze in Oliveira ist ja nicht zum Aushalten. Heute hat es sich glücklicherweise etwas abgekühlt. Und was gibt es Neues? Was macht die Politik? Sie sind immer noch ein begeisterter Regenerador, nicht wahr?"

Der Notar preßte sein Pastetenpaket gegen die schwarzseidene Weste und fuchtelte mit seinem kurzen, dicken Arm entrüstet in der Luft herum. Der Hals, die behaarten Ohren, die glattrasierten Wangen und die hohe Stirn unter der Krempe des weißen, mit schwarzem Krepp garnierten Hutes liefen rot an.

„Und wer sollte das *nicht* sein, Senhor Gonçalo Mendes Ramires? Wer sollte das *nicht* sein? Nach diesem letzten Skandal!"

Gonçalos belustigt dreinschauende Augen wurden sofort groß und ernst. „Was denn für ein Skandal?"

Der Notar trat einen Schritt zurück: Er wüßte also noch gar nichts vom letzten Amtsmißbrauch des Regierungspräsidenten, des Senhor André Cavaleiro?

„Was sagen Sie da, mein Lieber?"

Guedes erhob sich auf die Lackspitzen seiner Schuhe, holte tief Luft und rief mit geschwellter Brust: „Die Versetzung des Noronha! Der arme Noronha ist versetzt worden!"

Eine gleichfalls wohlbeleibte, enggeschnürte, in prächtige rauschende Seide gehüllte Dame mit üppigem Bartflaum, die einen quengelnden Knaben mit sich zerrte, blieb geradeswegs vor Guedes stehen: Der ehrenwerte Herr versperrte nämlich mit seinem Bauch, seinem Paket und seinen heftigen Gebärden den Eingang zu den Matildes. Gonçalo beeilte sich, ihr die Glastür zum Laden zu öffnen. Dann sagte er hastig: „Sie sind doch sicherlich auf dem Heimweg, lieber Guedes. Ich gehe die gleiche Strecke; da können wir uns ja weiter unterhalten ... Na so was! Also der Noronha ... Welcher Noronha denn eigentlich?"

„Der Ricardo Noronha. Euer Wohlgeboren kennen ihn. Der Finanzinspektor für öffentliche Arbeiten!"

„Ach, der! Ja, sicher . . . Und den hat man versetzt? Gewissermaßen abgeschoben?"

In der verlassen und still daliegenden Rua das Brocas, an deren geschlossenen Läden sie jetzt vorbeigingen, machte Guedes seinem Zorn mit lauter Stimme Luft. „Auf eine ganz niederträchtige Art und Weise, Senhor Gonçalo Mendes Ramires! Eine Gemeinheit ist das! Und nach Almodôvar hat er ihn abgeschoben, ans äußerste Ende des Alemtejo! In eine Gegend, wo es weder etwas zu holen noch irgendwelche Zerstreuungen, noch Geselligkeit gibt!"

Er war stehengeblieben, das Paket noch immer gegen die Brust gepreßt; seine weit aufgerissenen Äuglein blitzten den Fidalgo an. Der Noronha! Ein fleißiger, untadeliger Beamter! Und unpolitisch, absolut unpolitisch. Er war weder für die Históricos noch für die Regeneradores. Er lebte nur für seine Familie, seine drei Schwestern, die er ernährte, drei bildhübsche Mädchen . . . Ein in der ganzen Stadt hochgeachteter Mann, und hochbegabt! Ein ganz erstaunliches musikalisches Talent! Ach, der Senhor Gonçalo Ramires wußte das gar nicht? Er hatte ein paar hübsche Stückchen für Klavier komponiert! Außerdem war er eine begehrte Persönlichkeit bei Gesellschaften und Geburtstagen. Er leitete die Vorstellungen der Oliveiraner Dilettantenbühne . . .

„Und Euer Wohlgeboren können versichert sein, daß es keinen zweiten solchen Theaterregisseur gibt, nicht einmal in der Hauptstadt! Es gibt keinen besseren! Und mir nichts, dir nichts soll er nun nach Almodôvar, geradeswegs in die Hölle, mit seinen Schwestern, mit dem ganzen Hausrat! Allein das Klavier! Stellen Sie sich doch allein mal den Transport des Klaviers vor!"

Gonçalo strahlte übers ganze Gesicht. „Das ist ja ein netter Skandal. Wie froh bin ich, Ihnen begegnet zu sein, mein lieber Guedes! . . . Und der Grund für die Versetzung des Noronha ist nicht bekannt?"

Sie schlenderten langsam den schmalen Bürgersteig entlang. Der Notar zuckte verbittert die Achseln. Der Grund!

Der offizielle Grund waren dienstliche Erfordernisse, wie das stets bei derartigen Amtsmißbräuchen der Fall war...

„Aber alle Freunde Noronhas in der ganzen Stadt wissen den wirklichen Grund... Den echten, den geheimen, den schändlichen Grund!"

„So?"

Guedes warf vorsichtshalber erst einen raschen Blick die Straße entlang. Eben hinkte eine alte Frau mit einem Wasserkrug in der Hand auf die gegenüberliegende Seite. Da raunte der Notar dem entzückt lauschenden Fidalgo ins Ohr: Der Senhor André Cavaleiro, dieser Schuft, habe sich in die älteste der Schwestern Noronha verguckt, in Dona Adelina, ein bildhübsches Mädel, schlank und brünett, ein Prachtexemplar! Und als er abgewiesen wurde (weil die Kleine, diese Perle, so gescheit war, seine ruchlosen Absichten zu durchschauen), an wem rächte er sich da vor lauter Wut, der Herr Regierungspräsident? An seinem Finanzinspektor!

„Nach Almodôvar soll er mit den Mädchen und dem ganzen Hausrat! Der Finanzinspektor muß dafür büßen!"

„Das ist ja ein starkes Stück!" murmelte Gonçalo und kicherte vor Wonne.

„Und hören Sie weiter!" rief Guedes und fuchtelte mit der Hand über seinem Hut herum. „Sie müssen nämlich wissen, daß der arme Noronha, dieser herzensgute Mensch, der seinen Vorgesetzten stets so gern gefällig gewesen ist, in seiner Ahnungslosigkeit noch vor ein paar Wochen dem Cavaleiro einen Walzer dediziert hat! Den ‚Schmetterling', einen wirklich schönen Walzer!"

Gonçalo konnte nicht mehr an sich halten und rieb sich triumphierend die Hände. „Aber das ist ja eine nette Schweinerei!... Und so etwas ist noch nicht publik? Hat denn das Blatt der Opposition, die ‚Fanfare von Oliveira', nicht wenigstens einen Hinweis oder eine Anspielung darauf gebracht?"

Senhor Guedes senkte betroffen den Kopf. Der Fidalgo kenne doch die Leute vom „Clarim". Ja, was den Stil anbelange, den hätten sie – einen flüssigen, eleganten Stil. Aber um in einem so todernsten Fall wie dem des Noronha die ungeschminkte Wahrheit ans Licht zu bringen – dazu fehle es ihnen an Schwung und noch mehr an Schneid. Und dann sei ja der Chefredakteur, der Biscainho, schon drauf und dran, insgeheim zu den Históricos überzuwechseln. Wie, der Senhor Gonçalo Mendes Ramires habe davon noch gar nichts gemerkt? Dieser Biscainho, dieses verkommene Subjekt, hänge nämlich den Mantel nach dem Wind. Ganz gewiß habe ihm Cavaleiro schon einen einträglichen Posten versprochen... Und wie solle man Cavaleiro seinen Schurkenstreich überhaupt nachweisen? Schließlich handle es sich ja um vertrauliche Dinge, um Familienangelegenheiten. Man könne doch nicht einfach eine Erklärung von Dona Adelina veröffentlichen, die ein überaus tugendhaftes Mädchen sei; und was für Augen sie habe!... Ach, wenn das alles noch zu Zeiten der „Aurora de Oliveira" und eines Manuel Justino geschehen wäre! Der wäre Manns genug gewesen, sogleich in riesigen Lettern auf die erste Seite setzen zu lassen: „Bürger, seid wachsam! Der oberste Würdenträger unseres Distrikts hat den Versuch unternommen, die Schande in den Schoß der Familie Noronha zu tragen!..."

„War das ein Mann! Nun liegt er auf dem Friedhof São Miguel, der Ärmste... Und jetzt, Senhor Gonçalo Ramires, herrscht zügellosester Despotismus!"

Er schäumte vor Wut und schnappte nach Luft, völlig erschöpft von diesem hitzigen Zornesausbruch. Schweigend bogen sie um eine Ecke, in die schöne, neugepflasterte Rua da Princesa Dona Amélia. Gleich an der zweiten Haustür blieb der immer noch schwer atmende Guedes stehen, zog den Schlüssel aus der Tasche und lud „Seine Wohlgeboren" ein, auf ein Stündchen mit hinaufzukommen.

„Nein, nein, danke, mein lieber Freund. Es war mir ein großes, ein sehr großes Vergnügen, Sie zu treffen... Diese Geschichte mit dem Noronha ist ja unglaublich. Aber bei dem Herrn Regierungspräsidenten wundert mich überhaupt nichts mehr. Es wundert mich höchstens, daß er noch nicht mit Pauken und Trompeten aus Oliveira hinausgeprügelt worden ist, so wie er das verdient... Schließlich liegen doch nicht alle anständigen Leute schon auf dem Friedhof São Miguel... Bis morgen also, lieber Guedes. Und schönen Dank!"

Den Heimweg von der Rua da Princesa Dona Amélia bis zum Königsplatz legte Gonçalo in dem Hochgefühl eines Mannes zurück, der einen Schatz entdeckt hat und ihn unter dem Mantel mit sich trägt. Nun hatte er endlich „den Skandal, den handfesten Skandal", hinter dem er schon lange her war, weil er nichts sehnlicher wünschte, als den Herrn Regierungspräsidenten in seiner treuen Stadt Oliveira, die ihm Buchsbaumbögen errichtete, all seines Glanzes zu entkleiden. Und durch eine gütige Fügung Gottes würde der „handfeste Skandal" diesem Kerl auch im Herzen Gracinhas den Garaus machen, wo er sich trotz der ihr einst zugefügten schweren Kränkung wie ein Wurm in einer Frucht eingenistet hatte und beständig weiterfraß. Gonçalo war überzeugt, daß der „Skandal" seine Wirkung nicht verfehlen würde. Die ganze Stadt mußte sich gegen diesen weibstollen Despoten empören, der einen untadeligen Beamten unter Druck setzte und fortschickte, nur weil sich die Schwester dieses bedauernswerten Mannes seinen schmutzigen Küssen verweigerte. Und Gracinha? Wie würde Gracinha eine solche Enttäuschung hinnehmen? Ihr Verflossener für die Noronha entflammt und mit Schimpf und Schande abgewiesen! Oh, der Skandal war herrlich! Er müßte über die Dächer von Oliveira und das Herz Gracinhas hereinbrechen wie ein wohltuendes, reinigendes Gewitter. Und für dieses Gewitter, das gleich über den ganzen Norden Portugals rollen sollte, wollte er mit Wonne sorgen. Er konnte dadurch die Stadt von einem verkommenen Regierungspräsidenten und die kleine Graça von einem bösen Traum befreien. Und deshalb würde er, wenn er von seiner spitzen Feder Gebrauch machte, bloß pro patria et pro domo handeln.

Im „Eckenbau" eilte er sofort zum Zimmer Barrolos, der

sich gerade umkleidete und dabei den „Fado der Familie Ramires" trällerte. Gonçalo steckte nur den Kopf hinein und schrie in grimmiger Entschlossenheit: „Ich kann jetzt nicht nach Estevinha mitkommen. Ich habe etwas sehr Dringendes zu schreiben. Und daß du nicht zu mir heraufkommst, du darfst mich jetzt nicht stören. Ich brauche Ruhe!"

Barrolo rannte in Unterhosen auf den Korridor, doch aller Protest blieb vergeblich. Nachdem Gonçalo in seinem Zimmer das Jackett ausgezogen und seine Stirn mit Kölnischwasser betupft hatte, setzte er sich an den Tisch. Dort stellte ihm Gracinha zum Arbeiten immer zwischen zwei Vasen mit Blumen das gewaltige silberne Tintenfaß des seligen Onkels Melchior hin. Und ohne jedes Konzept brachte er einen jener wortreichen Ergüsse zu Papier, wie sie die Leidenschaft gebiert – einen gehässigen Lokalbericht über den Herrn Regierungspräsidenten für die „Gazeta do Porto".

Schon die Schlagzeile zündete: „Ein ungeheuerliches Attentat!" Ohne den Namen der Familie Noronha zu nennen, berichtete er in allen Einzelheiten, gewissermaßen als Augenzeuge, über „den schändlichen und gemeinen Anschlag der obersten Amtsperson des Distrikts auf die Keuschheit, den Seelenfrieden und die Ehre eines zarten Mädchens von sechzehn Lenzen". Dann folgte „die tiefe Verachtung, mit der sich das edle Geschöpf diesem magisträtlichen Don Juan widersetzte, dessen alberne Visage der Schrecken aller Bürger ist". Schließlich kam „die niederträchtige Rache, für die es gar keinen Ausdruck gibt, die Seine Wohlgeboren an dem diensteifrigen Beamten (der übrigens auch ein talentierter Künstler ist) nahm, indem er bei dieser unseligen Regierung erwirkte, daß er versetzt oder, besser gesagt, abgeschoben, ja grausam davongejagt wurde, samt seiner aus drei zarten jungen Mädchen bestehenden Familie, an die Grenze des Königreichs, in die heißeste und ärmste aller unserer Provinzen, weil er ihn nicht gleich im schmutzigen Kühlraum einer Fregatte nach Afrika verfrachten konnte". Dann ließ er noch ein paar kräftige Ausfälle gegen „die politische Agonie

Portugals“ folgen: Er zeichnete ein grausiges Bild der düstersten Zeiten des Absolutismus und erinnerte an in unterirdischen Gefängnissen begrabene unschuldige Opfer und schrankenlose Fürstenwillkür, die damals allein Gesetz war. Und er endete mit der Frage an die Regierung, ob sie diesen ihren Agenten etwa noch decken wolle – „diesen lächerlichen Nero, der sich – wie einst der andere, der große Nero in Rom – erdreistet, die Unzucht in den Schoß der besten Familien zu tragen und somit seine Macht mißbraucht, aus purer Geilheit, die stets und zu allen Zeiten und in allen Kulturepochen den Abscheu des Gerechten erregt hat“. Er zeichnete den Artikel mit „Juvenal“.

Es war beinahe sechs Uhr, als er strahlend und beschwingt in den Salon hinunterging. Gracinha hämmerte gerade auf dem Klavier herum und übte den „Fado der Familie Ramires“. Barrolo, der sich nicht getraut hatte, allein auszureiten, lag auf dem Sofa und blätterte in einer berühmten „Geschichte der Verbrechen der Inquisition“, mit deren Lektüre er noch als Junggeselle begonnen hatte.

„Seit zwei Uhr sitze ich schon bei der Arbeit!“ schrie Gonçalo und riß das Fenster weit auf. „Nun bin ich völlig kreuzlahm. Aber gelobt sei Gott, dafür habe ich ein Werk der Gerechtigkeit vollbracht... Diesmal holen wir den Senhor André Cavaleiro von seinem hohen Pferd herunter!“

Barrolo klappte sofort sein Buch zu, stemmte die Ellbogen in die Sofakissen und richtete sich beunruhigt auf. „Ist denn irgend etwas passiert?“

Gonçalo, der dicht vor ihm stand, verzog sein Gesicht zu einem leisen, grimmigen Lächeln und klimperte mit den Schlüsseln und dem Geld in seiner Hosentasche.

„Oh, so gut wie überhaupt nichts. Eine Bagatelle. Nur eine Niederträchtigkeit ... Aber für unsern Herrn Regierungspräsidenten sind Niederträchtigkeiten ja Bagatellen.“

Unter den Fingern Gracinhas, die nur noch unsicher über die Tasten hinglitten, erstarb der „Fado der Familie Ramires“ in einem schwachen Arpeggio.

Barrolo starrte ihn an. „So rede doch schon!"

Da platzte Gonçalo heraus: „Ein ungeheures Bubenstück, Mann! Dem Noronha, dem armen Noronha hat er eins ausgewischt; er hat seine Ehre besudelt und ihn dann davongejagt. Mitsamt seiner ganzen Familie ... Nach dem Algarve, geradeswegs in die Hölle!"

„Den Finanzinspektor Noronha?"

„Ja, den. Der unglückliche Beamte hat bezahlen müssen!"

Und nun erzählte er ihnen haarklein die ganze schlimme Geschichte: Der bis über beide Ohren verliebte Senhor André Cavaleiro ist für die älteste Schwester des Noronha entflammt. Jeden Morgen streicht er auf seiner Schindmähre vor ihrem Fenster herum und belästigt das Mädel mit Blumensträußen, Briefen, Versen und Pferdegestampfe. Wie es scheint, hat er sogar eine alte Vettel, eine Kupplerin auf sie gehetzt. Aber das Mädel, ein Engel an Würde, bleibt ganz unnahbar. Sie regt sich nicht einmal über seine Unverschämtheit auf, sie lacht bloß. Gab das ein Gaudium bei den Noronhas, wenn zum Tee die schwülen Reimereien vorgelesen wurden, in denen er sie mit „Nymphe" und „Abendstern" anredete ... Kurzum, eine unglaubliche Schweinerei!

Auf Gracinhas Klavier zerfloß der arme „Fado der Familie Ramires" in einem Chaos seufzender Akkorde.

„Aber daß ich davon nichts gehört habe!" murmelte Barrolo verstört. „Weder im Klub noch unter der Arcada ..."

„Nun, mein lieber Freund, wer davon zu hören bekommen hat, und gleich mit Pauken und Trompeten, war der arme Noronha. Ins hinterste Alemtejo hat man ihn fortgejagt, in eine ungesunde, sumpfige Gegend. Das ist soviel wie der Tod ... Ein glattes Todesurteil ist das!"

Bei dieser Beschwörung des Todes, der da in den Sümpfen lauerte, schlug sich Barrolo mit der flachen Hand aufs Knie und fragte mißtrauisch: „Aber wer, zum Teufel, hat dir das alles erzählt?"

Der Fidalgo sah seinen Schwager geringschätzig und zugleich mitleidig an. „Wer mir das erzählt hat? Und wer hat mir erzählt, daß Dom Sebastião in El-Kasr el-Kebir umgekommen ist? Das sind doch Tatsachen. In aller Munde ist das. Ganz Oliveira weiß es. Heute morgen kam ich zufällig mit dem Guedes über diese Angelegenheit ins Gespräch. Aber ich wußte ja schon davon! ... Und es hat mir so leid getan. Teufel noch mal, es ist gewiß kein Verbrechen, wenn man so unsterblich verliebt ist wie der arme André. Verrückt ist er nach ihr, vollkommen verrückt! So verrückt, daß er sogar im Amt geweint hat, in Gegenwart des Oberregierungsrats. Und das Mädel lacht bloß, und aus vollem Halse! ... Ein Verbrechen aber, und zwar ein ganz abscheuliches, ist die Verfolgung ihres Bruders, des Finanzinspektors, eines vortrefflichen Beamten und seltenen Talents ... Und es ist die Pflicht jedes redlichen Mannes, der auf Sauberkeit in der Verwaltung und gute Sitten hält, solche Schande in aller Öffentlichkeit anzuprangern! Ich für mein Teil bin dieser angenehmen Pflicht bereits nachgekommen. Und mit Elan, Gott sei Dank!"

„Was hast du denn unternommen?"

„Ich habe dem Herrn Regierungspräsidenten meine gute Toledaner Feder bis zum Schaft in die Seite gerannt!"

Barrolo kniff sich nachdenklich in den Hals. Das Klavier war verstummt, doch Gracinha rührte sich nicht von ihrem Schemel. Ihre müden Finger ruhten auf den Tasten, als hätte sie das große Notenblatt, das da vor ihr lag und auf dem Videirinha in seiner schönsten Schrift seine rühmenden Vierzeiler über die Familie Ramires aneinandergereiht hatte, völlig vergessen. Und plötzlich spürte Gonçalo in Gracinhas stummer Unbeweglichkeit den tiefen Kummer, der sie erfüllte. Mitleid ergriff ihn; er wollte sie auf andere Gedanken bringen, ihren Tränen zuvorkommen. Er lief zum Klavier und klopfte der Schwester sanft auf die gebeugten, unter seinen Händen zusammenzuckenden Schultern.

„Dieser schöne Fado ist ein bißchen zu schwer für dich, Mädchen! Laß nur sein, ich singe dafür jetzt eine Strophe in der Art unseres Videirinha ... Aber sei mal so lieb, ruf doch mal in den Korridor, man soll mir ein Glas recht frisches Wasser vom Alten Brunnen bringen."

Er klimperte auf den Tasten herum und stimmte mit heiserer Stimme die erste beste Strophe an:

„Und im ärgsten Schlachtgetümmel
Standen der Ramires vier..."

Gracinha schlüpfte lautlos durch die Portiere hinaus. Da ließ der brave Barrolo, der sich soeben bedächtig eine Zigarette gedreht hatte, seine indische Tabakdose stehen, lief zu Gonçalo ans Klavier, beugte sich zu ihm hinunter und vertraute ihm eine Erkenntnis an, die allmählich von ihm Besitz ergriffen hatte: „Aber, mein Junge, trotz alledem muß ich dir doch sagen... Die Schwester vom Noronha ist eine ganz tolle Pflanze! Und was ich nicht glauben kann, ist, daß sie ihm die kalte Schulter gezeigt hat. Dem Cavaleiro, diesem hübschen Burschen, dem Regierungspräsidenten? Das will mir nicht in den Kopf. Der Cavaleiro ist bestimmt auf seine Kosten gekommen!"

Und mit vor Bewunderung glänzenden Pausbacken fügte er hinzu: „Dieser Halunke! Was Pferde und Frauen anbelangt, gibt es in Oliveira keinen zweiten wie ihn!"

V

Die Nummer der „Gazeta do Porto" mit Gonçalos rachsüchtigem Lokalbericht mußte am Morgen des Mittwochs, dem Geburtstag seiner Base Maria Mendonça, über Oliveira hereinbrechen. Doch obgleich Gonçalo auf den Straßen Oliveiras keine tätlichen Auseinandersetzungen mit Cavaleiro oder einem seiner eingeschworenen und fanatischen Parteigänger – wie etwa dem Marcolino vom „Independente" – zu befürchten hatte, da ihm ja sein Pseudonym „Juvenal" Sicherheit gab, ließ er seine Stute satteln und kehrte bereits am Dienstag ohne Aufhebens nach Santa Ireneia zurück.

Barrolo begleitete ihn bis zur Schenke; dort probierten beide den von Titó so überschwenglich gepriesenen Weißwein. Um seine Erinnerung an die denkwürdigen Örtlichkeiten aufzufrischen, wo in seiner historischen Novelle Lourenço Ramires und der Bastardo von Baião in unseligem Waffengang aufeinandertrafen, nahm er dann den Weg, der quer durch die Obstgärten des weitläufigen Dorfes Canta Pedra zur Landstraße nach Bravais führt.

In langsamem Trab war er an der Glasfabrik und an dem großen Steinkreuz vorbeigeritten, auf dem ständig Tauben saßen, die von der Fabrik herüberflatterten. Schon erreichte er die Ortschaft Nacejas. Da tauchte am Fenster eines blitzsauberen, von Weinstöcken umgebenen Häuschens ein hübsches Mädchen auf, brünett und zierlich, in einem blauen Mieder und mit einem gestickten Kopftuch aus Tüll, unter dem üppige Locken hervorquollen. Gonçalo zog die Zügel an, grüßte und lächelte freundlich.

„Verzeihung, mein Kind ... Bin ich hier auf dem richtigen Weg nach Canta Pedra?"

„Ja, gewiß, Senhor. Weiter unten, an der Brücke, müssen Sie nach rechts abbiegen, zu den Pappeln hin. Und dann immer geradeaus ..."

Gonçalo seufzte scherzhaft: „Viel lieber bliebe ich hier!"

Das Mädchen wurde rot, und der Fidalgo wandte sich im Sattel um, um das hübsche braune Gesicht zwischen den beiden Nelkenstöcken im Fenster des so sauber gekalkten Hauses noch länger betrachten zu können.

Im gleichen Augenblick kam aus einem seitlichen Hohlweg ein Landjäger in roter Joppe und mit roter Mütze, das Gewehr quer über dem Rücken, gefolgt von zwei Hühnerhunden. Er war ein schneidiger, gertenschlanker Bursche; im forschen Tritt seiner großen weißen Schuhe, in den Bewegungen seiner mit einer seidenen Schärpe umwickelten Taille, in seinem herausfordernden Blick und seinem von einem blonden Backenbart umrahmten Gesicht lagen Dünkel und Affektiertheit. Sofort erfaßte er die Situation, verhielt den Schritt und maß den Fidalgo mit einem arroganten Blick seiner schönen, langbewimperten Augen. Mit einer Miene tiefer Verachtung ging er dann weiter, dicht an der Stute vorbei, die mitten auf dem abschüssigen Weg stand, und streifte mit dem Lauf seiner Jagdflinte beinahe Gonçalos Bein. Als er ein Stück entfernt war, hüstelte er trocken und spöttisch und knallte nun noch provozierender mit den Schuhabsätzen.

Gonçalo gab seiner Stute die Sporen, denn sogleich packte ihn jene unselige Furcht, jener ohnmächtige Schauder des Fleisches, die ihn bei jedem Wagnis und bei jeder drohenden Gefahr stets und unwiderstehlich zwangen, aufzugeben, zurückzuweichen, sich schleunigst auf und davon zu machen. Unten an der Brücke jedoch verwünschte er seine Schüchternheit, ritt wieder langsamer und spähte zurück nach dem schmucken weißen Häuschen da oben. Auf sein Gewehr gestützt, stand der hochgewachsene junge Bursche jetzt vor dem Fenster, aus dem sich zwischen den beiden Nelkentöpfen das dunkelhäutige Mädchen beugte. Und er lachte erst dem Mädel zu und winkte dann herausfordernd zu dem Fidalgo hin, mit erhobenem Kopf, so daß die Quaste seiner Mütze wie ein feuerroter Hahnenkamm emporragte.

Gonçalo Mendes Ramires bog im Galopp in den schattigen Pappelweg ein, der längs eines kleinen Flüßchens, des Donas, verläuft. In Canta Pedra hielt er sich nicht erst damit auf (wie er das im Interesse seiner historischen Novelle eigentlich vorhatte), das Tal, die weiten Flußniederungen, dic Ruinen des Klosters von Recadães dort oben auf dem Berg und die Mühle auf dem gegenüberliegenden Hügel, die auf den verwitterten Steinen der alten und einst so berühmten Honra von Avelãs errichtet worden war, eingehend zu inspizieren. Im übrigen bezog sich der seit dem Morgen aschgraue und bedeckte Himmel nach Craquede und Vila Clara zu immer mehr. Ein schwüler Wind bewegte das trockene Laub. Als Gonçalo wieder die Landstraße nach Bravais entlanggaloppierte, fielen bereits die ersten dicken Tropfen in den Staub.

Zu Hause fand er einen Brief von Castanheiro vor. Der Patriot brannte darauf, zu erfahren, ob sich der „Turm des Dom Ramires“ nun endlich bald zur Ehre der Literatur erheben würde, so wie sich einst der andere, echte Turm in glücklicheren Jahrhunderten zum Ruhme des Kriegshandwerks erhoben hatte. Und in einem Postskriptum setzte er hinzu: „Ich entwerfe bereits riesige Plakate, die in ganz Portugal an jede Hausecke geklebt werden sollen und die in ellenlangen Lettern die Errettung des Vaterlandes durch das Erscheinen der ‚Annalen‘ verkünden. Und da ich darin dem portugiesischen Volk Ihre vortreffliche Novelle in Aussicht zu stellen gedenke, bitte ich hiermit meinen Freund Gonçalo um die gefällige Information, ob er vielleicht noch einen wohlklingenden Untertitel bei der Hand hat, in der Art von 1830, etwa ‚Episoden aus dem zwölften Jahrhundert‘ oder ‚Chronik der Regierungszeit Affonsos II.‘ oder ‚Szenen aus dem portugiesischen Mittelalter‘ ... Einen Untertitel halte ich für unbedingt erforderlich. Genau wie das Fundament einem Gebäude, so verleiht erst der Untertitel einem Buch Rückgrat und Stabilität. Ans Werk denn, mein lieber Ramires, lassen Sie Ihrer Phantasie die Zügel schießen!“

Der Einfall, daß riesige Plakate an jeder Hausecke Portugals prangen und in schreienden Farben seinen Namen und den Titel seiner Novelle verkünden sollten, entzückte den Fidalgo. Und noch am gleichen Abend, während draußen strömender Regen auf das Laub der Zitronenbäume prasselte, nahm er sein Manuskript wieder vor, das er seinerzeit nach den ersten schwungvollen und wohlklingenden Zeilen des zweiten Kapitels hatte aus der Hand legen müssen.

In ebendiesen Zeilen eilte Lourenço Ramires im kalten Morgengrauen mit seinem Troß von Reitern und Fußvolk gen Montemor, um den Infantinnen zu Hilfe zu kommen. Doch als der tapfere Sohn des alten Tructesindo das Tal von Canta Pedra passieren will, erblickt er plötzlich die Heerschar des Bastardo von Baião, der ihm – genau wie es

Mendo Pais angekündigt hatte – dort auflauerte, um ihm den Weg zu verlegen. Doch inmitten dieser düsteren Historie voller Mord und Totschlag blüht nun, unerwartet wie eine Rose zwischen den Ritzen einer Festungsmauer, ein Liebesidyll, dem Onkel Duarte im „Bardo" viele rührende Verse gewidmet hatte.

Lopo von Baião, der als Idealbild eines blonden gotischen Fidalgos im ganzen Landstrich zwischen Minho und Douro gefeiert und „die strahlende Sonne" genannt wurde, war unsterblich in Dona Violante, Tructesindo Ramires' jüngste Tochter, verliebt. Am Johannistag hatte er auf Schloß Lanhoso, wo man bei Stierkampf und Glücksspielen feierte, das reizende Ritterfräulein kennengelernt, das Onkel Duarte in seinem Gedicht mit überschäumender Begeisterung pries:

„Welch feuchter Glanz in diesen dunklen Augen!
Welch volle Zöpfe, schwarz wie Ebenholz!"

Und auch sie hatte ihr Herz an den Jüngling mit dem leuchtenden Goldhaar verloren, der an jenem festlichen Nachmittag beim Lanzenwerfen zwei gestickte Gürtel für die edle Dona von Lanhoso gewann und ihr abends beim Ball und dem „Tanz der fahrenden Händler" mit solch ritterlichem Anstand den Hof machte. Doch Lopo war ein unehelicher Sproß des Geschlechts Baião, das sich schon zu Zeiten des Grafen Dom Henrique mit den Ramires wegen uralter Gebiets- und Rangstreitigkeiten verfeindet hatte. Diese Zwistigkeiten waren später, während der Streitigkeiten zwischen Dona Teresa und ihrem Sohn Affonso Henriques, noch erbitterter geworden, als sich im Rat der Barone zu Guimarães der mit dem Grafen von Trava verbündete Mendo von Baião und Ramires der „Schlächter", ein Milchbruder des jungen Infanten, ihre eisernen Handschuhe ins Gesicht schleuderten. Und diese hundertjährige Fehde war der Grund, daß Tructesindo Ramires starrsinnig und unerbittlich dem Ältesten derer von Baião, einem der Recken der Schlacht von Silves, die Hand seiner Tochter verweigerte, als dieser zu Weihnachten in Santa Ireneia für seinen Neffen Lopo, die „strahlende Sonne“, um Dona Violante anhielt und Tructesindo beinahe demütig ewigen Frieden und obendrein noch ein Bündnis anbot.

Dieser Schimpf versetzte das Haus Baião – das auf Lopo trotz seiner unehelichen Abkunft stolz war wegen seiner Tapferkeit und Galanterie – in helle Empörung. Und so unternahm Lopo, im tiefsten Herzen verletzt und aus gekränktem Stolz noch mehr ergrimmt, den schnöden Versuch, Dona Violante zu rauben, um seine wilden Begierden zu befriedigen und den reinen Namen des Hauses Ramires mit Schande zu bedecken. Das geschah im Frühjahr, als im Mondego-Tal bereits die Wiesen grünten. Die reizende Dame reiste gerade in Begleitung einiger Verwandter und im Schutz ihrer Schildknappen von Treixedo nach dem Kloster Lorvão, wo ihre Tante Dona Branca Äbtissin war. Im „Bardo“ hatte der gute Onkel Duarte diese romantische Episode in gefühlvollen Versen besungen:

„Am Maurenbrunnen, unter alten Ulmen,
Hält Rast die Kavalkade . . .“

Und bei diesen Ulmen am Brunnen tauchte plötzlich die „strahlende Sonne“ Lopo auf, der mit seinen Mannen hinter einem Hügel lauerte. Der Kampf war kurz: Ein Vetter Dona Violantes, der hünenhafte Senhor von Paços de Avelim, schlug der „strahlenden Sonne“ die Waffe aus der Hand und zwang sie einen Augenblick lang unter der blitzenden Schneide seines Schwertes in die Knie. Da sein Leben geschont wurde, jagte der Bastardo inmitten der wenigen Lehensleute, die ihn bei diesem dreisten Überfall begleitet hatten, wieder davon und schäumte vor Wut. Von nun an loderte der alte Haß zwischen den Familien Baião und Ramires nur noch erbitterter empor. Und jetzt, zu Beginn des Krieges zwischen König und Infantinnen, standen sich im schmalen Tal von Canta Pedra beide als Feinde Auge in Auge gegenüber: Lopo mit einer Schar von dreißig Lanzen und mehr als hundert Armbrustschützen des königlichen Heeres, Lourenço Mendes Ramires mit fünfzehn Reitern und neunzig Mann Fußvolk seines Fähnleins.

Der August neigte sich dem Ende zu. Ein langer Sommer hatte im Tal alle Wiesen und saftigen Weiden gelb gefärbt, sogar das Laub der Erlen und Eschen am Donas-Flüßchen, das sich jetzt als schmales Rinnsal mit schläfrigem Gemurmel zwischen glitzernden Steinen dahinschlängelte. Auf einer Anhöhe, nach Ramilde zu, erhob sich zwischen mächtigen, von Gesträuch überwucherten Ruinen der verwitterte „runde Turm" – ein Überbleibsel der alten Honra von Avelãs, die im Verlauf der erbitterten Fehden zwischen den Geschlechtern Salzedas und Landim niedergebrannt war –, in dem jetzt stöhnend die Seele der unglücklich verheirateten Guiomar von Landim umherirrte. Auf der gegenüberliegenden Höhe, die das ganze Tal beherrscht, lag das aus wuchtigen Quadersteinen erbaute Kloster von Recadães mit dem mächtigen wie ein Bergfried von Pfeilspitzen zerkratzten Turm, von dem die Mönche ängstlich hinunterspähten, beunruhigt durch die blitzenden Waffen, mit denen sich das Tal seit der Morgendämmerung zu füllen begann. Die gleiche Furcht bedrückte auch die Dörfer ringsum, denn über die Kämme der Berge eilte alles mit Sack und Pack und Planwagen und Herden mageren Viehs herbei und suchte Zuflucht hinter den heiligen Klostermauern.

Als Lourenço Ramires dieses gewaltige Aufgebot an Reitern und Fußvolk erblickte, das da im Schatten der Eschen bis zum Ufer des Flüßchens ausgeschwärmt war, schickte er einen Kundschafter vor und blieb mit seinem Trupp bei einem Steinhaufen zurück, aus dem ein rohes, halbverfaultes Holzkreuz emporragte. Der Kundschafter duckte sich unter seinen Lederschild und ließ dem Pferd die Zügel schießen. Bald kehrte er wieder, ohne daß ihn eine Armbrust oder eine Steinschleuder des Feindes erreicht hatte, und rief: „Es sind Leute aus Baião und vom königlichen Heer!"

Also war ihm der Weg abgeschnitten, und durch welche Übermacht! Doch der unerschrockene Ramires zögerte nicht, anzugreifen und den Kampf aufzunehmen. Ganz allein wollte er ins Tal hinuntersteigen und sich mit einer einzigen schwachen Lanze auf das gesamte Heerlager des Bastardo stürzen.

Indessen war der Feldhauptmann derer von Baião bereits auf seinem mageren rosa Schimmel herangeritten, der wilde Sprünge vollführte. Er schwang sein Schwert über der mit Reiherfedern geschmückten Pickelhaube und schrie mit rauher Stimme, daß das Tal widerhallte: „Keinen Schritt weiter! Hier kommt niemand durch! Und auf Befehl des Königs und dank seiner lehnsherrlichen Gnade wird der edle Senhor von Baião euer aller Leben schonen, wenn ihr ohne Murren und Säumen wieder umkehrt!"

Lourenço Ramires brüllte: „Auf ihn, Armbrustschützen!"

Pfeile schwirrten. Die kleine Schar der Reiter von Santa Ireneia sprengte geschlossen hinab ins Tal, die Lanzen im Anschlag. Unter dem knatternden Tuch seiner Standarte, die der Fähnrich hastig aus der Hülle gezogen hatte, richtete sich der Sohn Tructesindos stolz in den eisernen Steigbügeln auf, klappte das Visier seiner Sturmhaube hoch, damit man sein furchtloses Gesicht sah, und schleuderte dem Bastardo grimmige Schmähungen entgegen: „Hol nur noch einmal so viele Schufte zusammen, damit ich heute abend auf Schloß Montemor mit ihnen und mit dir abrechnen kann!"

Und der Bastardo, der einen Falben mit golddurchwirktem Kettenpanzer ritt, riß seine eisengepanzerte Hand empor und schäumte: „Von wo du gekommen bist, dorthin wirst du wieder zurückkehren, du ruchloser Verräter, wenn ich so gnädig bin und deinem Vater deinen Leichnam auf einer Bahre schicke!"

Diese wüsten Drohungen plätscherten in Onkel Duartes Gedicht in zahmen, wohlabgewogenen Versen dahin. Und nachdem Gonçalo Mendes Ramires (dessen Brust vor lauter Stolz auf seine Heldenahnen schwoll, als blähe sie ein kräftiger Wind) diesem Mangel abgeholfen hatte, ließ er sogleich die beiden streitbaren Kriegshaufen gegeneinanderbrausen. Ein großartiger Kampf wurde das, mit viel Geschrei...

„Los, vorwärts!"

„Haut sie zusammen!"

„Auf den Baião!"

„Tod den Ramires!"

Durch dichte Staubwolken und Schlachtgetümmel surren Wurfspieße und fliegen schwere Lehmkugeln. Reiter aus Santa Ireneia und Reiter des königlichen Heeres stürmen wild aufeinander los und prallen zusammen; Lanzen splittern, Wurfspieße bohren sich in Eingeweide. Und beide Haufen fluten sogleich wieder zurück, während sich irgendein Schwerverwundeter brüllend vor Schmerzen auf dem Boden windet und mancher noch vom Kampf Benommene unter dem Laubdach der Bäume zum Bach wankt, um sich dort zu erfrischen. Mitten im heftigsten Handgemenge blitzen hoch über den sich bäumenden, unter dem Gewicht ihrer Kettenpanzer schnaubenden Streitrossen die scharfen Klingen der Degen und klirren, wenn sie auf die Platten der Schilde treffen; und schon stürzt irgendein hünenhafter, gepanzerter Senhor unter dem Krachen seines Eisenzeugs aus hohem rotledernem Sattel in den weichen Sand. Doch die Ritter und Edelleute kreuzen nur die Lanzen, um sich wie beim Turnier gegenseitig Beulen in den Harnisch zu schlagen und einander mit prahlerischem Triumphgeschrei aus dem Sattel zu heben; auf das feindliche Fußvolk hingegen lassen sie ihre Schwerter und Streitäxte niedersausen, zerschmettern eiserne Sturmhauben wie Tonkrüge und steigern das erbitterte Gemetzel zu blutiger Raserei.

Lourenço Ramires kämpft sich mitten durch die gegnerischen Heerscharen und kommt leichter vorwärts als ein eiliger Schnitter in zartem Gras. Bei jedem Satz seines sehnigen Rappens, dem der Schaum vor dem Maul steht und der wütend seinen mit einem Stoßdorn versehenen Kopfpanzer schüttelt, krümmt sich unter Flüchen oder Anrufungen Gottes eine von Lourenços Lanze durchbohrte Brust, verrenken sich Arme im Todeskampf.

Lourenço brennt darauf, die Klinge mit Lopo zu kreuzen. Doch der sonst so ungestüme und draufgängerische Bastardo weicht diesen Morgen nicht vom Kamm des Hügels, wo ihn gleich einer Palisade eine dichte Reihe Lanzen schützt, und feuert den Kampf nicht mit Schwertstreichen, sondern mit Gebrüll an. In dem verzweifelten Bemühen, diese lebende Mauer zu durchbrechen, vergeudet Lourenço seine Kräfte, wobei er dem Bastardo mit rauher Stimme derbe Schimpfworte wie „erbärmliche Kreatur!" und „Hundsfott!" entgegenschleudert. Trotz des engmaschigen Kettenpanzers, der Kopf und Hals schützt, rinnen ihm längst dünne Blutfäden aus der Schulter und über den Küraß. Ein Wurfspieß hat ihm die Scharniere des linken Beinharnischs zerschmettert und das Bein verletzt, aus dem immer mehr Blut quillt und sich in das Werg des Futters saugt. Da wird sein prächtiger spanischer Hengst von einem Pfeil ins Kreuz getroffen, stürzt, wälzt sich auf dem Boden, schlägt aus und sprengt dabei die nagelbewehrten Sattelgurte. Lourenço Ramires fliegt in weitem Bogen aus dem Sattel und sieht sich plötzlich von einem Wall von Schwertern und Spießen umringt, während sich hoch oben auf dem Hügel der Bastardo in den Steigbügeln hebt und herunterbrüllt: „Greift ihn! Packt ihn und bindet ihn!"

Über Menschenleiber hinwegsteigend, die sich unter seinen eisernen Schuhen winden, schwingt der tapfere Jüngling Lourenço Ramires sein Schwert und wirft sich keuchend den funkelnden Lanzenspitzen entgegen, die jedoch ausweichen und sich Schritt für Schritt vor ihm zurückziehen ... Und im Vollgefühl seines Triumphes schreit der Bastardo aus vollem Halse: „Lebendig! Bringt ihn mir lebendig!"

„Niemals, solange noch Leben in mir ist, du Schurke!" schäumt Lourenço und rennt mit dem Mut der Verzweiflung noch einmal gegen die Übermacht an.

Plötzlich trifft ein wohlgezielter spitzer Felsbrocken seinen Arm, der schwer wie Blei wird und schlaff herabhängt. Noch baumelt das Schwert an der um die Faust geschlungenen Kette, doch ist es höchstens noch als Spinnrocken zu gebrauchen. Im Nu befindet sich Lourenço in der Gewalt der Feinde. Die einen packen ihn an der Kehle, die anderen zwingen mit den Schäften ihrer Lanzen seine steif gewordenen Knie in die Beuge. Schließlich schlägt er wie ein gefällter Baumstamm lang hin. Nun liegt er reglos in den Stricken, mit denen sie ihn sogleich binden, ohne Helm, ohne Kopfpanzer, die Augen fest geschlossen und das Haar verklebt von einer Kruste aus Staub und Blut.

So war denn Lourenço Ramires in Gefangenschaft geraten! Und der Bastardo verweilte vor der aus Buchenästen und Laub improvisierten Tragbahre, auf die man ihn nach einer flüchtigen Dusche mit frischem Wasser gelegt hatte, und murmelte tiefbewegt, indem er sich mit dem Handrücken den Schweiß abwischte, der ihm über das schöne Gesicht und den goldroten Bart rann: „O Lourenço, Lourenço! Wie bitter ist das alles, wo wir doch sehr gut hätten Brüder und Freunde sein können!"

So beschrieb Gonçalo mit dem literarischen Beistand Onkel Duartes, Walter Scotts und einiger Aufsätze im „Panorama" das unglückliche Gefecht von Canta Pedra. Der Herzenserguß des Bastardo, in dem sein Schmerz über die Liebe mitschwang, die ihm verwehrt worden war, beschloß das Kapitel. Drei volle Tage lang quälte sich Gonçalo mit diesem zweiten Kapitel ab, und er ging so in seiner Arbeit auf, als sei die Welt rings um ihn herum in Schatten und Schweigen versunken.

In der Ferne zerknallte eine Girandole, nach Bravais zu, wohin an diesem Sonntag immer die berühmte Wallfahrt zur Lieben Frau von der Lichtmeß stattzufinden pflegte. Während der letzten drei Tage hatte es geregnet, und nun senkte sich ein kühler Hauch vom Himmel, der sich weit und klar über die sattgrünen Fluren breitete. Da dem Fidalgo bis zum Abendessen noch eine halbe Stunde Zeit blieb, nahm er seinen Hut und ging in seiner alten Hausjacke und mit einem Spazierstöckchen aus Bambusrohr ein wenig an die frische Luft. Er schlug den Weg ein, der sich zwischen der Gartenmauer seines Schlosses und den Roggenfeldern dahinschlängelte, dort wo im zwölften Jahrhundert der äußere Festungsgürtel der Burg Santa Ireneia verlief.

Als er den stillen, noch regenfeuchten Pfad entlangschlenderte, mußte Gonçalo an seine grimmigen Ahnen denken. Wie lebendig und wie riesenhaft waren sie nun in seiner Novelle wiederauferstanden! Und in der Tat bewies sein erstaunliches Einfühlungsvermögen in die Seelen dieser Menschen aus der Zeit Dom Affonsos, daß sein eigenes Herz den gleichen edlen Kern besaß und aus dem gleichen lauteren Golde war. Vermochte doch ein weiches oder degeneriertes Herz niemals, solch eherne Herzen aus solch ehernen Epochen wirklich glaubhaft zu schildern, und der gute Manuel Duarte oder der ehrenwerte Barrolo würden einen Martim de Freitas oder einen Affonso de Albuquerque niemals hinlänglich begreifen, um deren Hochsinn zu neuem Leben erwecken zu können... Er konnte nur hoffen und wünschen, daß sich die Kritiker auch gehörig über diese unbestreitbare Tatsache verbreiteten, wenn sie später den „Turm des Dom Ramires" unter die Lupe nahmen – hatte ihm doch Castanheiro ausführliche Besprechungen seiner Novelle in den „Novidades" und im „Manhã" zugesichert.

Jawohl! Das war es, worauf mit ganz besonderem Nachdruck hingewiesen werden mußte – daran mußte er auch Castanheiro noch einmal erinnern! –: daß die Herren von Santa Ireneia in ihm einen würdigen Nachfahren gefunden hatten, der zwar nicht ihre glanzvollen Heldentaten fortsetzte, wohl aber die ruhmreiche Tradition heldischen Geistes... Unter der Regierung dieses gräßlichen São Fulgêncio konnte er ja das Stammschloß der Sippe Baião nicht mehr einfach dem Erdboden gleichmachen, wie das noch vor sechshundert Jahren sein Ahne Leonel Ramires getan hatte – und auch nicht den Mauren das befestigte Monforte wieder abjagen, wo jetzt dieser Antoninho Moreno als Regierungspräsident herumdöste! Doch er empfand die Größe und die historische Bedeutung jenes Wagemuts, der einst die Seinen antrieb, gegnerische Burgen in Schutt und Asche zu legen und maurische Ortschaften mit Sturmleitern zu berennen. Nun würde er diese verwegenen Recken mit den Mitteln der Wissenschaft und der Kunst zu neuem Leben erwecken, diese Männer mit ihren starken Herzen, ihren gewichtigen Reden, ihren Trachten und riesigen Messernarben, denn auch der Geist des jetzigen Jahrhunderts hatte einen echten Ramires gezeitigt – einen Ramires mit besten Qualitäten, keinen heldischen, sondern intellektuellen, so wie das einem Zeitalter intellektueller Besinnung wohl anstand. Und die Zeitungen, die sich sonst gar nicht genugtun konnten, über die Dekadenz der portugiesischen Fidalgos zu spotten, müßten um der Gerechtigkeit willen feststellen (und daran mußte er Castanheiro noch einmal erinnern!): „Es gibt noch einen Fidalgo, und dazu aus ältestem Geschlecht, der im Rahmen und mit den Mitteln seiner Epoche die große Tradition seines Geschlechts fortsetzt!"

In solche Gedanken versunken, die ihn noch fester auf dem von den Seinen so oft betretenen Boden ausschreiten ließen, war der Fidalgo dort angelangt, wo sein Garten an einen Pinienhain und einen Laubwald grenzte. Längs der Mauer verlief ein schmaler, abschüssiger Hohlweg. Von dem stolzen, mit Steinmetzarbeiten und dem Familienwappen geschmückten Tor, das sich einmal an dieser Stelle erhoben hatte, standen nur noch die beiden granitenen, jetzt von gelbem Moos überzogenen Pfosten. Der dazwischen angebrachte Verschlag aus primitiv zusammengenagelten Brettern, der das Vieh abhalten sollte, war längst vom Zahn der Zeit angenagt und vom Regen morsch geworden.

Da kam aus dem im Schatten liegenden Hohlweg ächzend ein mit Kleinholz beladener Karren herauf, gezogen von einem Ochsenpaar, das von einem hübschen Mädchen geführt wurde.

„Gott schenke Ihnen einen angenehmen Abend!"

„Guten Abend, schönes Fräulein!"

Das schwere Gefährt schob sich an ihm vorüber. Und kurz danach tauchte ein struppiger, unscheinbarer Mann auf, der über der Schulter einen Stock mit einem Bündel Stricke trug. Gonçalo erkannte in ihm sofort den José Casco aus Bravais. Er ging, als hätte er ihn gar nicht gesehen, seelenruhig weiter den Pinienhain entlang, pfiff sich ein Liedchen und strich mit dem Spazierstock über die blühenden Brombeersträucher am Wegrand. Der andere jedoch beschleunigte noch seinen schnellen Schritt und schrie den Namen des Fidalgos in die abendliche Stille des Waldes. Da blieb Gonçalo Mendes Ramires klopfenden Herzens stehen und rang sich ein liebenswürdiges Lächeln ab.

„Hallo! Sie sind es, José! Was ist denn?"

Dem Casco würgte es in der Kehle; unter dem schmutzigen Arbeitshemd hob und senkte sich seine magere Brust. Schließlich riß er aus dem Bündel Stricke seinen Quittenholzstock heraus und stieß ihn mit der Eisenspitze in den Boden.

„Es ist weiter nichts, als daß *ich* immer offen mit Ihnen gesprochen habe, aber nicht, damit Sie dann nicht zu Ihrem Wort stehen!"

Gonçalo zwang sich, Haltung zu bewahren, und hob langsam den Kopf, als hebe er einen eisernen Streitkolben.

„Was sagen Sie da, Casco? Ich nicht zu meinem Wort stehen? Wann habe ich denn nicht zu meinem Wort gestanden? ... Etwa mit der Verpachtung von Santa Ireneia? Na, das ist mir vielleicht eine Neuigkeit! Haben wir denn irgendeinen Kontrakt unterschrieben? Sie sind nicht wiedergekommen, haben sich überhaupt nicht wieder blicken lassen ..."

Casco schwieg und sah ihn finster an. Seine hageren, behaarten Hände, mit denen er sich auf den Stock stützte, zitterten, und seine bleichen Lippen begannen vor Wut zu beben: „Wenn es ein unterschriebenes Dokument gäbe, dann könnten Sie jetzt nicht kneifen. Aber bei Ehrenmännern gilt eine Abmachung auch ohne Unterschrift! Und als ich Ihre Bedingungen akzeptierte, sagten Sie sogar: ‚Abgemacht! Es gilt!‘ Sie haben Ihr Wort gegeben!“

Gonçalo wurde blaß, setzte jedoch eine gönnerhafte Miene auf und stellte sich ganz gleichgültig.

„Hören Sie mal, José Casco, hier auf der Straße ist nicht der rechte Ort. Wenn Sie sich mit mir unterhalten wollen, dann lassen Sie sich doch mal auf dem Schloß sehen. Wie Sie ja wissen, bin ich vormittags immer zu Hause ... Kommen Sie meinetwegen morgen, es macht mir keine Umstände.“

Mit kaltem Schweiß auf dem Rücken und weichen Knien wollte er geradeswegs auf den Pinienhain zusteuern. Da schnitt ihm Casco mit einem schnellen Sprung den Weg ab und pflanzte sich dreist vor ihm auf, den quer gefaßten Stock in beiden Händen.

„Hier auf der Stelle reden Sie mit mir! Sie haben Ihr Wort gegeben! Bei mir gelten solche Ausflüchte nicht! Sie haben mir Ihr *Wort* gegeben!“

Verzweifelt warf Gonçalo einen raschen Blick um sich, ob ihm vielleicht von irgendwoher Hilfe käme. Doch ringsum war nichts als dichter Wald und Einsamkeit. Das Quietschen des Holzkarrens verlor sich bereits weit hinten auf der Landstraße, die das letzte Licht des Nachmittags erhellte. Hoch über ihnen lief ein leises Ächzen durch die Zweige der Pinien. Schon wurden die Schatten zwischen den Stämmen dunkler; Nebel stieg auf. Gonçalo wurde unheimlich zumute, und er spielte nun den letzten Trumpf aus, mit dem man Leuten vom Lande bange macht: die „Justiz“ und die „Gesetze“. Wie jemand, der seinem Freund einen guten Rat geben möchte, sagte er leutselig, aber mit trockenen und zuckenden Lippen: „Hören Sie mal, Casco; seien Sie doch vernünftig, Mann! Mit Geschrei lassen sich doch die Dinge nicht wieder ins richtige Gleis bringen. Da gibt es nur Ärger, und dann geht es vor den Bürgermeister. Dann kommt das Gericht und dann das Gefängnis. Und Sie sind doch verheiratet und haben kleine Kinder ... Hören Sie! Wenn Sie auf einmal einen Grund gefunden haben, sich zu beschweren, so kommen Sie zu mir nach Santa Ireneia, und wir unterhalten uns mal darüber. In Ruhe läßt sich alles klären, Mann, aber nicht mit Gebrüll! Sonst kommt der Gendarm, und dann marsch ins Loch ..."

Da reckte sich Casco, der Gonçalo immer noch auf dem einsamen Waldweg gegenüberstand, plötzlich zu voller Höhe empor, düster und riesig, als wäre er selber eine Pinie. Seine blitzenden Augen traten weit aus ihren Höhlen; er schäumte vor Wort: „Der Senhor Fidalgo droht mir also nun auch noch mit der Justiz! Erst spielt er mir so einen Streich, und dann droht er mir überdies noch mit dem Gefängnis! ... Da soll doch der Teufel dreinschlagen! Aber ehe ich ins Gefängnis gehe, werde ich Ihnen erst noch alle Knochen im Leibe zerschmettern ..."

Schon hatte er den schweren Holzprügel erhoben. Seine Hände zitterten. Doch dann warf er den Kopf in den Nacken und knirschte mit einem Rest von Beherrschung und Respekt durch die zusammengepreßten Zähne: „Reiß aus, Fidalgo, sonst vergeß ich mich! Reiß aus, oder ich vergeß mich und bring dich um!"

Gonçalo Mendes Ramires gab Fersengeld. Er rannte zu dem hölzernen Verschlag zwischen den alten granitenen Torpfeilern, setzte über die morsche Bretterwand und raste wie ein gehetzter Hase in den Laubengang, der sich an der Innenseite der Gartenmauer entlangzog. Am Ende des Weingartens, gleich neben den Maisfeldern, stand inmitten einer mit Granit ausgemauerten Korngrube, die kein Dach mehr hatte und nicht mehr benutzt wurde, ein wild wachsender, dichtbelaubter Feigenbaum. Keuchend schlüpfte der Fidalgo von Santa Ireneia in dieses Versteck aus Zweigen und Steinen.

Mittlerweile hatte sich die Abenddämmerung über die Fluren gesenkt – Wipfel und Wiesen lagen friedlich und heiter da. Von der Stille ringsum ermutigt, wagte sich Gonçalo wieder aus seiner Korngrube. Auf den Spitzen seiner weißen Schuhe lief er über den vom Regen aufgeweichten Boden weiter, nunmehr etwas langsamer, bis zur Brüstung des Wasserbassins. Noch einmal hielt er erschöpft inne. Und als er ganz hinten am Waldrand einen hellen Fleck zu bemerken glaubte – vielleicht war es irgendein Tagelöhner in Hemdsärmeln –, schrie er angstvoll: „Hallo, Ricardo! Hallo, Manuel! Heda, dort drüben! Ist da jemand?"

Doch der unbestimmbare helle Fleck verschwand wieder im Laubwerk. Ein Frosch sprang platschend in eine Pfütze. Gonçalo schrak zusammen und rannte weiter, um sich in seinen Obstgarten zu flüchten. Doch die Tür dorthin, die altersschwach in rostigen Angeln hing, war verschlossen. Wütend warf er sich mit den Schultern dagegen; die nackte Angst verlieh ihm die Kraft eines Rammbocks. Zwei Bretter gaben nach. Gonçalo zwängte sich hindurch; ein Nagel zerriß ihm die Jacke. Erst jetzt, innerhalb der Mauern seines Obstgartens und vor den in die Kühle des Abends geöffneten Fenstern seines Schlosses, wagte er aufzuatmen. Nun war er ja wieder am Turm, seinem düsteren, tausendjährigen Turm, der sich im milden Licht des aufgehenden Mondes noch dunkler vom Himmel abhob und die Last von noch weit mehr Jahren zu tragen schien.

Der Fidalgo wischte sich den Schweiß von der Stirn, trat, den Hut in der Hand, in den Gemüsegarten und ging am Bohnenfeld entlang, und plötzlich packte ihn rasende Wut wegen der gefährlichen Situation, in der er sich vorhin befunden hatte, auf einem so menschenreichen Gut, wo es sonst nur so von Leuten und Untergebenen wimmelte. Weder ein Häusler noch ein Tagelöhner hatte sich blicken lassen, als er in höchster Not von der Brüstung des Wasserbassins um Hilfe rief! Nicht ein einziger seiner fünf Bediensteten war herbeigeeilt – man hätte ihn umbringen können, einen Steinwurf von der Tenne und dem Geräteschuppen seines Gutes entfernt! Denn wären zwei Männer mit Knütteln oder Hacken zur Stelle gewesen, und wäre Casco noch auf der

Landstraße erwischt worden, hätten sie ihn mordsjämmerlich verdroschen.

Als er am Hühnerstall vorüberkam, hörte er helles Mädchenlachen und ging quer über den Hof zur Tür der Küche, wo Licht brannte. Zwei Gärtnerburschen, die Tochter der Crispola und Rosa, die Köchin, saßen auf der Steinbank in der kühlen, dunklen Vorlaube und waren mitten in der angeregtesten Unterhaltung. Aus der Küche, wo das Herdfeuer knisterte, kam der Wohlgeruch der im Kessel kochenden Suppe. Da entlud sich des Fidalgos ganzer Zorn: „Was ist denn das für eine nette Abendgesellschaft! Habt ihr mich denn gar nicht rufen hören? Eben ist mir da unten am Pinienhain ein Betrunkener in den Weg gelaufen, der mich nicht erkannte und mit einer Sense auf mich losstürzte! Zum Glück hatte ich meinen Spazierstock bei mir. Und da rufe ich mir die Lunge aus dem Hals ... Und für die Katz! Hier sitzt alles nur herum und schwatzt, und das Abendessen kocht, als ob überhaupt nichts wäre. Eine Unverschämtheit! Wenn das noch mal passiert, fliegen alle ... Und wer etwa murrt, der bezieht Prügel!"

Sein Gesicht war feuerrot geworden. Er sah hochmütig und kriegerisch aus. Die Kleine der Crispola hatte sich vor Angst in den äußersten Winkel der Küche verkrochen, hinter den großen Backtrog. Die beiden Burschen waren von der Bank aufgestanden und senkten die Köpfe wie Kornähren im starken Wind. Und während sich die Rosa vor Schreck bekreuzigte und in Jammerrufe über „so ein Unglück" ausbrach, beruhigte sich Gonçalo bereits wieder. Die Unterwürfigkeit der beiden kräftigen Burschen, die da so handfeste Knüttel an der Wand lehnen hatten, besänftigte ihn, und er sagte nur: „Wahrhaftig, in diesem traurigen Haus sind alle taub! Und außerdem war die Tür zum Obstgarten verschlossen! Es blieb mir weiter nichts übrig, als sie einzutreten. Jetzt ist sie hin."

Der Rotblonde mit den gewaltigen Kinnladen, die an ein Pferd erinnerten, kratzte sich den Kopf, weil er glaubte, der

Fidalgo wolle den Zustand der Tür beanstanden, und entschuldigte sich: „Mit Verlaub, Fidalgo, gleich nach dem Weggang des Relho ist da ein Querbalken und ein neues Schloß angebracht worden, ein sehr stabiles Schloß!"

„Und was für eins!" rief der Fidalgo stolz. „Das Schloß und den Querbalken habe ich in Stücke geschlagen ... Kurz und klein, alles!"

Der andere Bursche, der gewandtere und aufgewecktere, lenkte lachend ein: „Gerechter Gott! Da haben Euer Wohlgeboren die Tür also mit Gewalt geöffnet!"

Sein Gefährte schob das gewaltige Kinn vor und sagte anerkennend: „Und mit welcher Gewalt! Mit Bärenkräften! Denn die Tür war fest. Und auch ein neues Schloß war dran, das wurde angebracht, gleich nachdem der Relho wegging!"

Die Gewißheit seiner Kraft und die Anerkennung der kräftigen jungen Männer versöhnte den Fidalgo restlos, so daß er jetzt schon freundlicher und beinahe väterlich meinte: „Um eine Tür einzuschlagen, auch wenn sie neu ist, fehlt es mir Gott sei Dank nicht an Kraft. Aber jedenfalls wäre ich aus Gründen der Schicklichkeit nicht imstande, einen Betrunkenen samt seiner Sense immer die Landstraße lang bis zum Bürgermeister zu schleppen. Ebendeswegen hatte ich ja gerufen und geschrien, ihr beide solltet ihn festnehmen und zum Bürgermeister schaffen! ... Nun gut, die Sache ist erledigt. He, Rosa! Geben Sie den Burschen zum Abendbrot noch einen Krug Wein ... Mal sehen, ob sie ein andermal mehr Mut haben und sich blicken lassen, wenn man sie ruft ..."

Er verhielt sich ganz wie ein gerechter und kluger Grundherr von einst, genau wie ein Ramires vergangener Jahrhunderte, der einen Fehltritt seiner Untergebenen rügt und in Hinblick auf künftige große Taten sogleich wieder verzeiht. Befriedigt schulterte er seinen Spazierstock wie eine Lanze und stieg die finstere Küchentreppe hinauf. Als Bento in sein Zimmer kam, um ihm beim Umkleiden zu helfen, gab er seine Geschichte noch einmal zum besten – diesmal mit noch haarsträubenderen Details – und jagte dem zartbesaiteten Alten einen höllischen Schrecken ein. Der blieb wie erstarrt an der Kommode stehen und wagte nicht, den Topf mit heißem Wasser, die Lackschuhe und den Stoß Handtücher abzusetzen, die er in den Armen trug. Jawohl, dieser Casco! Der betrunkene José Casco aus Bravais stürzt da mit einer riesigen Sense blindlings auf ihn los und brüllt: „Stirb, du Hund! ...“ Und er ist mit dem Unhold mutterseelenallein auf der Landstraße und hat nur einen lächerlichen Spazierstock bei sich! Doch er springt flugs zur Seite, und die Sense fährt krachend in einen Pinienstamm ... Da wirft er sich mit erhobenem Spazierstock auf den Angreifer und ruft nach dem Ricardo und nach dem Manuel, als seien beide in der Nähe – und der Casco ist baß erschrocken und weicht zurück und stolpert knurrend auf dem dunklen Hohlweg wieder davon ...

„Na, was meinst du? Hätte ich nicht solchen Mut gezeigt, hätte mir der Kerl ganz bestimmt einen Gewehrschuß verpaßt!“

Bento, der noch immer den vollen Krug in der Hand hielt, aus dem das Wasser auf den Teppich tropfte, das ihn jeden Moment selber benetzen mußte, blinzelte verstört und erstaunt. „Aber, der Herr Doktor sagten doch eben, daß es eine Sense war!“

Gonçalo stampfte ungehalten mit dem Fuß auf. „Er rannte mit seiner Sense auf mich zu. Aber er ging doch hinter dem Karren her, und auf dem Karren hatte er seine Flinte. Der Casco ist Jäger, der hat immer eine Flinte bei sich ... Jedenfalls bin ich wieder mit heiler Haut auf meinem Schloß, dank Gottes Gnade. Und auch dank der Entschlossenheit, an der es mir in derartigen Fällen glücklicherweise niemals mangelt!“

Und er brachte nun den Bento in Trab, denn nach all diesen Aufregungen und Strapazen begannen ihm tatsächlich vor Müdigkeit und Hunger die Beine zu zittern ... Und auch vor Durst!

„Vor allem vor Durst! Der Wein muß aber schön kühl sein. Vom Heurigen und vom Alvaralhão, zum Mischen."

Bento seufzte leise und gerührt, füllte das Waschbecken und breitete die Handtücher aus. Dann sagte er ernst: „Nun, Herr Doktor, diese Seuche geht in unserer Gegend um! Das gleiche ist dem Senhor Sanches Lucena auf der Feitosa passiert."

„Wie, dem Senhor Sanches Lucena?"

Bento berichtete nun ausführlich die schauerliche Geschichte, die während des Aufenthalts des Herrn Doktors in Oliveira hier bekannt geworden war, und zwar durch den Schwager der Crispola, den Rui, der als Zimmermann auf der Feitosa arbeitete. „Der Senhor Sanches Lucena hatte gerade eines Nachmittags, so um die Dämmerstunde, seinen Aussichtsturm verlassen, als zwei Tagelöhner die Landstraße heraufkommen, die entweder betrunken oder auf irgendwelche Übeltaten aus sind, und Seine Wohlgeboren durch Spötteleien, boshaftes Gelächter und allerlei Faxen belästigen ... Der Senhor Sanches redet den Kerlen geduldig zu, doch ihrer Wege zu gehen und nicht über die Stränge zu schlagen. Plötzlich wirft der eine von ihnen, ein junges Bürschchen, die Jacke ab, hebt seinen Hirtenstock und macht Anstalten, tätlich zu werden. Zum Glück merkt sein Gefährte, wen sie vor sich haben, und schreit noch rechtzeitig: „Menschenskind, das ist doch unser Abgeordneter!" Da hat der Bursche einen Schreck bekommen und ist davongerannt. Der andere hat sich sogar vor dem Senhor Sanches Lucena auf die Knie geworfen ... Aber der arme Senhor ist nach dieser Aufregung gleich zu Bett gegangen!"

Gonçalo trocknete sich langsam die Hände am Handtuch ab und fragte betroffen: „Wann war denn das?"

„Aber ich sagte es Ihnen doch schon, Herr Doktor ... Als der Herr Doktor in Oliveira waren. Einen Tag vor oder nach dem Geburtstag der Senhora Dona Graça."

Der Fidalgo schleuderte das Handtuch fort und reinigte sich nachdenklich die Fingernägel. Dann sagte er mit unsicherem Lächeln: „Jedenfalls hat es dem Sanches Lucena immerhin etwas genützt, in Vila Clara Abgeordneter zu sein ..."

Als er bereits umgezogen und mit dem Füllen seines Zigarrenetuis beschäftigt war (weil er den Abend in der Stadt verbringen und dort Gouveia sein Herz ausschütten wollte), wandte er sich noch einmal an Bento, der seine Sachen forträumte. „Da ist also der Betrunkene, als der andere ihn anschrie: ‚Mensch, das ist doch unser Abgeordneter!', gleich wieder zur Vernunft gekommen und ausgerissen, sagtest du nicht so? ... Da siehst du! Es lohnt schon noch, Abgeordneter zu sein! Das verschafft einem noch Respekt! Mehr Respekt, als wenn man von den Königen von León abstammt! ... Aber jetzt wollen wir erst mal essen."

Während des Abendessens, bei dem Gonçalo ausgiebig seine Mischung aus Heurigem und Alvaralhão genoß, ging ihm immer wieder das dreiste Benehmen des Casco durch den Kopf. Noch nie in der Geschichte von Santa Ireneia hatte ein Bauer aus den Dörfern, die im Schutz dieses berühmten Hauses groß geworden waren, das so viele Jahrhunderte lang über Berge und Täler geherrscht hatte, sich erfrecht, einen Ramires zu beleidigen! Und in welch unerhörter Weise – mit erhobenem Holzprügel und angesichts der Mauern des ehrwürdigen Landguts! Sein Vater hatte manchmal erzählt, wie noch zu Lebzeiten seines Urgroßvaters Inácio die Männer von Ramilde bis Corinde das Knie beugten, wenn ihnen der Herr von Santa Ireneia auf dem Weg begegnete. Heutzutage erhoben sie die Sense! Und warum? Weil er nicht bereit war, seine Pachteinnahmen zugunsten eines Raufbolds schmälern zu lassen! Zu Zeiten seines Ahnen Tructesindo hätte der Schuft, der ein solches Sensenattentat wagte, längst vor den Außenwerken der Burg wie ein Wildschwein in einem prasselnden Scheiterhaufen geschmort, und noch in den Tagen von Urgroßvater Inácio wäre er elendiglich in einem unterirdischen Kerker verreckt. Aber der Casco durfte auch nicht ohne Strafe davonkommen!

Ging er straffrei aus, so würde das seiner Unverschämtheit nur noch Vorschub leisten, und beim nächsten Zusammentreffen könnte er aus Verbitterung und Jähzorn und ohne jedes weitere Wort seine Jagdflinte auf ihn abfeuern. Oh, er wollte ihm ja gar keinen bleibenden Schaden zufügen, dem Ärmsten, wo er doch zwei kleine Kinder hatte, von denen das eine noch ein Säugling war. Aber zum Rathaus mußte man ihn schleppen lassen, in Handschellen, von zwei Polizeiwachtmeistern eskortiert, damit ihm in dem kahlen Zimmer, von dem aus man die Gitterstäbe des Gefängnisses sah, der Gouveia eine gehörige Standpauke hielt, der Gouveia, der so eisig sein konnte und mit seinem schwarzen Gehrock wie die Staatsautorität in Person wirkte. Auf solche Weise mußte er sich schützen, durch Winkelzüge, weil er eben kein Abgeordneter war und trotz seiner Begabung, seines Namens und seiner stolzen Reihe von Ahnen, die einst das Königreich errichtet hatten, nicht das Prestige eines Sanches Lucena besaß, jenes kostbare Prestige, das alle dreist erhobenen Knüttel in der Luft erstarren ließ.

Kaum hatte er seinen Kaffee getrunken, da ließ er durch Bento den beiden Gärtnerburschen, dem Ricardo und dem mit dem Pferdekinn, ausrichten, sie möchten sich mit Waffen versehen und ihn im Hof erwarten. Denn im Schloß gab es noch eine Waffenkammer – einen finsteren Winkel neben dem Archiv, wo sich verbeulte Teile von Rüstungen, ein riesiger Kettenpanzer, ein Maurenschild, Hellebarden, Schwerter, Pulverhörner und Stutzen von Anno 1820 türmten. Zwischen diesem verstaubten, blinden Eisenzeug lagen drei blanke Flinten, mit denen die jungen Burschen vom Gut bei der Kirmes zu Ehren Sankt Gonçalos Salven abfeuerten. Er selber steckte seinen Revolver in die Tasche, kramte aus dem Schrank im Korridor einen riesigen alten Spazierstock mit Bleigriff und nahm auch noch eine Signalpfeife mit. Derartig für alle Eventualitäten ausgerüstet und vom Heurigen und vom Alvaralhão erhitzt, marschierte er mit den beiden Knechten, die mit wichtiger Miene ihre Jagdflinten schulterten, nach Vila Clara, um beim Herrn Landrat vorstellig zu werden.

Längst breitete sich die Abendkühle über die friedlich daliegenden Fluren. Der Mond, der das klare Wetter bewirkt hatte, zog wie das leuchtende Rad eines goldenen Wagens über die Kämme der Hügel von Valverde. Die derben Nagelschuhe der beiden Tagelöhner hallten im Gleichschritt durch die Stille. Gonçalo Ramires stolzierte mit brennender Zigarre vorneweg und schwelgte in dem Hochgefühl, nun gleich seinen Vätern mit Vasallen und bewaffneten Mannen auf den Wegen von Santa Ireneia einherzuziehen.

Als sie die ersten Häuser des Städtchens erreicht hatten, schickte er seine Eskorte in die Schenke der Serena und ging schnurstracks zum Heumarkt hinüber, wo Simões seinen Tabakladen hatte. Dort pflegte zu dieser Stunde Gouveia einzukehren, bevor er im Klub sein Spielchen machte, eine Schachtel Streichhölzer zu kaufen und nachdenklich die in der Vitrine ausgestellten Lotterielose zu betrachten. Doch an diesem Abend war sein üblicher Abstecher zum Simões unterblieben. Der Fidalgo ging also zum Klub, und gleich unten, im Billardzimmer, erfuhr er durch einen Glatzkopf, der sich mit aufgeknöpfter Weste auf der Bank flegelte, an einem hölzernen Zahnstocher herumkaute und den einsamen Karambolpartien des Markörs zusah, von der Erkrankung seines Freundes Gouveia.

„Eine Kleinigkeit, Halsentzündung ... Euer Wohlgeboren treffen ihn sicher daheim an. Seit Sonntag ist er nicht mehr aus dem Haus gegangen."

Ein anderer Herr, der an der Ecke eines mit Likörflaschen vollgestellten Tisches in seinem Kaffee rührte, versicherte aber, der Herr Landrat sei schon heute nachmittag an die frische Luft gegangen. Noch gegen fünf Uhr habe er ihn bei den Maulbeerbäumen getroffen, den Hals fest in ein wollenes Tuch gewickelt.

Gonçalo lief ungeduldig die Hauptstraße entlang. Als er den Platz am Springbrunnen überquerte, entdeckte er Gouveia in der hell erleuchteten Tür des Tuchhändlers Ramos, wo er mit einem korpulenten dunkelbärtigen Mann in grauem Lodenmantel plauderte.

Als Gouveia Gonçalo erblickte, eilte er mit ausgestrecktem Zeigefinger auf ihn zu. „Nun, wissen Sie es schon?"

„Was denn?"

„Also wissen Sie es noch nicht, Menschenskind? ... Der Sanches Lucena!"

„Was?"

„Gestorben ist er!"

Der Fidalgo starrte erst den Landrat mit offenem Munde an, dann den anderen Senhor, der einen kurzen und zu engen schwarzen Handschuh über seine riesige Pranke zu ziehen versuchte.

„Großer Gott! Wann denn?"

„Heute früh. Ganz plötzlich. Angina pectoris, irgend etwas mit dem Herzen ... Ganz plötzlich, im Bett."

Beide sahen sich schweigend an, als könnten sie dieses Ereignis, das ganz Vila Clara in Atem hielt, gar nicht fassen. Schließlich sagte Gonçalo: „Und ich habe erst neulich wieder im Schloß von ihm gesprochen! Und wie immer ziemlich abfällig ..."

„Und ich hatte ihm gestern noch geschrieben!" rief Gouveia. „Einen langen Brief; wegen einer Schuld des Manuel Duarte ... Nun hat die Leiche meinen Brief bekommen ..."

„Ein guter Witz!" brummte der Dicke, der sich immer noch mit seinem Handschuh herumplagte. „Die Leiche hat den Brief bekommen ... Ein guter Witz!"

Der Fidalgo zwirbelte nachdenklich seinen Schnurrbart. „Na so was ... Wie alt war er denn?"

Gouveia hatte ihn für einen siebzigjährigen Greis gehalten. Doch bewahre, er war erst im Dezember sechzig geworden! Nur verbraucht, restlos verbraucht. Er hatte spät geheiratet, und ein strammes Weib ...

„Und da haben wir nun die schöne Dona Ana, mit achtundzwanzig Jahren Witwe, kinderlos und natürlich Alleinerbin, mit zweihundert Contos im Sparstrumpf ... Vielleicht noch mehr!"

„Ein schöner Batzen Geld!" murmelte der Dicke, der seinen widerspenstigen Handschuh endlich angezogen hatte und sich nun ächzend und mit geschwollenen Adern mühte, die Spange zuzudrücken.

Die Gegenwart dieses Dritten genierte den Fidalgo, denn er brannte darauf, mit Gouveia über die „politische Vakanz" zu sprechen, die sich infolge dieses plötzlichen Todesfalles so unverhofft im Wahlkreis Vila Clara bot, dessen jahrzehntelanges Oberhaupt Sanches Lucena gewesen war. Er tat sich keinen Zwang mehr an und zog den Landrat am Knopf seines Gehrocks in den diskreten Schatten der Hauswand.

„Nun, Gouveia, wie steht's denn da jetzt? Wir bekommen doch Ergänzungswahlen ... Wer wird denn nun Abgeordneter für den Wahlkreis?"

Ohne auf den Vierschrot im Lodenmantel zu achten, der, als er mit seinem Handschuh fertig war, sich eine Zigarre angesteckt hatte und nun ungeniert näher kam, setzte ihm der Landrat die Situation auseinander: „Jetzt, mein Lieber, wo der Onkel des Cavaleiro Justizminister und José Ernesto Innenminister ist, wird derjenige Abgeordneter des Wahlkreises, den André Cavaleiro bestimmt. Das ist doch logisch ... Sanches Lucena behielt stets seinen Sitz in São Bento, weil seine Partei ein natürliches Interesse daran hatte. Er war hier der erste Mann, der große Mann der Históricos ... Bis dahin gut! Heute, wo dieses natürliche Interesse der Partei wegfällt, was bleibt da schon übrig, um die Regierung zu beeinflussen? Das persönliche Interesse des Cavaleiro. Sie wissen ja, daß Cavaleiro ein ausgesprochener Regionalist ist. Folglich wird also für den Wahlkreis jemand bestimmt werden, der in seinen Augen, was Einfluß und Bodenständigkeit anbelangt, ein würdiger Nachfolger Lucenas ist ... Bei einem anderen Wahlkreis könnte man schnell noch einen in einer Lissabonner Regierungskanzlei neugebackenen Abgeordneten präsentieren. Hier geht das nicht!

Dieser Abgeordnete muß ortsansässig und Parteigänger des Cavaleiro sein. Und Cavaleiro, das können Sie mir glauben, ist gerade deshalb augenblicklich in arger Verlegenheit."

Der Dicke zog an seiner riesigen Zigarre und murmelte bedeutungsvoll durch die Zähne: „Morgen komme ich mit ihm zusammen, ich weiß schon ..."

Doch der Landrat schwieg und kratzte sich nachdenklich das Kinn. Seine Luchsäuglein hefteten sich mit einem solchen Glanz auf Gonçalo, als erleuchte ihn eine glückliche Idee, ja eine Inspiration. Und plötzlich sagte er zu dem anderen, der sich den schwarzbraunen Bart strich: „Also bis übermorgen, Verehrtester. Es ist ja alles klar: Ich schicke das Käsekörbchen direkt an den Herrn Oberlandesgerichtsrat."

Er packte Gonçalos Arm und drückte ihn aufgeregt. Ohne noch weiter von dem vierschrötigen Mann Notiz zu nehmen, der sich mit übertriebener Höflichkeit empfahl, zerrte er den Fidalgo auf die stille Hauptstraße.

„Hören Sie mal, Gonçalo ... Sie hätten jetzt eine wunderbare Gelegenheit! Wenn Sie wollten, wären *Sie* in ein paar Tagen Abgeordneter für Vila Clara!"

Dem Fidalgo blieb die Luft weg – ihm war, als stürze plötzlich ein Stern auf die schlecht beleuchtete Straße herab.

„Nun passen Sie mal auf!" rief der Landrat und ließ Gonçalos Arm wieder los, um ihm seinen Einfall besser auseinandersetzen zu können. „Sie haben doch keine ernsthaften Verbindlichkeiten gegenüber den Regeneradores. Coimbra haben Sie vor einem Jahr verlassen. Sie versuchen sich jetzt in der Politik und haben sich bisher noch nicht endgültig für eine Partei entschieden. Ihre paar Lokalberichte in den Zeitungen sind ja nicht der Rede wert! ..."

„Aber ..."

„Hören Sie mich doch erst einmal an, Menschenskind! Wollen Sie nicht in der Politik Fuß fassen? Also bitte. Ob nun bei den Históricos oder bei den Regeneradores, das ist so gut wie belanglos. Beide sind konstitutionalistisch, beide sind christlich ... Man braucht nur mitzumachen, sich hineinzumogeln. Und jetzt finden Sie unverhofft eine offene Tür! Was kann Sie also daran hindern? Ihre privaten Meinungsverschiedenheiten mit dem Cavaleiro? Unsinn!"

Er machte eine weit ausholende Handbewegung, als wolle er diese Kindereien einfach wegfegen. „Glatter Unsinn! Zwischen Ihnen beiden gibt es doch gar keine ernstlichen Differenzen. Also sind Sie im Grunde genommen auch keine Feinde. Cavaleiro ist ein talentierter und sympathischer Bursche ... Ich wüßte keinen anderen im ganzen Distrikt, mit dem Sie mehr gemeinsam hätten, was Geist, Bildung, Weltgewandtheit und Familientradition anbelangt ... In einem kleinen Land wie dem unsrigen ergibt sich früher oder später die Aussöhnung von ganz allein. Warum denn dann nicht jetzt, wo Sie dadurch gleich ins Parlament kommen! ... Und lassen Sie es sich noch einmal gesagt sein: Der Wahlkreis Vila Clara bekommt den Abgeordneten, den Cavaleiro bestimmt!"

Gonçalo mußte vor Erregung erst einmal tief Atem holen. Er nahm schweigend seinen Hut ab, fächelte sich damit Luft zu und meinte nachdenklich und resigniert: „Aber wie Sie schon sagten, ist Cavaleiro ja ganz und gar lokalpatriotisch und regionalistisch eingestellt ... Er wird nur einen Mann wie den Lucena haben wollen, einen mit Einfluß und Vermögen ..."

Gouveia blieb stehen und breitete die Arme aus. „Na und? Warum nicht Sie? Teufel noch mal! Sie haben hier Grundbesitz. Sie haben Ihr Schloß, haben Treixedo. Ihre Schwester ist jetzt reich, noch reicher als Lucena. Und dann der Name, die Familie, aus der Sie kommen ... Sie sind doch wohlversorgt, und das Geschlecht Ramires sitzt schon seit mehr als zweihundert Jahren auf Santa Ireneia."

Da schnellte der Kopf des Fidalgos empor. „Zweihundert? Seit tausend, seit beinahe tausend Jahren!"

„Da haben Sie es! Seit tausend Jahren schon. Eine Familie, die älter ist als die Monarchie. Zumindest gleichaltrig. Folglich sind Sie von höherem Adel als selbst der König! Ist das nicht eine Stellung, die weit über der des Lucena liegt? Von der Intelligenz gar nicht zu reden ... Verflucht!"

„Was ist denn?"

„Mein Hals ... Ein bißchen Stechen im Hals. Ich bin noch nicht ganz in Ordnung."

Und er beschloß, unverzüglich nach Hause zu gehen und zu gurgeln, weil ihm Dr. Macedo jede Nachtschwärmerei verboten hatte. Gonçalo wollte seinen Freund Gouveia noch bis an die Haustür begleiten. Der Landrat zog seinen warmen Wollschal fester und faßte seinen Plan noch einmal zusammen: „Für den Wahlkreis von Vila Clara, mein lieber Gonçalo, wird der nominiert, den Cavaleiro haben will. Und Cavaleiro, das können Sie mir glauben, hat großes Interesse, *Sie* dafür zu gewinnen und in die Politik einzuführen. Sie brauchen ihm bloß die Hand hinzustrecken, und der Wahlkreis gehört Ihnen. Cavaleiro hat das größte, das allergrößte Interesse daran, mein lieber Gonçalo!"

„Gerade das weiß ich eben nicht, João Gouveia ..."

„Aber ich!"

Und mitten auf der einsamen Hauptstraße ließ João Gouveia den Fidalgo ganz im Vertrauen wissen, daß Cavaleiro nur auf eine passende Gelegenheit warte, um die alten brüderlichen Freundschaftsbande mit seinem lieben Gonçalo neu zu knüpfen. Noch vergangene Woche hatte ihm Cavaleiro versichert: „Von den jungen Leuten unserer Generation hat keiner in der Politik eine gesichertere Zukunft als Gonçalo. Der verfügt über alles: einen guten Namen, großes Talent, Charme und Wortgewandtheit ... An nichts fehlt es dem! Und ich, der ich Gonçalo noch genauso wie früher in herzlicher Freundschaft zugetan bin, wünsche nichts sehnlicher, als ihn ins Parlament zu bringen."

„Das hat er wörtlich gesagt, mein Lieber, erst vor sechs oder sieben Tagen, in Oliveira, als wir nach dem Abendessen beide im Garten Kaffee tranken."

Begierig verschlang Gonçalo, was ihm der Landrat da anvertraute; sein Gesicht, das im Dunkel der Straße nicht zu erkennen war, glühte vor Erregung. Dann sagte er sehr langsam, als offenbare er treuherzig seine geheimsten Gefühle: „In der Tat empfinde ich ebenfalls noch die alte Sympathie für Cavaleiro. Und was gewisse Meinungsverschiedenheiten anbelangt, so mögen sie begraben sein! Sie sind verjährt und hinfällig geworden und heute so überholt wie der Zwist zwischen den Horatiern und den Curiatiern ... Wie Sie vorhin ganz richtig sagten, gab es zwischen uns niemals etwas Ernstliches. Teufel auch! Ich bin zusammen mit dem Cavaleiro aufgewachsen; wir waren wie Brüder ... Und glauben Sie mir, Gouveia, immer, wenn ich ihn sehe, verspüre ich ein wahnsinniges, ein wirklich wahnsinniges Verlangen, auf ihn zuzueilen und ihm zu sagen: ‚Ach, André! Wolken, die vorübergezogen sind, kommen nicht zurück, wirf den alten Groll über Bord!' Glauben Sie mir, ich tue es nur aus Schüchternheit nicht ... Nur aus Schüchternheit ... O nein, was mich anbelangt, so bin ich zur Versöhnung bereit; mein ganzes Herz verlangt danach! Aber er? ... Denn schließlich, Gouveia, bin ich ja in meinen Lokalberichten für die ‚Gazeta do Porto' nicht gerade sanft mit Cavaleiro umgesprungen!"

João Gouveia blieb stehen, ließ seinen Spazierstock bis in Schulterhöhe schwingen und sah den Fidalgo belustigt an.

„In den Lokalberichten? Was hat er denn in den Lokalberichten von Ihnen schon zu hören bekommen? Daß der Herr Regierungspräsident ein Despot und ein Don Juan ist? Aber mein Lieber, jeder Mann fühlt sich doch nur geschmeichelt, wenn man ihn aus politischer Opposition ‚Despot' und ‚Don Juan' nennt. Glauben Sie etwa, daß ihm das Kopfschmerzen bereitet hat? Er war höchstens etwas verdutzt!"

Der Fidalgo murmelte zweifelnd: „Mag sein. Aber die Anspielungen auf seinen Schnurrbart und seine Mähne ..."

„Aber mein lieber Gonçalo! Schönes lockiges Haar, schön gezwirbelte Schnurrbärte sind doch keine Dinge, deren sich ein männliches Wesen schämt ... Im Gegenteil! Alle Frauen sehen so etwas gern. Und Sie denken, Sie haben Cavaleiro damit lächerlich gemacht? Aber nicht doch! Sie haben höchstens die Madames und kleinen Mädchen, die die ‚Gazeta do Porto' lesen, auf die Existenz eines charmanten jungen Mannes aufmerksam gemacht, der in Oliveira Regierungspräsident ist."

Der Landrat blieb erneut stehen, weil von der nächsten Ecke die beiden offenen Fenster seines Hauses herüberleuchteten, hob den Zeigefinger und gab dem Fidalgo folgenden guten Rat: „Gonçalo Mendes Ramires, morgen besorgen Sie sich das Pferdegespann vom Torto, springen in Ihre Kalesche, flitzen damit in die Stadt, gehen mit ausgebreiteten Armen zum Regierungspräsidenten und erklären ohne jede weitere Vorrede: ‚Mein lieber André, was gewesen ist, ist gewesen, komm an meine Brust! Und da gerade der Wahlkreis unbesetzt ist, kannst du den auch gleich mitbringen!' – Und innerhalb von fünf oder sechs Wochen sind Sie der Herr Abgeordnete für Vila Clara, und alle Glocken werden läuten ... Wollen Sie bei mir eine Tasse Tee trinken?"

„Nein, danke."

„Gut, dann Hals- und Beinbruch! Also morgen eine Kutsche nehmen und nichts wie hin zum Regierungspräsidenten. Natürlich muß ein Vorwand gefunden werden ..."

Der Fidalgo fiel ihm stürmisch ins Wort: „Ich habe einen! ... Nein, ich möchte eher sagen, ich habe einen wirklichen, unbedingten Grund, mit Cavaleiro oder mit dem Oberregierungsrat zu sprechen. Es handelt sich um eine Pachtangelegenheit ... Wegen dieser unseligen Geschichte bin ich sogar heute zu Ihnen gekommen, Gouveia!"

Und er schilderte dem Landrat sein Abenteuer mit dem Casco, und zwar in den düstersten Farben: Schon wochenlang war ihm dieser verwünschte Casco wegen der Verpachtung des Gutes auf die Nerven gefallen. Doch er hatte mit dem Pereira verhandelt, dem Pereira Brasileiro, weil der ihm eine Pachtsumme bot, die weit über dem lag, was der Casco ihm mit Ach und Krach letztlich zahlen wollte. Seither stieß der Casco in allen Kneipen des Kirchensprengels wilde

Drohungen gegen ihn aus. Und an jenem Abend tauchte er in einem Hohlweg auf und stürzte mit erhobenem Holzknüttel auf ihn los! Gott sei Dank hatte er sich wacker verteidigt und den Unhold mit seinem Spazierstock windelweich geprügelt. Doch jetzt wolle er diese Knüppelattacke auf sein Leben und seinen Seelenfrieden parieren. Und wenn sich dieser Überfall wiederholen sollte, so würde er den Casco wie ein wildes Tier mit einer Kugel niederstrecken... Kurzum, er dringe darauf, daß der gute Gouveia den Mann einmal zu sich bestelle, ihm ganz gehörig ins Gewissen rede und am besten gleich auf ein paar Stunden ins Gefängnis sperre...

Der Landrat, der aufmerksam zugehört und dabei seinen Hals befühlt hatte, winkte ab. „Sache der Distriktsverwaltung, lieber Freund, Sache der Distriktsverwaltung! Die Verhängung von Schutzhaft gehört nicht zu meinem Ressort. Bei einer solchen Bestie ist es mit einem Verweis auch nicht getan! Da hilft bloß Gefängnis, ein Tag Gefängnis bei halber Ration... Die Distriktsverwaltung soll mir ein amtliches Schreiben oder ein Telegramm schicken. Sie schweben ja tatsächlich in großer Gefahr, und da ist kein Augenblick Zeit zu verlieren!... Also morgen per Kutsche zur Distriktsverwaltung. Es geht um die Aufrechterhaltung der öffentlichen Sicherheit!"

Angesichts des unanfechtbaren Arguments der „öffentlichen Sicherheit" zog Gonçalo den Kopf ein und ließ alle Bedenken fallen: „Gut, João Gouveia, gut! Es handelt sich ja tatsächlich um eine Frage der öffentlichen Sicherheit. Morgen gehe ich zur Distriktsverwaltung."

„Ausgezeichnet", sagte der Landrat und betätigte den Klingelzug seiner Hausglocke. „Und bestellen Sie Cavaleiro einen schönen Gruß von mir. Ich kann Ihnen nur sagen, daß wir eine eindrucksvolle Wahlaktion arrangieren werden, mit großem Feuerwerk und Hochrufen und einem opulenten Bankett beim Gago... Sie wollen also wirklich keinen Tee mit mir trinken? Schön, dann gute Nacht... Und hören Sie!

In zwei Jahren, ich meine, wenn Sie in zwei Jahren Minister sein sollten, mein lieber Gonçalo Mendes Ramires, dann denken Sie an dieses Gespräch abends auf der Hauptstraße von Vila Clara!"

Gonçalo ging nachdenklich weiter, am Postamt vorbei; er machte einen Bogen um die weiße Freitreppe der Kirche São Bento und lief wie geistesabwesend und ohne aufzuschauen die von Akazien gesäumte Chaussee entlang, die nach dem Friedhof führte. Und hier, hoch über dem Städtchen, wo sich die Straße unter ihm in die wogende Pracht der Felder von Valverde bis Craquede verlor, fühlte er, daß sich jetzt auch in seinem Dasein, das bisher so einsam und eng wie diese Straße da gewesen war, eine luftige Weite voll brodelnden Lebens und quellenden Überflusses aufgetan hatte. In der Mauer, von der er sich für immer und ewig eingeschlossen glaubte, klaffte plötzlich ein Riß. Das war die rettende Bresche! Und jenseits davon leuchteten ihm all die verheißungsvollen Dinge entgegen, von denen er seit Coimbra geträumt hatte ... Aber wenn er sich nun durch diesen schmalen Spalt zwängte, würden gewiß sein Ansehen und sein Stolz Schaden nehmen. Was sollte er also tun? ...

Jawohl, es war schon so: Wenn er dieser Bestie Cavaleiro mit offenen Armen entgegeneilte, gewann er damit seinen Sitz im Parlament. Der Wahlkreis Vila Clara, von alters her eine Domäne der Históricos, würde gehorsam *den* Abgeordneten wählen, den der Chef des Distrikts, ein Histórico, mit lässigem Wink zu wählen befahl. Doch eine solche Wiederaussöhnung mußte unweigerlich Cavaleiros triumphalen Einzug in das ruhige Haus der Barrolos zur Folge haben. Er würde also um eines Sitzes in São Bento willen den Seelenfrieden seiner Schwester verkaufen. Nein! Das konnte er Gracinha doch nicht antun! – Und Gonçalos Brust entrang sich ein tiefer Seufzer, mitten in der Stille der nächtlichen Allee, die im hellen Mondlicht dalag.

Aber in den nächsten drei oder vier Jahren kam seine eigene Partei, die Regeneradores, bestimmt nicht an die

Macht. Da sollte er also diese ganze Zeit über in seinem ländlichen Mauseloch hocken, im Klub von Vila Clara langweilige Lomberpartien spielen oder auf den Balkons des „Eckenbaus“ herumfaulenzen und eine Zigarette an der anderen anzünden, auf eine gute Karriere verzichten, still und tatenlos dahinleben und Moos ansetzen wie sein altersgrauer, nutzloser Turm! Verflucht! Das hieße ja, sich feige den allerheiligsten Pflichten zu entziehen, die es für ihn und einen Träger seines Namens gab! Bald würden seine Kommilitonen aus Coimbra hohe Staatsämter antreten oder in lukrative Handelsunternehmungen einsteigen; viele würden durch frei werdende Sitze – wie im Fall Sanches Lucena – ins Parlament kommen; der eine oder andere gar, der sich durch besondere Kühnheit oder Servilität hervortrat, ins Kabinett! Nur er allein, er mit seiner einzigartigen Begabung und seiner glänzenden Familientradition, würde vergessen und murrend an der großen Straße liegenbleiben wie ein Krüppel, wenn die Schar der Pilger vorüberzieht. Und warum? Einzig und allein wegen der kindischen Angst, daß der freche Schnurrbart des Cavaleiro den schmalen Lippen Gracinhas gefährlich werden könnte...

Aber letzten Endes kamen derartige Bedenken geradezu einer Beleidigung, einer ganz niederträchtigen Beleidigung seiner Schwester gleich, wo doch Portugal sich keiner ehrbareren, vornehmeren und reiner denkenden Frau rühmen konnte! Dieser kleine zarte Körper, den ein Windhauch davonzutragen vermochte, barg eine heroische Seele. Und Cavaleiro?... Ha! Euer Wohlgeboren können Ihre Mähne mit noch so verführerischer Eleganz in den Nacken werfen, aus Ihren langbewimperten Augen noch so sehnsüchtig herüberblicken – Gracinha würde so unnahbar und in ihrer Tugend so fest bleiben, als hätte sie ein Herz von Stein. Nein, wirklich, da könnte er Cavaleiro unbesorgt alle Türen im „Eckenbau“ öffnen – selbst die Tür zu Gracinhas Schlafzimmer, und sperrangelweit, als führe sie geradeswegs in eine wohlvorbereitete Zweisamkeit! Und schließlich war es ja auch kein heiratsfähiges Mädchen und keine Witwe, um die er sich sorgte: Im Hause am Königsplatz schaltete gottlob ein selbstbewußter und energischer Gemahl. Diesem und nur diesem stand es zu, sich die Freunde seines Hauses auszuwählen und in seinen vier Wänden auf Ruhe und Sitte zu sehen. Nein, die Angst vor einer denkbaren Schwäche Gracinhas – seiner ehrbaren, stolzen Gracinha! –, diese geradezu perverse und närrische Angst konnte er lächelnd und erleichterten Herzens vergessen. Und ehe Gonçalo Mendes Ramires seinen einsamen Spaziergang fortsetzte, machte er eine heftige Handbewegung, als wolle er etwas ein für allemal beiseite schieben.

Doch dann blieb immer noch seine eigene Demütigung, mit der er fertig werden mußte. Jahrelang hatte er in Wort und Schrift gegen Cavaleiro gewettert und keinen guten Faden an ihm gelassen – in Coimbra, in Vila Clara, in Oliveira, in der „Gazeta do Porto"! Und nun sollte er mit krummem Buckel die Freitreppe zur Distriktsverwaltung hinaufsteigen, um sein „peccavi, mea culpa, mea maxima culpa" zu murmeln? Welchen Skandal gäbe das in der ganzen Stadt! „Der Fidalgo von Santa Ireneia hatte es eben nötig, und deshalb ist er gekommen", würde es heißen. Für Cavaleiro wäre das ein ganz unbeschreiblicher Triumph: Der einzige Mann im ganzen Distrikt, der nicht vor ihm kroch, der den Kampf aufgenommen und mit eherner Stimme die Wahrheit verkündet hatte, streckt die Waffen, verstummt und reiht sich verschämt in das scharwenzelnde Gefolge Seiner Wohlgeboren ein! Hart, sehr hart für ihn! Aber Himmeldonnerwetter, die Belange des Vaterlandes standen eben höher! – Und dieses Argument erschien ihm so ausgezeichnet, daß er es mit Inbrunst über die stille Chaussee schrie: „Über allem steht die Nation!"

Jawohl, die Nation! Wie viele Reformen gab es da noch zu proklamieren und zu verwirklichen! Schon in Coimbra hatte er sich im fünften Studienjahr mit dem öffentlichen Unterricht befaßt – mit einer Umgestaltung des gesamten

Unterrichtswesens, das fortan völlig auf die Bedürfnisse der Industrie und der Kolonisation ausgerichtet werden sollte, ohne Latein und ohne die langweilige schöngeistige Literatur, und das ein von der Betriebsamkeit eines Ameisenhaufens erfülltes Volk von Produzenten und Entdeckern zeitigen würde ... Immer, wenn seine Studienkollegen in ihren stolzen Zukunftsträumen bereits die Ministerien unter sich verteilt hatten, waren sie sich in seinem Fall rasch einig geworden: „Gonçalo bekommt den öffentlichen Unterricht!“ Durch seine genialen Ideen und sein fundiertes Wissen war er dem Vaterland verpflichtet wie einst die großen waffentragenden Ahnen des Hauses Ramires durch ihre Heldenstärke. Und um des Vaterlandes willen geziemte es sich, daß er seine Eigenliebe zugunsten seiner Aufgabe als Staatsbürger zurückstellte ...

Wer wußte denn überhaupt, wie sich die Dinge entwickeln würden? Cavaleiro und ihn verband schließlich eine langjährige Kameradschaft, die lediglich eingeschlafen war. Vielleicht lebte sie bei der kommenden Aussprache wieder auf, vielleicht würden sie sich wieder in die Arme sinken und der alte Zwist vergehen wie Staub ... Doch wozu sollte er sich den Kopf zerbrechen? Über allem stand jetzt eine zwingende Notwendigkeit – die, gleich morgen früh in Oliveira bei der Distriktsverwaltung vorzusprechen und die exemplarische Bestrafung des Casco zu verlangen. Von der raschen Erledigung dieses Vorhabens hing sein äußerer und innerer Frieden ab. Niemals wäre er imstande, an seiner Novelle zu arbeiten oder unbeschwert die Landstraße nach Vila Clara entlangzugehen, wenn er wüßte, daß auf irgendeinem Hohlweg oder zwischen den Bäumen sein Widersacher mit der Flinte lauerte. Und da er nun einmal nicht zu den rauhen Bräuchen seiner Väter zurückkehren konnte, die im Geleit büchsenbewehrter Knechte zu reisen pflegten, mußte er auf andere Weise dafür sorgen, daß Casco gebändigt und zum Schweigen gebracht wurde. Es war also unabdinglich, im Interesse der öffentlichen Sicherheit bei der Distriktsverwaltung vorstellig zu werden. Und wenn er sich dann im Arbeitszimmer Cavaleiros befand, genau vor seinem Schreibtisch, dann würde die Vorsehung entscheiden ... Jawohl, die Vorsehung würde entscheiden!

Als der Fidalgo diesen Entschluß gefaßt hatte, hielt er im Gehen inne und blickte auf. Von der heißen Flut seiner Gedanken fortgetragen, war er mittlerweile am Gitter des Friedhofs angelangt, der im weißen Mondlicht wie ein ausgebreitetes Tuch schimmerte. Am anderen Ende des von Pappeln eingefaßten Hauptweges, der ihn in der Mitte durchquerte und sich in der tristen Helligkeit klar abhob, hing der blasse, ausgezehrte, mit Wunden bedeckte Christus an seinem hohen schwarzen Kreuz; in diesem Schweigen und dieser Einsamkeit sah er noch bleicher und leidender aus. Zu seinen Füßen glimmte ein dem Verlöschen nahes trauriges Lämpchen. Ringsum standen Zypressen, die düstere Schatten warfen, leuchteten weiße Grabsteine und senkten sich die schiefen Kreuze der Armengräber. Der Friede des Todes lag über dem Kirchhof; hoch oben am Himmel blinkte der gelbe Mond. Da packte Gonçalo schlotternde Angst – Angst vor dem Kruzifix, vor den Grabsteinen, vor den Toten, vor dem Mond, vor der Einsamkeit. Und der Fidalgo jagte davon wie ein ins Rollen geratener Stein, bis er wieder die Häuser der Hauptstraße sah. Als er auf dem Platz am Springbrunnen anlangte, krächzte auf dem Rathausturm ein Uhu in die melancholische Stille über dem dunklen, schlummernden Städtchen. Gonçalo wurde noch unheimlicher zumute. Er rannte zur Kneipe der Serena und holte dort seine Knechte heraus, die inzwischen ein paar Partien Bisca gespielt und sich so die Zeit vertrieben hatten. Und mit ihnen zog er quer durch Vila Clara zur Wagenremise des Torto, um für morgen früh neun Uhr das Fuchsgespann zu bestellen.

Die Frau des Fuhrunternehmers öffnete vorsichtig eine Luke im eisenbeschlagenen Tor, streckte den Kopf heraus und jammerte: „Mein Gott, ich weiß nicht, ob sich das machen läßt ... Für neun Uhr hat er doch schon einen Auftrag ... Würde es denn dem Fidalgo etwas ausmachen, wenn es gegen elf wäre?"

„Um neun!" brüllte Gonçalo.

Er wollte zeitig in der Distriktsverwaltung sein, um der Neugier jener Herren zu entgehen, die sich nach dem Mittagessen auf dem Marktplatz von Oliveira zu treffen und unter der Arcada entlangzubummeln pflegten.

Nichtsdestoweniger stand Gonçalo noch um halb zehn im Hemd vor dem riesigen Spiegel mit den vergoldeten Pfeilern und rasierte sich, nachdem er, zwischen Hoffnung und Angst hin und her gerissen, bis zum ersten Schimmer der Morgenröte fortwährend in seinem Zimmer auf und ab gegangen war. Er benutzte die Kalesche sogleich, um zur Feitosa zu fahren und dort für die schöne Witwe Dona Ana ein Beileidsbriefchen abzugeben. Da er einen Riesenhunger verspürte, aß er erst einmal in der Schenke zu Mittag und ließ die Pferde verschnaufen. Es schlug halb drei, als er endlich an der hinteren Häuserfront des Marktplatzes von Oliveira vor dem Portal des alten Klosters São Domingos ausstieg. Hier hatte einst sein Vater, ehemals selbst Regierungspräsident, prunkvolle Büros für die Distriktsverwaltung eingerichtet.

Zu jener Stunde faulenzten bereits die vornehmsten Nichtstuer von Oliveira, das „junge Volk", in Rohrstühlen vor den Türen der Tabakhandlung „Elegante" und des „Leonesischen Ladens", im kühlen Schatten der Arcada, die eine Seite des Marktplatzes säumt. (Früher hieß er Praça da Prataria, jetzt heißt er Praça da Liberdade.) Gonçalo hatte vorsichtshalber die grünen Vorhänge seiner Kalesche zugezogen. Doch im Innenhof der Distriktsverwaltung, den noch imposante Bänke aus der Klosterzeit schmückten, prallte er mit seinem Vetter José Mendonça zusammen. Der stets gut aufgelegte Hauptmann, ein hochgewachsener Bursche mit kurzem Schnurrbart und einigen leichten Blatternarben, kam gerade in Uniform die Freitreppe herunter. Er traute seinen Augen nicht.

„Du hier, mein lieber Gonçalo? Und im Zylinder? Dann muß es sich ja um eine Staatsaktion handeln!"

Der Fidalgo bekannte mutig, daß er soeben aus Santa Ireneia hergekommen sei, um mit André Cavaleiro zu sprechen. „Ist er denn im Hause, der hohe Herr?"

Der andere wich beinahe entsetzt zurück. „Cavaleiro? Mit Cavaleiro willst du reden? Allerheiligste Mutter Gottes, da geht ja Troja unter!"

Gonçalo versuchte zu scherzen, wurde aber rot dabei: Nein! Eine weltbewegende Katastrophe à la Troja habe sich zwar nicht ereignet ... Aber ihm als seinem Freund könne er ja anvertrauen, was ihn dazu gebracht habe, die erlauchte Gegenwart Seiner Exzellenz des Herrn Regierungspräsidenten zu suchen. Da wäre doch ein Kerl aus Bravais, ein gewisser Casco, der ihn aus Wut darüber, daß er Santa Ireneia nicht von ihm habe pachten können, tätlich bedroht hätte und nun abends an der Landstraße nach Vila Clara mit einer Flinte auf der Lauer läge. Und weil er, Gonçalo Mendes Ramires, es nicht mehr wage, wie seine Väter zur Feudalzeit durch die Hand seiner Knechte „strenge und gerechte Justiz üben zu lassen", verlange er nun in aller Bescheidenheit von der höchsten Autorität des Distrikts einen Befehl an den Landrat Gouveia, das Ungeheuer von Bravais innerhalb der Grenzen der Gesetzlichkeit und der göttlichen Zehn Gebote zu bändigen.

„Das ist alles; nur eine ganz belanglose Sache im Interesse der öffentlichen Sicherheit ... Ist denn der hohe Herr auch oben? Schön, bis nachher, Zezinho ... Wie geht es der Cousine? Ich esse natürlich im ‚Eckenbau'. Komm doch auch hin!"

Doch der Hauptmann wich nicht von der Steintreppe und öffnete erst einmal umständlich sein ledernes Zigarettenetui. „Und was sagst du zu der großen Neuigkeit? Zu Sanches Lucena, dem Ärmsten?"

Ach ja, er habe im Klub davon erfahren. Ein Anfall, nicht wahr? – Mendonça zündete sich eine Zigarette an und tat einen Zug. „Ganz plötzlich, eine Schlagadererweiterung, als er gerade die ‚Noticías‘ las! Erst vor drei Tagen habe ich noch mit Maricas auf der Feitosa gegessen. Ich spielte sogar mit Dona Ana vierhändig das Quartett aus dem ‚Rigoletto‘. Und er war wohlauf, plauderte und trank sein Gläschen Zuckerrohrschnaps . . .“

Gonçalo versuchte durch eine Geste Mitleid und Trauer zu bekunden. „Der Unglückswurm . . . Ich habe ihn auch erst vor ein paar Wochen in Bica Santa getroffen. Ein netter Mensch, und hochgebildet . . . Nun ist die schöne Dona Ana frei.“

„Und der Wahlkreis!“

„Ach, der Wahlkreis!“ sagte der Fidalgo mit betonter Gleichgültigkeit. „Die Witwe wäre mir lieber. Eine Venus mit zweihundert Contos! Nur schade, daß sie eine so greuliche Stimme hat . . .“

Mendonça fiel ihm voll Überzeugung ins Wort: „Aber nicht doch! Ganz im Vertrauen, dieser unangenehme Klang verliert sich bei ihr wieder . . . Du glaubst ja gar nicht, was für ein natürliches, anmutiges Timbre ihre Stimme haben kann! Und dieser Körper, diese Haut, mein Lieber!“

„In Trauerkleidung muß sie blendend aussehen!“ sagte Gonçalo und brach das Gespräch ab. „Also dann mach’s gut! Laß dich mal im ‚Eckenbau‘ sehen . . . Ich gehe jetzt zu Cavaleiro, auf daß Seine Exzellenz mich in ihre Arme schließe!“

Er schüttelte Mendonça die Hand und eilte die Freitreppe hinauf.

Doch der Hauptmann, der in die Querstraße São Domingos eingebogen war, mißtraute dieser Mord- und Flintengeschichte. ‚Unsinn! Hier ist die Politik im Spiel!‘ sagte er sich. Und als er nach einer guten Stunde wieder auf den Marktplatz kam und Gonçalos Kalesche immer noch vor dem Portal der Distriktsverwaltung hielt, ging er schleunigst zur Arcada hinüber und teilte die große Neuigkeit den beiden Vila-Velhas mit, die in Gedanken versunken an den Türpfosten der Tabakhandlung „Elegante“ lehnten. „Wissen Sie schon, wer gerade in der Distriktsverwaltung ist? . . . Gonçalo Ramires! Bei Cavaleiro!“

Sofort wurde es ringsum lebendig. Alle richteten sich in ihren ausgesessenen Rohrstühlen auf, in die sie sich vor der Lethargie und Langeweile des endlosen Sommernachmittags geflüchtet hatten. Und Mendonça erzählte aufgeregt, daß seit zwei und einer halben Stunde Gonçalo Mendes Ramires, „der leibhaftige Gonçalo Mendes Ramires“, in der Distriktsverwaltung hinter verschlossenen Türen mit dem Cavaleiro konferiere. Verblüffung und Neugier steigerten sich dermaßen, daß alle von ihren Rohrstühlen unter den Bogen der Arcada aufstanden und eilends zusammenliefen, um nach dem weit vorspringenden Balkon oberhalb des Klosterportals zu spähen, der zum Arbeitszimmer Seiner Exzellenz gehörte.

In diesem Augenblick ritt José Barrolo in weißen Hosen, eine weiße Rose im Knopfloch der weiten Jacke aus Alpakastoff, um die Ecke der Rua das Vendas. Sofort richtete sich die Aufmerksamkeit der Herren auf ihn, weil man von ihm eine Aufklärung erhoffte.

„Der Barrolo!“

„He, Barrolo, komm doch mal her!“

„Schnell, Mann, eine große Sache!“

Barrolo änderte seinen Kurs und trabte näher an die Arcada heran. Schon umdrängten die Freunde seine Stute und bombardierten ihn mit ihrer großen Neuigkeit: Gonçalo und Cavaleiro den ganzen Vormittag lang bei einer Geheimbesprechung! Die Kalesche aus Santa Ireneia mit den längst eingeschlafenen Pferden noch immer vor dem Hauptportal! Und dabei begannen schon die Glocken der Kathedrale zu läuten!

Barrolo sprang ab und übergab die Zügel seiner Stute einem Straßenjungen. Verlegen stand er zwischen seinen Freunden, die Reitpeitsche hinter dem Rücken, und starrte gleichfalls zum Balkon der Distriktsverwaltung hinauf.

„Aber ich weiß doch von gar nichts! Mir hat Gonçalo nichts gesagt!" versicherte er immer wieder betroffen. „Schon seit Tagen ist er nicht mehr in der Stadt gewesen ... Nichts hat er mir gesagt! Und als er das letztemal hier war, zum Geburtstag von Graça, hat er noch auf Cavaleiro geschimpft!"

Allen erschien der Fall aufsehenerregend. Doch plötzlich wurde es still, und eine Welle der Erregung lief durch die ganze Arcada: Zwischen den Flügeln der sich langsam öffnenden Glastür zum Balkon waren Cavaleiro und der Fidalgo von Santa Ireneia erschienen, lachend, in angeregtester Unterhaltung und mit brennenden Zigarren. Cavaleiros große Augen hefteten sich sofort argwöhnisch auf das „junge Volk", das sich da vor der Arcada drängte und die Hälse reckte.

Doch dieser Anblick dauerte nur einen Moment: Seine Exzellenz trat rasch wieder in ihr Arbeitszimmer zurück und der Fidalgo ebenfalls, nachdem er sich über die Brüstung gebeugt und nach seiner Kalesche gesehen hatte.

Das „junge Volk" vor der Arcada jubelte: „Vivat! Die Versöhnung ist perfekt!"

„Der Krieg der beiden Rosen hat aufgehört!"

„Und die Lokalberichte in der ‚Gazeta do Porto'?"

„Alles nicht mehr aktuell!"

„Jetzt wird Gonçalo Landrat von Oliveira!"

„Nur munter, Verehrtester, nur munter!"

Doch da verstummten sie von neuem. Cavaleiro und der Fidalgo kamen, in ihr Gespräch vertieft und ohne von der Umwelt Notiz zu nehmen, noch einmal heraus, und Cavaleiro klopfte Gonçalo freundschaftlich auf den Rücken, als wolle er ihre Aussöhnung dem ganzen staunenden Marktplatz vor Augen führen. Dann setzten sie ihre vertrauliche Unterredung und die Promenade, die sie aus dem dunklen Arbeitszimmer in die Helligkeit des Balkons geführt hatte, fort und verschwanden ein zweites Mal: Ihre Ärmel berührten sich, der Rauch ihrer Zigarren vermischte sich. Die Schar unten wurde immer größer und immer erregter. Melo Alboim, der Baron von Marges und Dr. Delegado waren inzwischen auch vorübergekommen. Alle wurden eifrig herangewinkt, jeder eilte hinzu, vernahm mit weit aufgerissenen Augen die große Neuigkeit und starrte zu dem alten Balkon hinauf, auf dem das goldene Licht der Nachmittagssonne lag. Schon näherten sich die mächtigen Zeiger der Turmuhr der vierten Stunde. Die beiden Vila-Velhas und anderes „junges Volk" ließ sich, des Wartens müde, wieder in die Rohrsessel vor der Tabakhandlung fallen. Dr. Delegado, der um vier Uhr zu essen pflegte und magenkrank war, trennte sich schweren Herzens von den Rundbogen der Arcada, nicht ohne seinen Nachbarn Pestana zu bitten, doch nachher mal ins Café zu kommen und ihm zu erzählen, was sich noch zugetragen hätte. Melo Alboim hingegen war nach Hause geschlichen – er wohnte der Distriktsverwaltung gerade gegenüber, an der Ecke des Platzes –, um vom Fenster aus, hinter den Rücken seiner Frau und seiner Schwägerin versteckt, die beide weiße Schlafröcke und Lockenwickel trugen, mit einem Opernglas das Arbeitszimmer Seiner Exzellenz zu beobachten. Schließlich schlug es mit langgezogenen Schlägen vier Uhr. Da beschloß der vor Neugier brennende Baron von Marges, zur Distriktsverwaltung hinüberzugehen, „um die Lage zu sondieren . . ."

Doch im selben Augenblick zeigte sich André Cavaleiro erneut auf dem Balkon – diesmal allein, die Hände in sein blaues Flanelljackett vergraben. Und beinahe im gleichen Moment fuhr Gonçalos Kalesche vom Portal der Distriktsverwaltung ab und rollte über den Platz. Die grünen Vorhänge waren halb vorgezogen, und die wissensdurstigen Senhores vermochten gerade noch die hellen Hosenbeine des Fidalgos zu erspähen.

„Er fährt zum ‚Eckenbau'!"

Dort würde ihn also Barrolo zu fassen bekommen! Und alle bestürmten den Ärmsten, wieder aufs Pferd zu steigen und rasch nach Hause zu reiten, um seinen Schwager über die

Motive und Winkelzüge des historischen Friedensschlusses auszufragen. Der Baron von Marges hielt ihm sogar den Steigbügel, und Barrolo trabte eilig in Richtung Königsplatz davon.

Doch Gonçalo Mendes Ramires fuhr, ohne erst beim „Eckenbau" anzuhalten, geradeswegs zur Schenke, wo er essen und den erschöpften Pferden eine Ruhepause gönnen wollte. Kaum lagen die alten Häuser der Stadt hinter ihm, da schob er die Vorhänge beiseite und sog, den Hut auf den Knien, die wohltuende Frische dieses Spätnachmittags ein, der belebender und von tröstlicherer Klarheit war als alle anderen Nachmittage seines Lebens ... Er kehrte als Sieger aus Oliveira heim! Endlich hatte er eine Bresche in jene fatale Mauer geschlagen und war hindurchgeschlüpft, ohne daß seine Ehre oder sein Stolz dabei Schaden genommen hätten. Gesegnet sei Gouveia, der weise Gouveia, und gesegnet die gestrige weise Unterredung auf der Hauptstraße von Vila Clara!

Gewiß, jener Augenblick, als er sich vor dem schweren Diplomatenschreibtisch Seiner Exzellenz befangen, stumm und steif auf den Rand des Lehnsessels setzte, war nicht angenehm gewesen. Doch er hatte dabei große Würde und große Einfachheit gezeigt. „Ich bin gezwungen" (so hatte er gesagt), „mich an den Regierungspräsidenten, an die Obrigkeit zu wenden, und zwar aus einem Anlaß, der die öffentliche Sicherheit betrifft ..." Den ersten Schritt zur Versöhnung tat darauf Cavaleiro, der seinen Schnurrbart zwirbelte und erwiderte: „Ich bedauere tief, daß es nicht der Mensch, der alte Freund ist, an den sich Gonçalo Mendes Ramires wendet ..." Gonçalo blieb vorerst reserviert und beschränkte sich darauf, melancholisch ein kühles „Die Schuld liegt sicher nicht bei mir" zu murmeln. Ein Zucken lief über Cavaleiros Lippen, als er schließlich erwiderte: „Nach so vielen Jahren, Gonçalo, wäre es wohl das beste, nicht auf Fehler von einst anzuspielen, sondern sich nur der alten Freundschaft zu erinnern, die sich zumindest bei mir in alter Treue und Aufrichtigkeit erhalten hat." Auf diesen rührenden Appell hatte der Fidalgo sanft und nachsichtig erwidert: „Da mein alter Freund André nun einmal von unserer alten Freundschaft spricht, vermag ich nicht zu leugnen, daß sie auch in mir niemals völlig erkaltet ist ..."

Dann stammelten beide noch ein paar Klagen über die Widrigkeiten des Lebens, und ohne sich dessen recht bewußt zu werden, redeten sie sich wie früher mit „du" an. Gonçalo erzählte von dem unerhörten Bubenstück des Casco, und Cavaleiro, der als sein Freund darüber noch mehr entrüstet war als in seiner Eigenschaft als obrigkeitliche Autorität, erteilte unverzüglich dem Landrat Gouveia telegrafisch den strikten Befehl, dem Raufbold von Bravais das Handwerk zu legen. Danach kamen sie auf den Tod Sanches Lucenas zu sprechen, der im ganzen Distrikt Tagesgespräch war. Beide priesen die Schönheit der jungen Witwe und ihre zweihundert Contos. Cavaleiro entsann sich jenes Morgens auf der Feitosa, als er durch eine Seitentür in den Garten trat und sie überraschte, wie sie in einer Rosenlaube ihr Strumpfband festzog. Ein himmlisches Bein! Beide wehrten sich lachend gegen die Unterstellung, Dona Ana heiraten zu wollen, trotz ihrer zweihundert Contos und ihrer himmlischen Beine ... Und schon war zwischen ihnen das alte gute Einvernehmen aus den Tagen ihrer Studentenzeit in Coimbra wiederhergestellt. „Mein lieber Gonçalo", „Lieber André", „Ja, Kleiner", „Aber, Junge", so ging es hin und her.

Und natürlich war es André gewesen, der auf den frei gewordenen Abgeordnetensitz hingewiesen hatte und auf die Bestürzung des ganzen Wahlkreises ... Er, Gonçalo, hatte sich völlig uninteressiert im Sessel gerekelt, mit den Fingern auf die Tischkante getrommelt und nur ganz beiläufig bemerkt: „Gewiß, tatsächlich ... Da mußt du ja jetzt in ziemlicher Verlegenheit sein, wo alles so plötzlich gekommen ist ..."

Mehr hatte er nicht gesagt! Und dann hatte ihm Cavaleiro rundheraus den Wahlkreis angeboten, ja geradezu aufgedrängt! – Erst blickte er ihn lange an, als wollte er in ihn hineinsehen, ihn ausforschen, und dann sagte er bedeutungsvoll und feierlich: „Wenn du wolltest, Gonçalo, wären wir nicht mehr in Verlegenheit ..."

Gonçalo lachte und fragte verwundert: „Wieso denn?"

André ließ ihn mit seinen großen, glänzenden, unwiderstehlichen Augen nicht wieder los. Er sagte: „Wenn du dem Vaterland einen Dienst erweisen und Deputierter für Vila Clara werden würdest, so wären wir aus allen Schwierigkeiten heraus, Gonçalo!"

Wenn du ... Und angesichts der bewegenden Beharrlichkeit, mit der der andere seine Bitte im Namen des Vaterlandes vorbrachte, hatte er schließlich nachgegeben und eingewilligt. „Wenn ich dir und dem Vaterland nützlich sein kann, so stehe ich zu eurer Verfügung."

Und schon war er durch den gefährlichen Engpaß hindurch, ohne daß sein Stolz oder seine Würde dabei Schaden genommen hätten! Danach unterhielten sie sich zwanglos über alles mögliche und spazierten dabei in Andrés Arbeitszimmer auf und ab, von dem mit Papieren überladenen Aktenregal bis zum Balkon, dessen Glastür André öffnete, weil es penetrant nach Petroleum roch, das am Vortag verschüttet worden war. André wollte diesen Abend sowieso nach Lissabon abreisen, um mit der Regierung über die Situation zu konferieren, die sich nach dem unerwarteten Ausfall Lucenas ergeben hatte. Nun würde er in Lissabon gleich den lieben Gonçalo als einzigen Nachfolger Sanches Lucenas empfehlen, der unbedingt zuverlässig war und etwas vorstellte – dank seines Namens, seines Talents, seines Einflusses und seiner Redlichkeit. Damit wäre seine Wahl beschlossene Sache. Im übrigen (so hatte Cavaleiro lachend versichert) könnte er mit dem Wahlkreis Vila Clara genauso machen, was er wolle, wie mit seinem Landgut Corinde. Er könnte ohne weiteres den Kanzleidiener wählen lassen, der stottere und ein Säufer sei. Er erweise also Regierung und Nation einen glänzenden Dienst, wenn er ihr einen jungen Mann von so hoher Abkunft und so hervorragender Intelligenz präsentiere. Und dann hatte er noch hinzugefügt: „Um die Wahl selber brauchst du dich nicht mehr zu kümmern. Du fährst jetzt nach Hause. Aber daß du niemandem etwas erzählst, höchstens dem Gouveia. Du wartest in aller Gemütsruhe mein Telegramm aus Lissabon ab, und sobald du das bekommen hast, bist du Parlamentsabgeordneter für den Wahlkreis Vila Clara und benachrichtigst deinen Schwager und deine Freunde. Am Sonntag darauf kommst du dann um elf zu mir nach Corinde frühstücken."

Dann lagen sie sich in den Armen, und die beiden entzweiten Seelen verbanden sich aufs neue und für immer miteinander. Als André ihn zur steinernen Freitreppe hinausbegleitete, fragte er leise und mit sinnendem Lächeln, als hänge er alten Erinnerungen nach: „Was hast du eigentlich in letzter Zeit auf deinem Schloß getrieben?" Und als er von der Novelle für die „Annalen" erfuhr, seufzte er, in wehmutsvollem Gedenken an die Zeit der hochfliegenden Pläne und der künstlerischen Ambitionen während ihrer gemeinsamen Studienjahre in Coimbra, als er begeistert am ersten Gesang eines Heldenepos, des „Festungskommandanten von Ceuta", gearbeitet hatte.

Sie verabschiedeten sich mit einer zweiten Umarmung, und dann trat Gonçalo den Heimweg an – als neugebackener Abgeordneter für Vila Clara.

All diese Felder, all diese Dörfer, die er da vom Wagenschlag seiner Kalesche aus erblickte, würde er fortan im Parlament vertreten, er, Gonçalo Mendes Ramires ... Und aufs vortrefflichste würde er das besorgen, das walte Gott! Sogleich begannen ihn große, geniale Ideen zu beschäftigen. Während er in der Schenke saß und wartete, bis man ihm eine Wurst mit Eiern und zwei Portionen Maifisch gebraten hatte, entwarf er im Geiste bereits eine Antwort auf die nächste Kronrede im Parlament. Er würde ein düsteres Bild „unserer Kolonialverwaltung in Afrika" zeichnen, einen

Schrei der Entrüstung wollte er der Nation entgegenschleudern, um sie aufzurütteln und die nötigen Energien für dieses ungeheure Afrika zu mobilisieren, wo es galt, zum höchsten Ruhme des Vaterlands und mit reichem Gewinn von Küste zu Küste ein größeres Portugal zu errichten. Noch andere Ideen, gewaltige, vage, gingen ihm durch den Kopf. Als die müden Pferde endlich wieder vor dem Schloßtor standen, war es mittlerweile Abend geworden.

Tags darauf – es war ein Dienstag – trat um zehn Uhr Bento mit einem am frühen Morgen angekommenen Telegramm in das Zimmer des Fidalgos. Gonçalo dachte gleich: ‚Das ist von der Regierung!', und sein Herz hüpfte vor Entzücken. Es war aber von Castanheiro, der nach der versprochenen Novelle schrie. Ärgerlich knüllte Gonçalo das Telegramm zusammen. Die Novelle! Wie konnte er sich noch mit dieser Novelle herumquälen, jetzt, wo er völlig von seiner Wahl in Anspruch genommen wurde! Er konnte ja nicht einmal in Ruhe frühstücken, denn als Bento zwei Teller abräumte, vermochte er nur mit Mühe das Verlangen zu unterdrücken, ihm das Ganze zu erzählen. Hastig trank er seinen Kaffee aus und stürzte dann fort nach Vila Clara, um Gouveia Bescheid zu sagen. Der arme Landrat hatte sich wieder aufs Sofa legen müssen; sein Hals war mit dicken Wollschals umwickelt. Und den ganzen Nachmittag lang saß Gonçalo in dem kleinen, hellgrün tapezierten Zimmer, lobte Andrés Talente („ein Mann mit Verwaltungspraxis und ein Genie, Gouveia!"), feierte das Kabinett der Históricos („das einzige, das imstande ist, uns aus dieser Patsche herauszuhelfen, Gouveia!") und entwickelte bestechende Afrikaprojekte, für die er bereits Gesetzvorlagen entwarf („Afrika ist unsere große Hoffnung, Gouveia!"). – Wohingegen Gouveia ausgestreckt auf seinem Sofa lag und sein Schweigen lediglich unterbrach, um hin und wieder – und nicht ohne dabei prüfend seine Wollschals abzutasten – mit schwacher Stimme zu murmeln: „Und wem verdanken Sie das alles, lieber Gonçalo? Meiner Wenigkeit!"

Am Mittwoch wachte Gonçalo ziemlich spät auf. Sofort eilten seine Gedanken ungeduldig zu André Cavaleiro, der um diese Stunde in Lissabon im „Hotel Central" frühstückte (dem „Central" war André seit seiner Jugend treu geblieben). Der Fidalgo schlenderte durch das stille Schloß und das friedlich daliegende Gut, zündete sich eine Zigarette an der anderen an und folgte Cavaleiro den ganzen Tag lang im Geiste auf den Wegen, die er als Chef des Distrikts zu machen hatte: durch die Baixa, unter die Arcada, in die Ministerien ... Natürlich würde er bei seinem Onkel Reis Gomes, dem Justizminister, dinieren. Bestimmt war José Ernesto, Minister des Innern, Schulkamerad des Cavaleiro und sein Vertrauensmann in politischen Dingen, auch eingeladen ... An diesem Abend also sollte sich alles entscheiden!

‚Morgen früh gegen zehn habe ich mein Telegramm von André', sagte er sich.

Doch es traf keine Nachricht ein. Der Fidalgo verbrachte den ganzen langen Donnerstag am Fenster und beobachtete die staubige Landstraße, auf der der Telegrafenbote auftauchen mußte, ein stämmiger Bursche, den er gewöhnlich an seiner Wachstuchmütze und seinem lahmen Bein erkannte. Gegen Abend wurde Gonçalo derart nervös, daß er einen Knecht nach Vila Clara schickte. Vielleicht war das Telegramm vergessen worden und irgendwo auf dem Tisch des Schafskopfs Nunes vom Telegrafenamt liegengeblieben. Doch es lag kein Telegramm für den Fidalgo vor. Also stand fest, daß in Lissabon Komplikationen eingetreten waren.

Die ganze Nacht fand Gonçalo keinen Schlaf. Sein Unwillen steigerte sich zu grimmigem Groll, denn er argwöhnte, Cavaleiro könnte bereitwilligst auf andere Intentionen des Ministers eingegangen sein und unterwürfig der Kandidatur irgendeines Einfaltspinsels von der Arcada, irgendeines lächerlichen Parteischreiberlings, zugestimmt haben.

Am Morgen schalt er Bento aus, daß er ihm die Zeitungen und den Tee so spät brachte.

„Und kein Telegramm, auch kein Brief?"

„Es ist nichts gekommen."

Nun gut, man hatte ihn verraten. Dann würde dieser niederträchtige Cavaleiro aber auch niemals, niemals seinen Fuß auf die Schwelle des „Eckenbaus" setzen! Und was kümmerte ihn schon diese alberne Wahl! Gott sei Dank blieben ihm ja noch andere Möglichkeiten, mehr als genug, seine Qualitäten unter Beweis zu stellen – und viel bessere als ein speckiger Sessel in São Bento! Wahrlich, welche Schande, seinen Geist und seinen Namen in den erbärmlichen Dienst eines São Fulgêncio zu stellen, dieses feisten, widerlichen Glatzkopfs! Und so faßte er den stolzen Entschluß, zu den reinen Gipfeln der Kunst zurückzukehren und den heutigen Tag der edlen und würdigen Arbeit an seiner Novelle zu widmen.

Gleich nach dem Frühstück setzte er sich an sein Schreibpult und wühlte nervös in seinen Papierbogen. Doch plötzlich griff er zum Hut und lief nach Vila Clara, zur Telegrafenstation. Aber bei Nunes war nichts für Seine Wohlgeboren eingegangen. – Schweißtriefend und staubbedeckt raste er zum Landratsamt; doch der Herr Landrat war nach Oliveira gefahren ... Ganz bestimmt hatten andere ihren Plänen zum Sieg verholfen – und er war der Gefoppte! Er kehrte wieder nach Santa Ireneia zurück, fest entschlossen, sich für den Schimpf, den Cavaleiro seinem Namen und seinem Ansehen zugefügt hatte, fürchterlich zu rächen. Den ganzen trüben, wolkenverhangenen Freitag brachte er voller Verbitterung damit zu, diese Rache auszuhecken. Sie sollte möglichst öffentlich vollzogen werden und blutig sein. Die ihm wohlgefälligste und einfachste Art wäre, diesen Schuft mit der Peitsche ins Gesicht zu schlagen, und zwar auf der Freitreppe der Kathedrale, an einem Sonntag, wenn alle aus der Messe kamen! – Nach dem Abendessen, das er vor lauter Verzweiflung kaum angerührt hatte, zog er sich die Jacke über und wollte noch einmal nach Vila Clara gehen. Es dunkelte bereits. Das Telegrafenamt würde er nicht betreten – schon weil er sich vor diesem Nunes schämte. Doch er könnte die Nacht im Klub totschlagen, Billard spielen, heiter seinen Tee trinken und lächelnd die Zeitungen der Regeneradores lesen, damit sich alle seiner Gleichgültigkeit entsannen, falls sie später zufällig von dem Komplott erfuhren, dessen Opfer er geworden war.

Gonçalo trat in den Hof. In der Dämmerung des trüben, wolkenverhangenen Abends warfen die Bäume dichte, dunkle Schatten. Als er das Tor öffnete, erblickte er einen jungen Burschen mit lahmem Bein, der ein wenig verschnaufte und ihm entgegenschrie: „Ein Telegramm!“ Mit welcher Gier Gonçalo es ihm aus den Händen riß! Er eilte zur Küche und schalt erst einmal gehörig mit der Rosa, weil das Nachtlicht nicht brannte. Ein Zündholz zwischen den Fingern, verschlang er die gebenedeiten Worte: „Minister einverstanden, alles in Ordnung.“ Und dann erinnerte Cavaleiro daran, daß er ihn am Sonntag um elf in Corinde zum Frühstück und zum Gedankenaustausch erwarte.

Gonçalo Mendes Ramires gab dem Telegrafenboten fünf Testonen Trinkgeld und sprang die Treppe hinauf. In der Bibliothek, im verläßlichen Licht der Zuglampe, las er das wundervolle Telegramm noch einmal: „Minister einverstanden, alles in Ordnung.“ In überschäumender Dankbarkeit für Cavaleiro faßte er sogleich den Plan für ein erlesenes Bankett, das Barrolo im „Eckenbau“ geben und das die Aussöhnung beider Familien für immer besiegeln sollte. Und Gracinha würde er nahelegen, zu Ehren dieses Freudenfestes in einem tief ausgeschnittenen Kleid zu erscheinen und ihr herrliches Brillanthalsband zu tragen, das letzte Kleinod, das von der großen Vergangenheit des Hauses Ramires Zeugnis ablegte.

Was war dieser André doch für eine Perle, was für ein großartiger Kerl!

Die lackierte Wanduhr im Korridor schlug neunmal. Und erst jetzt bemerkte Gonçalo den Regen, der das Gut überschwemmte: Von seinem Triumph berauscht, war er, glänzende Zukunftsbilder vor Augen, kreuz und quer durch die

Bibliothek gewandert und hatte ihn weder auf die Steinfliesen der Veranda noch auf das Laub der Zitronenbäume prasseln hören.

Um sich zu beruhigen und diesen Gewitterarrest zu nutzen, beschloß er, an seiner Novelle weiterzuarbeiten. Nunmehr war es geboten, den „Turm des Dom Ramires“ noch vor den Wahlen zu vollenden, damit er im Januar bei Wiederbeginn der Parlamentssitzungen nicht nur als Träger eines alten Namens, sondern auch im Glorienschein literarischen Ruhmes in die politische Arena steigen konnte. Er zog seinen flanellenen Hausrock über und setzte sich ans Schreibpult. Wie immer eine Kanne mit anregendem Tee neben sich, las er Wort für Wort noch einmal den Anfang des zweiten Kapitels durch. So recht zufrieden war er damit nicht.

Er spielte im Schloß von Santa Ireneia, an dem gleichen Augusttag, an dem Lourenço Ramires im Tal von Canta Pedra vom Pferd stürzte, schwer verwundet und vom Bastardo von Baião gefangengenommen wurde. Durch den Hauptmann des Fußvolks, der, den Arm von einem Lanzenstich durchbohrt, in verzweifeltem Lauf nach Santa Ireneia zurückgeeilt war, erfuhr Tructesindo Ramires vom unglücklichen Ausgang des Kampfes. In einer sentimentalen lyrischen Episode seines Gedichts im „Bardo“ schilderte Onkel Duarte den wackeren Granden, wie er untröstlich in seiner Waffenkammer stöhnt, in trauerndem Gedenken an seinen Sohn, die Zierde aller Ritter von den Gestaden des Cávado, der nun als Besiegter auf eine Tragbahre gebunden und denen von Baião mit Leib und Leben ausgeliefert war:

„Und heiße Tränen netzen ihm die Wange,
Es bebt der Harnisch überm wunden Herz ...“

Von Onkel Duartes gefälligem Pathos mitgerissen, hatte auch Gonçalo in den ersten Zeilen seines Kapitels den niedergeschlagenen Greis auf einem Schemel sitzend dargestellt, mit schimmernden Tränen auf dem weißen Bart, die harten Hände schlaff herabhängend wie die einer schmachtenden Dona – während zu seinen Füßen die beiden Doggen auf den Steinfliesen liegen, mit den Schwänzen wedeln und traurig mit beinahe menschlicher Anteilnahme zu ihm aufblicken. Jetzt aber erschien Gonçalo diese ganze weinerliche Verzagtheit einfach unvereinbar mit dem stählernen Titanenherzen seines Ahnen Tructesindo. Onkel Duarte war nur ein Balsa, kein Ramires, konnte also schon rein blutsmäßig die Kraft dieses Geschlechts gar nicht nachempfinden; und als zimperlicher Romantiker von 1848 hatte er das eherne Antlitz eines Recken aus dem zwölften Jahrhundert, eines Waffengefährten Sanchos I., mit den leicht fließenden Tränen der Romantik benetzt. *Seine* Aufgabe aber bestand darin, das wahre Wesen des Gebieters von Santa Ireneia zu gestalten. Also strich er sogleich diesen blassen und wirklichkeitsfremden Kapitelanfang durch, entwarf erst einmal eine realistische Szenerie und ließ die ganze aufgescheuchte Burg von Groll und Tatendurst erzittern. Der alte Tructesindo in seiner schlichten Redlichkeit denkt gar nicht an seinen Sohn – die Vergeltung für diese bittere Schmach verschiebt er auf später. All sein Eifer gilt jetzt der schnellen Bewaffnung seiner Mannen, denn er will nun selber nach Montemor eilen und den Infantinnen die Hilfstruppen bringen, die sie durch den feigen Hinterhalt von Canta Pedra verloren hatten. Doch während der ergrimmte Grande noch in der Waffenkammer mit dem Feldhauptmann die Schlachtordnung bespricht, erblicken die Posten, die sich hoch oben auf den Wachttürmen vor der sengenden Augustsonne in den Schatten der Zinnen flüchten, plötzlich jenseits des Uferwäldchens eine von blitzenden Waffen starrende und gen Santa Ireneia ziehende Reiterschar. Der Burgvogt, der dicke und geschäftige Ordonho, stürzt atemlos zum Ausguck des Bergfrieds hinauf und erkennt in der Ferne die Standarte des Lopo von Baião, vernimmt den Klang seiner Jagdhörner, der dumpf und unheilverkündend über die stillen Fluren hallt. Da legt er die behaarten Hände wie einen Trichter an den Mund und brüllt seinen Alarmruf: „Zu den Waffen! Die vom Baião kommen! Armbrustschützen an die Mauern! Alles andere an die Zugbrücken!"

Gonçalo kratzte sich mit dem Flaum seines Federkiels die Stirn und suchte emsig nach weiteren stilechten affonsinischen Kampfrufen; da wurde vorsichtig die Tür der Bibliothek geöffnet, mit jenem hartnäckigen Knarren, das ihn immer fast zur Verzweiflung brachte. Es war Bento in Hemdsärmeln.

„Könnten der Herr Doktor nicht mal in die Küche hinunterkommen?"

Der Fidalgo starrte seinen Diener mit offenem Munde an. „In die Küche?"

„Die Frau vom Casco ist nämlich da und schreit Zeter und Mordio. Wie es scheint, ist ihr Mann heute nachmittag verhaftet worden. Im strömenden Regen ist sie gekommen, mit den Kindern, sogar mit einem Säugling. Sie will unbedingt den Herrn Doktor sprechen. Und sie ist nicht zu beruhigen, sie heult sich die Augen aus dem Kopf und liegt mit ihren Kindern auf den Knien, eine leibhaftige Inês de Castro!"

„Das hat mir grade noch gefehlt!" brummte Gonçalo. So ein Unfug! Da schleppte dieses Weib unter Geschrei, als ginge es ihr ans Leben, ihre um Gnade für den Vater flehenden Kinder bis vor sein Schloßtor! Und alle Kirchensprengel in der Runde waren von Mitleid erfüllt, und er stand nun als unmenschlicher Fidalgo da, am Vorabend der Wahlen!... Wütend warf er die Feder hin.

„So eine Frechheit! Sag der Kreatur, sie braucht sich nicht aufzuregen und soll mich in Frieden lassen. Der Herr Landrat setzt den Casco morgen wieder auf freien Fuß. Ich fahre selber nach Vila Clara, noch vorm Frühstück, und lege ein gutes Wort für ihn ein. Sie soll sich nicht ängstigen und die Kinder nicht unnütz aufregen ... Lauf und sag ihr Bescheid, Menschenskind!"

Doch Bento wich nicht von der Tür. „Die Rosa und ich haben ihr das auch schon gesagt... Aber die Frau läßt sich nicht darauf ein, sie will den Herrn Doktor selber sprechen!

Bei strömendem Regen ist sie gekommen! Das eine von den armen Kindern sieht auch recht kränklich aus, es zittert wie Espenlaub ..."

Gonçalo, dem das Ganze doch ein bißchen naheging, schlug mit der Faust auf den Tisch, daß die Bogen seiner Novelle auseinanderflogen. „So etwas muß man sich nun gefallen lassen! Dabei wollte mich der Kerl umbringen! Und nun soll ich obendrein noch das Geflenne und die Szenen und das kranke Kind über mich ergehen lassen! In dieser Gegend ist es aber auch nicht auszuhalten! Eines Tages verkaufe ich noch Haus und Hof und wandre aus, nach Moçambique, nach Transvaal, irgendwohin, wo man seine Ruhe hat... Na schön, sag der Frau, daß ich gleich hinunterkomme."

Bento pflichtete diesem Entschluß lebhaft bei: „Wenn es also dem Herrn Doktor nichts ausmacht... Und da Sie ihr ja eine frohe Botschaft bringen... Das tröstet die arme Frau doch wenigstens!"

„Ich komme schon, Menschenskind, ich komme! Fall mir bloß nicht auch noch auf die Nerven... Unmöglich, in diesem Haus zu arbeiten! Wieder ein Abend hin!"

Unter Türenknallen lief er wütend auf sein Zimmer. Er wollte zwei Zehn-Testonen-Scheine in die Tasche seines Hausrocks stecken, um damit die Kleinen zu trösten. Doch als er vor der Schublade stand, mißfiel ihm dieser Gedanke, und er gab seinen Plan wieder auf. Wie brutal, unschuldige Kinderchen mit Geld zu entschädigen, deren Vater er in Handschellen hatte wegholen und in ein finsteres Loch sperren lassen! Deshalb nahm er lediglich eine Schachtel getrocknete Aprikosen mit – von den berühmten Aprikosen des Klosters Santa Brígida in Oliveira, die ihm tags zuvor Gracinha geschickt hatte. Langsam drehte er den Schlüssel im Schloß seiner Zimmertür herum und bereute bereits das unbedachte Wort, das den häuslichen Frieden einer ganzen Familie zerstört hatte. Als er im Korridor den Regen in den Dachrinnen seufzen und auf die Steinfliesen des Hofes prasseln hörte, sah er plötzlich die arme Frau vor sich, wie sie mit ihren beiden durchnäßten, erschöpften Kindern bei diesem Unwetter die dunkle Landstraße entlangirrte. Das gab ihm einen Stich ins Herz, und als er in den Korridor zur Küche einbog, zitterte er wie ein reuiger Sünder.

Durch die Glastür hindurch hörte er schon Rosa und Bento begütigend auf Cascos Frau einreden. Doch ihr Wehklagen um ihren lieben Mann wurde nur noch lauter, als wollte sie jeden Trost entschieden zurückweisen. Als Gonçalo leise die Tür öffnete, erstarrte er fast beim Anblick dieses Jammers, der ihm da Barmherzigkeit heischend entgegenschrie: Die mageren Hände über dem Kopf ringend, kniete die verzweifelte, ganz in Schwarz gekleidete Frau gleich einem unheimlichen Schatten vor dem roten, am Herdfeuer zum Trocknen ausgespannten Bettlaken auf den Steinfliesen und empfing ihn mit einer Flut flehentlicher Bitten: „Ach, allergnädigster Herr, haben Sie doch Mitleid! Ach, meinen Mann hat man mir weggeholt, nach Afrika in die Verbannung will man ihn schicken! O Gott im Himmel, und meine armen Kinder haben nun keinen Vater mehr! Um der Seelen und des Glücks meiner Kinder willen, lieber Herr, bitte, bitte, helfen Sie mir! Ich weiß, daß er schuldig ist, aber das Unglück hat ihn verfolgt! So haben Sie doch Mitleid mit diesen Kinderchen hier! Ach, mein armer Mann liegt nun in Ketten! Ach, lieber Herr, ich beschwöre Sie!"

Gonçalo wurden die Augen feucht; es würgte ihn im Hals. Verzweifelt umklammerte er seine Schachtel mit Aprikosen und stammelte: „Aber, Frau, beruhigen Sie sich doch, er kommt wieder frei! Seien Sie unbesorgt! Ich habe bereits Weisung gegeben! Er wird sofort wieder auf freien Fuß gesetzt!"

Rosa beugte sich über das arme, stöhnende Geschöpf und redete ihr von neuem gütlich zu: „Das haben wir Ihnen doch auch schon gesagt, Tante Maria! Er wird gleich morgen früh wieder freigelassen!" Bento stand daneben, schlug sich ärgerlich auf den Schenkel und rief: „Frau, nun ist's aber genug mit dem Gezeter! Gleich morgen früh wird er wieder freigelassen! Wo es der Herr Doktor doch versprochen hat!"

Doch sie lag immer noch schluchzend auf den Knien, mit verrutschtem Kopftuch und einem gelösten Zopf, und wollte sich nicht zufriedengeben. „Oh, ich sterbe noch, wenn ich ihn nicht in Freiheit sehe! Gnade, Gnade, lieber, allerbester Herr! ..."

Da stampfte Gonçalo, den dieses endlose, stumpfsinnige Gejammer folterte wie eine sich immer tiefer in ihn hineinbohrende Lanzenspitze, mit dem Fuß auf, daß der Pantoffel gegen die Steinfliesen knallte, und brüllte: „So hören Sie doch, Frau! Und schauen Sie mich dabei an! Aber stehen Sie erst einmal auf! ... Und sehen Sie mich richtig an!"

Sie erhob sich und warf dabei die Arme nach hinten, als fürchte sie, ebenfalls Handschellen angelegt zu bekommen. Nun stand sie hoch aufgerichtet vor ihm, ängstlich, mit braun gebranntem, magerem Gesicht und tief in den Höhlen liegenden, starr blickenden schwarzen Augen, um die sich dunkle Schatten zogen.

„Gut so, bravo!" rief Gonçalo. „Und jetzt reden Sie! Denken Sie etwa, ich bekäme es fertig, Ihnen etwas vorzulügen, wo Sie jetzt so viel Kummer haben? Beruhigen Sie sich, hören Sie auf mit dem Jammern, denn morgen früh ist Ihr Mann frei, darauf gebe ich Ihnen mein Wort!"

Rosa und Bento riefen triumphierend: „Was haben wir Ihnen gesagt? Wenn es der Herr Doktor versprochen hat ... Morgen haben Sie Ihren Mann wieder!"

Cascos Frau wischte sich mit dem Zipfel ihrer schwarzen Schürze langsam die letzten Tränen fort. Doch sie war immer noch argwöhnisch und starrte Gonçalo aus ihren dunklen Augen an. Würde der Fidalgo auch bestimmt diesen Befehl schicken, gleich in der Frühe, bei Tagesanbruch?

Da wies sie Bento sehr energisch zurecht. „Aber Frau, Sie wollen doch nicht unverschämt werden! Wo gibt es denn so was! Zweifeln Sie etwa am Wort des Herrn Doktor?"

Sie ließ den Schürzenzipfel los, senkte den Kopf und sagte nur seufzend: „Nein, nein, vielen Dank; möge sich alles zum besten wenden ..."

Gonçalo blickte jetzt neugierig auf die Kinder, die sie die ganze Strecke von Bravais her im strömenden Regen mitgeschleppt hatte. Der Säugling, ein kleines Mädchen, schlief friedlich auf dem Deckel einer Truhe, wo ihm die gute Rosa aus Wolldecken und Laken ein Lager bereitet hatte. Aber der siebenjährige Junge, der mit fieberglühendem Gesicht schüchtern in einem Stuhl vor dem Herdfeuer hockte und trocknete wie das ausgespannte rote Laken neben ihm, wurde fortwährend von heftigem Husten geschüttelt. Er drohte vor Müdigkeit und Erschöpfung einzuschlafen, atmete schwer und ächzte immer wieder. Gonçalo legte die Schachtel mit den Aprikosen auf die Truhe und befühlte die Hand, mit der sich der Junge unter dem schmutzigen offenen Hemd unaufhörlich seine noch schmutzigere Brust rieb.

„Aber das Kind hat ja Fieber! Und Sie bringen den Kleinen in einer solchen Gewitternacht und in diesem Zustand von Bravais mit hierher, Frau?"

Sie hatte sich erschöpft auf einen niedrigen Schemel gesetzt, drehte den Zipfel ihrer Schürze zusammen und murmelte, ohne ihr mageres Gesicht zu heben: „Ach, sie sollten ja auch mit um Gnade bitten, denn sie wären ja ohne Vater, die armen Würmer!"

„Frau, Sie sind ja von Sinnen! Und wollen Sie etwa jetzt in diesem Regenguß mit den Kindern nach Bravais zurücklaufen?"

„Ich *muß* ja wieder zurück ... Ich kann doch die achtzigjährige Mutter meines Mannes nicht allein lassen; sie ist gelähmt ..."

Der Fidalgo ließ entmutigt die Hände sinken. Er war bestürzt über dieses Abenteuer, das er durch seine Grausamkeit heraufbeschworen hatte und bei dem nun zwei unschuldige Kinder in Gefahr gerieten. Doch Rosa meinte, daß die Kleine, der Säugling, unterwegs keinen Schaden nehmen könnte, wenn die Mutter sie auf dem Arm trüge und sich eine dicke Wolldecke umhängte. Aber der Junge, bei diesem Husten, und mit Fieber ...

„Der bleibt hier!" fiel ihr Gonçalo ins Wort. „Wie heißt er gleich? So, Manuel ... Gut! Manuel bleibt da. Sie können ohne Sorge sein; die Senhora Rosa wird sich um ihn kümmern. Er braucht einen kräftigen Eierpunsch und dann ein richtiges Schwitzbad. In ein paar Tagen ist er wieder in Bravais, gesund und ausgefuttert ... Seien Sie ohne Sorge!"

Die Frau seufzte; sie war völlig erschöpft. Und ohne jeden weiteren Widerstand sagte sie resigniert in ihrer umständlichen und unterwürfigen Art: „Dann ja, Senhor; wenn Sie es so befehlen, ist es schon richtig so ..."

Bento spähte durch den Türspalt nach draußen und verkündete, daß der Regen bald nachlassen würde, weil sich die schwarzen Wolken wieder verzogen. Gonçalo drang sogleich auf Rückkehr nach Bravais: „Sie brauchen keine Angst zu haben, Frau. Ein Bursche vom Gut bringt Sie nach Haus, mit einer Laterne und einem Regenschirm, wegen des Säuglings ... Hören Sie! Sie können sogar meinen Regenmantel haben! ... He, Bento, lauf und hol ihn herunter. Den neuen, den ich in Lissabon gekauft habe ..."

Und als Bento den Regenmantel, eine lange Pelerine, brachte und sie der Frau über die Schultern warf, die beim Knistern des prächtigen Seidenstoffs ängstlich zusammenzuckte, hallte die Küche von fröhlichem Gelächter wider. Aller Kummer war verflogen wie am Himmel die Regenwolken. Nun glich die Szene der liebenswürdigen Verabschiedung eines Gastes, um den man sich noch fürsorglich bemüht. Rosa drückte ihr die Hände und strahlte dabei übers ganze Gesicht. „So sehen Sie wie eine hübsche Madame aus, nicht wahr? Wenn es Tag wäre, würden jetzt bestimmt die Leute zusammenlaufen."

Cascos Frau rang sich ein mattes Lächeln ab. „Ach! Ich weiß auch nicht, wie ich mir vorkomme ... Wie ein Gespenst!"

Gonçalo geleitete die kleine Karawane über den Hof, wo der Regen von den Akazien tropfte. An der Tür zum Obstgarten rief er ihnen noch nach: „Packt die Kleine recht warm ein!", doch da verschwand die Laterne des Knechts bereits im feuchten Dunst der warmen Sommernacht. Der Fidalgo kehrte in die Küche zurück, platschte in seinen durchgeweichten Pantoffeln über die Steinfliesen und legte nochmals die Hand auf die Stirn des kleinen Manuel, der über der Stuhllehne eingenickt war und leise schnarchte.

„Nur ein bißchen Fieber... Aber er braucht ein heißes Schwitzbad. Und bevor er gut eingepackt wird, bekommt er heiße Milch, beinahe kochend heiß, mit Kognak... Eigentlich müßte er ganz abgeschrubbt werden... So eine Schweinerei von den Leuten! Doch das hat ja noch Zeit, wenn er wieder gesund ist... Und jetzt, Rosa, schicken Sie mir irgend etwas zum Abendbrot nach oben, aber etwas Kräftiges, denn ich habe nicht zu Mittag gegessen, und diese Sache jetzt eben war ja ganz entsetzlich!"

Nachdem er die Pantoffeln gewechselt und sich wieder beruhigt hatte, schrieb Gonçalo in seiner Bibliothek einen Brief an Gouveia, worin er mit bewegten Worten um Cascos Freilassung bat. Und er setzte hinzu: „Das ist die erste Bitte, die der Abgeordnete von Vila Clara (Sie dürfen mich beglückwünschen!) an Sie richtet, denn soeben habe ich von unserem André ein Telegramm erhalten, in dem er mitteilt, daß ‚alles in Ordnung, der Minister einverstanden' ist usw. Wir müssen also jetzt Verbindung aufnehmen. Haben Sie daher die Güte, morgen in diesem Ihrem Hause zu speisen und sich in Gesellschaft Titós und Videirinhas hierher zu begeben. Die genannten beiden verdienstvollen Persönlichkeiten sind schlechterdings unentbehrlich, um den Appetit und die Stimmung zu heben. Und ich bitte Sie, mein lieber Gouveia, beide von diesem Bankett in Kenntnis zu setzen, damit ich nicht erst wortreiche Rundschreiben zu verschicken brauche..."

Nachdem er den Brief versiegelt hatte, nahm er sich wieder

das Manuskript seiner Novelle vor. Da saß er nun, kaute am Flaum seiner Entenfeder und suchte noch immer nach stilechten mittelalterlichen Ausrufen, passend für jene Szene, wo Burgvogt und Turmposten die berittene Schar des Bastardo ausmachen, die da in der sengenden Augustsonne mit blinkenden Waffen bergan zieht.

Doch seit der „Abgeordnete von Vila Clara" an den Landrat Gouveia geschrieben hatte, lief ihm seine Phantasie einfach davon – sie war aus den Mauern der alten Burg von Santa Ireneia geradeswegs in Richtung Lissabon entfleucht, nach dem Lissabon des São Fulgêncio. Der Ausguck des Bergfrieds, auf dem sich der dicke Ordonho heiser schrie, zerfloß immer wieder wie Nebel und wich der verlockenden und viel eindrucksvolleren Vision eines Zimmers im „Hotel Bragança" mit einem Balkon zum Tejo ... So bedeutete es für ihn geradezu eine Erlösung, als ihn Bento zum Abendessen holte. Und während er aß, ließ er seiner Phantasie freien Lauf, sah er im Geiste schon Lissabon und die Galerien von São Carlos, die Bäume der Avenida, die uralten Paläste seiner Verwandten in São Vicente und in der Graça, die moderner eingerichteten Salons vieler fröhlicher, kultivierter Freunde. Bei manchen Wunschbildern verweilten seine Gedanken etwas länger, und dann lag auf seinem Gesicht ein verzücktes Lächeln. Er würde sich unbedingt einen Wagen der Companhia mieten, immer gleich für einen ganzen Monat. Und zu den Sitzungen in São Bento konnte er natürlich nur mit perlgrauen Handschuhen und einer Blume im Knopfloch erscheinen. Der Bequemlichkeit halber müßte auch Bento mitkommen, geschniegelt und gebügelt, in einem neuen Frack ...

Da trat Bento ins Zimmer, mit einer Kognakflasche auf dem Tablett. Den versiegelten Brief hatte er dem Gärtner Joaquim übergeben und ausgerichtet, er solle gleich um sechs Uhr zum Herrn Landrat in die Stadt laufen und dort vor dem Gefängnis warten, bis Casco freigelassen werde.

„Den Kleinen haben wir ins Grüne Zimmer gelegt, da ist

er in meiner Nähe. Ich habe einen leichten Schlaf, und falls er schreien sollte... Aber er schläft bereits wie ein Murmeltier."

„Er ist also jetzt ganz ruhig?" fiel ihm Gonçalo ins Wort und stürzte hastig ein Gläschen Kognak hinunter. „Sehen wir uns doch das Bürschchen mal an!"

Er lächelte, nahm einen Leuchter und stieg auf Zehenspitzen mit Bento die schmale Treppe hinauf. Im Korridor, an der Tür zum Grünen Zimmer, lag auf einem verschossenen grünen Damastsofa die von Rosa sorgsam zusammengelegte abgerissene Kleidung des Kleinen: die zerschlissene Jacke und eine viel zu große Hose, die nur noch einen einzigen Knopf hatte. Drinnen stand quer zur Wand, die mit einer alten, an Samt erinnernden und grünes Laubwerk imitierenden Tapete bespannt war, ein riesiges Prunkbett aus schwerem Brasilholz. Neben den beiden gedrechselten Pfosten des Kopfendes hingen zwei Gemälde, Porträts von alten Ramires: ein feister Bischof, der in einem Folianten blätterte, und ein schneidiger Malteserritter mit fuchsrotem Bart, der sich auf sein Schwert stützte und über dem blinkenden Küraß eine gewaltige Spitzenkrause trug. Und auf den hohen Matratzen schnarchte friedlich der kleine Manuel, bis an den Hals in dicke Decken eingemummt. Er hustete nicht mehr; auf seiner Stirn stand kalter Schweiß.

Gonçalo trat leise zu ihm und zog behutsam das Bettlaken höher. Da er den uralten Fenstern nicht traute, überzeugte er sich auch davon, daß durch die Ritzen keine heimtückische Zugluft eindringen konnte. Er schickte Bento nach einer Lampe und stellte sie auf den Waschtisch hinter einen Krug, so daß ihr Licht gedämpft wurde. Noch einmal ließ er seinen Blick aufmerksam durch das Zimmer wandern, um sich zu vergewissern, daß alles Nötige vorhanden war: eine freundliche Atmosphäre, wohltuende Stille, nicht zu grelles Licht und aller Komfort. Und er schlich wieder hinaus, immer noch auf Zehenspitzen, und lächelte, weil er den Sohn des Casco von zwei edlen Mitgliedern des Hauses Ramires bewacht wußte – dem Bischof mit seinem Traktat und dem Malteserritter mit seinem blanken Schwert.

Eben kam Gonçalo vom äußersten Winkel seines Gutes zurück, vom alten Weiher, wo er nach dem Essen die Zeit der Mittagshitze im kühlen Schatten des Wäldchens beim Gemurmel des Wassers verbracht hatte, in einem Band des „Panorama“ blätternd – da fand er auf dem Tisch der Bibliothek zusammen mit der Post aus Oliveira einen seltsamen Brief vor, ein riesiges, mit einer Siegelmarke zugeklebtes Kuvert aus Kanzleipapier. Auf die Siegelmarke war mit blauer Tinte ein flammendes Herz gemalt.

Gonçalos Augen glitten eilig über die fette, pedantische Kursivschrift auf den mit Bleistift gezogenen Linien:

„Teurer und hochverehrter Senhor Gonçalo Ramires!

Der galante Regierungspräsident dieses Distrikts, unser Schwerenöter André Cavaleiro, spaziert jetzt beständig vor dem ‚Eckenbau‘ herum und äugt sehnsüchtig zu den Fenstern und dem ehrwürdigen Wappen der Familie Barrolo empor. Da es wenig glaubhaft ist, daß er bloß die Architektur des Palais (die ja nichts Besonderes aufzuweisen hat) studiren will, folgern ehrbare Leute daraus, das würdige Oberhaupt des Distrikts warte nur darauf, daß Euer Wohlgeboren an einem der nach dem Platze zu gelegenen Fenster oder an einem von denen, die nach der Rua das Tecedeiras gehen, oder noch besser auf dem Aussichtsturm im Garten erscheinen mögen, damit er dann die zerbrochene alte Freundschaft mit Euer Wohlgeboren aufs neue knüpfen könne. Darum haben Euer Wohlgeboren sehr scharfsinnig gehandelt, als Sie höchstpersönlich zur Distriktsverwaltung geeilt sind, Versöhnung angeboten und dem einstigen Freunde großmütig die Arme geöffnet haben, um auf diese Weise zu vermeiden, daß die höchste Amtsperson des Distrikts weiterhin ihre kostbare Zeit mit derartigen Spazirgängen vergeudet und sich am Palais der hochedlen Barrolos die Augen aus dem Kopfe guckt. Somit senden wir Euer Wohlgeboren unsere aufrichtigsten Glückwünsche zu diesem trefflichen Einfall, der die Begiehrden des feurigen Cavaleiro besänftigen wird und den öffentlichen Diensten nur zum Nutzen gereichen kann!"

Gonçalo drehte den Brief zwischen den Fingern und dachte: ‚Der kann nur von den Schwestern Lousada sein!'

Er untersuchte eingehend Handschrift und Stil, wobei ihm auffiel, daß „Begierden" mit h und „spaziert" ohne e geschrieben war. Wütend zerriß er den steifen Papierbogen und knurrte dabei in die Stille seiner Bibliothek: „Diese unverschämten Weibsbilder!"

Ganz gewiß, der gehässige Brief stammte von den Schwestern Lousada! Daß er von denen kam, bestürzte ihn noch mehr – weil üble Nachrede, wenn sie von derart bösen Zungen verbreitet wurde, gewiß schon in alle Häuser Oliveiras, selbst ins Gefängnis und ins Hospital, Eingang gefunden hatte. Und nun brachte die ganze Stadt, die sich begierig dieses Skandals bemächtigte und sich köstlich amüsierte, Andrés Runden um den „Eckenbau" niederträchtigerweise mit seinem Besuch bei der Distriktsverwaltung und dem Aufruhr unter der Arcada in Verbindung. Die klatschsüchtigen Lousadas sorgten also eifrig dafür, daß ganz Oliveira glaubte, er, Gonçalo Mendes Ramires, habe Cavaleiro aus seinem Büro herausgeholt und ihn unterwürfig zum Königsplatz komplimentiert, ihm die Türen des Palais, um die er bislang erfolglos herumgeschlichen war, sperrangelweit geöffnet und ohne die leisesten Skrupel seine Schwester an ihn verkuppelt. Die schmutzigen Unterröcke müßte man diesen beiden gemeinen Frauenzimmern hochheben, mitten auf dem Marktplatz, morgens nach der Messe, und ihnen mit der Peitsche die mageren Hinterbacken gerben, bis das Blut auf die Steinfliesen tropfte!

Und zu allem Unglück sprachen alle Umstände tatsächlich gegen ihn! Die Beharrlichkeit, mit der André immer wieder nach Gracinha spähte und die Hufe seines Pferdes über das

Straßenpflaster um das Palais donnern ließ, hatte keineswegs nachgelassen und fiel natürlich auf, und zumal jetzt im August, kurz vor seinem Erscheinen auf dem Balkon der Distriktsverwaltung, das in Oliveira wie ein geschichtliches Wunder kommentiert wurde. Daß dieser Trottel Sanches Lucena aber auch so ungelegen sterben mußte! Ein paar Monate früher hätte nicht einmal die Arglist der Schwestern Lousada seine Wiederaussöhnung mit André mit dessen amourösen Intentionen in Verbindung zu bringen vermocht, die damals noch nicht bestanden oder zumindest noch kein Gegenstand des Klatsches waren. Und drei oder vier Monate später hätte André, dessen Hoffnungen angesichts des unzugänglichen Palais dahinschwanden, seine Runden auf dem Königsplatz, hoch zu Roß und eine Rose im Knopfloch, gewiß von ganz allein wieder eingestellt. Aber nein! Das Unglück will es, daß er ausgerechnet dann zu André geht, den Rundenreiter umarmt und ihm Zugang zum Palais verschafft, als dieser unter aller Augen ungeniert um die heißbegehrte Pforte pirscht! Und somit konnten sich die beiden Lousadas auf stadtbekannte Tatsachen berufen und ihren üblen Klatsch als die reine Wahrheit ausgeben. Diese Sippschaft!

Aber was blieb nun zu tun? Vermochte er denn überhaupt seine politischen Beziehungen zu Cavaleiro aufrechtzuerhalten, ohne dabei verfänglichen Intimitäten Vorschub zu leisten, die Cavaleiro im „Eckenbau" – wie einst auf Santa Ireneia – zum willkommenen Tischgenossen machen konnten? Wie sollte er das fertigbringen? Wenn er sich mit André versöhnt hatte, dann würde sich in Bälde und so sicher, wie einem sich neigenden Zweig sein Schatten folgt, auch Barrolo, der ja sein Schwager und sein Schatten war, mit ihm aussöhnen ... Aber wie sollte er nur Barrolo beibringen, daß das wiederhergestellte gute Einvernehmen mit Cavaleiro sich einzig auf den Bereich der Politik erstreckte, man ihn außerhalb dieser Grenzen jedoch meiden müßte wie die Pest? – „Ich bin wieder der gute Freund Andrés, du natürlich auch, Barrolo – aber lade ihn nie zu Tisch ein, erlaube ihm nicht einmal, dein

Haus zu betreten!" – Das wäre ein ganz ungewöhnliches, ja geradezu unverschämtes Ansinnen, eine Fessel, die durch die Verhältnisse in dem kleinen Oliveira, wo man einander so oft auf der Straße begegnete, und von der selbstverständlichen Gastfreundschaft des Barrolo doch rasch wieder zerrissen werden würde wie abgenutzter Bindfaden ... Und was für eine groteske Figur würde *er* abgeben, wenn er sich wie ein zweiter Erzengel Michael vor dem Portal des „Eckenbaus" aufpflanzte, um das Eindringen des Satans in Gestalt des Distriktschefs mit Blitz und Donner zu verhindern! Aber es wäre auch wiederum entsetzlich, wenn die ganze Stadt beginnen würde, an den Straßenecken Gracinhas Namen in einem Atemzug mit dem Andrés zu wispern – und den seinigen dazu, denn er, Gonçalo, hatte ja die beiden erst zusammengeführt.

Und voller Verdruß über all diese Komplikationen, die ihm derartigen Ärger bereiteten, schlug er empört mit der Faust auf den Tisch. „Verfluchte Schweinerei! Eine einzige große Intrige ist das hier in diesen Klatschnestern ..."

Wer würde denn in Lissabon Notiz davon nehmen, wenn dort der Herr Regierungspräsident auf dem und dem Platz spazierenritt und ein gewisser Fidalgo da Torre sich mit dem Herrn Regierungspräsidenten wieder versöhnte? Also Schluß damit! Er würde stolz seinen Weg gehen, als wohne er in Lissabon, unangefochten von allem Klatsch und boshafter Schnüffelei. Schließlich war er ja Gonçalo Mendes Ramires aus dem Hause Ramires, mit einem tausend Jahre alten Namen und einem tausendjährigen Stammsitz! Er stand doch himmelweit über diesem Oliveira und allen seinen Lousadas. Und nicht nur durch seinen Namen, Gott sei es gedankt, sondern auch durch seine Gesinnung ... André war sein Freund und wurde also auch im Hause seiner Schwester aufgenommen – und wenn ganz Oliveira deswegen in Ohnmacht fallen sollte!

Und so ließ er sich von diesem schmutzigen Brief der Schwestern Lousada nicht im geringsten den ruhigen Arbeitstag verderben, für den er schon seit dem Frühstück Vorbereitungen traf. Er hatte nochmals einige Stellen im Gedicht Onkel Duartes und verschiedene Artikel im „Panorama“ über Belagerungen von Festungen im zwölften Jahrhundert nachgeschlagen, und nun setzte er sich mit dem Elan der Gelehrsamkeit an sein Schreibpult und tauchte die Feder in das messingne Tintenfaß, das schon drei Ramires-Generationen vor ihm gedient hatte. Und als er die Bogen seines Konzepts zum zweitenmal las, da erschien ihm die Burg von Santa Ireneia so trutzig wie nie zuvor, wie sie da stolz auf dem hohen historischen Hügel stand und das ganze Königreich überragte, das sich rings um sie auszudehnen begann und sich mit Städten und fruchtbaren Äckern überzog – dank der Rührigkeit seiner Burgherren!

Drohend erhebt sich die alte Honra von Santa Ireneia an jenem sengenden affonsinischen Augustmorgen, als jenseits der Uferwaldungen zwischen blitzenden Waffen die Standarte des Bastardo auftaucht. Schon drängen sich hinter allen Zinnen die Armbrustschützen, die mit gespannter Waffe Ausschau halten. Von Türmen und Bastionen steigt der dicke Qualm des Pechs zum Himmel, das in den Kufen siedet, um über die Mannen des Baião ausgegossen zu werden, falls sie versuchen sollten, die Mauern mit Sturmleitern zu erklimmen. Der Feldhauptmann rennt die Galerien entlang, gibt letzte Befehle für die Verteidigung und inspiziert noch einmal die bündelweise bereitliegenden Armbrustbolzen und aufgehäuften Steine, die als Wurfgeschosse bestimmt sind. Und im riesigen Burghof wimmelt es plötzlich zwischen den mit Stroh gedeckten Schuppen von alten Hintersassen, Knechten vom Backofen und aus der Meierei, die sich vor Schreck bekreuzigen und irgendeinen eilig vorbeikommenden Mann von der Wache am weiten Mantel zerren, um etwas über den anrückenden Feind zu erfahren. Mittlerweile hat die Reiterschar schon die rohe Holzbrücke über den Fluß passiert und nähert sich jetzt beharrlich dem großen, einstmals von Gonçalo Ramires, dem „Schlächter“, an der Grenze der Honra errichteten Kreuz aus Granitstein. Und in der tiefen Stille des glühendheißen Sommermorgens erdröhnen die Jagdhörner des Bastardo und hallen unheilverkündend über die Fluren, als ob die Araber kämen ...

Doch als Gonçalo, ganz in seine Arbeit versunken, im „Wörterbuch der Synonyme" nach Worten suchte, die das langgezogene Brummen der Hörner von Baião wiederzugeben vermochten, hörte er tatsächlich vom Turm her klagende tiefe Töne, Klänge, die quer durch die Zitronenbäume immer näher kamen und dabei immer lauter wurden. Seine Feder stockte – und schon stieg aus dem Gemüsegarten der „Fado der Familie Ramires", als Serenade dargeboten, zu dem von Geißblatt umrankten Balkon empor:

„O wie stolz bist du zu schauen,
Burg von Santa Ireneia ..."

„Ha, der Videirinha!" Gonçalo eilte entzückt auf den Balkon. Zwischen den Zweigen bewegte sich eine Melone hin und her, und dazu erscholl ein ohrenbetäubendes Freudengeheul: „Es lebe der Abgeordnete für Vila Clara! Vivat Gonçalo Ramires, unser hochverehrter Deputierter!"

Videirinhas Bratsche jubilierte schrill die „Verfassungshymne". Videirinha stand auf den Spitzen seiner Lackschuhe und schrie: „Vivat das berühmte Haus Ramires!" João Gouveia schwenkte wie rasend seine Melone über dem Kopf und brüllte, ohne seine Kehle zu schonen: „Hoch der verehrte Deputierte für Vila Clara! Vivat!"

Gonçalo konnte vor Lachen nicht mehr an sich halten. Er streckte in Rednerpose den Arm über die Balkonbrüstung.

„Ich danke euch, teure Mitbürger! Ich danke euch ... O welche Ehre erweist ihr mir, die ihr da kommt, in diesem prächtigen Aufzug, der glorreiche Verwaltungschef, der begnadete Apotheker, und ..."

Doch da stutzte er: Wo war denn Titó?

„Ist Titó denn nicht mitgekommen? João Gouveia, haben Sie Titó etwa gar nicht Bescheid gesagt?"

Landrat Gouveia, der mit einer Krawatte aus scharlachrotem Atlasstoff prunkte, setzte seine Melone wieder aufs Ohr und erklärte, daß Titó ein Rhinozeros sei.

„Wir hatten ja ausgemacht, zu dritt zu kommen. Er sollte sogar ein Dutzend Raketen mitbringen, die wir hier beim Absingen der Hymne knallen lassen wollten. An der Brücke wollten wir uns treffen ... Aber dieser Trottel hat sich nicht blicken lassen. Jedenfalls hat er genau Bescheid gewußt. Wenn er wegbleibt, ist er eben ein Verräter."

„Na schön, kommen Sie herauf!" rief Gonçalo. „Im Handumdrehen bin ich umgezogen. Um uns Appetit zu machen, schlage ich einen Wermut vor, und hinterher einen Rundgang durch das Gut, bis zum Pinienwald!"

Sogleich bog der wackere Videirinha, der seine Bratsche wie einen Tambourstab erhoben hatte, in den breiten, mit Weinreben überdachten Gartenweg ein, gefolgt von João Gouveia im Paradeschritt, der seinen Sonnenschirm wie eine Fahne vor dem Bauch trug. Als Gonçalo in sein Zimmer trat und nach Bento und nach heißem Wasser schrie, tönte unter dem offenen Fenster, wo sein Badetuch trocknete, der „Fado der Familie Ramires" in trutzigen Versen über das Bohnenfeld. Videirinha sang die Lieblingsstrophen des Fidalgos, die Vierzeiler auf seinen großen Ahn Rui Ramires, der für den König in einem Huker die Meere von Maskat durchsegelt. Als er drei großen englischen Karavellen begegnet, stürzt er in seinem koschenilleroten, mit einem gold- und edelsteinbesetzten Tapirfell gegürteten Wams zur Flagge am Vordermast, stemmt stolz die Hände in die Seiten und macht die Engländer zu Gefangenen:

„Trutzig steht er und verwegen
Unter Portugals Panier
Und ruft ihnen stolz entgegen:
‚Los, dreht bei, ergebt euch mir!'"

Gonçalo knöpfte hastig seine Hosenträger fest und stimmte in den Lobgesang ein: „Trutzig steht er und verwegen / Unter Portugals Panier ..." Und während er aus voller

Kehle sang, dachte er insgeheim, daß ein Mann mit einer solchen Reihe hervorragender Ahnen wie den seinen sehr wohl das Recht hatte, Oliveira samt seinen gehässigen Lousadas mit Verachtung zu strafen. Doch da erdröhnte im Korridor die Stentorstimme Titós: „Was ist denn nun eigentlich mit diesem Abgeordneten von Vila Clara? Er zieht sich wohl schon seine Uniform an?"

Gonçalo strahlte und lief zur Tür.

„Tritt ein, Titó! Die Abgeordneten tragen jetzt keine Uniformen mehr, Menschenskind! Aber wenn ich eine hätte, Teufel noch mal, heute würde ich sie tragen, samt Stutzdegen und Zweispitz mit Federn dran, um solch illustren Gästen die gebührende Ehre zu erweisen!"

Der bärtige, sonnengebräunte Hüne Titó ging langsam auf ihn zu, die Hände in den Taschen seiner olivfarbigen Samtjoppe. Er schob seinen riesigen Brageserhut in den Nacken und sah Gonçalo durchdringend an.

„Statt Uniform möchte ich lieber Livree sagen . . . Lakaienlivree."

„Was soll das heißen?"

Der andere erwiderte mit dröhnender Stimme: „Was wirst du denn anderes sein, Menschenskind, als ein Lakai des São Fulgêncio, dieses gräßlichen Kahlkopfs? Nicht daß du ihm den Tee bringst, wenn er es dir befiehlt; aber wenn er dir befiehlt, deine Stimme für ihn abzugeben, dann tust du es! Genau wie befohlen! Ramires, stimme ab! Und schwupp, gibt Ramires seine Stimme . . . Wie ein Kammerdiener, Mann, ein Kammerdiener in Livree!"

Gonçalo warf unwillig die Schultern zurück.

„Du bist eben ein Hinterwäldler, ein beinahe vorgeschichtlicher Pfahlbürger! Von gesellschaftlichen Realitäten verstehst du nichts! In der Politik gibt es keine absoluten Prinzipien . . ."

Doch Titó ließ nicht nach. „Und was ist mit diesem Cavaleiro? Gilt der nun jetzt als Genie? Steht seine Verwaltungsarbeit im Distrikt jetzt über jeder Kritik?"

Gonçalo protestierte gereizt und wurde rot. Habe er denn jemals André Begabung oder Administrationstalent abgesprochen? Nie! Er hatte doch nur seine Protzerei und seinen vor Brillantine glänzenden Schnurrbart verspottet... Und im übrigen erforderten es die Belange des Vaterlandes zuweilen, daß sich Männer miteinander verbündeten, die weder den gleichen Geschmack hatten noch gleiche Interessen verfolgten.

„Und außerdem gebärdet sich unser Senhor António Vilalobos heute wie ein ganz unausstehlicher Moralist, ein Cato, mit dem man unmöglich zu Abend essen kann!... Es war doch immer die Sitte konsequenter Philosophen, aus dem Bankettsaal zu flüchten, wo die Völlerei Orgien feierte, und aus Protest in der Küche zu essen!"

Titó kehrte ihm gelassen den breiten Rücken zu.

„Wohin willst du denn, Titó?"

„In die Küche!"

Und als Gonçalo lachte, wandte sich Titó an der Tür um wie ein Turm, der sich im Kreise dreht, und blickte seinem Freund voll ins Gesicht.

„Ganz im Ernst, mein lieber Gonçalo! Da ist die Wahl, dann eure Versöhnung, dann deine Kapitulation, und da machst du auch schon in Lissabon Bücklinge vor diesem São Fulgêncio und spazierst in Oliveira Arm in Arm mit dem Cavaleiro herum – das alles scheint mir doch recht merkwürdig... Nun aber genug damit; wenn die Rosa heute ihre Sache gut gemacht hat, wollen wir jetzt nicht mehr an betrübliche Dinge rühren!"

Gonçalo ruderte mit den Armen in der Luft herum und widersprach ihm aufs neue – während im Korridor das Schluchzen der Bratsche und der Paradeschritt Gouveias zu hören waren und noch einmal der Fado angestimmt wurde, sentimentaler noch als vorhin:

„Alte Sippe der Ramires,
Ruhm und Zierde Portugals!"

VI

Cavaleiros Gutshaus in Corinde war ein nüchternes, schmuckloses, gelb abgeputztes, schlichtes und weitläufiges Bauwerk des ausgehenden achtzehnten Jahrhunderts mit vierzehn Fenstern an der Vorderfront und lag inmitten ebenen Ackerlandes. Eine von Kastanien gesäumte schnurgerade Allee führte zum Vorhof, den zwei marmorne Wasserbassins zierten. Die Gärten wiesen noch immer jene Fülle prächtiger Rosen auf, die sie einst so berühmt gemacht und ihnen zu Zeiten von Andrés Großvater, dem Obertribunalrat Martinho, einen Besuch der Senhora Dona Maria II. eingetragen hatten. Im Hause selbst blitzte alles vor Sauberkeit, dank der rührigen alten Haushälterin Dona Jesuina Rolim, einer armen Verwandten Cavaleiros, die hier für Ordnung sorgte.

Gonçalo war auf seiner Stute hergeritten. Als er die Diele betrat, erkannte er an der Wand eines der alten Gemälde wieder, das in Feuerqualm gehüllte Galeonen in einer Seeschlacht darstellte. Er hatte es eines Nachmittags beim Degenfechten mit André demoliert. Auf der Kante eines Sofas, das unter diesem Gemälde stand, hockte melancholisch ein Schreiber der Distriktsverwaltung, seine rote Aktenmappe auf den Knien, und wartete. Da rief André, den sein treuer Diener Mateus schon von Gonçalos Ankunft unterrichtet hatte, fröhlich aus einer Tür am Ende des Korridors: „He, Gonçalo, komm nur herein! Ich komme gerade aus der Badewanne ... Ich bin noch in Unterhosen!“

Und in Unterhosen umarmte er ihn und beglückwünschte ihn zu seiner Nominierung als Abgeordneter. Während Cavaleiro zwischen den mit Krawatten, seidenen Socken und Parfümflaschen bedeckten Stühlen – dem Inhalt seiner Koffer – hin und her lief und sich fertig ankleidete, sprachen sie über die Hitze und die beschwerliche Reise und das jetzt menschenleere Lissabon.

„Entsetzlich!“ rief Cavaleiro und erhitzte dabei eine

Brennschere über der Spiritusflamme. „Auf allen Straßen der Baixa wird gebaut; überall Kalk und Staubwolken. Das ganze Zentrum von Moskitos heimgesucht! Viele Mulatten! Lissabon ein zweites Tunis! . . . Wie dem auch sei, wir kämpfen wacker unsern guten Kampf!"

Gonçalo saß in einer Sofaecke, wo er es sich zwischen zwei Stößen bunter Hemden und Unterhosen mit knallrotem Monogramm bequem gemacht hatte, und lächelte. „So ist also alles in bester Ordnung, mein lieber André?"

Cavaleiro stand vor dem Toilettentisch und verschnitt mit konzentrierter Aufmerksamkeit die dicken Enden seines Schnurrbarts. Und erst nachdem er ihn mit Brillantine eingerieben, die Wellen seiner widerspenstigen Mähne geglättet, sich im Spiegel betrachtet und in Positur geworfen hatte, versicherte er dem schon unruhig gewordenen Conçalo, daß seine Wahl beschlossene Sache sei.

„Aber stell dir mal vor! Als ich in Lissabon im Innenministerium ankomme, da höre ich doch, daß der Wahlkreis schon dem Pita, dem Teotónio Pita, dem großen Mann von der ‚Verdade', versprochen worden ist . . ."

Der Fidalgo schnellte vom Sofa hoch, wobei der Stoß Hemden herunterfiel.

„Und dann? . . ."

Und dann hatte er José Ernesto in scharfen Worten klargemacht, daß es einfach taktlos wäre, seinen Wahlkreis wie eine Zigarre zu verhökern, ohne ihn zu Rate zu ziehen, ihn, den Chef des Distrikts . . . Und als José Ernesto anmaßend wurde und die „vorrangigen Interessen der Regierung" gegen ihn ausspielen wollte, hatte er mit erhobenem Zeigefinger erklärt: „Also höre, Zezinho, mein Bester, entweder ich bekomme Vila Clara für den Ramires, oder ich lege mein Amt nieder, und Troja brennt!" Allgemeine Bestürzung, Tohuwabohu und Geschrei, aber José Ernesto hatte schließlich nachgegeben, und zu guter Letzt hatten sie beide in Algés bei Onkel Reis Gomes zu Abend gegessen, wo ihn die Damen beim „Bluff" um vierzehn Milreis erleichterten.

„Kurz und gut, wir müssen die Augen offenhalten, Gonçalinho. José Ernesto ist ein braver Bursche und mein alter Freund, und außerdem kennt er meinen Scharfblick. Aber es gibt da auch so mancherlei Verpflichtungen und zwingende Gründe ... Und nun eine interessante Neuigkeit: Weißt du, wer gegen dich und für die Regeneradores kandidiert? Rate mal ... Der Julinho!"

„Was denn für ein Julinho? ... Der Júlio mit den Photographien?"

„Jawohl, der."

„Verflucht!"

Cavaleiro zuckte mitleidig die Achseln. „Der bringt höchstens mal am Gutstor zehn Stimmen zusammen, photographiert alle Gastwirte im Wahlkreis in Hemdsärmeln und bleibt auch weiterhin der Julinho ... Nein, nur dieses Lissabon beunruhigt mich, der politische Pöbel von Lissabon!"

Gonçalo zwirbelte seinen Schnurrbart und sah recht betroffen aus. „Und ich dachte, daß alles schon unter Dach und Fach ist ... Aber bei solchen Intrigen kann natürlich nur ein Chaos entstehen ... Ich sehe mich jedenfalls noch lange nicht in Lissabon!"

Cavaleiro zog vor dem Spiegel seinen Frack glatt. Zuerst hatte er ihn zugeknöpft, jetzt aber trug er ihn offen über der olivenfarbenen Barchentweste, in deren Ausschnitt nun endlich auch die mit einem Saphir festgesteckte Krawatte aus feiner heller Seide prangte. Während er sein Taschentuch mit Parfüm besprengte, sagte er: „Nun sind wir doch wieder die besten Freunde, nicht wahr? Nimm die Sache mit der Wahl nicht so tragisch, mein lieber Gonçalo; frühstücken wir erst mal ausgiebig! ... Ich finde, daß mir dieser Frack von unserem Amieiro doch eigentlich recht gut steht, meinst du nicht auch?"

„Großartig!" versicherte Gonçalo.

„Schön. Gehen wir jetzt in den Garten hinunter, damit du unsere alten lauschigen Plätzchen wiedersiehst und dich mit einer Rose aus Corinde schmücken kannst!"

Und noch im Korridor, in dem große indische Vasen und Truhen mit chinesischem Lacküberzug standen, nahm er den Arm seines endlich zurückgewonnenen Gonçalo und sagte: „So, mein Lieber, jetzt gehen wir beide wieder über die ehrwürdigen Dielen von Corinde, wie vor fünf Jahren... Und alles ist an seinem Platz geblieben, jeder Diener und jeder Teppich! Nun, an einem der nächsten Tage muß ich dich mal in Santa Ireneia aufsuchen..."

Gonçalo sagte unbefangen: „Oh! Dort hat sich viel verändert... Sehr viel!"

Ein verlegenes Schweigen trat ein. Es war, als stiege die melancholische Vision des alten Landguts auf – die Zeit der Liebe und der Hoffnungen, da André und Gracinha unter dem wohlwollenden Lächeln von Miss Rhodes an der feuchten Mauer des Wasserbassins die letzten Aprilveilchen pflückten... Stumm stiegen sie die alte Wendeltreppe hinunter, deren Geländer sie einst als Rutschbahn benutzt hatten. Sie traten in eine Kuppelhalle mit Holzbänken an den Wänden, deren Lehnen das Wappen der Cavaleiros trugen. André blieb vor der Glastür stehen, die nach dem Garten führte, und breitete betrübt die Arme aus.

„Ich bin jetzt nur noch selten in Corinde. Du wirst ja verstehen, daß es nicht nur meine dienstlichen Verpflichtungen in Oliveira sind, die mich von hier fernhalten... Aber seit Mamas Tod ist dieser Bau für mich kalt und leer geworden. Ich laufe hier herum, als hätte ich mich verirrt. Und du kannst mir glauben, wenn ich schon mal hier bin, dann kommt dabei weiter nichts heraus als ein paar trübsinnige Promenaden durch die Gärten, immer den Hauptweg entlang... Ich werde eben allmählich in aller Stille alt, mein Lieber!"

Gonçalo murmelte mitfühlend: „Ich langweile mich auch bloß in meinem Schloß..."

„Aber du hast ein anderes Naturell! Ich dagegen bin tatsächlich eine elegische Natur."

Mit einem Ruck schob er den verklemmten Riegel der Glastür zurück. Und während er sich die Finger am parfümierten Taschentuch abwischte, sagte er: „Ich glaube, Corinde könnte mich jetzt nur entzücken, wenn es große kahle Hügel und hohe wilde Felsen hätte ... Zuweilen sehne ich mich im tiefsten Herzen nach der Einöde des Sankt Bruno ..."

Gonçalo mußte über die asketischen Wünsche lächeln, die hier so preziös dem Mund unter dem mit der Brennschere gezwirbelten und vor Brillantine glänzenden Schnurrbart entschlüpften. Und auf der Terrasse blieb er an der efeuumrankten steinernen Balustrade stehen, lobte den schönen Garten, in dem alles prächtig gedieh, und scherzte: „Wahrhaftig, welches Ärgernis muß dieser Anblick für einen Jünger Sankt Brunos sein! Doch welches Entzücken für einen Sünder wie mich! Der Garten von Santa Ireneia ist dagegen eine Wüste."

„Base Jesuina hat Blumen gern. Kennst du die Base Jesuina nicht? Eine alte Verwandte von Mama; sie führt jetzt die Wirtschaft. Und mit welcher Gewissenhaftigkeit und Liebe sie das tut! Wenn diese treue Seele nicht wäre, würden in den Gartenbeeten die Schweine wühlen ... Laß dir gesagt sein, mein Lieber, wo kein Weiberrock ist, da herrscht auch keine Ordnung!"

Zwischen blauen Porzellanvasen, die von Geranien, Astern und Bambus überquollen, schritten sie die halbrunde Freitreppe hinab. Gonçalo entsann sich jenes Vorabends von Johannis, an dem er auf diesen Treppenstufen einen gewaltigen Purzelbaum schlug und dabei die Arme voller Feuerwerkskörper hatte. Während sie langsam durch den Garten gingen, stiegen alte Erinnerungen in ihm auf. Sie kamen an dem Trapez aus den Zeiten vorüber, da sie beide den heiligen Idealen der Kraft, des Turnens und der kalten Bäder huldigten ... Auf jener Bank unter der Magnolie hatte André eines Abends den ersten Gesang seines Poems „Der Festungskommandant von Ceuta" vorgelesen. Und dort hing auch noch die Schießscheibe, wo sie sich mit der Pistole in der Hand für künftige Duelle übten, die ja bei dem Feldzug, den sie gegen das alte konstitutionalistische Regime zu unternehmen gedachten, unvermeidlich waren ... Doch dieser ganze Mauerabschnitt hier, die Rückwand der Waschküche, war nach dem Tode Mamas abgerissen worden, als der Ofen verbreitert wurde ...

„Die Schießscheibe hätten wir uns übrigens sparen können!" sagte Cavaleiro. „Ich habe gerade um diese Zeit meine Karriere im Regime begonnen ... Und jetzt kommst du, durch die Tür, die ich dir öffne!"

Gonçalo, der ein paar abgezupfte Limonetenblätter zwischen den Fingern zerdrückte, um ihren Duft einzuatmen, pflichtete ihm mit einer Freimütigkeit bei, die nach diesen wiedererweckten Erinnerungen recht prosaisch wirkte: „Ich brenne darauf, wie du sehr wohl weißt. Aber hältst du es denn für sicher, daß ich bei der Wahl durchkomme? Wird es da keine Schwierigkeiten geben, mein lieber André? ... Dieser Pita ist ein gerissener Bursche!"

Cavaleiro steckte die Daumen in die Ärmelausschnitte seiner Weste und brummte: „Die Macht eines Cavaleiro ist größer als die Gerissenheit eines Pita ..."

Über drei Backsteinstufen gelangten sie in den anderen Garten, in dem es weder Bäume noch Schatten gab. Seit Mai stand hier das prachtvolle, das berühmte Meer von Rosenstöcken in Blüte, der Stolz von Corinde, der einst eine Königin entzückt hatte. Die gleichgültige Geringschätzung, mit der André von Pita sprach, bestärkte Gonçalo in seiner Gewißheit, die Wahlen zu gewinnen. Während er ehrfürchtig wie durch ein Museum durch den Garten schritt, lobte er Cavaleiros Rosen mit begeisterten Worten: „Welch herrlicher Anblick, André, ein Wunder! Entzückende Rosen hast du hier ... Die vollen dort, welche Pracht! Und diese gelben! Köstlich! ... Sieh nur, wie reizend! Wie aus den weißen Kronenblättern das leuchtende Rot bricht ... Und was für ein Rot! Was für ein himmlisches Rot!"

Cavaleiro verschränkte die Arme und sagte mit gespielter Melancholie: „Nun sieh! So groß ist meine gesellschaftliche und menschliche Einsamkeit, daß ich mit all meinen blühenden Rosen niemand habe, dem ich einen Strauß davon schicken könnte! ... Ich bin direkt gezwungen, die Lousadas damit zu beehren!"

Ein Rot, noch tiefer als das der Rosen, die er eben so gelobt hatte, überzog die Wangen des Fidalgos. „Die Lousadas! Diese niederträchtigen Weiber!"

André warf dem Freund einen neugierigen Blick zu. „Wieso? ... Wieso denn niederträchtig?"

„Wieso? Weil sie eben niederträchtig sind! Von Natur aus und weil Gott es so gewollt hat! Sie sind genauso niederträchtig, wie diese Rosen da rot sind."

Beruhigt sagte Cavaleiro: „Ach so, du meinst, ganz allgemein ... Sie sind tatsächlich außerordentlich giftig. Aus diesem Grunde stopfe ich ihnen den Mund mit Rosen. Und in Oliveira, mein Lieber, trinke ich allwöchentlich bei ihnen einen Anstandstee!"

„Womit du sie auch nicht besserst", knurrte der Fidalgo.

Inzwischen war Mateus auf den Backsteinstufen erschienen, die Serviette in der Hand. Seine Glatze leuchtete in der Sonne. Cavaleiro pflückte für Gonçalo eine „Siegesrose" und für sich selber eine „unschuldige Knospe" ... Und so geschmückt, stiegen sie zwischen Reihen leuchtender, duftender Rosen wieder zur Terrasse hinauf. Da blieb Cavaleiro plötzlich stehen, weil ihm etwas einfiel. „Wann fährst du eigentlich nach Oliveira, mein lieber Gonçalo?"

Der Fidalgo stutzte. Nach Oliveira? Er hatte nicht die Absicht, nach Oliveira zu fahren, die ganze Woche nicht ... „Wieso? Ist es denn so dringend, daß ich nach Oliveira fahre?"

„Aber gewiß, mein Lieber! Gleich morgen müssen wir mit Barrolo sprechen und uns wegen der Stimmen von Murtosa ins Einvernehmen setzen! ... Mein lieber Gonçalo, wir müssen wachsam sein! Nicht wegen des Júlio, aber wegen des Pita!"

„Gut, gut!" pflichtete ihm Gonçalo erschrocken bei. „Ich fahre nach Oliveira."

„Dann können wir ja auch gleich zusammen hinreiten. Es ist ein angenehmer Weg, unter den Eschen lang, immer im Schatten ... Vielleicht mußt du noch auf deinem Schloß Bescheid sagen lassen, wegen der Wäsche ..."

Das sei nicht nötig, erwiderte Gonçalo. Um das lästige Kofferschleppen zu vermeiden, habe er im „Eckenbau" eine ganze Ausstattung deponiert, vom Filzpantoffel bis zum Frack. Er betrete Oliveira wie der Philosoph Bias einst Athen – mit einem simplen Spazierstock und unendlicher Geduld.

„Fabelhaft!" erklärte André. „Da halten wir gleich unseren offiziellen Einzug in Oliveira. Das wird der Anfang unserer Kampagne."

Der Fidalgo mußte an die hämischen Gesichter der Lousadas und der ganzen Stadt bei einem solchen brüderlichen Einzug denken und zwirbelte verlegen seinen Schnurrbart. Und als Cavaleiro Mateus auftrug, den Fuchs und die Stute des Fidalgos für halb fünf satteln zu lassen, wies Gonçalo warnend auf die nachmittägliche Hitze und den Staub hin. Sie sollten besser um sieben, in der Abendkühle, aufbrechen. (Gonçalo hoffte, im Schutz der Dunkelheit unbemerkt nach Oliveira hineinzugelangen.) Doch André widersprach: „Nein, das kompliziert die Sache nur, weil wir dann erst spät ankommen. Wir müssen in aller Form dort einziehen, um die Stunde, wo auf dem Terreiro da Louça die Musik spielt ... Reiten wir also um fünf Uhr los, nicht wahr?"

Und Gonçalo beugte sich schließlich dem Machtspruch des Schicksals. „Also gut, um fünf."

In dem mit Matten ausgelegten Speisezimmer, auf dessen roter Tapete, einer Damastimitation, schwärzlich gewordene Stilleben hingen, placierte sich André in den ehrwürdigen Armsessel seines Ahnen Martinho. Der Glanz des Tafelsilbers, die frischen Rosen in einer Meißner Porzellanvase verrieten die rührige Hand der Base Jesuina, die an diesem Morgen Leibschmerzen hatte und auf ihrem Zimmer geblieben war. Gonçalo lobte die gefällige Ordnung, die man im Hause eines Junggesellen nur selten antreffe, und beklagte sich, daß er in seinem Schloß nicht auch so eine Base Jesuina hatte ... Und André faltete seine Serviette auseinander und lächelte vergnügt vor sich hin, denn er hoffte insgeheim, daß Gonçalo später den Barrolos von seiner komfortablen Häuslichkeit erzählen würde. Dann stach er mit der Gabel in eine Olive und sagte: „Nun, mein lieber Gonçalo, ich bin also in unserer herrlichen Hauptstadt gewesen und habe mich dann noch einen Tag in Cintra aufgehalten ..."

Da steckte Mateus den Kopf durch den Türspalt und erinnerte Seine Exzellenz daran, daß draußen der Schreiber von der Distriktsverwaltung wartete.

„Soll er doch warten!" schrie Seine Exzellenz.

Gonçalo gab zu bedenken, daß der gute Mann vielleicht Hunger habe und ungeduldig werden könnte.

„Dann soll er doch frühstücken!" sagte Seine Exzellenz.

Diese kalte Geringschätzung für den armen Untergebenen, der da, die Aktenmappe auf den Knien, vergessen auf seiner Bank in der Diele saß, berührte den Fidalgo peinlich. Er spießte ebenfalls eine Olive auf seine Gabel. „Du sprachst gerade von Cintra ..."

„Langweilig", faßte André zusammen. „Abscheuliche Staubwolken, nur ziemlich mittelmäßiges Weibsvolk. Das habe ich alles schon längst wieder vergessen. Aber weißt du, wen ich dort getroffen habe, auf der Landstraße nach Collares? Den Castanheiro, unseren Castanheiro von den ‚Annalen', und sogar mit Zylinder. Er streckte sofort die Hände gen Himmel und zeterte: ‚Schickt mir denn dieser Gonçalo nicht bald seine Novelle?' Anscheinend kommt die erste Nummer der Zeitschrift im Dezember heraus, und er braucht das Manuskript Anfang Oktober ... Und da hat er mich förmlich angefleht, dich wachzurütteln und an den glorreichen Namen der Familie Ramires zu erinnern. Du müßtest mit deiner Novelle endlich fertig werden ... Übrigens macht es sich sogar recht gut, wenn noch vor deiner Aufnahme ins

Parlament etwas von dir veröffentlicht wird, eine Sache, die Hand und Fuß hat, wo eine Menge Gelehrsamkeit drinstreckt, und etwas echt Portugiesisches ..."

„Aber gewiß!" pflichtete ihm Gonçalo bei. „Nur das vierte Kapitel fehlt mir noch. Aber gerade bei diesem sind gründliche Vorbereitungen und langwierige Nachforschungen nötig ... Um es zu vollenden, brauche ich innere Ruhe und die Gewißheit, gut durch diese verfluchte Wahl zu kommen ... Nicht daß mich dieser Trottel Júlio aufregt, aber diese Lissabonner Intriganten ... Was meinst du?"

Cavaleiro langte noch einmal mit der Gabel nach den Oliven und lachte. „Was ich davon halte, mein lieber Gonçalo? Daß du dich wie ein kleines Kind benimmst, das Angst hat, seinen Teller süßen Reis nicht zu bekommen. Nur Geduld, Freundchen, du kriegst deinen süßen Reis schon noch! ... Aber José Ernesto war tatsächlich sehr halsstarrig, als ich mit ihm verhandelte. Es beständen da alte Abmachungen mit dem Pita. Seine ‚Verdade' ist ja immer furchtbar bürokratisch gewesen ... Und wenn dieser Pita jetzt erfährt, daß ich ihm Vila Clara weggeschnappt habe, möchte er mich bestimmt vor Wut auffressen. Was mir übrigens herzlich gleichgültig ist; durch das Gekeife oder die Witzeleien eines Pita lasse ich mir noch lange nicht den Appetit verderben ... Aber José Ernesto ist ein Bewunderer des Pita und von ihm abhängig, und er kann nicht umhin, ihm einen Wahlkreis zuzuschanzen ... Am letzten Tag meines Aufenthalts machte er in seiner Kanzlei noch mit mir Witze und sagte: ‚Ich sehe, daß die Abgeordneten von Vila Clara langsam aussterben; sollte nach diesem guten Brauch auch dein Ramires über kurz oder lang das Zeitliche segnen, kommt als nächster dann Pita ins Parlament.'"

Gonçalo schob mit einem Ruck seinen Sessel zurück.

„Ich das Zeitliche segnen! So ein Rindvieh!"

„Nicht doch, er meint, wenn du für den Wahlkreis sterben solltest!" unterbrach ihn Cavaleiro lachend. „Zum Beispiel, wenn wir uns überwerfen würden, wenn sich morgen eine

Meinungsverschiedenheit zwischen uns ergäbe... Kurzum, etwas Unmögliches!"

Mateus trat mit einer Terrine voll verlockend duftender Hühnersuppe ins Zimmer.

„Halten wir uns daran", rief Cavaleiro, „und reden wir nicht weiter von Wahlkreisen, von Pitas, von Júlios, von der unseligen Politik! Erzähl mir lieber mal, worum es in deiner Novelle geht... Ist es vielleicht etwas Historisches? Aus dem Mittelalter? Oder über Dom João V.? Wenn ich jetzt versuchen würde, einen Roman zu schreiben, so würde ich mir dafür eine ganz tolle Epoche wählen, nämlich Portugal unter den Philipps..."

Die Uhr der Kirche São Cristóvão in Oliveira, die beständig vorging, schlug drei Viertel sieben, als André Cavaleiro und Gonçalo die Rua Velha hinunterritten und auf den Terreiro da Louça (den jetzigen „Platz des Staatsrats Costa Barroso") einbogen.

Jeden Sonntag machte die Blechmusik des Regiments oder der Gesangverein „Redlichkeit" diesen Platz zum geselligen Mittelpunkt des ruhigen Provinzstädtchens. Man konzertierte auf einem Podium, das selbiger Herr Staatsrat in seiner Amtszeit als Parlamentspräsident über dem Stumpf des niedergerissenen Prangerpfahls hatte errichten lassen. Da jedoch im Kloster Santa Brígida unter der Schirmherrschaft des Bischofs ein Basar eröffnet worden war, blieben an diesem Abend die meisten Damen den Steinbänken und den unter den Akazien aufgestellten einzelnen Stühlen aus dem Obdachlosenheim fern. Auch die Lousadas waren nicht auf ihrem Stammplatz. Übrigens hatten sie sich einen so guten ausgesucht, daß sie von ihm aus die ganze Szene einschließlich aller angrenzenden Straßen, die dahinterliegenden Häuserreihen, die Limonadenbude und sogar noch eine andere, schamhaft hinter einer Efeuhecke versteckte Örtlichkeit überblicken konnten. Die einzigen anwesenden Bekannten, Dona Maria Mendonça, die Baronin von Marges und die beiden Alboins, standen an dem eisernen Gitter, das sich auf der einstigen Stadtmauer entlangzieht, von der aus man auf weite Felder, den Park des Neuen Seminars, den Pinienhain von Estevinha und die leuchtenden Windungen des Crede-Flüßchens blickt. Sie plauderten miteinander und kehrten ihnen den Rücken zu.

Doch die feinen Herren, die da müßig auf einem von Bäumen überschatteten Weg – der sogenannten „Reitbahn" – rund um den Platz promenierten und dabei den „Marsch des Propheten" genossen, erstarrten, obwohl sie allesamt von der historischen Versöhnung in der Distriktsverwaltung wußten, sofort in höchster Verwunderung, als die Freunde, die beide Strohhüte und hohe Gamaschen trugen, feierlich auf ihren Stuten vorübertrabten. Gonçalos Tier war rotbraun und schlank, der Schweif nach englischer Manier gestutzt, Cavaleiros schwarz und schwergliedrig, mit gebogenem Hals und üppigem Schweif, der auf dem Steinpflaster nachschleifte. Melo Alboim, der Baron von Marges und Doktor Delegado hielten in ihrem Gänsemarsch inne, worauf zuerst einer von den Vila-Velhas, dann der Gutserbe Pestana und der wohlbeleibte Major Ribas in aufgeknöpfter Uniform, der sich in den Hüften wiegte und sich über diese „dicke Freundschaft" lustig machte, die gaffenden Gesichter um einige weitere vermehrten. Der Notar Guedes, der „Wiedehopf", riß, als er sich entrüstet, doch ehrerbietig erhob, vor Erregung seinen Stuhl um und entblößte mit großer Höflichkeit seine Glatze, wobei der weiße Hut in seiner Hand zitterte. Und der alte Cerqueira, der Rechtsanwalt, der gerade hinter der Efeuhecke der Retirade hervortrat und noch mit dem Zuknöpfen seiner Hose beschäftigt war, blieb plötzlich mit offenem Mund und hochgestreckter Nasenspitze stehen, die Finger an den Hosenknöpfen.

André und Gonçalo ritten unbeirrt die Straße hinunter. Sie kamen jetzt an dem alle anderen Häuser überragenden Palais der Dona Arminda Viegas mit dem riesigen Familienwappen am Sims und seinen zehn repräsentativen, von gelben Damastgardinen flankierten Eisenbalkons vorüber. Auf dem

Eckbalkon saßen Barrolo und José Mendonça auf Rohrschemeln und rauchten. Als Barrolo die trägen Hufschläge der Stuten hörte und so unverhofft seinen Schwager erblickte, beugte er sich über die Brüstung und rief: „Gonçalo! He, Gonçalo! ... Kommst du zu uns?"

Er wartete gar nicht erst die Antwort ab, fuchtelte mit den Armen in der Luft herum und brüllte hinunter: „Wir kommen gleich! Wir essen heute abend zusammen ... Gracinha ist auch hier oben bei Tante Arminda. Wir kommen gleich! Wir sind sofort da!"

Cavaleiro nickte dem Hauptmann Mendonça zu und lächelte. Barrolo, völlig aus dem Häuschen, war bereits zwischen den gelben Damastvorhängen verschwunden. Die beiden Reiter ließen die staunende Menge hinter sich und bogen in die Rua das Velas ein, wo gerade ein Polizist stand, der sogleich Haltung annahm und die Hand an die Mütze legte – was Gonçalo sehr schmeichelte.

Cavaleiro begleitete den Fidalgo zum Königsplatz. Vor dem Palais der Barrolos spielte ein Mann mit roter Baskenmütze auf seinem Leierkasten unentwegt den Hochzeitschor aus der „Lúcia" und äugte dabei zu den verwaisten Fenstern hinauf.

Auf dem Hof lief Pförtner Joaquim herbei, um sich der Stute des Fidalgos anzunehmen. Der Leierkastenmann streckte Gonçalo mit stummem Lächeln die Mütze hin. Nachdem Gonçalo eine Handvoll Kupfermünzen hineingeworfen hatte, stand er einen Augenblick unschlüssig und murmelte dann verlegen und errötend: „Willst du nicht mitkommen und dich ein wenig ausruhen, André?"

„Nein, vielen Dank ... Also morgen um zwei, in der Distriktsverwaltung, und bring Barrolo mit, weil wir uns wegen der Stimmen von Murtosa einigen müssen ... Adieu, mein Bester! Wir haben einen netten Spazierritt gemacht und die Leute ein bißchen aufgescheucht!"

Und nach einem langen Blick auf das Palais ritt Seine Exzellenz die Rua das Tecedeiras hinunter.

Für Gonçalo stand im Hause stets sein Zimmer mit gemachtem Bett bereit. Gerade hatte er sich gewaschen und gekämmt, als atemlos und neugierig Barrolo durch den Korridor stürzte, gefolgt von der keuchenden Gracinha, die nervös die roten Bänder ihres Hutes aufband.

Von dem Nachmittag an, als Barrolo mit wachsamem Auge die Gespräche Gonçalos und Andrés im Erker der Distriktsverwaltung beobachtet hatte, vergingen er und Gracinha fast vor Ungeduld, Gründe und Vorgeschichte dieser überraschenden Wiederaussöhnung zu erfahren. Und dann Gonçalos fluchtartiges Verschwinden nach Santa Ireneia, ohne vorher mit seiner Kalesche bei ihnen Station gemacht zu haben; darauf die plötzliche Reise Cavaleiros nach Lissabon; dazu das Schweigen, das sich schwerer als ein eiserner Deckel über diesen Fall herabsenkte – das alles versetzte sie beinahe in Bestürzung. Abends murmelte Gracinha vor dem Hausaltar zwischen zerstreut heruntergeleierten Gebeten: „O liebe heilige Jungfrau Maria, was wird noch werden?" – Barrolo hatte sich nicht getraut, gleich nach Santa Ireneia zu eilen; aber nachts träumte er bereits vom Balkon der Distriktsverwaltung, sah ihn immer größer und größer werden, sich über ganz Oliveira hinweg direkt auf ihn zuschieben, bis an seine Fenster, und er mußte ihn mit einem Besenstiel zurückstoßen ... Und nun kamen Gonçalo und André hoch zu Roß und mit Strohhüten in die Stadt, als ob nie etwas vorgefallen wäre – wie unzertrennliche Gefährten, die gerade von einem Spazierritt zurückkehrten!

Kaum hatte Barrolo den Fuß auf die Türschwelle gesetzt, warf er die Arme in die Luft und brüllte auch schon los: „Was soll denn das alles bloß heißen? ... Von nichts anderem wird hier mehr gesprochen ... Du bist bei André gewesen?"

Gracinha rang nach Luft. Ihr Gesicht war so rot wie die Bänder ihres Hutes, und sie stammelte nur: „Und zu uns kommst du nicht, schreibst uns nicht einmal ... Wo wir so in Sorge sind ..."

Der Fidalgo, der noch das Handtuch in den Händen hielt, klärte gleich zwischen Tür und Angel, und ohne ihnen erst Stühle anzubieten, das „Geheimnis“ auf.

„Eine ganz unerwartete, aber ganz natürliche Sache. Wie ihr wißt, ist Sanches Lucena gestorben. Dadurch wurde der Wahlkreis Vila Clara frei. Und das ist ein Wahlkreis, der nur von einem hier Ansässigen vertreten werden kann, von jemandem, der hier Grund und Boden und einigen Einfluß hat. Die Regierung ließ sogleich telegrafisch bei mir anfragen, ob ich mich nicht darum bewerben möchte ... Nun stehe ich mich ja im Grunde genommen recht gut mit den Históricos, bin mit José Ernesto befreundet ... Ich würde ganz gern Parlamentsmitglied werden ... Und da habe ich eben angenommen.“

Barrolo schlug sich triumphierend mit der flachen Hand auf den Schenkel. „Dann hat es also gestimmt, Donnerwetter!“

Der Fidalgo trocknete sich langsam die Hände und fuhr fort: „Natürlich habe ich nur unter gewissen Bedingungen zugesagt, recht gewichtigen Bedingungen. Aber zugesagt habe ich ... Wie ihr wißt, ist es in einem solchen Fall erforderlich, daß sich der Bewerber mit dem Regierungspräsidenten verständigt. Anfangs wollte ich diese Beziehungen ja nicht wieder anknüpfen. Auf beharrliches Drängen von Lissabon hin und aus höheren politischen Erwägungen habe ich aber dann dieses Opfer auf mich genommen. Angesichts der Schwierigkeiten, in denen sich das Vaterland befindet, müssen *alle* Opfer bringen. *Ich* habe das meine gebracht ... Übrigens war André sehr liebenswürdig und entgegenkommend. So daß wir nun wieder Freunde sind. *Politische* Freunde, aber gute und aufrichtige Freunde ... Ich habe heute bei ihm in Corinde gefrühstückt, und wir sind zusammen unter den Eschen lang hierher geritten. Ein wunderbarer Abend! Endlich ist die alte Eintracht wiederhergestellt. Und mein Wahlerfolg ist gesichert.“

„Komm an meine Brust!“ schrie Barrolo, außer sich vor Freude.

Gracinha hatte sich auf den Bettrand gesetzt, hielt ihren Hut im Schoß und betrachtete mit Tränen in den sanften Augen in stummer Bewunderung ihren Bruder. Gonçalo machte sich aus der Umarmung Barrolos frei und legte langsam und in Gedanken das Handtuch zusammen.

„Meine Wahl ist gesichert, aber wir dürfen trotzdem nicht müßig sein. Du, Barrolo, mußt auch mit Cavaleiro reden. Ich habe das bereits alles vereinbart. Morgen um zwei Uhr in der Distriktsverwaltung. Ihr müßt euch wegen der Stimmen von Murtosa verständigen ..."

„Gemacht, Kleiner! Was ihr wollt! Stimmen, Geld ..."

Gonçalo besprengte sein Jackett mit Kölnischwasser, das auf den Fußboden tropfte, und fuhr fort: „Von dem Augenblick an, da ich mich mit André wieder ausgesöhnt habe, ist alles erledigt. Und du, Barrolo, versöhne dich auch gleich mit ihm ..."

Barrolo machte vor Begeisterung beinahe einen Luftsprung.

„Gewiß! Und mit Vergnügen, wo ich doch Cavaleiro so gut leiden kann! Ich hatte ja deswegen sogar immer Meinungsverschiedenheiten mit Gracinha. Ach, Herrschaften, so ein Unsinn, und alles bloß wegen der Politik ..."

„Gut!" sagte der Fidalgo. „Die Politik hat uns auseinandergebracht, die Politik bringt uns auch wieder zusammen. Das ist der Unbestand der Zeiten und der Reiche."

Er faßte Gracinha bei den Schultern, küßte sie schallend auf beide Wangen und fragte: „Wie geht es denn Tante Arminda? Hat sie sich von ihrem Unfall erholt und begeistert sie sich schon wieder für die Heldentaten des ‚Schönen Leandro'?"

Gracinha sah ihn mit strahlendem Lächeln an, anmutig und sanft wie immer. „Tante Arminda geht es besser; sie kann bereits wieder laufen. Sie hat nach dir gefragt ... Aber du willst doch jetzt sicherlich etwas essen, Gonçalo!"

„Nein, ich habe bei André in Corinde sehr gut gegessen ... Aber wenn ihr bei Tante Arminda zu Mittag gegessen habt, eßt ihr doch dann bald zu Abend, nicht wahr? Da schließe ich mich gleich an... Jetzt bitte nur eine Tasse Tee, recht starken!"

Gracinha eilte davon, um ihren geliebten, heldenmütigen Bruder so schnell wie möglich zu bewirten. Als Gonçalo mit Barrolo, der keinen Blick von ihm wandte, die Treppe hinunterging, klagte er über die Opfer, die er gebracht hatte.

„Wahrhaftig, Kleiner, eigentlich ist es eine Schweinerei... Aber was soll man tun. Teufel noch mal! Wir müssen eben alle zusammenhalten, um das Vaterland gemeinsam aus dem Dreck zu ziehen!..."

Barrolo, immer noch außer sich, murmelte: „Und ohne ein Sterbenswörtchen zu sagen... In aller Heimlichkeit hast du das gemacht..."

„Noch etwas, Barrolo! Morgen, wenn wir zur Distriktsverwaltung gehen, mußt du André zum Essen einladen..."

„Aber natürlich!" rief Barrolo. „Ein Galadiner?"

„I wo, Mann! Ein ganz intimes Essen im kleinsten Kreis. Nur mit André und João Gouveia. Dem schickst du ein Telegramm. Meinetwegen kannst du auch die Mendonças einladen... Aber es bleibt ein Essen im intimsten Kreis; wir wollen nur ein bißchen plaudern und unsere Versöhnung mit ein wenig Geselligkeit besiegeln."

Tags darauf drückten sich Barrolo und Cavaleiro im Haus der Distriktsverwaltung so unbefangen die Hände, als hätten sie am Abend zuvor zusammen Billard gespielt und sich zusammen im Klub in der Rua das Pegas gelangweilt. Im übrigen sprachen die drei nur ganz allgemein über die Wahlen. Lediglich Cavaleiro kam beiläufig auf die Stimmen von Murtosa zu sprechen, und der gute Barrolo verschluckte sich beinahe vor lauter Eifer, sie ihnen zu offerieren.

„Alles können Sie haben... Stimmen, Geld, was Sie wollen! Sie brauchen es bloß zu sagen! Ich fahre nach Murtosa, dann gibt es dort ein großes Festessen, ein Fäßchen Wein wird aufgemacht und ein Feuerwerk abgebrannt, und der ganze Kirchsprengel geht zur Wahl..."

Cavaleiro lachte und dämpfte diese Begeisterung. „Aber nicht doch, mein lieber Barrolo, nicht doch! Wir bereiten eine völlig normale, friedliche Wahl vor. Vila Clara wählt natürlich Gonçalo Mendes Ramires zum Abgeordneten, weil er der beste Mann ist. Irgendwelche ernsten Gegner gibt es nicht, der Julinho ist eine Niete. Und folglich ..."

Barrolo, strahlend und erregt, blieb hartnäckig: „Moment, André, Moment! Dazu gehört ein richtiges Saufgelage, und Hochrufe und ein Feuerwerk und ein Festessen mit allem Drum und Dran ..."

Doch Gonçalo, der ziemlich verlegen und bestrebt war, Barrolos Redeschwall einzudämmen und sein Getätschel auf Cavaleiros Rücken zu bremsen, wies auf den Schreibtisch Seiner Exzellenz. „Du hast zu tun, André. Ich sehe da einen unheimlichen Berg Papiere ... Stehlen wir dem Chef des Distrikts also nicht noch mehr Zeit! Marsch, an die Arbeit!"

„Drum an die Arbeit, Freundchen, denn die Arbeit
Ist Kraft und Tugend, ganz wie hier André! ..."

Er griff nach seinem Hut und gab seinem Schwager einen Wink. Mit vor Freude geblähten Pausbacken brachte Barrolo nun stotternd seine Einladung hervor, die Versöhnung im geselligen Kreise zu besiegeln: „Cavaleiro, wenn ... Damit wir besser miteinander plaudern können, wenn Sie uns da das Vergnügen bereiten wollten, uns zum Essen zu beehren ... Donnerstag, halb sieben ... Wenn Gonçalo bei uns zu Besuch ist, essen wir immer etwas später."

Cavaleiro wurde rot und bedankte sich mit gemessener Förmlichkeit: „Es ist mir ein großes Vergnügen und eine große Ehre ..."

Er begleitete sie bis zur Vorzimmertür, zog die schwere Portiere aus rotem Flanell mit dem daraufgestickten königlichen Wappen zur Seite und bat Barrolo, der Senhora Dona Graça auszurichten, daß er ihr seine Verehrung zu Füßen lege ...

Barrolo schritt die breite steinerne Freitreppe hinunter und trocknete sich Stirn und Hals, denn vor lauter Aufregung war er ins Schwitzen gekommen. Im Hof platzte er heraus: „Dieser André ist doch wirklich sehr sympathisch! Ein offenherziger Bursche, den ich immer gut leiden konnte. Ich habe wirklich sehnlichst gewünscht, daß diese Geschichten endlich aufhören... Und was für ein schöner Gewinn auch für den ‚Eckenbau', die Geselligkeit und die Unterhaltung!"

Als sie am Donnerstagvormittag nach dem Frühstück wie gewöhnlich auf der Gartenterrasse beim Kaffee saßen, empfahl Gonçalo seinem Schwager Barrolo, nicht den Frack anzuziehen, um die zwanglose Atmosphäre dieses Essens zu betonen...

„Und du, Gracinha, ein hochgeschlossenes Kleid. Aber ein helles, freundliches Kleid..."

Gracinha lächelte unschlüssig und blätterte weiter in ihrem „Almanach der Erinnerungen". Sie hatte es sich damit in einem Korbsessel bequem gemacht und hielt ein weißes Kätzchen im Schoß.

Nach den Aufregungen des vergangenen Sonntags zeigte sie jetzt weder besonderes Interesse für die große Aussöhnung, die immer noch ganz Oliveira in Atem hielt, noch für die Wahlen und das geplante Essen. Doch in Wahrheit hatte sie sich noch gar nicht wieder beruhigt und war so nervös und launisch, daß der brave Barrolo ihr unaufhörlich in den Ohren lag, doch das großartige Nervenberuhigungsmittel seiner Mama, in Weißwein gekochte Rosmarinblüten, zu nehmen.

Gonçalo bemerkte deutlich die innere Unruhe, in die sie der triumphale Einzug Andrés, ihres verflossenen Verehrers, in das Haus ihres Gatten versetzte. Er versuchte sich (wie schon neulich auf der Chaussee zum Friedhof von Vila Clara) mit dem Gedanken an Gracinhas Lauterkeit, ihre aufrechte Gesinnung, ihre Reinheit und den Stolz ihres tapferen kleinen Herzens zu beruhigen. Und weil er jetzt keine andere Sorge mehr kannte als seinen Sieg bei der Wahl, befürchtete er an diesem Morgen nur, Gracinha könnte Cavaleiro gegenüber aus Befangenheit oder Vorsicht allzu große Zurückhaltung beobachten und dessen wiedererwachte Begeisterung für das Haus Ramires und sein politisches Patronat wieder dämpfen. Deshalb sagte er noch einmal wie beiläufig: „Hast du gehört, Gracinha? Ein weißes Kleid. Ein Kleid, das die Gäste heiter stimmt ..."

Sie war in ihren Almanach vertieft und hauchte nur: „Ja, gewiß, es ist ja auch so heiß ..."

Barrolo schlug sich mit der flachen Hand auf den Schenkel. Wie schade, wie jammerschade, daß er in Oliveira keinen Portwein aus Mamas Keller für den Versöhnungstoast hatte, den herrlichen alten Portwein aus der Zeit von Dom João II.

„Von Dom João II.?" knurrte Gonçalo. „Der ist längst verdorben!"

Barrolo wurde unsicher. „Von Dom João II. oder Dom João VI. ... Einem von diesen Königen da. Jedenfalls ein ganz einzigartiger Wein aus dem vorigen Jahrhundert! Mama hat nur noch acht oder zehn Flaschen ... Und heute wäre doch ein Tag für eine davon, meint ihr nicht auch?"

Der Fidalgo nahm langsam einen Schluck aus seiner Kaffeetasse und sagte: „Früher hat André auch sehr gern gekochte Eier gegessen ..."

Doch sogleich verstummte er, denn Gracinha klappte plötzlich wortlos ihren Almanach zu, schüttelte die schläfrige Katze von ihrem Schoß und eilte zum anderen Ende der Terrasse, wo sie zwischen den hohen Eiben des Gartens verschwand.

Doch abends, als der Fidalgo an dem ovalen Tisch seinen Platz neben Base Maria Mendonça einnahm, bemerkte er sofort zwischen zwei Kompottschalen eine Schüssel mit gekochten Eiern. Obwohl es sich um ein Essen im engsten Kreis handelte, wurden außer dem Chinaporzellan auch die berühmten vergoldeten Eßbestecke aus dem Tafelgeschirr Onkel Melchiors benutzt. Und zwei Meißner Porzellanvasen quollen von Nelken über, weißen und gelben, den Wappenfarben des Hauses Ramires.

Dona Maria, die ihren lieben Vetter seit Gracinhas Geburtstag noch nicht wieder zu Gesicht bekommen hatte, lächelte ihm verbindlich zu und murmelte in das feierliche Schweigen, das beim Auseinanderfalten der Servietten entstand: „Ich habe Sie ja noch gar nicht beglückwünscht, Vetter Gonçalo ..."

Er hantierte nervös mit den Weingläsern und schnitt ihr das Wort ab: „Pst, Base, pst! Heute fällt hier keine Silbe von Politik, das ist beschlossene Sache ... Für Politik ist es zu heiß."

Sie seufzte leicht auf, als sei sie einer Ohnmacht nahe. Ach ja, die Hitze, die entsetzliche Hitze! ... Seit sie in ihrem schwarzen Kleid den „Eckenbau" betreten habe, höre sie nicht auf, Gracinha um ihr duftiges weißes zu beneiden ...

„Wie gut es ihr steht! Entzückend sieht sie heute aus!"

Es war ein schlichtes Kleid aus weißem Krepon, in dem Graças strahlende mädchenhafte Anmut voll zur Geltung kam. Noch nie hatte sie so reizend ausgesehen, so licht und zart, mit ihren grünen, wie gewaschene Smaragden blitzenden Augen, ihrem wogenden, vollen, leuchtenden Haar und der sanften Röte ihrer Wangen – sie glich einer Blume, die im belebenden Regen neu erblüht. Dennoch war sie so befangen, daß ihre Finger kaum den vergoldeten Silberlöffel zu heben vermochten. An ihrer Seite saß André Cavaleiro, breitschultrig und groß, das wie ein Brustpanzer gewölbte Vorhemd mit zwei Saphiren festgesteckt, eine frisch aufgebrochene weiße Rose im Knopfloch, und gab bei der Tischrunde den Ton an. Soeben hatte er auf die Suppe verzichtet (Oh, im Sommer esse er doch niemals Suppe!) und wischte sich nun mit einem Taschentuch, dessen Parfümgeruch den Duft der Nelken in den Vasen erstickte, über den brillantineglänzenden Schnurrbart. Auch er war ein wenig gerührt, doch brachte er die Unterhaltung sogleich in Gang, indem er sich lachend über die Hitze, die gräßliche Hitze in Oliveira, beklagte. Oh, welch flammendes Fegefeuer nach den beiden Tagen Paradies, die er in der köstlichen Kühle Cintras genossen hatte!

Dona Maria Mendonça warf dem Herrn Regierungspräsidenten aus ihren Luchsaugen einen schmachtenden Blick zu und wollte wissen, was es denn in Cintra Neues gäbe. Viel Betrieb? Und abends in Seteais viele Geselligkeiten im kleinen Kreise? Hatte er denn dort nicht die Gräfin von Chelas, die Base Chelas, getroffen?

Gewiß, in der Pena hatte Cavaleiro anläßlich seines Besuchs bei der Königin einen Augenblick mit der Frau Gräfin Chelas geplaudert.

„Ach! Und was macht die Königin?"

„Oh, die ist wie immer bezaubernd ..."

„Die Frau Gräfin Chelas ist ja ein bißchen dürr. Aber wie liebenswürdig und wie gescheit, eine wirkliche grande dame, nicht wahr?" Als Dona Maria Mendonça sich dabei mit einer an Grazie nicht zu überbietenden Neigung ihres Kopfes Gracinha zuwandte, errötete diese merklich und stammelte, daß sie die Gräfin Chelas gar nicht kenne. Dona Maria führte sogleich bittere Klage über die Lethargie des Ehepaares Barrolo, das stets im „Eckenbau" hockte und sich niemals im Winter in Lissabon sehen ließ, um dort am gesellschaftlichen Leben teilzunehmen und die liebe Verwandtschaft kennenzulernen ...

„Und schuld daran ist Vetter José, der nichts von Lissabon wissen will ..."

Aber nein, sagte Barrolo, er habe gar nichts gegen Lissabon. Wenn er alle seine Annehmlichkeiten, seine Zimmer, seinen Wagenpark, das gute Wasser aus dem Obstgarten und die prächtige Veranda, die nach dem Garten ging, aufladen und hinfahren könnte – dann würde er es sogar mit Freuden tun!

„Aber wenn man in diesen Zimmerchen im ‚Hotel Bragança' eingezwängt ist ... Und dann das schlechte Essen, der Radau ... Gracinha kann niemals schlafen, wenn sie in Lissabon ist ... Und die Langeweile an den Vormittagen! Vormittags ist ja in Lissabon überhaupt nichts los!"

Cavaleiro lächelte Barrolo zu, als sei er entzückt von

dessen Witz und Scharfsinn. Zwar bewohne er (dank seiner Staatsstellung!) ebenfalls ein komfortables Palais und erfreue sich ausgezeichneten Wassers aus dem Brunnen von São Domingos, doch bedaure er aufrichtig, daß die Verpflichtungen der Politik und die Parteidisziplin ihn in Oliveira festhielten. Seine einzige Hoffnung sei der Sturz des Kabinetts, damit er sich endlich frei machen und drei herrliche Monate in Italien verbringen könne...

Auf der anderen Seite von Gracinha saß João Gouveia. In Gegenwart von Damen war er gewöhnlich befangen und still, doch nun warf er plötzlich in freundschaftlichem und überzeugendem Ton ein: „Aber die Hoffnung darauf schwindet dahin, mein lieber André! São Fulgêncio läßt sich nicht unterkriegen! Wir behalten dich schon noch für drei oder vier Jahre hier!"

Dann beugte er sich zu Gracinha hinüber und sagte noch einmal mit übertriebener Liebenswürdigkeit und puterrotem Gesicht: „São Fulgêncio läßt sich nicht unterkriegen. Unser André bleibt schon noch drei oder vier Jahre hier!"

André schlug seine dichten Wimpern nieder und protestierte etwas geziert: „Aber mein lieber João, du wirst mir doch nichts Schlimmes wünschen wollen!"

Und er sprach wieder von seinen Reiseplänen. Oh, ganz gewiß, selbst wenn er von seiner Partei desertieren müßte (und was macht in einem großen Heer schon eine rostige Lanze aus?) – von diesem längst erträumten Winteraufenthalt in Italien lasse er sich nicht abbringen und bereite ihn schon vor... Wolle ihm Senhora Dona Graça nicht gestatten, ihr etwas Weißwein einzuschenken?

Da hob Barrolo den Zeigefinger und sagte feierlich: „Mein lieber Cavaleiro! Es liegt mir sehr viel daran, daß Sie diesen Wein mit Bedacht probieren. Er ist von meinem Gut Corvelo... Ich halte sehr viel von ihm. Probieren Sie ihn mit Bedacht!"

Seine Exzellenz kostete ihn so andächtig, als empfange er die Kommunion, und sagte mit vollendeter Höflichkeit zu dem strahlenden Barrolo: „Eine Wonne, eine wahre Wonne!"

„Na? Nicht wahr? Ich jedenfalls ziehe diesen Wein von Corvelo allen französischen Weinen vor, selbst den auserlesensten ... Sogar unser alter Freund da, der Pater Soeiro, der ja ein Heiliger ist, weiß ihn zu schätzen!"

Pater Soeiro, der schweigend hinter einer der hohen Vasen mit Nelken saß, lächelte und errötete. „Mit viel Wasser, leider, Senhor José Barrolo ... Der Gaumen möchte gern, aber das Rheuma macht nicht mit."

José Mendonça hingegen, der keinen Rheumatismus zu fürchten brauchte, sprach dem gepriesenen Corvelo wacker zu.

„Wie finden Sie ihn, João Gouveia?"

Oh, er kenne ihn gottlob bereits! Er habe in ganz Portugal keinen Weißwein gefunden, der sich an Frische und Bukett mit diesem messen könne ...

„Und jetzt werde ich mir damit gehörig einheizen, mein lieber Barrolo! Dieses hübsche Kristallfläschchen ist hin!"

Barrolo jubilierte. Nur verdroß ihn, daß Gonçalo diesem Göttertrank niemals die Ehre geben würde. Nein, Gonçalo machte sich eben gar nichts aus Weißwein ...

„Heute habe ich einen Durst, den nur junger Wein mit Eis löschen kann, ein Wein, der auch ein bißchen schäumt ... Der aus Vidainhos ist nämlich auch von Barrolo. Oh, ich verachte die Hausweine nicht ... Diesen Vidainhos finde ich wirklich großartig."

Cavaleiro äußerte sofort den Wunsch, den großartigen Heurigen vom Landgut Vidainhos in Amarante auch einmal zu probieren. Auf einen freudigen Wink Barrolos brachte ihm der Diener ein schlankes, speziell für diesen schäumenden Wein bestimmtes Glas. Doch Cavaleiro betrachtete es nur wohlgefällig, ohne daraus zu trinken, und sprach schon wieder von Ferien und Reisen, als wolle er zeigen, wie sehr er des Lebens in Oliveira überdrüssig sei. Wisse denn die Senhora Dona Graça schon, wohin er im Anschluß an seine Italienreise in diesem Winter fahre, wenn Gott ein Einsehen hätte und das Kabinett gestürzt werden sollte? Nach Kleinasien!

„Das wird dann eine Reise, mit der ich gewiß auch unseren Gonçalo in Versuchung führen könnte... Mit der Eisenbahn ist doch alles so bequem! Von Venedig nach Konstantinopel – ein bloßer Spaziergang! Dann von Konstantinopel nach Smyrna – ein Tag oder zwei auf einem guten Dampfer. Und von dort mit einer richtigen Karawane über Tripolis und das alte Sidon nach Galiläa hinein... Galiläa! Wäre das nichts, Gonçalo? Wie phantastisch!"

Pater Soeiro legte die Gabel hin und erlaubte sich in aller Bescheidenheit daran zu erinnern, daß der Senhor Gonçalo Ramires in Galiläa Boden betreten würde, der einst beinahe Eigentum seiner Familie geworden wäre: „Einer der Vorfahren Eurer Wohlgeboren, Gutierres Ramires, der Gefährte Tankreds im ersten Kreuzzug, wies die ihm angetragene Herzogswürde über Galiläa und das Transjordanland zurück..."

„Leider!" rief Gonçalo und lächelte. „Da hat mein Ahne Gutierres wirklich nicht weise gehandelt! Heutzutage natürlich gäbe es ja nichts Alberneres, als wenn ich Graf von Galiläa wäre! Der Senhor Gonçalo Mendes Ramires Herzog von Galiläa und Transjordanien! Das wäre ja wirklich zum Platzen komisch!"

Cavaleiro fragte erstaunt: „Warum denn?"

„Glauben Sie ihm bloß nicht!" mischte sich mit blitzenden Augen Dona Maria Mendonça ein. „Trotz all dieser Scherze ist Vetter Gonçalo im Grunde doch eingefleischter Aristokrat... Und was für einer!"

Der Fidalgo stellte das Glas Vidainhos hin, aus dem er soeben genießerisch einen tiefen Zug getan hatte, und sagte: „Was heißt hier Aristokrat? Natürlich bin ich Aristokrat. Ganz gewiß würde ich mich in meiner Haut nicht wohl fühlen, wenn ich wie eine Pflanze aus irgendwelchen x-beliebigen anderen Pflanzen entsprossen wäre; dagegen macht es mir Freude zu wissen, daß ich als Sohn meines Vaters Vicente geboren bin und daß dieser als Sohn seines Vaters Damião geboren wurde, und dieser als Sohn seines Vaters Inácio, und so immer weiter zurück bis zu ich weiß nicht welchem Suebenkönig..."

„Recessvinth!" belehrte ihn Pater Soeiro respektvoll.

„Dann also bis zu diesem Recessvinth. Das Schlimme dabei ist nur, daß das Blut all dieser Ahnen sich in Wahrheit nicht von demjenigen der Vorfahren unseres Pförtners Joaquim unterscheidet. Und daß ich, von Recessvinth rückwärts gerechnet, bis zu Adam keine weiteren Vorväter habe!)

Während alle lachten, beugte sich Dona Maria Mendonça zu Gonçalo hinüber und flüsterte ihm hinter ihrem weit geöffneten Fächer zu: „Daß Sie aber auch immer spotten müssen... Ich kenne nämlich eine Dame, die für das Haus Ramires und seine Repräsentanten die größte Bewunderung empfindet."

Gonçalo füllte andächtig sein Glas noch einmal und achtete dabei auf den Schaum. „Bravo! Aber man muß zu unterscheiden wissen, wie Manuel Duarte immer sagt. Wen bewundert sie denn nun eigentlich, mich oder den Sueben, den Recessvinth?"

„Alle beide."

„Donnerwetter!"

Und dann, als er die Flasche wieder an ihren Platz stellte, fragte er etwas ernster: „Wer ist es denn?"

Oh, das könne sie nicht verraten. Sie wäre ja noch nicht alt genug, um als Liebesbotin zu fungieren. Doch Gonçalo interessierte sich weniger für den Namen der Dame – er wollte vor allem ihre Vorzüge wissen. War sie jung? Und hübsch?

„Hübsch?" rief Dona Maria. „Sie ist eine der schönsten Frauen Portugals!"

Gonçalo platzte heraus: „Dona Ana Lucena!"

„Wieso?"

„Weil eine so schöne Frau, die in dieser Gegend lebt und mit Ihnen so gut bekannt ist, daß sie Sie ins Vertrauen zieht, nur Dona Ana sein kann."

Dona Maria nestelte an den beiden Rosen, die ihr schwarzseidenes Kleid schmückten, und sagte lächelnd: „Vielleicht, schon möglich ..."

„Jedenfalls fühle ich mich ganz außerordentlich geschmeichelt. Doch genau wie Manuel Duarte mache ich dabei immer noch Unterschiede. Wenn dieser Sympathie Dona Anas ernste Absichten zugrunde liegen – nein! Nein, um Gottes willen, nein! Doch wenn sie weniger ernste Absichten hat, dann, liebe Base, werde ich in Ehren meine Pflicht erfüllen, soweit das in meinen Kräften steht ..."

Schockiert verbarg Dona Maria das Gesicht hinter ihrem Fächer. Dann ließ sie ihn wieder sinken und sagte mit blitzenden Augen: „Mein lieber Vetter, hier handelt es sich tatsächlich um ernste Absichten und um zweihundert Contos obendrein!"

Gonçalo rief bewundernd: „O diese Base Maria! In ganz Europa gibt es keine gescheitere Frau!"

Alle brannten darauf, ebenfalls den neuen Witz der Senhora Dona Maria zu erfahren. Doch Gonçalo dämpfte ihre Neugier: „Das kann man nicht erzählen. Es geht um eine Ehe."

José Mendonça erinnerte sogleich an die pikante Neuigkeit, die Oliveira seit dem Vortag in Aufruhr versetzte: „Apropos Ehe! Was sagen Sie denn zur Hochzeit von Dona Rosa Alcaforado?"

Von Barrolo und Gouveia bis zu Gracinha nannten alle diese Heirat einen Skandal. Das bildhübsche Mädel mit der rosigen Haut und dem goldblonden Haar war nun an den Teixeira de Carredes gekettet, einen betagten Mann, der schon eine Menge Enkel hatte. Ein Jammer!

Doch Cavaleiro fand diesen Fall gar nicht so ungeheuerlich. Teixeira de Carredes sei nicht nur sehr klug und galant, sondern auch sehr rüstig, und man sehe ihm sein Alter kaum an – ja, mit seinem schwarzen Schnurrbart und dem krausen weißen Haar sehe er sogar sehr gut aus. Und die Senhora Dona Rosa habe trotz ihrer zarten Haut und ihrer goldenen

Haare etwas Schlaffes und Teigiges. Und dann sei sie nur mäßig intelligent und recht nachlässig, stets schlecht gekämmt und liederlich angezogen...

„Kurzum, Sie mögen mir verzeihen, aber es war der arme Teixeira de Carredes, der hier eine sehr fragwürdige Ehe eingegangen ist."

Dona Maria Mendonça sah den Herrn Regierungspräsidenten mit gespieltem Befremden an. „Nun, wenn der Senhor Cavaleiro kein Bewunderer der Rosinha Alcaforado ist, dann weiß ich wirklich nicht, welches Mädchen er in seinem Distrikt bewundern will..."

Cavaleiro erwiderte schlagfertig und galant: „Außer den hier anwesenden Damen bewundere ich überhaupt niemanden! Ganz gewiß regiere ich in Portugal den Distrikt, der am wenigsten mit Schönheiten gesegnet ist..."

Alle widersprachen. Und die Maria Marges? Und die kleine Reriz aus Riosa? Und die Frau des Alboim mit ihren wunderbaren Augen?... Doch Cavaleiro ließ nichts gelten und tat alle aufgezählten Damen mit leichtem Sarkasmus ab, entweder wegen ihrer welken Haut oder ihres plumpen Ganges oder ihrer typischen Provinzmanieren – wobei er stets deutlich auf das Fehlen all der Vorzüge und Reize anspielte, die Gracinha auszeichneten, und ihr sozusagen eine ganze Galerie besiegter Rivalinnen zu Füßen legte. Sie hatte die feine Schmeichelei natürlich bemerkt und errötete, und ihre Augen glänzten noch sanfter und klarer. Sie wollte den ihr gespendeten Weihrauch wieder zerstreuen und erinnerte bescheiden an eine andere Schönheit, deren sich der Distrikt rühmen könnte: „Die Enkelin des Vicomte von Rio Manso, Rosinha Rio Manso... Die ist doch hübsch!"

Cavaleiro sagte triumphierend: „Aber sie ist erst zwölf Jahre alt, gnädige Frau! Das ist keine Rose, das ist höchstens ein Rosenknöspchen!..."

Gracinha erinnerte beinahe unterwürfig an Luisa Moreira, eine Krämerstochter, die sonntags bei der Messe in der Kathedrale und auf dem Terreiro da Louça viel bewundert wurde: „Das ist doch ein schönes Mädel ... Vor allem die Figur ...“

Cavaleiro genoß seinen Triumph und erwiderte selbstsicher: „Gewiß, bloß die schiefen Zähne, Senhora Dona Graça! Diese übereinanderstehenden Zähne! Sie haben es vielleicht noch nie bemerkt ... Oh, ein recht unansehnlicher Mund! Und abgesehen von diesen Zähnen besitzt sie noch einen Bruder, den Evaristo – der hat ein Gesicht, das noch platter als sein Geist ist, und Schuppen auf dem Kopf und führt unanständige Redensarten, und ein Jakobiner ist er außerdem ... Wenn eine Frau einen so häßlichen Bruder hat, kann sie selber auch nicht hübsch sein!“

Jetzt meldete sich Mendonça zu Wort, um eine weitere Neuigkeit zum besten zu geben, die in Oliveira die Runde machte: „Apropos Evaristo! Will er noch immer das neue republikanische Blatt gründen, den ‚Rebate‘?“

Der Herr Regierungspräsident hatte keine Ahnung und zuckte mit gleichgültigem Lächeln die Achseln. Doch João Gouveia, der mit rotglänzendem Gesicht hinter seiner Flasche Corvelo und seiner Flasche Douro hockte, verbürgte sich dafür, daß der „Rebate“ im November herauskäme. Er kannte sogar den Patrioten, der das Geld dafür spendierte. Die Kampagne des „Rebate“ würde mit fünf wilden Artikeln über die Erstürmung der Bastille beginnen, verriet er.

Gonçalo war entsetzt, wie sehr sich das Republikanertum in Portugal ausgebreitet hatte – bis ins alte, fromme Oliveira!

„Als ich meine Vorstudien machte, gab es in ganz Oliveira bloß zwei Republikaner: den alten Salema, den Professor für Rhetorik, und mich. Heutzutage gibt es hier eine republikanische Partei, ein ‚Comité‘, zwei Zeitungen ... Und es gibt sogar einen Baron von Marges, der mit der ‚Voz Pública‘ in der Hand unter der Arcada spazierengeht ...“

Mendonça hatte vor der Republik keine Angst und scherzte: „Bis die kommt, ist es noch lange hin ... Da haben wir noch reichlich Zeit, diese guten gekochten Eier zu essen.“

„Ausgezeichnete Eier", murmelte Cavaleiro.

„Gewiß", räumte Gonçalo ein, „zum Eieressen haben wir noch Zeit. Aber wenn nun in Spanien eine Revolution ausbricht, oder wenn der kleine König noch minderjährig stirbt – und natürlich stirbt er..."

„Wie kannst du so etwas sagen! Das arme Kind! Und die arme Mutter!" flüsterte Gracinha voller Mitgefühl.

Cavaleiro beruhigte sie. Warum sollte denn der kleine König von Spanien sterben? Die Republikaner hätten dunkle Gerüchte über die Krankheit des hohen Kindes verbreitet. Er aber kenne die Wahrheit. Und er versichere der Senhora Dona Graça, daß zu Spaniens Glück noch ein Alfons XIII. und sogar ein Alfons XIV. regieren würden. Wohingegen unsere Republikaner, diese... Herrgott, das sei ja lediglich eine Angelegenheit der Gemeindepolizei. Die breite Masse in Portugal bleibe monarchistisch. Lediglich obenauf, beim Bürgertum und an den Hochschulen, treibe ein dünner und ziemlich schmutziger Schaum, der mit einem Säbel mühelos wegzuwischen wäre...

„Sie, Senhora Dona Graça, die Sie eine perfekte Hausfrau sind, wissen ja, wie man mit einem Topf voll Suppe verfährt... Man schäumt ihn ab. Mit dem Löffel! Und hier macht man das eben mit dem Säbel! Auf diese ganz einfache Weise wird in Portugal reiner Tisch gemacht. Eben das habe ich erst neulich dem König gesagt."

Er saß erhobenen Hauptes da und ließ seine weiße Hemdbrust leuchten, die jetzt noch breiter erschien, als sei sie ein Panzer, stark genug, um die ganze Monarchie damit zu verteidigen. Plötzlich knallten auf der Anrichte hinter der spanischen Wand zwei Champagnerpfropfen in das Schweigen, das Cavaleiros Worten gefolgt war.

Kaum hatte der Diener hastig die Sektgläser gefüllt, da sagte der Fidalgo feierlich und mit leisem Lächeln: „Auf deine Gesundheit, André. Nicht auf den Regierungspräsidenten, sondern auf den Freund!"

Unter beifälligem Gemurmel hoben alle die Gläser. João

Gouveia schwenkte das seine mit besonderer Inbrunst und rief: „André, mein Alter!" Seine Exzellenz stieß leicht mit Gracinha an. Pater Soeiro hauchte ein „Dank sei Gott im Himmel". Und Barrolo warf seine Serviette fort und fragte: „Wollen wir hier oder im Salon Kaffee trinken? Dort ist es kühler."

Im großen Salon, dem Zimmer mit den roten Samtbezügen, strahlte einsam der Kronleuchter; durch die drei offenen Fenster flutete die laue Nachtluft, die friedliche Stille Oliveiras herein. Unten auf dem Platz blieben ein paar Leute stehen, darunter zwei Damen mit weißen Wolltüchern um den Kopf, und starrten zu der festlichen Lichtfülle empor, die der „Eckenbau" ausstrahlte. Cavaleiro und Gonçalo zündeten sich eine Zigarre an und atmeten auf der Veranda die frische Luft ein. Und Cavaleiro sagte entzückt: „Mein lieber Gonçalo, ich kann dir nur immer wieder versichern, daß man im Hause deines Schwagers einfach großartig speist..."

Gonçalo lud ihn ein, am Sonntag bei ihm auf dem Schloß zu essen. Aus der Zeit von Großvater Damião wären noch ein paar Flaschen Madeira da, denen man mit Unterstützung des Gouveia und des Titó den Hals brechen könnte.

Erfreut versprach Cavaleiro zu kommen. Und während er von dem schweren silbernen Tablett, mit dem sich der Diener zu ihm niederbeugte, seine Tasse Kaffee – ohne Zucker – nahm, sagte er: „Und du, Gonçalo, darfst dich jetzt unter gar keinen Umständen von deinem Wohnsitz entfernen. Alles, was du in deiner neuen Funktion als Abgeordneter zu tun hast, ist, an Ort und Stelle zu bleiben. Der Fidalgo da Torre bleibt in seinem Distrikt, von dem er ins Parlament gewählt werden wird. Das ist deine Rolle..."

Glücklich lächelnd trat Barrolo zwischen die beiden Freunde und legte den Arm um sie. „Und wir beide, Cavaleiro und ich, wir bleiben hier, um zu arbeiten!"

Doch da rief Dona Maria aus den tiefen Polstern des Sofas nach Vetter Gonçalo – sie wolle „etwas Geschäftliches" mit ihm besprechen. João Gouveia und Pater Soeiro standen neben einer Konsole, rührten in ihrem Kaffee und waren sich völlig über die Notwendigkeit einer starken Regierung einig. Gracinha wühlte zusammen mit Mendonça in den Noten herum, die auf dem Deckel des Klaviers lagen, und suchte nach dem „Fado der Familie Ramires". Mendonça war ein guter Pianist; er hatte Walzer komponiert, eine Hymne auf den Oberst Trancoso, den Helden von Machumba, und sogar den ersten Akt einer Oper „Das Hirtenmädchen". Und da sie beide den Fado mit den Versen Videirinhas nirgends entdecken konnten, stimmte er, ohne erst die Zigarre abzulegen, „Die Perle" an, einen seiner Walzer, der mit seinem langsamen, schweren Rhythmus an den Walzer aus dem „Faust" erinnerte.

Soeben war André wieder ins Zimmer getreten. Er zog seine Weste glatt, strich sich den Schnurrbart und ging halb feierlich, halb heiter auf Gracinha zu.

„Wenn Sie mir die große Ehre erweisen wollten ..."

Er breitete einladend die Arme aus, und Gracinha wurde puterrot und erwies ihm die Ehre. Mit langen, gewandten Schritten glitt Cavaleiro mit ihr über das Parkett. Barrolo und João Gouveia räumten rasch die Sessel beiseite. Ein freier Raum entstand, durch den Gracinhas Kleid wie ein weißer Wirbel im Walzertakt dahinschwebte. Ihr leichter, zierlicher Körper verlor sich förmlich an die männliche Kraft Cavaleiros, der sie in weiten Runden mit sich fortriß, wobei er sich herabbeugte und den Duft ihres prachtvollen Haares einsog.

Dona Maria Mendonça riß die blitzenden Luchsäuglein weit auf, rutschte bis zur Sofakante vor und kam aus dem Staunen gar nicht mehr heraus. „Wie wunderbar der Herr Regierungspräsident Walzer tanzt!"

Gonçalo saß neben ihr und zwirbelte nervös seinen Schnurrbart. Diese familiäre Intimität, wie sie hier von Cavaleiro mit so heiterer Selbstverständlichkeit aufs neue praktiziert wurde und von Gracinha ohne jedes Widerstreben hingenommen wurde, verblüffte ihn. Das Paar glitt eng umschlungen im Kreise herum, und die Lippen Cavaleiros lächelten, als flüstere er ihr etwas zu. Gracinha atmete schneller und schneller; ihr Rock, unter dem ihre Lackschuhe blitzten, wogte um die Hosen Cavaleiros. Und Barrolo war einfach hingerissen – als sie dicht an ihm vorüberrauschten, klatschte er vor Entzücken in die Hände und schrie aus vollem Halse: „Bravo! Bravo! Großartig! Bravíssimo!"

VII

Gonçalo hatte einen Spaziergang durch seinen Obstgarten gemacht und dabei einen Blick in die „Gazeta do Porto" geworfen. Eben wollte er wieder ins Haus gehen, um zu frühstücken, als er auf der steinernen Bank neben der Küchentür, wo Rosa gerade frische Hirse in den Käfig ihres Kanarienvogels schüttete, den Casco erblickte – José Casco aus Bravais, der mit krummem Rücken, den Hut auf den Knien, in Gedanken versunken dasaß und wartete. Gonçalo versteckte sich sofort hinter seiner Zeitung, um sich unauffällig davonzumachen. Doch da trat die ausgemergelte Gestalt des Casco auch schon aus dem Schatten der Vorlaube in die gleißende Helligkeit des Hofes und kam langsam und zögernd auf ihn zu. Gonçalo fühlte sich durch die Gegenwart Rosas ermutigt; er blieb stehen und setzte ein Lächeln auf, während Casco mit zitternden Fingern an der harten Krempe seines Hutes herumfingerte und stammelte: „Wenn der Fidalgo mir die Güte erweisen wollte, einen Augenblick mit mir zu sprechen ..."

„Ach, Sie sind es, Casco! Mann, ich habe Sie ja gar nicht erkannt ... Was gibt es denn?"

Beruhigt faltete er seine Zeitung wieder zusammen und weidete sich dabei an der unterwürfigen Haltung dieses Frechlings, der sich in der Einsamkeit des Pinienwaldes groß und düster wie eine Pinie vor ihm aufgepflanzt und ihm einen solchen Schrecken eingejagt hatte. Casco schien noch nach Worten zu suchen, denn er reckte und streckte seinen Hals in dem groben, gestickten Hemdkragen – bis er, mit den Tränen kämpfend, endlich flehend sagte: „Fidalgo, ich beschwöre Sie, verzeihen Sie mir! Verzeihen Sie mir, denn ich weiß gar nicht, wie ich Sie überhaupt um Verzeihung bitten soll!“

Gonçalo winkte großmütig und herablassend ab. Er habe ihn ja gewarnt! Wenn man sich mit erhobenem Holzprügel hinstelle und jemanden anschreie, komme nichts dabei heraus ...

„Und hören Sie, Casco! Als Sie mir im Pinienwald in den Weg traten, trug ich einen Revolver in der Tasche ... Ich habe vorsichtshalber immer eine Schußwaffe bei mir, seit ich eines Abends in Coimbra im Choupal von zwei Betrunkenen angefallen worden bin. Malen Sie sich nun bloß das Unglück aus, wenn ich den Revolver gezogen und abgedrückt hätte! Das wäre doch ein Jammer, nicht wahr? ... Glücklicherweise fiel mir im letzten Moment ein, daß ich Sie töten und dadurch schuldig werden könnte, und ich machte mich schleunigst davon, um den Revolver nicht abdrücken zu müssen ... Jetzt ist alles vorüber, und ich trage Ihnen auch nichts nach, ich habe es schon wieder vergessen. Vorausgesetzt, daß Sie, wo Sie sich nun beruhigt haben und bei klarem Verstand sind, gleichfalls das Vorgefallene als erledigt betrachten.“

Casco stand mit hängendem Kopf da und drückte die Krempe seines Hutes zusammen. Er getraute sich nicht aufzublicken und sagte heiser und unter Schluchzen: „Nun wird mir erst alles wirklich klar, Fidalgo! Jetzt gräme ich mich erst richtig wegen dieser Dummheit! Jetzt, nach allem, was Sie für meine Frau und den Kleinen getan haben!“

Gonçalo lächelte und zuckte die Achseln. „Aber welcher Unsinn auch, Casco! Da kommt Ihre Frau mitten in der Nacht her, bei strömendem Regen ... Und der Kleine krank, das arme Wurm, mit Fieber ... Wie geht es ihm eigentlich, dem Manuel?“

Casco murmelte in tiefster Demut: „Gott sei's gedankt, gnädiger Herr, er ist wieder kerngesund."

„Das freut mich. Setzen Sie Ihren Hut auf. Setzen Sie Ihren Hut wieder auf, Mann! Und leben Sie wohl! Sie brauchen sich nicht zu bedanken, Casco ... Und hören Sie! Bringen Sie doch mal den Kleinen für einen Tag her. Ich mag ihn gern; er ist so aufgeweckt."

Doch Casco wich nicht von der Stelle. Schließlich schluchzte er auf und platzte heraus: „Ich weiß gar nicht, wie ich Ihnen das sagen soll, Fidalgo ... Der Tag im Gefängnis ist nun vorbei! Meine Nerven sind mir durchgegangen; ich habe diese Eselei gemacht und sie mit meinem Körper bezahlt. Und dank Ihnen habe ich wenig bezahlt ... Aber hinterher, als ich wieder herauskam und erfuhr, daß meine Frau spätabends zum Schloß gegangen ist und daß Sie sie sogar in einen Mantel gepackt und den Kleinen bei dem Wetter nicht wieder fortgelassen haben ..."

Er stockte, weil er vor Erregung keine Luft bekam. Und als ihm Gonçalo, gleichfalls gerührt, lächelnd auf die Schulter klopfte und meinte, daß man „ein für allemal nicht mehr von diesen Lappalien reden" sollte, da sagte Casco mit schmerzlicher, gebrochener Stimme: „Sie wissen ja gar nicht, was mir der Kleine bedeutet! Seit Gott ihn mir schenkte, habe ich für ihn eine solche Liebe hier drin, daß es einfach nicht zu glauben ist! ... Denken Sie nur, an dem Abend, als ich ins Gefängnis mußte, konnte ich nicht schlafen ... Und Gott vergebe es mir – ich dachte nicht an meine Frau, auch nicht an meine gute alte Mutter und auch nicht an das kleine Stück Land, das ich bewirtschafte; alles war mir gleichgültig. Die ganze Nacht habe ich nur immer wieder gestöhnt: ‚Mein armer kleiner Sohn! Mein armer kleiner Sohn!' Später, als mir meine Frau noch auf der Straße sagte, daß ihn der Fidalgo bei sich auf dem Schloß behalten hat und ihn in sein bestes Bett gelegt und nach dem Arzt geschickt hat ... Und dann, als ich durch den Senhor Bento erfuhr, daß der Fidalgo nachts zu ihm hinaufgegangen ist, um nachzusehen, ob er auch gut zugedeckt wäre, und ihn fest in die Decke gewickelt hat, das arme Kind ..."

Plötzlich schluchzte er laut auf: „Ach, Fidalgo! Ach, Fidalgo!" Und er ergriff Gonçalos Hände, die er immer wieder küßte und mit seinen Tränen benetzte.

„Aber Casco! Was sollen diese Albernheiten! Hören Sie auf, Menschenskind!"

Gonçalo, der sehr blaß geworden war, wehrte diese heftigen Dankbarkeitsbezeigungen ab – bis sich beide Auge in Auge gegenüberstanden, der Fidalgo mit zitternden feuchten Wimpern, der Bauer aus Bravais schluchzend und verstört. Der Bauer beruhigte sich schließlich wieder und redete sich nun von der Seele, was gewiß die ganze Zeit über sein Herz bedrückt hatte und der eigentliche Grund seines Besuches war. Sein Gesicht und seine Gestalt strafften sich in unbeugsamer Entschlossenheit.

„Mein Fidalgo, ich bin nicht redegewandt, ich verstehe mich nicht so auszudrücken ... Aber wenn der Fidalgo fortan einmal das Leben eines Mannes brauchen sollte, wozu es auch sei, so kann er über das meine verfügen!"

Gonçalo streckte dem Bauern die Hand hin – so mochte ein Ramires von einst den Lehnseid eines Vasallen entgegengenommen haben.

„Es bleibt dabei, mein Fidalgo; möge Gott der Herr Sie segnen!"

Gonçalo stieg verwirrt die schmale Treppe zur Veranda hinauf, während Casco langsam mit hocherhobenem Kopf über den Hof ging wie jemand, der eben seine Schulden bezahlt hat.

Oben in der Bibliothek dachte Gonçalo betroffen: ‚So also kommt man auf dieser Welt gratis zu Ergebenheitsschwüren!' Aber warum bloß so viel Dankbarkeit! Wer hätte es denn zugelassen, daß ein kleines Kind, das Fieber hat, bei Sturm und Regen den Unbilden einer dunklen nächtlichen Landstraße ausgesetzt würde? Wer würde es nicht vielmehr ins Bett stecken, ihm einen süßen Grog kochen und es fest in die

Decken wickeln, damit es ja nicht friert! Und wegen solcher Bagatellen kommt sein Vater herbeigeeilt und bietet zitternd und unter Tränen sein Leben an! Wie leicht war es doch, König zu sein – und noch dazu ein populärer König!

Diese Erkenntnis beschleunigte seinen Entschluß, dem Rat Cavaleiros zu folgen und auf der Stelle mit seinen Visiten bei den einflußreichen Wählern zu beginnen, ihnen gehörig um den Bart zu gehen und sich den Wahlsieg zu sichern. Gleich nach dem Frühstück schob er die Teller beiseite, kramte einen Zettel hervor, den ihm João Gouveia zugesteckt hatte, legte ihn aufs Tischtuch und stellte eine Liste dieser Magnaten zusammen. Da war der Doktor Alexandrino, dann der alte Gramilde aus Ramilde; dann Pater José Vicente von der Finta; dann folgten ein paar weniger bedeutende Leute. Als den mächtigsten und am schwierigsten zu Behandelnden hatte Gouveia den Vicomte von Rio Manso, der über das riesige Kirchspiel Canta Pedra gebot, mit einem Kreuz gekennzeichnet. Gonçalo kannte all diese Herren, sämtlich Männer mit Grundbesitz und Geld und alle einstmals Gläubiger seines Vaters – nur dem Vicomte von Rio Manso war er noch nie begegnet, einem alten „Brasilianer", dem Besitzer des Landgutes Varandinha, der mit seiner zwölfjährigen Enkelin, der hübschen Rosinha, die man „die Rosenknospe" nannte und die als reichste Erbin der ganzen Provinz galt, ein zurückgezogenes Leben führte. Noch am selben Nachmittag forderte er von João Gouveia ein Empfehlungsschreiben für Rio Manso.

Der Landrat zögerte.

„Dazu brauchen Sie doch keinen Geleitbrief. Teufel noch mal, Sie sind doch der Fidalgo da Torre! Sie gehen eben hin, treten ein und reden mit ihm ... Außerdem hat Rio Manso bei den letzten Wahlen die Regeneradores unterstützt, so daß wir ein wenig auseinandergekommen sind. Rio Manso ist ein Dickkopf ... Aber schließlich muß man einmal mit diesem Buhlen um die Gunst des Volkes anfangen, mein lieber Gonçalo!"

Als der Fidalgo dann abends im Klub mit dem „Buhlen um die Gunst des Volkes" begann, erhielt er vom Komtur Barros (dem närrischen Barros, der „Nervensäge") eine Einladung zu einem großen Festessen, mit dem dieser auf seinem Gut Roqueira seinen Namenstag zu feiern gedachte. Und so verbrachte Gonçalo die ganze Woche und auch noch die folgende damit, in Vila Clara Wähler zu gewinnen – wobei er so weit ging, im Laden des Ramos ein paar wahrhaft abscheuliche Kattunhemden zu kaufen, beim Telo einen ganzen Sack Kaffee zu bestellen, auf dem Platz am Springbrunnen der unsympathischen Frau des Quartalssäufers Marques Rosendo seinen Arm anzubieten und mit in den Nacken geschobenem Hut täglich den Billardsaal in der Rua das Pretas mit seinem Besuch zu beehren.

João Gouveia war von diesen Exzessen gar nicht begeistert – er legte ihm nahe, „nützliche Visiten bei wirklich einflußreichen Leuten" zu machen. Doch Gonçalo gähnte nur und schob das immer wieder hinaus, weil er einfach keine Lust hatte, sich mit dem mürrischen und gehässigen alten Gramilde aus Ramilde oder dem verknöcherten Doktor Alexandrino herumzuärgern.

Der August neigte sich dem Ende zu, und Gonçalo kratzte sich oft genug den Kopf, wenn ihm in seiner Bibliothek die weißen Bogen Kanzleipapier, der Anfang des liegengebliebenen dritten Kapitels seiner Novelle, unter die Augen kamen. Aber was sollte er denn machen! Bei dieser Hitze und noch dazu mitten im Trubel der Wahlvorbereitungen fehlte ihm die Energie, sich in das affonsinische Zeitalter zu versenken!

Als die lauen Abende kühler wurden, ritt er aus und bezog alle Gemeinden in seine Runde ein. Die Ratschläge Cavaleiros beherzigend, stopfte er sich stets die Hosentasche mit Bonbons voll, um sie den Kindern zuzuwerfen. Doch in einem Brief an seinen lieben André hatte er bereits eingestanden, daß seine Popularität in keiner Weise gewachsen sei.

„Nein, wirklich, mein alter Freund, mir fehlt die Begabung dafür! Ich kann höchstens mit den Leuten plaudern, die alten Weiber, die in den Türen stehen, begrüßen und mit ihrem Namen anreden, mit den Kindern herumalbern und einem kleinen Mädel, das in einem zerrissenen Röckchen Ochsen treibt und das mir gerade in den Weg läuft, fünf Testonen für ein neues Röckchen geben ... Aber alle diese so selbstverständlichen Dinge habe ich doch schon als junger Bursche und von ganz allein getan, ohne daß sie mir jemals irgendwelchen Einfluß verschafft hätten. Weshalb ich daher fortan der tatkräftigen Unterstützung des mächtigen und weitreichenden Armes der wohlgeneigten Obrigkeit bedarf ..."

Als er eines Nachmittags am Schloßtor dem alten Cosme aus Nacejas und danach eines Sonntags in Bica Santa beim Geläut der Abendglocken dem Adrião Pinto aus der Ortschaft Levada begegnete, zwei angesehenen und bei den Wahlen sehr aktiven Bauern, hatte er sie lachend und ganz beiläufig gebeten, ihm ihre Stimmen zu geben. Er war beinahe bestürzt über die Bereitwilligkeit und Begeisterung, mit der sie sich dazu bereit erklärten. „Für Sie? Aber das ist ja selbstverständlich! Und selbst wenn wir gegen die Regierung stimmen sollen, Sie sind unser Mann!" Als er sich in Vila Clara mit Gouveia darüber unterhielt, führte er dieses begeisterte Entgegenkommen auf den politischen Weitblick der Leute vom Lande zurück.

„Natürlich tun sie das nicht meiner schönen Augen wegen! Aber sie wissen, daß ich der richtige Mann bin, um für sie zu sprechen und für die Belange dieser Gegend einzutreten. Sanches Lucena brachte es nicht weiter als bis zum Staatsrat – ein schwerreicher und recht schweigsamer Staatsrat! Die Leute hier brauchen aber einen Abgeordneten, der laut schreit, der verbissen kämpft und von sich reden macht ... Sie stimmen für mich, weil ich der richtige Mann bin."

Da drehte sich Gouveia um und sah den Fidalgo nachdenklich an. „Wer weiß das schon? Sie haben ja noch niemals die Probe aufs Exempel gemacht, Gonçalo Mendes Ramires.

Vielleicht stimmen die Leute tatsächlich Ihrer schönen Augen wegen für Sie!"

An einem glühendheißen Freitag, als die Sonne noch hoch am Himmel stand, kam Gonçalo auf einem seiner Spazierritte durch das Dörfchen Veleda, das an der Landstraße nach Canta Pedra liegt. Hinter den letzten dürftigen Hütten am Straßenrand prangt auf einem großen freien Platz gegenüber der Kirche die berühmte, schneeweiß getünchte Weinschenke des Pintainho, deren vorgebaute Sommerlaube und weithin geschätzte geschmorte Kaninchen in den Tagen des Jahrmarkts von Veleda ungeheuer viel Volk anzulocken pflegen. Am Vormittag war Titó im Schloß Santa Ireneia erschienen; er kam aus Valverde, wo er im Morgengrauen Rebhühner gejagt hatte, und verwünschte seinen Mordshunger. Diesen Freitag brachte Rosa einen Weißling mit Tomaten auf den Tisch und danach einen gebratenen Kabeljau; eine herrliche Mahlzeit.

Gonçalo, den schon den ganzen Nachmittag lang der Durst gequält hatte, wozu der Staub der Straße noch das seinige tat, hielt, nach einer Erfrischung lechzend, vor dem Eingang der Schenke an und rief nach dem Pintainho.

„Ha, unser Fidalgo! . . ."

„Mach schnell, Pintainho! Eine Sangria! Eine große, recht kalte Sangria, sonst falle ich um . . ."

Pintainho, ein korpulenter alter Mann mit blondem Haar, ließ nicht lange auf sich warten. Er brachte dem Fidalgo ein großes, appetitliches Glas voll Sangria, auf deren Zuckerschaum eine Zitronenscheibe schwamm. Gonçalo trank sie mit unbeschreiblichem Genuß – da kam vom Schankfenster her ein langer, leiser Triller, ähnlich dem Pfeifen der Mauleseltreiber, wenn sie ihre Tiere zum Tränken an den Bach locken. Gonçalo blickte verblüfft auf; er hielt noch sein Glas in der Hand. Am Fenster stand ein gutgebauter, hochgewachsener Bursche mit hellem Gesicht und blondem Backenbart, stützte die Fäuste auf die Brüstung und musterte ihn mit erhobenem

Kopf dreist und herausfordernd. Augenblicklich erkannte der Fidalgo den Jäger wieder, der ihn schon jenen Nachmittag in der Ortschaft Nacejas, in der Nähe der Glasfabrik, so unverschämt angesehen, mit dem Gewehr am Bein gestreift und ihm vom Fenster des Mädchens im blauen Mieder noch spöttisch nachgewinkt hatte, während er bereits den Hang hinunterritt. Der war es! Gonçalo tat, als habe er ihn gar nicht bemerkt, trank hastig seine Sangria aus, warf dem armen Pintainho, der sich vor Schreck verfärbte, eine Placa hin und gab seiner rassigen Stute die Sporen. Doch da brach am Fenster ein schallendes Hohngelächter los, das ihm wie eine knallende Peitsche über den Rücken fuhr. Im Galopp preschte Gonçalo davon. Als er ein Stück weiter in einem Hohlweg untertauchte und die Zügel wieder anzog, fragte er sich: ‚Wer mag dieser Kerl bloß sein? Und was habe ich ihm denn getan, Herrgottsakrament?‘ Er zitterte immer noch und versuchte der unseligen Angst Herr zu werden, der Anwandlung von Schwäche, die ihn stets angesichts einer Gefahr oder einer undeutlichen Gestalt, die irgendwo aus dem Schatten trat, lähmte und hartnäckig daran hinderte, davonzulaufen und zu entkommen. Im Grunde seines Herzens war er ja gottlob kein Feigling. Es lag nur an seinem Körper, diesem verräterischen Körper, der sich erschreckt und schaudernd schleunigst in Sicherheit bringen wollte und seine Seele mit sich zog, obgleich diese heftig dagegen aufbegehrte.

Gedemütigt betrat Gonçalo sein Schloß. Er beneidete seine Gutsknechte, die mehr Mut besaßen als er, und empfand immer noch tiefen Groll gegen den Flegel mit dem blonden Backenbart. Natürlich würde er ihn Cavaleiro anzeigen, damit der ihn in ein finsteres Loch steckte! Im Korridor stieß er auf Bento, der einen Brief in der Hand hielt. Ein Bursche von der Feitosa habe ihn gebracht, meldete er.

„Von der Feitosa?“

„Gewiß, Senhor, vom Gut des Senhor Sanches Lucena, Gott hab ihn selig. Er sagte, daß er im Auftrag der Damen käme...“

„Der Damen? Welcher Damen?"

Da der Brief keinen Trauerrand hatte, konnte er nicht von der schönen Dona Ana sein. Er kam von Dona Maria Mendonça. Sie unterschrieb mit „Ihre Ihnen sehr zugetane Base Maria Severim". Hastig begann er zu lesen, und über der neuen Überraschung, die ihm dieses Schreiben bereitete, vergaß er die Kneipe des Pintainho und die dort erlittene Demütigung.

„Mein lieber Vetter!

Seit drei Tagen bin ich hier bei meiner Freundin Anica zu Gast, und da der Trauermonat nun vorüber ist und sie schon wieder ausgehen kann (und das tut ihr sehr not, weil sie ziemlich mitgenommen ist), benutze ich die Gelegenheit, mir die Gegend anzusehen, die sehr hübsch ist und die ich erst wenig kenne. Wir beabsichtigen, am Sonntag Santa Maria de Craquede zu besuchen, wo sich die alten Ramiresschen Familiengräber befinden. Wie mich das aufregen wird! Doch gibt es anscheinend außer den Gräbern im Kloster noch andere, die weit älter sind. Sie wurden in der Franzosenzeit aufgebrochen und liegen in einem unterirdischen Gewölbe, wohin man nicht ohne besondere Erlaubnis und nicht ohne Schlüssel gelangen kann. Ich bitte Sie also, mein lieber Vetter, eine entsprechende Weisung zu erteilen, damit wir am Sonntag einen Schlüssel vorfinden und in das Gewölbe hinuntergehen können, von dem alle versichern, daß es sehr interessant ist, weil da noch Knochen und Waffen herumliegen. Wenn es auf Santa Ireneia eine Herrin gäbe, würde ich selbst kommen, um ihr diese Bitte vorzutragen, aber einen so gefährlichen Junggesellen wie Sie kann man ja nicht besuchen. Verheiraten Sie sich schnell! . . . In Oliveira ist alles in bester Ordnung. Seien Sie stets gewiß, daß usw. usw."

Gonçalo sah zu seinem Diener Bento hinüber, der dastand und wartete und dem das Erstaunen des Herrn Doktor aufgefallen war.

„Weißt du, ob es in Santa Maria de Craquede noch andere Gräber gibt, in einem unterirdischen Gewölbe?"

Nun war die Reihe an Bento, sich zu wundern. „In einem unterirdischen Gewölbe? Gräber?"

„Ja, Menschenskind! Außer denen im Kloster sind da noch andere, ältere, unter der Erde ... Ich habe niemals welche gesehen, ich kann mich nicht erinnern. Und ich bin ja auch schon seit Jahren nicht mehr nach Santa Maria de Craquede gekommen! Seit ich klein war! ... Weißt du da etwas?"

Bento zuckte die Achseln.

„Ob es vielleicht die Rosa weiß?"

Bento wiegte zweifelnd den Kopf hin und her.

„Ihr wißt aber auch nie etwas! Na schön. Morgen früh machst du dich nach Santa Maria de Craquede auf den Weg und fragst in der Kirche beim Sakristan, ob so ein unterirdisches Gewölbe existiert. Und wenn es existiert, soll er es am Sonntag zwei Damen zeigen, der Senhora Dona Ana Lucena und der Senhora Dona Maria Mendonça, meiner Base Maria ... Und daß mir alles ausgefegt ist und ordentlich aussieht!"

Als er den Brief noch einmal überflog, fiel sein Blick auf ein Postskriptum in der unteren Ecke des Briefbogens. In winziger Schrift stand da: „Daß Sie es nicht vergessen, unser Besuch findet nachmittags zwischen fünf und halb sechs statt!"

Gonçalo dachte nach. Sollte da etwa eine Unterredung stattfinden? In der Bibliothek warf er Hut und Reitpeitsche auf einen Stuhl. Gar kein Zweifel, es handelte sich um eine Unterredung! Womöglich gab es dieses unterirdische Gewölbe gar nicht, und die schlaue Maria Mendonça hatte es nur erfunden, um einen guten Grund zu haben, ihm zu schreiben und ihm mitzuteilen, daß ihn am Sonntag um halb sechs die schöne Dona Ana samt ihren zweihundert Contos in Santa Maria de Craquede erwartete. Dann hatte also Base Maria neulich in Oliveira gar nicht gescherzt? Mochte sie ihn denn wirklich gern, diese Dona Ana? Und bei dem Gedanken, daß eine so schöne Frau ihn begehrte, durchflutete

Gonçalo starke Erregung und wollüstige Neugier. Oh, ganz sicher wollte sie ihn zum Gatten, denn wenn sie ihn bloß zum Geliebten wollte, so würde sie dazu bestimmt nicht die Dienste Dona Maria Mendonças in Anspruch nehmen, und diese würde, wenn sie ihren reichen Freundinnen auch gern gefällig war, diese Dienste niemals so schamlos zur Verfügung stellen, wie es eine Kupplerin auf der Bühne tut. Dann sollte er also Dona Ana heiraten? – Nein!

Und plötzlich brannte er darauf, das Leben der Dona Ana genauer kennenzulernen. Wie hatte sie es überhaupt so viele Jahre bei dem alten Sanches ausgehalten? War sie ihm auch immer treu geblieben? Gewiß, vielleicht auf der Feitosa, in der Einsamkeit, eingeschlossen von den dicken Mauern ihres Landguts! Niemals hatte in diesen nach boshaften Gerüchten so begierigen Nestern eines über sie die Runde gemacht. Aber in Lissabon? ... Die vornehmen Freunde, mit denen sich der arme Sanches so gebrüstet hatte, dieser Dom João, dieser alberne Arronches Manrique, dieser Filipe Lourençal mit seinem Waldhorn? Irgendeiner hatte bestimmt mit ihr angebändelt – vielleicht Dom João, um seinem spanischen Namensvetter Don Juan Ehre zu machen. Was für eine Frau war sie eigentlich? Wer konnte ihm über die Herzensangelegenheiten Dona Anas Auskunft geben?

Später beim Abendessen fiel ihm plötzlich Gouveia ein. Eine Schwester Gouveias, die in Lissabon mit einem gewissen Cerqueira, dem phantasiebegabten Regisseur von Zugstücken, einem Angestellten der Misericordia, verheiratet war, pflegte ihrem lieben Bruder, dem Herrn Landrat, vertrauliche Berichte über alle bekannten Persönlichkeiten aus Oliveira und Vila Clara zu schicken, die gerade in Lissabon weilten und die ihren Bruder entweder aus politischen Gründen oder aus purer Neugier interessierten. Und ganz gewiß war der gute Gouveia durch seine Schwester Jahr für Jahr ausführlich über den Lebenswandel Dona Anas während ihrer Winteraufenthalte in Lissabon und über die Vergnügungen ihrer „exklusiven Kreise“ informiert worden.

Diesen Abend traf Gonçalo den Landrat jedoch nicht im Klub an. Er wollte gerade enttäuscht auf sein Schloß zurückkehren, als er ihn auf dem Platz am Springbrunnen entdeckte. Er saß mit Videirinha auf einer Bank unter den dunklen Judasbäumen.

„Sie kommen uns gerade recht!" rief Gouveia. „Wir wollten eben zu mir nach Hause gehen und eine Tasse Tee trinken. Kommen Sie mit? Meine Röstschnitten haben Ihnen doch immer so gut geschmeckt."

Der Fidalgo nahm die Einladung an, obwohl er eigentlich recht müde war. Auf der Hauptstraße nahm er den Arm des Landrats und erzählte, er hätte von einem Freund einen Brief aus Lissabon bekommen, der eine erstaunliche Neuigkeit enthielt – die Mitteilung, daß sich Dona Ana Lucena wieder verheiraten wolle.

Gouveia blieb erstaunt stehen und schob seine Melone in den Nacken. „Aber mit wem denn?"

Gonçalo erfand zu dem Brief auch gleich den Bräutigam. „Mit einem entfernten Verwandten von mir, wie es scheint, einem Dom João Pedroso oder Pedrosa. Sanches Lucena hat mir oft von ihm erzählt ... In Lissabon waren sie eng befreundet ..."

Gouveia schlug mit der Spitze seines Spazierstocks auf das Straßenpflaster. „Das ist unmöglich! Absurd! Dona Ana wird doch nicht sieben Wochen nach dem Tod ihres Gatten eine neue Ehe eingehen ... Wo Lucena erst Mitte Juli gestorben ist Menschenskind! Sie hatte ja noch gar keine Zeit, darüber hinwegzukommen!"

„Gewiß, tatsächlich!" murmelte Gonçalo. Und er lächelte geschmeichelt, als er daran dachte, daß sie sieben Wochen, nachdem sie Witwe geworden war, Anstand und Sitte mit Füßen trat und ihm ein Rendezvous in den Ruinen von Craquede anbot.

Im übrigen erwies sich Gonçalos Lüge trotz ihrer Unglaubwürdigkeit als recht erfolgreich, denn kaum waren sie in den grünen Salon des Landrats hinaufgegangen, da wurde die erstaunliche Nachricht aus Lissabon von neuem diskutiert. Videirinha rieb sich die Hände und grinste: „Na, Herr Doktor, was die sich da geleistet hat! Erst schnappt sie sich die zweihundert Contos von dem Alten, und kaum sind ein paar Wochen herum, schwupp, da angelt sie sich schon einen neuen Galan ..."

Aber nicht doch! Gonçalo wollte einlenken und tat nun so, als halte er die Mitteilung von der Heirat Dona Anas ebenfalls für puren Unsinn. Wo doch der gute Sanches kaum unter der Erde war ...

„Natürlich gab es zwischen ihr und diesem Dom João eine kleine Liebelei, ein bißchen Augenzwinkern und so ... Und deshalb ist man auf diesen Gedanken gekommen. Vor einiger Zeit hat mir tatsächlich jemand erzählt, daß dieser Dom João sich wie ein Don Juan an sie herangemacht hat und daß sie ..."

„Eine Lüge!" schnitt ihm der Landrat das Wort ab und beugte sich über den Zylinder der Petroleumlampe, um seine Zigarette anzuzünden. „Eine glatte Lüge! Ich weiß es ganz genau, und aus absolut zuverlässiger Quelle ... Kurzum, ich weiß es von meiner Schwester! Niemals hat Dona Ana in Lissabon Anlaß zu irgendwelchem Gerede gegeben. Sie benimmt sich sehr distinguiert, sehr distinguiert. Natürlich hat es nicht an Gecken gefehlt, die ihr mit Ausdauer den Hof machten ... Vielleicht dieser Dom João oder irgendein anderer Freund ihres Herrn Gemahls, wie es nur natürlich ist. Aber sie reagierte überhaupt nicht! Nicht einmal mit einem verstohlenen Blick! Sie ist wie eine römische Gattin, mein Lieber, eine aus den guten Zeiten Roms!"

Gonçalo saß behaglich in den tiefen Polstern des Sofas, zwirbelte langsam seinen Schnurrbart und ließ sich kein Wort entgehen. Gouveia, der jetzt in der Mitte des Zimmers stand, machte eine weit ausholende Geste und sagte im Brustton der Überzeugung: „Und das ist auch gar nicht verwunderlich! Derart hübsche Frauen haben nun einmal kein Gefühl. Schöne Marmorstatuen, aber eben kalter Marmor ... Nein,

nein, mein lieber Gonçalo, für das Gefühl, für das Herz und auch für alles andere sind die kleineren Frauen vorzuziehen, die zierlichen, die unscheinbaren! Jawohl! Diese großen, üppigen, weißhäutigen Frauen, die uns an eine Venus erinnern, die sind bloß zum Ansehen da, bloß fürs Museum."

Videirinha sagte zweifelnd: „Aber eine so hübsche, so blühende Frau wie die Senhora Dona Ana, und dann mit einem alten Mann verheiratet..."

„Es gibt Frauen, die alte Männer gern mögen, weil sie selber innerlich vergreist sind!" erklärte Gouveia belehrend mit erhobenem Zeigefinger.

Doch Gonçalos Neugier war noch nicht befriedigt. Und was sei auf der Feitosa geschehen? Sei niemals etwas von einem heimlichen Abenteuer laut geworden? Es hatte doch den Anschein, daß sie mit Doktor Júlio...

Noch einmal ließ der Fidalgo seiner Phantasie die Zügel schießen, und aufs neue wies Gouveia die „Lüge" zurück. „Weder auf der Feitosa noch in Oliveira, noch in Lissabon... Im übrigen ist sie so, wie ich Ihnen sage, Gonçalo Mendes: eine Frau aus Marmor!"

Er hielt inne und sagte dann voller schwärmerischer Bewunderung: „Aber als Marmor... Ihr macht euch ja gar kein Bild, wie himmlisch diese Frau aussieht, wenn sie dekolletiert geht!"

Gonçalo starrte ihn verblüfft an. „Wo haben Sie sie denn dekolletiert gesehen?"

„Wo? In Lissabon, auf einem Ball bei Hofe... Es war übrigens Lucena, der mir die Einladung ins Schloß besorgte. In Kniehosen habe ich dort geglänzt... Eine Geschmacklosigkeit, das Ganze. Und eine Schande war das, wie die Meute mit Gebrüll über die Büfetts herfiel, über die Truthahnstücke..."

„Und was war mit Dona Ana?"

„Dona Ana war dort die Schönheit par excellence! Sie machen sich ja gar keine Vorstellung! Herrgott im Himmel! Diese Schultern! Diese Arme! Diese Brust! Und die weiße

Haut, die vollendeten Formen ... Zum Wahnsinnigwerden! Anfangs fiel sie unter den vielen Menschen gar nicht auf, weil sie ganz scheu in einer Ecke saß. Aber dann wurde sie entdeckt. Man lief herbei, stand in kleinen Gruppen beisammen und gaffte ... Und es hieß: ‚Wer ist denn das?' und ‚Wie entzückend!'. Alle waren hingerissen, sogar der König!"

Einen Augenblick schwiegen die drei Männer, während der schöne weiße Körper Dona Anas beinahe nackt vor ihnen erstand und den bescheidenen, schlecht erleuchteten Raum mit strahlendem Glanz erfüllte. Schließlich rückte Videirinha seinen Stuhl näher heran, um – ganz im Vertrauen – auch seine Informationen beizusteuern: „Was mich betrifft, so kann ich jedenfalls versichern, daß die Senhora Dona Ana eine sehr reinliche Frau ist, die sich oft zu waschen pflegt ..."

Und als die anderen lachten und über eine derart genaue Kenntnis intimer Gepflogenheiten verblüfft waren, erzählte Videirinha, daß in der Apotheke des Pires allwöchentlich ein junger Bursche von der Feitosa erscheine und drei oder vier Fläschchen portugiesisches Kölnischwasser kaufe, das Pires herstellte.

„Der Pires reibt sich dann immer die Hände und sagt, daß man auf der Feitosa selbst die Felder mit Kölnischwasser begießt. Und dann haben wir es auch durch ihre Zofe erfahren ... Alle Tage nimmt die Senhora Dona Ana ein Bad, nicht um sich zu waschen, sondern nur so zum Vergnügen. Eine ganze Stunde lang bleibt sie in der Wanne, und jedesmal gießt sie eine halbe Flasche Kölnischwasser hinein. Das nenne ich Luxus!"

Gonçalo empfand plötzlich etwas wie Widerwillen gegen alle diese Indiskretionen des Landrats und des Apothekergehilfen über die Dekolletés und die Badebräuche der schönen Frau, die ihn am Sonntag zwischen den jahrhundertealten Gräbern seiner Ahnen erwartete. Er schwenkte die Zeitung hin und her, um sich Luft zuzufächeln, und rief: „Schön! Und nun zum Ernst des Lebens! Was haben Sie eigentlich über

Doktor Júlio erfahren, Gouveia? Agitiert der Bursche für die Wahlen?"

Das Dienstmädchen war mit dem Teebrett ins Zimmer getreten. Nun saßen sie alle rund um den Tisch, knabberten Gouveias berühmte Röstschnitten und unterhielten sich dabei über die Wahlen, über die Berichte der Gutsverwalter, über die Reserviertheit des Rio Manso und über Doktor Júlio, den Videirinha in Bravais hatte von Tür zu Tür gehen und um Stimmen betteln sehen, assistiert von einem Burschen mit dem Photokasten auf dem Rücken.

Da Gonçalo müde und zudem hinreichend mit Informationen versehen war, steckte er sich nach dem Tee eine Zigarre an und wollte nach Hause gehen.

„Kommen Sie nicht mit, Videirinha?"

„Heute kann ich nicht, Herr Doktor. Ich reise am frühen Morgen im Eilpostwagen nach Oliveira."

„Was zum Teufel haben Sie denn in Oliveira zu tun?"

„Ich muß ein Paar Badeschuhe und einen Badeanzug für meine Chefin umtauschen, die Dona Josefa Pires ... Ich muß ihre Körpermaße zu den Emilios bringen und alles dort umtauschen."

Gonçalo rang die Hände. „So etwas gibt es aber auch nur in Portugal! Einen Künstler wie Videirinha mit den Badeschuhen der Madame Pires nach Oliveira zu schicken! Na, Gouveia, sobald ich Abgeordneter bin, müssen wir Videirinha einen guten Posten bei der Distriktsverwaltung besorgen. Einen ruhigen Posten, der ihm reichlich Zeit läßt, sich seiner Bratsche zu widmen!"

Videirinha errötete entzückt und hoffnungsvoll und sprang auf, um den Hut des Fidalgos vom Kleiderständer zu nehmen.

Als Gonçalo die Straße zum Schloß entlangging, wanderten seine Gedanken unverzüglich zu Dona Ana – zu ihren Dekolletés, zu den Bädern, bei denen sie selbstvergessen Zeitung las. Aber die Sache hatte einen Haken, Teufel noch mal! ... Dieser so keuschen, so wohlriechenden, so hinreißend schönen Dona Ana würde selbst noch als seiner Gattin ein häßlicher Makel anhaften – ihr Vater war Fleischer! Und dann ihre Stimme – diese Stimme, die ihn in Bica Santa hatte schaudern lassen ... Aber Mendonça behauptete doch, daß sich dieses laute Organ bei vertraulichen Gesprächen dämpfte und ganz weich und beinahe sanft klang ... Schließlich aber gewöhnt man sich nach ein paar Monaten Gemeinsamkeit auch an die unsympathischsten Stimmen – fiel ihm doch jetzt nicht einmal mehr auf, wie sehr der Manuel Duarte näselte! Nein, ein wirklicher Makel war nur ihr Vater, dieser Fleischer. Aber wer von der ganzen Menschheit, die letzten Endes doch aus einem einzigen Mann hervorgegangen war, hatte denn unter den Tausenden seiner Ahnen bis hinauf zu Adam keinen Fleischer aufzuweisen?

Er, der noble Fidalgo, Abkömmling eines Hauses, aus dem ganze Dynastien hervorgegangen waren, würde bei einigem Herumstöbern in der Vergangenheit todsicher auch auf einen Fleischer Ramires stoßen. Und ob dieser Fleischer nun gleich in der ersten Generation auftauchte, inmitten eines von Kunden wimmelnden Fleischerladens, oder erst ein paar muffige Jahrhunderte weiter zurück in der dreißigsten Generation zum Vorschein kam – jedenfalls war er da, samt Messer und Hackstock und Blutflecken an den schweißtriefenden Armen ...

Dieser Gedanke ließ ihn auf seinem Heimweg nicht mehr los – auch dann noch nicht, als er zu Hause am Fenster stand, seine Zigarre zu Ende rauchte und dem Zirpen der Grillen lauschte. Kaum hatte er sich zu Bett gelegt, fielen ihm auch gleich die Augen zu. Es war ihm, als trügen ihn seine ungeduldigen Füße weit fort, in die dunkle Vergangenheit seines Hauses, durch die ganze verworrene Geschichte seines Landes, um unter seinen Urahnen einen Fleischer aufzuspüren ... Schon befand er sich jenseits der Grenzen des Westgotenreiches, wo, einen goldenen Globus in der Hand, sein bärtiger Vorfahr Recessvinth regierte. Keuchend und erschöpft hatte Gonçalo die Stätten der Zivilisation hinter sich gelassen und war in die Urwälder eingedrungen, in denen noch das Mastodon hauste. Im feuchten Dickicht begegneten ihm etliche Angehörige der Familie Ramires, die mürrisch totes Schlachtvieh und Holzbündel schleppten. Andere krochen aus verqualmten Höhlen hervor, grinsten ihren vorüberziehenden Abkömmling an und entblößten dabei ihre scharfen grünlichen Zähne. Schließlich gelangte er durch schweigende Einöden zu einem von Nebelschwaden bedeckten Teich. Und im Röhricht, am Ufer dieses sumpfigen Gewässers, kauerte ein hünenhafter, wie ein wildes Tier behaarter Mann im Morast, schwang eine Streitaxt und zerlegte mit wuchtigen Schlägen große Stücke Menschenfleisch. Es war ein Ramires; am aschgrauen Himmel flog der schwarze Habicht! Und sogleich winkte Gonçalo aus dem feuchten Nebel, der über dem Teich lag, nach Santa Maria de Craquede zu der schönen, nach Parfüm duftenden Dona Ana hinüber und schrie ihr über alle Königreiche und Epochen hinweg zu: „Ich habe unter meinen Ahnen *auch* einen Fleischer gefunden!“

Am Sonntag erwachte Gonçalo mit einer glänzenden Idee: Er würde nicht pünktlich um fünf Uhr (diese Zeit hatte Base Maria in ihrem Postskriptum angegeben) in Santa Maria de Craquede sein, um dort sein Entzücken über die Begegnung mit der bildschönen und steinreichen Dona Ana Lucena zu bekunden, sondern erst um sechs Uhr. Wenn die Pilgerfahrt der Damen zu den Gräbern beendet war, würde er ganz wie von ungefähr auftauchen, als käme er gerade von einem kleinen Spätnachmittagsausflug durch die Umgegend zurück, hätte sich plötzlich an den Brief erinnert und machte bei den Ruinen nur halt, um mit seiner Base Maria zu sprechen.

Schon um vier Uhr jedoch begann er sich mit solcher Sorgfalt anzukleiden, daß Bento, der es nicht mehr mit ansehen konnte, wie der Herr Doktor eine Krawatte nach der anderen anprobierte und sie dann zerknüllt auf den Diwan warf, endlich herausplatzte: „Nehmen Sie doch die hübsche weißseidene, Herr Doktor! Nehmen Sie die weiße, die steht Ihnen besser! Und in dieser Hitze ist sie auch angenehmer.“

Bei der Zusammenstellung eines Sträußchens für das Jackett ging Gonçalo noch sorgfältiger zu Werke: Er wählte die Wappenfarben des Hauses Ramires, eine weiße Nelke und eine gelbe. Als er am Portal seine Stute bestieg, bekam er Angst, die Damen könnten ihren Besuch abkürzen, wenn sie ihn im Kloster nicht antrafen, und ritt in schnellem Trab den Fußpfad zur Portela-Brücke hinunter. Ein Stück weiter bog er in die alte Heerstraße ein, ging in einen wilden Galopp über und verschwand in einer Staubwolke.

Erst als er sich dem Eisenbahnübergang näherte, mäßigte er sein Tempo, denn die Schranke war geschlossen, um einen ziemlich langsam fahrenden, mit großen Weinfässern beladenen Zug passieren zu lassen. Davor warteten zwei Männer bei einem Holzkarren. Einer der beiden, der einen Schnappsack auf dem Rücken trug, war ein Bettler – der sympathische Bettler, der seinen prächtigen grauen Neptunbart almosenheischend durch die Dörfer der Umgegend trug. Er zog feierlich seinen Hut mit der riesigen Krempe und wünschte dem Fidalgo, daß Gott ihn beschützen möge.

„Heute wollen Sie wohl mal die Tour durch Craquede machen?“

„Ich komme hin und wieder wegen des Zuges nach Oliveira her, der hier vorüberkommt, Fidalgo. Die Reisenden sehen mich gern an der Böschung stehen, sie laufen immer an die Fenster ...“

Gonçalo lachte, denn ihm fiel ein, daß einer Begegnung mit dem Alten stets eine Begegnung mit der schönen Dona Ana gefolgt war. ‚Wer weiß?‘ dachte er, ‚vielleicht ist er das Schicksal in Person!‘ Die Antike pflegte ja auf ihren Bildern das Schicksal so darzustellen, mit langem Bart und langer Mähne und einem Sack auf dem Rücken, der die Geschicke der Menschen enthielt ... Und tatsächlich erblickte er jetzt am Rand des stillen Pinienwaldes, den funkelnde Sonnenstrahlen mit Gold übergossen, die Kalesche der Feitosa. Sie hielt unter einer Eiche; auf dem Kutschbock döste der Kutscher in schwarzer Livree. Die Chaussee nach Oliveira führt dort am ehemaligen Vorplatz des Klosters von Craquede vorbei, das vom Feuer des Himmels eingeäschert wurde, und zwar in der Unwetterkatastrophe von Sankt Sebastian, die Portugal im Jahre 1616 heimsuchte.

Längst bedeckt ein Teppich aus hohem grünem Gras den Boden zwischen den mächtigen Stämmen der uralten Kastanienbäume; weiß schimmert das sauber getünchte neue Kirchlein zwischen den Zweigen hervor. Eine verfallene und von dichtem Efeu überwucherte Mauer verbindet es mit der im Laufe der Zeit gelb gewordenen und vom Regen glattgewaschenen Fassade der ehrwürdigen alten Klosterkirche, die die ganze Ostseite des großen freien Platzes einnimmt und immer noch stolz in den hellen Himmel ragt. Ihr riesiges Portal hat keine Türen mehr; die Fensterrosette ist herausgebrochen; leer sind die Grabnischen, in denen einst die langgestreckten Steinskulpturen der Stifter, Froilas Ramires' und seiner Frau Estevaninha, Gräfin von Orgaz, mit dem Spitznamen „die Winselhündin", verstaubten. Auf der gegenüberliegenden Seite des Platzes stehen zwei eingeschossige Häuser in einfacher Bauart. Das eine macht mit seinen leuchtend blau gestrichenen Fensterrahmen einen recht sauberen Eindruck; das andere ist unbewohnt, sein Dach beinahe völlig abgedeckt, die Wände vom dichten Grün eines verwilderten Gartens umwuchert, in dem Sonnenblumen leuchten. Tiefe Stille umfing jetzt die Bäume und die stolzen Ruinen; nur das leise Murmeln eines Brunnens war zu hören, das die Stille noch spürbarer machte. Die Trockenheit hatte diesen Quell zu einem dünnen Rinnsal werden lassen, das kaum noch imstande war, sein steinernes Wasserbecken zu füllen. Eine mächtige Trauerweide überschattete den Brunnen mit ihrem spärlichen, fahlen Laub.

Als der Lakai von der Feitosa den Fidalgo erblickte, sprang er lachend vom Brunnenrand, wo er sich Tabak kleingeschnitten hatte, und nahm Gonçalos Stute beim Zügel. Und Gonçalo, der seit seiner Kindheit nicht mehr zu den Ruinen von Craquede gekommen war, schritt aufmerksam einen schmalen, in den Rasen getretenen Pfad entlang, voller Entzücken über diese poetische, romantische Einsamkeit. Da erschienen im Torbogen die beiden Damen; sie kamen soeben aus dem alten Kloster zurück. Dona Maria Mendonça schwenkte sogleich ungestüm ihren Sonnenschirm, der aus demselben kleinkarierten Stoff war wie ihr Kleid, dessen an den Schultern übermäßig gebauschte Ärmel ihre Hagerkeit noch betonten. Und neben ihr stand im hellen Licht schweigend und schlank die in schwarze Wolle gekleidete Dona Ana, deren ernstes, sinnliches weißes Gesicht zart durch den schwarzen Trauerschleier schimmerte.

Gonçalo eilte ihnen entgegen, zog seinen Strohhut und stotterte, daß er hocherfreut über diese zufällige Begegnung sei. Doch schon tadelte ihn Dona Maria, die das Märchen von der „zufälligen Begegnung“ nicht gelten lassen wollte: „Der Herr Vetter ist aber auch nicht ein bißchen galant . . .“

„Aber Base!“

„Er wußte nämlich, daß wir herkommen – durch meinen Brief wußte er es! Und zur festgesetzten Stunde ist er nicht einmal da, um die Honneurs zu machen, wie es sich gehört . . .“

Gonçalo hingegen stellte diese Verpflichtung entschieden in Abrede: Dieses Haus gehöre ja nicht ihm, sondern dem lieben Gott! Also käme es dem lieben Gott zu, die Honneurs zu machen und so entzückende Wallfahrerinnen mit einem freundlichen Wunder zu empfangen.

„Nun, hat es Ihnen Spaß gemacht? Gefallen Ihnen die Ruinen, Senhora Dona Ana? Sie sind interessant, nicht wahr?“

Es klang geradezu feierlich, als sie durch die dicke schwarze Spitze ihres Schleiers hindurch langsam sagte: „Ich kannte sie schon . . . Ich war schon einmal einen Nachmittag hier, mit dem armen Sanches; Gott hab ihn selig.“

„Ah . . .“

Als sie den Namen des Verstorbenen aussprach, setzte Gonçalo in höflicher Anteilnahme sofort eine ernste Miene auf. Dona Maria Mendonça machte eine ihrer abrupten Gesten, als wolle sie den lästigen Schatten wieder verscheuchen, und mischte sich in das Gespräch: „Ach, Sie glauben ja gar nicht, wie es mir gefallen hat, lieber Vetter! Das ganze Kloster ist eine Sehenswürdigkeit. Gleich dieses rostige Schwert, das da über dem Grab festgeschmiedet ist ... Nichts erregt das Gemüt so sehr wie diese altertümlichen Dinge ... Ach, mein lieber Vetter, wenn man daran denkt, daß dort unsere Ahnen ruhen!"

Gonçalo lächelte fröhlich und entgegenkommend wie immer, wenn Maria Mendonça sich begeistert ihrem Lieblingsthema, der Familie Ramires, zuwandte. Er scherzte liebenswürdig: „Ach, unsere Ahnen ... Nichts als eine Handvoll Asche ist von ihnen geblieben! – Habe ich da nicht recht, Senhora Dona Ana? Wirklich, wer könnte sich vorstellen, daß unsere Base Maria hier, so quicklebendig, so unterhaltend und so lustig wie sie ist, von einem armseligen bißchen Staub abstammt, das da in einem steinernen Sarg aufbewahrt wird? Nein, man kann nicht so viel Sein mit so viel Nichtsein verbinden ..." Und da Dona Ana, die ihre großen, kräftigen Hände in den enganliegenden schwarzen Handschuhen auf den Perlmuttgriff ihres langen Sonnenschirms stützte, ihm mit einem Lächeln zustimmte, wandte er sich unvermittelt an sie: „Sind Sie etwa müde, Senhora Dona Ana?"

„Nein, überhaupt nicht. Ich werde niemals müde. Gehen wir doch noch einen Augenblick in die Kapelle ..."

Gonçalo schien es, als ob die Stimme dieses schönen Geschöpfes nicht mehr grob und laut klang, sondern durch die schwarze Spitze ihres Trauerschleiers sanfter und leiser geworden war, so wie Nacht und Wald donnernden Lärm dämpfen. Doch da gestand Dona Maria, daß sie ganz unglaublich müde sei; nichts strenge sie so an wie der Besuch von Sehenswürdigkeiten ... Und dann die Aufregung, wo es sich doch um so alte Helden handelte!

„Wollen wir uns denn nicht ein bißchen auf diese Bank setzen? Zum Nachhausefahren ist es ja noch zu früh, nicht wahr, Anica? Und in dieser Stille und der frischen Luft sitzt es sich doch so angenehm ..."

Es war eine Steinbank an der verfallenen, von Efeu überwucherten Mauer. Ringsum wuchs üppiger wilder Rasen mit letzten Gänseblümchen und goldenen Knospen, die die Augustsonne aufgespart hatte. Der zarte, süße Duft eines im Efeu verwachsenen Jasminstrauches erfüllte den stillen Abend, und in den Zweigen einer Pappel, die vor dem Eingang der Kapelle stand, sang eine Amsel. Gonçalo wischte sorgsam die ganze Bank mit dem Taschentuch ab, setzte sich auf das äußerste Ende neben Dona Maria und lobte ebenfalls die abendliche Kühle und die wohltuende Einsamkeit dieses Fleckchens Craquede ... Und nie hatte er die Gelegenheit benutzt, sich an eine so erholsame Zufluchtsstätte zurückzuziehen, die noch dazu sozusagen ihm gehörte – nicht einmal zu einem ländlichen Frühstück! Nun aber würde er gewiß immer wieder hierherkommen, um eine Zigarre zu rauchen und im Frieden der Eichen friedliche Pläne zu überdenken, in der Nachbarschaft der toten Ahnen ... Und dann fragte er neugierig: „Wie war's denn im unterirdischen Gewölbe?"

Oh, es existierte ja gar keins! Gewiß, es gab schon eins – aber es war voller Schutt, ohne Gräber und ohne Altertümer. Und der Sakristan habe ihnen gleich gesagt, daß es nicht die Mühe lohne, sich die Röcke schmutzig zu machen.

„Nicht wahr, Anica, du hast doch dem Sakristan etwas gegeben?"

„Fünf Testonen, Mädchen ... Ich weiß nicht, ob das genug war."

Gonçalo versicherte, der Sakristan sei damit fürstlich bezahlt worden; er bedauere nur, von der verschwenderischen Großzügigkeit der Senhora Dona Ana nichts gewußt zu haben, denn sonst hätte er selber sich ein Bund Schlüssel gegriffen und sich in einen schwarzen Umhang geworfen, um sie herumzuführen und das Geld einzustreichen ...

„Das hätten Sie tun sollen!" rief Dona Maria, und ihre Augen blitzten. Ganz gewiß hätte er von ihnen seine fünf

Testonen bekommen, denn er hätte ihnen sicherlich mehr Interessantes erzählt als das armselige Männchen, das nur etwas in seinen Bart gebrummt und nichts gewußt hatte!

„So ein Trottel! Dabei war ich doch so neugierig auf das offene Grab mit dem gespaltenen Deckel ... Und dieser alte Affe brummte bloß, daß es da irgendwelche sehr alten Geschichten über den Fidalgo da Torre gäbe ..."

Gonçalo lachte. „Diese Geschichten kenne ich zufällig, Base Maria! Ich kenne sie durch den ‚Fado der Familie Ramires', den der Videirinha gedichtet hat ..."

Dona Maria Mendonça hob entsetzt ihre schmalen Hände, empört über solche Gleichgültigkeit gegenüber den heroischen Traditionen des eigenen Hauses. Wie kann man seine Familienchronik erst kennenlernen, wenn sie als Fado geklimpert wird! Schäme sich ihr Vetter Gonçalo gar nicht?

„Aber warum denn, Base, warum? Videirinhas Fado gründet sich auf authentische Dokumente, die Pater Soeiro durchforscht hat. Von ihm stammen alle historischen Fakten; Videirinha hat sie bloß in Reime gebracht. Außerdem, liebe Base, wurde in alten Zeiten die Historie in Verse gebracht und zur Leier gesungen ... Wollen Sie also die Geschichte mit dem offenen Grab hören, so wie sie in den Strophen Videirinhas berichtet wird? Ich erzähle sie gern, aber nur für die Senhora Dona Ana, die nicht an solchen Skrupeln leidet wie Sie ..."

„Nicht doch!" unterbrach ihn Dona Maria. „Wenn dieser Videirinha sich auf solche historische Autorität berufen kann, dann erzählen Sie es auch mir, denn schließlich gehöre ich ja zur Familie!"

Gonçalo räusperte sich verschmitzt und fuhr sich mit dem Taschentuch über die Lippen. „Also das war folgendermaßen: In diesem Grabe ruhte, natürlich als Leiche, einer meiner Ahnen. Der Name fällt mir jetzt nicht ein; er hieß wohl Gutierres oder Lopo. Ich glaube Gutierres ... Kurzum, er lag hier bis zur Schlacht von Navas de Tolosa. Die Base Maria weiß ja von dieser Schlacht, den fünf Maurenkönigen et cetera ... Wie er von der Schlacht erfuhr, das berichten die Verse Videirinhas leider nicht. Doch kaum daß er in seiner Gruft von dem Gemetzel Wind bekommt, zerschmettert er auch schon die Grabplatte, rast wie ein Verrückter über den Klosterhof, gräbt sein Pferd aus, das auf dem Vorplatz verscharrt lag, wo jetzt die Eichen wachsen, besteigt es in voller Rüstung, braust als toter Reiter auf dem toten Pferd im Galopp quer durch Spanien, reißt in Navas de Tolosa sein Schwert aus der Scheide und schlägt die Mauren alle kurz und klein ... Wie finden Sie das, Senhora Dona Ana?"

Er hatte diese Geschichte für Dona Ana erzählt und hoffte nun, in ihren schönen Augen Aufmerksamkeit und Anteilnahme zu lesen. Sie aber unterdrückte ein Lächeln und murmelte lediglich: „Sehr interessant!" Dona Maria hingegen gestikulierte in heller Begeisterung auf der Steinbank herum, auf der sie saßen: „Wundervoll! Wie poetisch! Eine sehr schöne Sage!" Und um Gonçalo dazu zu bringen, ihnen noch weitere wundersame Ereignisse aus der Geschichte des Hauses Ramires zu erzählen, rief sie: „Fahren Sie fort, Vetter! Ist dieser Ahne dann wieder nach Craquede zurückgekehrt?"

„Wer denn, Base, der Gutierres? Da wäre er ja schön dumm gewesen! Nachdem er sich aus dem langweiligen Grab davongemacht hatte, ließ er sich in Santa Maria de Craquede nicht mehr blicken. Das Grab blieb leer, so wie es jetzt ist, und er trieb sich fortan als tapferer Kriegsmann in Spanien herum. Stellen Sie sich das vor! Ein Toter, der sich durch ein Wunder aus der engen Gruft befreit, in der er starr und steif für die Ewigkeit gebettet liegt!"

Plötzlich verstummte er, weil er an Sanches Lucena denken mußte, der in einer pompösen Gruft in Oliveira genauso starr und steif in seinem schweren Bleisarg lag. Dona Ana hielt den Kopf gesenkt; ihr Gesicht war unter dem Schleier nicht zu sehen. Mit der Spitze ihres Sonnenschirms stieß sie Löcher in den Rasen. Um die trüben Gedanken zu verscheuchen, die sich ihrer erneut zu bemächtigen drohten, brachte die gescheite Dona Maria eine andere Besonderheit der Familie Ramires aufs Tapet: „Ach, immer habe ich vergessen, Sie danach zu fragen – Sie haben doch noch viele adlige Verwandte in Frankreich ... Wissen Sie vielleicht etwas darüber?"

Aber sicher! Gonçalo kannte zufällig die Geschichte seiner französischen Verwandten, obwohl Videirinha in seinem Fado nichts darüber berichtete.

„Dann erzählen Sie! Aber es muß heiter sein!"

„Oh, so sehr lustig wäre das gar nicht! Ein Ahne, Garcia Ramires, hatte den Infanten Dom Pedro, den Sohn des Königs Dom João I., auf seinen berühmten Reisen begleitet. Als nun der Infant Dom Pedro und seine Edelleute aus Palästina zurückkamen, ließen sie sich für ein ganzes Jahr beim Herzog von Burgund in Flandern nieder. Sie feierten dort rauschende Feste; eins ihrer Zechgelage, das in jedem Handbuch der Geschichte Frankreichs erwähnt wird, währte volle sieben Tage. Wo getanzt wird, gibt es natürlich auch Liebschaften. Der alte Ramires war ein Tausendsassa und Draufgänger ... Im Tal von Josaphat, vor den Mauern Jerusalems, kam er auf den Einfall, einen Meilenstein zu setzen, damit sich der Infant und seine Pilgergefährten am Tage des Jüngsten Gerichts hier wiederfinden könnten. Er war natürlich ein hübscher Bursche mit einem dichten schwarzen Portugiesenbart ... Zu guter Letzt heiratete er eine Schwester des Herzogs von Cleve, eine große Dame, die Nichte des Herzogs von Burgund und Brabant. Später heiratete auf Grund dieser Verbindung eine verwitwete Ramires den Grafen Tancarville. Die Tancarvilles waren in Frankreich Großmeister und besaßen das großartigste Schloß Europas, und ..."

Dona Maria lachte und klatschte in die Hände. „Bravo! Wundervoll! Jawohl, mein Herr! Und das hier ist der Vetter, der so tut, als verstünde er überhaupt nichts von Genealogie! Da sieht man, wie genau er die Geschichte dieser großen Heiraten kennt! Findest du nicht auch, Anica? Er ist doch geradezu eine wandelnde Familienchronik!"

Gonçalo zog den Kopf ein und beichtete, daß er sich mit

dieser ganzen Geschichte aus einem recht banalen Grund befaßt habe – aus Not!

„Aus Not?"

„Jawohl, Base Maria, aus ärgster Geldnot, wegen ein paar schäbiger Pimperlinge ..."

„Erzählen Sie nur! Die Anica brennt ja schon drauf ..."

„Wollen Sie wissen, wie das zuging, Senhora Dona Ana? Es war in Coimbra, im zweiten Studienjahr. Meine Studienkollegen und ich waren so blank, daß wir keinen einzigen Vintém mehr zusammenbrachten. Nicht einmal für Zigaretten, und nicht einmal für den geheiligten Deziliter Wein und die drei obligaten Oliven ... Da kam einer von uns, ein geriebener Bursche aus Melgaço, auf die alberne Idee, ich solle doch an meine Verwandten nach Frankreich schreiben, an die Cleves und Tancarvilles, diese gewiß immens reichen Herrschaften, und sie ganz ungeniert um ein kleines Darlehen von dreihundert Francs angehen."

Dona Ana konnte ein Lachen nicht unterdrücken und sagte aufrichtig amüsiert: „Na, das ist gut!"

„Aber es kam nichts dabei heraus, gnädige Frau ... Es gibt weder Cleves noch Tancarvilles mehr! Alle diese großen Adelsgeschlechter sind ausgestorben oder in anderen Familien aufgegangen, sogar im Herrscherhaus von Frankreich. Und meinem braven Pater Soeiro gelang es trotz all seiner genealogischen Kenntnisse nicht, herauszufinden, wer diejenigen seien, an die man sich mit der Bitte wenden müßte, mir, dem armen Verwandten aus Portugal, diese dreihundert Francs zu leihen."

Solche Geldnot eines Fidalgos, eines großen Herrn, schien Dona Ana nahezugehen. „Da besaßen Sie also allesamt nicht mal einen Vitém! Hat man denn schon so etwas gehört! Aber spaßig ist es! Geschichten aus Coimbra sind immer sehr komisch. Dom João da Pedrosa hat in Lissabon auch immer viel von Coimbra erzählt ..."

Dona Maria Mendonça jedoch hatte in dem Bericht über diesen Studentenstreich bereits einen neuen unverhofften Beweis für die Größe des Hauses Ramires entdeckt, den sie sogleich geschickt vor Dona Ana ins Feld führte: „Da sieht man es wieder mal! Alle großen Familien Frankreichs, die einst so reich und mächtig waren, sind ausgestorben und verschwunden. Und hier in unserem kleinen Portugal besteht das Haus Ramires bis auf den heutigen Tag!"

Gonçalo erwiderte rasch: „Aber jetzt stirbt es aus, liebe Base! Sehen Sie mich nicht gleich so entsetzt an. Jetzt stirbt es wirklich aus ... Denn ich werde sicherlich nicht heiraten!"

Dona Maria lehnte ihren mageren Oberkörper zurück und tat so, als hinge die Verheiratung ihres Vetters nur von einem etwas besseren Kontakt ab, der am besten ohne wild gestikulierende Maria Mendonças zustande käme, die auf dieser schmalen Bank nur im Wege waren und die Ströme gegenseitiger Sympathie hemmten. Sie lächelte gedankenverloren und hauchte melancholisch: „Also Sie wollen nicht heiraten ... Aber wieso denn eigentlich nicht, Vetter?"

„Weil ich kein Talent dazu habe, liebe Base. Die Ehe ist eine sehr schwierige Kunst, zu der man berufen sein und eine besondere Begabung besitzen muß. Das Schicksal hat mich nicht mit dieser Gabe bedacht. Und wehe mir, wenn ich mich auf diesem Gebiet versuchen würde! Ich würde dabei bloß Schiffbruch erleiden."

Dona Ana hatte unterdessen behutsam ihre Uhr vom Gürtel gelöst, die dort an einem aus Haar geflochtenen Band befestigt war, und schien an ganz andere Dinge zu denken. Doch Dona Maria gab sich noch nicht zufrieden. Sie wies Gonçalos Argumente zurück: „Aber das ist ja Unsinn. Wo Sie doch Kinder so gern haben!"

„Gewiß, ich mag Kinder sehr gern, sogar Säuglinge. Die Kinder sind die einzigen göttlichen Wesen, die unsere arme Menschheit aufzuweisen hat. Die anderen Engel, die mit den Flügeln, bekommt man leider niemals zu Gesicht. Und die Heiligen weilen, nachdem sie einmal Heilige geworden sind, in der ewigen Glückseligkeit und faulenzen, und niemand sieht mehr etwas von ihnen. Nur die Kinder können uns noch eine Vorstellung von himmlischen Wesen geben ... Jawohl, meine liebe Base, ich habe Kinder sehr gern, ganz gewiß. Aber Blumen habe ich auch gern und bin kein Gärtner und habe auch kein Talent zur Gärtnerei."

Dona Maria warf ihm einen blitzenden, vielsagenden Blick zu und erwiderte: „Keine Bange, das lernen Sie noch!"

Und dann wandte sie sich an Dona Ana, die in Gedanken versunken ihre Uhr betrachtete: „Meinst du nicht, daß es Zeit für den Heimweg ist? Nun, wenn du willst, gehen wir noch in die Kapelle ... Ach, Vetter, sehen Sie doch mal nach, ob sie offen ist."

Gonçalo lief hin und stieß die Tür auf. Er geleitete die beiden Damen durch das sehr kleine, gedielte Kirchenschiff mit den schlanken weißgekalkten Pfeilern. Der gleiche rohe, grobe Kalk bedeckte auch die kahlen Wände, deren strenge Nüchternheit lediglich durch ein paar Heiligenbilder in Pinienholzrahmen unterbrochen wurde. Die Damen knieten vor dem Altar nieder. Base Maria senkte dabei ihr Gesicht in die gefalteten Hände wie in einen Kelch der Frömmigkeit; Gonçalo beugte nur leicht das Knie und leierte ein Ave-Maria herunter. Danach kehrte er auf den Vorplatz zurück und zündete sich eine Zigarette an. Während er langsam durch das tiefe Gras schritt, dachte er darüber nach, um wieviel schöner Dona Ana seit dem Tode ihres Gatten geworden war. Unter der schwarzen Tüllwolke ihres Trauerschleiers verschwanden wie im Halbschatten, der die groben Konturen der Dinge verwischt, alle jene Mängel, die ihn damals an dem Abend in Bica Santa so sehr entsetzt hatten: ihre unschöne, gurrende Stimme, die hohe Brust, die Prunksucht der reichen, saturierten Bürgersfrau. Sie hatte nicht einmal mehr „der Herr" gesagt! Hier, im stillen Vorhof von Santa Maria de Craquede, erschien sie wirklich interessant und begehrenswert.

Die beiden Damen schritten jetzt die Stufen der Kapelle hinab. Eine Amsel huschte durch das Laub der Pappeln. Da traf Gonçalos Blick die glänzenden, ernsten Augen Dona Anas, die ihn suchten.

„Ich bitte um Pardon, daß ich Ihnen beim Hinausgehen kein Weihwasser gereicht habe, aber die Schale ist ausgetrocknet", sagte Gonçalo.

„Herrgott, was für eine häßliche Kirche, lieber Vetter!"

Dona Ana bemerkte schüchtern: „Nach den Ruinen und den Gräbern wirkt sie eigentlich wenig ehrfurchtgebietend."

Diese Kritik erschien Gonçalo sehr scharfsinnig und machte großen Eindruck auf ihn. Und während er neben ihr ging und seinen Schritt dem ihren anpaßte, atmete er einen feinen Duft ein, der nichts mit dem abscheulichen Kölnischwasser aus der Piresschen Apotheke gemein hatte. Die Anmut ihrer Bewegungen und die leise Berührung ihres Kleides berauschten ihn. Schweigend schritten sie unter den Zweigen der Eichen zur Kalesche. Der Kutscher nahm Haltung an und zog artig den Hut. Gonçalo fiel auf, daß er sich den Schnurrbart abrasiert hatte. Das blanke Zaumzeug der Pferde blinkte in der Sonne.

„Bleiben Sie denn noch eine Weile in unserer Gegend, Base Maria?"

„Gewiß, lieber Vetter, noch etwa vierzehn Tage ... Anica hat ja darauf bestanden, daß ich die Kleinen mitbringe. Sie machen sich keinen Begriff, wie die auf dem Gut herumtoben!"

Dona Ana sagte so ernst wie zuvor: „Sie sind allerliebst und verschaffen mir viel Abwechslung ... Auch ich mag Kinder sehr gern."

„Ach, Anica vergöttert ja Kinder geradezu!" sekundierte ihr Dona Maria voll Eifer. „Und wie sie sich mit ihnen abgibt! Sie spielt sogar Verstecken mit ihnen."

Als Gonçalo neben der Kalesche stand und sah, wie sich die dunkler werdenden Wipfel der Pinien vom blassen Rosarot des Himmels abhoben, wäre er in der Stille dieses verklingenden Tages am liebsten noch einmal mit Dona Ana rund um den Klostervorplatz gegangen, nur viel langsamer, um den zarten Duft einzuatmen, der von ihr ausging. Doch schon kam der Lakai mit seiner Stute am Halfter auf ihn zu.

Dona Maria streichelte das Tier und sparte nicht mit Worten der Bewunderung. Dann nahm sie ihren Vetter beiseite und erkundigte sich nach der Entfernung von der Feitosa bis Treixedo, dem anderen historischen Landgut der Familie Ramires.

„Bis Treixedo, Base? Gute fünf Meilen, und dabei sind die Wege schlecht."

Doch schon bereute er, was er gesagt hatte, da er die Möglichkeit eines neuen Ausflugs, einer neuen Begegnung mit Dona Ana voraussah.

„Die Landstraße ist aber kürzlich instand gesetzt worden. Und Treixedo ist ein wunderschönes Fleckchen, auf einer Anhöhe gelegen und von Resten eines verfallenen Gemäuers umgeben. Einst war es eine riesige Burg ... In einem alten Hain, der zum Gut gehört, liegt ein Weiher ... Ach, ein reizender Ort, wie geschaffen für ein Picknick!"

Dona Maria zögerte. „Bloß ein bißchen weit; mal sehen, vielleicht."

Und da Dona Ana schweigend vor der Kalesche wartete, öffnete Gonçalo den Wagenschlag und nahm dann dem Lakaien die Zügel seines Pferdes aus der Hand. Dona Maria Mendonça, die mit diesem so erfolgreichen Nachmittag sehr zufrieden war, schüttelte kräftig die Hand ihres „Vetters" und schwor, daß sie von Craquede „einfach hingerissen" sei. Dona Ana errötete und berührte kaum Gonçalos Finger.

Die Kalesche fuhr davon. Gonçalo, der den Zügel der Stute um den Arm geschlungen hatte, lächelte vor sich hin. Wahrhaftig, heute nachmittag hatte ihm Dona Ana gar nicht mißfallen. Diese angenehmen Umgangsformen, diese Natürlichkeit, diese Anmut einer ländlichen Venus waren neu an ihr ... Und ihre Bemerkung, daß die Kapelle, verglichen mit den jahrhundertealten Ruinen des Klosters, wenig ehrfurchtgebietend sei, war doch wirklich recht klug. Wer weiß? Vielleicht verbarg sich unter dem sinnlichen Fleisch eine zartfühlende Natur? Vielleicht vermochte der Einfluß eines anderen Mannes als dieses Trottels Sanches in der schönen

Fleischerstochter noch ganz bezaubernde Eigenschaften zu wecken? Ihre Bemerkung über die Ahnengräber und die Verehrung, auf die sie durch Sage und Geschichte ein Anrecht hatten, zeugte doch wirklich von Verstand.

Nunmehr packte auch ihn das Verlangen, diesem Kloster einen Besuch abzustatten, das er seit seiner Kindheit nicht wieder betreten hatte – seit den Tagen, als das Schloß von Santa Ireneia noch einen eigenen Wagenpark unterhielt und die romantisch angehauchte Miss Rhodes an stillen Herbstnachmittagen stets einen Ausflug nach Craquede unternahm. Gonçalo trat durch das Portal und durchquerte, seine Stute hinter sich herziehend, das dachlose einstige Kirchenschiff. Es lag voller Schutt und Scherben; über den vom Gewölbe herabgebrochenen Steinen wucherte das Gras. Durch einen Spalt in der Mauer, an die sich noch ein Stück des Altars lehnte, drang er in das stille Kloster aus der Zeit Dom Affonsos ein. Die auf plumpen Pfeilern ruhenden wuchtigen Arkaden zweier in einer Ecke zusammenlaufender Bogengänge waren alles, was davon übriggeblieben war; der Boden bestand aus großen glatten steinernen Fliesen, die der Sakristan diesen Morgen gründlich abgefegt hatte. Vor der Wand, an der sich die mächtigen Konturen anderer Bogen wie Adern abzeichneten, erhoben sich die sieben gewaltigen, schwärzlichen, schmucklosen Grabmäler der Urahnen Ramires gleich rohen granitenen Truhen. Einige waren zwischen die Steinfliesen eingelassen; andere standen auf Kugeln, die im Lauf der Jahrhunderte zerborsten waren.

Während Gonçalo einen schmalen, mit Backsteinen ausgelegten Gang längs der Wandbogen entlangschritt, mußte er unwillkürlich an die Tage denken, als er und Gracinha lärmend zwischen diesen Gräbern herumtollten, während die brave Miss Rhodes im Innenhof des Klosters zwischen den eingestürzten Pfeilern kauerte und Blumen pflückte. Im Gewölbe schwebte über dem größten der Särge noch immer das berühmte, schwärzer und schwärzer werdende angeschmiedete Schwert mit der vom Rost vieler Jahre zerfressenen

Klinge und der Eisenkette, die vom Griff herunterhing. Über einem anderen Sarg brannte die legendäre Lampe aus der Maurenzeit, die seit jenem längst vergangenen Abend, da irgendein Mönch sie bei einem Begräbnis schweigend mit seiner Fackel angezündet hatte, nicht mehr erloschen war... Wann hatte er sie wohl angesteckt, diese Ewige Lampe? Welche Ahnen aus dem Geschlecht der Ramires mochten hier in diesen steinernen Särgen ruhen? Längst hatte die Zeit alle Inschriften und Jahreszahlen unleserlich gemacht, auf daß die große Vergangenheit, von der sie einmal kündeten, mit ihnen dahinschwände und von jenen Männern voller Stolz und Kraft nichts weiter bliebe als eine Handvoll namenloser Staub. Ganz hinten, am äußersten Ende des Raumes, lagen neben einem offenen Steinsarg die beiden Stücke des dazugehörigen Deckels, den der tote Lopo Ramires zerschmettert hatte, um als Skelett nach Navas de Tolosa zu eilen und mit den fünf maurischen Königen abzurechnen. Neugierig spähte Gonçalo in die tiefe Truhe: In einer Ecke schimmerte ein Häuflein sauberer weißer Knochen! Waren sie vielleicht dem alten Lopo aus dem Gerippe gefallen und hatte er sie in seinem heldischen Kampfesdurst einfach mitzunehmen vergessen?

Die Abenddämmerung brach herein; tiefe Melancholie senkte sich auf die verwitterten Gewölbe des Klosters herab und deckte die letzte Ruhestätte der Toten mit dem Schweigen des Todes zu. Gonçalo kam auf einmal die trostlose Einsamkeit zu Bewußtsein, die ihn hier umschloß und ihn zwischen dem Staub und den umherirrenden Seelen grimmiger Ahnen zu verschlingen drohte. Und plötzlich fing er an zu zittern, vor lauter schlotternder Angst, daß da krachend ein zweiter Sargdeckel in zwei Teile zerspringen und bleiche, fleischlose Finger sich in diesem Spalt zu schaffen machen könnten. Verzweifelt hastete er an der verfallenen Mauer entlang zurück und zerrte dabei sein Pferd am Halfter nach. Noch in den Ruinen des Kirchenschiffs sprang er in den Sattel, jagte durch das Portal und raste, von Entsetzen geschüttelt, über den Vorplatz und auf und davon. Erst als er am Ende des Pinienhains die geöffnete Eisenbahnschranke erblickte, beruhigte er sich wieder. Gerade überquerte eine alte Frau die Gleise, die ihren mit Gras beladenen Esel vor sich hertrieb.

VIII

Am Ende dieser Woche, eines Morgens, als er gerade aus der Badewanne stieg, erhielt Gonçalo, den seit seinem Besuch im Kloster Maria de Craquede das schlechte Gewissen plagte, weil er aus purer Faulheit seine historische Novelle so lange hatte liegenlassen, einen Brief von Castanheiro. Castanheiro teilte Gonçalo in kurzen Worten mit, daß er, falls Mitte Oktober nicht drei Kapitel des Manuskripts in Lissabon vorlägen, zu seinem und der Kunst Verdruß in der ersten Nummer der „Annalen" an Stelle des „Turmes des Dom Ramires" einen Einakter von Nuno Carreira mit dem Titel „Im Schlosse des Kühnen" bringen müßte.

„Obwohl es sich um ein Drama und ein reines Phantasieprodukt handelt" (so fügte er hinzu), „paßt es gut zum wissenschaftlichen Charakter der ‚Annalen', weil dieser ‚Kühne' niemand anders als Karl der Kühne ist. Die ganze ziemlich verwickelte Handlung spielt im Schloß von Péronne, wo sich keine Geringeren als Ludwig XI. von Frankreich und unser armer Affonso V. begegnen, den Pêro da Covilhã und andere geschichtlich bedeutsame Persönlichkeiten begleiten. Das muß man gelesen haben! ... Die Sensation wäre natürlich ein ‚Tructesindo Mendes Ramires', erzählt von unserem Gonçalo Mendes Ramires! Doch allem Anschein nach stellt sich diesem großen Schlager eine noch viel größere Saumseligkeit hemmend in den Weg. Sunt lacrimae revistarum!"

Gonçalo warf den Brief fort und schrie nach Bento.

„Bring mir grünen Tee in die Bibliothek, recht starken, und ein paar Scheiben Toast. Ich esse heute erst spät, um zwei ... Vielleicht auch überhaupt nicht!"

Er streifte seinen Arbeitskittel über und beschloß, gleich einem ans Ruder gefesselten Galeerensträfling nicht eher von seinem Schreibtisch zu weichen, als bis er dieses vertrackte dritte Kapitel zu Ende gebracht hatte, das die barbarisch-grandiose Tat seines Ahnen Tructesindo schilderte. Nein, zum Teufel, diese Gelegenheit, seine Novelle zu veröffentlichen, durfte er unter gar keinen Umständen verpassen! Jetzt, zu einem so günstigen Zeitpunkt, unmittelbar vor seinem Auftreten in Lissabon, wo er zur Festigung seines politischen Einflusses und zur Hebung seines gesellschaftlichen Prestiges des Glanzes bedurfte, den, wie der alte Vigny sagte, „eine spitze Feder einem goldenen Fidalgohelm hinzuzufügen pflegt..." Glücklicherweise verspürte er an diesem strahlenden Morgen, an dem das Wasser reichlich in den Gräben des Gemüsegartens plätscherte, einen schöpferischen Impuls und war zufrieden, ihm endlich schwungvoll Ausdruck verleihen zu können. Nach dem Besuch im Kloster von Craquede fiel es seiner Phantasie auch gleich viel leichter, sich ein klares Bild von seinen Ahnen aus dem affonsinischen Zeitalter zu machen: Ihm war, als hätte er ihr Tun und Trachten erst voll erfaßt, seit er die schweren Steinsärge gesehen hatte, in denen ihre Gebeine ruhten.

So schüttelte er in der Bibliothek voller Tatendurst den Staub von seiner angefangenen Novelle und nahm sich noch einmal die Bogen vor, über denen er zuletzt gebrütet hatte – die aufregende Szene, wie der Burgvogt, der alte Ordonho, am Ufer des Couce-Flusses die Standarte des Bastardo erkennt, die sich zwischen blitzenden gefällten Lanzen über die alte Holzbrücke bewegt, einen Augenblick lang im grünen Laub der Pappeln untertaucht und dann hoch erhoben, im Winde flatternd, von neuem näher kommt. Schon waren die Reiter an dem gewaltigen Steinkreuz angelangt, das einst Gonçalo Ramires, der „Schlächter", errichten ließ. Da stürzt der dicke Ordonho mit dem donnernden Ruf „Hurtig, an die Waffen! Es sind die von Baião!" wie ein ins Rollen geratener Warenballen die Mauer entlang.

Unterdessen hatte Tructesindo Mendes Ramires, entschlossen, seine Kompanie Kriegsvolk zuzurüsten und gen Montemor aufzubrechen, bereits mit dem Feldhauptmann die Schlachtordnung festgelegt und befohlen, daß die Hörner ertönen sollten, sobald die Sonne hinter der Mauer des großen Brunnens sichtbar werde. Nun besprach er sich in der Halle der Zitadelle mit Dom Garcia Viegas, seinem Vetter vom Cávado und erprobten Kampfgefährten. Beide hockten auf dem steinernen Tritt eines tiefen Fensters, wo zwischen Töpfen mit Basilienkraut ein bauchiger irdener Wasserkrug samt Becher stand. Dom Garcia war ein klapperdürrer, wendiger Greis mit dunklem, glattrasiertem Gesicht und kleinen, blitzenden Augen; seine Wortgewandtheit und anschauliche Ausdrucksweise, sein unerschöpflicher Vorrat an Kriegslisten und die Fähigkeit, ein gelehrteres Latein als die Geistlichen der römischen Kurie zu sprechen, hatten ihm den Spitznamen „der Weise" eingetragen. Als Tructesindo ihn und die anderen Anverwandten herbeirief, um den im Dienste der Infantinnen stehenden Heerhaufen des Hauses Ramires zu verstärken, war er spornstreichs mit seinem bescheidenen Häuflein von zehn Lanzen nach Santa Ireneia geeilt, nicht ohne unterwegs das Erbgut von Palha Cã zu plündern, das den Fidalgos von Severosa gehörte, die ja im königlichen Heere mit wehendem Panier gegen die beiden bedrängten Donas ins Feld zogen. Seit dem Morgengrauen hatte er lediglich in Palha Cã Zeit gefunden, im Sattel seines Pferdes zwei Scheiben erbeuteter Wurst zu verzehren. Mit dem Durst des vom langen Ritt erhitzten Kriegsmannes und noch voller Erregung über eine so bittere Kunde wie die Niederlage des jungen Lourenço Ramires, dessen Taufpate er war, füllte er soeben aufs neue den irdenen Trinkbecher mit Wasser, als plötzlich durch die Tür der Waffenkammer, über der drei Wildschweinköpfe prangten, atemlos der alte Ordonho hereinstürmte.

„Senhor Tructesindo! Senhor Tructesindo Ramires! Der Bastardo von Baião hat den Fluß überschritten und rückt mit einem Troß Lanzen gegen uns vor!"

Der alte Grande sprang vom Fenstertritt, hob die behaarte Hand, die er vor Wut zur Faust ballte, als habe er den Bastardo schon an der Gurgel, und rief: „Beim Blute Christi! Er kommt zur rechten Zeit und spart uns noch den Weg! Wie wär's, Garcia Viegas? Zu Pferde und auf ihn!"

Aber gleich hinter dem altersschwachen Ordonho erschien ein Hauptmann der Armbrustschützen in der Tür, der seinen ledernen Helm schwenkte und schrie: „Senhor! Senhor! Die von Baião haben am Steinkreuz haltgemacht! Und ein junger Reiter mit einem grünen Zweig steht vor der Außenmauer – es scheint, daß er eine Botschaft überbringen will!"

Tructesindo stampfte mit dem eisernen Schuh auf, entrüstet über eine derartige Deputation, die ein solcher Schuft zu schicken wagte. Doch Garcia Viegas trank in einem Zug seinen Becher aus und erinnerte Tructesindo gelassen an die bestehenden ritterlichen Gepflogenheiten: „Gemach, gemach, mein Freund und Vetter! Nach Recht und Brauch diesseits und jenseits der Berge muß man einen Boten mit einem Zweig stets anhören . . ."

„Nun denn, es sei!" brüllte Tructesindo. „So gehet mit zwei Lanzenreitern vor die Mauer, Ordonho, und bringet in Erfahrung, was es mit dieser Botschaft auf sich hat!"

Der Burgvogt eilte die im Laufe der Zeit schwarz gewordene Wendeltreppe hinunter und lief in den Hof der Zitadelle. Zwei Söldner, die Lanze über der Schulter, die gerade von ihrer Wache zurückkamen, sprachen dort mit dem Waffenmeister. Der hatte die Stiele neuer kleiner Wurfspieße gelb und rot bemalt und stellte sie nun zum Trocknen in einer Reihe gegen die Wand.

„Befehl vom Senhor!" schrie Ordonho. „Die Lanzen aufgepflanzt, und auf geht's mit mir nach draußen, um eine Botschaft in Empfang zu nehmen!"

Von den beiden Männern flankiert, durchquerte er die Befestigungswerke, passierte einen geheimen Durchlaß in der Außenmauer, den ein Trupp Armbrustschützen bewachte, und trat in das weite Vorfeld der Burg hinaus, auf festgestampfte Erde ohne Baum und Strauch, wo das wurmstichige Gerüst eines alten Galgens emporragte und für die Ausbesserung der Zitadelle bestimmte Holzbalken neben gewaltigen behauenen Steinquadern aufgeschichtet lagen. Dicht vor der schmalen Pforte, durch die er gekommen war, blieb er zwischen den beiden Söldnern stehen, steckte den Bauch heraus und schrie dem jungen Reiter, der in der prallen Sonne wartete und mit seinem Maulbeerzweig die Bremsen verjagte, entgegen: „Gebet kund, Senhor, in wessen Dienst Ihr steht, zu wem Ihr wollt und was für ein Sendschreiben Ihr mit Euch führt!"

Und als er die zitternde Hand wie ein Hörrohr ans Ohr hielt, klemmte der Reiter seinen Maulbeerzweig zwischen Beinharnisch und Sattel, hob in aller Seelenruhe die blitzenden eisenbehandschuhten Hände wie einen Trichter zum Helmvisier und rief zurück: „Ein Ritter vom Herrensitz Baião! Ein Sendschreiben führe ich nicht mit mir, da ich keine Botschaft zu überbringen habe. Aber der Senhor Dom Lopo ist dort am Kreuz zurückgeblieben und begehrt, daß ihn der edle Herr der Burg, der Senhor Tructesindo Ramires, vom Vorwerk aus anhöre ..."

Der Burgvogt salutierte und verschwand wieder hinter der Mauer, wo er den beiden Söldnern zuflüsterte: „Der Bastardo will wegen des Lösegelds für den Senhor Lourenço Ramires verhandeln ..."

„Eine böse Geschichte", brummten die beiden.

Doch als der dicke Ordonho keuchend zur Zitadelle davoneilte, um Tructesindo Ramires herbeizuholen, stieß er bereits im Hof auf seinen Herrn, der volle Rüstung angelegt hatte und heruntergekommen war, weil ihn die umständlichen Manieren des Bastardo erbosten. Auf dem langen, mit einem Panzerhemd bedeckten Waffenrock aus dunkelgrüner Wolle leuchteten seine wie der Schwanz eines Streitrosses zu einem dicken Knoten gebundenen Bartspitzen noch weißer als sonst. Von seinem mit Silber eingelegten Wehrgehänge baumelten auf der einen Seite der krumme Dolch und das elfenbeinerne Jagdhorn, auf der anderen ein gotisches Schwert mit breiter Klinge und einem prächtigen goldenen Griff, in dem ein seltener Edelstein funkelte – Gutierres Ramires, „der von Übersee“, hatte ihn einst aus Palästina mit heimgebracht. Auf einem Lederkissen trug ein Bediensteter Tructesindos eiserne Handschuhe und seinen runden Helm mit dem vergitterten Visier, von der Art, wie ihn König Dom Sancho zu tragen pflegte; ein anderer schleppte den riesigen herzförmigen rotledernen Schild mit dem daraufgemalten schwarzen Habicht, der grimmig die Krallen spreizte. Ihnen folgte der Fähnrich Affonso Gomes mit der in Segeltuch eingerollten Standarte.

Mit dem alten Granden war auch Dom Garcia Viegas und die anderen Magen des Hauses erschienen. Der hochbetagte, altersschwache Ramiro Ramires, ein Veteran der Eroberung von Santarém, von seinem Rheumatismus verkrüppelt wie die Wurzel einer Steineiche, der sich statt auf einen Stock auf eine Lanze stützte; der schöne Leonel, jüngster Sproß der Samoras von Cendufe, der die beiden Bären in den Sümpfen von Cachamuz zur Strecke gebracht hatte und so treffliche Verse zu schmieden verstand; Mendo de Briteiros mit dem roten Bart, ein berühmter Hexenverbrenner und fröhlicher Gastgeber; dazu der hünenhafte Senhor Paços de Avelim, von Kopf bis Fuß umschlossen von einem leuchtenden Schuppenpanzer wie ein Märchenfisch. Da die Sonne bald hinter der Mauer des großen Brunnens hervorleuchtete und dic Stunde des Aufbruchs gen Montemor verkündete, trieben die Stallmeister schon die spanischen Hengste aus den langen Ställen, die den Turnierplatz umgaben. Die Pferde trugen hohe, silberbeschlagene Sättel; Hinterbacken und Brust wurden von langen Lederfransen geschützt, die auf den Steinfliesen nachschleiften.

Mittlerweile hatte sich in der ganzen Burg herumgesprochen, daß der Bastardo nach seinem verhängnisvollen Sieg über Lourenço Ramires aus Canta Pedra angerückt war und nun die Burg bedrohte. Weit aus den Quergängen gebeugt, die die Mauer mit den Bastionen der Zitadelle verbanden, oder zwischen den auf ihre Lafetten montierten Wurfmaschinen hockend, spähten die Furiersknechte, die Gärtnerburschen und auch die Bauern, die sich in die Außenwerke geflüchtet hatten, angsterfüllt zu dem Senhor von Santa Ireneia und den lanzenbewehrten Reitern hinüber und zitterten schon vor dem Angriff der Mannen des Baião und diesen gräßlichen Eisenkugeln, die Feuer spien und die jetzt die christlichen Kriegshaufen genauso flink wie die Horden der Sarazenen zu schleudern wußten. Unterdessen richtete Ordonho, ganz außer Atem und die Mütze gegen die Brust gepreßt, Tructesindo die Bestellung des Bastardo aus: „Ein junger Ritter ist es; Sendschreiben hat er keines mit... Der Senhor Bastardo wartet am Steinkreuz... Er begehrt, daß Ihr ihn vom Vorwerk aus anhört..."

„Dann soll er sich herscheren!" schrie der Alte. „Und meinetwegen mag er von dort drüben Volks mitbringen, so viel er Lust hat!"

Doch der allzeit umsichtige Garcia Viegas, „der Weise", bewahrte überlegene Ruhe. „Gemach, mein Freund und Vetter, gemach! Ziehet nicht auf die Schanze, bevor ich mich vergewissert habe, ob der Baião nicht etwa in arglistiger Absicht zu uns kommt."

Er übergab seine schwere Lanze aus Buchenholz einem Knappen und stieg eilig die finstere Treppe des Bergfrieds hinauf. Oben auf der Plattform wisperte er den Schützen, die sich rings zwischen den Zinnen postiert hatten und mit gespannter Armbrust der kommenden Dinge harrten, ein „Pst! Pst!" zu, zwängte sich in den Ausguck und lugte durch die Schießscharte. Der Herold des Baião war zum Steinkreuz zurückgaloppiert, um das ein Wald blitzender Lanzen wogte. Er mochte nur eine kurze Bestellung ausgerichtet haben, denn sogleich löste sich Lopo de Baião auf seinem mit einem goldgefransten Kettenpanzer geharnischten Falben aus dem dichten Haufen von Reitern, mit offenem Visier, ohne Lanze oder Wurfspieß, die Hände, um die er die Zügel aus scharlachrotem Leder geschlungen hatte, müßig auf dem Bogen des Arabersattels. Dann ritt er beim Klang eines langgezogenen Hornstoßes auf die Vorwerke der Honra zu, so gemächlich, als reite er neben einem Leichenzug her. Seine gelb-schwarze Standarte rührte sich nicht von der Stelle. Lediglich sechs Edelleute eskortierten ihn; sie trugen Mäntel aus violettem Tuch über den Panzerhemden und waren gleichfalls ohne Lanze oder Schild. Ihnen folgten vier kräftige Armbrustschützen, die auf ihren Schultern eine primitiv aus Ästen zusammengezimmerte Bahre trugen. Auf der Bahre lag langgestreckt und wie tot ein Mann; zum Schutz gegen Hitze und Bremsen hatte man ihn mit Akazienzweigen zugedeckt. Den Schluß bildete ein Mönch auf einer weißen Mauleselin; außer den Zügeln hielt er ein eisernes Kruzifix in den Händen, über das die Borte seiner Kapuze und die Spitze seines schwarzen Bartes hingen.

Wenn der „Weise" auch hoch oben von seiner Schießscharte aus das Gesicht des Mannes auf der Bahre nicht erkennen konnte, so ahnte er doch sofort, daß das Lourenço Ramires war, sein liebes Patenkind, das er so ins Herz geschlossen und so trefflich gelehrt hatte, Lanzen in Stücke zu schlagen und Falken zur Beize abzurichten. Er ballte die Fäuste und knirschte dumpf zwischen den Zähnen: „Beeilt euch mit eurer Bahre, ihr Träger, beeilt euch!" Und er stürmte die dunkle Treppe wieder hinunter, so außer sich vor Zorn und Erbitterung, daß sein Helm mit hohlem Klang gegen den Rahmen der Tür schlug, an der ihn Tructesindo und die Ritter seiner Sippe erwarteten.

„Herr Vetter!" schrie er. „Mit Eurem Sohn Lourenço sind sie gekommen, er liegt auf einer Bahre!"

Ein Gemurmel der Verblüffung antwortete ihm. Die Eisenschuhe klirrten auf den widerhallenden Steinfliesen, als die Ritter mit schweren Schritten dem Granden durch eine Geheimpforte des Eckturms bis zu der mächtigen Holzleiter folgten, deren oberes Ende gegen die Mauer der Außenwerke gestemmt war. Als der greise Hüne dort oben auftauchte, trat ein so tiefes und beklommenes Schweigen ein, daß man von jenseits des Blumengartens das eintönige Ächzen des Schöpfrades und das Kläffen der Schäferhunde vernehmen konnte.

Im Vorfeld der Burg wartete am schmiedeeisernen Gitter der Bastardo. Unbeweglich verharrte „die strahlende Sonne" auf ihrem spanischen Hengst, das Antlitz stolz erhoben, dessen gekräuselter Bart auf die Schuppen des Harnischs herabwallte und leuchtete wie gediegenes Gold. Er neigte den Helm aus Rauschgold und entbot Tructesindo seinen ehrerbietigen Gruß. Sodann streckte er einen Arm empor und zog den Handschuh aus. Und gelassen, in wohlgesetzten Worten, hub er an zu reden: „Senhor Tructesindo Ramires! Auf dieser Bahre hier bringe ich Euch Euren Sohn Lourenço, den ich im Tal von Canta Pedra in ehrlichem Kampf zum Gefangenen machte und der nach Recht und Brauch spanischer Granden jetzt mein Eigentum ist. Von Canta Pedra bin ich mit ihm hierhergeeilt, um von Euch zu fordern, daß nun aller Mord und alle häßlichen Händel zwischen uns ein Ende nehmen, bei denen unnütz das Blut guter Christenmenschen vergossen wird . . . Senhor Tructesindo Ramires, ich stamme von Königen ab wie Ihr, Dom Affonso von Portugal schlug mich zum Ritter, das ganze edle Geschlecht von Baião ist stolz auf mich. Erklärt Euch bereit, mir Eure Tochter Dona Violanta zum Weibe zu geben, die ich liebe und die mich liebt, und erteilet Befehl, die Zugbrücke herabzulassen, auf daß der verwundete Lourenço in seine Stammburg zurückkehre und ich Euch die Vaterhand küsse."

Da erbebte die Bahre auf den Schultern der vier Armbrustschützen, und ein wilder Schrei ertönte: „Niemals, Vater, niemals!"

Und der alte Tructesindo, der noch immer mit verschränkten Armen unbeweglich am äußersten Ende des Vorwerks stand, nahm diesen Ruf auf und schrie, daß es gewaltig über die ganze Burg dröhnte: „Mein Sohn gab dir die Antwort, bevor ich selbst es tat, du Schurke!"

Der Bastardo schwankte im Sattel und sank nach hinten, als träfe eine Lanze seine Brust; sein Falbe, der einen vergoldeten Stirnriemen trug, bäumte sich auf, vom gespannten Zügel zurückgerissen, tat noch einen Satz und prallte gegen das Eisengitter. Und hoch in den Steigbügeln aufgerichtet, schrie Lopo de Baião voller Ingrimm und Wut: „Führet mich nicht in Versuchung, Senhor Tructesindo Ramires!"

„Hinweg mit dir, du Schuft und Sohn einer Hure, hinweg!" schrie der Alte, ohne die verschränkten Arme von der Brust zu nehmen, in unnachgiebigem Trotz, als seien sein Körper und sein Herz aus kaltem Eisen.

Da schleuderte der Bastardo seinen Handschuh gegen die Mauer des Vorwerks und schäumte mit sich überschlagender Stimme: „So schwöre ich hier beim Blute Christi und dem Leben aller Meinigen, daß du, wenn du mir nicht auf der Stelle die Frau zum Weibe gibst, die ich liebe und die mich liebt, vergeblich deinen Sohn erwarten wirst und daß ich dem bißchen Leben, das noch in ihm ist, mit eigener Hand und vor deinen Augen ein Ende machen werde, und wenn ihm alle himmlischen Heerscharen zu Hilfe kämen!"

Doch als in der Rechten des Bastardo ein Dolch aufblitzte, riß Tructesindo, ein drohender Turm zwischen den Türmen der Burg, in einer Aufwallung übermenschlichen Stolzes sein Schwert aus der Scheide und rief: „Mit diesem da, du Feigling, mit diesem! Auf daß der Stahl, der das Herz meines Sohnes durchbohrt, rein sei und nicht besudelt wie der deine!"

Und wutentbrannt schleuderte er mit seinen mächtigen Pranken sein Schwert weit von sich, das gleißend durch die Luft schwirrte und sich in den harten Boden bohrte, wo es erzitterte und funkelte, als wäre es gleichfalls von kämpferischem Ungestüm beseelt. Im selben Augenblick beugte sich der Bastardo, dessen spanischer Rassehengst einen Sprung tat, von seinem Sattel herab und stieß unter gellendem Geheul den Dolch in Lourenços Kehle – so tief, daß das herausschießende Blut sein eigenes helles Gesicht und den goldblonden Bart bespritzte.

Nun suchten alle ihr Heil in wilder Flucht. Die vier Armbrustschützen warfen die Bahre mit dem von Zweigen verhüllten Leichnam hin und rannten davon wie Hasen über eine Lichtung, immer hinter dem Mönch her, der sich mit eingezogenem Kopf an die Mähne seines Maulesels klammerte. Der Bastardo sprengte wieder zum Steinkreuz zurück, gefolgt von seinen sechs Rittern, die das gesamte Feldlager alarmierten. Rund um das fromme Monument erhob sich ein Tumult. Und schon stob die ganze Kriegerschar als wüster Haufe über die alte Brücke, verschwanden die blinkenden, dicht aneinandergedrängten Helme und Lanzen in einer einzigen großen Staubwolke jenseits des Waldes.

Ein lauter Schrei war über die Mauern von Santa Ireneia gehallt: Armbrustbolzen, Pfeile und Wurfkugeln, im Zorn der Rache eilends auf die Schurken von Baião abgefeuert, schwirrten durch die Luft – doch nur einer der Männer, die die Bahre getragen hatten, wurde von einem Pfeil in die Hüfte getroffen, stürzte und wand sich in Zuckungen. Schon drängten Ritter und Edelknappen nach draußen, um Lourenço Ramires' Leiche zu bergen. Garcia Viegas und die anderen Verwandten kletterten über die Leiter zum Vorwerk hinüber, wo noch immer Tructesindo stand, starr und stumm, den Blick auf die Bahre und seinen Sohn geheftet, der da lang hingestreckt unter den Mauern seiner Burg lag. Als er hinter sich Stimmengewirr vernahm und sich schwerfällig umdrehte, schwiegen alle: Sein Gesicht war weißer als sein weißer Bart, es erinnerte an das Weiß einer Grabplatte; seine Augen waren trocken und gerötet und flackerten unstet wie das Feuer in den beiden Löchern eines Backofens. Mit der gleichen unheimlichen Gefaßtheit, die man in seinem Antlitz lesen konnte, legte er die Hand auf die Schulter des alten Ramiro, der sich zitternd auf seine Lanze stützte, und sprach langsam mit fester Stimme: „Mein Freund, nimm du dich der Leiche meines Sohnes an, dessen Seele noch heute Ruhe finden wird, so wahr mir Gott helfe!"

Er schickte die vor Ergriffenheit und Erstaunen stummen

Ritter fort und stieg die ausgetretene Holzleiter hinab, die unter dem Gewicht des hünenhaften, von Zorn und Schmerz gebeugten Granden knarrte.

Umringt von Armbrustschützen und einer Schar neugieriger Bediensteter, wurde die Leiche des jungen Lourenço Ramires vom schönen Leonel und Mendo de Briteiros zum Tor hineingetragen. Beide hatten verweinte Augen und stießen mit heiserer Stimme grimmige Drohungen gegen die von Baião aus. Im Hintergrund ächzte der völlig gebrochene Ordonho und umschlang mit seinen Armen Tructesindos Schwert, das er aus dem Erdboden herausgezogen hatte und nun küßte, als wolle er es trösten. Am Rande des Burggrabens warf ein Haselnußstrauch seinen zarten Schatten über eine rohe, auf Baumstämme genagelte Holzplanke: Von hier aus hatte Lourenço sonntags mit dem Hauptmann der Armbrustschützen die Armbrust- und Bogenspiele befehligt und großzügig Belohnungen in Form von Honigkuchen und Wein in zinnernen Krügen verteilt. Auf diese Planke legten sie ihn hin, bekreuzigten sich bewegt und zogen sich dann allesamt zurück.

Einer der Ritter von Briteiros, der für das Heil dieser schutzlosen und ohne Beichte gebliebenen Seele fürchtete, war zur Kapelle geeilt, um Frei Múncio herbeizuholen. Andere, die die ganze Mauer entlang bis zum Alten Wall gelaufen waren, schrien und winkten verzweifelt zu dem verwitterten dicken Eckturm hinüber, wo wie ein Uhu der Arzt hauste. Doch der treffsichere Dolch des Bastardo hatte mit dem mutigen Lourenço, der Zierde und dem Vorbild aller Ritter von den Gestaden des Cávado, längst ein Ende gemacht... Und wie entstellt und erbarmungswürdig sah er aus: schmutzige Erde im Gesicht, die Kehle von schwarzem Blut verklebt, das Panzerhemd über den Schultern zerfetzt und die metallenen Maschen tief im aufgerissenen Fleisch; das in Canta Pedra verwundete Bein entblößt, ohne Harnisch, geschwollen und violett angelaufen und über und über mit Schmutz und Blut bedeckt.

Mit schweren Schritten ging Tructesindo nach unten. Das Schweigen des Schmerzes umfing ihn; doch hell loderte die versengende Glut seiner Augen auf, als er an die Leiche seines Sohnes trat. Er kniete vor der Bank nieder, ergriff die schlaff herabhängende kalte Hand, und dicht vor dem mit Blut und Erde verschmierten Antlitz des Toten bewegte er die Lippen und hielt mit ihm stumme Zwiesprache. Es war kein Abschied, sondern eher ein Gelöbnis. Er drückte einen innigen Kuß auf Lourenços Stirn, auf der ein letzter Sonnenstrahl leuchtete, der durch das Laub des Haselnußstrauches drang. Dann erhob er sich jäh, stieß die geballte Faust in die Luft, als berge sie alle Kraft seines Geschlechts, und schrie: „Und nun aufs Pferd, Senhores, jetzt gilt es blutige Rache!"

Schon klang durch alle Höfe rund um die Zitadelle das Klirren hastig ergriffener Waffen. Unter den rauhen Rufen der Hauptleute strömten von allen Mauern und Zinnen die Scharen der Armbrustschützen, Bogenschützen und Steinschleuderer herbei, um sich zum Aufbruch zu formieren. Rasch banden die Proviantmeister die Vorratskisten und Quersäcke auf die Rücken der Maultiere. In den niedrigen Türen der Küche standen Fußvolk und Knappen herum und tranken vor dem Abmarsch noch rasch einen Krug Bier. Auf dem Turnierplatz kletterten die eisengepanzerten Ritter schwerfällig in die hohen Sättel ihrer spanischen Rassehengste, wobei ihnen die Knappen halfen, und wurden sogleich von ihren Reisigen und Vasallen umringt, die die Lanze senkrecht auf den Beinharnisch stemmten und ihre Bluthunde herbeipfiffen.

Schließlich entrollte der Fähnrich Affonso Gomes die Standarte und ließ sie im Winde flattern, so daß sich die pechschwarzen Schwingen des Habichts öffneten, als wolle er sich sogleich zu mörderischem Flug in die Lüfte erheben. „Auf! Vorwärts!" hallte der schrille Ruf des Feldhauptmanns rund um die Mauer. Von einem Grenzstein neben der kleinen Pforte des Vorwerks segnete Frei Múncio mit zitternden, mageren Händen das Heer. Tructesindo, auf seinem Rappen sitzend, nahm vom alten Ordonho sein Schwert in Empfang, von dem er sich vorhin auf so schreckliche Art getrennt hatte. Und er hob die blitzende Klinge zu den Türmen der Burg empor wie zu einem Altar und schrie: „O Mauern von Santa Ireneia, so möge ich euch nie wieder schauen, wenn in drei Tagen, von Sonnenaufgang bis Sonnenuntergang, noch Blut in den Adern des ruchlosen Verräters von Baião fließt!"

Weit öffneten sich die Tore, und die Reiter scharten sich um die entrollte Fahne, während die große Glocke des Signalturms in der sengenden Sonne des Augustmittags ihr Totengeläute begann.

Gegen Abend überlas Gonçalo in seinem Armstuhl auf der Veranda noch einmal dieses blutige und leidenschaftliche Kapitel, mit dem er sich die ganze Woche lang abgemüht hatte, und war überzeugt, daß „diese Szene Eindruck machen würde". Er verspürte das Verlangen, sogleich das verdiente Lob einzuheimsen und Gracinha und dem Pater Soeiro die drei fertigen Kapitel zu zeigen, bevor er sie an die „Annalen" schickte. Das war sogar sehr zu empfehlen, denn Pater Soeiro vermochte vielleicht dank seiner umfassenden archäologischen Kenntnisse noch irgendein neues, typisch affonsinisches Detail beizusteuern, durch das die Schilderung der Burg von Santa Ireneia und ihrer respektheischenden Ritter noch mehr Leben gewann. Auf der Stelle beschloß er, am nächsten Morgen nach Oliveira zu reisen und seine Novelle, nachdem Pater Soeiro sie einer eingehenden Prüfung unterzogen hatte, dem Verwalter Dona Arminda Viegas' zu übergeben, damit er sie in seiner schönen, im ganzen Distrikt berühmten Handschrift abschrieb – einer Handschrift, mit der es (was die großen Buchstaben anbelangte) nur die des Sekretärs der Diözesenkanzlei aufnehmen konnte.

Er wischte gerade den Staub von einer alten saffianledernen Mappe, in der er sein heißgeliebtes Werk weiterzubefördern gedachte, als plötzlich Bento die Tür aufstieß.

Er hielt einen mit einem spitzenbesetzten Tuch bedeckten Weidenkorb in der Hand.

„Ein Präsent!"

„Ein Präsent? Von wem?"

„Von der Feitosa, von den Damen."

„Sehr gut!"

„Und ein Brief ist dabei, er ist am Tuch festgesteckt."

Mit welcher Neugier Gonçalo den Umschlag aufriß! Doch trotz seines pompösen Wappensiegels enthielt er lediglich eine Visitenkarte, auf die seine Base Maria Mendonça einige Bleistiftzeilen gekritzelt hatte: „Gestern erzählte ich beim Abendbrot, wie gern mein Vetter Gonçalo Pfirsiche ißt, besonders in Wein eingelegte, und Anica nimmt sich deshalb die Freiheit, Ihnen dieses Körbchen Pfirsiche von der Feitosa zu schicken, die, wie Sie ja wissen, in ganz Portugal berühmt sind. Tausend Grüße."

Gonçalo vermutete sogleich, daß unter den Pfirsichen, auf dem Boden des Korbes, ein Briefchen von Dona Ana verborgen sein könnte. „Schön! Pfirsiche sind es. Stell sie auf den Stuhl da ..."

„Es wäre aber besser, ich legte sie gleich auf das Tellerbrett dort, Herr Doktor!"

„Stell sie auf den Stuhl!"

Kaum hatte Bento die Tür hinter sich geschlossen, breitete Gonçalo das Tuch auf dem Fußboden aus und schüttete behutsam die herrlichen Pfirsiche darauf, die die Bibliothek mit ihrem Wohlgeruch erfüllten. Ganz unten im Korb fand er aber nur Weinlaub und war ein bißchen enttäuscht. Dann roch er an einem Pfirsich und sagte sich, daß der stumme Duft dieser Früchte, die sie da auf eigenhändig im Laubengang gepflücktes Weinlaub gelegt und mit einem von ihr selbst aus dem Schrank genommenen Tuch zugedeckt hatte, doch eigentlich eine recht beredte Botschaft darstellte. Auf der Fußbodenmatte hockend, aß er einen Pfirsich und legte die anderen wieder in den Korb, um sie morgen Gracinha mitzunehmen.

Doch tags darauf, um zwei Uhr nachmittags, als die beiden Pferde des Torto bereits für die Reise nach Oliveira vor die Kalesche gespannt waren und er schon die Handschuhe angezogen hatte, erhielt er unerwarteten Besuch: Es erschien der Herr Vicomte Rio Manso. ‚Seltsam, der Rio Manso! Was mag dieser Griesgram von mir wollen?' dachte Gonçalo, während er seine Handschuhe wieder auszog. Der Vicomte setzte sich im Salon auf die Kante des grünsamtenen Kanapees, rieb sich die Knie und erzählte, daß er auf dem Rückweg von Vila Clara sei und angesichts des großen Portals von Schloß Santa Ireneia seine Schüchternheit überwunden hätte, um dem Senhor Gonçalo Ramires seine Aufwartung zu machen. Und nicht nur, um dieser angenehmen Pflicht zu genügen – sondern auch (da er erfahren habe, daß Seine Wohlgeboren als Abgeordneter für den Wahlkreis kandidierten), um ihm seine Dienste und seine Stimmen in der Gemeinde Canta Pedra anzubieten!

Gonçalo war überrascht. Er hieß ihn höflich lächelnd willkommen und zwirbelte verlegen seinen Schnurrbart. Den Vicomte Rio Manso hingegen befremdete Gonçalos Erstaunen nicht im geringsten. Sicherlich habe ihn der Senhor Gonçalo Ramires stets nur als eingefleischten Regenerador gekannt, aber diese Zeiten seien vorbei! Er gehöre der bereits ziemlich dezimierten Generation an, die vor die Verpflichtungen der Politik diejenigen der Dankbarkeit stelle; und außer der Sympathie, die nach seiner Überzeugung der Senhor Gonçalo Ramires in Anbetracht all dessen verdiene, was im ganzen Distrikt über seine Begabung, seine Leutseligkeit und seine Nächstenliebe bekannt sei, habe er bei ihm auch eine Dankesschuld abzutragen, die noch nicht beglichen sei – nicht aus Gleichgültigkeit, sondern lediglich aus Schüchternheit...

„Sie erraten es nicht, Senhor Gonçalo Mendes Ramires? Können Sie sich denn gar nicht mehr entsinnen?"

„Nein, wirklich nicht, Senhor Vicomte..."

Der Senhor Gonçalo Mendes Ramires sei nämlich eines

Nachmittags am Landgut Varandinha vorbeigeritten, als seine Enkelin, die gerade auf der Terrasse spielte (auf jener Terrasse, über deren Gitter sich eine Magnolie neigt), ihren Ball auf die Straße rollen ließ. Der Senhor Gonçalo Mendes Ramires sprang sogleich ab, nahm lachend den Ball, stieg wieder auf und gab ihn dem über das Gitter gebeugten Mädchen zurück, wobei er seine Stute dicht an die Mauer herandirigierte – und mit welcher Eleganz und Gewandtheit!

„Erinnern Sie sich wirklich nicht?"

„Nein, beim besten Willen nicht!"

Auf den Backsteinfliesen der Terrasse stand doch dicht am Gitter ein Krug mit Nelken. Der Senhor Gonçalo Mendes bat, nachdem er mit der Kleinen gescherzt hatte (die gottlob nicht schüchtern war!), um eine Nelke. Sie suchte eine für ihn aus und überreichte sie ihm mit ernstem Gesicht, wie eine richtige Senhora. Und er, der Vicomte Rio Manso, hatte das Ganze vom Fenster aus beobachtet und bei sich gedacht: ‚Da sieh mal einer an! Dieser Fidalgo, ein so großer Herr, und wie liebenswürdig er ist!' – Oh, Seine Wohlgeboren brauchten deswegen nicht gleich zu lachen und rot zu werden ... Diese Ritterlichkeit sei einfach entzückend gewesen – und ihm als dem Großvater der Kleinen sei sie ganz erstaunlich vorgekommen. Aber es sei ja nicht bloß wegen des aufgehobenen Balles ...

„Der Senhor Gonçalo Mendes Ramires entsinnt sich nicht mehr?"

„Nein, Senhor Vicomte, ich erinnere mich wirklich nicht ..."

Tags darauf habe der Senhor Gonçalo Mendes Ramires einen kostbaren Korb mit Rosen von Santa Ireneia nach der Varandinha geschickt, und auf der beigefügten Visitenkarte habe der hübsche Satz gestanden: „Zum Dank für eine Nelke anbei Rosen für die Senhora Dona Rosa."

Gonçalo sprang fast von seinem Stuhl auf. Er strahlte. „Jawohl, Senhor Vicomte, genau so war es! Nun entsinne ich mich wieder!"

Von jenem Nachmittag an habe er nun sehnlichst auf eine Gelegenheit gewartet, dem Senhor Gonçalo Mendes Ramires seine Erkenntlichkeit und Sympathie zu bezeigen. Aber wie sollte er das anfangen? Er sei nicht sehr gesellig und lebe ganz zurückgezogen. Heute vormittag jedoch habe er in Vila Clara durch den Gouveia erfahren, daß Seine Wohlgeboren als Abgeordneter für den Wahlkreis kandidierten. Obwohl die Wahl gesichert sei – allein durch den Einfluß, über den der Senhor Ramires verfüge –, habe er gleich gedacht: ‚Jetzt ist die Gelegenheit da!' Und jetzt biete er Seiner Wohlgeboren seine Hilfe und seine Stimmen in der Kirchgemeinde Canta Pedra an.

Gonçalo murmelte gerührt: „Wirklich, Senhor Vicomte, Ihr spontanes Angebot bewegt mich tief ..."

„*Ich* bin tief bewegt, weil Sie dieses Angebot annehmen. Und nun wollen wir nicht länger von dieser armseligen Unterstützung und meinen paar Stimmen reden ... Ein ehrwürdiger Bau, in dem Sie hier leben ..."

Und da der Vicomte ihm gestand, es sei schon lange sein Wunsch gewesen, den berühmten Turm aus der Nähe zu bewundern, der älter als Portugal war, gingen sie beide in den Obstgarten hinunter. Der Vicomte, den Sonnenschirm über der Schulter, betrachtete den Turm mit stummem Staunen; er begriff (obgleich er ein Liberaler war), welches Prestige eine so edle Ahnenreihe wie die der Ramires einem Manne verleiht, und lobte in ehrlicher Bewunderung den Orangengarten. Als er hörte, daß der Pereira aus Riosa das Gut gepachtet hatte, sagte er, er beneide den Senhor Ramires um diesen fleißigen und redlichen Pächter. – Am Portal wartete der Kremser des Vicomte, vor dem zwei prächtige, wohlgenährte Maulesel standen. Gonçalo sparte nicht mit Worten der Bewunderung. Er öffnete dem Senhor Vicomte den Wagenschlag und bat, er möge für ihn die kleine Hand der Senhora Dona Rosa küssen. Gerührt gestand der Vicomte, er hege eine kühne Hoffnung – daß nämlich Seine Wohlgeboren an einem ganz beliebigen Tag in Canta Pedra haltmachen und auf dem Gut zu Abend essen würden, um die Kleine mit dem Ball und der Nelke näher kennenzulernen.

„Aber mit dem größten Vergnügen! Und ich nehme mir dafür gleich fest vor, der Senhora Dona Rosa das Ballspiel auf altportugiesische Art beizubringen, falls sie es noch nicht kennen sollte."

Der Senhor Vicomte verabschiedete sich entzückt und lachend und legte dabei die Hand aufs Herz.

„Donnerwetter, was für ein sympathischer Mensch! Und was für ein freigebiger Mann, der Rosen mit Stimmen bezahlt! Da sieht man mal wieder, wie man zuweilen durch eine winzige Aufmerksamkeit einen Freund gewinnt! Nächste Woche werde ich in Canta Pedra zu Abend essen! Ein Prachtkerl!" murmelte Gonçalo auf den Treppenstufen vor sich hin.

Befriedigt verstaute er seine saffianlederne Manuskriptmappe und den vielsagenden Pfirsichkorb Dona Anas in der Kalesche, zündete sich eine Zigarre an, sprang auf den Kutschbock und ergriff die Zügel, um die Schimmel des Torto nach Oliveira traben zu lassen.

Bevor er auf dem Königsplatz ausstieg, fragte er den Pförtner Joaquim nach den Herrschaften. Die wären alle wohlauf, Gott sei Dank! Der Senhor José Barrolo sei am Morgen nach dem Gut des Herrn Baron von Marges geritten und käme erst spätabends zurück.

„Und der Senhor Pater Soeiro?"

„Der ist wohl zu Senhora Dona Arminda gegangen ..."

„Und die Senhora Dona Graça?"

„Die Senhora Dona Graça ist vor einer ganzen Weile zum Aussichtsturm hinüber; sie hatte einen Hut auf ... Natürlich ist sie in der Kirche des Mónica-Klosters."

„Schön. Nehmen Sie diesen Korb Pfirsiche und sagen Sie dem Joaquim von der Küche, er soll sie so auf den Tisch bringen, gleich so im Korb, mit den Blättern ... Und heißes Wasser soll man mir aufs Zimmer schaffen."

Die Wanduhr im Empfangssalon ächzte schwerfällig fünfmal. Das ganze Haus lag in tiefem Schweigen. Nach all dem Staub und den Schlaglöchern unterwegs empfand Gonçalo sein kühles Zimmer mit den vier offenen Fenstern zu dem von Wasserrinnen durchzogenen Garten und dem Park des Mónica-Klosters hin als äußerst wohltuend. Sorgsam verwahrte er die kostbare Saffianmappe in einer Kommodenschublade. Eine glotzäugige Dienerin trat mit einem Krug voll warmem Wasser ins Zimmer, und der Fidalgo neckte das Mädel wie immer wegen der schneidigen Kavalleriesergeanten, deren Kaserne verführerisch nahe beim Waschhaus des Gutes lag und beständig die Aufmerksamkeit der Mädchen fesselte, die dort den ganzen Tag lang mit Feuereifer Wäsche wuschen. Er zog in aller Ruhe seinen staubigen Anzug aus, pfiff dabei gedankenverloren vor sich hin und schaute dann, über die Fensterbrüstung gebeugt, auf die stille Rua das Tecedeiras hinunter. Die Glocke des Mónica-Klosters läutete wohlklingend. Da bekam Gonçalo das Alleinsein satt und beschloß, zur Gartenterrasse hinunterzugehen und Gracinha in der kleinen Kirche bei der Andacht zu überraschen.

Unten begegnete er im Korridor dem Joaquim von der Küche. „Der Senhor Barrolo ißt heute wohl gar nicht hier zu Abend?“ fragte er ihn.

„Der Senhor ist zum Diner zu Herrn Baron von Marges aufs Gut geritten. Die Tochter des Herrn Barons hat Geburtstag. Er kommt erst in der Nacht zurück.“

Im Garten blieb Gonçalo zwischen den Blumenbeeten stehen und wählte ein paar Knospen aus, die er an sein Jackett steckte. Dann machte er eine Runde um das Treibhaus und mußte über die Tür lächeln, um die Barrolo es bereichert hatte: Es war eine Glastür in hufeisenförmigem Rahmen mit einem in leuchtenden Farben gehaltenen Monogramm. Darauf schlenderte er die Promenade entlang, die das ineinanderverschlungene Laub der Lorbeerbäume in Schatten und Schweigen tauchte, zum Springbrunnen hinüber. Schläfrig plätscherte der dicke Wasserstrahl in ein rundes, von steinernen Bänken und duftenden, blühenden Blumen umgebenes Bassin, auf dessen breitem Rand in regelmäßigen Zwischenräumen große Vasen aus weißem Porzellan mit dem von Zweigen umrahmten Wappen der Familie Sá standen. Sicherlich war das Wasserbecken erst heute morgen oder am Vortag gereinigt worden, denn in dem glasklaren Wasser sah Gonçalo die rosigen Fische, die er aufscheuchte, indem er seinen Spazierstock hineinsteckte und hin und her schwenkte, schneller als sonst wie rosa Blitze über die Fliesen huschen. Und schon erblickte er drüben am Ende eines anderen, von blühenden Dahlien eingefaßten Weges das mattrosa Mauerwerk des Aussichtsturms. Er stammte aus dem achtzehnten Jahrhundert und war einem kleinen griechischen Tempel nachgebildet, mit Rocaille-Fensterchen und einem dicken Cupido auf der Kuppel; an den gerippten Halbreliefsäulen kletterte Jasmin empor.

Nach alter Gewohnheit riß Gonçalo Blätter von einem Limonetenzweig, um sie ihres Wohlgeruchs wegen zwischen seinen Händen zu zerreiben, und ging zwischen den üppig blühenden Dahlien langsam auf den Aussichtsturm zu. Seine eleganten Lackschuhe versanken in dem weichen Sand des frisch bestreuten Weges, der still und schattig dalag. Schließlich blieb er vor einem der Fensterchen stehen, dessen grüne Jalousie von innen heruntergelassen, aber nicht ganz geschlossen war. Gleich daneben führte eine Steintreppe hinunter zur Rua das Tecedeiras, in die sie fast genau gegenüber der kleinen Kirche des Mónica-Klosters einmündete.

Schon hatte Gonçalo die ersten Stufen der Treppe hinter sich gelassen, da vernahm er plötzlich durch den Spalt der Jalousie im Turmfenster Geflüster und erregtes Tuscheln. Er lächelte, weil ihm einfiel, daß sich gewiß ein Dienstmädchen mit irgendeinem gräßlichen Kavalleriesergeanten in diesen Tempel Amors zurückgezogen hatte. Aber nein, unmöglich, da doch erst Augenblicke vorher Gracinha auf ihrem Weg zum Mónica-Kloster hier vorübergekommen sein mußte! Und wie die Klinge eines Schwertes durchbohrte ihn sogleich ein anderer Gedanke – ein Gedanke, der ihm so weh tat, daß er entsetzt zurückwich, als wolle er diesem heimtückischen Aussichtsturm fliehen. Doch eine unwiderstehliche Neugier trieb ihn vorwärts und ließ ihn behutsam wie ein Spion das Ohr an die Jalousie pressen. Im Innern des Raumes war es totenstill geworden – fast fürchtete Gonçalo, seine eigenen Herzschläge könnten ihn verraten. Gerechter Gott! Jetzt erhob sich wieder Geflüster, nur schneller und erregter. Jemand stammelte flehentlich: „Nein, nicht doch, das ist ja Wahnsinn!“ Und jemand antwortete drängend, leidenschaftlich, verlangend: „Doch, mein Engel, doch!“ An den Stimmen erkannte Gonçalo sie beide – so eindeutig, als hebe sich die grüne Jalousie vor ihm und lasse die ganze Helligkeit des Gartens herein: Das war Gracinha! Und das war Cavaleiro!

Von unendlicher Scham erfüllt und schlotternd vor Angst, hier am Aussichtsturm gesehen zu werden, bog er geduckt wieder in den Dahlienweg ein. Kaum spürte er im weichen Sand die Schuhe an den Füßen. Im Schutz der Sträucher schlich er am Springbrunnen vorbei, tauchte in den Schatten der Lorbeerbäume, verschwand hinter dem Treibhaus und flüchtete sich schließlich in die Stille des Hauses. Aber noch immer klang ihm das Geflüster von vorhin in den Ohren, noch zärtlicher, noch leidenschaftlicher: „Nein, nicht doch, das ist ja Wahnsinn! ... Doch, mein Engel, doch! ...“

Wie ein gehetzter Schatten hastete Gonçalo durch die verlassenen Räume; verstört eilte er die steinerne Treppe hinab und lief durch das Portal auf den großen Platz vor dem Hause, wobei er sich ängstlich umsah, weil er fürchtete, vom Pförtner Joaquim bemerkt zu werden. Erst vor dem Gitter der Sonnenuhr hielt er inne. Doch das Geflüster vom Aussichtsturm fuhr wie ein Wirbelwind über den ganzen Platz, kratzte das Steinpflaster, brandete gegen die Bärte der Heiligen über dem Portal der Kirche von São Mateus, tanzte auf den bemoosten Dächern der Seilerei: „Nein, nicht doch, das ist ja Wahnsinn! ... Doch, mein Engel, doch! ..."

Gonçalo empfand plötzlich den brennenden Wunsch zu fliehen, weit fort von diesem Platz, vom Palais Barrolo, fort aus der Stadt, fort aus all dieser Scham und Schande, die ihn zu überwältigen drohte. Aber woher einen Wagen nehmen? Das Fuhrgeschäft von Maciel fiel ihm ein, das schon außerhalb der Stadt gelegen war, an der Straße zum Priesterseminar, und eilig lief er an den niedrigen, ärmlichen Häusern entlang, um bei Maciel eine geschlossene Kalesche zu bestellen.

Während er auf einer Bank neben der Tür des Fuhrgeschäfts wartete, kam auf der Straße langsam ein Karren mit Möbeln, Kochtöpfen und einer breiten Matratze mit einem großen Fleck darauf vorüber. Unvermittelt mußte Gonçalo an den Diwan im Aussichtsturm denken, ein riesiges, mit Gingham überzogenes Möbelstück aus Mahagoniholz, dessen ausgeleierte Federn bei jeder Bewegung knarrten. Und sogleich klang ihm wieder das Geflüster in den Ohren, wurde lauter und lauter und rollte donnernd über die armseligen Hütten hinweg, über die Gartenmauer des Priesterseminars, über das ganze bestürzt aufhorchende Oliveira: „Nein, nicht doch, das ist ja Wahnsinn! ... Doch, mein Engel, doch! ..."

Gonçalo sprang von seiner Bank auf und schrie in den dunklen Pferdestall hinein: „Zum Kuckuck, ist denn mein Wagen noch nicht bald fertig?"

„Wir fahren sofort los, Fidalgo."

Die Uhr einer Kirche schlug sieben. Vernichtet ließ sich Gonçalo in die Polster der Kalesche sinken und zerrte die Vorhänge zu, um endlich allen Blicken entzogen zu sein. Ihm war, als erbebe die Erde und lasse die stärksten Seelen verzagen – und er sah den Turm von Santa Ireneia, der so lange stand wie das Königreich, mitten auseinanderbersten und einen Haufen aus Kehricht und schmutzigen Unterröcken in seinem Innern enthüllen, von dem er gar nichts gewußt hatte.

IX

Gonçalo stand an der Küchentür, schwenkte einen zerknüllten Briefumschlag und zankte mit Rosa, der Köchin. „Aber Rosa! Wie oft habe ich Ihnen schon gesagt, daß Sie nicht jedesmal gleich an meine Schwester schreiben sollen! So ein Starrsinn! Können wir denn nicht für die Kleine sorgen, ohne erst ein großes Lamento nach Oliveira loszulassen? Gott sei Dank hat Santa Ireneia noch Platz genug für ein Kind mehr."

Die Crispola war nämlich gestorben – die unglückliche Witwe, die in der Nähe des Schlosses wohnte und seit Ostern bettlägerig gewesen war. Sie hinterließ zwei Jungen und drei Mädchen, und Gonçalo, der stets gut für die kleine Schar in der jämmerlichen Hütte gesorgt und auch bereits anständige Trauerkleider gekauft hatte, wollte die armen Kinder bei sich aufnehmen. Das älteste der Mädchen – es hieß wie die Mutter Crispola – steckte stets in der Schloßküche, war mit der Zeit Rosas rechte Hand geworden und erhielt auch Lohn. Einen der Jungen, einen zwölf Jahre alten, hochaufgeschossenen und aufgeweckten Burschen, beschäftigte Gonçalo als Laufboten für Besorgungen; er trug eine kleine Livree mit gelben Knöpfen. Den anderen, der schwerfällig und rotznäsig war, aber Talent und Lust zum Tischlerhandwerk zeigte, hatte Gonçalo unter der Schirmherrschaft von Tante Louredo bereits in Lissabon in den Offizinen São José untergebracht. Das eine der beiden Mädchen nahm Manuel Duartes Mutter zu sich, eine liebenswerte Frau, die ein schönes Gut bei Treixedo besaß und für Gonçalo schwärmte, als dessen „Vasallin" sie sich betrachtete. Nur für die Jüngste und Schwächlichste wollte sich keine Bleibe finden. Da hatte Rosa ihn daran erinnert, daß die Senhora Dona Graça das arme Geschöpf bestimmt aufnehmen würde. Gonçalo hatte böse geknurrt: „Ha! Wegen einer Brotrinde mehr braucht man doch nicht gleich die ganze Stadt Oliveira zu bemühen!" Rosa hingegen, von ihrem Plan hell begeistert und bestrebt, die schwächliche blonde Kleine möglichst bald in die Obhut der Senhora zu bringen, hatte Graçinha einen wortreichen Brief geschrieben, oder ihn vielmehr Bento diktiert, der eine hübsche Handschrift hatte – mit einer entsprechenden Bitte, der langen jammervollen Geschichte der Crispola und vielen Lobreden auf die Barmherzigkeit des Herrn Doktor. Und der späte, aber wohlwollende Antwortbrief Graçinhas, in dem sie bat, das arme Kind recht bald zu ihr zu schicken, war es nun, der den Fidalgo verdroß.

Seit dem schlimmen Nachmittag am Aussichtsturm hatte ihn eine beinahe schamhafte Abneigung erfaßt, noch weiter mit dem „Eckenbau“ zu verkehren. Ihm war, als verpesteten der Aussichtsturm und die von seinen rosa Wänden beschirmte Schande den Garten, das Palais, den großen Platz davor und ganz Oliveira, und als müsse er aus Gründen moralischer Sauberkeit diesen Pestbezirk fortan meiden, wo sein Herzschlag stockte und sein Stolz zu ersticken drohte. Übrigens erhielt er gleich nach seiner überstürzten Rückkehr aus Oliveira einen verwunderten Brief des ahnungslosen Barrolo: „Was war denn das für eine Marotte? Warum hast Du nicht gewartet? Als ich spätabends vom Gut des Barons Marges zurückkam, habe ich mir Deinetwegen sogar Sorgen gemacht. Du hast ja keine Ahnung, wie nervös Gracinha augenblicklich ist! Von Deiner Abfahrt erfuhren wir zufällig durch einen der Kutscher von Maciel. Die Pfirsiche essen wir gleich heute, aber wir begreifen das alles nicht! . . .“

Gonçalo antwortete kurz angebunden auf einer Postkarte: „Dringende Geschäfte.“ Hinterher fiel ihm ein, daß er ja in der Kommodenschublade seines Zimmers in Oliveira das Manuskript der Novelle hatte liegenlassen, und im Morgengrauen schickte er einen Gutsknecht mit dem sozusagen geheimen Auftrag zu Pater Soeiro, er solle dem Überbringer dieses Schreibens die Mappe wohlverpackt übergeben, ohne den Herrschaften etwas davon zu erzählen. Zwischen Santa Ireneia und dem „Eckenbau“ sollte in Zukunft Distanz und Schweigen herrschen.

Während der Tage, in denen er sich in seine vier Wände einschloß (nach Vila Clara getraute er sich nicht, aus Angst, daß bereits beim Tabakhändler Simões und im Kaufladen des Ramos über die Schande getuschelt werden könnte, die man seinem Namen zugefügt hatte), packte ihn immer wieder blinde Wut. Wut auf seine Schwester, die jedes Schamgefühl, jeden Stolz auf ihre Abstammung und jede Furcht vor dem Hohn der Oliveiraner vergessen hatte, die allen Anstand mit Füßen trat, so leichtfertig und gedankenlos, wie man die verschossenen Blumen eines Teppichs mit Füßen tritt, und die zum Aussichtsturm rannte, kaum daß ihr dieser alberne Schnurrbart mit seinem nach Moschus stinkenden Taschentuch winkte! Wut auf Barrolo, diesen pausbäckigen Trottel, der seine Tage damit verbrachte, den Cavaleiro zu beweihräuchern, der ihn zum Palais am Königsplatz schleppte, die besten Weine aus seinem Keller holte, damit der andere sein Blut in Wallung brachte, und die Sofakissen bequem zurechtrückte, auf daß Cavaleiro in aller Behaglichkeit seine Zigarre und die Nähe Gracinhas genießen konnte! Und schließlich Wut auf sich selber, der er, nur weil es ihn nach einem Sessel in São Bento gelüstete, die einzige feste Mauer zwischen seiner Schwester und dem Kerl mit der glänzenden Schmachtlocke niedergerissen hatte – und das war seine Feindschaft, die unerbittliche Feindschaft, die er seit den Tagen von Coimbra so unermüdlich genährt und wachgehalten hatte. O Schande! Alle drei waren sie auf abscheuliche Weise schuldig geworden!

Eines Nachmittags aber wurde er seiner Einsamkeit überdrüssig und riskierte einen Spaziergang nach Vila Clara. Und er sah, daß im Klub, beim Tabakhändler Simões und im Kaufladen des Ramos die Liebschaft Gracinhas ganz gewiß so unbekannt war, als hätte sie sich im äußersten Winkel der Tatarei zugetragen. Sogleich versuchte sein nunmehr beruhigter und vergebungsbereiter Geist, für alle an dieser traurigen Entgleisung Beteiligten scharfsinnige Entschuldigungen zu finden . . . Die arme Gracinha, ohne Kinder und mit einem so langweiligen, leidenschaftslosen Ehemann an ihrer Seite, der allen geistigen Dingen abhold war und nicht einmal für eine Näharbeit oder Stickerei Interesse aufbrachte, war schwach geworden – und welche Frau würde nicht einmal schwach werden? Sie hatte jener unbefangenen und natürlichen Leidenschaft nachgegeben, die einst in ihrem Herzen gekeimt und darin Wurzel geschlagen, die ihr die einzigen Freuden dieser Welt geschenkt und – was noch mehr besagen will – die einzigen Tränen abgenötigt hatte, die sie jemals weinte. Und der arme Barrolo war eben von Natur ein Trottel; und gleich dem Weißdorn im Lied, der unfähig ist, edlere Früchte hervorzubringen, konnte man von ihm eben auch bloß die Früchte seiner Trottelhaftigkeit erwarten.

Und er Unglückswurm hatte sich unwissend und widerstandslos dem verhängnisvollen Drang nach oben ergeben, der ihn nun mitriß wie alle anderen, die nach Ruhm und Erfolg gieren und rasch durch die Tür schlüpfen, die gerade offensteht, ohne auf die Misthaufen zu achten, die sich links und rechts an den Türpfosten türmen. Wahrhaftig, im Angesicht Gottes, der uns als so unbeständige Wesen schuf, so schwach und so sehr von Mächten abhängig, denen wir noch schutzloser ausgeliefert sind als der Sonne und dem Wind, ist unser aller Schuld doch recht gering...

Nein, unverzeihlich schuldig war nur einer, der Schuft mit der lockigen Mähne! Seit seiner Studentenzeit hatte er Gracinha gegenüber stets hemmungslose Eigensucht an den Tag gelegt, die nur so geahndet werden konnte, wie es die Ahnen des Hauses Ramires zu tun pflegten: erst mit Folterung, dann mit dem Tod und schließlich damit, daß man die Leiche den Raben zum Fraß vorwarf. Solange dieser Cavaleiro in der Eintönigkeit eines langen Sommers an einer bukolischen Liebschaft unter den Bäumen von Santa Ireneia Gefallen fand, hatte er Gracinha den Hof gemacht. Als ihm klar wurde, daß eine Frau und Kinder ihm nur ein Klotz am Bein wären, hatte er sie im Stich gelassen. Doch nun, da die einstige Geliebte einem anderen gehört, fängt er an, ihr wieder nachzustellen, um die Seligkeiten der Liebe auszukosten, ohne die Lasten der Vaterschaft tragen zu müssen, und als ihm ihr Gatte die Tür nur einen Spalt breit öffnet, zögert er keinen Augenblick und stürzt sich brutal auf seine Beute! Oh, wie sein Ahne Tructesindo mit einem solchen Schurken umgesprungen wäre! Gewiß hätte er ihn vor den Außenwerken seiner Burg auf einem prasselnden Scheiterhaufen schmoren lassen – oder ihm im unterirdischen Kerker der Zitadelle mit flüssigem Blei den lügnerischen Mund gestopft ...

Und er, der Nachfahr eines Tructesindo, konnte nicht einmal den Hut in die Stirn ziehen und grußlos an diesem Cavaleiro vorübergehen, wenn er ihm auf den Straßen Oliveiras begegnete! Die geringste Minderung ihrer unheilvollen neugeknüpften Vertraulichkeit käme ja der Enthüllung der Schande gleich, die die Mauern des Aussichtsturms bis jetzt noch verborgen hielten. Ganz Oliveira würde dann tuscheln und sich eins lachen: „Da seht den Fidalgo Ramires! Erst bringt er den Cavaleiro im ‚Eckenbau' mit seiner Schwester zusammen, und schon ein paar Wochen später bricht er wieder mit ihm! Einen Skandal hat es gegeben, und was für einen!" – Welche Freude für die beiden Schwestern Lousada! – Nein, gerade das Gegenteil war notwendig: Er mußte eine geradezu brüderliche Verbundenheit mit Cavaleiro zur Schau tragen, so auffällig, daß die schmutzige Affäre, die sich im Hintergrund abspielte, davon völlig verdeckt wurde. Er mußte sich verstellen, auch wenn es ihm wahre Qualen bereitete – und alles nur, um die Ehre seines Namens zu retten! Dann blieb die böse Angelegenheit verborgen im Halbdunkel des Aussichtsturms, hinter den dichtbelaubten Bäumen des Gartens, und draußen, auf den Plätzen von Oliveira, sah man ihn im hellen Sonnenlicht einträchtig Arm in Arm mit Cavaleiro!

Die Tage gingen dahin – aber Gonçalo kam innerlich nicht zur Ruhe. Am meisten erbitterte ihn, daß er zu dieser augenfälligen Intimität mit dem Cavaleiro einfach gezwungen war – sowohl aus Sorge um sein Ansehen als auch wegen seiner Wahl zum Abgeordneten. Zuweilen bäumte sich sein Stolz dagegen auf: ‚Was kümmern mich die Wahlen! Was ist so ein schäbiger Sessel in São Bento schon wert?' Doch die rauhe Wirklichkeit ließ ihn sogleich wieder verstummen. Die Wahl war ja der einzige Spalt, durch den er endlich aus seiner Provinzlerhöhle entwischen konnte; und wenn er es mit dem Cavaleiro zum Bruch kommen ließ, würde dieser Schuft, der sowieso vor keiner Gemeinheit zurückschreckte, mit Hilfe des Lissabonner Intrigantenpacks sofort einen neuen Kandidaten für den Wahlkreis Vila Clara ausfindig machen...

Unseligerweise war er jetzt eines jener gedemütigten Wesen, die abhängig sind. Und woher kam diese traurige Abhängigkeit? Von seiner Armut, von den dürftigen Pachterträgen aus zwei Gütern: reichlich genug wohl für einen anspruchslosen Einfaltspinsel, doch zuwenig für ihn mit seiner Bildung, seinem Geschmack, seinen Verpflichtungen als Fidalgo und seinem Hang zur Geselligkeit.

Solche Erwägungen brachten ihn heimtückischerweise immer wieder auf einen anderen Gedanken – Dona Ana Lucena und ihre zweihundert Contos! Das ging so weit, daß er eines Morgens mutig eine aufregende Möglichkeit ins Auge faßte: Dona Ana zu heiraten. – Warum auch nicht? Sie hatte ihm ihre Zuneigung, ja beinahe ihre Zustimmung doch deutlich genug bekundet... Warum sollte er sich nicht mit Dona Ana verheiraten?

Gewiß, ihr Vater war Fleischer, ihr Bruder ein Mörder. Aber auch er selber würde unter so vielen Ahnen bis hinauf zu den grimmigen Sueben irgendeinen Fleischer entdecken, und in all den vergangenen heroischen Jahrhunderten hatte die Betätigung der Familie Ramires wahrhaftig nur im Morden bestanden. Im übrigen gehörten der Fleischer und der Mörder einer Vergangenheit an, die eines schönen Tages vergessen sein würde. Durch die Heirat mit ihm würde Dona

Ana in eine andere soziale Sphäre aufsteigen. Er traf ja auch weder im Fleischerladen ihres Vaters noch im Versteck ihres Bruders mit ihr zusammen, sondern auf dem Landgut Feitosa – sie war bereits eine vornehme Dame, mit Gutsverwalter, Kaplan und Lakaien, wie früher die Frauen aus dem Hause Ramires. Bei Gott, es war doch nachgerade kindisch, noch länger zu zögern – zumal diese schöne und sittenstrenge Frau zweihundert Contos, auf ehrliche Weise erworbenes Geld, gutes Geld aus der Landwirtschaft, sozusagen mit ihrem Körper mitbrachte. Mit diesem puren Gold, seinem Namen und seiner Begabung würde er nicht mehr der schurkischen Hand eines Cavaleiro bedürfen, um in der Politik eine Rolle zu spielen ... Und was für ein herrliches und ausgefülltes Leben er dann führen konnte! Sein altes Schloß würde wieder im Glanz vergangener Epochen erstrahlen; die historischen Gefilde von Treixedo würden in großem Stil bewirtschaftet und anregende Bildungsreisen in ferne Gegenden unternommen werden! Und die Frau, die ihm diese Annehmlichkeiten bescherte, verdarb ihm deren Genuß nicht einmal, wie es bei so vielen reichen Heiraten der Fall war, durch ihre Häßlichkeit, ihre spitzen Knochen oder ihre schweißige Haut ... Nein! Nach dem gesellschaftlichen Glanz des Tages erwartete ihn im Schlafzimmer keine Vogelscheuche, sondern eine Venus.

Und so kam es, daß er, als ihn diese verlockenden Aussichten immer stärker zu beschäftigen begannen, eines Nachmittags seiner Base Maria ein Briefchen nach der Feitosa sandte, worin er sie bat, sich mit ihm zu treffen, allein, zu einem kleinen Spaziergang in die Umgebung, weil er mit ihr gern ein paar Worte unter vier Augen reden würde. Drei endlos lange Tage verstrichen, doch was nicht kam, war die ersehnte Nachricht von der Feitosa. Scharfsinnig folgerte Gonçalo, daß seine gescheite Base den Gegenstand der „paar Worte unter vier Augen" bereits erraten hatte und ihre Antwort noch aufschob, weil sie sich selber noch nicht sicher war, ob sie ihm etwas Erfreuliches mitteilen konnte.

Melancholisch grübelte er eine ganze triste Woche lang über dieses Leben nach, das ihm völlig inhaltslos und aus lauter Ungewißheiten zusammengesetzt schien. Sein Stolz und ein schwer definierbares Gefühl der Scham hielten ihn davon ab, jetzt noch einmal nach Oliveira zurückzukehren, in jenes Zimmer, wo er nur verbittert zur Kuppel des Aussichtsturmes hinüberstarren würde, die samt dem dicken Cupido über die Bäume ragte – und der Gedanke, die Wange seiner Schwester zu küssen, die vorher der andere geküßt hatte, erfüllte ihn mit Ekel.

Um die Wahlen war es kirchhofsstill geworden – doch ein noch größerer Widerwille verbot ihm, deswegen an Cavaleiro zu schreiben. Und João Gouveia genoß jetzt seinen Urlaub am Meer, wo er in weißen Schuhen umherlief und am Strand kleine Muscheln sammelte. Auch in Vila Clara war es in diesem heißen September nicht auszuhalten, denn sein Freund Titó steckte im Alemtejo, wohin ihn eine Erkrankung des alten Majoratserben von Cidadelhe gerufen hatte, Manuel Duarte weilte auf dem Gut seiner Mutter, um die Weinlese zu beaufsichtigen, und das Klubhaus lag leer und verlassen da; nur das einschläfernde Summen unzähliger Fliegen war darin zu vernehmen.

Weniger aus Pflichtgefühl oder Kunstbegeisterung als vielmehr um sich zu beschäftigen und die Stunden zu verkürzen, nahm Gonçalo seine Novelle wieder vor. Es war ein lustloses Unterfangen; ihm fehlte der richtige Schwung. Jetzt kam die grimmige Strafexpedition Tructesindos und seiner Ritter dran, die sich an die Fersen des Bastardo von Baião hefteten. Eine schwierige Stelle, die Kampfgetöse und glänzendes mittelalterliches Kolorit erforderte. Und dabei war er selber augenblicklich so schlapp und einfallslos! . . . Glücklicherweise hatte schon Onkel Duarte in seinem Gedicht diese blutrünstige Episode mit ausgezeichneten Landschaftsschilderungen und fesselnden Details aus dem Kriegshandwerk garniert.

Als Tructesindo mit seinen Mannen den Couce-Fluß überqueren wollte, fand er die altersschwache Brücke durch Beilhiebe zerschmettert vor; wurmstichige Bohlen und Balken verstopften das fast ausgetrocknete Flußbett. Der flüchtende Bastardo hatte die Brücke vorsichtshalber zerstören lassen, um die berittene Schar der Rächer aufzuhalten. Da zog die Streitmacht von Santa Ireneia mit Sack und Pack den schmalen Ufersaum unter den Erlen entlang bis zur Furt von Espigal. Doch welchen Zeitverlust bedeutete das, denn als endlich die letzten Lastesel ihre Hufe auf das jenseitige Ufer setzten, senkte sich schon sacht der Abend nieder. Auf den Wasserlachen zwischen den Schrittsteinen erlosch allmählich der Widerschein des Sonnenlichts; die einen glänzten wie blasses Gold, andere schimmerten nur noch rosenrot.

Dom Garcia Viegas, „der Weise“, riet, den Heerhaufen zu teilen: Das Fußvolk und die Tragtierkolonne sollten gen Montemor ziehen, spornstreichs und unauffällig, um jede Berührung mit dem Feind tunlichst zu vermeiden; und die Senhores mit den Lanzen und die Armbrustschützen zu Pferd sollten eilends aufbrechen, um den Bastardo zu fangen. Alle lobten sogleich die Schläue des „Weisen“; und die Kavalkade, nunmehr vom schwerfälligen Anhängsel des Fußvolks, der Bogenschützen und Steinschleuderer, befreit, brauste mit verhängten Zügeln los. Sie jagte über endlose Einöden und durch tiefe Schluchten bis zu den „Drei Wegen“. So heißt die entlegene Ebene, wo die mächtige uralte Eiche emporragt, unter deren schirmenden Zweigen sich in grauen Zeiten, bevor Sankt Froalengo dort den Teufel beschwor, jeweils am finstersten Sonnabend im Januar alle Hexen Portugals zum großen Rundtanz bei lodernden Schwefelfackeln versammelten. Neben der Eiche ließ Tructesindo die Kolonne halten, richtete sich in den Steigbügeln auf und spähte die drei schmalen Wege entlang, die von der Eiche fort nach verschiedenen Richtungen verliefen und sich zwischen schroffen, düsteren Hügeln voller Stechginster und Gestrüpp verloren. War der verruchte Bastardo denn überhaupt hier vorbeigekommen? Oh, ganz gewiß war er das, und mit ihm seine ganze Niedertracht – an einer steilen Felswand lag nämlich, nicht weit von drei dürren Ziegen, die noch im Gehölz herumsprangen, ein armer Hütejunge, tot, von einem Pfeil hingestreckt. Nur damit der unglückliche Ziegenhirt nichts über den Fluchtweg der Bande von Baião ausplaudern konnte, hatte ein grausames Geschoß seine vom Hunger ausgemergelte und kaum von Lumpen bedeckte Brust durchbohrt.

Doch auf welchem der drei Pfade hatte sich der Schuft nun davongemacht? Auf dem lockeren, vom heißen, zwischen den Bergen hervorbrechenden Südwind aufgewühlten Boden waren keinerlei Hufspuren einer fliehenden Reiterschar zu entdecken. Und in dieser gottverlassenen Gegend gab es weder eine Kate noch eine Strohhütte, von der aus ein Häusler oder ein altes Bauernweib dem Haufen hätte nachspähen können ... Also brachen unter dem Befehl des Fähnrichs Affonso Gomes Kundschafter in alle drei Richtungen auf – während die Reiter, ohne erst abzusitzen, ihre Pickelhauben losschnallten, um sich den strömenden Schweiß von den bärtigen Gesichtern zu wischen, oder ihre spanischen Rassehengste an ein dürftiges Rinnsal dirigierten, das am Rande der Ebene zwischen spärlichem Röhricht dahinkroch. Tructesindo wich nicht von seinem Platz unter dem Blätterdach der Eiche des Sankt Froalengo; er verharrte unbeweglich auf dem ebenfalls unbeweglichen Rappen, ganz von seiner schwarzen eisernen Rüstung umschlossen, die Hände über dem Sattel gefaltet und den schweren Helm nach vorn geneigt, gebeugt in Gram und Gebet. Zu seinen Füßen lagen schnaubend mit heraushängenden blutroten Zungen und von Nägeln starrenden Halsbändern die beiden Bullenbeißer im Sand.

Längst begannen die Reiter des Wartens überdrüssig zu werden, da brauste plötzlich in einer Staubwolke der Kundschafter heran, der dem nach Osten führenden Pfad gefolgt war, und gab schon von weitem mit erhobenem Wurfspieß ein Signal. Er hatte nach einer knappen Wegstunde auf einem Hügel ein gut verschanztes und mit Pfahlwerk und Graben versehenes Feldlager entdeckt...

„Was zeigte die Standarte?"

„Dreizehn Silberscheiben."

„Gelobt sei Gott!" rief Tructesindo, als schrecke er aus tiefem Schlaf empor. „Das ist Dom Pedro de Castro, der ‚Spanier', der mit den Leonesen ins Land gekommen ist, um den Infantinnen zu Hilfe zu eilen!"

Da vorbei hatte der Bastardo sich jedenfalls nicht getraut!... Doch schon kehrte vom Wege, der nach Westen führte, ein weiterer Kundschafter zurück und berichtete, er sei zwischen ein paar Hügeln in einem Pinienwäldchen auf eine Schar genuesischer Kaufleute gestoßen, die seit Morgengrauen dort aufgehalten wurden, weil einer von ihnen unterwegs an Fieber erkrankt war. Und was er sonst noch erkundet habe? Es hätte, wie die Genuesen hoch und heilig versicherten, während des ganzen Tages nur eine Gauklertruppe den Wald passiert, die sich auf dem Heimweg vom Jahrmarkt in Grajelos befand. Also blieb nur der mittlere, steinige und zerklüftete Pfad übrig, der wie ein ausgetrocknetes Flußbett aussah. Auf Tructesindos befehlenden Ruf hin trabte die Kavalkade weiter. Doch bald begann es Nacht zu werden, und noch immer dehnte sich vor ihnen der Weg – steinig, dunkel, endlos, eingezwängt zwischen Felsen und mit Heidekraut bewachsenen Hügeln, ohne eine Hütte, ohne Mauer noch Zaun, ohne eine Spur von einem Tier oder Menschen.

Schließlich gewahrten sie weit in der Ferne eine öde, schattige und einsame Ebene, die sich bis zum Horizont erstreckte, wo gerade der letzte kupfer- und blutfarbene Schimmer der untergehenden Sonne erlosch. Immer tiefer duckten sich die Dornsträucher am Wege unter den Stößen des heißen Südwinds. Da gebot Tructesindo seiner Kolonne Halt. „Bei Gott, Senhores, wir eilen uns vergeblich! Was meint Ihr, Dom Garcia Viegas?"

Alle Reiter strömten zusammen; die unter ihren Kettenpanzern schnaubenden spanischen Rassehengste dampften. Der „Weise" hob den Arm.

„Senhores! Der Bastardo ist uns über jene Ebene da drüben entwischt und ins Tal von Murtinho gezogen. Er wird auf der Burg von Agredel übernachten, die gut befestigt ist und deren Herren seine Verwandten sind ..."

„Und was sollen wir nun tun, Dom Garcia?"

„Auch uns, meine Freunde, bleibt nur noch übrig, den Morgen abzuwarten. Kehren wir zur alten Eiche an der Weggabelung zurück. Und von dort aus müssen wir uns mit dem Feldlager des Senhor Dom Pedro de Castro verständigen und um Nachtquartier bitten ... Bei einem so großen Herrn werden wir reichlicher als in unserem eigenen Proviant all das finden, was Roß und Reiter vonnöten ist: Gerste, ein gehöriges Stück Fleisch und ein paar kräftige Schluck Wein ..."

Alle brüllten vor Begeisterung. „Fürwahr, ein guter Plan!" Und noch einmal trabte die Kavalkade den steinigen Hohlweg entlang, zurück nach den „Drei Wegen", wo bereits zwei Raben gierig über die Leiche des Hütejungen hergefallen waren.

Auf einem hohen Hügel am Ende des Weges, der gen Osten führte, leuchteten im Schein rauchender Lagerfeuer die weißen Zelte Dom Pedro de Castros. Der Feldhauptmann von Santa Ireneia stieß dreimal lang ins Horn, die Ankunft eines Herrn von Adel kundzutun. Sogleich erschollen von drinnen hell und gastfreundlich andere Hörner. Da galoppierte der Feldhauptmann bis vor den Graben und meldete den auf der Schanze zwischen hell lodernden Pechfeuern postierten Wächtern die befreundete Streitmacht des Hauses Ramires. Tructesindo wartete unterdessen im düsteren Hohlweg, den der dichte Pinienwald, dessen Wipfel sich ächzend im Wind bewegten, in noch tieferes Dunkel tauchte. Zwei Reiter in schwarzem Mantel und Kapuze sprengten den Hang herab und riefen, daß der Senhor Dom Pedro de

Castro des edlen Senhors von Santa Ireneia harre und ihm mit größtem Vergnügen Herberg gewähre und zu Diensten sei. Tructesindo stieg schweigend vom Pferde, und mit Dom Garcia Viegas, Leonel de Samora, Mendo de Briteiros und anderen Stammesverwandten, alle ohne Lanze oder Schild und ohne ihre eisernen Handschuhe, schritt er den Hügel hinan bis zur Palisade, deren Gatter sich weit öffneten und im gespenstisch flackernden Flammenschein der Pechpfannen den Blick auf große Haufen Fußvolks freigaben. Zwischen blinkenden Sturmhelmen wurden gelbe Mädchenhauben und Schellenkappen von Gauklern sichtbar. Kaum erschien Tructesindo zwischen den Eckpfosten, da schwenkten zwei Edelleute ihre Schwerter und riefen laut: „Ehre den Granden von Portugal!"

Das helle Schmettern der Jagdhörner vermischte sich mit dumpfem Trommelwirbel. Und aus der verstummenden Menge, die zögernd eine Gasse freigab, trat, geleitet von vier Rittern mit hoch erhobenen lodernden Fackeln, der alte Dom Pedro de Castro, der „Spanier", ein erfahrener Kriegsmann und Besitzer weiter Ländereien. Er trug weder Helm noch Waffen; ein mit Silberschmiedearbeit verzierter Panzer aus Büffelfell umschloß seine Brust. Dom Pedro de Castro ging gebeugt, als habe die Mühsal beständigen Kämpfens und unersättliche Herrschgier seinen Körper frühzeitig verbraucht, und stützte die behaarte Hand mit den hervortretenden Adern auf einen elfenbeinernen Stab. Seine in dunklen Höhlen liegenden Augen funkelten leutselig und ungeduldig zugleich in dem sonnenverbrannten, ausgezehrten Gesicht. Seine Nase war krummer als ein Falkenschnabel, und über die eine Gesichtshälfte zog sich eine tiefe Narbe, die sich in seinem krausen, spitz zulaufenden und fast weißen Bart verlor.

Als er vor dem Senhor von Santa Ireneia angelangt war, breitete er weit die Arme aus, senkte seine Raubvogelnase noch tiefer auf den Spitzbart nieder und sprach mit feierlichem Lächeln: „Gelobt sei Gott! Erhaben ist die Nacht, die

Euch herführt, mein Freund und Vetter! Ich hätte nicht gedacht, daß sie mir so viel der Ehre bringen, ja nicht einmal, daß sie mir solches Vergnügen bereiten würde!"

Als Gonçalo dieses schwierige Kapitel in drei Vormittagen emsiger Arbeit zu Ende gebracht hatte, warf er mit einem Seufzer der Erschöpfung die Feder hin. Oh, er bekam diese überhaupt nicht enden wollende Novelle allmählich satt, die sich da im wahrsten Sinne des Wortes wie ein aufgerolltes Zwirnknäuel „entwickelte". Und dabei vermochte er die Fäden dieses Knäuels nicht einmal zu kürzen, so gründlich hatte sie Onkel Duarte in seinem Gedicht verwirrt, dessen Handlung er da stöhnend folgte. Auch die Gewißheit, daß sich sein Werk ausgezeichnet las, konnte ihn nicht trösten. Stellten denn diese Tructesindos, diese Bastardos, diese Castros, diese „Weisen" überhaupt richtige Recken aus dem affonsinischen Zeitalter vor, würdig der historischen Wirklichkeit? Vielleicht waren sie bloß eitle Gecken, die klappernd in Phantasierüstungen hingen, unmögliche Feldlager und Burgen bevölkerten und weder nach ihren Worten noch nach ihren Gebärden wirklich jener Epoche entstammen konnten?

Tags darauf vermochte er nicht mehr den Mut aufzubringen, die wilde Jagd der Mannen von Santa Ireneia auf die flüchtende Schar des Bastardo von Baião fortzusetzen. Die drei fertigen Kapitel seiner Novelle hatte er bereits an Castanheiro abgeschickt – womit der ja nun hinlänglich beschwichtigt war. Doch die ganze Woche lang plagte ihn der Müßiggang; er rekelte sich auf sämtlichen Sofas oder im Garten zwischen den Buchsbäumen herum, rauchte unaufhörlich und wurde das betrübliche Gefühl nicht los, als ob mit den Tabakwolken sein eignes Leben entfliehe. Dazu beunruhigte ihn noch eine häßliche Geldangelegenheit, nämlich ein 600-Milreis-Wechsel aus seinem letzten Studienjahr in Coimbra, der seitdem immer wieder verlängert wurde, dessen Summe immer mehr angewachsen war und auf dessen

Einlösung der Gläubiger, ein gewisser Leite aus Oliveira, jetzt hartnäckig bestand. Sein Lissabonner Schneider behelligte ihn ebenfalls, und zwar mit einer haarsträubenden Rechnung, deren Posten zwei Seiten füllten. Am meisten verdroß ihn jedoch die eigene Einsamkeit. Seine lustigen Freunde waren in alle Winde verstreut, an der Küste oder auf ihren Landgütern, die Wahlen festgefahren wie ein Kahn im Schlamm, und seine Schwester steckte ganz gewiß mit dem „andern" im Aussichtsturm. Selbst Base Maria würdigte seine bescheidene Bitte um ein paar Worte unter vier Augen undankbarerweise nicht der geringsten Beachtung. Und er saß in seinem stickigen Bau, ohne jede Energie und von immer mehr zunehmender Trägheit gelähmt, als sei er mit Stricken zusammengeschnürt, die jeden Tag straffer angezogen wurden und ihn aus einem Menschen in ein hilfloses Bündel verwandelten.

Eines Nachmittags – er war gerade dabei, sich umständlich und mürrisch, und ohne selbst mit Bento zu sprechen, zum Reiten umzukleiden, um auf einem Galopp in die Gegend von Valverde Luft zu schnappen – klopfte ganz atemlos der Kleine der Crispola in seiner Livree mit den gelben Knöpfen an die Tür: Eine Dame halte mit ihrem Wagen vor dem Tor und bitte den Fidalgo, zu ihr herunterzukommen.

„Hat sie denn nicht ihren Namen genannt?"

„Nein, Senhor. Es ist eine sehr hagere Dame, und über den zwei Pferden sind Netze . . ."

Die Base Maria! In einem wahren Freudentaumel eilte Gonçalo den Korridor entlang und riß dabei rasch einen alten Strohhut vom Kleiderständer. Und unten blieb er stehen, als bestaune er die leibhaftige Göttin Fortuna mit ihrem flinken Glücksrad.

„Base Maria, welche Überraschung! Und welche Freude!"

Dona Maria Mendonça, die einen neuen, mit Fliederzweigen geschmückten Hut trug, beugte sich aus dem Schlag des Wagens (es war die blaue Kalesche von der Feitosa) und entschuldigte sich mit etwas unsicherem Lachen wegen ihres Schweigens. Seinen Brief habe sie erhalten, mit großer Verspätung ... Immer wieder dieser verwünschte Briefträger, der lahm und dauernd betrunken sei ... Danach habe sie ein paar recht anstrengende Tage in Oliveira zugebracht, mit der Anica, die das Haus in der Rua das Velas für den Winter einrichte.

„Und da ich zu guter Letzt noch in Vila Clara der armen Venância Rios einen Krankenbesuch abstatten mußte, hielt ich es für die natürlichste Sache der Welt, mal in Santa Ireneia haltzumachen. Was haben Sie denn auf dem Herzen?"

Gonçalo lächelte verlegen. „Ach, es ist nichts Ernstes, bloß ... Ich wollte mich gern mal mit Ihnen aussprechen ... Warum kommen Sie denn nicht herein?"

Er öffnete den Wagenschlag. Sie wollte aber lieber auf der Straße bleiben, und so gingen beide zu der alten, von Pappeln beschatteten steinernen Bank gegenüber dem Schloßportal. Gonçalo wischte sie mit seinem Taschentuch ab.

„Also, Base Maria, ich wollte gern mit Ihnen reden ... Aber es ist eine so heikle Angelegenheit! ... Vielleicht wäre es das beste, die Sache ohne alle Umschweife anzupacken."

„Tun Sie das!"

„Na, dann in Gottes Namen! ... Finden Sie, daß ich meine Zeit verschwende, wenn ich mich für Ihre Freundin Dona Ana interessiere?"

Maria Mendonça saß am äußersten Ende der Bank, rollte angelegentlich die schwarze Seide ihres Sonnenschirmchens zusammen und sagte schließlich zögernd: „Nein, ich finde nicht, daß Sie Ihre Zeit verschwenden ..."

„Ah! Wirklich?"

Sie betrachtete Gonçalo nachdenklich und weidete sich an seiner Erregung und brennenden Neugier.

„Herrgott, Base! ... Sagen Sie doch etwas mehr!"

„Aber was soll ich Ihnen denn noch sagen? Ich habe Ihnen doch schon in Oliveira alles klargemacht. Ich bin noch zu unerfahren als Liebesbote. Aber ich finde, daß die Anica hübsch ist, und reich, und Witwe ..."

Gonçalo erhob sich von der Bank und machte eine verzweifelte Armbewegung. Da Dona Maria gleichfalls aufgestanden war, gingen sie beide auf dem Rasenstreifen neben den Pappeln entlang. Enttäuscht sagte Gonçalo: „Was heißt schon ‚hübsch', ‚Witwe', ‚reich' ... Um diese gewaltigen Geheimnisse zu erfahren, hätte ich Sie nicht bemühen müssen, Base! Teufel noch mal, seien Sie doch vernünftig und reden Sie offen. Sie wissen es ja, denn bestimmt haben Sie beide längst darüber gesprochen ... Reden Sie ganz offen. Empfindet sie irgendwelche Sympathie für mich?"

Dona Maria blieb stehen, zog mit der Spitze ihres Sonnenschirmchens eine gelbliche Spur in den Rasen und murmelte: „Aber gewiß ..."

„Gut! Wenn ich mich ihr also nach einiger Zeit, wenn die ersten Trauermonate vorüber sind, erklären würde, mich ..."

Sie blitzte Gonçalo mit funkelnden Augen an. „Gerechter Gott, wie Sie gleich auf die Sache losgehen, gleich im Galopp ... Dann ist es also eine Leidenschaft?"

Gonçalo nahm seinen alten Strohhut ab, fuhr sich langsam mit den Fingern durchs Haar, und plötzlich brach es aus ihm heraus: „Sehen Sie, Base, es geht vor allem darum, daß ich mit meinem Leben zurechtkommen muß ... Meinen Sie das nicht auch?"

„Das meine ich so sehr, daß ich Ihnen den Weg dazu schon einmal angedeutet habe ... Und nun auf Wiedersehen, es ist bereits fünf Uhr vorbei. Ich will mich nicht länger aufhalten, wegen der Dienstboten."

Gonçalo protestierte und beschwor sie zu bleiben: „Noch ein paar Minuten! Es ist doch noch so viel Zeit! Nur noch eine Frage, ganz unter uns: Was für eine Frau ist sie eigentlich?"

Dona Maria war am Ende der Pappelreihe umgekehrt, um wieder in ihre Kalesche zu steigen.

„Sie hat schon Talent, das Dasein zu würzen. Und sie hat

auch einen guten Charakter... Außerdem ist sie eine ausgezeichnete Hausfrau! Sie machen sich keinen Begriff, wie die Feitosa blüht und gedeiht. Diese Ordnung, diese Sauberkeit, diese Pünktlichkeit, diese Disziplin... Sie hat ihre Augen überall, sogar im Weinkeller und im Wagenschuppen!"

Gonçalo strahlte und rieb sich die Hände. „Wenn in einem Jahr das große Ereignis Wirklichkeit werden sollte, dann werde ich es ganz bestimmt in alle Himmelsrichtungen schreien, daß keine andere als die Base Maria das Haus Ramires gerettet hat!"

„Darum gebe ich mir ja solche Mühe, nur um Ihres Wappens und Ihres Namens willen!" rief sie und sprang behende in ihre Kalesche, als wolle sie nach diesem Geständnis schleunigst die Flucht ergreifen. Unterdessen war der Lakai auf den Kutschbock geklettert, und während die ausgeruhten Pferde mit krummem Rücken lostrabten, rief Dona Maria ihrem „Vetter" noch zu: „Wissen Sie, wen ich in Vila Clara getroffen habe? Den Titó!"

„Den Titó?"

„Er ist gerade aus dem Alemtejo zurück. Er will zum Abendessen zu Ihnen kommen. Ich habe ihn nicht im Wagen mitgenommen, aus Gründen des Anstands, um ihn nicht in Verlegenheit zu bringen..."

Die Kalesche rollte davon. Beide lachten und winkten einander freundlich zu, in jener innigen Harmonie, wie sie Verschwörungen in Liebesdingen mit sich zu bringen pflegen.

Heiter machte sich Gonçalo sogleich in Richtung Vila Clara auf den Weg, um Titó entgegenzugehen. Und dabei kam ihm der Gedanke, doch bei ihm, einem Intimus der Feitosa, Erkundigungen über Dona Ana, ihren Charakter und ihre Gewohnheiten einzuziehen. Base Maria entwarf natürlich ein Idealbild seiner Zukünftigen, schon dem Hause Ramires zuliebe (und nicht zuletzt zum Nutzen der Mendonças, die Gute!). Aber sein Titó, der aufrichtigste Mensch im ganzen Königreich, der die Wahrheit mit der Frömmigkeit eines Epaminondas liebte, würde ein objektives Bild

Dona Anas entwerfen. Und Titó ... Oh, hinter Titós Stentorstimme und seiner bullenhaften Dickfelligkeit verbarg sich ein sehr wacher, durchdringender Geist.

Die beiden Freunde trafen sich schon an der Portela-Brücke, und obgleich sie sich doch nur so kurze Zeit nicht gesehen hatten, sanken sie einander in die Arme und begrüßten sich geräuschvoll.

„Gonçalo, alter Bursche!"

„Mein lieber Titó! Hast du mir gefehlt! ... Wie geht's deinem Bruder, dem Ahnenforscher?"

Seinem armen Bruder gehe es besser, doch gesundheitlich sei er trotzdem ruiniert. Für einen alten Mann von sechzig Jahren beschäftige er sich eben zu viel mit Wälzern und Weibern. Er, Titó, habe ihm geraten: „João, Bruderherz, sieh doch endlich ein, daß dich die alten Schwarten und die jungen Mädchen kaputt machen!"

„Und was gibt's hier Neues? Was machen die Wahlen?"

„Die Wahlen sind nunmehr auf den Oktober festgesetzt, auf Anfang Oktober. Ansonsten herrscht allgemeine Flaute. Gouveia ist an der See, Manuel Duarte bei der Weinlese ... Und ich bin vollkommen fertig, ganz schlapp und lustlos, ja sogar ohne Appetit."

„Und da wollte ich nun gerade mit dir zu Abend essen und habe auch noch den Videirinha eingeladen."

„Das weiß ich bereits; Base Maria hat es mir gesagt, als sie eben kurz bei mir im Schloß war ... Sie ist auf der Feitosa zu Besuch, bei Dona Ana."

Einen Augenblick lang sprach er von den engen Beziehungen Maria Mendonças zur Feitosa. Am liebsten hätte er gleich hier auf offener Straße von der großen Romanze erzählt, die sich soeben angesponnen hatte. Aber er getraute sich nicht! Er empfand Scham und Verlegenheit – sah es nicht so aus, als gelüste es ihn nach allem, was der arme Lucena hinterlassen hatte, nach dem Wahlkreis und nach der Witwe?

In ein Gespräch über das Alemtejo und Titós Bruder João

vertieft (der Titó eine Menge Zeug über die Genealogie der Ramires erzählt hatte), gingen sie zum Schloß zurück in der Absicht, den Spaziergang bis nach Bravais auszudehnen. Gonçalo wollte noch Rosa in der Küche wegen der beiden unverhofften Gäste Bescheid sagen, die sich beim Essen stets mächtig ins Zeug zu legen pflegten. Sie traten durch eine Pforte in den Garten, in dem das Wasser träge durch die Gräben zog. Auf das ausgelassene Geschrei des Fidalgos eilte Rosa herbei; sie wischte hastig ihre Hände an der Schürze ab. Was Sie nicht sagen! Zwei Gäste! Ihretwegen könnten gleich vier kräftige Esser kommen, denn Gott sei Dank sei mehr als genug für ein wohlschmeckendes Abendessen vorhanden. Noch am Nachmittag habe sie einer Frau von der Küste einen Korb dicker, fetter Sardinen abgekauft, die sicher prachtvoll schmecken würden. Titó bestellte für sich sofort eine große Portion gebratener Sardinen mit Eiern.

Als die beiden Freunde über den Hof gingen, entdeckte Gonçalo seinen Diener Bento, wie er mit gespreizten Beinen auf der Bank im Laubengang saß, vor sich einen Napf mit Sand, und eifrig einen ziselierten Silberknauf abrieb, der aus einem zusammengerollten Handtuch herausguckte wie aus einem Futteral.

„Was hast du denn da Sonderbares eingewickelt?"

Bento zog behutsam eine lange, dunkle Peitsche mit drei florettähnlich zugespitzten Stacheln aus dem zusammengerollten Handtuch.

„Davon weiß der Herr Doktor ja auch noch nichts! Sie lag auf dem Dachboden. Ich bin heute nachmittag mal oben gewesen, um einen Wurf junger Katzen aufzustöbern, und hinter einer Truhe stieß ich auf ein Paar silberne Sporen und dieses Ding da ..."

Gonçalo besah eingehend den massiven Silberknauf und ließ die Peitsche schwirren. „Ein Prachtstück! Findest du nicht auch, Titó? Spitz wie ein Säbel und alt, uralt wie mein Wappen ... Woraus mag sie bloß gemacht sein? Aus Walfischleder?"

„Aus Nilpferdleder ist sie. Eine furchtbare Waffe. Damit kann man einen Menschen töten ... Mein Bruder João hat auch eine, nur mit einem Bronzeknauf. So ein Ding ist eine tödliche Waffe!"

„Gut", brach Gonçalo das Gespräch ab. „Mach sie sauber und leg sie in mein Zimmer, Bento! Die wird jetzt mein Kriegsbeil!"

An der Gartentür trafen sie den Pereira aus Riosa, der eine leichte Zwillichjacke trug. In Kürze, zu Michaelis, würde er endlich die Bewirtschaftung des Gutes Santa Ireneia übernehmen. Gonçalo stellte seinem Freund Titó lachend den berühmten Pächter vor: Das also sei der Mann! Der große Mann, der sich anschickte, aus Santa Ireneia ein wahres Wunder an Getreide, Wein und Obst zu machen!

Bedächtig kratzte sich Pereira den dünnen Bart. „Und auch gutes Geld hineinzustecken! Schließlich war ein Vergnügen immer mehr als einen Vintém wert! Aber der Fidalgo als Gutsherr bekommt eine Ernte, bei der ihm die Augen übergehen!"

„Hören Sie, Senhor Pereira", donnerte Titó, „vergessen Sie bloß nicht, sich auch um die Melonen zu kümmern. Auf Santa Ireneia hat man noch nie eine gute Melone gegessen!"

„So Gott will, werden Euer Wohlgeboren schon in einem Jahr hier gute Melonen essen können!"

Gonçalo verabschiedete sich von dem gewitzten Bauern und drängte Titó auf die Landstraße, denn er war entschlossen, ihm in der diskreten Stille des Wäldchens von Bravais sein Herz auszuschütten. Doch kaum setzten sie ihren Weg fort, da überkam Gonçalo wieder die alte Befangenheit – jetzt hatte er beinahe Angst vor dem, was ihm Titó, ein Mann mit so strengen Grundsätzen und von so untadeliger Moral, etwa mitteilen könnte. Und so beschlossen sie ihren ausgedehnten Rundgang durch Bravais, ohne daß Gonçalo sein Geheimnis verraten hätte. Als sie in der Abenddämmerung wieder am Schloß anlangten, plauderten sie über die Alsenfischerei im Guadiana.

Gegenüber dem Portal wartete im Halbschatten bereits Videirinha und klimperte auf seiner Bratsche. Da der Abend schwül blieb und sich kein Lüftchen regte, aßen sie beim Licht zweier Leuchter auf der Veranda. Kaum hatte Titó, der mit rotem Gesicht behaglich in seinem Sessel thronte, seine Serviette auseinandergefaltet, da erklärte er auch schon, daß er Gott sei Dank einen gewaltigen Durst habe. Er und Gonçalo vollbrachten sodann die üblichen Heldentaten mit Gabeln und Gläsern. Als Bento den Kaffee auftrug, stieg weit hinter den Hügeln von Valverde ein riesiger leuchtender Vollmond empor. Entzückt zündete sich Gonçalo in seinem Rohrstuhl eine Zigarre an. Aller Verdruß der letzten Wochen fiel von seiner Seele wie ausgeglühte Asche, die der Wind verweht. Und es war weniger die milde Nacht als vielmehr dieses Hochgefühl unbeschwerten Daseins, das ihn begeistert sagen ließ: „Wirklich, meine Herren, *so* ist das Leben ein Vergnügen!"

Nach einer kurzen Zigarettenpause griff Videirinha wieder zur Bratsche. Im Mondschein, der die Hügel überflutete, leuchtete hier und da eine getünchte Mauer auf, schimmerten Wege und das Wasser des Großen Weihers durch das dunkle Grün des Gutes; und die friedliche Stille der Nacht umfing die Seele mit einschläfernder Zärtlichkeit. Titó und Gonçalo tranken genießerisch den berühmten Muskatellerkognak, eine alte Kostbarkeit des Schlosses Santa Ireneia, und hörten schweigend Videirinha zu, der ganz hinten in der Veranda saß, wo es stockfinster war. Noch nie hatte der brave Sänger die Saiten mit größerer Inbrunst gerührt. Selbst die Felder, der Himmel und der Vollmond über den Hügeln schienen der klagenden Melodie des Fados von Areosa zu lauschen. Das heisere Räuspern der Rosa, die gedämpften Schritte der Gutsknechte im dunklen Hof unterhalb der Veranda, irgendein verhaltenes Mädchenlachen und die Klapse auf die Ohren eines Hühnerhundes ließen den Eindruck entstehen, als habe diese schöne Serenade das ganze Völkchen von Santa Ireneia angelockt.

Die Stunden verstrichen; hell stieg die blinkende Mondscheibe am nächtlichen Himmel empor. Titó hatte beim Essen des Guten zuviel getan und war eingenickt. Wie immer stimmte Videirinha nun zum Schluß mit Inbrunst den „Fado der Familie Ramires" an:

„Oh, wer sieht wohl ohne Beben
Santa Ireneias Mauern
Schwarz und schweigend sich erheben
In der Vollmondnächte Schauern ..."

Und dann gab er eine neue Strophe zum besten, die er diese Woche mit viel Liebe gedichtet und zu der eine gelehrte Notiz des braven Paters Soeiro die Vorlage geliefert hatte. Es war ein Loblied auf den glorreichen Paio Ramires, den Großmeister des Templerordens, den Papst Innozenz, Königin Branca von Kastilien und alle Fürsten der Christenheit beschwören, sich zu bewaffnen und eilends mit seinen Rittern auszuziehen, um den in Ägypten in Gefangenschaft geratenen heiligen Ludwig, den König von Frankreich, zu befreien:

„Schlimm wär's, wenn Europas Adel
Nicht Paio Ramires hätte,
Daß er ohne Furcht und Tadel
Den Franzosenkönig rette!"

Gonçalo war sogleich interessiert an diesem Ahn und dieser Heldentat und fiel mit erhobenem Arm und schmetterndem Tremolo in Videirinhas Gesang ein:

„Wahrlich, ohne Furcht und Tadel
Den Franzosenkönig re-e-ette! ..."

Gerade als dieser Chor am lautesten erdröhnte, schlug Titó die Augen auf, riß seinen massigen Körper vom Sofa hoch und erklärte, er werde jetzt nach Vila Clara aufbrechen.
„Ich bin restlos fertig! Immer unterwegs und ohne zu schlafen, seit gestern früh vier Uhr, als ich von Cidadelhe

losfuhr ... Wahrhaftig, jetzt würde ich wie dieser griechische König Dingsda einen Cruzado für einen Esel geben!"

Vom Kognak animiert, erhob sich Gonçalo ebenfalls. Er hatte einen Entschluß gefaßt.

„He, Tító, komm doch mal mit hinein, bevor du gehst, ich möchte was mit dir besprechen!"

Er ergriff einen der Leuchter und trat ins Speisezimmer, durch das der Geruch welkender Magnolien zog, die in einer Vase standen. Tító, der sich die Augen rieb und gähnte, folgte ihm schwerfällig. Da sagte Gonçalo ohne jede Vorrede, den Blick fest auf den Freund geheftet: „Hör mal zu, Tító, und sprich dann ganz offen zu mir. Du warst doch öfters auf der Feitosa ... Was hältst du eigentlich von Dona Ana?"

Tító schreckte zusammen wie bei einem Böllerschuß und starrte Gonçalo verblüfft an. „Aber ich bitte dich! Wieso denn bloß? ..."

Gonçalo faßte sich noch kürzer, weil er rasch Klarheit gewinnen wollte: „Paß auf! Ich habe vor dir keine Geheimnisse. In den letzten Wochen hat es da einige Gespräche und Begegnungen gegeben ... Kurzum, wenn ich in einiger Zeit daran denken würde, mich mit Dona Ana zu verheiraten, so glaube ich, daß sie ihrerseits nicht nein sagen würde. Du warst doch oft auf der Feitosa. Du mußt es wissen ... Was für eine Frau ist sie eigentlich?"

Tító verschränkte entsetzt die Arme über der Brust.

„Du willst also diese Dona Ana *heiraten?*"

„Mann, ich will doch nicht gleich heiraten. Ich renne nicht noch heute nacht zur Kirche. Zunächst möchte ich bloß ein paar Informationen haben, und von wem könnte ich die besser und zuverlässiger bekommen als von dir, der du mein Freund bist und sie kennst?"

Tító blieb mit verschränkten Armen stehen und sah den Fidalgo mit seinem ehrlichen Gesicht streng an.

„Du gedenkst dich also mit Dona Ana zu verheiraten, du, Gonçalo Mendes Ramires ..."

Gonçalo machte eine unwillige Geste.

„Komm mir jetzt bloß nicht gleich mit dem Adel und dem Paio Ramires ..."

Vor lauter Entrüstung verfiel Titó beinahe ins Brüllen: „Was heißt hier Adel! Ein Ehrenmann, wie du einer bist, kann gar nicht daran denken, sich mit so einer zu verheiraten! ... Adel? Gewiß! Aber Adel der Seele und des Herzens!"

Gonçalo schwieg betroffen. Dann sagte er mit gezwungener Heiterkeit: „Schön, dann bist du eben anders informiert ... Ich jedenfalls weiß, daß sie schön und reich ist; ich weiß auch, daß sie eine ehrbare Frau ist, weil weder hier noch in Lissabon jemals über sie gemunkelt worden ist; und das sind Qualitäten, derentwegen man sich schon mit einer Frau verheiraten kann ... Du hingegen behauptest, daß man sie nicht heiraten kann. Vielleicht weißt du mehr ... Sprich doch!"

Jetzt war es Titó, der verstummte und unbeweglich dastand, als lege sich die Schlinge eines Stricks um ihn und halte ihn gefesselt. Endlich preßte er mühsam hervor: „Du hast mich doch nicht gerufen, damit ich hier reden soll wie ein Zeuge vor Gericht! Du fragst mich rundheraus und ohne jede weitere Erläuterung, ob du dich mit dieser Frau verheiraten kannst. Und ich erkläre dir rundheraus und ohne jede Erläuterung, daß du das nicht kannst. Was zum Teufel willst du denn noch mehr?"

Empört rief Gonçalo: „Was ich will? Herrgottsakrament, Titó! Nimm doch einmal an, ich wäre hoffnungslos in Dona Ana verliebt oder hätte ein riesiges Interesse daran, mit ihr eine Ehe einzugehen ... Natürlich trifft weder das eine noch das andere zu, aber nimm es einmal an! In einem solchen Fall redet man einem Freund nicht von der Sache ab, die ihn so brennend interessiert, ohne ihm zugleich einen Grund dafür zu nennen und Beweise zu liefern ..."

Derart in die Enge getrieben, blickte Titó zu Boden und kratzte sich verzweifelt den Kopf. Er versuchte die Auseinandersetzung auf später zu verschieben: „Hör mal, Gonçalo, ich bin jetzt hundemüde. Du wirst ja nicht gleich jetzt zur Kirche gehen, und sie noch weniger, wo doch ihr Mann in seiner Gruft noch nicht erkaltet ist. Unterhalten wir uns morgen darüber."

Mit zwei gewaltigen Schritten war er an der Tür zur Veranda, stieß sie auf und brüllte nach Videirinha. „Es ist höchste Zeit, Videirinha! Wir müssen endlich gehen! Ich habe seit meiner Abreise aus Cidadelhe nicht geschlafen."

Videirinha, der gerade damit beschäftigt war, nach allen Regeln der Kunst einen kalten Grog zu brauen, leerte hastig sein Glas und packte die kostbare Bratsche ein. Gonçalo hielt die beiden nicht zurück; er rieb sich nur nervös die Hände, beleidigt über Titós unfreundschaftliche Dickköpfigkeit. Wie Schatten glitten sie durch ein Zimmer, in dem ein seit den Zeiten der Ramires-Generationen des achtzehnten Jahrhunderts unbenutztes, mit Japanlack lackiertes Spinett vor sich hin träumte. Vor der Treppe, die zum grünen Pförtchen hinunter führte, blieb Gonçalo stehen und hielt den Leuchter hoch, damit die beiden sehen konnten. Titó zündete sich an der Kerze eine Zigarette an. Seine behaarte Hand zitterte. „Also dann abgemacht... Morgen komme ich wieder, Gonçalo."

„Wann du willst, Titó."

In diesen wenigen Worten schwang so viel Verachtung mit, daß Titós Schritt stockte. Seine massige Gestalt versperrte die enge Treppe. Schließlich stieg er schwerfällig hinunter.

Videirinha stand schon draußen und betrachtete den klaren blauen Himmel. „Was für eine schöne Nacht, Herr Doktor!" rief er zu Gonçalo hinauf.

„Ja, Videirinha... Und vielen Dank. Sie haben heute gespielt wie ein Gott."

Gonçalo war in den Bildersaal hinübergegangen und hatte eben den Leuchter wieder hingestellt, als von der Straße herauf Titós laute Stimme ertönte: „Gonçalo, komm doch mal runter."

Erwartungsvoll lief der Fidalgo die Stufen hinunter. Jenseits der Pappeln stimmte Videirinha im Mondschein seine Bratsche. Titó stand wartend da, den Hut in den Nacken geschoben, und kaum daß Gonçalos Gesicht in der Tür erschien, platzte er heraus: „Ach, Gonçalo, nun bist du gleich beleidigt ... Aber das ist doch Unsinn! Jedenfalls möchte ich zwischen uns keine Mißstimmung. Darum sei es in Gottes Namen gesagt! Du kannst diese Frau nicht heiraten, weil sie einen Geliebten gehabt hat. Ich weiß nicht, ob sie vor oder nach diesem noch einen gehabt hat. Und es gibt keine raffiniertere und falschere Kreatur als sie. Komm mir jetzt nicht mit irgendwelchen Fragen. Jedenfalls ist gewiß, daß sie einen Geliebten hatte. Ich sage dir das; und du weißt ja, daß ich niemals lüge!"

Und schon eilte der Hüne mit gebeugten Schultern die Straße entlang. Gonçalo rührte sich nicht von den steinernen Stufen der Treppe und starrte zu den Pappeln hinüber; sie standen so stumm und unbeweglich da wie er selber. Die Worte seines Freundes, Worte, die niemand ungesprochen zu machen vermochte, waren wie Blitz und Donner in den stillen Frieden dieser Mondnacht eingebrochen – und der herrliche Traum, den er von der schönen Dona Ana und ihren zweihundert Contos geträumt hatte, war ausgeträumt.

Langsam stieg Gonçalo wieder nach oben und trat in den Saal, wo noch der Leuchter brannte. Die hohe Flamme der Kerze hatte ein Gesicht auf einem düsteren Gemälde zu neuem Leben erweckt – ein energisches, bleiches, hoheitsvolles Gesicht mit schwarzem Schnurrbart, das sich herabbeugte, als verfolge es aufmerksam alle Dinge, die sich hier abspielten. Und zwischen den schlafenden Feldern in der Ferne verhallten die treuherzigen Verse Videirinhas, die das glorreiche Haus Ramires priesen:

„Schlimm wär's, wenn Europas Adel
Nicht Paio Ramires hätte,
Daß er ohne Furcht und Tadel
Den Franzosenkönig rette ..."

X

Bis tief in die Nacht hinein ging Gonçalo im Zimmer auf und ab und grübelte über die bittere Tatsache nach, daß er sein ganzes Leben lang (eigentlich seit seiner Schulzeit im Gymnasium von São Fiel!) nur eine Demütigung nach der anderen erlitt. Und alle erwuchsen ihm aus Neigungen, die für einen Mann so natürlich und selbstverständlich waren wie für einen Vogel das Fliegen – bloß bei ihm endeten sie immer wieder mit Kummer, Schande und Rückschlägen! Als er hinaustritt ins Leben, wählt er sich begeistert einen Freund, einen Bruder, den er in die stille Behaglichkeit Santa Ireneias mitbringt – und sogleich erobert dieser Kerl Gracinhas Herz, um sie dann schmählich sitzenzulassen! Später hegt er den verständlichen Wunsch, sich in der Politik zu versuchen – und da zwingt ihn der Zufall, sich unter die Fittiche dieses selben Mannes zu flüchten, den er all die langen Jahre der Verbitterung hindurch so sehr verabscheut und verspottet hatte und der jetzt eine mächtige und einflußreiche Amtsperson ist! Großmütig öffnet er dem wieder in den alten Kreis aufgenommenen Freund die Tür zum „Eckenbau“, voller Vertrauen in die Ehrenhaftigkeit und den unbeugsamen Stolz seiner Schwester – und schon wirft sich diese Schwester dem Mann, der sie damals verraten hat, in die Arme, am ersten Nachmittag, an dem sie sich mit ihm im diskreten Schatten einer Sommerlaube trifft! Dann gedenkt er, sich mit einer Frau zu verheiraten, die ihm außer großer Schönheit noch ein großes Vermögen bietet, da erscheint auch schon ein alter Freund aus Vila Clara und raunt ihm ins Ohr: „Die Frau deiner Wahl, mein lieber Gonçalo, ist eine Hure, bei der sich die Liebhaber die Türklinke in die Hand geben!“ Zweifellos würde ihn diese Frau nicht mit echter, edler Liebe lieben! Aber nichtsdestoweniger hatte er beschlossen, seine ungewisse Zukunft behaglich in ihre schönen Arme zu betten – und sofort brach mit erschütternder Zuverlässigkeit das übliche Fiasko über ihn herein. Weiß Gott, das Schicksal hämmerte mit geradezu ungeheuerlicher Tücke auf ihm herum!

„Weshalb wohl eigentlich?" murmelte Gonçalo und zog sich niedergeschlagen seine Jacke aus. „So viel Enttäuschung in einem so kurzen Leben ... Und warum das alles? Ich Ärmster!"

Er fiel in sein riesiges Bett wie in ein Grab und vergrub das Gesicht im Kopfkissen, mit einem Seufzer des Mitleids mit sich selbst und seinem so widerspenstigen, mißgünstigen Schicksal. Er mußte an den stolzen Vers denken, den in dieser gleichen Nacht Videirinha zur Bratsche gesungen hatte:

„Alte Sippe der Ramires,
Ruhm und Zierde Portugals!"

Wie doch diese Zierde Portugals dahingeschwunden war! Was blieb ihm denn noch an Ruhm! Und welcher Gegensatz zwischen Gonçalo dem Letzten, der bedrückt in seiner Höhle Santa Ireneia hockte, und den großen Ahnen des Hauses Ramires, wie sie Videirinha pries. Wenn Geschichte und Sage nicht logen, so hatten sie in ihrem Leben allesamt durch große Taten und glänzende Siege von sich reden gemacht. O nein! Nicht einmal diese eine Eigenschaft hatte er wie alle vor ihm von ihnen geerbt: die Tapferkeit. Sein Vater war noch ein echter, furchtloser Ramires gewesen: Bei der berühmten Schlägerei auf der Kirmes in Riosa war er mit einem Sonnenschirm auf drei schußbereite Karabiner losgegangen. Er dagegen ... Hier, in seinem einsamen Zimmer, konnte er es sich bei gelöschtem Licht freimütig eingestehen: Er war mit einem Fehler geboren worden, dem schlimmsten aller Makel, der unheilbaren, elementaren Schwäche des Fleisches, die ihn angesichts einer Gefahr, einer Drohung oder eines Schattens unweigerlich zum Rückzug, ja zur Flucht nötigte ... Zur Flucht vor einem Casco. Zur Flucht vor einem Flegel mit blondem Backenbart, der ihn erst auf der Landstraße und dann in einer Schenke grundlos insultierte, bloß um sich vor ihm großzutun. Oh, dieses erbärmliche schwache Fleisch!

Und seine Seele ... In der schweigenden Dunkelheit seines Zimmers mußte er es sich seufzend eingestehen: Die gleiche Ohnmacht lähmte auch seine Seele! Es war diese Ohnmacht, die ihn willenlos irgendeinem fremden Einfluß auslieferte, der ihn mit fortriß wie ein Windstoß ein welkes Blatt! Als seine schlaue Base eines Abends mit den Augen geblinzelt und ihm hinter ihrem Fächer zugeflüstert hatte, er möge sich doch für Dona Ana interessieren, hatte er sogleich Feuer gefangen, vom Geld und von der Schönheit Dona Anas, von Luxus und Glück geträumt. Und die Wahlen? Wer hatte ihm denn diese verwünschten Wahlen aufgehalst, die skandalöse Wiederversöhnung mit Cavaleiro und all den Ärger, der ihm daraus erwuchs? Der Gouveia, und allein mit ein paar beiläufigen Bemerkungen, die er auf dem Wege vom Kaufladen des Ramos bis zur Ecke des Postamts hatte fallenlassen! Aber damit noch nicht genug! Sogar in seinem eigenen Hause wurde er gegängelt – vom Bento, der ihm den Geschmack, die Kost, die Spaziergänge, die Meinungen und Krawatten vorschrieb! Ein solcher Mann, soviel Verstand er auch haben mag, ist letzten Endes nur ein träger Teig, den die Umwelt fortwährend in andere und einander entgegengesetzte Formen preßt. João Gouveia hatte aus ihm einen willfährigen Wahlkandidaten gemacht; Manuel Duarte könnte aus ihm einen verkommenen Trunkenbold machen. Und für Bento wäre es ein leichtes, ihn so weit zu bringen, sich an Stelle einer Seidenkrawatte ein ledernes Hundehalsband umzubinden! Ein Jammer! Denn nach wie vor wird ein Mensch erst dann ernst genommen, wenn er Willenskraft beweist. Nur im Gebrauch des Willens liegt der Lebensgenuß, denn wenn ein klug angewandter Wille ringsum nichts als Unterwürfigkeit vorfindet, so genießt er die Lust des Herrschens; stößt er dagegen auf Widerstand, so bereitet ihm dieser reizvolle Kampf noch viel größeres Vergnügen. Die Trägheit jedoch, die sich stumm und weich wie Wachs auf ihn legte, vermochte keinen starken, männlichen Genuß zu gewähren ... Aber hatte er, der von so vielen durch ihre Willenskraft berühmten

Recken abstammte, in seinem Wesen vielleicht nicht doch irgendwo ein Teilchen dieser erblichen Energie bewahrt, das wie glühende Kohle unter der Asche glimmte? Vielleicht. Aber bei diesem jämmerlichen Hinterwäldlerleben in Santa Ireneia würde der schlummernde Funke nie und nimmer erwachen und als heiße Flamme emporlodern. Niemals! Oh, er war zu bedauern! Selbst in seinem Seelenleben, wo jeder andere Mensch unbeschränkte Freiheit genießt, mußte er sich stets von einem feindseligen Schicksal bedroht fühlen!

Mit einem neuen Seufzer wühlte er sich noch tiefer in die Kissen und verschwand unter der Bettdecke. Er konnte nicht einschlafen, und die Nacht ging bald zu Ende – schon hatte die Lackuhr im Korridor mit hohlem Ton vier geschlagen. Erschöpft von der intensiven Beschäftigung mit derart betrüblichen Dingen, glaubte Gonçalo plötzlich, obwohl er die Augen geschlossen hatte, in der Dunkelheit des Zimmers bleiche Gesichter wahrzunehmen, die langsam vorüberzogen ...

Es waren Gesichter aus längst vergangenen Zeiten, mit ungebräuchlicher, urväterlicher Barttracht und vielen Narben, den Spuren grausamer Lanzenspitzen. Die Wangen der einen glühten noch wie im Schlachtgetümmel, andere lächelten würdevoll, als bewegten sie sich in einem prunkvollen Festzug – doch alle schauten drein wie Männer, die gewohnt sind, zu befehlen und zu siegen. Gonçalo spähte über den Rand der Bettdecke und erkannte in diesen Gesichtern die Züge seiner Ahnen, wie er sie auf altersdunklen Gemälden gesehen oder sich selber ausgemalt hatte, Züge wie die Tructesindos, dessen unbeugsame Härte und glanzvolle Taten Gonçalos Phantasie beflügelt hatten.

Langsam und immer deutlicher tauchten sie aus dem Dunkel hervor, in dem es brodelte, als sei es voller Leben. Und da erschienen auch die Körper zu diesen Köpfen, robuste Körper in rostigen Kettenpanzern oder schweren, blitzenden Eisenrüstungen, andere in düsteren Mänteln mit üppigem Faltenwurf oder in prächtigen brokatenen Wämsern, auf denen die Edelsteine der Halsgehänge und Gürtel funkelten – und alle waren bewaffnet, bewaffnet mit sämtlichen Waffen, die die Geschichte Portugals kannte, von der aus einer mit Stacheln gespickten Eichenwurzel gefertigten gotischen Keule bis zum mit prächtigen Seiden- und Goldschleifen geschmückten Zierdegen, wie er bei nächtlichen Festen getragen wurde.

Gonçalo empfand keine Furcht; er hatte sich auf seinem Kopfkissen aufgerichtet und zweifelte keinen Augenblick an der Realität dieses Wunders. Ganz gewiß, das waren die Ramires, seine Ahnen, seine kampfesfreudigen Ahnen! Aus ihren verstreut liegenden Gräbern kamen sie ins neunhundertjährige Schloß Santa Ireneia geeilt, um rings um sein Bett, das Bett, in dem er geboren worden war, so etwas wie eine Versammlung ihres wiederauferstandenen Geschlechts abzuhalten. Einige der Tapfersten erkannte er sogleich, denn seit er dauernd Onkel Duartes Gedicht vor den Augen und Videirinhas klagenden Fado in den Ohren hatte, spukten sie ständig in seinem Kopf herum . . .

Jener dort mit dem weißen Mantel und dem großen roten Kreuz auf der Brust war gewiß Gutierres Ramires, „der von Übersee", der soeben sein Zelt verließ, um die Feste Jerusalem zu erstürmen. In dem stattlichen Greis mit dem drohend erhobenen Arm, der neben ihm stand, erkannte er Egas Ramires, wie er dem König Dom Fernando und der Ehebrecherin Leonor den Eintritt in seine Stammburg verwehrte. Und der da mit dem struppigen fuchsroten Bart, der singend die erbeutete kastilische Königsstandarte schwenkte, wer sollte das anders sein als Diogo Ramires, „der Troubadour", im Siegestaumel des strahlenden Morgens von Aljubarrota? Vor dem matt schimmernden Spiegel zitterte der scharlachrote Federbusch der Pickelhaube von Paio Ramires, der sich rüstete, um den Franzosenkönig Ludwig den Heiligen zu retten. Leicht schwankend, als wandle er über die willfährigen Wogen eines besiegten Meeres, lächelte Rui Ramires zu den englischen Schiffen hinüber, die angesichts seines

Flaggschiffes gehorsam vor Portugal die Segel strichen. Und am Bettpfosten lehnte ohne Helm, im aufgerissenen Küraß Paulo Ramires, Fähnrich des Königs Dom Sebastião auf den unseligen Gefilden von El-Kasr el-Kebir, und neigte mit dem wohlwollenden Ernst eines besorgten Ahnen sein junges Edelknappengesicht zu ihm herab ...

Aus der liebevollen Anteilnahme dieses romantischsten aller Ramires spürte Gonçalo, daß ihn alle gern mochten und aus der Nacht ihrer entlegenen Grüfte hergekommen waren, um bei ihm Wache zu halten und ihm in seiner Schwachheit beizustehen. Mit einem tiefen Seufzer schleuderte er die Bettdecke von sich, und voller Schmerz berichtete er seinen wiederauferstandenen Urvätern von dem boshaften Geschick, gegen das er ankämpfte und das unermüdlich Kummer, Schande und Ungemach über sein Leben ausschüttete. Da funkelte auf einmal eine Eisenspitze in der Finsternis, und eine dumpfe Stimme rief: „Mein lieber Enkel, so nimm meine Lanze, die niemand je vermochte zu zerbrechen!" Und schon streifte das Heft eines blitzenden Schwertes seine Brust, und eine zweite tiefe Stimme raunte ihm zu: „Nimm diese edle Klinge, lieber Enkel; sie focht und siegte damals in Ourique!" Dann lag auf seinem Kopfkissen plötzlich ein Beil mit blinkender Schneide, und er vernahm die stolzen Worte: „Niemals wird sie zerbrechen, diese Axt, die einst die Tore von Arzila sprengte!"

Wie aus dem Jenseits hergewehte Schatten zogen alle seine grimmigen Heldenahnen an ihm vorüber – und einer nach dem andern streckte ihm ungestüm seine Waffen hin, gute, in der Geschichte Portugals erprobte Waffen, mit Ruhm bedeckt in den Kämpfen gegen die Mauren, in langwierigen Belagerungen von Burgen und Ortschaften und glanzvollen Schlachten, die sie dem hochmütigen Spanier geliefert. Rings um sein Bett blitzte und klirrte es wie in einem Arsenal, und alle Helden in der Runde riefen voller Stolz: „Du unser Nachfahr, greif zu unsern Waffen, das feindselige Schicksal zu besiegen!" Doch Gonçalo ließ niedergeschlagen den Blick über die wogenden Schemen gleiten und erwiderte: „Was nützen mir, o Väter, eure Waffen, wo es mir doch an eurem Mut gebricht? ..."

Er erwachte sehr früh mit der vagen Erinnerung an einen Alptraum, in dem er mit Toten gesprochen hatte. Doch während ihn sonst im Bett immer eine lähmende Trägheit überkam, schlüpfte er diesmal sofort in seinen Hausrock und riß sperrangelweit die Fenster auf. Was für ein herrlicher Morgen! Ein milder, klarer Spätseptembermorgen; nicht eine einzige Wolke trübte das weite Blau des Himmels, und schon liebkosten die Strahlen der Herbstsonne den Wald und die Hügel am Horizont. Doch obwohl Gonçalo diesen Glanz und diese Lichtfülle tief in sich einsog, wurde er die Schatten des gestrigen Tages nicht los; sie hafteten in seinem dumpfen Schädel wie Dunst in einem Talkessel. Verdrossen schlurfte er in seinen Pantoffeln durchs Zimmer und zog schließlich seufzend den Klingelzug. Bento ließ mit dem heißen Rasierwasser nicht auf sich warten, und da er beim Fidalgo morgens nur gute Laune gewöhnt war, wunderten ihn dessen stumme, verdrossene Runden durchs Zimmer derart, daß er fragte, ob der Herr Doktor etwa eine schlechte Nacht verbracht habe.

„Eine ganz entsetzliche Nacht!"

Sogleich erklärte Bento mit lebhafter Mißbilligung, daß dem Herrn Doktor gewiß die große Menge Muskatellerkognak nicht bekommen sei. Ein sehr süßer, sehr feuriger Kognak! Für den Senhor Dom António, diesen Koloß, möge er wohl gut sein, aber der Herr Doktor mit seiner Nervosität sollte lieber die Finger davon lassen. Oder er dürfe eben bloß ein kleines halbes Gläschen trinken.

Gonçalo hob den Kopf. Er war verblüfft, gleich zu Beginn seines Tageslaufes so deutlich spüren zu müssen, welche Autorität sich alle über ihn anmaßten. Hatte er sich nicht die ganze bittere Nacht hindurch darüber aufgeregt? Nun kam gar schon der Bento und wollte ihn kommandieren, ihm seine Ration Kognak vorschreiben! Zu allem Überfluß ritt Bento auch noch auf diesem Thema herum: „Der Herr Doktor haben mehr als drei Glas getrunken. Das war zuviel. Ich bin auch schuld, weil ich die Flasche nicht fortgenommen habe...'

Da verwahrte sich der Fidalgo entschieden gegen eine derart offenkundige Despotie. „Menschenskind, mach mi nicht so viel Vorschriften. Ich trinke so viel Kognak, wie ich brauche und wie ich Lust habe!"

Im selben Moment steckte er prüfend die Fingerspitzen in den Wassertopf.

„Das Wasser hier ist ja lau!" rief er. „Bis zum Überdruß habe ich das schon gesagt: Zum Rasieren brauche ich kochend heißes Wasser."

Mit ernster Miene tauchte Bento ebenfalls den Finger ins Wasser. „Aber es ist ja beinahe noch kochend ... Zum Rasieren braucht man kein heißeres Wasser."

Gonçalo sah Bento wütend an. Das fehlte gerade! Noch mehr Einwände, noch mehr Vorschriften!

„Sofort holst du mir anderes Wasser! Wenn ich heißes Wasser verlange, dann erwarte ich, daß es mir *kochend* heiß gebracht wird. Himmelherrgott noch mal! Immer dieses Geschwätz! Ich brauche keine Moralpredigten, ich verlange Gehorsam!"

Bento sah Gonçalo mit einer Bestürzung an, die man ihm vom Gesicht ablesen konnte. Dann stieß er langsam, ganz gekränkte Würde, die Tür auf, um den Wassertopf wieder fortzubringen. Gonçalo bereute inzwischen bereits seine Heftigkeit. Bei Gott, es war ja nicht Bentos Schuld, wenn ihm das Leben derart übel mitspielte! Außerdem paßte die Tradition der alten Hofmeister sehr wohl in ein solches altes Haus, und Bento mit seiner Nörgelei und seiner Biederkeit entsprach völlig diesem Vorbild. Er hatte das Recht, seine Meinung zu sagen und seinen Einfluß geltend zu machen – durch lange, treue, aufopfernde Dienste hatte er sich beides redlich verdient.

Als Bento mit dem dampfenden Wassertopf zurückkam, war sein Gesicht immer noch rot und mürrisch. Gonçalo wollte ihn wieder versöhnen und sagte freundlich: „Ein sehr schöner Tag heute, nicht wahr, Bento?"

Der Alte brummte verstimmt: „Ein sehr schöner Tag."

Gonçalo seifte sich das Gesicht ein. Er beeilte sich, weil er gern mit Bento ein Gespräch anknüpfen und ihn wieder in seine Mentorrolle einsetzen wollte. Dann sagte er noch sanfter, ja beinahe unterwürfig: „Wenn du meinst, daß der Tag schön ist, mache ich vor dem Frühstück einen Spazierritt. Was hältst du davon? Vielleicht tut das meinen Nerven wohl. Dieser Kognak bekommt mir tatsächlich nicht. Sei doch mal so nett und sag dem Joaquim Bescheid, daß er meine Stute bereithält. Ein Galopp wird mich bestimmt beruhigen... Und das Badewasser bitte schön warm! Auch heißes Wasser beruhigt mich. Deswegen brauche ich immer kochend heißes Wasser. Aber du mit deinen uralten Anschauungen... Alle Ärzte sagen das nämlich: Für die Gesundheit gibt es nichts Besseres als heißes Wasser, recht heißes Wasser bis zu sechzig Grad!"

Nach dem kurzen Bad vertraute er seinem alten Kammerdiener beim Ankleiden an, was ihn bekümmerte. „Ach, Bento, was ich wirklich brauche, um meine Nerven zu beruhigen, ist kein Spazierritt, sondern eine Reise... Zuviel lastet auf meiner Seele. Und dann habe ich dieses ewige Vila Clara und dieses ewige Oliveira satt. Zuviel Klatsch, zuviel Falschheit. Ich brauche Bewegungsfreiheit und viel Zerstreuung."

Bento, der längst wieder versöhnt und sogar etwas gerührt war, erinnerte den Herrn Doktor daran, daß er ja in Kürze in Lissabon eine angenehme Zerstreuung finden würde, und zwar in den Cortes.

„Weiß ich, ob ich jemals in die Cortes komme! Ich weiß überhaupt nichts, alles ist noch offen. Na, und Lissabon... Was ich brauche, ist eine richtige *große* Reise, nach Ungarn, nach Rußland, irgendwohin, wo man Abenteuer erleben kann."

Bento mußte über diese Vorstellungen lächeln. Er hielt dem Fidalgo die Weste aus aschgrauem Samt hin und sagte:

„Wahrhaftig, in Rußland scheint es an Abenteuern nicht zu mangeln. Im ‚Século' steht, daß da alle mit der Peitsche herumlaufen ... Aber Abenteuer, Herr Doktor, die kann man ja sogar auf der Landstraße erleben! Bedenken Sie doch, Ihr lieber Vater, Gott hab ihn selig, war nur mal unten vor dem Schloßportal, da bekam er mit dem Doktor Avelino aus Riosa Streit; er zog dem Doktor eins mit der Peitsche über und bekam einen Dolchstich in den Arm ..."

Gonçalo streifte seine Handschuhe aus Büffelleder über und besah sich im Spiegel.

„Ja, mein lieber armer Papa hatte auch immer wenig Glück ... Und apropos Peitsche, Bento, gib mir doch gleich mal die aus Nilpferdleder, die du gestern mit Sand abgescheuert hast. Sie scheint eine verläßliche Waffe zu sein."

Nachdem der Fidalgo das große Tor passiert hatte, ließ er seine Stute aufs Geratewohl über die Landstraße nach Bravais traben. Am Neuen Meierhof, wo zwei kleine Jungen unter den Eichen Ball spielten, erwog er, dem Vicomte von Rio Manso einen Besuch abzustatten. Sicher würde die Gesellschaft eines so würdigen, edelmütigen Greises seinen Nerven wohltun. Und falls der Vicomte ihn zum Frühstück einladen sollte, würde er sich damit zerstreuen, einen Rundgang durch das berühmte Gut Varandinha zu unternehmen und der „Rosenknospe" den Hof zu machen.

Gonçalo entsann sich dunkel, daß die Varandinha oberhalb einer von Pappeln gesäumten Landstraße irgendwo zwischen der Ortschaft Cerda und dem weitläufigen Dorf Canta Pedra liegen mußte. Er schlug den alten Weg ein, der von den Eichen des Neuen Meierhofes bergab ins Tal führte, zwischen der Anhöhe von Avelã und den Ruinen des Klosters von Ribadais vorbei über den historischen Boden, wo einst Lopo von Baião die Streitmacht von Lourenço Ramires zusammengehauen hatte.

Der Pfad verlief ohne besonderen Reiz bald zwischen dichten Hecken, bald zwischen rohen, aus losen Steinen zusammengefügten Mauern; doch die Geißblattranken inmitten der reifen Brombeeren an den Zäunen dufteten angenehm, und der Flügelschlag der Vögel hoch oben in der Luft machte den stillen, kühlen Morgen noch frischer und anmutiger. Der Himmel strahlte in so reinem Blau, daß Gonçalo das Gefühl hatte, ein wenig von seinem heiteren Glanz dringe bis in sein Herz. Jetzt war ihm wieder wohler, und er ließ sich Zeit. Als er den Neuen Meierhof hinter sich hatte, schlug es vom Kirchturm von Bravais erst neun; und nachdem er an einer Wiese mit dürftigem Gras vorbeigeritten war, machte er kurz vor der alten Steinbrücke über das Donas-Flüßchen halt, um sich in aller Ruhe eine Zigarre anzuzünden. Das Flüßchen war in der Sommerhitze fast ausgetrocknet; nur ein dünnes, dunkles Rinnsal kroch unter den breiten Blättern der Seerosen und zwischen dem überall wachsenden Schilf dahin. In einiger Entfernung glitzerten am Rand einer Wiese, im schützenden Schatten einiger Espen, die Steine eines Waschplatzes. Am anderen Ufer lag ein altes Boot im Sande fest; ein junger Bursche und ein Mädchen saßen darin, unterhielten sich angeregt und hielten dabei selbstvergessen zwei Lavendelsträußchen im Schoß. Gonçalo mußte über dieses Idyll lächeln. Zu seiner großen Überraschung entdeckte er in einem Eckquader der Brücke sein grob gemeißeltes Familienwappen, einen riesigen Habicht, der gierig die Krallen reckte. Vielleicht hatte dieses Gelände einst zum Hause Ramires gehört, oder irgendeiner seiner freigebigen Ahnen hatte die Brücke zur Sicherheit von Mensch und Tier über den damals viel tieferen, reißenden Fluß bauen lassen. Vielleicht gar sein Ahne Tructesindo, in frommem Gedenken an Lourenço Ramires, der auf diesen Uferwiesen besiegt und gefangengenommen worden war!

Jenseits der Brücke stieg der Weg zwischen abgemähten Feldern empor. Golden glänzten die vollen, schweren Garben des fruchtbaren Jahres in der Sonne. Von den niedrigen Dächern eines fernen Dorfes stieg träger Rauch auf und verlor sich im strahlenden Himmel. Gonçalo spürte, wie aller Trübsinn allmählich von ihm wich und gleich dem fernen Rauch im klaren Blau entschwand. Von einem Stoppelfeld erhob sich ein Schwarm Rebhühner. Er galoppierte mit Geschrei auf sie los und schwang dabei seine Nilpferdpeitsche, die wie eine dünne Degenklinge pfiff.

Kurz darauf machte der Weg eine Biegung und führte an einem Korkeichenwäldchen entlang; danach schlängelte er sich, staubig und mit Geröll bedeckt, durch Brombeergestrüpp. In einiger Entfernung leuchtete eine frisch gekalkte Wand in der Sonne: Sie gehörte zu einer primitiven Hütte mit niedriger Tür und zwei verglasten Fenstern, deren Dach erst kürzlich an einigen Stellen ausgebessert worden war. Ein riesiger dunkler Feigenbaum spendete dem Garten Schatten. An einer Ecke begann eine niedrige Mauer aus losen Steinen, an die sich ein Zaun anschloß; dahinter sah man das Gitterwerk einer schattigen Laube. Dem Anwesen gegenüber lagen behauene Steinblöcke und ein Stapel hölzerner Bohlen; dort führte eine gutgepflasterte Landstraße vorbei, die Gonçalo für die Straße nach Ramilde hielt. Jenseits der Straße erstreckte sich bis hinunter zu einem entfernten Pinienwald flaches Weideland.

Auf einer Bank neben der Tür saß ein kräftiger Bursche, der eine grünwollene Mütze trug; er hatte seine Flinte an die Hauswand gelehnt und streichelte in Gedanken die Schnauze eines Hühnerhundes. Gonçalo hielt an.

„Entschuldigen Sie ... Wissen Sie zufällig, welches der richtige Weg zum Gut des Senhor Vicomte von Rio Manso ist, zur Varandinha?“

Der Bursche hob sein dunkles Gesicht mit dem leichten Bartflaum und nahm langsam die Mütze vom Kopf.

„Nach dem Gut vom Rio Manso ... Da reiten Sie die Landstraße hinunter bis zum Steinbruch, dann links weiter, immer am Feld lang.“

Doch im selben Augenblick erschien in der Tür ein baumlanger Kerl mit blondem Backenbart. Er war in Hemdsärmeln und trug eine seidene Schärpe um die Taille. Bestürzt erkannte Gonçalo in ihm den Jäger wieder, der ihn damals auf der Landstraße nach Nacejas beschimpft und in der Schenke des Pintainho verspottet hatte. Der Lange musterte ihn rasch von oben bis unten, stemmte die Hand gegen den Türpfosten und sagte spöttisch: „Aber Manuel, wem willst du denn den Weg zeigen, Menschenskind! Das ist doch kein Weg für Esel!"

Gonçalo spürte, wie er erblaßte und sein Blut vor Angst und Wut in Wallung geriet. Schon wieder eine Beleidigung von dem gleichen Mann, und ohne jeden Anlaß! Er preßte die Knie gegen den Sattel und wollte losgaloppieren, doch am ganzen Leibe zitternd würgte er noch hervor: „Sie sind sehr unverschämt! Und schon das dritte Mal! Es ist nicht meine Art, auf der Landstraße eine Schlägerei anzufangen, aber lassen Sie sich gesagt sein, daß ich weiß, wer Sie sind, und daß Sie nicht ohne eine Lektion davonkommen werden..."

Da ergriff der andere plötzlich einen kurzen Hirtenstock, stellte sich der Stute in den Weg und rief mit gesträubtem Bart und herausforderndem Lachen: „Hier bin ich! Nun kann die Lektion meinetwegen anfangen! Nach vorn geht's jedenfalls nicht mehr weiter, Sie Ramires, Sie Scheiß..."

Vor Gonçalos weit aufgerissenen Augen tanzte ein roter Nebel, und in einem jähen Anfall von Wut und Stolz stieß er einen Schrei aus und machte auf seiner Stute einen furchtbaren Sprung nach vorn. Er begriff selber nicht, was nun geschah: Der drohend erhobene Hirtenstock wirbelte durch die Luft, und das Pferd bäumte sich wild auf. Da sah er die dunkle Pranke des Burschen, die das Halfter festhielt.

Im gleichen Augenblick richtete sich Gonçalo in den Steigbügeln auf, beugte sich weit vor, genau über die Hand des anderen, und ließ zischend seine Nilpferdpeitsche niedersausen. Sie traf den Burschen von der Seite ins Gesicht, und der Hieb mit dem scharfen Leder hatte so gesessen, daß gleich ein Ohr blutend herunterhing. Brüllend taumelte er rückwärts. Gonçalo stürzte sich nochmals auf ihn und versetzte ihm einen zweiten Schlag über den Mund, der ihm die Lippen aufriß und ihn sicherlich ein paar Zähne kostete. Der Bursche fiel mit Geheul zu Boden. Die Hufe der Stute stampften über die weit auseinandergestreckten festen Schenkel, und Gonçalo beugte sich hinunter und schlug ihm mit der Reitpeitsche wie ein Rasender auf Gesicht und Hals, bis der andere wie tot dalag und Ströme von dunklem Blut sein Hemd durchtränkten.

Da dröhnte ein Schuß. Gonçalo fuhr im Sattel hoch und erblickte den anderen Burschen mit der rauchenden Flinte im Anschlag, der jetzt erschrocken innehielt und nicht noch einmal zu schießen wagte.

„Ah, du Hund!“ schrie Gonçalo.

Er gab der Stute die Sporen und preschte mit hoch erhobener Peitsche auf den Burschen zu. Entsetzt rannte dieser querfeldein davon und wollte über die Hecke springen, um auf die Stoppelfelder zu entkommen.

„Du Hund! Du Hund!“ schäumte Gonçalo.

Vor Aufregung stolperte der Bursche über einen im Wege liegenden Balken und fiel lang hin. Kaum daß er sich wieder erhoben hatte, traf ihn auch schon die messerscharfe Peitsche des Fidalgos am Hals, der sogleich von Blut überströmt war. Er warf die Arme in die Luft, taumelte und schlug mit dem Kopf gegen die Kante eines Steinblocks. Nun blutete er noch mehr. Gonçalo brachte seine Stute zum Stehen. Beide Kerle lagen jetzt reglos am Boden. Waren sie etwa tot? Ihr Blut rann auf die ausgedörrte Erde, und der Fidalgo empfand darüber grimmige Freude. Doch da kam vom Garten her ein Schrei des Entsetzens: „Zu Hilfe, man hat meinen Sohn umgebracht!“

Aus der Laube lief mit krummem Rücken ein alter Mann herbei und eilte den Zaun entlang zur Tür der Hütte. Der Fidalgo warf seine Stute so geschickt herum, daß der Alte gegen die mit Schweiß und Schaum bedeckte Brust des sich aufbäumenden Pferdes prallte. Und vor dem unruhig scharrenden Tier und dem hoch in den Steigbügeln aufgerichteten

Fidalgo mit dem flammenden Gesicht und der drohend erhobenen Peitsche fiel der Greis vor Schreck auf die Knie und schrie angstvoll: „Tun Sie mir nichts zuleide, mein Fidalgo, bei der Seele Ihres Vaters Ramires!"

Gonçalo ließ ihn noch einen Augenblick unter seinen unerbittlich funkelnden Augen zittern und winseln und genoß den Anblick der schwieligen Hände, die sich ihm um Gnade flehend entgegenstreckten. Der Name Ramires, der da beschworen wurde, war wieder gefürchtet, besaß wieder seinen alten ruhmvollen Klang! Dann zerrte er sein Pferd zurück und sagte: „Dieser junge Flegel da hat mit der Jagdflinte geschossen! Und Sie sehen auch nicht aus, als ob Sie etwas Gutes im Schilde führen! Warum sind Sie denn gleich auf die Hütte zugelaufen? Wollten Sie noch eine Flinte holen?"

Der Alte breitete verzweifelt die Arme aus und entblößte dann seine Brust, um zu bezeugen, daß er die reine Wahrheit sprach. „Ach, Fidalgo, ich habe nicht einmal einen Hirtenstab im Haus! Gott steh mir bei und rette meinen Sohn!"

Doch Gonçalo blieb argwöhnisch. Wenn er jetzt die Landstraße nach Ramilde weiterritt, könnte der Alte sehr wohl in seine jämmerliche Hütte laufen, sich eine andere Flinte greifen und von hinten auf ihn schießen. Und mit einer Geistesgegenwart, die der soeben bestandene Kampf noch geschärft hatte, ersann er eine gute List, um jedwedem Hinterhalt zu begegnen. Einen Augenblick lang mußte er lächeln, weil ihm die Kriegslisten des Dom Garcia Viegas, des „Weisen", einfielen.

„Gehen Sie vor mir her, immer geradeaus, die Straße lang!"

Der Greis erschrak, machte aber keinerlei Anstalten, aufzustehen. Er schlug sich mit den schweren Händen auf die Schenkel und stammelte ängstlich: „Aber Fidalgo, soll denn der Junge so hier liegenbleiben?"

„Er ist bloß ohnmächtig, eben hat er sich bewegt ... Der andere Taugenichts ebenfalls. Marsch, gehen Sie!"

Da Gonçalo keine Widerrede duldete, strich der Alte

langsam die ausgebeulten Knie seiner Hose glatt und ging dann gebückt mit herabbaumelnden Armen wie ein Gefangener immer vor der Stute her die Landstraße entlang, wobei er verstört ächzte: „Wie war das bloß möglich! O Gott im Himmel, welches Unglück!" Von Zeit zu Zeit blieb er stehen und wandte sich mit finsterem Blick, in dem Furcht und Haß glimmten, zu Gonçalo um. Doch sofort schrie der Fidalgo barsch: „Los, vorwärts!", und der Alte lief weiter. Als sie nach einer Weile an einem zum Gedächtnis des ermordeten Abtes Paquim errichteten Kreuz vorüberkamen, wußte Gonçalo, daß sie jetzt an dem breiten Seitenweg zur Landstraße nach Bravais angelangt waren, der der „Müllerinnenweg" hieß. Er ließ den Alten in diesen Weg einbiegen. Der Greis dachte, Gonçalo wolle ihn zu einer einsamen Stelle führen, um ihm dort ungestört das Lebenslicht auszublasen, und begann laut zu wimmern: „O Gott, nun geht es mit mir zu Ende! O Heilige Jungfrau, es geht mit mir zu Ende!" Er hörte nicht auf zu jammern, stolperte und geriet ganz aus dem Schritt. Endlich erreichten sie oben die Landstraße, die sich zwischen steilen, mit wildem Ginster bewachsenen Böschungen dahinzieht. Sogleich packte den Greis ein neuer Schrecken; er fuhr herum und preßte die Hände an seine wollene Mütze.

„O Fidalgo, Sie wollen mich doch nicht in Gefangenschaft führen?"

„Los, laufen Sie! Die Stute geht jetzt im Trab!"

Die Stute begann zu traben, und der Alte humpelte lendenlahm vorneweg und schnaubte wie ein Blasebalg. Nachdem sie eine Meile hinter sich gebracht hatten, hielt Gonçalo an. Er war seines Gefangenen und des langsamen Vorankommens überdrüssig geworden. Selbst wenn der Alte jetzt wirklich nach Hause lief, um eine Waffe zu holen und sich an ihm zu rächen, so war *er* unterdessen ja längst in gestrecktem Galopp durch sein Schloßportal geprescht und befand sich in Sicherheit. Also brüllte er mit zusammengezogenen Augenbrauen: „Halt! Nun können Sie umkehren ... Aber eines noch: Wie heißt Ihre Ortschaft?"

„Grainha, Fidalgo."

„Und wie heißen Sie, und wie heißt Ihr Sohn?"

Der Alte stand mit offenem Mund da und sagte schließlich zögernd: „Ich bin der João ... mein Junge heißt Manuel ... Manuel Domingues, Fidalgo."

„Sie lügen natürlich. Und wer ist der andere Strolch, der mit dem blonden Backenbart?"

In einem Atemzug erwiderte der Alte: „Das ist der Ernesto aus Nacejas, der Raufbold aus Nacejas, den ‚Poussier-Ernesto' nennen sie ihn, und nur er hat meinen Jungen auf die schiefe Bahn gebracht ..."

„Genug! Dann sagen Sie den beiden Halunken, daß sie mich mit Hieb- und Schußwaffen angegriffen haben und daß die Angelegenheit mit der Tracht Prügel noch lange nicht abgetan ist! Sie werden sich noch mit der Justiz auseinanderzusetzen haben ... Die Gerechtigkeit wird ihren Lauf nehmen. Und nun machen Sie, daß Sie fortkommen!"

Von der Mitte der Straße aus beobachtete Gonçalo vorsichtshalber noch eine Weile den alten Mann, der davonstolperte, so schnell ihn seine müden Beine trugen, und sich den Schweiß aus dem Gesicht wischte. Danach ritt er in gestrecktem Galopp die vertraute Landstraße zurück zum Schloß.

Wie im Fluge sauste er dahin, erfüllt von überschäumender Freude. Er hatte das erhabene Gefühl, auf einem legendären Streitroß über hohe Berge hinwegzugaloppieren, größer und größer zu werden und an die weißen Wolken des Himmels zu streifen. In den Städten tief unter ihm erkannten die Menschen nun einen wirklichen Ramires wieder, einen der Recken der portugiesischen Geschichte, einen von denen, die Türme umstürzten, ja die Gestalt ganzer Königreiche veränderten – und es erhob sich jenes bewundernde Gemurmel, das die Wege aller Starken säumt, und mit Recht! mit Recht! Als er am Morgen aus dem Schloßhof trabte, hätte er nicht gewagt, einen entschlossenen jungen Burschen, der einen Hirtenstock schwang, einfach niederzureiten ... Doch später, vor der Hütte, in der einsamen Gegend, wo ihm der Unhold mit dem blonden Backenbart seine schmutzige Beleidigung entgegenschleuderte, da war ein geheimnisvolles Etwas in ihm lebendig geworden, war aus ihm hervorgebrochen, hatte seine Adern mit heißem Blut, seine Sehnen mit gespannter Kraft und seine Seele mit unbezähmbarem Tatendurst erfüllt, hatte ihn vor Zorn und Verachtung beben lassen ... Nun kehrte er als ein echter Mann zurück, im Kampf gestählt, ein für allemal befreit von dem Schatten, der bislang so schwer auf seinem Leben gelastet hatte, dem weibischen, verächtlichen Schatten seiner Angst!

Und wenn alle Raufbolde von Nacejas zusammen sich ihm mit drohend erhobenen Holzprügeln entgegenstellen sollten – er spürte, daß dieses Etwas, das da in ihm verborgen lag, sogleich von neuem mit elementarer Gewalt aus ihm hervorbrechen, seine Adern schwellen, seine Muskeln spannen und ihn ins köstliche Kampfgetümmel reißen würde. Endlich war er *ein Mann!* Wenn jetzt Manuel Duarte und Titó mit geschwellter Brust in Vila Clara ihre Bravourstückchen zum besten gaben, würde er nicht mehr verlegen und stumm seine Zigarette zwischen den Fingern drehen, wie er das bisher getan hatte – nicht bloß, weil er selber betrüblicherweise keine Heldentaten aufzuweisen hatte, sondern vor allem, weil es ihn kränkte, an seine eigene Hasenfüßigkeit erinnert zu werden.

So galoppierte er die Landstraße entlang und umklammerte grimmig den Griff seiner Peitsche, als führe er noch viele kriegerische Unternehmungen im Schilde. Hinter Bravais beschleunigte er das Tempo, denn von weitem erblickte er bereits den Turm seines Schlosses. Und plötzlich überkam ihn das einzigartige Gefühl, daß dieses Schloß fortan noch mehr als bisher *sein* Schloß war und daß ein neues, auf Ruhm und Kraft gegründetes Bewußtsein der Zusammengehörigkeit ihn noch fester als bisher mit diesen Mauern verband.

Die beiden Flügel des großen, sonst stets geschlossenen Portals standen weit offen, als wollte man Gonçalo besonders würdig empfangen und ihm einen triumphalen Einzug bereiten. Er preschte auf seiner Stute bis zur Mitte des Schloßhofes und brüllte: „Joaquim! Manuel! He, komm mal einer von euch her!"

Mit aufgekrempelten Hemdsärmeln, einen Schwamm in der Hand, trat Joaquim aus dem Pferdestall.

„He, Joaquim! Schnell, nimm den rosa Schimmel und reite bis zu einer Ortschaft an der Landstraße nach Ramilde, die Grainha heißt ... Eben bin ich dort in eine große Schlägerei geraten! Ich glaube, ich habe dabei zwei Kerlen den Garaus gemacht! Nun liegen sie in einer Blutlache! Sag aber nicht, daß du von hier kommst, man könnte sonst über dich herfallen! Und erkundige dich, was da passiert ist und ob die beiden tot sind! Los, beeil dich!"

Joaquim machte ein verdutztes Gesicht und verschwand wieder im Dunkel des Pferdestalls. Von der Galerie herunter, die rings um den Hof lief, kam ein lauter Ruf der Bestürzung: „Gonçalo, was ist denn? Gott im Himmel, was ist denn passiert?"

Es war Barrolo. Ohne erst vom Pferd zu steigen und ohne jede Verblüffung über Barrolos Anwesenheit erstattete Gonçalo zur Galerie hinauf Bericht über den großen Kampf. Ein Landstreicher hatte ihn beschimpft ... ein zweiter hatte mit der Flinte auf ihn geschossen ... Und beide lagen nun, von den Hufen seiner Stute zu Boden gerissen, in einer Blutlache ...

Entsetzt rannte Barrolo im nächsten Augenblick hinunter in den Hof und ruderte mit seinen kurzen Armen wild in der Luft herum. Aber wieso denn? Wie kam denn das alles? ... Gonçalo stieg vom Pferd und berichtete weitere Einzelheiten. Er zitterte jetzt vor Erschöpfung und Erregung. Auf der Landstraße nach Ramilde war es geschehen! Ein Raufbold hatte ihn beschimpft! Er hatte ihm die Lippen aufgerissen und ein Ohr abgeschlagen ... Und dann feuerte der andere, ein junger Bursche, einen Karabiner auf ihn ab... Der Bursche will ausreißen, und er erwischt ihn noch mit einem so messerscharfen Hieb, daß er der Länge nach wie tot über einen Stein fällt...

„Mit einem messerscharfen Hieb?"

„Von dieser Peitsche da, Barrolo! Eine furchtbare Waffe ist das! Titó hat schon recht gehabt! Wenn ich diese Peitsche nicht bei mir habe, bin ich verloren!"

Barrolo starrte entgeistert auf die Peitsche. Tatsächlich, sie war voll Blut. Nun besah auch Gonçalo die Peitsche: Menschenblut! Frisches Blut, das er vergossen hatte! In seinen Stolz mischte sich Mitleid. Er wurde bleich.

„Welch ein Unglück! Welch ein Unglück!"

Er musterte eingehend seinen Anzug und die Stiefel, voller Angst, auch sie könnten Blutflecke aufweisen. Wahrhaftig, gerechter Gott! Da war ja Blut an der Gamasche!... Sofort hatte er nur den einen Wunsch, sich auszuziehen und sich zu waschen. Mit Barrolo, der sich den Schweiß von der Stirn wischte, eilte er die Treppe hinauf und stammelte: „Hält man so etwas für möglich! Und alles ganz plötzlich! Das muß einem auf der Landstraße passieren!" Im Korridor prallte er mit Gracinha zusammen, die ganz blaß aus der Küche herausgestürzt kam, gefolgt von Rosa, die vor lauter Angst die Sprache verloren hatte und sich unter dem Kopftuch den Kopf kratzte.

„Was ist denn, Gonçalo? Herrgott, was ist denn passiert?" fragte Gracinha.

Nun, da er sie in diesem herrlichen Augenblick seines Triumphs nach dem Sieg über eine so ernste Gefahr in seinem Schloß vor sich sah, vergaß Gonçalo André, den Aussichtsturm und seine demütigende Mitwisserschaft, und als er sie umarmte und heftige Küsse auf ihr geliebtes Antlitz drückte, verwandelte sich sein Groll in Zärtlichkeit. Während er sie an sich zog, seufzte er leicht auf wie ein müdes Kind. Er preßte ihre zarten, zitternden Hände und sagte mit einem langen, liebevollen Lächeln, bei dem seine Augen vor innerer

Bewegung und Freude feucht wurden: „Das ging mit dem Teufel zu, Mädchen! Eine fürchterliche Schlägerei, wo ich doch niemandem ein Haar krümmen kann! Stell dir nur vor..."

Und während sie den Korridor entlanggingen, erzählte er der atemlos lauschenden Gracinha und der vor Entsetzen fast gelähmten Rosa noch einmal den Hergang des Ganzen: die unflätige Beleidigung, den fehlgegangenen Schuß, die Züchtigung der Landstreicher mit der Peitsche, und wie der Alte als sein Gefangener ächzend auf der Landstraße nach Ramilde vor ihm hermarschieren mußte. Gracinha verfärbte sich, preßte die Hände auf die Brust und stammelte: „Aber Gonçalo! Wenn einer von ihnen nun tot ist!"

Barrolo, dessen Gesicht röter war als eine Pfingstrose, brüllte dazwischen, derartige Strolche hätten den Tod mehr als genug verdient, und selbst wenn sie verwundet wären, müßten sie noch durch Verbannung nach Afrika exemplarisch bestraft werden! Das sei Sache des Landrats, dieses Gouveia! Man solle gleich nach Vila Clara schicken und Gouveia Bescheid sagen! Doch da ließen schwere, hastige Schritte den Fußboden erzittern: Bento kam gelaufen, pflanzte sich vor Gonçalo auf, fuchtelte mit den Armen und fragte angstvoll: „Was ist denn, Herr Doktor? Was sagen Sie da von einer großen Schlägerei?"

An der Tür zum Arbeitszimmer hörten sich alle ein zweites Mal aufmerksam Gonçalos ausführlichen Bericht an, der diesmal vor allem für Bento bestimmt war. Der verschlang ihn mit einem entzückten Grinsen, das immer breiter wurde, und seine feuchten Augen blitzten, als habe er ebenfalls einen Sieg errungen. Schließlich platzte er triumphierend heraus: „Das hat *meine* Peitsche zuwege gebracht, Herr Doktor. Die Peitsche, die *ich* dem Herrn Doktor gegeben habe, hat ihm so gute Dienste geleistet!"

Wirklich, so war es! Voller Rührung umarmte Gonçalo seinen alten Kammerdiener, der vor lauter Begeisterung Rosa, Gracinha und Barrolo immer wieder versicherte: „Der Herr Doktor hat ihnen den Garaus gemacht! Mit so einer

Peitsche kann man einen Menschen umbringen! Jawohl, die beiden Schufte sind tot! Erschlagen mit der Peitsche! Mit der Peitsche, die *ich* dem Herrn Doktor gegeben habe!"

Doch Gonçalo verlangte nun heißes Wasser, um sich von Staub, Schweiß und Blut zu reinigen. Bento stürzte davon und schrie noch auf dem Korridor und auf der Küchentreppe, daß es seine Peitsche war, die Peitsche, die er dem Herrn Doktor gegeben hatte!

Von Barrolo begleitet, trat Gonçalo in sein Zimmer. Mit einem erleichterten „Ah" legte er seinen Hut auf die Marmorplatte der Kommode. Es war die große Erleichterung darüber, sich nach einem so turbulenten Vormittag wieder in seinen behaglichen vier Wänden zu befinden, auf seinem alten blauen Teppich zu stehen, über das Bett aus dunklem Brasilholz zu streichen, in dem er einst das Licht der Welt erblickt hatte, und die frische Luft durch die offenen Fenster einzuatmen, vor denen die vertrauten Zweige der Buchen leicht im Wind aneinanderstießen, um ihn willkommen zu heißen. Mit welchem Wohlbehagen betrachtete er sich immer wieder im Spiegel mit den vergoldeten Pfeilern: Ein neuer, vollkommenerer Gonçalo schaute ihm entgegen, dessen Schultern ihm breiter vorkamen und dessen Schnurrbart ihm viel kühner gebogen schien als zuvor.

Als er sich vom Spiegel trennte und sich Barrolo zuwandte, erwachte in ihm plötzlich ungeheure Neugier. „Sag mal, Barrolo, wie kommt es eigentlich, daß ich euch heute vormittag hier auf meinem Schloß antreffe?"

Das hätten sie gestern beim Tee so beschlossen. Gonçalo habe sich ja nicht blicken lassen, und geschrieben habe er auch nicht... Gracinha habe dauernd gegrübelt und sei beunruhigt gewesen. Auch er habe sich gewundert, daß Gonçalo, nachdem er ihnen den Korb mit Pfirsichen gebracht hatte, so spurlos verschwunden sei. So daß er also beim Tee und mit Rücksicht auf die Pferde, die sich wieder mal auslaufen müßten, Gracinha vorgeschlagen habe, „morgen im Wagen nach Santa Ireneia zu fahren".

„Außerdem muß ich mit dir sprechen, Gonçalo ... Ich habe nämlich Ärger gehabt."

Der Fidalgo schob auf dem Diwan zwei Kissen zusammen und machte es sich darauf bequem. „Wieso Ärger gehabt? Warum denn?"

Barrolo vergrub die Hände in den Taschen der weiten Flanelljoppe, die sein feistes Gesäß umschloß, und betrachtete trübsinnig das Blumenmuster des Teppichs.

„Ein Kreuz ist das! Überhaupt niemandem kann man mehr trauen ... Nicht einmal befreundet sein darf man!"

Da durchzuckte Gonçalo der Gedanke, daß Cavaleiro und Gracinha ihren Empfindungen leichtsinnigerweise im „Eckenbau" ebenso freien Lauf lassen könnten wie einst in den Hainen von Santa Ireneia. Er vermutete, daß der arme Barrolo Verdacht geschöpft hatte, vielleicht gar über entdeckte Vertraulichkeiten erbittert war und ihm nun sein Herz ausschütten und sein Leid klagen wollte. Doch die Hochstimmung, in die ihn seine siegreich bestandene Schlacht versetzt hatte, ließ ihn alle Sorgen von gestern als bloße Belanglosigkeiten ansehen. Alle Widrigkeiten des Daseins erschienen ihm jetzt, im Vollgefühl seiner neuen Kraft, als ebensolche Bagatellen wie die Herausforderungen von Raufbolden. Die Dinge, die sein Schwager ihm da anvertrauen wollte, konnten ihn nicht im geringsten aufregen, war er sich doch ziemlich sicher, daß es ihm gelingen würde, diesem braven Trottel Selbstvertrauen und Seelenfrieden zurückzugeben. Er lächelte und sagte gelassen: „Nanu, mein lieber Barrolo, ist irgend etwas Unangenehmes passiert?"

„Ich habe einen Brief bekommen."

„Ach!"

Barrolo knöpfte feierlich seine Joppe auf und zog eine große Brieftasche aus grünem Glanzleder mit goldenem Monogramm hervor. Befriedigt hielt er sie Gonçalo hin. „Hübsch, nicht wahr? Ein Geschenk von André, dem Guten ... Ich glaube, er hat es sogar aus Paris kommen lassen. Das Monogramm wirkt doch sehr elegant ..."

Erwartungsvoll harrte Gonçalo der Dinge, die da kommen sollten. Schließlich zog Barrolo einen Brief hervor, der schon einmal zusammengeknüllt gewesen und wieder glattgestrichen worden war. Gonçalo sah eine winzige Handschrift auf liniiertem Papier. Ein Blick genügte ihm. „Der ist von den Lousadas."

Und gelassen, den Ellenbogen auf das Kissen gestützt, las er:

„Sehr geehrter Herr José Barrolo!

Obwohl alle Ihre Freunde Sie mit dem Spitznamen ‚Trottel José' bezeichnen, legen Sie jetzt enormen Scharfsinn an den Tag, wenn Sie den liebenswürdigen André Cavaleiro, unseren Regierungspräsidenten, von neuem in Ihr und Ihrer Gemahlin Vertrauen ziehen. In der Tat ist Ihre Gemahlin, die hübsche Gracinha, die in letzter Zeit so auffällig dahinwelkte und recht blaß aussah (was uns alle sehr beunruhigte), sogleich wieder aufgeblüht und hat wieder Farbe bekommen, seit sich die erste Amtsperson des Distrikts ihr als Gesellschafter widmet. Sie haben sich also als aufmerksamer, um das Glück und die Gesundheit Ihrer reizenden Gattin besorgter Gatte gezeigt. Das scheint aber wahrlich kein Geistesblitz desjenigen zu sein, den ganz Oliveira für seinen größten Esel hält! Aufrichtigen Glückwunsch!"

Gonçalo steckte diesen Brief, der ihn ein paar Tage früher in grenzenlose Erbitterung und Wut versetzt hätte, seelenruhig in die Tasche.

„Der ist von den Lousadas! Und du hast diesem Blödsinn Bedeutung beigemessen?"

Nun schwoll Barrolo der Kamm, und seine Pausbacken begannen zu glühen.

„Das darfst du wohl annehmen! Solche anonymen Briefe habe ich noch nie ausstehen können! Und dann diese Unverschämtheit, daß meine Freunde mich ‚Trottel' nennen ... Das ist doch eine ganz gemeine Verleumdung! Oder glaubst *du* das etwa? Ich glaube das nicht! Das soll nur Zwietracht zwischen mir und den anderen säen! Ich war auch noch nicht wieder im Klub ... ‚Trottel!' Wieso denn? Weil ich immer natürlich, offen und gastfreundlich bin? ... Wenn mich die andern im Klub hinter meinem Rücken ‚Trottel' schimpfen, dann zeigen sie sich sehr undankbar! Aber ich glaube das alles nicht!"

Er watschelte niedergeschlagen durchs Zimmer, die Hände über den feisten Hinterbacken verschränkt. Dann machte er unvermittelt vor dem Diwan halt und sagte, während Gonçalo ihn mitleidig betrachtete: „Und was den Schluß des Briefes anbelangt, so ist er derart dumm und konfus, daß ich zuerst gar nicht begriffen habe, was da gemeint ist. Jetzt verstehe ich! Sie wollen sagen, daß Gracinha und Cavaleiro ein Verhältnis hätten ... *Das* wollen sie doch sagen, wie mir scheint! Nun sag doch selber, wie albern das ist! Sogar unsere Intimität mit dem Cavaleiro ist eine glatte Lüge. Der arme Bursche, seit er damals bei uns zu Abend gegessen hat, ist er nur drei- oder viermal wiedergekommen, abends, zum Manilhaspielen, zusammen mit Mendonça ... Und nun ist er ja nach Lissabon abgereist."

Vor lauter Überraschung schoß der Fidalgo vom Diwan hoch. „Was du nicht sagst! Cavaleiro ist nach Lissabon?"

„Er ist schon vor drei Tagen gefahren."

„Bleibt er denn länger dort?"

„Ja, sehr lange. Erst Mitte Oktober kommt er zurück, zu den Wahlen."

„Ach!"

Da stürzte Bento mit einem Krug voll heißem Wasser und zwei spitzenbesetzten Handtüchern ins Zimmer, noch immer tief erregt über die große Tat seines Herrn. Barrolo knöpfte vor dem Spiegel langsam seine Joppe wieder zu.

„Schön, bis gleich, mein lieber Gonçalo. Ich gehe nur mal in den Stall hinunter, um nach meinen beiden Pferden zu sehen. Du hast ja keine Ahnung, wie großartig die von Oliveira bis hierher gelaufen sind, ohne Rast und ohne einen Schweißtropfen am Fell! Behältst du den Brief?"

„Ja, ich möchte mir die Handschrift genauer ansehen.“

Kaum hatte Barrolo die Tür hinter sich geschlossen, da erzählte der Fidalgo Bento noch einmal die köstliche Geschichte von der Schlägerei in allen Einzelheiten, ahmte die Sprünge der Stute nach und fuchtelte mit der Peitsche herum, um ihm die messerscharfen, zischenden Hiebe vorzuführen, die Fleisch zerfetzten und Blut verspritzten ... Und plötzlich – in Unterhosen – sagte er: „Ach, Bento, gib mir doch mal meinen Hut her! Ich glaube, die Kugel hat ihn gestreift.“

Gemeinsam untersuchten sie eingehend den Hut. In seinem Eifer, die große Tat seines Herrn zu übertreiben, fand Bento, daß er verbeult, ja sogar versengt sei.

„Die Kugel hat den Hut an der Seite gestreift, Herr Doktor!“

Der Fidalgo bestritt das mit der ernsten Bescheidenheit, die einem starken Mann wohl ansteht: „Nein, nicht einmal das! Als der Schurke diesen Schuß abgab, zitterte sein Arm bereits ... Wir sollten Gott dankbar sein, Bento. Aber in großer Gefahr war ich wirklich nicht!“

Nachdem er sich umgezogen hatte, ging Gonçalo im Zimmer auf und ab und las den Brief ein zweites Mal. Ganz bestimmt kam er von den Lousadas. Aber diese Verunglimpfung, die da mit so gehässiger Bosheit in Barrolos unschuldiges Pausbackengesicht geschleudert wurde, konnte ja keinen Schaden anrichten – sie hatte im Gegenteil vielleicht eine so nützliche Wirkung wie das Schmiedefeuer beim Eisen und half vielmehr, einen Schaden zu heilen. Auf den naiven Barrolo hatte lediglich seine Bloßstellung als Trottel Eindruck gemacht – „Trottel“ nannten ihn seine undankbaren Freunde, wenn sie sich im Klub oder unter den Arkaden über ihn lustig machten. Die andere entsetzliche Andeutung, daß Gracinha durch die Liebesglut Cavaleiros wieder aufblühte, hatte er kaum mitbekommen und höchstens mit Verachtung zur Kenntnis genommen, einfältig, wie er nun einmal war. Doch dieser Brief, der wie ein verirrter Pfeil auf den braven Barrolo zuschwirrte, traf Gracinha! Wie mußte es die Arme in ihrem Stolz, in ihrem Schamgefühl verletzen, wenn sie erfuhr, daß ihr Name und sogar ihre Liebe bereits vom gemeinen Klatsch der Schwestern Lousada in den Schmutz gezerrt wurden ... Allerdings vermochte eine solche Demütigung allein noch kein Gefühl zu ersticken – das vermochten nur intimere und um so empfindlichere Kränkungen. Immerhin würde das Gerücht Gracinha zur Zurückhaltung zwingen, ihre argwöhnische Vorsicht vermehren, und nun, da André im fernen Lissabon weilte, würde er, Gonçalo, auf sie einwirken, heimlich, in aller Stille, ohne daß Andrés verführerische Gegenwart seinen beruhigenden und heilsamen Einfluß zunichte machen konnte. Dieser schmutzige Fetzen Papier würde für Gracinha eine ernste Warnung bedeuten; von zwei gehässigen Klatschweibern ausgeheckt, um den „Eckenbau“ in Unruhe und Kummer zu stürzen, konnte er ganz im Gegenteil dort vielleicht Ruhe und Frieden stiften. Und Gonçalo rieb sich die Hände bei dem Gedanken, daß an einem so glückhaften Vormittag wie dem heutigen dieses Übel möglicherweise allen Beteiligten zum Segen gereichen könnte.

„He, Bento, wo ist denn die Senhora Dona Graça?“ fragte er.

„Sie ist vor einer Weile in ihr Zimmer hinaufgegangen, Herr Doktor.“

Es war ihr Jungmädchenzimmer, ein helles, freundliches Zimmer nach dem Obstgarten zu, in dem noch ihr Bett aus hübschem, mit Einlegearbeiten verziertem Holz, ein berühmter Toilettentisch, der der Königin Dona Maria Francisca von Savoyen gehört hatte, das Sofa und die hellen Kaschmirsessel standen, auf die Gracinha in jahrelanger mühseliger Arbeit den schwarzen Habicht der Familie Ramires gestickt hatte. Immer, wenn sie nach Santa Ireneia kam, versetzte sich Gracinha gern in ihrem Zimmer in ihre Mädchenzeit zurück, wühlte in den Schubläden, blätterte in den alten englischen Romanen, die in dem verglasten Bücherschrank standen, oder betrachtete vom Balkon aus ihr geliebtes Landgut, das sich bis zu den Hügeln von Valverde erstreckte, dieses Gut, das so mit ihrem Leben verknüpft war, daß jeder Baum ihr etwas zuraunte und jeder grüne Winkel ihr etwas bedeutete.

Gonçalo klopfte an ihre Tür und sprach die alte Formel ihrer Kinderzeit: „Einlaß für den lieben Bruder!" Sie lief vom Balkon herbei, wo sie die von Rosa stets liebevoll gepflegten Pflanzen in den alten glasierten Blumentöpfen gegossen hatte, und sofort sprach sie aus, was sie bewegte: „Ach, Gonçalo! Welch ein Glück, daß wir gerade heute nach Santa Ireneia gekommen sind, wo dir etwas so Unerhörtes zugestoßen ist!"

„Wahrhaftig, Gracinha, ein großes Glück! Und ich habe mich nicht einmal gewundert, dich hier anzutreffen. Es war so, als ob du noch im Hause wohntest und ich dir im Korridor begegnete... Nur Barrolo fiel mir auf! Im ersten Augenblick, als ich vom Pferd stieg, dachte ich: Aber was zum Teufel will denn Barrolo hier? Wie kommt denn der hierher?... Merkwürdig, nicht wahr? Vielleicht hat das alles seinen Grund darin, daß ich mich nach der Schlägerei gleich viel jünger und voll neuer Kraft fühlte und mich in die Zeit zurückversetzt glaubte, da wir in Portugal nach Krieg lechzten; ich sah unsere Burg mit wehender Fahne, wie sie von den Spaniern belagert wird, und die Unseren nehmen sie unter Feuer..."

Sie lachte über seine rege Phantasie und fuhr fort, ihre Blumentöpfe zu gießen. Gonçalo lehnte an der Brüstung des Balkons, betrachtete gedankenverloren den Turm seines Schlosses und genoß das Gefühl inniger Zusammengehörigkeit, das seit heute zwischen ihm und diesem heroischen Überbleibsel der Burg von Santa Ireneia herrschte, als sei er nach so langer Zeit nun endlich ein würdiger Abkömmling seines jahrhundertealten Geschlechts geworden.

„Oh, Gonçalo, du mußt ja todmüde sein! Wo du doch eine richtige Schlacht hinter dir hast..."

„Nein, müde bin ich nicht. Aber Hunger habe ich. Hunger und einen Riesendurst!"

Sie stellte die Gießkanne hin und wischte sich lachend die Hände ab.

„Das Frühstück wird gleich fertig sein! Ich war schon bei Rosa in der Küche und habe ihr geholfen. Es gibt Schellfisch nach spanischer Art. Ein neues Rezept vom Baron Marges."

„Das schmeckt bestimmt genauso fade, wie er selber ist."

„Nein, ganz pikant. Er hat das Rezept vom Herrn Generalvikar."

Als sie vor dem Toilettentisch der Königin Maria Francisca in aller Eile ihr Haar aufsteckte, nutzte er die günstige Gelegenheit zu einer Aussprache und fragte unvermittelt: „Was gibt es eigentlich Neues in Oliveira?"

„Gar nichts. Höchstens große Hitze!"

Gonçalo ließ langsam seine Finger über den mit einem feinen Geflecht von weißen Lilien und Lorbeerblättern verzierten Spiegelrahmen gleiten und sagte bedeutungsvoll: „Ich weiß nur so einiges von den Lousadas, deinen Freundinnen. Sie sind nach wie vor sehr betriebsam."

Gracinha blieb völlig arglos. „Die Lousadas? Nein, die sind nicht dagewesen."

„Aber sie haben etwas ausgeheckt!"

Gracinhas grüne Augen weiteten sich, ohne daß sie begriff, worauf er anspielte. Gonçalo riß rasch den Brief aus der Tasche, der ihn jetzt drückte wie eine Eisenplatte.

„Hör mal, Gracinha! Es wäre besser, wenn wir offen über alles reden würden! Da lies, was die beiden vor ein paar Tagen an deinen Mann geschrieben haben . . ."

Gracinha überflog die giftigen Zeilen in einem Augenblick. Und während ihr das Blut in die Wangen schoß, zerknüllte sie vor Kummer und Verzweiflung den Brief in ihren Händen.

„Gonçalo! Aber . . ."

Er fiel ihr ins Wort: „Nicht doch! Barrolo hat dem gar keine Bedeutung beigemessen! Sogar gelacht hat er darüber. Und ich mußte ebenfalls lachen, als er mir diesen Wisch zu lesen gab . . . Der beste Beweis dafür, daß wir ihn beide als unsinnigen Klatsch betrachten, ist doch die Tatsache, daß ich ihn dir ohne weiteres zeige."

Sie zerknüllte noch immer den Brief zwischen ihren zitternden, gefalteten Händen. Vor Schreck war sie ganz blaß geworden; sie brachte kein Wort hervor und hielt nur mit Mühe die Tränen zurück, die schon in ihren Augen glänzten. Bewegt, zärtlich und eindringlich sagte Gonçalo: „Aber du, Gracinha, kennst ja diese Klatschnester, und besonders Oliveira! Du mußt sehr vorsichtig, sehr zurückhaltend sein ... Natürlich ist es alles meine Schuld! Ich habe Beziehungen wiederangeknüpft, die niemals wieder hätten aufgenommen werden dürfen. Wie sehr ich das schon bereut habe! Und du kannst es mir glauben, ich habe wegen dieser verfahrenen und gefährlichen Situation, die ich da leichtsinnig aus törichtem Ehrgeiz heraufbeschworen habe, hier im Schloß schon recht bittere Tage verbracht ... Ich getraute mich nicht einmal mehr nach Oliveira. Aber nach dem Abenteuer von heute morgen ist mir, ich weiß nicht warum, als sei das alles verblaßt und im Schatten versunken ... Kurzum, es brennt mir nicht mehr im Herzen wie glühende Kohle, und deshalb kann ich jetzt so unbefangen darüber sprechen."

Sie brach in Tränen aus und weinte so bitterlich, als zerfließe ihre Seele in diesen Tränen. Gonçalo umfaßte die gebeugten, bebenden Schultern seiner Schwester noch zärtlicher als sonst, und als sie geborgen an seiner Brust lag, ermahnte er sie sanft: „Die Vergangenheit ist tot, Gracinha, und um der Ehre aller willen muß sie für uns auch tot bleiben. Zumindest muß sie in deinem Benehmen nach außen hin tot erscheinen. Ich bitte dich darum, um unseres Namens willen!"

In seinen Armen schluchzte sie zerknirscht: „Aber er ist doch schon weggefahren! Er wollte ja auch nicht mehr länger in Oliveira bleiben!"

Gonçalo streichelte den gesenkten Kopf der Schwester, die sich von neuem an seine Brust schmiegte, als suche sie dort sein Mitgefühl.

„Ich weiß schon. Und das alles zeigt mir, daß du stark

gewesen bist. Aber du mußt sehr zurückhaltend, sehr vorsichtig sein, Gracinha! Und nun beruhige dich wieder. Reden wir nicht mehr von diesem Intermezzo, nie wieder ... Weil es eben nichts als ein Intermezzo war. Eines, das ich heraufbeschworen habe, zu meinem eigenen Leidwesen, aus Leichtfertigkeit, aus Eitelkeit. Alles ist nun vorbei und vergessen! Beruhige dich wieder, leg dich ein wenig hin. Wenn du hinunterkommst, darf man dir nichts anmerken."

Langsam machte er sich von ihr los, die sich noch immer an ihm festklammerte, als wäre er ihr sicherster Zufluchtsort und wirksamster Trost. Bewegt und selber mit den Tränen kämpfend wollte er ihr Zimmer verlassen, da rief sie ihn schüchtern zurück und sagte flehend: „Gonçalo! Du denkst doch nicht etwa, daß ..."

Er wandte sich um, nahm sie noch einmal in die Arme und drückte einen langen Kuß auf ihre Stirn.

„Ich glaube, daß du, nachdem du nun eingehend informiert und gut beraten worden bist, jetzt sehr viel Würde und Festigkeit an den Tag legen wirst."

Er machte sich von ihr los und ging. Als er die Tür ihres Zimmers schloß und sich auf der schmalen Treppe, die ein blindes Rundfenster nur wenig erhellte, über die Augen wischte, prallte er mit Barrolo zusammen. Barrolo suchte Gracinha, weil sie sich um das Frühstück kümmern sollte.

„Gracinha kommt gleich!" stammelte der Fidalgo. „Sie wäscht sich gerade die Hände! Sie kommt gleich! ... Aber vor dem Frühstück gehen wir noch mal in den Pferdestall. Wir sind meiner Stute einen Besuch schuldig, diesem prachtvollen Tier, das mich gerettet hat."

„Das ist wahr!" pflichtete ihm Barrolo sofort begeistert bei und machte kehrt. „Die Stute müssen wir uns ansehen. Es ist wohl eine große, feurige? Aber ich wette, daß sie mehr geschwitzt hat als meine beiden ... Stell dir vor, von Oliveira bis hierher sind sie im Trab gelaufen, und auch nicht ein Haar ist naß! Vortreffliche Pferde! Aber ich kümmere mich auch um sie!"

Im Stall streichelten sie beide Gonçalos Stute. Barrolo schlug vor, sie mit einer großen Portion Mohrrüben zu belohnen. Und damit Gracinha inzwischen Zeit hatte, sich zu beruhigen, schleppte der Fidalgo seinen Schwager anschließend in den Obst- und dann in den Gemüsegarten.

„Seit beinahe einem halben Jahr bist du nicht mehr in Santa Ireneia gewesen, mein lieber Barrolo! Du mußt dir doch mal die Fortschritte ansehen, die inzwischen erzielt worden sind. Hier waltet jetzt die starke Hand des Pereira aus Riosa ..."

„Das kann ich mir lebhaft vorstellen! Ein Prachtkerl, dieser Pereira! Nur habe ich jetzt einen Mordshunger, mein lieber Gonçalo!"

„Ich auch!"

Es schlug ein Uhr, als sie auf die Veranda traten, wo sie eine mit Blumen geschmückte festliche Tafel erwartete. Gracinha saß auf der Sofakante und blätterte zerstreut in einer alten „Gazeta do Porto". Obwohl sie sich gründlich gewaschen hatte, waren ihre schönen Augen noch immer gerötet; um diese Tatsache und ihre Niedergeschlagenheit zu rechtfertigen, klagte sie über Migräne. Das käme von den Aufregungen und der Gefahr, in der Gonçalo geschwebt habe, sagte sie.

„Ich habe auch Kopfschmerzen!" verkündete Barrolo und ging um den Tisch herum. „Aber meine kommen vom Hunger ... Menschenskind, seit sieben Uhr früh habe ich weiter nichts im Magen als eine Tasse Kaffee und ein gekochtes Ei!"

Gonçalo schellte Sturm. Doch der da atemlos und aus vollem Halse lachend die Glastür aufriß, war nicht Bento, sondern der Stallknecht Joaquim, der von Grainha zurückkehrte.

Gonçalo ruderte aufgeregt mit den Armen in der Luft herum. „Nun? Was ist?"

„Ich bin dort gewesen, Fidalgo!" rief Joaquim und warf

sich in die Brust. „Die Leute sind in Scharen zusammengelaufen, alle wissen es schon! Ein Mädel aus Bravais hat von ihrem Garten aus alles beobachtet... Dann ist sie losgerannt und hat es überall erzählt... Aber der Alte, dieser Domingues, der in der Hütte wohnte, ist mit seinem Sohn auf und davon. Wie es heißt, ist der Junge nur leicht verletzt; er hat bei dem Sturz das Bewußtsein verloren und ist mit dem Schrecken davongekommen. Der Ernesto aus Nacejas, gerechter Gott, der hat allerdings was abbekommen. Sie haben ihn erst einmal zu einem Bekannten gebracht, nach Arribada, gleich in der Nachbarschaft. Anscheinend hat er ein Ohr eingebüßt, und Zähne auch! In der ganzen Gegend dort war er der Schwarm der Mädchen!... Aber sie schaffen ihn gleich weiter nach Vila Clara ins Hospital, denn bei dem Bekannten wird er auch nicht gesund. Ein Haufen Menschen ist dort versammelt, und alle geben dem Fidalgo recht. Der Domingues ist ein Tunichtgut, heißt es, und den Ernesto konnte niemand leiden, aber alle hatten Angst vor ihm... Nun hat der Fidalgo reinen Tisch gemacht!"

Gonçalo strahlte. Ha, dann war ja alles in Ordnung! Wenn kein größerer Schaden verursacht worden war, als daß der Don Juan von Nacejas seine Schönheit eingebüßt hatte!

„Und die Leute stehen dort herum und reden und besichtigen den Kampfplatz?"

„Die weichen nicht von der Stelle! Sie zeigen das Blut auf dem Boden und die Steinblöcke, zwischen denen die Stute des Fidalgos hervorgestürzt ist... Und jetzt wird sogar erzählt, sie hätten dem Fidalgo aufgelauert, und drei Schüsse sind auf ihn abgefeuert worden, und dann sind drei maskierte Männer aus dem Pinienhain hervorgesprungen, die der Fidalgo allesamt zusammengeschlagen hat..."

„So entsteht eine Legende!" verkündete Gonçalo.

Inzwischen war Bento mit einer großen, dampfenden Schüssel eingetreten. Der Fidalgo klopfte Joaquim auf die Schulter und lachte. Der Rosa unten in der Küche ließ er sagen, sie solle für das Familienfrühstück zwei Flaschen alten Portwein aufmachen. Dann legte er die Hand auf die Stuhllehne und sagte feierlich: „Denken wir einen Augenblick an Gott, der mich heute aus großer Gefahr errettet hat!“

Barrolo senkte ehrfürchtig den Kopf. Gracinha seufzte leicht auf und sprach lautlos ein Gebet. Sie falteten ihre Servietten auseinander, und schon wollte Gonçalo über die Schüssel mit dem nach spanischer Art zubereiteten Schellfisch herfallen, als der Kleine der Crispola die Glastür aufstieß und „ein Telegramm aus der Stadt“ brachte. Die bereits gezückten Gabeln senkten sich wieder. Den ganzen Vormittag lang so viel Unruhe und Aufregung! Gonçalo öffnete es; sein Gesicht zeigte ein erfreutes, triumphierendes Lächeln.

„Nichts weiter! Es ist von Castanheiro, wegen meiner Novelle. Der Gute! Ein Prachtkerl!“ Und weit im Stuhl zurückgelehnt, las er das Telegramm vor, auf dem sein zärtlicher Blick ruhte: „KAPITEL ERHALTEN – FREUNDEN VORGELESEN – GROSSE BEGEISTERUNG – WAHRHAFTES MEISTERWERK – GLÜCKWUNSCH!“

Barrolo klatschte Beifall, mit vollem Munde weiterkauend. Und Gonçalo füllte, ohne auf die ihm von Bento hingehaltene Schellfischschüssel zu achten, mit leicht zitternder Hand und glücklichem Lächeln sein Glas mit Heurigem und sagte: „Wirklich, ein guter Vormittag! Ein großartiger Vormittag!“

Trotz Gracinhas und Barrolos beharrlichen Bitten begleitete Gonçalo sie nicht nach Oliveira. Er wollte in dieser Woche unbedingt das letzte Kapitel seiner Novelle zu Ende bringen und danach seine langweilige Besuchsrunde bei den einflußreichen Wählern seines Wahlkreises abschließen. Damit war das literarische und das politische Werk vollendet und endlich gottlob die große Aufgabe erfüllt, die ihm dieser ereignisreiche Sommer beschert hatte.

Noch am selben Abend holte er das Manuskript seiner Novelle wieder vor. Auf den breiten Rand schrieb er das Datum und die folgende Anmerkung; „Heute hatte ich in der Gemeinde Grainha eine entsetzliche Schlägerei mit zwei

Männern, die mir mit Hieb- und Schußwaffen auflauerten und die ich hart gezüchtigt habe..." Danach fiel es ihm geradezu leicht, jene echt mittelalterliche Szene in Angriff zu nehmen, in der Tructesindo Ramires im flackernden Lichtschein qualmender Fackeln das Feldlager Dom Pedros de Castro betritt.

Mit ernster Herzlichkeit heißt der greise Kriegsmann seinen portugiesischen Vetter willkommen, der ihm einst, als die Castros in Enxarez de Sandornin gegen ein großes Maurenheer fochten, mit seiner starken Streitmacht aus Santa Ireneia zu Hilfe geeilt war und der jetzt den Bastardo von Baião verfolgte. Schwer atmend, in verhaltenem Schmerz, berichtete ihm Tructesindo im geräumigen, mit Löwen- und Bärenfellen ausgeschlagenen und von Waffen funkelnden Zelt vom Tode seines Sohnes Lourenço, der beim Gefecht in Canta Pedra verwundet worden war und dessen Leben der Bastardo vor den Mauern von Santa Ireneia mit einem Dolchstoß ein Ende gemacht hatte, als die Sonne hoch am Himmel stand. Die Sonne war Zeuge dieser Untat gewesen! Voll Empörung schlug der alte Castro krachend mit der Faust auf den Tisch, auf dem zwischen grob geschnitzten Schachfiguren ein goldener Rosenkranz lag, und schwor beim Kreuze Christi, daß ihm in sechzig Jahren voller Krieg und Abenteuer nie eine größere Schurkerei zu Ohren gekommen sei. Und indem er die Hand des Gebieters von Santa Ireneia ergriff, bot er ihm in leidenschaftlicher Teilnahme zur Vollstreckung der heiligen Rache sein ganzes Heer an – dreihundertdreißig Lanzenreiter samt einem stattlichen Haufen Fußvolk.

„Bei der heiligen Jungfrau Maria! Das gibt eine Attacke!" brüllte Mendo de Briteiros, und sein roter Bart leuchtete vor Kampfeslust noch heller als sonst.

Doch Dom Garcia Viegas, „der Weise", meinte, daß eine in aller Stille losgeschickte Rotte Berittener, von ein paar Leuten zu Fuß begleitet, viel dienlicher sei, um den Bastardo lebend zu fangen und an ihm die verdiente Rache zu nehmen.

„Aber wieso denn, Dom Garcia?"

„Weil der Bastardo, nachdem er sein Fußvolk und den Troß am Fluß zurückgelassen hat, in Richtung Coimbra weitergaloppiert ist, um beim Heer des Königs Zuflucht zu suchen. Heute übernachtet er mit seiner müden Reiterschar ganz gewiß auf Schloß Landim. Und in der Morgendämmerung reitet er, um den Weg abzukürzen, bestimmt den alten Pfad nach Miradães entlang, der sich durch die Hügel von Caramulo dahinschlängelt."

Nun kenne er, Garcia Viegas, kurz hinter dem Poço da Esquezida einen Engpaß, wo ein paar Berittene und eine Handvoll gut im Gestrüpp postierter Armbrustschützen den Lopo von Baião fangen könnten wie einen Wolf in der Grube...

Tructesindo überlegte und fuhr sich unschlüssig mit den Fingern durch den Kinnbart. Der alte Castro zweifelte am Gelingen eines solchen Unternehmens und hielt es für besser, dem Bastardo eine Schlacht auf offenem Feld zu liefern, bei der man mit so vielen Lanzenreitern klar im Vorteil wäre. Anschließend könnten sie dann zu fröhlicher Plünderung über die Ländereien von Baião herfallen. Da bat Garcia Viegas seinen spanischen und seinen portugiesischen Vetter, mit Fackeln hinaus vor das Zelt zu kommen, damit sie gut sehen könnten. Und dort, von den neugierigen Reitern umringt, hockte sich Dom Garcia nieder und zeichnete im Schein der gesenkten Fackeln mit der Spitze seines Dolches den Ablauf seiner Hetzjagd in den Sand, um die Vortrefflichkeit seines Plans zu beweisen. Der Bastardo würde im Morgengrauen von der Burg Landim aus weiterreiten. Dorthin müßten bei Mondaufgang je zwanzig Reiter von den Leuten Ramires' und von denen Castros aufbrechen, damit sich Kämpfer beider Heerhaufen an diesem Gefecht vergnügen könnten. Da drüben im Gebüsch müßten Armbrust- und Bogenschützen Posten beziehen. Ganz hinten dann, um dem Bastardo den Rückzug abzuschneiden, der Senhor Dom Pedro de Castro, falls er dem Senhor von Santa Ireneia diese

Gefälligkeit erweisen wolle. An dieser Stelle da könne der Senhor Dom Tructesindo, der ja der Vater des Ermordeten und von Gott zum Rächer ausersehen sei, dem Schurken an die Kehle gehen. Und in diesem Engpaß hier könnten sie ihn vom Pferde reißen und abschlachten wie ein Schwein – und weil es das Blut eines Verbrechers wäre, könnten sie sich hinterher mit dem Wasser des „Blutegelpfuhls", auf den sie in Armbrustschußweite stoßen würden, die Hände waschen.

„Ein guter Plan!" murmelte Tructesindo.

Dom Pedro de Castro warf seinen spanischen Reitern einen flammenden Blick zu und brüllte: „Beim Kreuze Christi, wenn mein Großonkel Gutierres den Senhor Dom Garcia hier zum Feldhauptmann gehabt hätte, wären ihm die von Lara nicht entwischt, als sie den Königsknaben in wilder Jagd nach Santo Estêvão de Gurivaz entführten! Ich bin einverstanden, mein Freund und Vetter! Und nun die Pferde gesattelt und auf zur Hatz, sobald der Mond am Himmel erscheint!"

Sie begaben sich wieder in ihre Zelte. Schon schmorten über den Feuern die Zicklein für das Nachtmahl, und die Furiere wälzten die schweren Schläuche mit Tordesillas-Wein heran, die sie zwischen den Proviantkarren hervorholten.

Mit dem Nachtmahl im Lager (das still und ohne Lustbarkeiten verlief, weil Trauer die Herzen der Gäste erfüllte) schloß Gonçalo an diesem Abend sein viertes Kapitel – nicht ohne eine weitere Notiz an den Rand zu kritzeln: „Mitternacht. Ein inhaltsreicher Tag. Ich habe gekämpft, und ich habe gearbeitet." – Als er sich dann in seinem Zimmer auskleidete, entwarf er in Gedanken das kurze, heftige Gefecht, bei dem der Bastardo wie ein Wolf in der Grube gefangen wurde und dem rächenden Arm derer von Santa Ireneia anheimfiel. Doch am nächsten Morgen, als er sich noch vor dem Frühstück hinsetzen und begeistert an die Arbeit gehen wollte, erhielt er zwei Telegramme, die ihn die wilde Hetzjagd nach dem Bastardo völlig vergessen ließen.

Beide kamen aus Oliveira, eins vom Baron Marges, das

andere vom Hauptmann Mendonça – jedes mit Glückwünschen für den Fidalgo, „der einem so niederträchtigen Hinterhalt entronnen“ sei und „die Raufbolde von Nacejas zusammengehauen“ habe. Der Baron Marges hatte noch hinzugefügt: „Bravo! Wie ein Held!“

Gonçalo war gerührt und zeigte die Telegramme gleich dem Bento. Die Kunde von seiner Tat hatte sich also bereits in Oliveira herumgesprochen und ihren Eindruck nicht verfehlt.

„Das hat sicher der Senhor José Barrolo erzählt!“ sagte Bento sofort. „Der Herr Doktor werden ja noch sehen! Ganz bestimmt ... Noch in Porto wird man darüber staunen!“

Als es Mittag schlug, stürzte der Hüne Titó den Korridor entlang, in Begleitung João Gouveias, der tags zuvor von der Küste zurückgekehrt war, im Klub von Gonçalos Abenteuer erfahren hatte und nun herbeieilte, um ihn als Freund zu umarmen, bevor er als Amtsperson das Protokoll über diesen Zwischenfall aufnahm. Noch während ihrer Umarmung bat Gonçalo großmütig, daß man nicht gerichtlich gegen die Banditen vorgehen möge. Der Landrat lehnte das entrüstet ab und berief sich auf das Prinzip der öffentlichen Sicherheit und die Notwendigkeit exemplarischer Bestrafung, damit Portugal nicht in die barbarischen Zeiten des João Brandão von Midões zurückfalle. Er und Titó frühstückten mit Gonçalo. Beim Nachtisch erinnerte Titó übermütig daran, daß man doch einen Trinkspruch ausbringen müsse, und er brachte einen aus, in dem er Gonçalo mit einem Elefanten verglich, „der immer gutmütig ist und sich alles gefallen läßt, aber plötzlich, schwupp, alles unter sich zerstampft“!

Nach dem Essen zündete sich João Gouveia eine dicke Zigarre an und bat um die wahrheitsgetreue Darstellung der Schlägerei, einschließlich aller Hiebe und Schreie, damit er sich als der für diesen Fall zuständige Beamte ein klares Bild machen könne. So erzählte Gonçalo auf der Veranda noch einmal die Geschichte seiner Heldentat. Mit Peitschenschlägen auf den Diwan (der davon große Risse bekam) demonstrierte er, welche Hiebe er ausgeteilt hatte, und führte vor, wie der halb ohnmächtige Raufbold von Nacejas blutüberströmt zusammengebrochen war. Der Landrat und Titó besichtigten die heldenhafte Stute, und im Hof zeigte Gonçalo ihnen noch die beiden Ledergamaschen, die in der Sonne trockneten, nachdem die Blutflecken abgewaschen worden waren.

Vor dem Schloßtor klopfte João Gouveia dem Fidalgo feierlich auf die Schulter. „Gonçalo, Sie müssen heute abend unbedingt in den Klub kommen ..."

Er ging hin – und wurde wie ein siegreicher Feldherr empfangen. Im Billardzimmer wartete ein prächtiger Punsch, den der alte Ribas bestellt hatte, und der hitzige Komtur Barros bestand hartnäckig darauf, daß am Sonntag in der Kirche São Francisco ein Dank-Tedeum zelebriert werden müsse, dessen Kosten zu bestreiten er sich zur Ehre anrechnen würde. Als Gonçalo das Klubhaus wieder verließ, begleitet von Titó, Gouveia, Manuel Duarte und anderen Zechkumpanen, trafen sie Videirinha. Der gehörte zwar nicht zum Klub, aber er hatte hier auf den Fidalgo gewartet, um ihn mit zwei neuen Strophen seines Fados zu überraschen, die er diesen Nachmittag gedichtet hatte und in denen er ihn noch über die anderen Angehörigen des Geschlechts Ramires stellte.

Am Springbrunnen machte die kleine Schar halt. Videirinhas Bratsche seufzte gefühlvoll auf, und leidenschaftlich tönte sein Gesang durch die stillen Zweige der Judasbäume:

„Früher waren blanke Waffen
Eines Ritters höchstes Gut;
Doch Gonçalo ward erschaffen
Mit dem höchsten Heldenmut.

Die Ramires ferner Tage
Pflegten mit dem Schwert zu streiten;
Der schafft's mit 'nem Peitschenschlage –
Ei, so ändern sich die Zeiten!"

Als die Freunde diese hinreißenden Verse vernahmen, brachen sie in Hochrufe auf Gonçalo und das ganze Geschlecht Ramires aus, und als er wieder daheim im Schloß war, dachte der Fidalgo bewegt: ‚Eigenartig! Die Leute scheinen mich alle gut leiden zu können! . . .'

Doch wie gerührt war er erst, als ihn am frühen Morgen Bento mit einem Telegramm aus Lissabon weckte! Es war von Cavaleiro, der durch die Zeitungen von dem Attentat erfahren hatte und ihm seinen herzlichsten Glückwunsch zu der mutigen Tat sandte. Gonçalo setzte sich im Bett auf und schrie: „Donnerwetter! Jetzt schreiben schon die Zeitungen in Lissabon darüber, Bento! Das Ereignis wird gebührend gewürdigt!"

Das wurde es wahrhaftig. An diesem köstlichen Tag kam der Telegrafenbote immer wieder atemlos auf seinem lahmen Bein angehinkt, stieß das Schloßtor auf und brachte neue Depeschen, sämtlich aus Lissabon: von der Gräfin Chelas, von Duarte Lourençal, von den Marquis Coja „mit Glückwunsch", von Tante Louredo „mit Glückwünschen für meinen tapferen Neffen", von der Marquise Esposende „in der Hoffnung, daß der teure Vetter Gott Dank wisse" und schließlich eine von Castanheiro, mit begeisterten Ausrufen wie „Eines Tructesindo würdig!" und „Grandios!".

Gonçalo wurde ganz schwindlig; er lief mit erhobenen Armen in seiner Bibliothek herum und murmelte: „Gerechter Gott im Himmel! Was haben denn die Zeitungen bloß geschrieben?"

Zwischen den eingehenden Telegrammen kamen die adligen Herrschaften und die Honoratioren der Umgegend herbeigeeilt: der Doktor Alexandrino, der völlig aufgelöst war und einen Rückfall in den Cabralismus prophezeite; der alte Pacheco Valadares de Sá, der das Verhalten seines edlen Vetters gar nicht verwunderlich fand, weil das Blut der Ramires genau wie das der Sá stets in Wallung sei; Pater Vicente von der Finta, der ihm unter Glückwünschen ein Körbchen Trauben seines berühmten roten Muskatellerweines überreichte; und zu guter Letzt der Vicomte Rio Manso, der Gonçalo umarmte und ergriffen schluchzte, denn er bildete sich etwas darauf ein, daß sein lieber Freund, der Freund seiner Rosa, in diese Schlägerei verwickelt worden war, als er zu ihnen nach der Varandinha wollte. Gonçalo strahlte über sein ganzes puterrotes Gesicht und schloß alle reihum in die Arme. Noch einmal erzählte er geduldig seine große Tat und geleitete dann die Herren bis zum Portal. Als sie auf ihre Pferde oder in ihre Kaleschen stiegen, lächelten sie alle zu dem alten düsteren Turm empor, der wuchtig im milden Septemberabend stand, als grüßten sie nach dem Helden nun diese jahrhundertealte Bastion seines Heldentums.

Der Fidalgo eilte die Treppe zu seiner Bibliothek hinauf und fragte sich noch einmal: ‚Was haben bloß die Lissabonner Zeitungen geschrieben?‘

Vor Neugier konnte er in der Nacht nicht schlafen. Als Bento am Morgen mit der Post ins Zimmer stürzte, sprang Gonçalo im Bett hoch und schleuderte die Bettdecke von sich, als drohe er zu ersticken. Im „Século“, das er hastig überflog, fand er auch gleich die Depesche aus Oliveira, die von dem Überfall berichtete: von den abgegebenen Schüssen und dem unerhörten Mut des Fidalgos Ramires, der mit nichts weiter als einer Peitsche . . . Bento riß Gonçalo beinahe das „Século“ aus den zitternden Händen, um in die Küche zu laufen und dort Rosa die glorreiche Zeitungsmeldung mit lauter Stimme vorzulesen.

Am Nachmittag eilte Gonçalo nach Vila Clara zum Klub, um weitere Zeitungen aus Lissabon und aus Porto zu verschlingen. Alle berichteten über den Vorfall und feierten ihn. Die „Gazeta do Porto“, die den Anschlag politischen Motiven zuschrieb, fiel wütend über die Regierung her. Der „Liberal Portuense“ hingegen brachte „das gräßliche Attentat, das um ein Haar den Tod eines der vornehmsten Adligen Portugals und Spaniens und eines der hoffnungsvollsten Talente der jungen Generation verursacht hätte“, mit den offensichtlichen

Rachegelüsten der Republikaner von Oliveira" in Verbindung. Die Lissabonner Blätter lobten vor allem den „Löwenmut des Senhors Gonçalo Ramires". Am eifrigsten war der „Manhã": Er brachte einen langen Artikel (den gewiß Castanheiro verfaßt hatte), in dem an „die heroischen Traditionen des berühmten Hauses Ramires" erinnert und „die Schönheit des Schlosses von Santa Ireneia" gepriesen wurde. Der Artikel endete mit der Feststellung, daß man nunmehr mit doppelter Ungeduld der Veröffentlichung der Novelle entgegensehe, in der Gonçalo Ramires eine Tat seines Ahnherrn Tructesindo im zwölften Jahrhundert dargestellt habe. Die Novelle werde aller Voraussicht nach in der ersten Nummer der „Literarischen und Historischen Annalen" erscheinen, „der neuen Zeitschrift unseres Freundes Lúcio Castanheiro, des verdienstvollen Wiedererweckers des historischen Bewußtseins in Portugal". Gonçalos Hände zitterten, wenn er die Zeitungen auseinanderfaltete, und João Gouveia, der ebenso neugierig war wie er und die Artikel genauso verschlang, sah dem Fidalgo über die Schulter und sagte tief beeindruckt: „Die Wahl wird für Sie ein Bombenerfolg werden, mein lieber Gonçalo!"

Am Abend fand Gonçalo bei seiner Rückkehr ins Schloß einen Brief vor, der ihn ziemlich durcheinanderbrachte. Er kam von Maria de Mendonça und war auf parfümiertem Papier geschrieben. Er strömte den gleichen Duft aus wie Dona Ana auf dem Vorplatz des Klosters Santa Maria de Craquede.

„Erst heute vormittag erfuhren wir von der großen Gefahr, in der Sie geschwebt haben, und wir waren beide tief bewegt. Doch zugleich war ich (und ich nicht allein) stolz auf den Heldenmut meines Vetters. Ein echter Ramires! Ich komme nicht zu Ihnen, um Sie in meine Arme zu schließen (und mich damit vielleicht zu kompromittieren und Neid zu erwecken!), weil einer meiner Kleinen, der Neco, stark erkältet ist. Glücklicherweise ist es nichts Ernstes. Aber wir alle hier, auch die Kinder, brennen darauf, den großen Helden zu sehen, und ich glaube, daß es weder Ihnen noch uns als etwas Außergewöhnliches erscheinen würde, wenn Sie sich übermorgen, am Donnerstag, gegen drei Uhr hier einfänden. Wir könnten einen Spaziergang durch das Gut machen und nach guter alter Vätersitte hier vespern. Abgemacht? Viele Grüße von Anica! Ich verbleibe usw. usw."

Gonçalo lächelte nachdenklich und betrachtete den Brief, dessen Duft er in sich einsog. Noch nie hatte ihm Base Maria die Dona Ana so unmißverständlich in die Arme gelegt! Und da Dona Ana sich bereitwilligst und mit geschlossenen Augen schieben ließ ... Ha, wenn es bloß ins Schlafzimmer wäre! Aber leider hieß das eben auch in die Kirche! Und wieder hörte er Titós Stimme unten am Tor, als der Vollmond über den schwarzen Ulmen stand: „Diese Frau hatte einen Geliebten, und du weißt, daß ich niemals lüge!"

Er griff langsam zur Feder und antwortete Dona Maria Mendonça folgendermaßen:

„Liebe Base!

Ihre lebhafte Anteilnahme hat mich tief gerührt. Wir wollen aber doch nicht übertreiben! Ich habe ja lediglich ein paar Strauchdiebe, die mit Schußwaffen auf mich losgingen, mit Peitschenhieben das Laufen gelehrt. Für jemanden, der wie ich eine ausgezeichnete Peitsche besitzt, ist das ein Kinderspiel. Was den Besuch auf der Feitosa anbelangt, der mir großes Vergnügen bereiten würde, so kann ich ihn zu meinem tiefsten Bedauern nicht abstatten, weder am Donnerstag noch überhaupt bis Ende dieses Monats. Ich bin zu sehr mit meinem Buch, meiner Wahl und meinem Umzug nach Lissabon beschäftigt. Für mich beginnt jetzt endgültig die Zeit ernster Pflichten, und die süße Zeit der Spaziergänge und Träumereien ist ein für allemal vorbei. Bitte richten Sie der Senhora Dona Ana meine besten Empfehlungen aus. Mit vielen herzlichen Grüßen für Sie und guten Wünschen für die Genesung des lieben Neco bin ich Ihr stets ergebener und dankbarer Vetter" usw. usw.

Langsam schloß er den Briefumschlag, und als er sein Wappensiegel in den warmen Lack drückte, dachte er: ‚So hat mich der Titó nun um zweihundert Contos gebracht, dieser Halunke! . . .'

Während der ganzen warmen letzten Septemberwoche arbeitete Gonçalo am Schlußkapitel seiner Novelle.

Endlich war der Tag der Rache angebrochen, an dem die Ritter von Santa Ireneia, verstärkt durch die würdigsten Lanzenreiter der Castros, in dem von Garcia Viegas, „dem Weisen", bezeichneten unwegsamen Engpaß der Schar des Baião auf ihrer Flucht nach Coimbra auflauerten. Es wurde ein kurzer und ungleicher Kampf, ohne den sonst üblichen kunstgerechten ritterlichen Waffengang; er ähnelte eher einer Wolfsjagd als dem Angriff auf einen Edelmann. So hatte es Tructesindo gewünscht und die begeisterte Zustimmung Dom Pedros des Castro gefunden, weil es sich ja nicht darum handelte, gegen einen Feind zu kämpfen, sondern einen Mörder zu fangen.

Der Bastardo war noch vor Morgengrauen in wilder Hast von der Burg Landim aufgebrochen und war so arglos, daß er den Weg weder durch eine Vorhut sichern noch durch einen Späher erkunden ließ. Die Lerchen sangen, als er in scharfem Trab in den zwischen Felswänden und Heidekraut verlaufenden Paß einbog, den man den „Mohrenspalt" nannte, seit Allah ihn öffnete, damit der maurische Alkalde von Coimbra und die Nonne, die er geraubt hatte und die er auf der Kruppe seines Pferdes mitführte, den Christenschwertern König Fernandos des Großen entkommen konnten. Und kaum hat der letzte Mann des Bastardo den schmalen Spalt passiert, da brechen auch schon vom entgegengesetzten Ende des Tales in dichter Schar die Reiter von Santa Ireneia hervor, ihnen voran Tructesindo mit offenem Visier, ohne Schild und nur einen kleinen Wurfspieß in der Faust, als sei er auf einer Jagd. Hinten aus dem Wald stürzen Castros Berittene, die Lanzen im Anschlag, und verschließen den engen Durchgang zuverlässiger als die Eisenspitzen einer hochgezogenen Zugbrücke. Nun ergießt sich vom Abhang der Hügel wie Wasser durch einen berstenden Staudamm die dunkle Masse des Fußvolks – der Unhold Bastardo sitzt in der Falle, ist verloren! Außer sich zieht er sein Schwert aus der Scheide, schlägt damit wütend um sich, so daß der blanke Stahl hoch über seinem Kopf blitzt, und rast mit einem wilden Schrei auf Tructesindo los . . . Doch da saust plötzlich, von irgendwoher geworfen, in hohem Bogen ein Hanfseil nieder, dessen Schlinge sich um den Hals des Bastardo zusammenzieht und ihn mit einem Ruck aus dem Sattel und vom Pferde reißt, hinunter auf das Geröll. Sein breites Schwert bohrt sich in den steinigen Boden und bricht unterhalb des vergoldeten Griffs ab. Und während noch die Reiter von Baião verzweifelt den dichten Wall von Lanzen zu durchbrechen versuchen, der sie unversehens eingeschlossen hat, schleift eine Rotte Fußvolk wie Hunde ein Wildschwein den Bastardo mit wüstem Gebrüll zum Hang hinauf, wo sie ihm Schild und Dolch entwinden, den violetten wollenen Mantel zerfetzen und das Visier seines Helms zerschmettern, um ihm ins Gesicht und auf den prächtigen, stolzen, goldroten Bart zu speien.

Man fesselt ihn, und dann zerrt ihn der gleiche Haufe erbarmungslos auf den Rücken eines kräftigen Maulesels, wo er wie ein bei der Heimkehr von der Jagd aufgelesenes Stück Wildbret zwischen zwei langen Kisten voller Wurfpfeile festgebunden wird. Knechte vom Troß bleiben als Wache bei dem hochmütigen Ritter, der „Strahlenden Sonne“, die einst dem Haus Baião Glanz gab und nun zwischen zwei Holzkisten eingeklemmt liegt, mit Stricken um die Fuß- und Handgelenke, einen Distelzweig zwischen die Hände gesteckt, als Sinnbild seiner Untat.

Längst lagen seine fünfzehn Ritter auf dem Erdboden verstreut, hingemäht vom wütenden Ansturm der sie einkreisenden Lanzenreiter: die einen steif in ihren dunklen Rüstungen, als schliefen sie, andere gekrümmt und verstümmelt, mit zerfetzten Eingeweiden, die gräßlich zwischen den zerrissenen Maschen der Kettenpanzer herausquollen. Die Schildknappen wurden ergriffen und mit Hellebardenstößen an den Rand einer Schlucht getrieben, ohne Gnade und ohne Annahme von Lösegeld; sie endeten wie eine Bande von Viehräubern unter den Hirschfängern der bärtigen leonesischen Fußknechte. Das ganze Tal roch nach Blut wie ein Schlachthaus. Um die Spießgesellen des Bastardo zu ermitteln, schnallte eine Gruppe von Rittern den gefallenen Feinden die Halsstücke der Harnische und die Visiere ab und nahm dabei heimlich die silbernen Medaillons, Amulette und Reliquienbeutelchen an sich, die alle als gottesfürchtige gute Christen mit sich führten. In einem Toten mit sorgfältig gepflegtem schwarzem Bart, dessen Gesicht von blutigem Schaum besudelt war, erkannte Mendo de Briteiros seinen Vetter Soeiro de Lugilde wieder, mit dem er so einträchtig beim Johannisfeuer im Schloß von Unhelo gefeiert und getanzt hatte – und in seinem hohen Sattel nach vorn gebeugt, betete er für die arme Seele, die ohne Beichte hatte dahingehen müssen, ein frommes Ave-Maria. Dunkle Wolken hingen schwer über dem morgendlichen Augusthimmel. Abseits unter einer alten Steineiche hockten Tructesindo, Dom Pedro de Castro und Garcia Viegas, „der Weise“, und beschlossen, daß der Bastardo, dieser verkommene Schuft, eines schändlichen, langsamen und qualvollen Todes sterben sollte.

Mit der Schilderung des verhängnisvollen Hinterhalts hatte Gonçalo eine ganze schöne Septemberwoche verbracht und dabei vor Anstrengung gestöhnt wie jemand, der einen Pflug durch steinigen Boden führt. Am Sonnabend saß er schon frühmorgens mit von der Dusche noch feuchten Haaren am Schreibtisch und rieb sich die Hände, denn in zwei Stunden emsiger Arbeit würde er jetzt sein Werk, seine Novelle, zu Ende bringen und dann frühstücken. Doch der Schluß mit seinen entsetzlichen Greueln stieß ihn ab. Onkel Duarte hatte sie in seinem Gedicht nur schamhaft angedeutet – ein zart besaiteter Lyriker, dem rohe Grausamkeit nur einen schmerzlichen Seufzer entlockt; er nimmt seine Leier unter den Arm und wendet sich lieber freundlicheren Pfaden zu. Und als Gonçalo zur Feder griff, beklagte er in der Tat ebenfalls, daß sein Ahne Tructesindo den Bastardo damals nicht einfach im Kampfgetümmel umgebracht hatte, mit einem dieser wunderbaren und leicht zu rühmenden Schwertstreiche, die erst den Reiter und dann das Roß halbieren und hernach glorreich in die Geschichte eingehen.

Doch nein! Die drei Ritter unter dem Blätterdach der Steineiche ersannen eine gräßliche Rache. Tructesindo wollte gleich nach Santa Ireneia zurückkehren, vor der Außenmauer, auf der selben Stelle, wo sein Sohn tot in den Sand gerollt war, einen Galgen errichten, den Schurken, der ihn getötet hatte, gehörig auspeitschen lassen und dann aufhängen. Der greise Dom Pedro de Castro hingegen riet zu einem abgekürzten, aber ebenfalls ergötzlichen Verfahren. Warum sollte man erst wieder nach Santa Ireneia umkehren und diesen Augusttag verschwenden, wo sie doch schnellstens nach Montemor reiten mußten, um den Infantinnen zu Hilfe zu kommen? Man möge den Bastardo doch zu Füßen des Dom Tructesindo der Länge nach auf einem Balken festbinden wie ein Weihnachtsferkel, ein Stallmeister möge ihm den Bart absengen und ein anderer ihn dann mit einem großen Küchenmesser abstechen und langsam verbluten lassen.

„Was haltet Ihr davon, Senhor Dom Garcia?"

Der „Weise" hatte seinen eisernen Helm abgeschnallt und wischte sich den Schweiß und Staub des Kampfes von der gefurchten Stirn.

„Ritter und Freunde!" sagte er. „Wir haben hier in der Nähe etwas viel Besseres. Hinter diesen Hügeln liegt der Blutegelpfuhl ... Und wir machen dabei nicht einmal einen Umweg, denn von dort kommen wir über Tordezelo und Santa Maria da Varge direkt nach Montemor, so geradenwegs wie ein Rabe fliegt ... Vertraut auf mich, Tructesindo! Vertraut nur auf mich! Ich will dem Bastardo einen so schändlichen Tod bereiten, daß man seit der Gründung der Grafschaft Portugal von keinem gleichen zu berichten weiß."

„Noch schändlicher, als der Galgen für einen Ritter ist, mein alter Garcia?"

„Ihr werdet ja sehen, Ritter und Freunde, ihr werdet ja sehen!"

„Es sei! So lasset in die Hörner stoßen."

Auf das Kommando des Fähnrichs Affonso Gomes hin erschollen die Jagdhörner. Ein Trupp Armbrustschützen und leonesische Fußknechte nahmen den Maulesel in die Mitte, der den zwischen zwei Kisten festgebundenen Bastardo trug. Unter Führung Dom Garcias setzte sich die kleine Kolonne in aufgelöster Ordnung nach dem Blutegelpfuhl in Bewegung, die Lanzenreiter weit verstreut, wie auf unbeschwertem und ausnahmsweise einmal friedlichem Marsch, und alle gaben in derben Worten und unter Geprahle und Gelächter noch einmal ihre soeben im Gefecht vollbrachten Heldentaten zum besten.

Zwei Meilen von Tordezelo und seinem prächtigen Schloß entfernt lag inmitten einiger Hügel der Blutegelpfuhl. Es war ein Ort des Schweigens und der Trauer. Onkel Duarte hatte seine trostlose Unwirtlichkeit in vortrefflichen Versen geschildert:

„Kein zwitschernd Vöglein wiegt sich auf den Zweigen.
Kein muntres Blümlein blüht an muntrem Bache.
Nur Fels und Buschwerk, düstere Gestade,
Umschließen diese dunkle, tote Tiefe..."

Als die ersten Reiter einen Hang hinanritten und auf der anderen Seite den Blutegelpfuhl im trüben, nebelverhangenen Morgen vor sich liegen sahen, erschraken sie angesichts einer so grauenvollen, für Hexen, Gespenster und arme Seelen wie geschaffenen Einöde. Sie zogen die Zügel fester, und ihre lauten Reden verstummten. Hinter dem rissigen Erdreich, auf dem die Pferde ausglitten, schlängelte sich ein

Bächlein und verbreiterte sich zu morastigen, fast ausgetrockneten Pfützen, die dunkel zwischen grobem Geröll und niedrigem Stechginster schimmerten. Eine halbe Armbrustschußweite entfernt lag in der Tiefe der Blutegelpfuhl, ein schmaler Tümpel, dessen schwärzliche, spiegelglatte Oberfläche mit ihren noch schwärzeren Flecken einer Zinnplatte glich, an der der Rost der Zeit und der Einsamkeit fraß. Ringsum stiegen mit hohem, wildem Gestrüpp bedeckte Hügel empor, durch die sich gleich Fäden verströmenden Blutes die roten Sandstreifen schmaler Pfade zogen, überragt von zerklüfteten, weißer als Totengerippe leuchtenden Felsen. Und über allem lag so tiefes Schweigen, so vollkommene Verlassenheit, daß der alte Dom Pedro de Castro, ein Mann, der doch in seinem Leben viel herumgekommen war, erschrocken ausrief: „Eine fürchterliche Gegend! Und bei Gott und der Heiligen Jungfrau schwöre ich darauf, daß vor uns noch kein getaufter Christenmensch seinen Fuß hierhergesetzt hat."

„Aber nicht doch, Senhor Dom Pedro de Castro", fiel ihm der „Weise" ins Wort, „hier ist schon manche gute Lanze geschwungen worden, und noch zu Zeiten des Grafen Dom Soeiro und Eures Königs Dom Fernando erhob sich dort an jenem Ufer eine berühmte Burgvogtei! Seht nur da drüben!" Und er wies auf zwei wuchtige, von Regen und Wind marmorglatt polierte Steinsäulen, die am Ende des Pfuhls, das dem Steilhang gegenüber lag, aus dem schwarzen Wasser ragten. Vom Ufer führte über schlammverkrustete und halbverfaulte Pfähle eine Bohlenplanke zur dickeren der beiden Säulen, und in halber Höhe dieses unförmigen Pfeilers war ein eiserner Ring befestigt.

Unterdessen hatte sich das Fußvolk bereits längs des steilen Hangs verteilt. Dom Garcia Viegas saß ab und schrie nach Pêro Ermigues, dem Hauptmann der Armbrustschützen von Santa Ireneia. Er stand jetzt neben Tructesindos Rassehengst und befahl dem Hauptmann lachend und sich an der allgemeinen Verwunderung weidend, daß sechs seiner kräftigsten Leute den Bastardo vom Maulesel heben, ihn der Länge lang auf den Boden legen und völlig entkleiden sollten, auf daß er so nackt wäre, wie seine Mutter, diese Hure, ihn einst ins schmutzige Leben geworfen habe ...

Tructesindo blickte den „Weisen" erstaunt an und zog die buschigen Brauen zusammen: „Bei Gott, Dom Garcia! Ihr wollt den Schurken doch nicht einfach ersäufen und dieses unschuldige Wasser verunreinigen?"

Einige Ritter begannen zu murren, weil sie ebenfalls einen so einfachen, quallosen Tod mißbilligten. Doch die Augen Dom Garcias schweiften in die Runde und blitzten dabei vor Triumph und Lust.

„Gemach, gemach, seid ohne Sorge! Gewiß bin ich schon alt, doch der Herrgott läßt mich noch ein Meisterstück vollbringen. Nein, hier wird weder gehenkt noch geköpft, noch ersäuft ... Hier wird *ausgesaugt,* meine Herrschaften! Bei lebendigem Leibe ausgesaugt, Tropfen für Tropfen ausgesaugt durch die großen Blutegel, von denen es in diesem schwarzen Wasser wimmelt!"

Dom Pedro de Castro schlug vor Verblüffung mit dem eisernen Handschuh auf die Platten seines Schenkelharnischs. „Beim Kreuze Christi! Wenn man den Senhor Dom Garcia als Feldherrn und Berater in seinem Heer hat, verfügt man über Hannibal und Aristoteles in einer Person!"

Ein Raunen der Bewunderung erhob sich. „Wahrhaftig, ein guter Einfall!"

Und Tructesindo strahlte übers ganze Gesicht und brüllte: „Ans Werk, Leute, ans Werk! Und ihr, Senhores, reitet den Hügel hinan! Er diene euch als Tribüne für das großartige Schauspiel, das sich euch jetzt bieten wird!"

Schon hoben sechs Armbrustschützen den gefesselten Bastardo vom Maulesel; andere standen mit Bündeln von Stricken um ihn herum. Und gleich Schlächtergesellen, die einem Stück Vieh das Fell abziehen wollen, stürzte sich der ganze rohe Haufe auf den Unglücklichen, zerriß die Schnüre des Kopfharnischs, des Panzerhemds, des Beinharnischs und der eisernen Schuhe und fetzte ihm dann die grobe Wäsche aus schmutziger Leinwand vom Leibe. Am Haarschopf gepackt, an den Füßen festgehalten, die Arme von den starken Armen seiner Peiniger zu Boden gepreßt, wand sich der wehrlose Bastardo verzweifelt unter dem stählernen Griff scharfer Fingernägel, die sich ihm ins Fleisch krallten. Er brüllte auf und spie ihnen rötlichen, schäumenden Speichel in die verzerrten Gesichter.

Hell schimmerte in dem dunklen Haufen derer, die über ihm knieten, sein völlig entkleideter und mit stärksten Stricken gebundener Körper hervor. Allmählich erstarb sein wütendes Gebrüll in heiserem Stöhnen. Einer nach dem anderen sprangen die Fußknechte keuchend wieder auf und wischten sich den Schweiß der Erschöpfung von der Stirn.

Unterdessen waren die Ritter von Spanien und Santa Ireneia abgesessen und bohrten ihre Lanzen lotrecht zwischen Ginster und Steine. Alle Hänge ringsum füllten sich nach und nach mit Kriegsvolk wie ein Amphitheater am Turniernachmittag. Auf einem flachen Felsen, den zwei dürre Dornsträucher mit ihren Zweigen überspannten, hatte ein Page Schaffelle für den Senhor Dom Pedro de Castro und für den Senhor von Santa Ireneia ausgebreitet. Doch nur der greise „Spanier" schnallte seinen mit goldenen Einlegearbeiten verzierten Brustpanzer ab und ließ sich dort nieder.

Tructesindo war erhobenen Hauptes stehengeblieben, stumm, die Hände in den eisernen Handschuhen auf den Knauf seines langen Schwertes gestützt, die tief in ihren Höhlen liegenden Augen gierig auf das schwärzliche Gewässer gerichtet, das nun seinen ermordeten Sohn rächen würde, in dem sein Mörder einen grausamen und schändlichen Tod finden sollte. Schon rührten am Ufer des Pfuhls Fußsoldaten und einige spanische Ritter mit Armbrustbolzen und den Schäften ihrer Wurfspieße im morastigen Wasser herum, weil sie die schwarzen Blutegel sehen wollten, die es bevölkerten.

Auf einen barschen Befehl des allgegenwärtigen Dom Garcia wich plötzlich die ganze Meute des Fußvolks, die sich um den Bastardo gedrängt hatte, zurück. Nackt und weiß lag der kräftige Körper auf der schwarzen Erde, wie ein Bündel mit Hanfstricken zusammengeschnürt, die Brust und die Zeichen seiner Männlichkeit von einem Wald rotblonden Haares verhüllt. Nicht einmal der Brustkorb bewegte sich – nur die blutverkrusteten und vor Angst und unbändiger Wut weit aufgerissenen Augen funkelten. Einige Ritter liefen hinzu, um sich an der würdelosen Nacktheit des berühmten Helden von Baião zu weiden. Der Senhor von Paços de Argelim höhnte mit schallender Stimme: „Bei Gott, das hab ich wohl gewußt! Ein Leib wie eine junge Dirne, ohne die Narbe einer einzigen Kampfeswunde!"

Leonel de Samora stieß dem Unglücklichen den eisernen Schuh gegen die Schulter. „Da seht diese ‚Strahlende Sonne', die nun in so schmutzigem Wasser erlöschen wird!"

Der Bastardo kniff die Augen zusammen, aus denen langsam zwei dicke Tränen rannen. Doch da erscholl ein Ruf: „Vergeltung! Vergeltung!"

Das war der Feldhauptmann von Santa Ireneia, der den Uferhang entlangschritt, eine Lanze schwang und mit seiner donnernden Stimme die Hügel erzittern ließ.

„Der Senhor von Treixedo und Santa Ireneia befiehlt, Vergeltung an einem Bluthund zu üben! Vergeltung an einem Hund, dem Sohn einer Hündin, der auf schändliche Art gemordet hat und der um der Gerechtigkeit willen nun seinerseits auf schändliche Art enden soll!"

Dreimal tat er dies dem Heere kund, das sich rings auf den Hügeln drängte. Dann blieb er stehen und grüßte ehrerbietig zu Tructesindo Ramires und dem greisen Castro hinauf wie zu Richtern auf hohem Richterstuhl.

„Die Gerechtigkeit nehme ihren Lauf!" rief der Senhor von Santa Ireneia.

Auf ein Kommando des „Weisen" hoben sechs Armbrustschützen, deren Beine mit Segeltuch umwickelt waren, den

Bastardo empor, so wie man eine in ein Laken gehüllte Leiche emporhebt, stiegen mit ihm ins Wasser und trugen ihn bis zur größeren der beiden granitenen Säulen. Andere liefen über die schlammverkrustete Bohlenplanke nach und zerrten Bündel von Stricken hinter sich her. Mit Schreien wie „Halt fest!", „Stell ihn aufrecht!", „Heb an!" wurde der stämmige Körper bis zu den Lenden ins Wasser gesenkt, gegen die höhere der beiden Säulen gelehnt und dann mit einem langen Tau festgebunden, das durch den Eisenring lief. An diesem Tau hing er nun so fest und sicher wie ein zusammengerolltes Segel, das man am Mast festbindet. Die Armbrustschützen beeilten sich, wieder aus dem Wasser herauszukommen, und wickelten gleich die Tücher von ihren Beinen, die sie wegen der greulichen Blutegel gehörig kratzten und betasteten. Die anderen strebten über die Bohlenplanke eilends zum Ufer, wobei sie sich gegenseitig vorwärtsstießen. Im Pfuhl blieb allein Lopo de Baião zurück, nachdem man ihn für das zu erwartende Schauspiel seines qualvollen Todes entsprechend hergerichtet hatte: die Beine im Wasser; den Leib bis hinauf zum Hals mit Stricken umschlungen wie ein Sklave am Schandpfahl; eine dicke Strähne seines roten Haares straff an den Eisenring des granitenen Pfeilers geknotet, so daß der Kopf zurückgebogen wurde, damit sich alle ausgiebig am schmählichen Todeskampf im bleichen Gesicht der „Strahlenden Sonne" weiden konnten.

Die gespannte Aufmerksamkeit der Krieger, die rings auf den Hügeln des kommenden Schauspiels harrten, machte die trostlose Stille der Einöde noch bedrückender. Im Wasser rührte sich nichts; seine trübe Oberfläche glich mit ihren schwarzen Flecken einer rostigen Zinnplatte. Zwischen den Felsengraten hatte der „Weise" Bogenschützen aufgestellt, die das offene Gelände jenseits der Berge absicherten. Krächzend zog ein Schwarm Krähen über den Himmel; ein sanfter Wind ließ die Wimpel an den in den dichten Stechginster gestoßenen Lanzen flattern.

Einige Fußsoldaten warfen Steine in das morastige

Wasser, um die Blutegel aufzuscheuchen. Schon murrten ein paar spanische Ritter wegen des langen Verweilens in dieser gottverlassenen Gegend. Andere hockten sich am Rand des Pfuhls nieder und tauchten langsam die bloßen Hände in das schwarze Wasser, um zu beweisen, daß die berühmten Blutegel sich niemals einstellen würden; unter Gelächter zogen sie sie wieder heraus und verspotteten den „Weisen"... Doch plötzlich wurde der Körper des Bastardo von heftigen Zuckungen geschüttelt; in der wütenden Anstrengung, sich zu befreien, schwollen seine mächtigen Muskeln zwischen den Stricken wie Schlangen, die sich krümmten; aus den halboffenen Lippen brachen unter Stöhnen und Gebrüll Beschimpfungen und Drohungen gegen den „Feigling Tructesindo" und gegen das ganze Geschlecht Ramires hervor, dem er prophezeite, daß es binnen Jahresfrist in den Feuern der Hölle schmoren würde. Ein Edler von Santa Ireneia ergriff entrüstet eine Armbrust und spannte die Sehne.

Doch Dom Garcia hielt ihn zurück. „Um Gottes willen! Auch nicht einen einzigen Tropfen dieses eiskalten Blutes dürft Ihr den Blutegeln streitig machen! Da seht! Seht, wie sie kommen!"

Rund um die Schenkel des Bastardo wurde es im Pfuhl lebendig, große Blasen blähten sich auf der Oberfläche, molluskenhaft stieg ein schwarzglänzender Blutegel empor, dann noch einer und noch einer, immer mehr und mehr – und sie tummelten sich im trüben Wasser und bissen sich in der weißen Haut des Bauches fest, saugten und saugten und wurden rasch immer dicker und glänzender. Der Bastardo war verstummt – man hörte deutlich seine Zähne klappern. Selbst einige rohe Fußknechte wandten sich angewidert ab und spieen ins Heidekraut. Andere dagegen machten sich einen Spaß daraus, die Blutegel noch anzufeuern, und brüllten: „Auf ihn, ihr lieben Würmchen, auf ihn!" Und der schneidige Samora de Cendufe protestierte hohnlachend gegen diese harmlose Todesart: Hat man da Worte! Eine Blutegelkur wie für einen, der an Hämorrhoiden leidet! Das sei nicht das

Strafgericht eines Granden, sondern viel eher das Rezept eines maurischen Kräuterdoktors!

„Aber was wollt Ihr denn noch mehr, mein lieber Leonel!" unterbrach ihn wohlgelaunt der „Weise" und strahlte. „Das ist ein Tod, von dem man in den Büchern berichten wird! Und in diesem Winter werdet Ihr auf allen Burgen zwischen Minho und Douro keine abendliche Plauderstunde am Herdfeuer erleben, bei der man nicht die Geschichte dieses Pfuhls und dieses Todes erzählen wird! Schaut doch unseren Vetter Tructesindo Ramires! Gewiß hat er in langen Jahren rauhen Kriegshandwerks schon mancher Folterung beigewohnt! Doch mit welcher Aufmerksamkeit er dieses Schauspiel hier genießt, und wie er staunt!"

Der alte Ramires stand hoch oben auf dem Hang, so starr und unbeweglich wie sein Banner neben ihm, das der Fähnrich zwischen zwei Steinen aufgepflanzt hatte, und wandte kein Auge vom Leib des Bastardo. Sein flackernder Blick verriet unbändige Lust. Auf eine solche Rache hatte er nicht zu hoffen gewagt! Dieser Unhold, der seinen Sohn mit Stricken gebunden, auf einer Bahre herangeschleppt und vor der Außenmauer seiner Burg erdolcht hatte – nun hing er in erbärmlicher Nacktheit und wie ein Wildschwein zusammengeschnürt am Eisenring eines Schandpfahls im schmutzigen Wasser und wurde von Blutegeln ausgesaugt, zum Ergötzen zweier Heerscharen, der besten ganz Spaniens, die sich an dem Anblick nicht satt sehen konnten und den Bastardo noch verspotteten. Sein Blut, das Blut eines fluchbeladenen Geschlechts, trank nicht die aufgewühlte Erde am Tage einer Schlacht; es sickerte nicht aus ehrenhafter Wunde durch eine feste Rüstung, sondern wurde Tropfen für Tropfen von widerlichen Würmern ausgesogen, die hungrig aus dem Schlamm emporstiegen und gesättigt in den Schlamm zurücksanken, um das stolze Blut, das sie genährt hatte, als Kot wieder auszuscheiden. In diesem Pfuhl hier verschlangen schleimige Würmer lautlos den Ritter von Baião! Wo hatte es je eine sanftere Blutrache gegeben?

Der unerbittliche Alte verfolgte mit grimmiger Genugtuung, wie die Blutegel hervorkrochen und einer nach dem anderen von dem gebundenen Körper Besitz ergriffen, so selbstverständlich wie eine Herde von dem Hang, auf dem sie weidet. Schon verschwand der Bauch des Bastardo unter einer schleimigen schwarzen Masse sich auf und nieder bewegender, feuchtglänzender Egel, die gierig das warme Blut in sich einsogen. Manche bohrten sich tief in die Taille, von der rundum dünne Blutfäden herabsickerten. Das dichte rote Haar auf seiner Brust hatte wie das Dickicht eines Waldes viele Blutegel aufgehalten; sie schlängelten sich weiter und hinterließen dabei eine Kotspur. Ein ganzes Knäuel fraß sich in einen Arm. Die sattesten, glänzendsten, schon zum Bersten mit Blut gefüllten lösten sich von dem Körper und fielen schlaff herab; doch sogleich bissen sich andere hungrig in ihm fest. Aus den offenen Wunden, die sie hinterließen, flossen dünne Fäden hellen Blutes, das sich an den Stricken sammelte und herabtropfte wie spärlicher Regen. Der Unglückliche, der solcherart ausgesaugt wurde und Blut aus allen Poren schwitzte, schrie jetzt wieder und stieß unflätige Beschimpfungen und Morddrohungen gegen das Geschlecht Ramires aus. Er atmete schwer, seine Brust sprengte fast die Stricke, und sein gräßlich aufgerissener Mund brüllte heiser nach Wasser. In ohnmächtiger Wut zerriß er sich mit den Nägeln seiner an den kräftigen Schenkeln festgeschnürten Finger das Fleisch und grub sie, von Blut triefend, in die offene Wunde.

Dieses rasende Sichaufbäumen erstarb in einem langen Stöhnen der Erschöpfung. Wie ein Schlafender hing er jetzt in den Schlingen der dicken Stricke; sein Bart glitzerte von Schweiß, der seinen Körper wie schwerer Tau bedeckte; das leichenblasse Gesicht war vom Lächeln des Wahnsinns verzerrt.

Mittlerweile hatte sich bei dem wie über ein riesiges Amphitheater über die Hügel verteilten Heer das brennende Interesse für diese neuartige Hinrichtungsmethode wieder gelegt. Die Stunde rückte heran, wo gewöhnlich die Mittagsrationen ausgegeben wurden. Der Feldhauptmann von Santa Ireneia und der spanische Milizhauptmann ließen die maurischen Trompeten blasen. Die Betriebsamkeit eines Feldlagers erfüllte jetzt die ganze unwirtliche Einöde. Der Troß der beiden Heerhaufen hatte auf einem schmalen Rasenstreifen hinter den Hügeln haltgemacht, wo zwischen Kieselgeröll und den Wurzeln von Erlen und Trauerweiden ein klarer Bach dahinfloß. Hungrig und voller Ungeduld sprangen die Krieger über die Steine und liefen zu den Lasteseln, um von den Furieren und Fußknechten ihre Scheibe Fleisch und ihren dicken halben Laib dunklen Brotes in Empfang zu nehmen. Dann aßen sie schweigend und mit Muße unter schattigen Bäumen und tranken dazu aus Holznäpfen vom Wasser des Baches. Hinterher streckten sie sich ins Gras und faulenzten oder kletterten truppweise durch das Dickicht zum jenseitigen Hang hinüber in der Hoffnung, mit einem Armbrustbolzen irgendein verirrtes Wild zu erlegen. Am Steilufer des Teiches saßen die Ritter auf weichen Decken rund um die offenen Schnappsäcke, schnitten mit ihren Dolchen gewaltige Stücke aus dicken Schweinekeulen und leerten in tiefen Zügen die bauchigen Kürbisflaschen bis auf den letzten Tropfen.

Auch der „Weise" machte jetzt Rast; Dom Pedro de Castro bewirtete ihn und teilte mit ihm eine große Tonschale voller „Papstkuchen", einem Gebäck aus Honig und feinstem Mehl. Sie langten mit den Fingern hinein, die sie hernach am Futter ihrer Pickelhauben abwischten. Nur der alte Tructesindo aß nicht und ruhte nicht aus, sondern stand stumm und unbeweglich neben seinem Banner, flankiert von seinen beiden Wolfshunden, um der grausamen Pflicht Genüge zu tun, den Todeskampf des Bastardo zu beobachten, auf daß ihm auch nicht ein Schauder, ein Stöhnen oder ein Tropfen Blutes entgehe. Umsonst streckte ihm der „Spanier" einen silbernen Krug hin, umsonst rühmte er seinen Tordesillaswein, der labend wie keiner aus Aquilat oder Provins und für einen Durst nach so wildem Ritt gerade das Richtige sei. Der alte

Grande beachtete ihn nicht einmal, und Dom Pedro de Castro warf Tructesindos treuen Doggen zwei Brote hin und fuhr in seiner Unterhaltung mit Garcia Viegas fort. Sie sprachen über die hartnäckige Liebe des Bastardo zu Violante Ramires, die so viel Greuel und blutige Fehden nach sich gezogen hatte.

„Wie glücklich wir doch sind, Senhor Dom Garcia, wir, die uns Alter, Erschlaffung und Leibesumfang vor derlei Versuchungen bewahren... Denn wie mich einmal ein Arzt lehrte, als ich mit den Mauren ins Feld zog, ist die Frau wie ein erfrischender, wohlriechender Wind, der aber alles verwirrt und aus den Fugen bringt. Bedenkt nur, wie die Meinen um der Frauen willen litten! Allein mein Vater, der sich vor Eifersucht verzehrte und meine liebe Mutter Estevaninha mit einem Fleischermesser umbrachte! Und sie war doch so fromm und die Tochter eines Königs! Zu so etwas führt solch törichte Leidenschaft! Sogar dazu, von Blutegeln ausgesaugt zu werden und wie dieser hier zu enden, vor den Augen eines vespernden und höhnenden Heeres! Und bei Gott, wie lange es dauert, bis es mit ihm zu Ende ist!"

„Es geht mit ihm zu Ende, Senhor Dom Pedro de Castro. Schon hockt der Teufel neben ihm, um ihn zu holen!"

Der Bastardo starb. Zwischen den blutbesudelten Stricken hängend, glich er nur noch einem abscheulichen scharlachroten Gespenst, über das die schwarze, schleimige Masse der Blutegel kroch und sich saugend längs der dünnen Blutfäden auf und nieder bewegte, die aus jeder Wunde sickerten und zahlreicher waren als die herabrinnenden Wassertropfen an einer nicht mehr wetterfesten Wand.

Das verzweifelte Keuchen hatte aufgehört und mit ihm alles Toben und Sichaufbäumen. Weich und schlaff wie ein Bündel hing er am Pfahl. Von Zeit zu Zeit riß er noch die stieren Augen auf und drehte sie mit einem Ausdruck dumpfen Entsetzens nach allen Seiten. Dann fiel sein Gesicht ein und wurde kalkweiß und welk; weit stand der Mund mit der herabhängenden Unterlippe offen – eine dunkle Höhle, aus der Blut und Speichel floß. Von den geschlossenen Augenlidern tropfte gleich dicken Tränen mit Blut vermischter Schleim.

Das Fußvolk kehrte inzwischen von der Mittagsrast wieder an das Ufer zurück und glotzte unter rohen Scherzen auf den greulichen Leichnam hinab, an dem immer noch die Blutegel saugten. Schon räumten die Pagen Tischtücher und Quersäcke zusammen. Dom Pedro de Castro war mit dem „Weisen" vom Berggipfel bis zum Rand des morastigen Wassers hinuntergestiegen, wo er beinahe mit seinen eisernen Schuhen abglitt, weil er den Mann, der eines so seltenen Todes starb, ganz aus der Nähe betrachten wollte. Einige Ritter, die des langen Verweilens allmählich müde geworden waren, schnallten ihre eisernen Harnische an und murrten: „Der ist tot! Mausetot ist er!"

Da rief Garcia Viegas den Hauptmann der Armbrustschützen heran: „Ermigues, sehet nach, ob in dieser Eiterbeule dort noch Leben steckt."

Der Hauptmann lief über die Bohlenplanke, befühlte vor Ekel schaudernd das bleiche Fleisch und näherte dem weit offenen Munde des Bastardo die blanke Klinge seines kurzen, breiten Schwertes.

„Er ist tot!" meldete er.

Und er *war* tot. In den Stricken, die seine Haut hatten violett anlaufen lassen, sank der Körper des Bastardo in sich zusammen – eingeschrumpft, ausgesaugt, leblos. Das Blut rann schon nicht mehr an ihm herab, sondern war zu dunklen Klumpen geronnen, an denen sich einige schillernde Blutegel zu schaffen machten. Und immer noch krochen neue herauf, die zu spät gekommen waren. Zwei besonders fette stöberten im Ohr des Bastardo herum, ein anderer lag auf dem Auge. Von der „Strahlenden Sonne" blieb nichts übrig als ein zerfallender Kadaver; nur die am Eisenring festgebundene Strähne rotblonden Haares leuchtete wie eine lohende Flamme als letzte Spur einer dahingegangenen feurigen Seele.

Das kurze, blinkende Schwert schwingend, trat der Hauptmann vor den Senhor von Santa Ireneia und rief: „Die Rache ist vollzogen, die Ihr an dem Bluthund zu üben befahlt! Er ist verendet!“

Da hob der greise Grande drohend die behaarte Faust und schrie mit heiserer Stimme, daß es zwischen Felsen und Hügeln widerhallte: „Er ist gerichtet! Und so sterbe jeder eines schändlichen Todes, der es wagt, mir und den Meinen meuchlings Gewalt anzutun!“

Darauf ging er mit festen Schritten quer über den Hang, mitten durch das Gestrüpp hindurch, und gab dem Fähnrich bei der Standarte ein Zeichen.

„Affonso Gomes, laßt in die Hörner stoßen. Und nun aufs Pferd, wenn es Euch recht ist, Senhor Dom Pedro de Castro, mein Freund und Vetter, der Ihr mir treu und wacker zur Seite standet!“

Der „Spanier“ schwenkte lachend seinen eisernen Handschuh.

„Bei der Heiligen Jungfrau, mein Freund und Vetter, welche Ehre und welches Vergnügen habt Ihr mir bereitet! So lasset uns denn aufbrechen, wenn es Euch recht ist! Der Senhor Dom Garcia hier versichert uns ja, daß wir noch um die hohe Mittagszeit die Mauern von Montemor zu Gesicht bekommen werden.“

Schon formierte sich das Fußvolk wieder, und die Edelknappen trieben die ausgeruhten spanischen Rassehengste zum Steilufer, wo sie vor der weiten dunklen Wasserfläche scheuten. Mit den beiden entrollten Fahnen voran, dem schwarzen Habicht und den dreizehn Silberscheiben, setzte sich die Schar der Reiter auf dem steilen Hohlweg, von dem lose Steine herunterrollten, in Trab. Auf dem Gipfel wandten sich einige Berittene in ihren Sätteln um und betrachteten noch einmal schweigend den Bastardo von Baião, der da an die Säule gebunden in der Einsamkeit des Pfuhls zurückblieb und verfaulte. Doch als die Armbrustschützen und Steinschleuderer von Santa Ireneia vorüberzogen, erhoben sich lautes Geschrei, Hohngelächter und Schmährufe für den „Bluthund". Auf halber Höhe des Hanges spannte ein Schütze grimmig seine Armbrust, doch der lange Bolzen traf lediglich ins Wasser. Sogleich schwirrte ein zweiter, dann eine Schleuderkugel und ein gefiederter Pfeil, der sich dem Bastardo oberhalb eines schwarzen Knäuels von Blutegeln in die Hüfte bohrte. Da brüllte der Hauptmann: „Aufschließen! Marsch!" Unter dem Knallen der Lederpeitschen schwankte die Koppel der Lasttiere weiter; die Knechte vom Troß hoben große Steine auf und warfen damit nach dem Leichnam. Dann kamen die Fuhrknechte in ihren kurzen Röcken aus ungegerbtem Leder und schwangen drohend ihre Spieße; und der Aufseher ergriff ganz einfach den Mist der Tiere und klatschte ihn dem Bastardo ins Gesicht und in den stolzen goldroten Bart.

XI

Als Gonçalo erschöpft, aber mit noch glimmendem Eifer diesen letzten Abschnitt vom schändlichen Tod des Bastardo noch einmal überlesen hatte, rief im Korridor die Glocke zum Frühstück. Gottlob war jetzt endlich Schluß mit diesem ewigen „Turm des Dom Ramires"! Vier Monate, vier mühselige Monate hatte er seit Juni damit verbracht, seine barbarischen Ahnen aus grauer Vorzeit zu neuem Leben zu erwecken. Nun malte er mit großen, dicken Buchstaben unten auf den Bogen ein „FINIS". Darunter setzte er Datum und Uhrzeit: zwölf Uhr und vierzehn Minuten.

Doch als er vom Schreibpult aufstand, an dem er sich so abgemüht hatte, empfand er keineswegs die Befriedigung, die sich gewöhnlich nach einer erfolgreich abgeschlossenen Arbeit einstellt. Die Art der Hinrichtung des Bastardo ließ bei ihm einen Abscheu gegen die ferne, so bestialische und unmenschliche Welt des affonsinischen Zeitalters zurück. Wenn er wenigstens die tröstliche Gewißheit hätte, die sittliche Größe seiner wilden Vorväter wahrheitsgetreu dargestellt zu haben! Aber das war keineswegs der Fall; er fürchtete vielmehr, daß sich unter den klappernden, mit recht fragwürdiger historischer Sachkenntnis beschriebenen Rüstungen wenig lebensechte Gestalten verbargen, die in keiner historischen Epoche anzusiedeln waren. Ja, er zweifelte sogar, ob Blutegel in einem Sumpf wirklich den Körper eines Mannes entdecken und ihn von den Schenkeln bis zum Bart aussaugen würden, während ein Kriegsheer seine Mittagsration verspeist. Aber wie dem auch sein mochte, die ersten Kapitel hatte Castanheiro gelobt. Die breite Masse der Romanleser verlangte nach Sensationen und triefendem Blut, und in Bälde würden die „Annalen" in ganz Portugal den Ruhm des alten Geschlechts verkünden, das Heere bewaffnet, Burgen dem Erdboden gleichgemacht, ganze Distrikte geplündert und den Königen in der Kurie und auf dem Schlachtfeld mutig die Stirn geboten hatte. Also war dieser Sommer für ihn immerhin kein verlorener gewesen. Und als Krönung des Ganzen standen nun die Wahlen vor der Tür, die ihn von der Eintönigkeit seines Hinterwäldlerdaseins erlösen würden ...

Da er die letzten Visiten bei den Honoratioren nicht länger aufschieben und außerdem etwas frische Luft atmen wollte, stieg er gleich nach dem Frühstück zu Pferde, trotz der Hundstagshitze, die seit gestern – mitten im Oktober – die Gegend heimsuchte. An der Stelle, wo die Landstraße nach Bravais eine große Kurve beschrieb, bat ein dicker Mann in zerknitterter weißer Hose, der schnaufend unter seinem Sonnenschirm aus rotem Kattun näher kam, den Fidalgo überaus höflich, doch anzuhalten. Es war Godinho, der Schreiber des Landratsamts. Er habe soeben dem Bürgermeister von Bravais ein dringendes amtliches Schreiben überbracht, und nun eile er im Auftrag des Herrn Landrats nach Santa Ireneia ...

Gonçalo dirigierte seine Stute in den schützenden Schatten einer Eiche. „Was gibt es denn, mein lieber Godinho?"

Der Herr Landrat teile Seiner Wohlgeboren mit, daß es dem Taugenichts Ernesto, dem Raufbold aus Nacejas, der im Hospital von Oliveira liege, bereits erheblich besser gehe. Das Ohr sei schon wieder angewachsen, der Mund heile auch wieder zusammen. Und da ein Prozeß anhängig gemacht worden sei, würde dieser Strolch nunmehr aus dem Krankenhaus ins Gefängnis wandern ...

Gonçalo schlug mit der flachen Hand auf den Sattel und protestierte energisch: „Nein, mein Herr! Haben Sie bitte die Freundlichkeit, dem Senhor João Gouveia zu bestellen, daß ich *nicht* verlange, daß der Kerl eingesperrt wird! Er ist frech geworden und hat dafür eine gehörige Tracht Prügel bezogen; wir sind quitt."

„Aber Senhor Gonçalo Mendes ..."

„Mein lieber Godinho, ich *möchte* es eben nicht ... Setzen Sie das dem Senhor João Gouveia auseinander. Ich verabscheue jede Rache. So etwas entspricht nicht meinen Gepflogenheiten, und auch nicht den Gepflogenheiten meines Geschlechts. Es hat noch nie einen Ramires gegeben, der sich gerächt hat. Doch, es gab einen, aber ... Also machen Sie das dem Senhor João Gouveia klar. Übrigens werde ich ihn bald im Klub treffen ... Es ist völlig genug, daß der Kerl jetzt einen Schönheitsfehler hat. Ich kann nicht billigen, daß er noch mehr gedemütigt wird. Ich verabscheue Grausamkeiten."

„Aber ..."

„Das ist mein fester Entschluß, Godinho!"

„Ich werde Ihre Bestellung ausrichten."

„Danke. Dann auf Wiedersehen! ... Eine gräßliche Hitze, nicht wahr?"

„Zum Umkommen, Senhor Gonçalo Mendes, zum Umkommen!"

Gonçalo ritt weiter, empört bei dem Gedanken, daß der arme Bursche aus Nacejas mit noch schmerzenden Gliedern und kaum vernarbtem Ohr in das schmutzige Kellerloch von Vila Clara gesperrt und dort auf einer nackten Holzpritsche schlafen sollte. Er erwog sogar, selber nach Vila Clara zu reiten und den Amtseifer João Gouveias zu bremsen. Doch gleich hinter dem Waschplatz lag ganz in der Nähe schon das Haus eines Dorfgewaltigen, des Zimmermanns João Firmino. Und so trabte er dorthin und stieg vor dem Gartentor ab. Gevatter Firmino war jedoch am frühen Morgen nach Arribada aufgebrochen, wo er bei Bauarbeiten im Kelterhaus des Senhor Esteves zu tun hatte. An seiner Stelle eilte die feiste, fettglänzende Gevatterin Firmina aus der Küche herbei. An ihrem Rock hingen zwei rotznäsige kleine Rangen, die schmutziger als Scheuerlappen aussahen. Der Fidalgo gab beiden einen Kuß.

„Es riecht wundervoll nach frischem Brot, Gevatterin! Kommt wohl grade aus dem Ofen? Also dann einen schönen Gruß an den Firmino. Und daß er es nicht vergißt, die Wahlen finden nächsten Sonntag statt. Da rechne ich mit seiner Stimme. Und lassen Sie sich gesagt sein, es ist nicht der Stimme, sondern der Freundschaft wegen."

Die Gevatterin lachte breit und behaglich und zeigte dabei ihre prächtigen Zähne. „Der Fidalgo kann sich darauf verlassen! Firmino hat nämlich schon gesagt, und sogar dem Herrn Bürgermeister hat er es gesagt, daß die ganze Ortschaft für den Fidalgo stimmt, und wer es nicht im guten tut, bei dem wird mit dem Stock nachgeholfen."

Der Fidalgo drückte der Gevatterin die Hand. Mit den beiden Kindern am Rock blickte sie von der Gartentreppe aus der Stute nach und lächelte so verzückt, als sei die Staubwolke, in der der Fidalgo verschwand, die Spur eines freigebigen Königs.

Als er bei Cerejeira und bei Ventura da Chiche vorsprach, empfing man ihn mit der gleichen Begeisterung und dem gleichen wohlwollenden Lachen. „Aber hören Sie! Für den Fidalgo! Aber selbstverständlich! Und selbst wenn es *gegen* die Regierung wäre!"

In der Kneipe des Schankwirts Manuel saßen ein paar Tagelöhner beisammen und tranken; ihre Jacken hatten sie auf die Bänke geworfen. Es ging recht laut zu; der Fidalgo hielt wacker mit, machte Witze und genoß vergnügt den Heurigen und den Lärm. Der Älteste von ihnen, ein dunkelhaariger, zahnloser großer Kerl mit einem Gesicht so faltig wie eine getrocknete Pflaume, schlug vor Begeisterung mit der Faust auf die Theke und rief: „Jungs, das da ist der Fidalgo, der einem armen Christenmenschen seine Stute leiht, wenn er sich das Bein verletzt, und länger als eine Meile zu Fuß nebenherläuft. Beim Solha hat er es so gemacht! Leute, das ist ein Fidalgo, an dem man seine Freude haben kann!" Hochrufe dröhnten durch die Schenke. Und als Gonçalo wieder auf sein Pferd stieg, umringten ihn alle wie Vasallen, bereit, auf seinen Wink herbeizueilen und für ihn zu stimmen – oder zu töten!

Im Haus des Tomás Pedra fing die Großmutter Ana Pedra, eine zittrige, steinalte, gelähmte Greisin, zu jammern an, daß ihr Tomás ausgerechnet jetzt zum Olivenhain gegangen sei, wo der Fidalgo zu ihm käme. „Denn das ist doch, als ob uns ein Heiliger besucht!"

„Aber nicht doch, Tante Pedra! Ein Sünder, ein großer Sünder!"

Mit krummem Rücken hockte sie in ihrem niedrigen Tragsessel; weiße Haarsträhnen quollen unter dem Kopftuch hervor und fielen ihr in das verrunzelte Gesicht. Sie schlug sich auf das fleischlose Knie. „Nein, Senhor! O nein! Wer soviel Barmherzigkeit für den Sohn des Casco gezeigt hat, der gehört auf einen Altar!"

Gonçalo lachte, küßte eine Unmenge schmutzige kleine Kinder ab, drückte Hände, die so rauh und runzelig wie Wurzeln waren, zündete sich die Zigarette an den glühenden Kohlen des Herdfeuers an und unterhielt sich ungeniert über allerlei Ärgernisse und Liebschaften. Hinterher, auf der heißen, staubigen Landstraße, dachte er: ‚Merkwürdig, die Leute scheinen für mich etwas übrig zu haben!'

Um vier Uhr war er völlig kreuzlahm und beschloß, die Runde abzubrechen und auf dem etwas kühleren Weg an der

Bica Santa vorbei zu seinem Schloß zurückzukehren. Gerade hatte er das Dörfchen Cerdal hinter sich gelassen, als er in der scharfen Kurve am Steineichenwäldchen beinahe mit Doktor Júlio zusammenprallte, der ebenfalls seine Runde zu Pferde machte. Er trug eine Alpakajacke und schwitzte trotz seines grünseidenen Sonnenschirms aus allen Poren. Beide hielten ihre Pferde an und begrüßten sich liebenswürdig.

„Es freut mich sehr, Ihnen zu begegnen, Senhor Doktor Júlio ..."

„Ganz meinerseits, Senhor Gonçalo Ramires ..."

„Sie sind wohl auch gerade auf Ihrer Runde?"

Doktor Júlio zuckte die Achseln. „Was wollen Sie! Man hat mir das nun einmal aufgehalst! Und wissen Sie, was das Ende sein wird? Daß ich selber Ihnen am übernächsten Sonntag meine Stimme gebe!"

Der Fidalgo lachte. Sie beugten sich ein wenig zur Seite, um sich fröhlich und in gegenseitiger Wertschätzung die Hände zu drücken.

„Was für eine Hitze, Senhor Doktor Júlio!"

„Eine ganz abscheuliche Hitze, Senhor Gonçalo Ramires ... Eine Plackerei ist das!"

Die ganze Woche verbrachte der Fidalgo mit Besuchen bei den Wählern, „den großen und den kleinen". Und zwei Tage vor den Wahlen, an einem angenehm kühlen Freitag, brach er nachmittags nach Oliveira auf. André Cavaleiro war am Donnerstag von seinem langen, vieldiskutierten Aufenthalt in Lissabon nach Oliveira zurückgekehrt ...

Als Gonçalo vor dem „Eckenbau" aus der Kalesche sprang, mußte er durch den braven Pförtner João erfahren, daß die Senhoras Lousada bei der Senhora Dona Graça zu Besuch seien. Gonçalo war wütend.

„Schon lange?"

„Seit einer guten halben Stunde sitzen sie schon oben, Senhor."

Gonçalo verschwand schleunigst auf sein Zimmer und dachte: ‚So eine Unverschämtheit! Kaum ist André zurück, sind sie auch schon da und schnüffeln herum!' Er hatte sich gerade gewaschen und den aschgrauen Anzug angezogen, als plötzlich Barrolo eintrat, ganz außer Atem, in Gehrock und Zylinder, mit ungewöhnlich strahlendem Gesicht und feuerroten Pausbacken, die vor Begeisterung glänzten.

„Nanu, Barrolo, du siehst ja wie ein Geck aus!"

„Das geht ja nicht mit rechten Dingen zu!" rief Barrolo, nachdem er Gonçalo stürmisch zweimal umarmt hatte. „Eben war ich im Begriff, dir ein Telegramm zu schicken, du sollst herkommen ..."

„Warum denn?"

Barrolo unterdrückte ein Lächeln. Seine Augen leuchteten, und Stolz schwellte seine Brust, als er erwiderte: „Warum? Wegen gar nichts ... Das heißt, wegen der Wahl! Die Wahlen sind nämlich übermorgen, Kleiner! Cavaleiro ist gestern angekommen. Ich komme gerade von der Distriktsverwaltung zurück. Ich war beim Bischof, und anschließend bin ich zur Distriktsverwaltung rübergegangen ... Blendend sieht er aus, der André! Seinen Schnurrbart hat er gestutzt, dadurch wirkt er jünger. Und Neuigkeiten bringt er mit ... Große Neuigkeiten!"

Er strahlte und rieb sich so entzückt die Hände, daß der Fidalgo ihn verdutzt und neugierig anstarrte. „Hör mal, mein lieber Barrolo, hast du mir etwas Wichtiges zu melden?"

Barrolo trat einen Schritt zurück und verneinte ganz entschieden, wie jemand, der hastig eine Tür schließt. Er? Nein! Er wüßte gar nichts! Nur das mit den Wahlen! In Murtosa würde es eine ganz großartige Abstimmung geben ...

„Das habe ich mir schon gedacht", murmelte Gonçalo. „Und Gracinha?"

„Bei Gracinha gibt es auch nichts Neues."

„Was heißt ‚auch nichts Neues', Menschenskind! Wie geht es ihr denn? Ich meine, wie geht es ihr überhaupt?"

„Ach so! Die Lousadas sind bei ihr. Seit mehr als einer halben Stunde, diese Ziegen! Natürlich wegen des Basars im

Neuen Asyl... Immer diese Basare! Aber hör mal, mein lieber Gonçalo, du bleibst doch bis Sonntag?"

„Nein, ich fahre morgen aufs Schloß zurück."

„Ach!"

„Sonntag ist doch der Wahltag, Mann! Da muß ich zu Hause sein, dort, wo ich hingehöre, bei meinen Gemeinden..."

„Schade", sagte Barrolo enttäuscht. „Dann erführe man es gleich zusammen mit dem Wahlergebnis... Ich würde ein erstklassiges Essen geben..."

„*Was* erführe man dann gleich?"

Barrolo antwortete nicht auf diese Frage und lachte wieder. Seine Pausbacken leuchteten wie zwei Freudenfeuer. Er wiegte sich in den Hüften hin und her und wiederholte: „Dann erführe man es gleich... Nichts weiter! Das Wahlergebnis, die Stimmenauszählung. Darauf ein großes Festessen und ein großes Feuerwerk. In Murtosa wird natürlich ein Faß Wein angesteckt."

Gonçalo faßte Barrolo lachend bei den Schultern. „Nun sag's doch, Barrolo. Nun red doch schon. Du hast doch eine gute Nachricht auf Lager, die du deinem Schwager nicht vorenthalten willst!"

Der andere entwand sich ihm unter lautem Protest: Das bilde er sich bloß ein, das sei ja Unsinn. Er wüßte von nichts. André hätte ihm überhaupt nichts erzählt!

„Schön", sagte der Fidalgo, der sicher war, daß ihm eine angenehme Überraschung bevorstand. „Dann gehen wir hinunter. Und falls diese Kletten, diese Lousadas, immer noch da sind, laß den Diener im Salon recht laut zu Gracinha sagen, daß ich gekommen bin und sie sofort in meinem Zimmer sprechen möchte; auf diese Kreaturen nehme ich keine Rücksicht."

Barrolo stotterte unschlüssig: „Der Herr Bischof hält aber viel von ihnen... Er war übrigens sehr liebenswürdig zu mir, der Herr Bischof!"

Doch schon auf der Treppe hörten sie Gracinha im Salon

Klavier spielen und dazu trällern: Sie war die Lousadas bereits wieder losgeworden. Sie sang ein altes patriotisches Lied aus der Vendée, das sie und Gonçalo früher oft auf Santa Ireneia gesungen hatten, als sie sich noch für die edle und romantische Liebe der Bourbonen und der Stuarts begeisterten:

„Monsieur de Charette a dit à ceux d'Ancenis
‚Mes Amis! ...'
Monsieur de Charette a dit ..."

Gonçalo schob langsam die Portiere zur Seite und vollendete die von Gracinha angefangene Strophe, wobei er den Arm wie eine Fahne emporstreckte:

„‚Mes Amis!
Le Roi va ramener les Fleurs de Lys!'"

Gracinha sprang vor Überraschung von ihrem Klavierschemel auf. „Wir haben dich gar nicht erwartet! Ich dachte, du wärst während der Wahlen in deinem Schloß! Wie geht es dort?"

„Im Schloß ist Gott sei Dank alles wohlauf ... Aber ich hatte unheimlich viel Arbeit. Ich habe meine Novelle beendet; und in der letzten Woche habe ich meine Wähler besucht."

Barrolo, der sich auch im Salon noch nicht beruhigen konnte, stürzte mit verschmitztem Lächeln auf die beiden los. „Hältst du das für möglich, Gracinha? Da platzt doch dieser Mensch beinahe vor Neugier, seit er hier angekommen ist. Er bildet sich ein, ich hätte eine gute Nachricht, eine großartige Neuigkeit, die ich ihm erzählen müßte ... Und ich weiß von überhaupt nichts, höchstens daß jetzt die Wahlen sind! Stimmt das etwa nicht, Gracinha?"

Gonçalo wurde ganz ernst und faßte seine Schwester am Kinn.

„Du weißt es, nun sag schon."

Sie lächelte und wurde rot. Nein, sie wüßte von gar nichts, nur von den Wahlen.

„So sag mir's doch!"

„Ich weiß von nichts ... José macht doch nur Spaß."

Doch angesichts ihres leisen, nachgiebigen Lächelns, das einem Eingeständnis gleichkam, vermochte Barrolo nicht länger an sich zu halten und platzte los wie ein detonierender Böller. Also gut! Ja! Tatsächlich! Eine große Neuigkeit! Aber André, der sie aus Lissabon mitgebracht hatte, aus sicherster Quelle, wolle Gonçalo selber diese Überraschung bereiten ...

„So daß ich es also nicht sagen kann! Ich habe es André versprochen. Gracinha weiß es, denn ihr habe ich es schon gestern erzählt ... Aber sie darf auch nichts sagen, sie hat es ebenfalls versprochen. Nur André kann es, und der kommt ja gleich zum Tee, dann kracht die Bombe ... Und was für eine!"

Gonçalo brannte zwar vor Neugier, zuckte jedoch die Achseln und sagte nur leichthin: „Ach, ich weiß schon, eine Erbschaft! Davon bekommst du gleich fünfzehn Testonen Botenlohn, Barrolo."

Während des Essens und hinterher beim Kaffee im Salon, wo Gracinha am Klavier die alten patriotischen Lieder weiterspielte – jetzt die der Jakobiten zum Lobe der Stuarts –, wartete Gonçalo gierig auf das Erscheinen Cavaleiros. Er befürchtete nicht, daß dieses Wiedersehen durch Bitterkeit und unterdrückten Groll getrübt werden könnte. All sein Zorn auf Cavaleiro, der an dem schrecklichen Nachmittag am Aussichtsturm entflammt war und den er viele qualvolle Tage lang im Schloß genährt hatte, war nach seinem Gespräch mit der Schwester am Morgen der historischen Schlägerei in Grainha allmählich wieder verraucht. Gracinha hatte ihm damals unter heißen Tränen geschworen, in Zukunft Zurückhaltung zu üben. Gonçalo, der sich hinfort nicht mehr um die Dinge in Oliveira gekümmert hatte, widerstand ebenfalls in lobenswerter Weise der Versuchung, seinen Gefühlen oder seiner Eitelkeit nachzugeben. Er konnte wirklich nicht gut noch einmal mit Cavaleiro brechen, zumal ihre aufsehenerregende Versöhnung, die Cavaleiro den Weg in den „Eckenbau“ frei gemacht hatte, die verblüfften Klatschbasen ganz Oliveiras noch immer in Atem hielt. Und was brachten Zorn oder Trübsalblasen schon ein? Kein Schrei, kein Seufzer würde die im Aussichtsturm begangene Tat ungeschehen machen – *wenn* sie überhaupt begangen worden war! Er war eine unkomplizierte, leicht zu besänftigende Natur; negative Eindrücke, vor allem die düsteren, bedrückenden, pflegten bei ihm so rasch zu verfliegen wie Wolken am Sommerhimmel, und seine Wut auf Cavaleiro war längst verflogen.

Doch als Cavaleiro kurz vor neun Uhr in den Salon trat, würdig und elegant, den Schnurrbart kürzer geschnitten, aber stärker gezwirbelt, eine sich blähende tiefrote Krawatte auf der gleichfalls geblähten breiten Hemdbrust, da empfand Gonçalo von neuem Widerwillen gegen diese unverschämte Anmaßung und Heuchelei; und er klopfte dem alten Freund, der ihn mit augenfälliger Herzlichkeit umarmte, nur flüchtig auf den Rücken. André machte es sich in dem Klubsessel bequem, den der fürsorgliche Barrolo heranrückte, und während er seine hellen Handschuhe zwischen den Fingern drehte, munter über Lissabon und Cascaes plauderte, von Bridgepartien, von der großen Parade und von Seiner Majestät erzählte, durchlebte Gonçalo in Gedanken noch einmal jenen Nachmittag am Aussichtsturm, als er mit klopfendem Herzen das Ohr gegen die schlecht geschlossene Jalousie preßte und vernahm, welches unverschämte Ansinnen dieser gleiche Mund mit dem kühnen Schnurrbart flüsternd an seine Schwester stellte. Er blieb stumm wie ein Stein und kaute nervös an seiner längst erloschenen Zigarre. Gracinha dagegen war heiter und gelassen, ohne ihre sonstige unselige Befangenheit in Auftreten und Mienenspiel und ohne bei jeder Gelegenheit flammend rot zu werden. Ihre kaum merkliche Kühle gegen Cavaleiro war gut einstudiert.

Im Laufe des Gesprächs erwähnte Cavaleiro ganz beiläufig, daß er nach Lissabon zurückkehren würde, sobald die Wahlen vorüber seien, weil sein Onkel Reis Gomes und

José Ernesto, diese grausamen Freunde, ihm die Ausarbeitung der neuen Verwaltungsreform aufbürden wollten. Ein kurzer Teppich nur trennte Cavaleiro von Gracinha, doch Gonçalo erschien er wie ein meilenlanger tiefer Graben, der zwischen ihnen klaffte und in dem die Romanze des Sommers versunken war, ohne in ihren Gesichtern auch nur einen Widerschein ihrer glühenden Leidenschaft zu hinterlassen. Dieser äußere Eindruck beruhigte ihn, er erhob sich aus seinem Polstersessel, in dem er reglos wie eine Statue gesessen hatte, zündete sich an der Kerze des Klavierleuchters eine Zigarre an und fragte nach den Lissabonner Freunden. Cavaleiro versicherte, daß sie alle sehnlichst auf Gonçalos Eintreffen warteten.

„Den Castanheiro hab ich auch getroffen ... Er ist ganz begeistert von deiner historischen Novelle. Es scheint, daß es weder bei Herculano noch bei Rebelo etwas gibt, was sich damit messen kann. Castanheiro stellt deinen epischen Realismus sogar über den Flauberts in ‚Salammbô'. Kurzum, er ist begeistert! Und wir brennen natürlich darauf, dieses hervorragende Werk das Licht der Öffentlichkeit erblicken zu sehen."

Der Fidalgo wurde rot bis über die Ohren und murmelte: „Unsinn!" Dann trat er an den Sessel, in dem André saß, und streichelte seine breiten Schultern.

„Du hast uns hier sehr gefehlt, mein Alter! Vor ein paar Tagen bin ich durch Corinde gekommen und habe an dich denken müssen ..."

Da vermochte Barrolo, der mit rotem Kopf unruhig durch den Salon schwänzelte und bald Cavaleiro, bald Gonçalo forschend ansah, nicht mehr an sich zu halten und rief: „Genug der Vorreden ... Jetzt kommt die große Überraschung. André! Ich bin schon den ganzen Nachmittag lang fast zerplatzt ... Aber schließlich hatte ich versprochen zu schweigen! Nun kann ich nicht mehr. Also los ... Und du, mein lieber Gonçalo, mach deine fünfzehn Testonen für mich locker."

Gonçalo, der jetzt vor Neugier fast verging, lächelte und meinte leichthin: „Wahrhaftig! Du scheinst ja gute Neuigkeiten auf Lager zu haben."

Cavaleiro breitete langsam die Arme aus, ohne sich aus seinem riesigen Lehnsessel zu erheben, und sagte seelenruhig: „Oh! Das ist die einfachste und natürlichste Sache der Welt ... Die Senhora Dona Graça weiß es schon, nicht wahr? Da ist gar kein Grund zur Überraschung ... Eine so selbstverständliche, so natürliche Sache!"

Gonçalo wurde ungeduldig. „Nun sag schon endlich, was ist!"

Doch Cavaleiro sprach weiter, als habe er nicht gehört. Erstaunlich daran sei nur, daß man erst jetzt darauf käme, diesen so wohlverdienten, so angemessenen Akt zu vollziehen. Meine die Senhora Dona Graça das nicht auch?

Gonçalo brüllte wütend: „Aber was denn, zum Teufel?"

Nun erhob sich Cavaleiro langsam aus seinem tiefen Sessel, zupfte an seinen Manschetten, baute sich vor Gonçalo auf und sagte mit geschwellter Brust feierlich, als habe er eine offizielle Bekanntmachung zu verkünden, in das erwartungsvolle Schweigen: „Mein Onkel Reis Gomes und José Ernesto hatten einen ganz naheliegenden Einfall, den sie Seiner Majestät mitteilten und den Seine Majestät guthieß ... guthieß in einem Maße, daß es ihr gefallen hat, ihn zu dem ihren zu machen, und daß sie wünscht, daß er ausschließlich als der Einfall Seiner Majestät betrachtet werde. Und so *ist* es heute einzig der Einfall Seiner Majestät. Seine Majestät hat also genau das gedacht, was wir gedacht haben, nämlich daß einer der ersten Fidalgos Portugals, ganz sicher sogar der vornehmste, einen Titel bekommen müßte, der das erhabene Alter dieses Geschlechtes ehrt und zugleich die hohen Verdienste dessen, der es repräsentiert ... Und deshalb, mein lieber Gonçalo, kann ich dir bereits ankündigen, und das gewissermaßen im Namen Seiner Majestät, daß du Marquis von Treixedo werden wirst."

„Bravo! Bravo!" rief Barrolo und klatschte frenetisch Beifall. „Her mit meinen fünfzehn Testonen, Herr Marquis von Treixedo!“

Eine Blutwelle schoß in Gonçalos schmales Gesicht. Er begriff sofort, daß dieser Titel ein Geschenk Cavaleiros war, aber nicht für den Chef des Hauses Ramires, sondern für den willfährigen Bruder einer Gracinha Ramires. Und vor allem fand er es widersinnig, daß dem Oberhaupt eines tausendjährigen Geschlechts, aus dem ganze Dynastien hervorgegangen waren, das das Königreich Portugal mitgeschaffen hatte und von dem mehr als dreißig Männer im Kampf gefallen waren, jetzt ein hochtrabender Titel verliehen werden sollte wie einem reich gewordenen Krämer, der sich bei der Finanzierung von Wahlen hervorgetan hat. Gleichwohl bedankte er sich bei Cavaleiro, der ja nun erwartete, daß er ihm vor lauter Rührung in die Arme fiel. O gewiß, Marquis von Treixedo! Ein sehr klangvoller Titel! Und dann fragte er mit einem Lächeln gespielten Erstaunens händereibend: „Aber, mein lieber André, auf Grund welcher Autorität kann mich denn Seine Majestät zum Marquis von Treixedo machen?“

Cavaleiro blickte überrascht auf und erwiderte leicht gekränkt: „Auf Grund welcher Autorität? Ganz einfach auf Grund der Autorität, die er als unser aller Herrscher besitzt, als König von Portugal, der er Gott sei Dank immer noch ist!“

Schlicht, ohne jedes Pathos, mit dem gleichen erstaunten Lächeln wie vorher sagte Gonçalo: „Verzeihung, mein lieber André! Meine Ahnen hatten längst ihren Herrensitz in Treixedo, als es noch gar keine Könige von Portugal, ja nicht einmal Portugal selber gab. Ich begrüße zwar große Geschenke unter großen Fidalgos, aber es kommt den ältesten zu, damit anzufangen. Seine Majestät besitzt ein Landgut in der Nähe von Beja, es heißt Roncão, glaube ich. Sag du also dem König, daß ich ihn mit dem größten Vergnügen zum Marquis von Roncão ernenne.“

Barrolo saß sprachlos mit versteinertem Gesicht da und

begriff das Ganze nicht. Gracinha hockte auf der Sofakante, errötete und strahlte vor Vergnügen, weil solcher Stolz so gut zu dem ihren paßte und sie sich ihrem geliebten Bruder mehr denn je innig verbunden fühlte. André Cavaleiro war wütend, machte aber nur eine ironische Verbeugung und murmelte: „In der Tat! ... Jeder betrachtet die Dinge eben auf seine Weise ..."

Der Diener trat mit dem Teetablett ein.

Am Sonntag fanden die Wahlen statt.

Der Fidalgo war argwöhnisch und beobachtete eine fast abergläubische Zurückhaltung. Er wollte diesen Tag mit sich allein und in aller Stille verbringen. So stieg er am Sonnabend, als alle seine Freunde in Vila Clara und selbst in Oliveira ihn im „Eckenbau" und in ständiger Verbindung mit der Distriktsverwaltung wähnten, bei Einbruch der Dunkelheit aufs Pferd und trabte heimlich in Richtung Santa Ireneia davon.

Barrolo, noch immer außer sich über „Gonçalos Schnitzer, der einer Beleidigung Cavaleiros, ja des Königs gleichkam!", hatte es übernommen, die im Distriktsbüro eingehenden Wahlergebnisse nach dem Schloß weiterzudepeschieren. Mit geradezu erstaunlichem Eifer organisierte er zwischen dem „Eckenbau" und dem alten Kloster São Domingos, dem Sitz der Distriktsverwaltung, einen ständigen Botendienst. Gracinha saß im Speisezimmer und schrieb, von Pater Soeiro assistiert, sorgfältig die von Cavaleiro herübergeschickten Telegramme ab, der mit Bleistift stets noch irgendeine liebenswürdige Bemerkung hinzufügte: „Alles in bester Ordnung!" – „Wahlsieg sicher." – „Allen meine Glückwünsche."

Immer wieder eilte der Telegrafenbote mit seinem lahmen Bein keuchend die Landstraße entlang, die von Vila Clara nach dem Schloß führte. Bento stürmte in die Bibliothek und rief: „Wieder ein Telegramm, Herr Doktor!" Gonçalo, schon sichtlich nervös, das von halb gerauchten Zigaretten übersäte Tablett mit einer riesigen Teekanne vor sich auf dem Schreibpult, las ihm das Telegramm vor. Bento lief unter Hurrarufen hinaus auf den Korridor, um Rosa die Neuigkeit in die Ohren zu schreien.

Als der Fidalgo gegen acht Uhr endlich zu Abend essen wollte, stand sein glänzender Wahlsieg bereits fest. Beim nochmaligen Lesen der Telegramme beeindruckte ihn besonders die überschwengliche Begeisterung der Leute, die er kaum kannte und die die Wahl beinahe zu einem Liebeswerk machten. Die ganze Gemeinde Bravais war geschlossen wie ein Heer zur Kirche marschiert, voran José Casco mit einer riesigen Fahne, flankiert von zwei Trommlern, die einen Heidenlärm vollführten. Der Vicomte von Rio Manso fuhr mit seiner ganz in Weiß gekleideten Enkelin in seiner Viktoria auf dem Kirchplatz von Ramilde vor, gefolgt von einer ansehnlichen Reihe von Char-à-bancs, auf denen sich die Wähler unter grünen Girlanden drängten. Auf der Finta leerten sich alle Bauernhöfe; alle machten sich auf, den Fidalgo zu wählen, die Frauen mit Schmuck behängt, die Burschen mit einer Blume hinterm Ohr, unter dem schrillen Gefiedel der Bratschen. Es war wie eine Wallfahrt zu einem Heiligen. Und vor der Schenke des Pintainho, gegenüber von der Kirche, hatten die Einwohner von Veleda, Riosa und Cerdal einen Bogen aus Buchsbaum aufgerichtet, mit einer roten Aufschrift auf weißer Leinwand: „Hoch unser Ramires, die Zierde aller Männer!“

Während er noch beim Essen war, kam ein Gutsknecht aus Vila Clara zurück und berichtete ganz aufgeregt von dem tollen Trubel, den Musikkapellen auf den Straßen, dem in ein Fahnenmeer gehüllten Klubgebäude und dem Transparent über dem Rathausportal mit dem Bildnis des Fidalgos, dem die Menge zujubelte.

Gonçalo stürzte seinen Kaffee hinunter. Aus Schüchternheit und aus Furcht vor lauten Beifallskundgebungen getraute er sich nicht nach Vila Clara, um alles selber in Augenschein zu nehmen. Aber er zündete sich eine Zigarre an und ging auf die Veranda, um die Luft dieses milden, feiertäglichen Abends einzuatmen, den ihm zu Ehren so viel Erregung und Lärm erfüllte. Doch als er die Glastür öffnete, wich er beinahe erschrocken zurück: Sein Turm war illuminiert! Aus den schmalen, tiefen Fenstern drang zwischen den Gevierten der schwarzen Eisengitter heller Schein nach draußen, und hoch über den alten Zinnen erstrahlte ein prächtiger Kranz von Lichtern. Das war eine in aller Heimlichkeit von Bento, Rosa und den Gutsknechten vorbereitete Überraschung; jetzt standen sie alle im Dunkeln unter der Veranda und betrachteten ihr Werk, das den klaren Himmel erhellte. Gonçalo vernahm gedämpfte Schritte und das Räuspern der Rosa. Heiter rief er von der Brüstung der Veranda hinunter: „He, Bento! He, Rosa! ... Ist dort jemand?"

Leises Lachen antwortete ihm. Aus dem Schatten löste sich Bentos weiße Jacke: „Der Herr Doktor hat einen Wunsch?"

„Nein, nein! Ich möchte mich nur bedanken ... Das habt ihr gemacht, nicht wahr? Die Illumination ist hübsch, wirklich hübsch! Danke schön, Bento! Danke schön, Rosa! Danke schön, Jungen! Von weitem muß das einen ganz phantastischen Eindruck machen."

Doch Bento wollte sich mit diesen dürftigen Lämpchen noch nicht zufriedengeben. Um in der Nacht weithin sichtbar zu sein, brauche der Turm kräftige Gasflammen. Der Herr Doktor habe ja gar keine Vorstellung, wie hoch er sei und wie riesig groß die Plattform da oben.

Gonçalo verspürte plötzlich Lust, selber zu dieser riesigen Plattform hinaufzusteigen. Seit seiner Studentenzeit war er nicht mehr im Turm gewesen; stets hatte ihm sein Inneres mißfallen, das unheimliche Dunkel, die nackten Wände aus hartem Granit, die Totenstille, die Grabeskälte und die schwarzen, eisenbeschlagenen Falltüren in den Fliesen des Erdgeschosses, die zu unterirdischen Kerkern führten. Doch jetzt spendeten die Lichter in den schmalen Fenstern wohltuende Wärme und erweckten Ordonho Mendes' uralte Burgruine zu neuem Leben. Es mußte ein stolzes Gefühl sein, zwischen diesen Zinnen zu stehen, viel höher als auf der

Veranda, und die lärmende Sympathie, die ringsum durch die Gemeinden wogte, wie Weihrauch einzuatmen. Er zog einen Mantel über und ging in die Küche hinunter. Bento und der Gemüsegärtner Joaquim ergriffen munter große Laternen; mit ihnen zusammen durchquerte Gonçalo den Obstgarten, zwängte sich durch die enge, niedrige Eingangstür und stieg die schmale Steintreppe hinauf, die so viele eiserne Sohlen geglättet und ausgetreten hatten.

Schon vor Jahrhunderten war die Erinnerung an die Stellung verlorengegangen, die der Turm einmal innerhalb der weitläufigen Befestigungsanlagen von Burg und Herrschaft Santa Ireneia eingenommen hatte. Gewiß war er (nach Meinung Pater Soeiros) nicht der Bergfried, auch nicht der Turm der Zitadelle, in dem der Schatz, das Archiv und die kostbaren Säcke mit den Spezereien aus dem Orient verwahrt wurden – vielleicht verteidigte er, ohne einen besonderen Namen zu haben, bloß eine Mauerecke nach der Seite zu, wo die Burg an die Saatfelder und das Ulmenwäldchen der Flußniederung grenzte. Doch weil er die anderen stolzen Türme überdauerte, weil er zur Anlage des schönen Palastes gehörte, der aus dem düsteren Kastell der affonsinischen Ära emporwuchs und Santa Ireneia zu Zeiten der Dynastie Aviz beherrschte, weil er einst noch durch die hellen Bogengänge einer Terrasse mit dem Schloß im italienischen Stil verbunden war, zu dem Vicente Ramires nach seinem Kastilienfeldzug den manuelinischen Palast hatte umbauen lassen, weil er dann einsam im Obstgarten stand und dennoch stolz das große Palais überragte, das nach der Einäscherung durch eine Feuersbrunst zur Zeit König Dom Josés nach und nach wieder aufgebaut worden war, und weil er ganz gewiß der letzte Turm war, wo noch Waffen klirrten und die Männer vom Regiment Ramires ihre Runde machten – deshalb verkörperte er alle diese Epochen, deshalb verkündete er mit seinen uralten Steinen gleichsam die Einheit einer langen Ahnenreihe. Aus diesem Grunde nannte man ihn in der Umgegend einfach den „Turm des Dom Ramires".

Gonçalo, der immer noch im Bann der Ahnen und der Epoche stand, die er in seiner Novelle beschworen hatte, bewunderte respektvoll aufs neue seine Höhe, seine wuchtige Gestalt, seine steilen Stiegen und seine Wände, die so dick waren, daß die schmalen Fenster darin wie kurze Korridore wirkten. Sie wurden jetzt matt von den Öllämpchen erhellt, mit denen sie Bento aus jahrhundertelangem Schlaf geweckt hatte.

In jedem der drei Stockwerke machte Gonçalo halt. Neugierig, beinahe so, als besuche er einen alten Bekannten, ging er durch kahle Räume, auf deren riesigen Steinfliesen seine Schritte widerhallten, durch düstere Gewölbe mit Steinbänken und einem seltsamen Loch in der Mitte, rund wie das eines Brunnens, und Eisenringen an den rauchgeschwärzten Wänden, in denen einmal Fackeln gesteckt hatten. Und ganz oben, auf der breiten Plattform, die von den Lämpchen, die die Zinnen umkränzten, mit Helligkeit übergossen wurde, hatte Gonçalo plötzlich das beglückende Gefühl, über den ganzen Distrikt zu gebieten und so etwas wie eine väterliche Oberhoheit über ihn zu besitzen, allein dank der stolzen Höhe dieses ehrwürdigen Turmes, der älter als die Provinz und älter als das Königreich Portugal war. Ein kühler Wind wehte hier, und Gonçalo schlug den Mantelkragen hoch. Langsam ging er an den Zinnen entlang bis zum Ausguck, wo eine auf einen Rohrstuhl hinter das Fenster gestellte Petroleumlampe von feudalem Selbstgefühl kündete. Am blauen, leicht bedeckten Himmel schimmerten matt ein paar vereinzelte Sterne.

Unten lagen in tiefer Finsternis das Gut, weite Felder und dichte Laubwälder. Doch in der dunklen, stillen Nacht leuchteten hin und wieder in der Ferne, von Bravais her, Raketen auf. Ein gelblicher, von Qualm überlagerter Lichtschein, der weiter drüben nach der Finta zu dahinkroch, war sicherlich ein festlicher Fackelzug. Auf dem hohen Kirchturm von Veleda flackerten trübe ein paar einzelne Lämpchen. Andere Lichter, die durch den Wald schimmerten, erhellten die markante

Silhouette des alten Klosterportals von Santa Maria de Craquede. Aus der dunklen Landschaft kam zuweilen undeutlicher Trommelklang herüber. Und alle diese Lämpchen, Fackeln und Trommelschläge waren das Treuebekenntnis von zehn Gemeinden, die begeistert den Fidalgo da Torre hochleben ließen, der ihre Huldigung auf der von Stille und Finsternis umgebenen Plattform seines Turmes entgegennahm.

Bento und Joaquim stiegen wieder hinunter, um nach den Öllämpchen in den Turmfenstern zu sehen, die zwischen den dicken Mauern zu erlöschen drohten. Gonçalo rauchte seine Zigarre zu Ende und machte langsam noch einmal die Runde an den Zinnen entlang, einem Gedanken hingegeben, der ihn schon diesen ganzen turbulenten Sonntag lang beschäftigte. Er war also populär! Populär in allen diesen Dörfern, die da im langen Schatten seines Turmes lagen, er, der Fidalgo da Torre! Doch diese Gewißheit machte ihn weder froh noch stolz – jetzt, in dieser friedlichen Nacht, erfüllte sie ihn eher mit Bestürzung und Reue. Oh, wenn er das geahnt hätte – wenn er das nur geahnt hätte! Dann wäre er erhobenen Hauptes und mit weit ausgebreiteten Armen allein seinen Weg gegangen, in froher Zuversicht, getragen von der Sympathie, die ihm so selbstverständlich, so bereitwillig entgegengebracht wurde! Aber wie konnte er das auch ahnen! Stets hatte ihn die Gleichgültigkeit der Dörfler ringsum erbost, die in ihm trotz seines alten Namens bloß einen jungen Mann wie jeden anderen sahen, der aus Coimbra zurückgekehrt ist, von seinen Pachteinnahmen lebt und auf seiner Stute spazierenreitet. Nie hätte er es für möglich gehalten, bei dieser durchaus begreiflichen Gleichgültigkeit hier die paar Stimmen herauszuholen, die Handvoll Papierzettel, die er brauchte, um in die Politik einzutreten und sich durch List das zu erobern, was seinen Ahnen als Erbe zugefallen war – Geld und Macht! Nur deshalb hatte er sich so begierig an die Hand Cavaleiros geklammert, an die Hand des Herrn Regierungspräsidenten – nur damit

Seine Exzellenz, der gute Freund, ihn groß herausstellte, ihn als den Mann, der unbedingt gebraucht wurde, den Wählern aufnötigte; ihn als den Liebling der Regierung anpries, den Besten unter den Guten, dem die Gemeinden eines Sonntags ihre Handvoll Stimmen darbringen müßten.

Nur um dieser Begünstigung willen hatte er sich bemüht, ein durch Cavaleiro erlittenes bitteres Unrecht zu vergessen; vor den Augen der fassungslosen Stadt Oliveira hatte er einen Menschen in die Arme geschlossen, den er jahrelang verabscheut, auf der Straße und in den Zeitungen verspottet und geschmäht hatte; er hatte eine Freundschaft erneuert, die für immer begraben sein sollte; und er hatte das Wesen, das er am meisten liebte, seine arme schwache Schwester, in eine unmögliche Situation gebracht und in Gewissenskonflikte gestürzt. Schaden und Schande also – und wozu das alles? Um eine Handvoll Stimmen zu ergattern, die zehn Gemeinden ihm sowieso bereitwillig gaben, gratis, begeistert, unter Hochrufen und mit Feuerwerk, sobald er sie darum bat ...

Das war es ja eben! Schuld war seine Schüchternheit, sein Mangel an Selbstvertrauen, der ihm von seiner Schulzeit an das Leben verleidet hatte. Es war der gleiche unselige Mangel an Selbstvertrauen, der ihn noch vor ein paar Wochen vor einem Schatten, einem erhobenen Holzprügel oder dem schallenden Gelächter in einer Kneipe davonlaufen ließ, wobei er jedesmal erst eine Gänsehaut bekam und hinterher seine eigene Feigheit verfluchte. Eines schönen Tages, auf offener Landstraße, faßt er sich endlich ein Herz, hebt seine Peitsche – und entdeckt seine Kraft! Und dann geht er unters Volk, sich ängstlich an der mächtigen Hand der Autorität festklammernd, weil er sich für unpopulär hält – und entdeckt, wie unerhört populär er ist! Wie oft hatte ihn das Leben zum besten gehabt, und wie oft hatte er es geschmäht – nur weil er es nicht kannte ...

Bento ließ sich nicht wieder blicken, denn er war immer noch eifrig damit beschäftigt, die vergitterten Fenster des

Turmes gebührend zu illuminieren. Gonçalo warf den Zigarrenstummel fort, vergrub die Hände in den Taschen seines Mantels und blieb am Ausguck stehen. Nachdenklich sah er zu den Sternen empor. Der Nebel war fast verschwunden; sie strahlten jetzt heller am dunkler gewordenen Himmel. Und von den Sternen und der Weite des Firmaments senkte sich jenes Bewußtsein der Unendlichkeit, der Ewigkeit auf ihn herab, das die Herzen derer, denen dieser Anblick ungewohnt ist, wie eine Offenbarung durchdringt. Einen Augenblick lang war Gonçalo geradezu betroffen über diese Unendlichkeit, unter der sich, nichtig wie Staub, die armselige, auf ihre Geschäftigkeit so eitle Menschheit tummelt.

In der Ferne leuchtete noch eine letzte Rakete auf und wurde vom schweigenden Dunkel verschlungen. Nach und nach erloschen auch die Lämpchen auf dem Torbogen des Klosters Santa Maria de Craquede. Längst war der Lärm der Musikkapellen verstummt; in tiefer Stille lagen die schlafenden Felder. Der Tag des Triumphes neigte sich seinem Ende zu – er war so kurzlebig wie Sternschnuppen und die Raketen des Feuerwerks. Immer noch stand Gonçalo am Ausguck und dachte über den Wert dieses Triumphes nach, den er so sehnlichst herbeigewünscht hatte, um dessentwillen er sich so tief gedemütigt hatte. Abgeordneter! Abgeordneter für Vila Clara, wie einst Sanches Lucena. Und angesichts dieses winzigen, trivialen Resultats erschienen ihm all seine verzweifelten, skrupellosen Anstrengungen weniger unmoralisch als vielmehr lächerlich. Abgeordneter! Und wozu? Um im „Bragança“ zu frühstücken, nach São Bento hinaufzukutschieren, diesem schmutzigen Kloster, wo er dann auf seiner Deputiertenbank einen Brief an seinen Schneider kritzelte! Um über die Hohlheit der Männer rings um ihn und ihrer Phrasen zu gähnen und sich stumpfsinnig, stumm oder blökend, in die Hammelherde des São Fulgêncio einzuordnen, da er ja aus der völlig gleichen Hammelherde des Brás Vitorino desertiert war!

Vielleicht würde es ihm durch jämmerliche Intrigen und

Schmeicheleien bei einem Parteigewaltigen und der Dame dieses Parteigewaltigen, durch Versprechungen und ein paar billige Witze in den Zeitungsredaktionen, durch eine zündende Rede eines Tages gelingen, Minister zu werden. Und was kam dann? Dann kam die Kutsche, mit der er die steile Straße nach São Bento hinauffuhr, gefolgt von seinem Kurier auf einer weißen Schindmähre, und dann die schlechtsitzende Uniform abends im Theater, das servile Lächeln katzbuckelnder Schreiber auf den dunklen Korridoren seiner Kanzlei und der Schmutz, den jede Gazette der Opposition über ihn ausgießen würde ... Was war das doch für ein klägliches, reizloses Dasein, verglichen mit dem reichen, erfüllten Leben anderer Männer unter dem Glitzern dieser gleichen Sterne! Während er, der Herr Abgeordnete für Vila Clara, sich in seinen Paletot wickelte und den Triumph seiner eigenen Erbärmlichkeit feierte, vollendeten große Denker die Deutung des Universums; Künstler vollbrachten Werke von ewiger Schönheit; Reformatoren verbesserten die Harmonie der gesellschaftlichen Zustände; fromme Heilige mühten sich um die Besserung der Seelen; Physiologen linderten die alten Leiden der Menschheit; Erfinder mehrten den Reichtum in aller Herren Ländern; waghalsige Abenteurer rissen ganze Welten aus ihrem Dornröschenschlaf ... Jawohl, das waren die wirklichen Männer, sie, die in vollen Zügen ein köstliches Leben lebten und mit nimmermüden Händen eine immer schönere und gerechtere Zukunft für die Menschheit formten. Oh, einer von denen müßte man sein, einer von diesen Übermenschen! Und brauchte man zu großen Taten wie den ihren Genie, jene Naturgabe, die wie einst die heilige Flamme der Erleuchtung auf den von Gott Auserkorenen herniederfährt? Nein! Man brauchte dazu lediglich wachen Wirklichkeitssinn – und dann einen starken Willen.

Der Fidalgo da Torre stand unbeweglich auf der Plattform seines Turmes, zwischen dem sternenübersäten Himmel und der dunklen Erde, und grübelte lange über das sinnvollste Leben nach – bis es ihm schien, als ströme die Tatkraft seines alten Geschlechts, deren Zeuge dieser Turm gewesen war, jetzt in sein Herz zurück, und als sähe er endlich seinen eigenen Weg zur großen, segensreichen Tat vor sich, die ihm echten Lebensgenuß geben würde, mit der er rings um sich neues Leben schaffen und dem alten Glanz seines Namens neuen Glanz hinzufügen konnte. Reichtümer würden seine Anstrengung lohnen, und das ganze Land würde ihn rühmen, weil er ihm als ganzer Mann einen guten Dienst erwiesen hatte . . .

Da trat Bento mit einer Laterne aus dem niedrigen Türchen, das zum Ausguck führte.

„Der Herr Doktor bleiben noch?“

„Nein, Bento. Das Fest ist zu Ende.“

Anfang Dezember wurde in der ersten Nummer der „Annalen“ „Der Turm des Dom Ramires“ veröffentlicht. Alle Zeitungen, selbst die der Opposition, lobten „diese meisterhafte Studie“ (wie sie der „Abend“ nannte), die nicht nur einen Künstler und Gelehrten verrate, sondern mit einer moderneren und farbigeren Kunst das Werk eines Herculano und eines Rebelo fortsetze, nämlich die moralische und gesellschaftliche Restauration des heroischen alten Portugal. Nach den Weihnachtsfeiertagen – Gonçalo verbrachte sie wohlgelaunt im „Eckenbau“, wo er Gracinha bei der Zubereitung von Stockfischkuchen nach einem vorzüglichen Rezept des Paters José Vicente von der Finta half – gaben seine Oliveiraner Freunde und die jungen Leute vom Klub und von der Arcada für den Deputierten von Vila Clara in dem mit Buchsbäumen und Fahnen festlich geschmückten Rathaussaal ein Bankett. Cavaleiro hatte sein Großkreuz angelegt, und der Baron Marges (der den Vorsitz führte) ließ „den prachtvollen jungen Mann“ hochleben, „der vielleicht schon in Kürze im Sessel der Macht sitzen und mit der seinem edlen Geschlecht eigenen Energie und Tatkraft dieses stolze Land vor dem drohenden Verfall retten“ würde.

Mitte Januar reiste Gonçalo in einer kalten Regennacht nach Lissabon ab, und während des ganzen Winters erschien sein Name beständig in den Gesellschaftsspalten der Tageszeitungen, in den Berichten über Essen, „Routs", Taubenschießen und königlichen Jagdpartien. Von seiner eleganten Erscheinung wurde derart gewissenhaft Notiz genommen, daß die Barrolos das „Diário Ilustrado" abonnierten, um zu erfahren, wann er auf der Avenida spazierenzugehen pflegte. Im Klub in Vila Clara zuckte João Gouveia nur noch die Achseln und knurrte: „Ein Geck ist er geworden!" – Doch Ende April erschreckte plötzlich eine neue Nachricht Vila Clara und versetzte im stillen Oliveira das junge Volk vom Klub und der Arcada in helle Aufregung. Gracinha, die mit Barrolo gerade in Amarante weilte, traf diese Nachricht derart unerwartet, daß sie noch in der gleichen Nacht beide nach Lissabon abreisten. Im Schloß von Santa Ireneia sank Rosa in der Küche auf eine steinerne Bank, brach in Tränen aus, konnte das alles nicht fassen und seufzte immer wieder: „Ach mein lieber Kleiner, mein lieber Kleiner, nun sehe ich ihn nie wieder!"

Gonçalo Mendes Ramires hatte sich nämlich in aller Stille, beinahe heimlich, die Konzession für ein riesiges Terrain in Macheque, in Sambésia, beschafft und auf sein Landgut Treixedo eine Hypothek aufgenommen. Anfang Juni schiffte er sich mit Bento auf dem Dampfer „Portugal" nach Afrika ein.

XII

Wie im Fluge waren vier Jahre über den alten Turm von Santa Ireneia dahingegangen.

An einem warmen Septemberabend lag Gracinha, die tags zuvor in Begleitung des guten Paters Soeiro im Schloß angekommen war, auf der Veranda des Speisezimmers langgestreckt auf dem Rohrsofa und ruhte sich aus. Über ihrem Kleid trug sie eine große weiße Schürze, eine alte Schürze von Bento, die ihr bis zum Hals reichte. Den ganzen Tag über hatte sie mit Unterstützung der Rosa und der Tochter der Crispola das Haus von oben bis unten aufgeräumt und saubergemacht und in ihrem Arbeitseifer sogar eigenhändig den Staub von allen Büchern der Bibliothek gewischt, den dicken Staub von vier Jahren. Barrolo hatte sich gleichfalls nützlich betätigt und sein fachmännisches Urteil über die Bauarbeiten im Pferdestall abgegeben, den die brave Stute, die sich bei der Schlägerei in Grainha so ausgezeichnet hatte, binnen kurzem mit einer in London gekauften englischen Halbblutstute teilen sollte. Auch Pater Soeiro war nicht müßig gewesen und hatte im Archiv fleißig den Flederwisch geschwungen. Und der Pereira aus Riosa, der wackere Gutspächter, kommandierte seit dem frühen Morgen zwei Knechte herum, die eilends dem Gemüsegarten den letzten Schliff geben mußten. Er sah jetzt recht sauber und gepflegt aus mit seinen Melonen- und Erdbeerbeeten und zwei neuen Wegen, die beide von Rosensträuchern eingefaßt und mit einem Gitter überdacht waren, das bereits dichtes Weinlaub umrankte.

Das Schloß und der alte Turm legten inmitten des allgemeinen Freudentaumels ein Festkleid an, denn am Sonntag kehrte Gonçalo nach vierjähriger Abwesenheit aus Afrika zurück.

Gracinha lächelte gedankenvoll und blickte auf das stille Landgut und in das Abendrot, das über Valverde leuchtete. In ihrer Erinnerung ließ sie noch einmal diese vier Jahre seit dem Morgen vorüberziehen, als sie Gonçalo zum Abschied zitternd und mit zugeschnürter Kehle in der Kajüte der „Portugal" umarmt hatte ... Vier Jahre! Sie waren verstrichen, und nichts hatte sich geändert in der Welt, in ihrer kleinen Welt zwischen „Eckenbau" und Schloß, und das Leben war so langweilig dahingeflossen wie ein Fluß durch eine Einöde. Gonçalo war in Afrika, irgendwo in Afrika; er schrieb wenige, aber fröhliche Briefe, voller Begeisterung, als sei er der Gründer eines Imperiums; und sie führte im

„Eckenbau“ mit Barrolo ein so ruhiges, so eintöniges Leben, daß die Diners, zu denen sich die Mendonças, die Marges, der Oberst vom 7. Regiment und andere Freunde einfanden und wo dann abends im Salon zwei Tische mit grünem Tuch für Lomber und Boston zurechtgestellt wurden, geradezu aufregende Ereignisse darstellten.

Und in diesem stillen Alltag hatte sich ebenso still und fast unmerklich auch der wilde Sturm ihres Herzens gelegt. Sie verstand selber nicht, wie ein Gefühl, das sie trotz allen Schuldbewußtseins vor sich selber gerechtfertigt, das sie insgeheim beinahe als etwas Heiliges betrachtet hatte, weil sie es für einmalig und für ewig hielt, so allmählich, fast ohne daß man es wahrnahm, dahinschwinden und nichts als leise Reue, etwas Wehmut, Unbehagen und Verlegenheit zurücklassen konnte – feine Asche, die Reste einer glühenden Leidenschaft. Das Leben ging weiter seinen gleichmäßigen Gang, und Gracinha wurde von ihm mit fortgerissen wie ein trockenes Blatt vom Wind.

Gleich nach dem letzten Weihnachtsfest, das sie mit Gonçalo verbrachten, war André, der sie alle noch in die Mitternachtsmesse begleitet und im „Eckenbau“ mit ihnen gegessen hatte, nach Lissabon zurückgekehrt, zu seiner Arbeit an der „Reform“, über die er dauernd jammerte. In dem Schweigen, das sich damals wie eine Wand zwischen sie beide schob, lag schon die Kälte des Verzichts. Und als André wieder nach Oliveira in die Distriktsverwaltung zurückkehrte, reiste sie nach Amarante ab, wo Barrolos fromme Mutter an einer schweren Anämie und an Altersschwäche erkrankt war, die sie im Mai zum Herrn heimgehen ließ.

Im Juni hatte unter großer Anteilnahme Gonçalos Einschiffung nach Afrika stattgefunden. Auf dem Achterdeck des Dampfers, inmitten allgemeiner Aufregung und Bergen von Gepäck, begegnete sie André. Er war ein paar Tage vorher aus Oliveira gekommen und erzählte angeregt von der Hochzeit der Mariquinhas Marges. Da Barrolo in dem alten Palais am Königsplatz größere bauliche Veränderungen vornehmen ließ, verbrachten sie den ganzen Sommer auf dem Landgut Murtosa, dem Gracinha wegen des schönen Waldes und der hohen Klostermauern den Vorzug gegeben hatte. In dieser einsamen Umgebung erblickte Barrolo die Ursache für ihre Niedergeschlagenheit, ihr verhärmtes Aussehen und die Grübeleien, denen sie sich hingab, wenn sie, einen vergessenen Roman im Schoß, still auf einer der bemoosten Bänke saß. Um ihr Zerstreuung zu verschaffen und weil er sich von Bädern im Meer eine günstige Wirkung auf ihre Gesundheit versprach, mietete er im September das an der Küste gelegene ansehnliche Landhaus des Komturs Barros. Sie badete aber gar nicht und ließ sich auch nicht während der kühlen Tageszeit blicken, wo die Damen auf niedrigen Stühlen beisammensaßen; erst abends unternahm sie gewöhnlich einen Spaziergang – den langen Strand entlang, dicht am Wasser, in Begleitung zweier riesiger Windhunde, die ihr Manuel Duarte geschenkt hatte. – Eines Morgens beim Frühstück, als er die „Novidades" aufschlug, schnellte Barrolo mit einem Schrei der Bestürzung vom Sofa hoch: Das Kabinett São Fulgêncio war ganz unerwartet gestürzt worden! André Cavaleiro reichte sogleich telegrafisch seinen Rücktritt ein, und ebenfalls durch die „Novidades" erfuhren sie noch an der Küste, daß Seine Exzellenz sich auf eine „lange, interessante Reise" begeben habe, jene Reise nach Konstantinopel, nach Kleinasien, die er damals beim Diner im „Eckenbau" angekündigt hatte. Gracinha nahm sich einen Atlas vor und verfolgte mit dem Finger langsam die Reiseroute von Oliveira bis nach Syrien, über Grenzen und Gebirge hinweg; schon war André für sie in diesen lichteren Weiten entschwunden. Sie klappte den Atlas zu und dachte: ‚Wie sich doch die Menschen ändern!'

An einem regnerischen Novembersonnabend kehrten sie nach Oliveira zurück, und im Wagen fühlte sie, wie alle Kälte und Melancholie des trüben Himmels in ihr Herz drang. Doch am Sonntagmorgen lachte die Sonne durch die Fenster des Schlafzimmers, und zur Elf-Uhr-Messe in der

Kathedrale trug sie zum erstenmal ihren neuen Hut. Auf dem Weg zu Tante Arminda, die sie hinterher besuchten, blickte sie an dem mächtigen Gebäude der Distriktsverwaltung empor: Dort residierte jetzt ein neuer Regierungspräsident, der Senhor Santos Maldonado, ein blonder junger Mann, der Klavier spielen konnte.

Im nächsten Frühjahr beschloß Barrolo, der jetzt das Baufieber hatte, den Aussichtsturm abzureißen und dort ein neues, größeres Treibhaus errichten zu lassen, mit Palmen und einer Fontäne, „einen hübschen Wintergarten".

Schon begannen die Arbeiter, die alten Möbel herauszuräumen, die noch aus den Zeiten Onkel Melchiors stammten. Der riesige Diwan lag zwei Tage lang im Garten in einer Buchsbaumhecke; Barrolo war über dieses Museumsstück mit den zerbrochenen Spiralfedern so ungehalten, daß er es gar nicht erst in einen Abstellraum auf den Boden bringen ließ, sondern befahl, es zusammen mit anderen ramponierten Sitzmöbeln am Vorabend von Gracinhas Geburtstag in einem festlichen Freudenfeuer zu verbrennen. Sie ging rund um den Scheiterhaufen herum, als der mürbe Stoff in Flammen aufging und etwas später auch das schwere Mahagoniholz. Erst erhob sich dünner Rauch, dann prasselte nur noch rote Glut, und am Ende blieb nichts als ein Haufen dunkler Asche.

Eines Abends in derselben Woche statteten die Schwestern Lousada, die noch dürrer geworden waren und noch mißgünstiger als früher dreinschauten, dem „Eckenbau" einen Besuch ab. Kaum hatten sie sich auf dem Sofa niedergelassen, da berichteten sie auch schon mit grimmiger Schadenfreude in den Luchsäuglein von einem großen Skandal: Der Cavaleiro! In Lissabon! Am hellichten Tage! Mit der Frau des Grafen von São Romão, eines Grundbesitzers von den Kapverdischen Inseln!

In jener Nacht schrieb Gracinha Gonçalo einen langen Brief, der folgendermaßen begann: „Wir sind hier alle wohlauf, die Dinge gehen ihren gewohnten Gang..." Und in der Tat hatte das Leben wieder von neuem begonnen und floß ruhig und gleichmäßig dahin, ohne Verwicklungen und ohne besondere Vorkommnisse.

Durch die Glastür der Veranda im Schloß Santa Ireneia spähte soeben der Sohn der Crispola, der als Laufbursche auf dem Schloß geblieben, aber mittlerweile aus seiner alten Jacke mit den gelben Knöpfen herausgewachsen war, neuerdings alte Jacketts vom Herrn Doktor anzog und bereits einen Milchbart bekam.

„Unten ist der Senhor António Vilalobos mit dem Senhor Gouveia und noch einem Senhor, dem Videirinha, und sie lassen fragen, ob sie die Senhora sprechen könnten!"

„Der Senhor Vilalobos! Aber ja! Sie sollen heraufkommen, hierher, auf die Veranda!"

Im Salon, wo zwei Teppichwirker aus Oliveira gerade eine neue Matte befestigten, erdröhnte bereits die Stentorstimme Titós, der die „Festvorbereitungen" gebührend zur Kenntnis nahm. Als er auf die Veranda trat, strahlte sein bärtiges, sonnenverbranntes Gesicht vor Freude, daß er endlich erleben konnte, wie Turm und Schloß aus dem langen Schlaf erwachten, der alles Leben in ihren Mauern, selbst das Herdfeuer unter den Schmortöpfen, ausgelöscht zu haben schien.

„Ich bitte um Entschuldigung, wenn wir Sie einfach überrumpeln, Base Graça. Aber wir kamen gerade auf dem Rückweg von einem Spaziergang nach Bravais hier vorbei und erfuhren, daß Sie und Barrolo hier sind ..."

„Oh, das freut mich riesig, Vetter António. *Ich* muß um Entschuldigung bitten wegen meines Aufzugs, weil ich so zerzaust und mit der großen Schürze herumlaufe, aber ich bin schon den ganzen Tag damit beschäftigt, das Haus in Ordnung zu bringen ... Und wie geht es Ihnen, Senhor Gouveia? Ich habe Sie seit Ostern nicht mehr gesehen."

Der Landrat hatte sich – bis auf den vom Zigarettenrauchen gelblicher gewordenen Schnurrbart – während dieser vier Jahre nicht verändert; er trug noch immer seinen viel zu engen schwarzen Gehrock und war noch genau so mißmutig, trocken und hölzern wie früher. Er bedankte sich für die gütige Nachfrage. Seit Ostern gehe es ihm besser, nur der Kehlkopf mache ihm zu schaffen.

„Und wie steht es mit unserem großen Mann? Wann kommt er denn?"

„Am Sonntag. Wir sind alle schon ganz durcheinander ... Wollen Sie sich nicht setzen, Senhor Videira? Da, nehmen Sie dort den Korbsessel. Die Veranda ist noch nicht aufgeräumt."

Videirinha hatte unmittelbar nach den Wahlen von Gonçalo den versprochenen Posten erhalten, der leicht auszufüllen war und ihm viel freie Zeit ließ, so daß er seine Bratsche nicht zu vernachlässigen brauchte. Er war Schreiber beim Landratsamt in Vila Clara. Obendrein stand er auf vertrautestem Fuß mit seinem Chef, der ihn für alle möglichen Dienstleistungen in Anspruch nahm, sogar als Krankenwärter, und ihn stets in trockenem Amtston kommandierte, selbst wenn sie gemeinsam bei Gago zu Abend aßen.

Videirinha zog schüchtern den Korbsessel heran, den er respektvoll hinter den seines Chefs stellte. Und nachdem er die schwarzen Handschuhe ausgezogen hatte, die er neuerdings stets zu tragen pflegte, um dadurch seine amtliche Stellung zu betonen, erinnerte er daran, daß der Zug um zehn Uhr vierzig auf der Station Craquede ankomme, wenn er nicht gerade Verspätung habe. Aber vielleicht steige der Herr Doktor auch in Corinde aus, wegen des Gepäcks ...

„Das bezweifle ich", sagte Gracinha. „Für alle Fälle will José ihm morgen bis zur Weggabelung in Lamelo entgegenfahren."

„Wir zweifeln nicht!" fiel ihr Titó ins Wort, der sich auf die Brüstung der Veranda gesetzt hatte, als ob er hier zu Hause wäre. „Da gehen wir alle zusammen einfach nach Craquede. Das ist Grund und Boden, der seiner Familie gehört, und der ruhigste Ort, um ihn würdig zu empfangen. Aber hat denn der Bursche nicht in Lissabon Station gemacht, Base Graça?"

„Am Sonntag, Vetter António. Er kam am Sonntag aus Paris, mit dem Süd-Expreß, und er ist glänzend empfangen worden... Wirklich, es war ein großer Empfang! Gestern erhielt ich einen Brief von Maria Mendonça, einen langen Brief, in dem sie erzählt, daß..."

„Was? Die Base Maria Mendonça ist in Lissabon?"

„Ja, seit Ende August, zu Besuch bei Dona Ana Lucena..."

Vor lauter Neugier rückte João Gouveia mit seinem Stuhl ein Stück nach vorn. „Was Sie nicht sagen, Dona Graça! Dann hat Dona Ana Lucena wohl in Lissabon ein Haus gekauft und ist jetzt dabei, es einzurichten? Haben Sie etwas darüber erfahren, Senhora Dona Graça?"

Nein, Gracinha wußte von nichts. Aber das sei sehr wahrscheinlich, jetzt, wo sie sich so viel in Lissabon aufhalte und so selten auf der Feitosa sei, einem so schönen Landgut...

„Dann heiratet sie!" rief Gouveia im Brustton der Überzeugung. „Wenn sie Möbel kauft, dann heiratet sie. Natürlich, sie möchte gern eine gesellschaftliche Stellung haben. Außerdem ist sie nun schon seit vier Jahren Witwe, und..."

Gracinha lächelte. Doch Titó, der sich angelegentlich den Bart kratzte, kam wieder auf den Brief der Base Maria Mendonça zurück, die über Gonçalos Ankunft in Lissabon berichtete.

„Ja", sagte Gracinha, „sie schreibt, daß sie auf dem Bahnhof war, am Rocio. Gonçalo sieht anscheinend blendend aus, er wirkt robuster als früher... Da, Vetter António, lesen Sie selber. Lesen Sie laut! Der Brief enthält keine Geheimnisse. Alles nur über Gonçalo..."

Sie hatte einen dicken Umschlag mit einem in Lack geprägten Wappensiegel aus ihrer Tasche gezogen. Base Maria schrieb gewöhnlich immer sehr schnell, sehr liederlich und mit sich überschneidenden Zeilen. Vielleicht könne Vetter António die Schrift gar nicht entziffern... Und tatsächlich wich Titó beim Anblick der vier Briefbogen, die von einem schwarzen Gekritzel bedeckt waren, das an eine Dornenhecke erinnerte, entsetzt zurück. Doch sofort bot João Gouveia seine Dienste an, da er ja einige Erfahrung im Enträtseln amtlicher Schreiben von Bürgermeistern besaß. „Zumal ja keine Geheimnisse darin stehen."

„Nein, Geheimnisse stehen nicht drin", versicherte Gracinha lachend. „Sie schreibt einzig und allein über Gonçalo, wie in einer Zeitung."

Der Landrat faltete den langen Brief auseinander, strich sich mit den Fingern über den Schnurrbart und begann nicht ohne eine gewisse Feierlichkeit zu lesen:

„Meine liebe Graça!

... Die Schneiderin vom Silva sagt, daß das Kleid, das ..."

„Nein!" unterbrach ihn Gracinha. „Auf der nächsten Seite steht's, ganz oben. Wenden Sie das Blatt um."

Doch der Landrat machte sich laut über das soeben Gelesene lustig. Oh! Das sei doch klar, ein Brief von einer Frau, und gleich gehe es um Kleider. Und da behaupte Dona Graça, der Brief handle ausschließlich von Gonçalo. Nun würde man ja gleich sehen, ob nicht mindestens zur Hälfte von Kleidern die Rede war ... Ha, diese Frauen mit ihrem Putz! Dann begann er langsam und feierlich auf der nächsten Seite noch einmal zu lesen:

„... Gewiß wirst Du nun darauf brennen, etwas über Vetter Gonçalos großartigen Empfang zu erfahren. Es war wirklich beeindruckend, beinahe wie der Empfang eines Monarchen. Wir waren mehr als dreißig Personen, die ihn erwarteten. Selbstverständlich hatte sich die gesamte Verwandtschaft eingefunden, und wenn an diesem Morgen plötzlich eine Revolution ausgebrochen wäre, so hätten die Republikaner auf dem Bahnhof Rocio der ganzen Blüte des portugiesischen Adels, unseres alten, guten Adels, auf einmal habhaft werden können. Unter den Damen waren die Base Chelas, Tante Louredo, die beiden Esposendes (begleitet vom Onkel Esposende, der trotz seines Rheumas und der Weinlese eigens vom Landgut Torres herbeigeeilt war) und ich. Die Männer waren vollzählig da. Und da auch der Graf Arega anwesend war, der ja Sekretär Seiner Majestät ist, und der Vetter Olhavo, der Oberhaushofmeister, und der Marineminister und der Minister für Öffentliche Arbeiten, die beide Schulkameraden und gute Freunde Gonçalos sind, mußten die Leute auf dem Bahnhof denken, der König käme. Der Süd-Expreß hatte vierzig Minuten Verspätung. Das Ganze sah aus wie ein großer Saal, in dem sich die gesamte gute Gesellschaft ein fröhliches Stelldichein gab, und Vetter Arega, der stets so liebenswürdig und unterhaltsam ist, sprach bereits Einladungen zu einem Essen für den Vetter Gonçalo aus (das er anschließend gab). Zu diesem Essen bin ich gewesen, in meinem neuen grünen Kleid, das mir recht gut steht . . ."

Gouveia entfuhr ein Aufschrei des Triumphs. „Na? Was habe ich gesagt! Da haben wir das Kleid! Ein grünes Kleid!"

„Lies doch weiter, Menschenskind!" brüllte Titó.

Und der nun wirklich interessierte Landrat fuhr mit Pathos fort:

„. . . in meinem neuen grünen Kleid, das mir recht gut steht, obwohl der Unterrock wohl ein bißchen zu dick ist. Ich glaube, ich war die erste, die Vetter Gonçalo auf dem Bahnsteig erblickte, als der Süd-Expreß einfuhr. Du kannst Dir nicht vorstellen, wie gut er aussieht . . . einfach blendend! Er ist noch hübscher und vor allem männlicher geworden. Seine Haut ist überhaupt nicht verbrannt, immer noch die gleiche helle Farbe. Und welche erlesene Eleganz! Ein Beweis für den Fortschritt der Zivilisation in Afrika, sagte Vetter Arega; das sei eben der neue Lendenschurzstil in Macheque! Es gab viele Umarmungen und viele Küsse, wie Du Dir vorstellen kannst. Tante Louredo kamen die Tränen. Ach so, beinahe hätte ich es vergessen: Der Vicomte Rio Manso war auch da, mit seiner Enkelin, der kleinen Rosa. Sie ist sehr hübsch und trug ein Kleid von Redfern; sie erregte allgemeines Aufsehen. Alle fragten mich, wer sie sei, und der Graf Arega wollte ihr natürlich am liebsten gleich vorgestellt werden. Der Rio Manso weinte auch, als er Vetter Gonçalo in die Arme schloß. Und so schritten wir dann in feierlichem Zug aus dem Bahnhof, und die Menge staunte. Doch nun gab es ein Schauspiel: Plötzlich löst sich Vetter Gonçalo aus dieser Creme des Hochadels und stürzt sich in die Arme des Burschen mit der litzenbesetzten Mütze, der am Ausgang die Fahrkarten einsammelt. Immer der alte Gonçalo! Anscheinend hat er ihn bei der Ankunft in Lourenço Marques kennengelernt, wo sich der Kerl als Photograph zu etablieren versuchte. Aber das Beste hätte ich beinahe vergessen – den Bento! Du machst Dir ja kein Bild von Bento! Er sieht einfach großartig aus! Einen kleinen Backenbart hat er sich wachsen lassen. Er ist ein Muster von einem Diener. Gonçalo hat ihn in London eingekleidet; er trug einen herrlichen Reisemantel aus hellem Tuch, der bis zu den Füßen reichte, gelbliche Handschuhe und trat höchst würdevoll auf. Übrigens freute er sich sehr, *mich* auf dem Bahnhof zu sehen – er fragte auch sofort mit feuchten Augen nach der Senhora Dona Graça und nach der Rosa. Abends aßen José und ich mit Vetter Gonçalo im ‚Bragança' und plauderten dabei vom Schloß Santa Ireneia und dem ‚Eckenbau'. Gonçalo berichtete viele interessante Dinge aus Afrika. Notizen für ein Buch hat er mitgebracht, und mit seinem Grundbesitz scheint es aufwärtszugehen. Zweitausend Kokosbäume hat er in diesen paar Jahren gepflanzt! Er hat auch viel Kakao und Gummi und Tausende von Hühnern. Es stimmt, daß in Macheque ein fettes Huhn einen Pataco kostet. Neidisch könnte man da werden! Hier in Lissabon kostet ein Huhn sechs Testonen und ist bloß Haut und Knochen – denn wenn es auch etwas Fleisch auf der Brust haben soll, kostet es zehn Testonen, und dafür bedankt man sich! Auf dem Grundstück ist schon ein großes Haus gebaut worden, nahe am Fluß, blau abgeputzt, mit zwanzig Fenstern. Gonçalo sagt, daß er das Grundstück nicht mehr verkauft, auch nicht für achtzig Contos. Zu allem Überfluß hat der Glückspilz sogar noch einen ausgezeichneten Gutsverwalter gefunden. Trotzdem bezweifle ich, daß er wieder nach Afrika zurückkehrt. Ich habe nämlich so meine eigenen Vorstellungen von der Zukunft Vetter Gonçalos. Vielleicht lachst Du bloß darüber. Du kommst bestimmt nicht darauf ... Wirklich, mir selber kam dieser Einfall auch erst an dem Abend im ‚Bragança'. Der Rio Manso hält sich nämlich ebenfalls im ‚Bragança' auf, und als wir zum Essen in unser reserviertes Zimmer hinuntergingen, trafen wir auf dem Korridor den Alten mit der Kleinen. Er hat Gonçalo gleich umarmt, und das mit der Zärtlichkeit eines Vaters. Und die kleine Rosa ist so rot geworden, daß es sogar Gonçalo bemerkte, obwohl er aufgeregt und zerstreut war, und ebenfalls leicht errötete. Es scheint, daß sich die beiden schon von früher her kennen, im Zusammenhang mit irgendeinem Rosenkorb, und daß das Schicksal sie seit Jahren einander heimlich immer näher bringt. Sie ist wirklich eine Schönheit. Und so sympathisch, so wohlerzogen! Der Altersunterschied beträgt ja bloß elf Jahre, und ihre Mitgift ist horrend. Man spricht von fünfhundert Contos! Da ist lediglich noch die Frage der Abkunft, und daß die Ärmste ... Aber schließlich heißt es doch in der Heraldik, daß der König die Hirtin zur Königin macht, und die Ramires stammen ja nicht von Königen ab, sondern die Könige von den Ramires! – Und nun komme ich zu einer weniger interessanten Angelegenheit ..."

João Gouveia faltete den Brief diskret zusammen und gab ihn Gracinha zurück. Er lobte Senhora Dona Maria Mendonças unbezahlbares Reportertalent und sagte dann mit einer höflichen Geste: „Und wenn ihre Prophezeiungen sich nun erfüllen, gnädige Frau ..."

Aber nicht doch! Sie glaube nicht daran! Das seien doch bloß wieder Phantastereien der Base Maria Mendonça.

„Vetter António kennt sie recht gut, er weiß, wie gern sie sich als Heiratsvermittlerin betätigt ..."

„Wo sie ja sogar mich verheiraten wollte", platzte Titó heraus und sprang von der Brüstung der Veranda auf.

„Stellen Sie sich das mal vor, Base ... Mich sogar! Mit der Witwe Pinho, die den Tuchladen hat."

„Hält man denn das für möglich!"

Doch Gouveia verließ sich auf seinen Instinkt für die Realitäten des Lebens. „Hören Sie mal, Senhora Dona Graça, Sie können mir's glauben, für den Gonçalo wäre das immer noch eine bessere Lösung als dieses Afrika. Ich gebe nicht viel auf Pachtgrundstücke, auch nicht auf solche in Afrika. Ich verabscheue dieses Afrika; es bringt uns bloß Ärger. Das taugt nur zum Verkaufen, gnädige Frau! Mit Afrika geht es so wie mit den heruntergekommenen Gütern, die man von einer alten Tante erbt! Meist liegen die in einer wüsten, gottverlassenen Gegend, wo man niemand kennt und nicht einmal einen Tabakladen findet, es wohnen nur Ziegenhirten dort, und das ganze Jahr hindurch gibt es Malariaanfälle. Gerade gut genug zum Verkaufen."

Gracinha drehte nachdenklich das Band ihrer Schürze zwischen den Fingern. „Aber hören Sie mal! Etwas verkaufen, was man mit so viel Mühe erworben hat, was so viel Strapazen erfordert, so viel Zeit und Geld gekostet hat?"

Der Landrat protestierte energisch und setzte zu einer heftigen Polemik an: „Welche Strapazen denn, gnädige Frau? Sie bestehen aus nichts weiter, als dort im Sand an Land zu gehen, ein paar Holzkreuze aufzupflanzen und den Schwarzen Püffe zu verabreichen. Diese afrikanischen Glorien sind glatter Schwindel. Sie sprechen natürlich als Frau von Adel, als Enkelin von Fidalgos. Ich dagegen spreche als Ökonom. Und ich sage Ihnen, daß ..."

Sein spitzer Zeigefinger verhieß ebenso spitzige Argumente.

Da kam Titó Gracinha zu Hilfe: „Aber Gouveia, wir stehlen doch Base Graça bloß die Zeit, denn sie hat jetzt im Haus zu tun. Diese afrikanischen Probleme diskutieren wir später mal, mit Gonçalo, beim Nachtisch ... Also bis Sonntag, liebe Base, in Craquede. Dort sind alle mit von der Partie. Und die Raketen werde *ich* abfeuern!"

Doch Gouveia strich sich mit dem Jackettärmel über seine Melone und hoffte immer noch, die Senhora Dona Graça zu seinen gesunden kolonialpolitischen Konzeptionen zu bekehren: „Verkaufen müßte man, gnädige Frau, verkaufen!"

Sie widersprach nicht, lächelte und ergriff die Hand des verlegen dastehenden Videirinha. „Nun, Senhor Videira, haben Sie jetzt wieder ein paar neue Strophen für den Fado?"

Videirinha wurde rot und stammelte, daß er etwas zusammengereimt habe, einen Fado auf die Rückkehr des Herrn Doktor. Gracinha versprach, ihn auswendig zu lernen, um ihn zum Klavier zu singen.

„Euer Wohlgeboren sehr verbunden... Ihr ergebener Diener..."

„Dann bis Sonntag, Vetter António... Ein schöner Abend heute!"

„Bis Sonntag, in Craquede, Base."

An der Glastür blieb João Gouveia plötzlich stehen, richtete sich hoch auf und schlug sich an die Stirn. „Beinahe hätte ich's vergessen, entschuldigen Sie! Ich habe einen Brief von André Cavaleiro bekommen, aus Figueira da Foz. Er läßt Barrolo viele Grüße ausrichten, und er hätte gern gewußt, ob Barrolo ihm etwas von dem Heurigen aus Vidainhos überlassen könnte. Er will ihn für einen Afrikaner, den Grafen von São Romão... Es scheint, daß die Frau Gräfin ganz erpicht auf Heurigen ist!"

Und die drei Freunde durchquerten im Gänsemarsch das Speisezimmer, wo Titó mit schallender Stimme die neue bunte Matte lobte. Vom Korridor aus spähte Videirinha in die Bibliothek und bemerkte das alte Messingtintenfaß mit einem Bündel Entenfedern darin. Als warte es auf seinen Benutzer, blinkte es verlassen auf dem von allen Büchern und Papieren entblößten Tisch. In der Tür zu Gonçalos Zimmer tauchte jetzt Rosa auf, mit Bettwäsche beladen und über das ganze runde, faltige braune Gesicht strahlend, das von einem blütenweißen Batistkopftuch wie von einem Heiligenschein umrahmt wurde.

Titó streichelte zärtlich die Schultern der wackeren Köchin. „Nun, Tante Rosa, bald gibt's wieder unsere Leckerbissen, nicht wahr?"

„Gott sei's gedankt, Senhor Dom António, denn ich dachte schon, ich sehe unseren lieben Herrn nie mehr wieder. Aber für mich stand fest: Wenn man mich hier in Santa Ireneia begraben hätte, ohne daß ich den Kleinen vorher noch einmal zu sehen bekommen hätte, wäre meine Seele nach Afrika geflogen, um ihm einen Besuch zu machen."

Ihre kleinen Augen blinzelten und wurden vor Rührung feucht – und festen Schrittes ging sie mit ihrem Bündel Wäsche, das nach Kalvilleäpfeln duftete, den Korridor entlang. Gouveia schnitt eine Grimasse und brummte: „Alle Wetter!"

Die drei Freunde gingen in den Hof hinunter, wo sie auf Drängen Titós den umgebauten Pferdestall besichtigten.

„Sehen Sie mal!" rief Titó Gouveia zu, der sich gerade eine Zigarre anzündete. „Und da streiten Sie noch! Ausstattung, Umbau, eine englische Stute – alles mit Geld aus Afrika."

Der Landrat zuckte die Achseln. „Wir werden ja später sehen, wie es mit ihm steht . . ."

Vor dem Portal machte Titó noch einmal halt, um wie stets eine Rose von einem Rosenstock zu pflücken und sich an sein Samtjackett zu stecken. Im selben Augenblick kehrte Pater Soeiro mit seinem Brevier und einem riesigen Kattunsonnenschirm von einem Spaziergang nach Bravais zurück. Alle begrüßten mit warmen Worten den frommen und gelehrten Alten, der neuerdings nur noch selten im Schloß anzutreffen war.

„Am Sonntag haben wir unseren Freund wieder hier, Pater Soeiro!"

Der Kaplan preßte voller Demut und Dankbarkeit die fleischige Hand auf die Brust. „Gott wollte mir in meinem Alter noch diese große Gunst gewähren . . . Ich hatte es kaum noch zu hoffen gewagt. Die Gegend dort ist rauh, und er ist so empfindlich . . ."

Und um mit den Senhores über Gonçalo und den geplanten Empfang in Craquede plaudern zu können, begleitete er sie bis zur Portela-Brücke. João Gouveia hinkte, weil ihn die niederträchtigen neuen Schuhe drückten; er trug sie heute zum erstenmal. Eine Weile ruhten sie sich auf der schönen Steinbank aus, die Gonçalos Vater während seiner Amtszeit als Regierungspräsident von Oliveira hier hatte aufstellen lassen und von der aus man die schmucken Häuser von Vila Clara in leuchtendem Weiß vor sich liegen sah. Um diese Stunde schimmerten sie in mattem Rosa, vom riesigen Gebäudekomplex des Klosters Santa Teresa bis hinauf zur neuen Friedhofsmauer und den zarten Zypressen.

Hinter den Hügeln von Valverde versank drüben an der Küste der rote Sonnenball zwischen roten Wolken, gleich glühendem Metall, das erkaltet, und tauchte mit seinen letzten Strahlen die Fenster des Städtchens in gleißendes Gold.

Tief im Tal überflutete ein Meer von Licht die Ruinen der Kirche Santa Maria de Craquede, die aus dem dunklen Hain emporragten. Unter dem Brückenbogen zog still der Fluß dahin, überschattet von schlanken Erlen, in denen noch die Vögel sangen. Und über dem Pappelwäldchen an der Biegung der Landstraße hob der alte Turm, der älter war als das Städtchen und die Ruinen des Klosters und alle Bauernhöfe ringsum, stolz seine Zinnen in den Himmel, um die gespenstisch die Fledermäuse flatterten, und spähte stumm hinab in die Ebene und hinüber zur untergehenden Sonne wie an jedem Abend in dem Jahrtausend, das seit den Zeiten des Grafen Ordonho Mendes vergangen war.

Ein kleiner Junge trieb mit einer langen, zugespitzten Stange zwei müde Kühe heimwärts. Vom Städtchen her trabte Pater José Vicente von der Finta auf einer weißen Stute heran, begrüßte den Herrn Landrat und seinen Freund Soeiro und segnete ebenfalls die Ankunft des Fidalgo, für den er bereits einen hübschen Korb Muskatellertrauben bereitgestellt hatte. Drei Jäger mit einer Meute Jagdhunde überquerten die Straße und liefen durch die Mauerpforte zu dem Hohlweg hinunter, der den Meierhof des Miranda umschloß.

Ein Schweigen tiefen Friedens, so vollkommen, als senke es sich vom Himmel herab, breitete sich über die weiten Felder und Fluren. Klar und weich wie Seide war die Luft an diesem Septemberabend; nicht ein Blatt bewegte sich. Über den Dächern der Häuser stieg der erste Rauch von den Herden empor. In der Werkstatt des Schmiedes João vor dem alten Tor brannte rot das Schmiedefeuer. Von Bravais her kam festlicher Trommelklang, der rasch anschwoll und sich irgendeiner Anhöhe zu nähern schien; dann entfernte er sich allmählich wieder, wurde schwächer und schwächer und schließlich von den Wäldern oder der Weite des Tales verschlungen.

João Gouveia saß in einer Ecke der großen Steinbank, die Melone auf den Knien. Er deutete in Richtung Bravais. „Mir fällt da gerade die Stelle in Gonçalos Novelle ein, wo die Ramires-Leute Vorbereitungen treffen, den Infantinnen zu Hilfe zu kommen, und ihre Streitmacht sammeln. Das geschieht nämlich in einer solchen Abendstunde, mit Trommelklang, und in dieser Gegend ... ‚In der Kühle des Tales ...‘ Nein! ‚Durch das Tal von Craquede ...‘ Auch nicht! Wartet mal, ich habe doch ein gutes Gedächtnis ... Ah, so! ‚Und durch das ganze kühle Tal bis nach Santa Maria de Craquede riefen die maurischen Trommeln in den Wäldern gedämpft mit Tarará! Tarará! oder auf den Hügeln laut mit Rattaplang! Rattaplang! in der milden Abendluft den Ramiresschen Kriegshaufen zusammen ...‘ Das ist doch hübsch!“

Über Titós Rücken hinweg, der sich gebückt hatte und mit seinem riesigen Spazierstock nachdenklich Figuren in den Straßenstaub zeichnete, wandte Videirinha seinem Chef das breite Gesicht zu und lächelte verschmitzt.

„Aber Herr Landrat, finden Sie nicht, daß die andere Stelle noch viel schöner ist, wo die Ramires-Leute zur Verfolgung des Bastardo aufbrechen? Mir erscheint sie jedenfalls poetischer. Wie der Alte da den Racheschwur auf sein Schwert leistet und danach im Turm ganz leise die Totenglocke zu läuten beginnt ... Das ist doch wirklich schön!"

Die Hände auf den Griff seines Sonnenschirms gestützt, hockte Pater Soeiro auf dem Rand der Bank, dicht neben Titó, damit der Herr Landrat ja bequem sitzen konnte. Er pflichtete Videirinha bei: „Ganz gewiß, das sind interessante Szenen ... Diese Novelle ist mit Phantasie, Wissen und Wahrheitsliebe geschrieben."

Titó, der seit dem „Simon von Nantua" seiner Kinderzeit niemals wieder ein Buch angerührt hatte und den „Turm des Dom Ramires" gar nicht kannte, zog einen großen Strich in den Straßenstaub und murmelte: „Ein Phänomen, dieser Gonçalo!"

Videirinha lächelte immer noch entzückt. „Er hat viel Talent ... Der Herr Doktor hat viel Talent."

„Rasse hat er!" rief Titó und hob den Kopf. „Und das reißt ihn immer wieder heraus ... Ich bin sein Freund, und einer von den treuesten. Aber ich mache aus meinem Herzen keine Mördergrube, auch ihm gegenüber nicht. Gonçalo ist sehr leichtfertig, sehr sprunghaft ... Aber er hat Rasse, und das rettet ihn immer wieder."

„Und ein gutes Herz, Senhor António Vilalobos!" unterbrach ihn sanft Pater Soeiro. „Ein gutes Herz wie das des Senhor Dom Gonçalo macht ebenfalls alles wett ... Sehen Sie, zuweilen gibt es einen sehr ehrbaren, sehr korrekten, sehr würdigen Mann, einen Cato, der nur seiner Pflicht lebt und dem Gesetz Genüge tut, und dennoch mag ihn niemand gern, und niemand vermißt ihn. Und warum? Weil er niemals schenkte, niemals verzieh, niemals verwöhnte, niemals jemand einen Dienst erwies. Und dann gibt es einen anderen, leichtfertigen, gleichgültigen, mit Fehlern behafteten Mann, der Unrecht begangen, seine Pflichten versäumt, ja sogar Gesetze übertreten hat ... Aber was tut's? Er ist liebenswürdig, großmütig, teilnahmsvoll, gefällig, hat stets ein freundliches Wort für andere übrig, zeigt stets ein entgegenkommendes

Wesen ... Deshalb haben ihn alle gern, und ich weiß nicht, Gott möge es mir verzeihen, ob nicht Gott selber ihn dem anderen vorzieht ..."

Pater Soeiros kurze Hand, die zum Himmel wies, sank wieder auf den Horngriff des Sonnenschirms zurück. Er errötete, weil er eben einen so kühnen Gedanken geäußert hatte, und fügte vorsichtig hinzu: „Diese meine Überzeugung entspricht ja zwar nicht ganz der Glaubenslehre der Kirche ... Aber in den Herzen hat sie Eingang gefunden, in sehr vielen Herzen."

Da erhob sich João Gouveia von seinem bequemen Platz. Hoch aufgerichtet stand er vor der Steinbank auf der Landstraße, die Melone schief über dem Ohr, und knöpfte, wie immer, wenn er einen Kommentar lieferte, seinen Gehrock auf.

„Ich habe mich eingehend mit unserem Freund Gonçalo Mendes beschäftigt. Und wißt ihr, wissen Sie, Pater Soeiro, an wen er mich erinnert?"

„An wen denn?"

„Vielleicht lachen Sie jetzt. Aber ich behaupte, daß diese Ähnlichkeit besteht. Dieser ganze Gonçalo mit seiner Offenherzigkeit, seiner Liebenswürdigkeit, seiner Gutherzigkeit, seiner grenzenlosen Gutherzigkeit, die unser Pater Soeiro da vermerkt hat, seinen Wutausbrüchen, seiner glühenden Begeisterung, die sogleich wieder verfliegt, und seiner ebensogroßen Ausdauer und Hartnäckigkeit, wenn er sich in eine Idee verbeißt ... Die Großzügigkeit, die Unbekümmertheit, der fortwährende Wirrwarr in seinen Angelegenheiten, das starke Ehrgefühl und zuweilen geradezu kindische Skrupel – hat er das alles nicht? ... Seine Phantasie, die ihn stets zur Übertreibung, ja sogar zur Lüge verleitet, und gleichzeitig sein Sinn für das Praktische, der sich stets die Realitäten nutzbar zu machen sucht ... Das Temperament, die Leichtigkeit, mit der er aufnimmt und begreift ... Das ständige Hoffen auf irgendein Wunder, auf das alte Wunder von Ourique, das allen Nöten ein Ende machen wird ... Die

Eitelkeit, die Lust, sich herauszustellen und zu glänzen, und doch eine solche Natürlichkeit, daß er ohne weiteres auf der Straße einem Bettler seinen Arm anbieten würde ... Ein Kern von Melancholie steckt in ihm, trotz aller Geschwätzigkeit und Geselligkeit. Die entsetzlichen Minderwertigkeitskomplexe, die ihn zum Feigling werden und sich ducken lassen, bis er eines Tages einen kraftvollen Entschluß faßt und als Held hervortritt, bereit, alles dem Erdboden gleichzumachen ... Sein Geschlecht, verkörpert in dem alten Turm da drüben, ist ebenfalls tausend Jahre alt ... Und auch Gonçalo stürzt sich jetzt auf Afrika ... Wissen Sie nun, an wen er mich mit all seinen guten und schlechten Seiten erinnert?"

„An wen?"

„An Portugal!"

Die drei Freunde setzten ihren Weg nach Vila Clara fort. Über Santa Maria de Craquede blinkte ein Stern am hellen Himmel. In der Stille des milden Abends schritt Pater Soeiro, seinen Sonnenschirm unterm Arm, langsam zum Schloß zurück. Im Gehen betete er seine Ave-Marias und erflehte den Frieden Gottes für Gonçalo, für die ganze Menschheit, für die schlafenden Felder und Bauernhöfe ringsum und für das schöne, liebenswerte Land Portugal – auf daß es ewig gesegnet sei unter den Ländern dieser Erde.

ANMERKUNGEN

Anmerkungen

5 *Fidalgo:* in Portugal Titel des niederen Adels.
Fidalgo da Torre (wörtl.: Fidalgo vom Turm): »Torre« steht hier für das ganze Schloß.
»Cenáculo Patriótico«: ein »Cenáculo« war die Versammlung eines exklusiven Personenkreises, z. B. von Künstlern und Literaten.
Coimbra: nordwestportugiesische Stadt, berühmt durch ihre 1290 gegründete Universität.
»História Genealógica da Casa Real« (etwa: »Genealogie des portugiesischen Königshauses«): 1743 bis 1748 erschienenes zwanzigbändiges Werk von António Caetano de Sousa (1674–1759).
»Vocabulário portugués e latino«: 1712 bis 1721 erschienenes achtbändiges Wörterbuch des portugiesischen Ordensgeistlichen Dom Rafael Bluteau (1638–1734).
»Panorama«: 1837 bis 1864 in Lissabon erschienene literarische Zeitschrift der portugiesischen Romantik.

6 *Honra:* im portugiesischen Mittelalter der Grundbesitz eines Adligen, der für diesen keine Steuern an die Krone zu zahlen brauchte und die Gerichtshoheit über die auf seiner Honra ansässigen Bürger, Bauern und Lehnsleute besaß.
die fränkischen Barone im Heer des Burgunders: als der mit Konstanze von Burgund verheiratete König von León, Alfonso VI. (1065 bis 1109), 1086 bei Sacralias im Kampf gegen die Mauren eine schwere Niederlage erlitt, eilten ihm fränkische Ritter zu Hilfe.
Standarte und Kochkessel: bis ins 15. Jahrhundert Insignien der portugiesischen und spanischen Granden; die Standarte symbolisierte das Recht, die Lehnsleute zum Kriegsdienst auszuheben, der Kochkessel den Besitz von Mundvorräten und Geld, um diese Kriegerschar zu verpflegen und zu entlohnen.
Nuno Mendes: versuchte in der zweiten Hälfte des

6 11. Jahrhunderts an der Spitze des Heeres die Loslösung Portugals von León zu erzwingen und fiel im Kampf.

7 *Affonso Henriques:* (1111–1185) aus dem Haus Burgund, seit 1139 (nach dem Sieg über die Mauren bei Ourique in Südportugal) als Affonso I., erster König von Portugal.

Tavira: Stadt an der Südküste Portugals; um 1242 unter Führung von Dom Paio Peres Correia, Großmeister des Ordens von Santiago, von den Mauren zurückerobert.

Dom Fernando I.: (1345–1383) König von Portugal, mit den Beinamen »der Schöne« und »der Unbeständige«. Versprach gleichzeitig zwei Königstöchtern die Ehe, heiratete jedoch Dona Leonor Teles, deren Ehe mit einem Adligen er wegen angeblicher Blutsverwandtschaft der Ehegatten für nichtig erklärte.

Aljubarrota: Ort in Mittelportugal. Hier wurde 1385 Juan I. von Kastilien, der mit 30000 Rittern in Portugal eingefallen war, von 6500 Portugiesen unter dem Großmeister des Ordens von Aviz, dem späteren König João I. (1356–1433), vernichtend geschlagen.

Arzila: Ort in Marokko; wurde 1471 von den Portugiesen unter König Dom Affonso V. (1432–1481) genommen, worauf sich auch das von Affonso begehrte Tanger ergab.

8 *El-Kasr el-Kebir:* Ort in Marokko. Hier wurde 1578 König Dom Sebastião von Portugal (1554–1578), der Portugals wankende Vormachtstellung in Marokko wiederherstellen wollte, von den Mauren vernichtend geschlagen.

unter den Philipps: gemeint sind die spanischen Könige Philipp II., III. und IV., die von 1555 bis 1665 regierten. Als 1580 das portugiesische Königshaus ausstarb, ließ Philipp II. von Spanien unter Berufung auf seine Erbansprüche Portugal besetzen. Erst 1640 konnte sich Portugal durch einen Aufstand von der drückenden Herrschaft Spaniens befreien.

die Braganças: nach der Befreiung von der spanischen Herrschaft wurde der Herzog von Bragança als João IV. König von Portugal. Das Haus Bragança regierte bis zum Jahre 1910, in dem die Republik proklamiert wurde.

Fuenteguinaldo: Stadt in der spanischen Provinz Salamanca. Da Spanien Portugals Unabhängigkeit nicht aner-

8 kennen wollte, befanden sich beide Länder bis 1668 im Kriegszustand.

8 *Dom Pedro II.:* (1648–1706) ab 1666 Regent für seinen geisteskranken Bruder Dom Affonso VI., ab 1683 nach Affonsos Tod König von Portugal.

Dublone: spanische Goldmünze des 16. bis 19. Jahrhunderts.

»Murad der Zerlumpte«: vermutlich ein Spottname für den türkischen Sultan Murad IV. (1611–1640), unter dem die Seeräuberei blühte.

Dom João V.: (1689–1750) prachtliebender und verschwenderischer König von Portugal, Förderer der Künste und der Literatur.

9 *Mesa de Consciência e Ordens* (etwa: Appellationsgericht für Ordensfragen): Ein Verwaltungsgericht, das sich mit der Klärung von Rechtsfragen bei der Führungsübernahme der Militärorder durch die Krone befaßten.

Dom José I.: (1714–1777) ab 1750 König von Portugal; die Regierungsgeschäfte besorgte sein Minister Marquis de Pombal (1699 bis 1782).

Provedor: Beamter des Königs, dem die Aufsicht über die dem Herrscherhaus gehörenden Güter, Bauten usw. oblag.

Palast Bemposta: in Lissabon von Dona Catarina, einer portugiesischen Prinzessin und Gemahlin Karls II. von England (1630–1685), erbaut, nachdem sie als Witwe nach Portugal zurückgekehrt war.

Dom João VI.: (1769–1826) König von Portugal. Durch Napoleon abgesetzt, ging er 1807 nach Brasilien; kehrte 1821 nach Portugal zurück.

Dom Pedro in Mindelo: 1822 wurde Dom Joãos VI. Sohn Pedro als Pedro I. zum Kaiser von Brasilien ausgerufen. Nach dem Tode seines Vaters war er als Pedro IV. gleichzeitig für kurze Zeit König von Portugal. Er gewährte Portugal eine Verfassung und setzte seinen Bruder Dom Miguel als Regenten für seine minderjährige Tochter Dona Maria da Gloria II. (1819–1853) ein. Dom Miguel (1802–1866) löste jedoch 1828 das Parlament auf, ließ sich selber zum König ausrufen, und verfolgte alle Liberalen. Pedro I. landete daraufhin 1831 mit einem Expeditionsheer

9 bei Mindelo, nördlich der Douro-Mündung, und zwang Dom Miguel zum Verzicht auf den Thron.
»Antifrade«: (portug.) »Anti-Pfaffe«.
die Bürgerkriegswirren: die Kämpfe der Liberalen gegen die Anhänger Dom Miguels 1831 bis 1834.
Valerius Flaccus: (70–96) römischer Dichter; sein Hauptwerk ist das Epos »Argonautica« (»Die Argonauten«).
bald »Regenerador«, bald »Histórico«: die »Regeneradors« und die »Históricos« waren von 1851 bis 1910 in Portugal bestehende große monarchistische Parteien, die sich in der Regierung abwechselten.
Arcada: Bogengang an den Fronten vornehmer Häuser. Gemeint ist hier die Arcada rund um den Terreiro do Paço (jetzt: Praça do Comércio), einen großen Platz in Lissabon, um den sich u. a. die Ministerien und die Börse gruppieren.
São Carlos: Lissabonner Opernhaus, 1793 nach dem Vorbild der Mailänder Scala erbaut.
Bakkalaureus: in Portugal niederster akademischer Grad.
»Pátria«: (portug.) »Vaterland«.

10 *Sophia:* (griech. Weisheit) Name einer Straße in Coimbra, in der sich viele Kollegräume der Universitäten befinden.
»die Kirchen von Batalha«: der Ort Batalha (»Schlacht«) entstand auf dem Schlachtfeld von Aljubarrota (siehe Anm. S. 7), wo João I. als Dank für seinen Sieg ein Kloster und eine Kirche errichten ließ.
»die Einnahme von Ormuz«: die Insel Ormuz, von Affonso de Albuquerque erobert (siehe Anm. S. 148), zwischen dem Persischen Golf und dem Golf von Oman gelegen, war von 1515 bis 1622 unter portugiesischer Herrschaft ein wichtiger Handelsplatz.
»der Besuch Tristãos da Cunha«: Tristão da Cunha, erster Vizekönig Portugiesisch-Indiens, wurde 1514 zur Papstkrönung Leos X. vom portugiesischen König Dom Manuel I. mit einem Elefanten nach Rom gesandt.
Fernão Lopes: (ca. 1380–1460) erster portugiesischer Hofchronist, beschrieb das Leben der ersten zehn Könige Portugals.
Rui de Pina: (ca. 1440–1529) portugiesischer Hofchronist

und Diplomat, schrieb die Geschichte der Könige Dom Duarte, Dom Affonso V. und Dom João II.

Gomes Eanes de Azurara: (ca. 1410–1474) portugiesischer

10 Hofchronist, schrieb die »Chronik der Einnahme von Ceuta« und die »Chronik der Entdeckung und Eroberung von Guinea«. (Ceuta an der Nordspitze Marokkos wurde 1415 von den Portugiesen besetzt, die Küste von Guinea 1446).

11 *Geschichten à la Liebesromanceiro:* ein »Romanceiro« (in Spanien: Romancero) ist eine Sammlung von gewöhnlich aus dem Mittelalter stammenden Romanzen, Gedichten oder Volksliedern.

12 *»Der Hofnarr«:* historischer Roman des portugiesischen Lyrikers und Romanciers Alexandre Herculano (1810–1877) (siehe Anm. S. 22), der zur Zeit König Dom Affonsos I. (1111–1185) spielt.

»Der Zisterziensermönch«: ein anderer historischer Roman Herculanos, der gegen Ausgang des 14. Jahrhunderts spielt.

Dom Sancho I.: (1154–1212) zweiter König Portugals; förderte Siedlung, Landwirtschaft und Städtebau.

13 *Georges Ohnet:* (1848–1918) Autor des Romanzyklus »Batailles de la vie« (»Schlachten des Lebens«), dessen Hauptthema der Gegensatz zwischen Blut- und Geldaristokratie ist.

»Diário das Cámaras«: etwa »Parlamentsblatt«.

Choupal (portug.: Pappelwäldchen): ein Wäldchen in Coimbra.

14 *Couraça:* eine Straße in Coimbra.

Juvenal: nach dem römischen Dichter Decimus Junius Juvenal (60 bis ca. 140), der in seinen Satiren die Sittenverderbnis der oberen Gesellschaftskreise Roms geißelt.

16 *Rocio:* großer Platz im Stadtzentrum Lissabons.

Nachlaßverzeichnis: ein Verzeichnis aller beweglichen Güter, das in Portugal nach einem Todesfall aufgestellt wird und als Grundlage für die Verteilung des Erbes dient.

Procrastinare lusitanum est (lat.): Aufschieben ist typisch portugiesisch.

Nuno Álvares: Beato Nuno Álvares Pereira (1360–1431), portugiesischer Feldherr, der eigentliche Sieger der Schlacht von Aljubarrota (siehe Anm. S. 7).

17 *Vasco da Gama:* (ca. 1469–1524) portugiesischer Seefahrer, fand 1497/98 den Seeweg nach Indien.

18 *Camões:* Luiz Vaz de Camões (1524–1580), bedeutendster portugiesischer Dichter, schrieb das Nationalepos »Die Lusiaden«, das die Entdeckung des Seeweges nach Indien zum Inhalt hat.

Silves: einstige Hauptstadt des arabischen Kalifats Algarve; 1189 von den Kreuzfahrern unter Dom Sancho I. genommen, 1191 wieder von den Mauren besetzt, 1198 von deutschen Kreuzfahrern für Portugal zurückerobert.

Salado: am Ufer dieses südspanischen Flusses schlugen die verbündeten Heere Alfonsos XI. von Kastilien und seines Schwiegersohnes Affonso IV. von Portugal 1340 die Mauren und drängten sie noch weiter in den äußersten Süden der Iberischen Halbinsel zurück.

19 *São Bento:* im Gebäude des Klosters von São Bento im Westen Lissabons tagt das portugiesische Parlament.

Henriques: Henrique Henriques (1520–1600), Jesuitenpater, portugiesischer Missionar in Goa und auf Ceylon.

»Bragança«: vornehmes Lissabonner Hotel.

20 *die Händel Affonsos II. mit den Infantinnen:* gemeint sind die Erbstreitigkeiten zwischen Dom Affonso II. (1185–1223) und seinen drei Schwestern. Die Infantinnen riefen nach León geflüchtete portugiesische Ritter gegen ihren Bruder zu Hilfe. Der König von León benutzte diese günstige Gelegenheit, um in Portugal einzufallen.

21 *»Heiligenleben«:* die in lateinischen Versen verfaßten Lebensbeschreibungen von Heiligen. Das Latein dieser Dichtungen ist meist schon mit Elementen der Volkssprache (der späteren romanischen Sprachen) durchsetzt.

Tavolado: dieses Spiel bestand darin, eine zu einer »Burg« zusammengesetzte bestimmte Anzahl von Holzbohlen durch einen einzigen geschickten Speerwurf zum Einsturz zu bringen.

22 *Herculano:* Alexandre Herculano (1810–1877), portugiesischer Lyriker, Romancier und Geschichtsschreiber, einer

der bedeutendsten Vertreter der portugiesischen Romantik.

22 *Rebelo:* Luiz Augusto Rebelo da Silva (1822–1871), portugiesischer Historiker und Romancier.

»Salammbô«: historischer Roman des französischen Schriftstellers Gustave Flaubert (1821–1880), der die Kämpfe zwischen Rom und Karthago zum Thema hat.

28 *Alemtejo:* Landschaft im Südosten Portugals.

33 *Pipa:* Hohlmaß; 1 Pipa = ca. 417 Liter.

»Manhã« (portug.): »Morgen«.

»Verdade« (portug.): »Wahrheit«.

35 *»História da Administraçáo Pública em Portugal nos séculos XII a XV«* (portug.): »Geschichte der staatlichen Verwaltung in Portugal vom XII. bis XV. Jahrhundert«, 1885 bis 1922 erschienenes Werk von Henrique da Gama Barros (1833–1925).

36 *Dom Sebastião:* (1554–1578) König von Portugal, fiel bei El-Ksar el-Kebir in Marokko im Kampf gegen die Mauren (siehe Anm. S. 7).

»O Século« (portug.): »Das Jahrhundert«, eine der meistgelesenen Tageszeitungen Portugals, 1880 gegründet.

38 *Lomber:* Kartenspiel spanischer Herkunft.

40 *Fado* (wörtl.: Schicksal, Verhängnis): portugiesisches Volkslied mit Gitarrenbegleitung.

ein Gama, ein Ataidem, ein Castro: gemeint sind Vasco da Gama (s. Anm. S. 17), Dom Luiz de Ataide (1517–1581), einer der berühmtesten Vizekönige Portugiesisch-Indiens, und João de Castro (1500–1548), ab 1545 portugiesischer Statthalter von Ostindien.

41 *Costa Oriental* (portug.: Ostküste): alte Bezeichnung für die portugiesische Kolonie Moçambique zur Unterscheidung von den portugiesischen Besitzungen an der Westküste Afrikas.

Terreiro do Paço: siehe Anm. »Arcada« S. 9.

42 *Legua:* altes portugiesisches Längenmaß; 1 Legua = ca. 6,277 km.

denn damals die Araber: bis zur Mitte des 12. Jahrhunderts war die Provinz Alemtejo und die ganze Südhälfte des heutigen Portugals von den Arabern besetzt, die südliche Provinz Algarve sogar bis 1250.

47 *der Fado vom Vimioso:* ein sehr populärer Fado auf Dom

Francisco de Paula de Portugal e Castro, Graf von Vimioso
47 (1817–1865), der in seinen jungen Jahren in Lissabon ein ausgelassenes Leben führte und sich gelegentlich öffentlich als Stierkämpfer produzierte.

48 *João de Deus:* (1830–1896) portugiesischer Lyriker.

50 *die Cortes:* alte Bezeichnung für die Parlamente in Portugal und Spanien.

68 *Morabitino:* portugiesische Goldmünze des 12. und 13. Jahrhunderts.

Moabiter: »Moabiter« nannte man in Portugal diejenigen Araber, die in Afrika (und nicht auf der Iberischen Halbinsel) lebten.

Hagarener: die Araber halten sich für die Abkömmlinge Hagars, einer ägyptischen Sklavin und Dienerin Sarahs, der Frau Abrahams.

71 *Brasileiro* (portug.): Brasilianer. So nannte man in Portugal die nach Brasilien ausgewanderten Portugiesen, die dort vielfach als Plantagenbesitzer zu Reichtum kamen und dann in ihre Heimat zurückkehrten.

Pará: Hauptstadt des gleichnamigen brasilianischen Bundesstaates.

81 *Ovençal:* im alten Portugal eine Art Steuereinnehmer.

Wippseil: ein mittelalterliches Folterinstrument: Das Opfer wurde an einem Seil hochgezogen, das über eine Rolle oder durch einen Ring lief.

84 *Fazenda:* Landgut.

86 *Rosa von Lima:* Dominikanernonne, 1586 in Lima in Peru geboren und 1671 von Papst Clemens X. heiliggesprochen und zur Schutzpatronin Amerikas, der Philippinen und Ostindiens erklärt.

92 *Miguelismus:* Sympathie für Dom Miguel (siehe Anm. »Dom Pedro in Mindelo«, S. 9). Klerus und Adel waren Dom Miguels stärkste Stützen.

99 *Mónicas:* Nonnen der »Heiligen Mónica«, eines Zisterzienserordens.

105 *»King Salomon's Mines«:* »Die Bergwerke des Königs Salomo«; 1885 in London erschienener, damals sehr populärer Roman von Sir Henry Rider Haggard (1856–1925), den Eça de Queiroz 1891 ins Portugiesische übersetzte.

114 *erste Dynastie:* in Portugal das Haus Burgund (1093–1383).

118 *Sangria:* Erfrischungsgetränk aus Wasser, Zitrone, Wein und Zucker, oder auch nur aus Wasser und Wein, mit und ohne Zucker.

120 *Tibullus:* Aulus Tibullus (ca. 54–19 v.u.Z.), römischer Elegiendichter.

122 *pro patria et pro domo* (lat.): für das Vaterland und zugleich in eigener Sache.

126 *Polyphem:* einäugiger Riese der griechischen Sage.

141 *Dom Henrique:* (ca. 1057–ca. 1112) burgundischer Ritter, den Alfonso VI. von León und Kastilien als Statthalter für die damals noch zu León gehörende Grafschaft Portugal einsetzte.

148 *Martim de Freitas:* legendärer Alkalde von Coimbra zur Zeit Sanchos II. (1223–1245). Er verweigerte Sanchos Bruder Affonso den Einmarsch nach Coimbra, als dieser die Macht an sich gerissen hatte.

Affonso de Albuquerque: (1453–1515) portugiesischer Heerführer, 1509 bis 1515 Vizekönig von Portugiesisch-Indien; sicherte Portugal für das 16. Jahrhundert die Vorherrschaft im Indischen Ozean und eroberte Goa, Malabar, Ceylon, die Sundainseln, Malakka und Ormuz.

»Novidades« (portug.): »Neuigkeiten«.

159 *Stutzen von Anno 1820:* 1820 brach eine liberale Revolution gegen den in Portugal zurückgebliebenen Regentschaftsrat des vor Napoleons Truppen nach Brasilien geflohenen João VI. aus, die das ganze Land erfaßte und die konstitutionelle Monarchie proklamierte.

166 *der Zwist zwischen den Horatiern und den Curiatiern:* nach der Sage kämpften drei Horatier, Angehörige eines römischen Patriziergeschlechts, mit drei albanischen Curiatiern. Zwei der Horatier fielen, der dritte gewann den Kampf, indem er die Curiatier durch eine List trennte und einzeln überwand.

171 *»peccavi, mea culpa, mea maxima culpa«* (lat.): »Ich habe gesündigt, es ist meine Schuld, meine überaus große Schuld.« Satz aus dem Confiteor (lat.: Ich bekenne), dem Schuldbekenntnis der katholischen Messe.

173 *Bisca:* ein Kartenspiel.

178 *der Krieg der beiden Rosen:* zwischen den englischen Adelshäusern York (Wappenzeichen: weiße Rose) und Lancaster

178 (Wappenzeichen: rote Rose) tobte 1459 bis 1485 ein blutiger Streit um die Thronfolge.

185 *Baixa:* Abkürzung für »cidade baixa« = Unterstadt; das Geschäftszentrum Lissabons.

190 *affonsinisch:* auf die Zeit Affonsos Henriques' (1111–1185) bezüglich, im weiteren Sinne auf die ganze von ihm gegründete Dynastie Burgund (1128–1383).

Inês de Castro: heimliche Gemahlin des Infanten Dom Pedro von Portugal, die 1355 auf Befehl von Dom Pedros Vater Affonso IV. ermordet wurde, weil sie aus dem kastilischen Königshaus stammte und Affonso für Portugals Unabhängigkeit nach seinem Tode fürchtete. Als Dom Pedro 1357 den Thron bestieg, nahm er an den Mördern grausame Rache.

197 *Avenida:* die »Avenida da Liberdade«, auch »Passeio Público« genannt, eine Lissabonner Prachtstraße.

São Vicente und Graca: zwei Lissabonner Stadtviertel.

Companhia: Abkürzung für die Lissabonner Pferdeomnibusgesellschaft.

204 *»Verfassungshymne«:* auch »Hymne der Carta« genannt. Sie wurde komponiert von Dom Pedro IV. (Pedro I. von Brasilien, 1798–1834), der Portugal 1826 eine Verfassung gegeben hatte (siehe Anm. »Dom Pedro in Mindelo«, S. 9).

205 *Maskat:* Stadt am Golf von Oman, Hafen für den Indien- und Chinahandel. Von Albuquerque (siehe Anm. S. 148) für Portugal erobert, 1659 von den Arabern eingenommen.

206 *Brageserhut:* in Braga (Nordwestportugal) hergestellter breitkrempiger Schlapphut.

207 *Cato:* Marcus Porcius Cato (234–149 v. u. Z.), römischer Philosoph, Historiker und Staatsmann, Verfechter höchster Sittenstrenge.

208 *Dona Maria II.:* (1819–1853) Königin von Portugal, Tochter Dom Pedros I. von Brasilien.

209 *»Bluff«:* ein in Portugal sehr verbreitetes Kartenspiel.

212 *Sankt Bruno:* (ca. 1035–1101) Domherr der Kathedrale von Reims, zog 1086 aus Protest gegen die Ausschweifungen des dortigen Erzbischofs mit einigen Freunden in die Einöde von Chartreuse und gründete dort einen strengen Orden, dessen Angehörige sich zu dauerndem Schweigen verpflichten mußten.

215 *Bias:* (ca. 625–540 v. u. Z.) griechischer Philosoph, einer der sogenannten »sieben Weisen Griechenlands«; auf ihn wird der Ausspruch »Alles, was ich habe, trage ich bei mir« zurückgeführt.

219 *»Marsch des Propheten«:* aus der Oper »Der Prophet« von Giacomo Meyerbeer (1791–1864).

220 *»Lúcia«:* Oper von Gaetano Donizetti (1797–1848).

226 *»Almanach der Erinnerungen«:* ein 1851 erstmalig herausgegebenes beliebtes portugiesisch-brasilianisches Rätseljahrbuch.

227 *Dom João II. oder Dom João IV.:* Dom João II. lebte 1455 bis 1495. Dom João VI. 1769 bis 1826.

229 *Seteais:* Schloß und Park bei Cintra.

Pena: Schloß auf einem Felsen südlich von Cintra, in der ersten Hälfte des 19. Jahrhunderts in mittelalterlichem Baustil erbaut, mit einem durch seine botanischen Sammlungen weltberühmten Park.

233 *Recessvinth:* (649–667) König der Westgoten, die damals Spanien beherrschten.

236 *»Rebate«* (portug.): »Attacke«.

»Voz Pública« (portug.): »Stimme des Volkes«.

237 *der kleine König:* Alfonso XIII. (geb. 1886), stand bis 1902 unter der Regentschaft seiner Mutter Maria Christina.

239 *»Faust«:* Oper von Charles François Gounod (1818–1893).

249 *Franzosenzeit:* die Jahre von 1807 bis 1812, als Portugal von den Truppen Napoleons besetzt war.

251 *Misericordia* (wörtl.: Barmherzigkeit): eine Wohlfahrtseinrichtung für die Pflege von Kranken und die Erziehung von Waisenkindern, Armenspeisung usw.

257 *Mastodon:* urzeitliche Elefantenart.

266 *der Infant Dom Pedro:* (1392–1449) Sohn Dom Joãos I., unternahm von 1418 bis 1429 ausgedehnte Reisen durch Spanien, Ungarn, Deutschland, Griechenland, Ägypten, Palästina, Frankreich, Dänemark, England, Italien und Flandern.

274 *Karl der Kühne:* (1433–1477) Herzog von Burgund, einer der reichsten und mächtigsten Fürsten seiner Zeit; plante die Errichtung eines großburgundischen Reiches vom Mittelmeer bis zur Nordsee.

274 *Ludwig XI.:* (1423–1483) König von Frankreich, ein Wegbereiter des französischen Absolutismus.
Affonso V.: (1432–1481) König von Portugal; unter ihm begannen die großen Entdeckungsfahrten und überseeischen Eroberungen.
Pêro da Covilhã: (verstorben nach 1524) portugiesischer Reisender und Geheimagent am spanischen Hof.
Sunt lacrimae revistarum! (lat. etwa): Es ist ein Kreuz mit diesen Zeitschriften!
275 *Vigny:* Alfred Graf von Vigny (1797–1863), französischer romantischer Lyriker, Dramatiker und Romancier.
279 *Santarém:* Stadt am Tejo, 1147 von Affonso Henriques (siehe Anm. S. 6) erobert, der noch im gleichen Jahr Lissabon mit Unterstützung englischer, französischer, deutscher und flämischer Kreuzfahrer den Mauren entriß.
294 *Rocaille:* Ornamentik in Muschelform, typisch für den Rokokostil.
Cupido: römischer Liebesgott.
296 *Gingham:* leinenähnlicher englischer Baumwollstoff.
297 *Offizine São José:* 1882 gegründete Wohlfahrtseinrichtung, die elternlose Kinder aufnimmt und sie in handwerklichen Berufen ausbildet.
314 *Epaminondas:* (ca. 418–362 v. u. Z.) thebanischer Staatsmann und Feldherr, besiegte 371 bei Leuktra die Spartaner.
319 *Papst Innozenz:* Innozenz IV., Papst von 1243 bis 1254.
Königin Branca von Kastilien: (1187–1252) Gattin Ludwigs VIII. von Frankreich, ab 1226 Regentin für ihren minderjährigen Sohn Ludwig IX.
der heilige Ludwig: (1214–1270) Ludwig IX., König von Frankreich, unternahm 1248 bis 1254 und 1270 zwei Kreuzzüge nach Jerusalem und wurde dafür vom Papst heiliggesprochen. 1250 geriet er in Ägypten in die Gefangenschaft der Sarazenen, wurde aber losgekauft.
348 *Manilha:* portugiesisches Kartenspiel.
350 *Königin Dona Maria Francisca von Savoyen:* (1646–1683) Königin von Portugal, Gattin Dom Affonsos VI. und Dom Pedros II. (siehe Anm. S. 8).
361 *João Brandão aus Midões:* (1827–1880) berüchtigter Straßenräuber und Mörder, der lange Zeit die Provinz Beira Alta heimsuchte.

363 *Cabralismus:* die Zeit der Herrschaft des reaktionären portugiesischen Staatsmanns António Bernardo da Costa Cabral (1803–1889), der die Liberalen bekämpfte und 1842 eine Militärdiktatur errichtete.

367 *Fernando der Große:* (1035–1065) Fernando I., König von Kastilien, León und Asturien, befreite große Teile Portugals von den Mauren.

392 *Vendée:* französisches Departement südlich der Loiremündung, während der Französischen Revolution das Zentrum royalistischer Aufstände.

»Monsieur de Charetta a dit« etc. (franz.): »Herr von Charette hat denen von Ancenis gesagt: ›Meine Freunde! Der König wird die Lilien wieder an ihren Platz bringen!‹« François-Athanase Charette de la Contrie (1763–1796) war der Führer der Royalisten in der Vendée. Mit den Lilien sind die drei Lilien im Wappen der Bourbonen gemeint.

393 *Jakobiten:* Anhänger des katholischen Stuartkönigs Jakobs II. von England (1633–1701), der 1688 durch die »Glorreiche Revolution« vom Thron vertrieben wurde.

394 *Cascaes:* Badeort westlich von Lissabon.

399 *Viktoria:* Kutsche aus der Zeit der englischen Königin Viktoria (1819–1901).

Char-à-bancs: offener Wagen mit Längsbänken.

401 *die Dynastie Aviz:* nach dem Aussterben der Dynastie Burgund (1093–1383) suchte sich Kastilien Portugals zu bemächtigen, wurde jedoch 1385 von João I., dem Großmeister von Aviz, bei Aljubarrota (siehe Anm. S. 7) geschlagen. João begründete die Dynastie Aviz, die bis 1580 herrschte.

manuelinisch: im Baustil der Epoche König Manuels I. (1495–1521). Der manuelinische Baustil ist ein Übergangsstil von der Gotik zur Renaissance.

408 *Rout* (engl.): große Abendgesellschaft.

»Diário Illustrado«: 1872 gegründete Tageszeitung der »Regeneradores« (siehe Anm. S. 9).

408 *Sambésia:* eine Provinz in der südostafrikanischen portugiesischen Kolonie Moçambique.

410 *Boston:* Kartenspiel; eine Abart des Whists.

412 *Kapverdische Inseln:* vor der Westküste Afrikas gelegen; seit 1477 portugiesischer Besitz.

421 *Figueira da Foz:* Seebad westlich von Coimbra.

425 *»Simon von Nantua«:* Titelheld eines populären französischen Schulbuchs für den Elementarunterricht von Laurent de Jussieu (1792 bis 1866).

426 *das alte Wunder von Ourique:* Affonso Henriques (siehe Anm. S. 6) soll am Vorabend der Schlacht von Ourique Christus am Kreuz erschienen sein, umgeben von einer Engelschar.

Nachwort

In den sechziger Jahren des vorigen Jahrhunderts war in der portugiesischen Universitätsstadt Coimbra eine neue Generation unruhiger Studenten zu finden, welche die Behörden mehr als sonst durch ihre Respektlosigkeiten und kleinen Revolten irritierten. Die jungen Leute wollten *das Moderne*; und als man im Jahre 1865 die Schnellzuglinie Paris–Lissabon über Coimbra führte (allerdings in vorsichtiger Distanz, denn man muß selbst heute noch vom Stadtbahnhof mit einem Lokalzug zur Schnellzugstation pendeln), ergoß sich ein »wilder Strom« von neuen französischen Büchern und Zeitschriften in die Buchhandlungen, und die Studenten bildeten sich rasch ihre Meinung über die abgestorbene und sentimentale Literatur, die man in Lissabon noch immer publizierte. Sie schrieben Pamphlete gegen die älteren Autoren der »Amtsliteratur«, und die Älteren wieder bezichtigten, in ihren heftigen Antworten, die Studenten des Mangels an »gutem Geschmack«. Das Hin und Her der Angriffe und Gegenangriffe schlug sich in ganzen Papierlawinen nieder, und die Wortführer der Studenten zählten zehn Jahre später zu den bedeutendsten Dichtern und Intellektuellen der Nation. Merkwürdig nur, daß derjenige, der von dem »wilden Strom« der neuen Bücher gesprochen hatte, die sich vom Bahnhofspostamt in die Handlungen und Studentenbuden ergossen – ein junger Student der Jurisprudenz namens Eça de Queiroz – sich damals noch nicht öffentlich im Streit seiner Freunde engagierte. Er brauchte seine Zeit, aber als in den siebziger Jahren sein erster Roman erschien, waren alle davon überzeugt, dieser Roman wäre, wie kein anderer, aus dem modernen und rücksichtslosen Geiste der neuen Generation von Coimbra geschrieben. Es sollte sich noch zeigen, daß Eça ein verhinderter Romantiker war, dessen Modernität sich gerade an jenen Bruchstellen zeigte, in denen das Alte und das Neue, die vergangene Romantik und die neue Nüchternheit, im Streite lagen.

Eça de Queiroz – der uns im »Berühmten Haus Ramires« die fast arkadischen Freuden und provinziellen Ambitionen eines jungen Grundbesitzers vor Augen führt –, war der illegitime Sohn eines Juristen und gelangte erst spät in seinem Leben, und durch Erbschaft, in den Besitz eines kleinen Gutes und einiger Ländereien. Er stammte (geboren 1845) aus dem nordportugiesischem Ort Póvoa de Varzim, verbrachte eine freudlose Kindheit bei Verwandten, ging in Porto zur Schule und studierte seit 1861 Jurisprudenz, aber ohne besonderen Eifer, in Coimbra. Er schrieb lieber für das Studententheater und las wahllos und viel Französisches und Deutsches (in französischer Übersetzung), Baudelaire, Gautier, Hegel, Taine, Nerval, Heine und *Louis* Tieck; »er schrieb Französisch und dachte, auf nebelhafte Weise, Deutsch«, meinte sein Biograph J. G. Simões später. Eça war ein junger Mann mit Ansprüchen, aber ungenügendem Einkommen, und wollte sich zunächst als Anwalt etablieren; und nachdem er sich für kurze Zeit in Lissabon, in der väterlichen Wohnung, am Rossio Nr. 26, im vierten Stock, niedergelassen und romantische Feuilletons für die *Gazeta de Portugal* geschrieben hatte, ging er für ein zwei Jahre in die Provinz nach Évora, wo er das lokale Oppositionsblatt redigierte, plötzlich nicht mehr Romantiker, sondern Aktivist, Verehrer Proudhons und der »Seele des Volkes« (er liebte es, Rollen zu spielen). Im Jahre 1870 war er wieder in Lissabon, beteiligte sich mit seinen radikalen Freunden an den berühmten *Casino*-Vorträgen, welche die liberalen Ansprüche der Generation von Coimbra nun auch in der Hauptstadt artikulierten, und forderte, im Bohème-Samtrock und mit Glacéhandschuhen, zum Schreiben der versammelten gesellschaftlichen *Crème*, alle Literatur müßte realistisch und zeitgenössisch sein. Das hinderte ihn allerdings nicht daran, in diplomatische Dienste zu treten (er war, wie Fontane, politisch immer am falschen Platz), und das Außenhandelsministerium postierte ihn, möglichst weit weg von Lissabon, in Havanna, wo es zu seinen Aufgaben zählte, den hunderttausend chinesischen Kulis, die sich von Macao aus (einer portugiesischen Kolonie) in die kubanischen Zuckerplantagen verdungen hatten, zumindest den formalen Schutz der portugiesischen Monarchie zukommen zu lassen. Er unternahm auch, ebenfalls im Auftrag des Ministeriums, eine Informationsreise durch die Vereinigten Staaten, um einen Bericht über das Leben der portugiesischen Einwanderer zu schreiben, und sein Weg führte ihn von New Orleans nach Chicago, und von Pittsburg nach New York, das ihn entsetzte, »eine Tour-de-Force der Brutalität«.

Die produktive Epoche des Romanschriftstellers Eça de Queiroz beginnt mit seiner Versetzung in die portugiesischen Konsulate in Newcastle-on-Tyne (wo er es, wie er sagte, vor allem mit betrunkenen Matrosen zu tun hatte) und Bristol (1874–88), und später mit seiner Ernennung zum Konsul in Paris, wo er sich als Ehemann und als Vater von vier Söhnen niederließ. Er ging dort auf Distanz, zu sich selbst, zu seiner Gesellschaft, dachte an die fernen Landschaften seines Vaterlandes, in dem er nicht lange gewohnt hatte, und nahm, wenn er sich in Lissabon befand, an den Diners einer Gesellschaft von Gentlemen teil, die sich die »Vom Leben Besiegten« nannten, Gutsbesitzer, Politiker, Intellektuelle, alle in den selbstironisch besten Jahren, im Frack – und Austern und Champagner im Hotel Bragança. Er wollte, als er jünger war, ein portugiesischer Zola werden, aber doch nie ganz reinen Gewissens; und selbst sein erster Roman, *Das Verbrechen des Pater Amaro* (1875), war in seiner ersten Version noch als Liebesleidenschaftsgeschichte angelegt, ehe er ihn in späteren Fassungen in einen realistischen Protest gegen die lebensfeindliche Erziehung junger Kleriker verwandelte; und erst im zweiten Anlauf, im Roman *Vetter Basilio* (1878), gelang es ihm, in der mitleidslosen Geschichte einer Lissabonner Madame Bovary und ihrer erpresserischen Dienerin, den französischen Naturalismus, ohne romantische Abstriche, in Portugal zu etablieren. Aber das Romantische war nur verdrängt, und während er seinem Verleger den Plan entwikkelte, nach dem Muster Zolas eine Serie von naturalistischen »Szenen aus dem portugiesischen Leben« zu schreiben, publizierte er die geheimnisvolle Erzählung *Der Mandarin* (1880), in der Art E. T. A. Hoffmanns, und das Prosastück *Die Reliquie* (1887), in der sich seine Polemik gegen soziale und religiöse Heuchelei mit einer mystischen Vision vom Leiden Christi verband. Selbst *Die Maias* (1888), das vielgestaltige Panorama des Niedergangs einer Adelsfamilie, und der bedeutendste Roman der portugiesischen Literatur des 19. Jahrhunderts, bewegt sich um ein romantisches Inzest-Motiv, und die Gestalt eines romantischen Dichters, der in den ersten Kapiteln als komische Figur erscheint, verwandelt sich gegen Ende, in der Welt der Spekulanten und Kapitalisten, in eine ehrwürdige Gestalt, die noch etwas von ritterlicher Ehre und Würde in die Zeit der Bauspekulationen hinüberrettet. Theodor Fontane sedimentierte seine romantischen Neigungen in seinen Balladen und in einem frühen historischen Roman und emanzipierte sich so von der Vergangenheit, aber Eça de Queiroz, der zeitlebens zwischen den Möglichkeiten schwankte, war es nie gegeben, seine Zwiespältigkeiten reinlich zu begrenzen, und je älter er wurde, desto weniger lag ihm daran, der romantischen Sensibilität seines jüngeren Selbst den Eintritt in die Welt des realistischen Romans zu verwehren.

Eça wird in Portugal, ähnlich wie Theodor Fontane in der deutschen Tradition, als erster der Realisten gelesen, und er mag es auch gewesen sein, zumindest den frühen Absichten nach. »Das berühmte Haus Ramires« zählt aber zu den Arbeiten seiner Pariser Spätzeit, und er leugnet darin nicht, einen neuen Respekt für den philosophischen Idealismus und christliche Brüderlichkeit zu fühlen, ein geradezu patriotisches Heimweh nach seinem Lande, vor allem nach der außenpolitischen Krise von 1890, in der die Kolonialinteressen Englands und Portugals aufeinanderstießen und der englische Verbündete ultimative Forderungen stellte, die das portugiesische Selbstbewußtsein gründlich erschütterten. Mit dem Plan eines *Ramires*-Romans trug sich Eça seit dem Ende der 80er Jahre; im November 1890 kündigte die *Revista de Portugal* eine »Erzählung« an, die sie allerdings nicht publizierte, und im November 1893 und noch später beteuerte Eça Freunden und Redakteuren, daß die *Ramires*-Erzählung, ein »kleines Buch« von nicht mehr als 130 Seiten, »fast fertig« wäre. Das kleine Buch zog Stoff und Mühe an, und die von Eça selbst gegründete *Revista Moderna* publizierte vom November 1897 bis zum März 1899 den *Ramires*-Roman in Fortsetzungen, die allerdings mit der Auspeitschung der ländlichen Raufbolde und des anonymen Briefs über Gracinha (Kapitel 10) abbrach. *Das berühmte Haus Ramires* in der überlieferten Fassung des vollendeten Romans (also um die Kapitel 11 und 12 vermehrt) erschien erst nach dem Tode des Autors (1900), und die letzten Seiten wurden nicht mehr von ihm selbst, sondern von seinen Freunden durchgesehen. Dieser Roman ist, vielleicht in mehr als biographischer Hinsicht, Eça de Queiroz' *Stechlin*.

Im *Berühmten Haus Ramires* spielt Eça, als Autor, mit vier Texten zugleich und schneidet und montiert auf eine Art und Weise, die (ursprünglich von Laurence Sterne herkommend), im 20. Jahrhundert die Tradition des Romans über den Roman fortsetzt. Als Autor schreibt er die Geschichte des Fidalgo Gonçalo, der selbst wieder eine Geschichte über seine ritterlichen Vorfahren schreibt; und der Prozeß des Schreibens, den er beschreibt, gibt ihm eine erwünschte Möglichkeit, sich als Autor in die Gedanken und Texte des Amateurschriftstellers Gonçalo einzumischen. Gonçalo hat große Schwierigkeiten mit dem Text seines Onkels Duarte, den er in nüchternerer und realistischer Prosa nachschreiben will. Onkel Duarte hat einmal seine eigene poetische Verserzählung »Die Burg von S. Ireneia« in einem Blättchen im provinziellen Guimarães (allerdings dem Geburtsort der portugiesischen Monarchie) publiziert, und sein Neffe, der das Ganze noch einmal, als historisch-genaue Novelle in Prosa schreiben (plagiieren) will, baut sich eine Arbeitsbibliothek aus wissenschaftlichen Geschichtsbüchern, Lexika und Walter Scott in seinem Zimmer auf, hat panische Angst vor unrealistischen Anachronismen, ärgert sich über den »zimperlich« romantischen Onkel und hegt starke Zweifel an der Echtheit historischer Figuren oder gar an der Fiktionalität von Texten, die vorgeben, historische Wahrheiten zu berichten. Nicht genug daran: Der historische Stoff vom Ruhm der Ramires wird noch in einer anderen, geradezu musikalischen Art aufgenommen und kontrapunktisch variiert. Der Apothekergehilfe Videirinha (auch in Fontanes *Effie Briest* ist der Apotheker ein Musensohn) findet sich immer dort ein, wo sich die Herrschaften unterhalten und singt seinen »Fado von der Familie Ramires«, als Verse einer spontanen und unverlorenen Volkskunst, spielt die Bratsche dazu, und seine gelassene und naive Kreativität steht in auffälligem Kontrast zur leblosen Papierkunst Gonçalos und seines Onkels, die sich in Vers und Prosa schwitzend in den Bibliotheken abmühen. Videirinha singt noch aus der »Seele des Volkes« (*alma do povo*), die der junge und radikale Eça, als Schüler Herders, ohne Herder genauer zu kennen, so rühmte.

Eça läßt uns nicht im Zweifel darüber, daß der jüngste Ramires, ein liebenswürdiger Hasenfuß in Leben und Literatur, wehmütig an die heroischen Tugenden seiner Vorfahren denkt und sich in seiner Nostalgie-Novelle eine historische Welt der Kompensationen schafft, die alles hat, was seiner Gegenwart fehlt. Gonçales schreibt über das Männliche, Ehrenhafte und Harte seines Ahnen Tructesindo, Oberfähnrichs des Königs Sano I., und die Kapitel seiner heroischen Novelle sind immer dort eingeschaltet, wo sie die Ängstlichkeit, Kompromißbereitschaft, ja die Haltlosigkeit des jungen Schriftstellers in parteipolitischen Dingen betonen. Tructesindo wählt die Ehre und den sittlichen Einklang mit sich selbst, nicht königliche Gunst, aber Gonçalo bricht sein Ehrenwort, in der Sache der Gutspacht, wegen einer schäbigen Summe; und während der Sohn des alten Ramires und der wilde »Bastard« in einer berühmten Feldschlacht aufeinander losschlagen (Eças Meinung über den Sport der Herren ist ironischer als die Gonçalos), nimmt der feige Schriftsteller sogar vor einem Landjäger Reißaus. Tructesindo zögert nicht, seinen Sohn der Ehre zu opfern, aber Gonçalo wechselt seine politische Position über Nacht um eines Abgeordnetenmandats habhaft zu werden, und liefert seine eigene und gar nicht so unwillige Schwester Gracinha dem Schwerenöter Cavaleiro aus (der sie schon einmal im Stich gelassen hat). Tructesindo nimmt furchtbare Blutegel-Rache am Mörder seines Sohnes, aber Gonçalo hat nichts Besseres zu tun, als in aller Öffentlichkeit eine intime Freundschaft mit Cavaleiro (dem Verführer seiner Schwester) vorzutäuschen, der die Lissabonner politischen Fäden in Händen hält. Der nichtsahnende Videirinha, mit Fados und Bratsche, kommt immer im prekärsten Moment; und wenn Gonçalo gerade wieder einmal einen seiner zweifelhaften Triumphe feiert, taucht der Apothekergehilfe auf und singt sein Ramires-Ruhmesgedicht, das nur hervorhebt, wie Gonçalo wieder einmal sich selbst und seine Ahnen enttäuscht hat. Videirinha erscheint ungerufen wie der Bettler in Flauberts Madame Bovary, aber in komisch melancholischer Funktion immer dann, wenn unser Held seine Schwäche bewiesen hat – ehe ihn der Alptraum von seinen berühmten Ahnen dazu bewegt, keine Demütigungen mehr zu dulden und sich endlich seiner Haut zu wehren.

Als Autor gibt sich der Ironiker Eça durchaus nicht mit Gonçalos historischer Novelle über das heroische Portugal zufrieden, spricht selbst über die Geschichte und nützt im übrigen das Manuskript, um romantische und moderne Prosa mit Lust und Finesse zu parodieren. Wo Eça selbst über die Geschichte der Ramires spricht (also im Porträt Gonçalos im ersten Kapitel), befleißigt er sich eines Lesebuchstiles, den er durch Komisches entwertet. Die fränkischen Barone fallen im Norden »mit ihren Standarten und Kochkesseln ein«; dem heldenhaften Laurenço Ramires, auch der Schlächter genannt, erscheint (ausgerechnet) mitten in der Schlacht eine himmlische Vision »über zartrosa Wolken«; und je mehr wir uns der Gegenwart nähern, desto weniger heldenhaft sind die Ramires – der Großvater, ein gescheiterter Liberaler, übersetzt aus dem Lateinischen (in seinen alten Militärmantel gewickelt), und Gonçalos Vater liebedienert in Lissabon, bis man ihm durch Vermittlung einer Minister-Maitresse, ein Provinzamt gibt, um ihn endlich loszuwerden. Im Manuskript selbst parodiert Eça (das haben portugiesische Kenner längst festgestellt) die vaterländischen Romane von Herculano und Rebello da Silva, die selbst wieder Walter Scott imitierten, aber den Blechrequisiten-Scott in *Ivanhoe*, nicht den erfindungsreichen Schriftsteller, der die Darstellung der Geschichte selbst in Frage stellt (so z. B. im Briefroman *Redgauntlet*), und so wimmelt es, in den Schriften Gonçalos von *Ivanhoe*-Personal und Requisiten, Lederschilden, Zugbrükken, Doggen, Spähern, als Bettelmönche verkleidet, und die trutzigen Helden, alle in Breitwand-Technicolor, reden rekkenhaft und haben gar keine Psychologie. Gonçalos Lissabonner Zeitschriftenredakteur ist allerdings ein guter Leser und rühmt, zunächst ein wenig überraschend, die Flaubertschen Qualitäten des Manuskripts, die Eça alle im Schlußkapitel von der erstaunlichen Hinrichtung des Bösewichts in einem Blutegelpfuhl versammelt; »rund um die Schenkel des Bastards wurde es im Pfuhle lebendig, große Blasen blähen sich auf der Oberfläche, moluskenhaft stieg ein schwarz glänzender Blutegel empor... sie tummelten sich im trüben Wasser und bissen sich in der weichen Haut des Bauches fest...« Der Verfasser des Manuskripts springt hier kühn von Walter Scott zu Gustave Flauberts *Salammbô* und bemüht sich redlich, den französischen Geschichtsroman womöglich noch an Kälte und Grausamkeit zu übertreffen – um des literarischen Spieles willen, denn einer der Vorfahren fällt prompt aus der historischen Rolle und meint *en passant*, über diesen Blutegeltod würde noch »in Büchern« berichtet werden.

Diese literarischen Spiele, mit denen uns Eça vergnügt, sind aber nicht artistischer Selbstzweck, sondern Züge einer ernsten Frage nach Vergangenheit und Gegenwart und den Möglichkeiten eines im Grunde gutwilligen jungen Menschen, seine Wünsche in der Welt verwirklicht zu sehen. *Diese* Welt, das provinzielle Nordportugal des späten 19. Jahrhunderts, ist in Eças Roman ebenso greifbar gegenwärtig, in Gestalten, Landschaften und Konventionen, wie das ländliche Rußland, vielleicht ein wenig früher, in den Romanen Turgenevs; und Eças ambivalente Haltung zu seinen Figuren, sympathisch und gelegentlich zynisch, schärft ihre individuelle Physiognomie. Landrat und Landarbeiter, das hübsche Mädchen am Wegrande, der Ortspriester und die geschäftigte Tante, die reiche Witwe (leider Tochter eines Fleischermeisters), die nicht eben gesprächige Gracinha, die am Flügel klimpert und so ihre heftigen Gefühle verrät – sie alle *könnten* so leben und bestärken uns in unserem Glauben an die Wirklichkeit dieser Verhältnisse und Szenerien. Gonçalo, der einzige, den wir auch von innen kennen (vor allem in den selbstgefälligen Illusionen, die er sich macht), mag lange ein sanfter und irritierter Schwächling sein, aber er besitzt, ungeachtet aller Prinzipienlosigkeit in Parteisachen, ein persönliches Bedürfnis nach moralischer Reinlichkeit (die reiche Witwe, die ihre Affären hatte, darf nicht auf ihn zählen), und er ist, in altmodischer Loyalität, rührend um seine Leute und ihre Kinder besorgt, und hilft, wo er nur helfen kann. Der Turm von S. Ireneia, Leitmotiv seines Schreibens und seiner Erfahrungen, wird zuletzt der Ort seiner gründlichsten Einsichten in das Fragmentarische seiner ehrgeizigen Wünsche. Als zur Feier seiner mehr oder minder abgekarteten Wahl zum Abgeordneten die Böller knallen und die Freudenfeuer glänzen, steigt er auf die Zinnen des Turmes, blickt in die arkadische Landschaft, die seinen Wahlsieg reflektiert, und muß sich eingestehen, welche Abgründe den »Herrn Abgeordneten« mit seinen privaten Nichtigkeiten, von den wirklichen Heroen der Menschheit trennnen, den Denkern,

Künstlern, Heiligen, Reformatoren, Ärzten und Erfindern. Es ist der Augenblick, da dem sonst ironischen Eça angesichts seiner liebenswürdigen Figur das Monokel aus dem gerührten Auge fällt.

Im Jahre 1814 veröffentlichte Walter Scott seinen historischen Roman *Waverley*, der die Weltliteratur veränderte, und überdachte, im Vorwort seines internationalen Bestsellers, das Prinzip jüngster gesellschaftlicher Veränderungen, das er in die Symbolik heraldischer Farben faßte. Er erklärte, daß die alten Helden ihren Willen durch öffentliche Taten blutiger Greuel durchzusetzen pflegten (ihre Farbe war »gules« oder »rot«), und die Menschen der folgenden Übergangszeit neuer, ziviler, mittelbarer und unauffälliger Wege und Umwege bedurften, um ihre Ziele zu erreichen (heraldische Farbe »sable« oder »schwarz«). Stendhal war der erste europäische Verehrer Walter Scotts, der diesen Konflikt in Handlung und Titel seines Romans *Le Rouge et le Noir* (1830) aufnahm, und analytisch darlegte, wie sein Julien Sorel, ursprünglich brandrot-jakobinisch gestimmt, seine radikalen Hoffnungen in der schwarzen Soutane einer Epoche der Kleriker und der Reaktionäre zu verbergen und durchzusetzen sucht. Eças Roman vom jungen Ramires ist, mit der üblichen portugiesischen Verspätung, einer der letzten *Rouge et Noir*-Romane, die noch einmal, schon an der Grenze des *fin-de-siècle*, die epochalen Brüche des Zeitalters, selbst in den lusitanischen Provinzen, signalisieren. Gonçalo weiß, in nüchternen Augenblicken, sehr genau, daß die Macht in Portugal von einer »Geschäftsgenossenschaft« verwandelt wird, der er angehören möchte, ob nun in der einen oder anderen Partei; und während er, in Anschauung des heroischen Turms, die Ehrenhaftigkeit seines Vorfahren Tructesindo bedenkt, fällt ihm auch ein, daß der heroische Vorfahr einfach »kein Geld benötigte«. Die Zeiten sind endgültig vorbei, in denen es noch sinnvoll wäre, den ungläubigen Mauren eine befestigte Stadt abzujagen – eben jene, in der heute ein korrupter Regierungspräsident an seinem Schreibtisch dahindöst und sich mit

Reispuder auf den Wangen verjüngen will. Eça fragt, wie man in solchen schwierigen Übergangszeiten ehrenvoll und im Einklang mit dem eigenen Gewissen bestehen könnte, und in wenigen Romanen der Weltliteratur haben sich Ironie und Mitgefühl, Zynismus und empfindliche Einsicht zu so heiterer Melancholie verbündet.

Peter Demetz, New Haven / Conn. 1988

José Maria Eça de Queiroz

Die Maias

Episoden aus dem romantischen Leben
Roman. Aus dem Portugiesischen von Rudolf Krügel.
837 Seiten. Serie Piper 587

Queiroz, der große Realist, hat mit diesem Gesellschaftsroman den melancholischen Abgesang auf eine ganze Kultur geschrieben, die am schönsten in der Figur des alten Afonso da Maia verkörpert ist.

Vom selben Autor ist lieferbar:

Alves & Co.

Roman. Aus dem Portugiesischen von Rudolf Krügel.
104 Seiten. Serie Piper 961

Die Reliquie

Roman. Aus dem Portugiesischen von Andreas Klotsch.
312 Seiten. Serie Piper 787

»All seine europäische Kunst (...)«, so Miguel de Unamuno über Eça de Queiroz, »kann sein iberisches Unsgestüm nicht verdecken. Durch das Gelächter hindurch spürt man das Schluchzen.«

Vetter Basilio

Roman. Aus dem Portugiesischen von Rudolf Krügel.
493 Seiten. Serie Piper 1079

Camilo José Cela

Der Bienenkorb

Roman. Aus dem Spanischen von Gerda Theile-Bruhns.
274 Seiten. Serie Piper 782

Der Bienenkorb, das ist das Madrid während des Zweiten Weltkriegs, das ist das Café der Doña Rosa, Spiegel eines durch den Bürgerkrieg entwurzelten Kleinbürgertums und Drehpunkt vieler Lebensgeschichten. Von hier führen die Fäden in die Hinterhöfe, Parkanlagen und Absteigen Madrids, zu den sich ständig wiederholenden Szenen von Liebe, Ehebruch und Eifersucht, der Suche nach dem Glück und der Sinnlosigkeit des Daseins. Momentaufnahmen und Porträtstudien, kurze Einblendungen, skizzenhafte Erzählungen und Impressionen fügen sich zum Kaleidoskop, zum Panoptikum.

»In Celas Roman spricht der Mensch selbst und – nahezu – er allein. Dieser Erzähler ist ein Meister der Tonfälle, er versteht es virtuos, sein dreihundertköpfiges Personal zum Reden zu bringen.« Frankfurter Allgemeine Zeitung

Mrs. Caldwell spricht mit ihrem Sohn

Roman. Aus dem Spanischen von Gerda Theile-Bruhns.
227 Seiten. Serie Piper 970

Alvaro Pombo

Der Held der Mansarden von Mansard

Roman. Aus dem Spanischen von Elke Wehr.
240 Seiten. Leinen.

Alvaro Pombo erzählt von den Abenteuern, die jeder Mensch am Ende seiner Kindheit bestehen muß, ohne die er nicht erwachsen werden kann. Doppelbödig und scharfsinnig beschreibt der Autor das Reifen des »reinen« Toren Kus-Kús zum Helden und schafft zugleich ein subtiles Bild Spaniens zur Zeit Francos.

»Einer der inzwischen bekanntesten und erfolgreichsten Autoren unter den heute Fünfzigjährigen, die nicht mehr in der Aufarbeitung des traumatischen Bürgerkriegs und einer gespenstisch anachronistischen Diktatur verfangen sind, ist der 1939 in Santander geborene Alvaro Pombo. Mit ironischer Distanz dekouvriert er die hinterbliebene Großbougeoisie als teilweise faszinierend exzentrischer Erzähler, dem es gelingt, Poesie und Reflexion auf ganz eigene Weise zu verbinden.«

Frankfurter Rundschau

»Pombo erhöht die Dinge ins Irreale, in einen poetischen Realismus, der im Leser selbst steckt. Nach der Lektüre braucht es einige Zeit, bis man wieder festen Boden unter sich fühlt.« ORF

Giovanni Verga

Der letzte Tag

Erzählungen. Aus dem Italienischen von Hannelise Hinderberger und Marianne Schneider. Herausgegeben und mit einem Nachwort von Johannes Hösle. 448 Seiten. Leinen

»Verga erzählt mit kalter Wucht, mit lakonisch geballter Sachlichkeit, kommentarlos, in hastigen Sprüngen. Überfallartige Schrecken jagen kurze Leben zu einem krassen Ende. Durchschnittlich nicht mehr als sieben Seiten braucht er von einer Geburt bis zum Tod.
Er verschleudert einen Stoffvorrat, der heute für zehn Dichter reichen würde.
Verga schildert nicht das romantische Sizilien der Touristen, sondern ein versengtes, brütendes, fieberdampfendes, starr lastendes Land. Es gibt keine bessere Warnung vor der Idyllisierung archaischer Zustände als diese Erzählungen. Die Armen leben wie die Tiere. Die Geschichte eines totgeprügelten Esels und seiner fünf Herrschaften, eine jeweils schlechter als die andere, unterscheidet sich denn auch kaum von der Geschichte eines halbwüchsigen Jungen, des Rotschopfs, den alle peinigen, der davon hart und gemein wird, aber alles erträgt, bis sie ihn in den Tod treiben. Aber noch das niedrigste Leben hat Würde. Für einen Moment verzaubert das Aufblühen der Liebe noch die trostlosesten Bedingungen.« Frankfurter Allgemeine Zeitung

Mastro-Don Gesualdo

Roman. Aus dem Italienischen von Marlis Ingenmey. Mit einem Vorwort von Marianello Marianelli. 414 Seiten. Serie Piper 665

»Mastro-Don Gesualdo« gilt als der bedeutendste Roman der italienischen Literatur neben Manzonis »Verlobten« und zugleich als das wichtigste Werk des sizilianischen Schriftstellers, sein Erscheinungsdatum (1889) als Geburtsstunde der neueren italienischen Prosa.

Piper 76/2c

PIPER

Paolo Volponi

Der Speerwerfer

Roman. Aus dem Italienischen von Barbara Kleiner.
239 Seiten. Leinen

Eine Kleinstadt in den *Marche* bei Urbino, eine Jugend im faschistischen Italien der dreißiger Jahre. Damín ist der Enkel Damiano Possanzas, eines innerhalb der Tradition seines Handwerks genialen Töpfers, der dem Expansionsdrang der neuen Zeit unbestechlich gegenübersteht, anders als sein Sohn, Damíns Vater. Enkel und Großvater werden gleichermaßen unglückliche und in ihrer Machtlosigkeit doch fast komplizenhafte Zeugen des Ehebruchs von Damíns schöner, sanfter Mutter, die der Verführung des lokalen Paradefaschisten, Marcacci, erliegt. Voll Begehren und Abscheu beobachtet der Knabe die Zusammenkünfte seiner Mutter mit ihrem Liebhaber, dem gegenüber er eine vertrackte Mischung aus Mordlust, Haß, Ekel und Verachtung empfindet und auf der anderen Seite Bewunderung und körperliche Anziehung.
Der Speer, den Damín auf dem Sportfeld nach ihm schleudert, verfehlt sein Ziel, erreicht aber, daß Marcacci auf ihn aufmerksam wird und in ihm einen vielversprechenden Sportler entdeckt.
Damín verfängt sich in der Identifikation mit dem klassischen griechischen Speerwerfer, der außer dem Speer, Pfeile, Blicke, Begierden und schließlich sich selbst wirft. Aber Damín wirft ins Leere, ins Nichts. In seinem sexuellen Begehren auf die Mutter fixiert und von ihr mit dem Faschisten »betrogen«, erstarrt Damín in der Isolation seiner Autoerotik. Eine scheinbare Lösung der Krise zeichnet sich ab, als Damíns zeichnerische Begabung einen Zugang zur Realität zu versprechen beginnt, und eine andere Frauengestalt als die Mutter seine Begehren zu wecken scheint; doch da geschieht es, daß Damín auf einem ländlichen Schnitterfest die zärtlich geliebte jüngere Schwester in den Armen eines Faschisten sehen muß: unausweichlich nähert sich die Tragödie ihrem Kulminationspunkt.

»›Der Speerwerfer‹ ist ein Meisterwerk.« Alberto Moravia

Weitere Titel des Autors:

Ich, der Unterzeichnete

Roman. Aus dem Italienischen von Piero Rismondo. 312 Seiten. Serie Piper 675

Die Weltmaschine

Roman. Aus dem Italienischen von Gerhard Fasterding. 226 Seiten. Serie Piper 655

Piper 76/2d

PIPER

Federigo Tozzi

Das Gehöft

Roman. Aus dem Italienischen von Ragni Maria Gschwend.
179 Seiten. Geb.

»Ein Meisterwerk der erzählenden Literatur, dessen gestaltete Intensität sich dem Leser mehr und mehr aufdrängt und ihn nicht entläßt, bevor er das Buch beendet hat. Die Faszination beruht vor allem auf der zeitlosen Thematik und dem Verzicht auf jede Modernismen, die uns das mehr als sechzig Jahre alte Werk wie ein Buch aus diesen Tagen lesen läßt.«

Hannoversche Allgemeine Zeitung

Drei Kreuze

Roman. Aus dem Italienischen von Ragni Maria Gschwend.
158 Seiten. Geb.

Das eigentliche Thema des Romans, der erzählt, wie man das Leben verraucht, verfrißt, verschläft »und es dreimal verachtet«, ist die Problematik von Gut und Böse, die Verstrickung in Schuld – Motive, die Tozzi von Verga und Dostojewski übernommen hat. Zugleich ist »Drei Kreuze« die unerbittliche Röntgenaufnahme einer heuchlerischen Gesellschaft, die nur auf die Fassade achtet. Nicht wegzudenken aus dem Roman ist schließlich Siena, die gotische Stadt, die den Hintergrund dieser düsteren Geschichte bildet und von der Tozzi sagte, er werde auf ewig traurig sein, weil er dort habe leben müssen.

Mit geschlossenen Augen

Roman. Aus dem Italienischen von Ragni Maria Gschwend.
212 Seiten. Geb.

Das Schließen der Augen, diese Blindheit gegenüber dem Leben, ist das offenkundige oder verborgene Leitmotiv der wichtigsten Werke Tozzis. In seinem Roman »Mit geschlossenen Augen« ist die offenkundige Unfähigkeit Pietros, der Wahrheit ins Gesicht zu sehen, die Ursache für das Scheitern der Liebe.

Pipers Italienische Bibliothek

Giorgio Bassani
Die Gärten der Finzi-Contini
Roman. Aus dem Italienischen von Herbert Schlüter. 358 Seiten. Leinen

Giacomo Casanova
Das Duell
Novelle. Deutsche Erstausgabe. Aus dem Italienischen von Hartmut Scheible. 144 Seiten. Leinen

Carlo Fruttero & Franco Lucentini
Die Sonntagsfrau
Roman. Aus dem Italienischen von Herbert Schlüter. 527 Seiten. Leinen

Carlo Emilio Gadda
Die gräßliche Bescherung in der Via Merulana
Roman. Aus dem Italienischen von Toni Kienlechner. 410 Seiten. Leinen

Eugenio Montale
Die Straußenfeder
Ausgewählte Prosa. Auswahl, Übersetzung und Nachwort von Alice Vollenweider. 146 Seiten. Leinen

Elsa Morante
La Storia
Roman. Aus dem Italienischen von Hannelise Hinderberger. 631 Seiten. Leinen

Pier Paolo Pasolini
Vita Violenta
Roman. Aus dem Italienischen von Gur Bland. 444 Seiten. Leinen

Giuseppe Tomasi di Lampedusa
Der Leopard
Roman. Aus dem Italienischen von Charlotte Birnbaum. 338 Seiten. Leinen

Federigo Tozzi
Erinnerungen eines Angestellten
Roman. Deutsche Erstausgabe. Aus dem Italienischen von Klaus Bochmann. 86 Seiten. Leinen

Giovanni Verga
Mastro-Don Gesualdo
Roman. Mit einem Nachwort von Marianello Marianelli.
Aus dem Italienischen von Marlis Ingenmey. 414 Seiten. Leinen

Piper 76/2a

PIPER